पेंगुइन स्वदेश

आज़ादी आधी रात को

डोमिनीक लापिएर और लैरी कॉलिन्स संयुक्त लेखन के लिए दुनियाभर में जाने-माने नाम हैं। इस अनूठी जोड़ी में लापिएर फ्रांसीसी के लेखक हैं, तो कॉलिन्स अंग्रेजी के। लेकिन उनकी गति दोनों भाषाओं में है। लापिएर की रुचि गैर-कथात्मक लेखन में रही, तो कॉलिन्स की कथा-लेखन में।

डोमिनीक लापिएर को सन् 2008 में भारत सरकार ने समाज सेवा के क्षेत्र में पद्‌म भूषण से सम्मानित किया था।

ये दोनों लेखक सामग्री जुटाने, शोध, साक्षात्कार सब साथ करते, मगर लिखते अलग-अलग भाषाओं में। हाँ, पुस्तकों का प्रकाशन एक-साथ अंग्रेजी और फ्रांसीसी में होता रहा और बाद में उनका दुनिया की प्रमुख भाषाओं में अनुवाद भी हुआ। इस अंतरराष्ट्रीय जोड़ी को पहली बार सफलता *फ्रीडम एट मिडनाइट* से ही मिली।

आज़ादी
आधी रात को

डोमिनीक लापिएर
लैरी कॉलिन्स

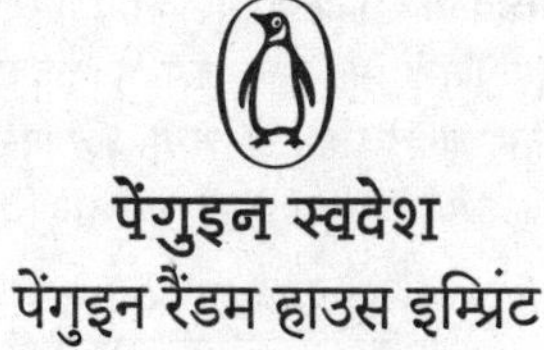

पेंगुइन स्वदेश
पेंगुइन रैंडम हाउस इम्प्रिंट

पेंगुइन स्वदेश

यूएसए। कनाडा। यूके। आयरलैंड। ऑस्ट्रेलिया। सिंगापुर
न्यू ज़ीलैंड। भारत। दक्षिण अफ्रीका। चीन

पेंगुइन स्वदेश, पेंगुइन रैंडम हाउस ग्रुप ऑफ़ कम्पनीज़ का हिस्सा है,
जिसका पता global.penguinrandomhouse.com पर मिलेगा

पेंगुइन रैंडम हाउस इंडिया प्रा. लि.,
चौथी मंजिल, कैपिटल टावर-1, एम जी रोड,
गुड़गांव 122 002, हरियाणा, भारत

प्रथम हिन्दी संस्करण हिन्द पॉकेट बुक्स द्वारा 2009 में प्रकाशित
यह हिन्दी संस्करण 2018 में प्रकाशित

हिन्दी अनुवाद : तेजपाल सिंह धामा

10 9 8 7 6 5 4 3

ISBN 9789353490089

मुद्रक : रेप्लिका प्रेस प्रा. लि., इंडिया

www.penguin.co.in

क्रम

शासित भारत के लिए ज़िम्मेदारी सौंपकर ब्रिटिश रेस के कंधों पर भारी भार डाला गया था।

—रूडयार्ड किपलिंग

"भारत का हाथ से निकल जाना हमारे ऊपर अंतिम और घातक प्रहार होगा। यह अनिवार्य रूप से एक ऐसी प्रक्रिया का अंग बन जाएगा, जो हमें एक कमजोर शक्ति के स्तर पर पहुँचा देगी।"

—विंस्टन चर्चिल

हाउस ऑफ़ कॉमंस में भाषण,

फ़रवरी, 1931

"सालों पहले हमने नियति से साक्षात् का वचन दिया था, और अब अपने उस वचन को पूरा करने का समय आ गया है।... बारह बजे रात को, जब पूरा विश्व सो रहा होगा, तब भारत जीवन और स्वतंत्रता के स्वागत में अपनी आँखें खोलेगा। एक क्षण ऐसा आता है और वह क्षण इतिहास में विरल ही होता है, जब हम पुरातन से निकलकर नये परिवेश में क़दम रखते हैं, तब एक युग समाप्त होता है और बहुत समय से दबे-कुचले किसी राष्ट्र की आत्मा मुखर हो उठती है...।

—जवाहरलाल नेहरू

भारतीय संविधान सभा में भाषण,

नयी दिल्ली

14 अगस्त, 1947

अगस्त 1979 में हर गर्मियों की तरह उन्होंने परिवार के साथ आयरलैंड के क्लासीबॉन में छुट्टी मनाने की तैयारी की। इससे एक दिन पहले उन्होंने इस किताब के एक लेखक से टेलीफ़ोन पर बातचीत की। लेखक ने उन्हें चेतावनी दी, "लॉर्ड लुईस आप सावधान रहें, क्योंकि आप आयरलैंड के गुस्साए लोगों का निशाना हो सकते हैं।" उधर से जवाब आया, "मेरे प्रिय लैरी एक बार फिर से तुम दिखा रहे हो कि तुम इन मामलों में कितना कम जानते हो? आयरिश लोग मेरे बारे आपके प्रश्नों से बेहतर जानते हैं। वहाँ क्या हो रहा है, इससे मुझे कोई खतरा नहीं है।"

दो सप्ताह के बाद वह अपनी माँ, साले लॉर्ड जॉन ब्राबनी और एक बच्चे के साथ अपनी मोटर में छुपाये गये एक आयरिश बम विस्फोट का शिकार हो गये, जब वह सुबह की सैर पर निकले थे। उनके पास कुछ नहीं था, लेकिन लोगों के प्रति गुस्सा था, जिन्होंने एक बुजुर्ग महिला और एक बच्चे की हत्या कर दी थी, लेकिन अपने बारे में? वह काफी आसानी से मर गये और समुद्र की उन लहरों में खो गये, जिसने उनके और उनके पिता के जीवन में महत्वपूर्ण भूमिका अदा की। क्या उनकी मृत्यु से उत्तरी आयरलैंड में प्रबुद्धजनों और रिपब्लिकन्स को कोई लाभ मिला होगा, कम से कम इसे अंतिम कार्रवाई नहीं कहा जा सकता है और न ही इस आदमी की मौत की तुलना उनके प्रिय महात्मा गाँधी से की जानी चाहिए।

यहाँ तक कि *फ़्रीडम एट मिडनाइट* पर काम करने के दौरान उन्होंने स्पष्ट कर दिया था कि हम लोग कैसे भारत में एक-दूसरे को मार रहे हिंदू और मुस्लिमों को दोषी ठहरा सकते हैं, जबकि उत्तरी आयरलैंड में इसी विचार का अनुसरण करने वाले लोग एक-दूसरे को मार रहे हैं? दुर्भाग्य से उनकी मौत के दो दशक के बाद भी उनका त्याग और उनके द्वारा किये गये दूसरे काम उत्तरी आयरलैंड के लोगों के बीच उन्हें प्रतिष्ठित नहीं कर सके, पर उनके मूल्य और विचार देशवासियों और महिलाओं के लिए एक संपत्ति की तरह ही हैं, जिनको उन्होंने गाँधी जी की मौत के बाद अर्जित किया था।

लैरी कॉलिन्स

डोमिनीक लापिएर

दिसंबर 1996

यह तुम्हारी ओर से संप्रभुता की तरह का कार्य था, जिससे एक अमेरिकन और फ्राँसीसी व्यक्ति भी इस पर भरोसा कर सकेंगे।"

माउंटबेटन ने आश्चर्यचकित होकर हमें जवाब दिया कि हम अंग्रेज़ी राज की स्थापना के बारे में कितना कम जानते हैं, एक ऐसे संस्थान के बारे में जिसके लिए वह किसी भी घटना में काफी सीमित आदर भाव रखते थे। कुछ महीनों के बाद वह वापस इस मसले पर लौट आये। उनके दामाद लॉर्ड जॉन ब्राबर्नी जो कि उनकी संपत्ति के ट्रस्टी भी थे, उन्होंने हमसे कहा, "मैं इस मसले पर आपके निर्णय से सहमत हूँ।" राहत की साँस लेकर हमने सुझाव दिया कि वह ह्यूज थॉमस से सलाह मशविरा करना चाहते हैं, जो कि उस समय ऑक्सफोर्ड में इतिहास के प्रतिष्ठित प्रोफ़ेसर थे, लेकिन इस प्रश्न पर उनकी सोच स्पष्ट थी कि उनका उत्तर पहले की संवेदना पर आधारित होगा। माउंटबेटन की बिना इस प्रश्न का उत्तर जाने मृत्यु हो गयी। उनके दामाद के लिए उनके जीवनी लेखक चुनने का भार समाप्त हो गया, जिन्होंने फिलिप जीगलर को चुना, जो 'फ्रीडम एट मिडनाइट' के संपादक थे। यद्यपि कुछ लोग इस बात से परिचित थे कि माउंटबेटन अपने जीवन के अंतिम समय में हृदय की काफी गंभीर समस्या से जूझ रहे थे। उनकी पुत्रियाँ और उनके चिकित्सक ने उनकी दिनचर्या को हल्का करने का आग्रह किया और काम के प्रति उनकी लगन को भी कम करवाया। कभी-कभार उनके बहरे कानों में अच्छे विचार सुनायी दे जाते थे।

उन वर्षों में लंदन में उनके किनरटन स्ट्रीट के फ्लैट में होने वाली हमारी बातचीत मौत की ओर मुड़ जाती थी। विशेष रूप से गाँधी जी की मौत ने उन्हें आकर्षित किया था, क्योंकि उन्होंने कहा था कि महात्मा ने भारत की सांप्रदायिक हिंसा को समाप्त करने के लिए अपने जीवन में जो काम किये, उसी से उनको मौत मिली। इससे उनकी मृत्यु को नये आयाम और अर्थ मिले, जो कुछ ही लोगों को नसीब है। बिना किसी लाग-लपेट के वह कहते हैं कि अंत वही है जिसकी इच्छा आप करते हैं, जिसे कोई अपने जीवन में एक बेहतर अध्याय के रूप में सोचते हैं।

'फ़्रीडम एट मिडनाइट' के ढेरों पाठकों ने पाया है कि हम लोगों ने इसके पृष्ठों में लेडी एडविना माउंटबेटन और जवाहरलाल नेहरू के बीच चले प्रेम संबंधों की चर्चा नहीं की है। हमारी योजना यह थी कि उन अफवाहों को इस योजना में शामिल नहीं करेंगे। जबकि कोई शक नहीं कि नेहरू और लेडी माउंटबेटन के बीच एक विशेष तरह का आकर्षण था, लेकिन इसका न तो कोई प्रमाण था और न ही उनका रिश्ता दोस्ती से ज्यादा कुछ और था। नेहरू की अपनी बहन वी. एल. पंडित ने हम लोगों को एक बातचीत के दौरान बताया कि नेहरू और एडविना के बीच किसी तरह का रिश्ता नहीं रहा, क्योंकि शादी के बाद उनके भाई की कामनाएँ कम हो गयी थीं। उसने कहा कि इसी कारण उसके वैवाहिक संबंध का अंत हो गया और वह जीवन भर संघर्ष ही करते रहे। मुख्य रूप से भारतीय समाज में उस समय महिलाओं की स्थिति काफी अच्छी थी और हमें यह समझना काफी मुश्किल हो रहा था कि एक बहन अपने प्यारे भाई के बारे में इतना झूठ बोल सकती है। इससे आगे लेडी माउंटबेटन के नेहरू के बंगले पर दो बार आने के बारे में उस बंगले का ख्याल रखने वाले नौकर ने आज़ादी के बाद प्रधानमंत्री बने जवाहरलाल नेहरू के बारे में ऐसा कोई भी प्रमाण नहीं पाया जिससे यह पता चलता हो कि इन दोनों के संबंध आपत्तिजनक थे।

माउंटबेटन ने भारतीय नेताओं के साथ लगातार बातचीत के बारे में अपनी पत्नी की मदद ली थी और कई मौकों पर तो वह नेहरू तक अनाधिकारिक तौर पर संदेश पहुँचाने के लिए लेडी माउंटबेटन का इस्तेमाल भी करते थे।

जब *फ़्रीडम एट मिडनाइट* का प्रकाशन हो गया तो लेखकों को माउंटबेटन के पक्ष में लिखने का आरोपी पाया गया। उस आरोप के लिए हमें दोषी ठहराया गया। साधारण तौर पर अंतिम वायसराय के बारे में दो तरह की शिकायतें थी कि उसने काफी तेजी से भारत और पाकिस्तान को अगस्त, 1947 में शक्ति सौंप दी तथा इसके बाद होने वाले रक्तपात की घटनाओं को रोकने के लिए उन्होंने किसी तरह का कदम नहीं उठाया।

इस सहमति के बाद माउंटबेटन पंद्रह अगस्त के पहले ही श्रीनगर के लिए रवाना हो गये थे, ताकि कश्मीर के राजा हरि सिंह को पाकिस्तान में मिलने के लिए राजी कर सकें। उन्होंने त्रिका नदी में मछली के आखेट के लिए जाने के दौरान अपनी गाड़ी में यात्रा के दौरान महाराजा को कार्रवाई करने की भी धमकी दी। उन्होंने राजा को कहा, 'हरि सिंह, तुम्हें मेरी बात माननी ही होगी। मैं यहाँ सरकार की पूरी ताकत लेकर आया हूँ और यदि तुम पाकिस्तान के साथ मिल जाने के लिए राजी हो जाते हो तो वे तुम्हारी मदद एवं सहयोग करेंगे।' सिंह ने मना कर दिया। उसने माउंटबेटन से कहा, 'मैं चाहता हूँ कि एक स्वतंत्र राष्ट्र का मुखिया बनूँ।' वायसराय ने सिंह को मूर्ख कहा और जवाब दिया कि 'तुम स्वतंत्र नहीं हो सकते। तुम्हारा देश जमीन से घिरा हुआ है। तुम्हारा क्षेत्रफल ज्यादा है और जनसंख्या कम है। तुम्हें भारत और पाकिस्तान के बीच में ही रहना होगा। तुम दो देशों को अपने पड़ोसी देशों की तरह पाओगे। तुम एक युद्ध के मैदान के रूप में समाप्त हो जाओगे, जो होना है। तुम अपना जीवन और राज सिंहासन दोनों गँवा दोगे, यदि तुम सावधान नहीं हुए तो।'

सिंह समझ गये, हालाँकि उन्होंने वायसराय की अगली यात्रा के दौरान उससे मिलने से मना कर दिया। स्वतंत्रता दिवस आया और चला गया तथा हरि सिंह का दिमाग परिवर्तित हो गया, वह कश्मीर के बारे में कोई ठोस निर्णय नहीं ले सके। जब कबाइली संगठित हुए और ठंड के दिनों में कश्मीर की राजधानी पर पाकिस्तान ने हमला कर दिया तो हरि सिंह ने नयी दिल्ली को मदद का संदेश भिजवाया।

इस मुद्दे पर यह सही है कि भारतीय गणराज्य के तत्कालीन गवर्नर जनरल माउंटबेटन ने नेहरू को कहा, 'आप तब तक भारतीय सेना को कश्मीर में घुसने का आदेश नहीं दे सकते हैं, जब तक कि महाराजा भारत के साथ सम्मिलन के संलेख पर हस्ताक्षर नहीं कर देते।' वह वहीं रूके रहे और समस्या यह उत्पन्न हुई कि ठंड के मौसम में दो राष्ट्रों के बीच रिश्तों में खटास आ गयी।

से आये जमींदार बने श्वेत ईसाई दूसरे की शक्ति का उपयोग कर रहे थे। उस रात एक नये विश्व का उदय हुआ, यह विश्व जो हमारे साथ अगली शताब्दी की ओर अग्रसर हुआ, एक ऐसी दुनिया जिसमें उपनिवेश और जनता जाग रही थी, नये और यहाँ तक कि संघर्षरत सपनों और प्रेरणाओं के साथ। यह एक उच्च स्तरीय नाटक था और चरित्रों का परिचय उस रात को केंद्रीय भूमिका में था, लॉर्ड माउंटबेटन, बर्मा के ब्रिटिश, अंतिम वायसराय को ब्रिटिश साम्राज्य द्वारा दिल्ली भेजा गया, ताकि वह ब्रिटिश साम्राज्य की रानी विक्टोरिया के सम्मान में एक महान यादगार पुरस्कार दे सकें। जवाहर लाल नेहरू जो कि स्वच्छ छवि वाले, काफी तेज और कर्तव्यनिष्ठ व्यक्ति थे, तीसरी दुनिया के पहले नेता बने। मुहम्मद अली जिन्ना जो कि शांत, स्वानुशासित, विनम्र व्यक्ति थे, लेकिन रात को ब्रिटिशों के साथ व्हिस्की और सोडा पीते हुए उन पर एक अलग इस्लामिक देश के निर्माण का दबाव देते थे और अहिंसा के दूत रहे दूसरे नेताओं के मुकाबले शीर्ष स्तर के नेता मोहनदास करमचंद महात्मा गाँधी, जिन्होंने साम्राज्य को समाप्त करने में तेजी दिखायी, वह कभी भी साधारण तौर पर स्थिर नहीं हुए।

उस दौर में जब टेलीविजन नहीं होता था, रेडियो भी कहीं-कहीं पर मौजूद था और ज्यादातर भारतवासी अनपढ़ थे, महात्मा गाँधी ने साबित किया कि वह जनसंचार के वास्तव में गुरु हैं, क्योंकि वह एक विशेष प्रतिभा के धनी थे जो सामान्य हाव-भाव के साथ अपने देशवासियों से बातें करता था। निश्चित रूप से जब इतिहासकार और संपादक सदी के सर्वश्रेष्ठ महिला और पुरुष का चुनाव करना शुरू करेंगे, तो इनका नाम सूची में सबसे ऊपर होगा।

वह नाटकीय समय दो भारत के बीच में कमजोर दिखायी देने वाला दृश्य था। पहला, भारत वह जिसकी उस रात मृत्यु हो गयी जिसमें बंगाल के नवाब और विशिष्ट महाराजा, बाघों के हत्यारे और हरे पोलो के मैदान, गहनों से लदे हुए विशाल हाथी, कुलीन महिलाएँ और इंडियन सिविल सर्विसेज के युवा अधिकारी जंगल में अपने जैकेट निकालकर वहाँ बने छोटे शिविर में जश्न मना रहे थे। उस समय वहाँ नये भारत का उदय हो रहा था,

प्राक्कथन

गुजरती हुई हर सदी में कुछ लम्हें ऐसे होते हैं, जिनकी व्याख्या बार-बार की जाती है और कहा जा सकता है कि यहाँ इतिहास का निर्माण हुआ था और यहाँ मनुष्य का जीवन विभिन्न पड़ावों से गुजरता हुआ नयी दिशा की ओर अग्रसर होकर नये मुकाम तक पहुँचा था। इसी तरह का एक लम्हा 28 जून, 1914 को आया था, जब गैवरिलो प्रिंसिप ने सराजेवो में भीड़ से निकलकर आर्कड्यूक फ्रेंज फर्डीनेंड की निर्दयता से हत्या कर दी थी तथा यूरोप को प्रथम विश्व युद्ध के रास्ते पर ले आया और एक बार फिर 1942 में भयंकर सर्दी के उस दिन शिकागो में एनरिको फर्मी ने पहले नाभिकीय परीक्षण के साथ नये परमाणु युग की शुरूआत की।

हमारी थकती जा रही शताब्दी में एक बार फिर से ताजगी 1947 में 14-15 अगस्त के दिन तब आयी, जब ब्रिटिश झंडे पर भारत का सितारा बुलंद हुआ, यहाँ से नयी दिल्ली के वायसराय की भारतीय घर से अंतिम यात्रा आरंभ हुई। विश्व की जनसंख्या के पाँचवें हिस्से के लिए वह समय प्रतिष्ठित झंडे के लिए संपूर्ण जनमानस के सामने घोषित ब्रिटिश राज की समाप्ति और चालीस करोड़ लोगों की स्वतंत्रता से अधिक साबित हुआ। साथ ही साथ इसने कई वर्षों से एक देश द्वारा दूसरे देश पर किये जा रहे शासन की समाप्ति की घोषणा भी कर दी, जिसमें साढ़े चार दशकों से यूरोप

है, जिससे संबंधों में खुला विरोध देखने को मिला है। दोनों देशों ने परमाणु हथियार बना लिए हैं और उसे प्रयोग करने की धमकी देते हैं, इस कारण धरती पर दोनों सबसे खतरनाक देश बन गये हैं। हर देश एक-दूसरे पर लगातार आतंकवाद का आरोप लगाते हैं, जहाँ भारत कश्मीर में चल रहे छद्‌म युद्ध के पीछे पाकिस्तान का हाथ होने का आरोप लगाता है, वहीं पाकिस्तान कराची और पंजाब के कुछ ग्रामीण इलाके में हुई हिंसा के पीछे भारत का हाथ होने का संदेह करता है।

इन दोनों के बीच वैमनस्य के बीच निश्चित रूप से कश्मीर जैसी खूबसूरत घाटी में समस्याएँ बढ़ गयी हैं, जहाँ मुस्लिम जनसंख्या भारतीय शासन के अधीन रहती है। संयुक्त राष्ट्र संघ ने क्षेत्र के भविष्य के लिए लोगों को सीधे मतदान करने के अधिकार के लिए आवाज उठायी और यह पाकिस्तान से स्वतंत्र होने या उसके साथ संयुक्त होने की एक योजना थी। लेकिन यह समस्या किसी कारण से पेचीदा बन गयी, यद्यपि बारीकी से देखा जाए तो भारत की किसी भी सरकार के लिए संभव है कि वह इस बात पर गहराई से विचार करे या फिर वह कट्टरपंथियों द्वारा भारत में रहने वाले अल्पसंख्यकों के खिलाफ हो रही हिंसा पर रोक लगाए, जो कश्मीर के मामले से काफी दूर है।

लॉर्ड माउंटबेटन ने आरोप लगाया कि आज़ादी के बाद भी बड़ी संख्या में पाकिस्तानियों ने पाकिस्तान की अपेक्षा भारत में रहना पसंद किया। दरअसल इस आरोप का मूल दोनों देशों को झूठा और अन्यायी बताना था। इसके विपरीत संभवतः माउंटबेटन ने एक पक्ष के मुकाबले दूसरे से संबंध अच्छे बना लिए, जिससे समस्या के शांतिपूर्ण समाधान में बाधा पड़े। जब मुश्किलें काफी ज्यादा बढ़ गयी तो भारतीय राजनीति के नेताओं वल्लभभाई पटेल और जवाहर लाल नेहरू ने कश्मीर के राजा हरि सिंह को पाकिस्तान में मिलाने के माउंटबेटन के इरादे को देखते हुए, उसे बाहर का रास्ता दिखा दिया। (नियम एवं शर्तों के अंतर्गत शक्ति के हस्तांतरण के लिए, भारत के प्रांतीय राज्य अपने राज्य की जनता के बहुमत का पक्ष देखते हुए भारत या पाकिस्तान की अधीनता स्वीकार करने को सहमत हो गये।)

एक देश जो त्रासदी से उबर चुका था, आधुनिकता और औद्योगिक शक्ति से संघर्ष कर रहा था, जिस पर उसके नागरिकों, संस्कृति, विभिन्न बोलियों और धर्मों का बोझ था। वे इसके आकर्षण और चुनौतियाँ हैं, जिसने हमें *फ़्रीडम एट मिडनाइट* (आज़ादी आधी रात को) लिखने को मजबूर किया। किताब का पहला प्रकाशन 1975 में हुआ था, जिससे लेखकों को काफी प्रतिष्ठा प्राप्त हुई और साथ ही बड़े पैमाने पर लोकप्रियता भी मिली। यह रिचर्ड एटेनबरो की फिल्म गाँधी को सर्वश्रेष्ठ पटकथा के लिए अकादमी अवार्ड दिलाने में सफल साबित हुई और स्क्रीन राइटर जॉन ब्रिले को भी इसने प्रेरित किया। यूरोप, अमेरिका और लैटिन अमेरिका में यह पुस्तक सर्वाधिक बिकने वाली पुस्तकों में शामिल हुई, पुस्तक का सबसे महत्वपूर्ण प्रभाव भारतीय उपमहाद्वीप पर पड़ा। इस पुस्तक का अनुवाद उन सभी भारतीय भाषाओं में किया गया, जिसमें प्रकाशित की जा सकती थी, और एक बार तो चार्ल्स डिकेंस या विक्टर ह्यूगो जैसे लेखकों को भी किताब की प्रति पहले से रिजर्व करानी पड़ी। इस किताब ने आगे चलकर खूब प्रतिबँध भी झेला और गैरकानूनी, कम-से-कम 34 पाइरेटेड संस्करणों में भी इसे प्रकाशित किया गया। पाकिस्तान में यद्यपि एक महत्वाकांक्षी सरकार ने इस पर पाबंदी लगा दी। क्यों? हम लोगों ने इसमें इस बात को शामिल किया कि इस्लामिक देश के संस्थापक जो सुअर के माँस का एक टुकड़ा सुबह अंडे के साथ नहीं खा सकते हैं, उन्होंने किताब की ओर रुझान दिखाया ।

इस पुस्तक के असली दस्तावेज की समीक्षा पंद्रहवें संस्करण के लिए की गयी तो हमने पाया कि हमें इसे फिर से पढ़ने एवं इसे फिर से लिखने की जरूरत है। हमने ऐसा किया, हालाँकि महसूस किया कि पुस्तक में वर्णित पचासवीं सदी बीत चुकी थी और इसमें वर्णित कई घटनाओं को शुरूआती संस्करण के बाद फिर से लिखने की आवश्यकता थी। ऐसा करने के लिए हम माउंटबेटन के रिकॉर्ड किये हुए तीस मिनट के साक्षात्कार के टेप और दूसरे असली संसाधनों तक पहुँचे, जिन्हें किताब में प्रकाशित किया गया था। जैसा कि भारत और पाकिस्तान अपनी आज़ादी की साठवीं वर्षगाँठ तक पहुँच गये हैं, उनके बीच साठ सालों से वैमनस्य चला आ रहा

निश्चित तौर पर कोई भी यह नहीं जान पाया कि उन खराब सप्ताहों के दौरान कितने लोगों की जान गयी? माउंटबेटन ने दो लाख पच्चीस हज़ार लोगों की मौत को प्रमुखता से बताया, जो उसकी सोच की ही उपज थी। उस दौरान कई इतिहासकारों ने पाँच लाख लोगों के मरने की पुष्टि की थी। कुछ ने इसे दो लाख बताया।

हालाँकि इसे उस समय की ऐसी घटना माना जाता है, जब भारत में इस संकट को देखने के लिए कोई भी अधिकार प्राप्त संस्था नहीं थी। इस दौरान हम लोगों ने भारत के प्रांतों के गवर्नरों द्वारा वायसराय को सौंपी जाने वाली हर रिपोर्ट का अध्ययन किया था। पंजाब में सर इवेन जेनकिंस और उत्तर पश्चिम फ्रंटियर प्रांत के सर ओलैफ कैरो ने भारत में ब्रिटिश राज के सबसे बेहतर प्रांतों का प्रतिनिधित्व किया, जो भारतीय सिविल सर्विस के काफी ऊँचे पद पर आसीन थे। वे ऐसे व्यक्ति को सलाह देते थे, जिसका भारत में कुछ ही महीनों का अनुभव था, न कि सालों का। हालाँकि उनकी कोई भी रिपोर्ट हिंसा की लहर को आमंत्रण नहीं देती थी, जो कि विभाजन के बाद दिखायी दी।

भारत और पाकिस्तान के राजनीतिक नेताओं नेहरू, पटेल, जिन्ना और लियाकत अली खां ने माउंटबेटन से एक स्वर में आग्रह किया कि जैसे भी संभव हो, उनके हाथों में सत्ता हस्तांतरित कर दें। ये व्यक्ति कई वर्षों से सत्ता पाने के लिए प्रयास कर रहे थे और परेशान थे। हालाँकि उनका आँतरिक विचार जो भी रहा हो, लेकिन उन्होंने भारत के विभाजन के बाद आने वाले संकट को माउंटबेटन के सामने काफी कमतर बताया और अपनी क्षमता के बारे में यह बताया कि वह किसी भी स्थिति से निपटने के लिए क्षमतावान हैं। केवल एक आवाज ने संकट के सारे आयाम तोड़ दिए, जो उप-महाद्वीप के मनोवैज्ञानिक ताकत के बारे में थी। वह आवाज गाँधी जी की थी और 1947 में मध्य ग्रीष्म काल में अहिंसा के पुजारी की आवाज कोई भी सुन नहीं रहा था।

"क्या ग़लत हुआ", माउंटबेटन ने हमारे सामने स्वीकार किया, "क्या

यह आश्चर्यजनक था, एक साथ किया गया विरोध जिसका कोई भी पूर्वानुमान नहीं लगा सका। कोई भी यह कल्पना तक नहीं कर पाया कि लाखों लोग एक बार में स्थान कैसे बदल लेंगे। कोई भी नहीं।"

"क्या", हमने उनसे पूछा, "क्या आप इसे कुछ अलग तरह से कर सकते थे या फिर कोई अधिकारिक घोषणा के आधार पर इस तरह की कल्पना की गयी थी?" उनकी प्रतिक्रिया थी कि मैं कुछ भी अलग तरह का नहीं करना चाहता था, मैं ऐसा नहीं कर सकता था। मैंने नेताओं को एक साथ पाया और कहा कि हम लोग इस समस्या से जूझ रहे हैं। हम लोग क्या करने जा रहे हैं? मैं उन्हें बता सकता हूँ कि हम लोगों के पास स्थानांतरण की शक्ति नहीं है, लेकिन इस बात को उन्होंने कभी स्वीकार नहीं किया। कुछ ने सुझाव दिया कि माउंटबेटन दो नये प्रांतों के नेताओं से बातचीत कर रहे हैं, ताकि सर किरील रेडक्लिफ को सीमा रेखा खींचनी चाहिए। इसलिए वह तर्क दे रहे थे कि कम से कम अस्थायी तौर पर लाखों लोगों को सीमा पार करायी जाए। हालाँकि, यह स्थिति अनिश्चित तौर पर विस्फोटक स्थिति से भरी हुई थी और इससे अधिक हिंसा इसका परिणाम ही हो सकती थी?

वर्ष 1947 की गर्मी में माउंटबेटन को एक ठोस जानकारी देने से मना कर दिया गया था, जिसका खुलासा आज़ादी के बाद किया गया। यह सच्चाई थी कि जिन्ना की मौत टीबी से हुई थी तथा उसे चिकित्सकों द्वारा यह बता दिया गया था कि अब वह छह महीने से भी कम समय तक जीवित रहेगा। क्या यह जानते हुए भी उन्होंने माउंटबेटन को संपर्क किया, संभवतः वह भारत में कुछ अलग करना चाहते थे। भारत की एकता में जिन्ना सबसे बड़ी बाधा थे। लेकिन इस बात का पता उन्हें आज़ादी से पहले मिला होता तो एक स्वतंत्र पाकिस्तान का निर्माण कभी नहीं हो सकता था। जिन्ना की मौत के बारे में सुनकर माउंटबेटन ने राहत की साँस ली और स्वीकार किया कि वह उनकी मौत का इंतजार कर रहे थे।

जहाँ तक आरोप का प्रश्न है, तो वह काफी जल्दी यहाँ से चले गये कि अब तो भारत और पाकिस्तान को आज़ादी मिल गयी। यह याद करना

जब तक *'फ्रीडम एट मिडनाइट'* के प्रकाशक ने मुहावरे के लिए कोई संदर्भ नहीं दिया, उससे पहले उसे अंतिम वायसराय ने पढ़ा था। उसने इसे हटाने के लिए नहीं कहा, जबकि बाद में कई भारतीय पाठकों की ओर से इस पर आपत्ति दर्ज की गयी थी। क्या लेखक होने के नाते यह हम पर था कि उसके शब्दों को काट दे, हालाँकि उन्होंने महसूस किया कि उनके शब्दों में इतनी ताकत नहीं थी। किताब के पहले प्रकाशन के समय हमने यह नहीं सोचा था और हमने इसके नये संस्करण को लेकर भी इसी तरह का विचार किया।

बाद के वर्षों में जब फ़्रीडम एट मिडनाइट का यही रूप प्रकाशित हुआ तो हम दोनों लॉर्ड माउंटबेटन तक ही रह जाते थे। किताब के प्रसिद्ध होने में उनका काफी योगदान था, वह अपने प्रिय प्रिंस चार्ल्स, रानी, प्रधानमंत्री हेरॉल्ड विल्सन को न सिर्फ किताब देते थे, बल्कि किताब में लिखे शब्दों और विषयों पर भी उनका ध्यान आकृष्ट कराते थे। माउंटबेटन का आशियाना काफी लंबे-चौड़े क्षेत्रफल में फैला हुआ था और वह काफी सुसज्जित था, जिसमें अग्निरोधी कैबिनेट लगे हुए थे, हर पृष्ठ उनके जीवन पर था, आमंत्रण पत्र से लेकर उस अंतिम रात्रिभोज के मेन्यु तक जिसमें वह शामिल हुए थे। उनकी तीव्र इच्छा थी कि उन उपलब्धियों को आधारशिला के रूप में उपयोग करें, जिस पर भविष्य के कुछ लेखक उनके पोतों के लिए उनकी जीवनी लिख सकें। उसके बाद के वर्षों में हमने साथ काम किया, वह अपने जीवनी लेखक को कोई अच्छी पदवी देना चाहते थे। ऐसा करने के लिए उन्होंने कहा कि वह चाहते हैं, अपने आपको और अच्छी पहचान देना। यह हमारे लिए आश्चर्यजनक रहा कि उसके बाद उन्होंने अपनी मृत्यु के एक साल पहले उसी आवाज में, जिसमें कभी-कभी वह बोला करते थे, कहा, "मैंने निश्चित किया है कि वह तुम दोनों ही थे, जिन्होंने मेरी जीवनी लिखी है।"

"लॉर्ड लुईस" उन्होंने कहा, "तुम इस सदी के सबसे महत्वपूर्ण अंग्रेज़ हो। इस देश की स्थापना के साथ यह बात हमेशा याद रखी जाएगी और

जरूरी है कि शक्ति का तीव्र गति से स्थानांतरण माउंटबेटन के लिए एक छोटे संदेश की तरह था, जो क्लीमेंट एटली ने जनवरी 1947 में तब दिया था, जब वह भारत के वायसराय नियुक्त किये गये थे। दोनों व्यक्ति जानते थे कि भारत में ब्रिटिश शक्ति समय के साथ ही खोखली हो जाएगी। लड़ाई के समय भारतीय सिविल सर्विस ने भागने की स्वीकृति दी। इंग्लैंड की सेना के सैनिक रूसी सैनिकों की तरह चेचन्या में मरने से डरने के मुकाबले भारत में मरने को लेकर चिंतित नहीं थे।

जुलाई 1946 में मुस्लिम लीग द्वारा कलकत्ता में सीधी कार्रवाई दिवस मनाकर माउंटबेटन को विचलित किया गया, जिसमें बहत्तर घंटों के दौरान 26,000 हिंदू मारे गये थे। इसी तरह की दूसरी चुनौती का खुलासा होने पर पता चला कि 1947 में किस कदर ब्रिटिश शक्ति की संरचना टूट गयी थी। माउंटबेटन की तब जिम्मेदारी भारत के लिए प्रशासन और नीति निर्माण करने की थी, जिसे यथासंभव भारतीय हाथों में स्थानांतरित करना था। यह राष्ट्रीयता को प्रमुखता से देखते हुए दिया गया आदेश था, लेकिन यह आदेश उस व्यक्ति ने दिया था, जिसने माउंटबेटन को भारत भेजा था।

अध्याय 12 में एक मुहावरा 'हमारे लोग पगला गये हैं' बताता है कि काफी बड़ी संख्या में भारतीय पाठकों और प्रतिभाओं को हमारी ओर से कुछ संदेश दिया गया था। यह लॉर्ड माउंटबेटन थे, जिन्होंने नेहरू और पटेल की उपस्थिति का वर्णन किया, जब वह 6 सितंबर 1947 को शिमला से लौटने के बाद अपने घर में अध्ययन के दौरान मिले थे और उस समय विभाजन के बाद हुई हिंसा से भारत हिल चुका था।

उसने कहा, 'दोनों नेताओं की जोड़ी स्कूल के बच्चों की तरह दिख रही थी। कोई भी निश्चित रूप से कह सकता है कि कम-से-कम यह उस मुहावरे का नाजुक मोड़ था।' सच तो यह है कि हालाँकि माउंटबेटन ने टेपरिकॉर्डर में भी उन शब्दों को डाल दिया था। एक सप्ताह के बाद एक साक्षात्कार में उसने इस दृश्य को बयान करने के लिए उसी तरह के मुहावरे का प्रयोग किया। दोनों व्यक्ति स्कूल के बच्चों की तरह दिख रहे थे, वास्तव में काफी तीखा था। वे नहीं जानते थे कि क्या कहकर उनकी बुराई की जा रही है।

शासन और दमनचक्र चलाने वाली कौम

लंदन, नववर्ष दिवस, 1947

वह महान राष्ट्र जिसके राज्य में कभी सूरज अस्त न होता था, उसे एक गहन असंतोष के पाले ने अपनी चपेट में ले लिया था। इसी कारण लंदन पर कुहरे की ठिठुरन उदासी के बादलों की तरह छायी हुई थी। ग्रेट ब्रिटेन की राजधानी लंदन ने शायद ही इससे पहले कभी नये साल का उत्सव इतने नीरस और उदास वातावरण में मनाया होगा! नये साल के दिन उस सुबह लंदन में शायद ही कोई घर ऐसा रहा होगा, जिसे इतना गरम पानी नसीब हुआ हो कि कोई मर्द उससे दाढ़ी बना सके या कोई औरत अपना मुँह धोने के लिएं वाश बेसिन से अंजुलीभर पानी लेकर मुँह पर छींटे मार सके। लंदनवासियों ने नये साल का स्वागत अपने सोने के कमरों में ऐसी भयानक सर्दी के बीच किया था कि उनकी साँस भी हवा के धुएँ के बादलों की तरह उड़ती दिखायी देती थी। नया साल मनाने के बहाने शराब सर्दी से थोड़ी बहुत राहत दिला सकती थी, लेकिन उसकी कीमत आठ पौंड प्रति बोतल थी।

सारे शहर की सड़कें लगभग सुनसान थीं। सड़क के किनारे पटरियों पर तेज कदमों से चलते हुए पथिक भी उदास दिखायी दे रहे थे; उनके चेहरों पर नये साल के आगमन पर प्रसन्नता की झलक तक नहीं थी। पुरानी होने की वजह से उनकी वर्दियाँ तार-तार हो चुकी थीं। आठ साल तक किसी तरह मरम्मत करके और थेगली लगाकर चलाने के बाद अब उनके लिए अपने कपड़ों का ताना-बाना जोड़े रखना असंभव हो गया था। सड़कों पर इक्का-दुक्का मोटरें भी थीं, लेकिन वे भागे हुए भूतों की तरह सहमी हुई दौड़ रही थीं, क्योंकि राशन में मिलने वाले चुल्लू भर पैट्रोल इस तरह खपाने पर वे अपने को अपराधी अनुभव कर रही थीं। युद्ध के बाद लंदन की सड़कों पर एक अजीब किस्म की बदबू छायी हुई थी। बमबारी से तबाह होने वाले हजारों भवनों के जले हुए खंडहरों से एक तीखी बदबू ने लोगों को साँस लेना और भारी कर दिया था। यह बदबू भी सर्दी में कुहासे की तरह उठ रही थी।

इतना सब होने के बावजूद यह उदास और उल्लासहीन शहर एक विजेता राष्ट्र की राजधानी तो था ही। आज से मात्र सत्रह महीने पहले ब्रिटेन मानवता के सबसे भयानक युद्ध में विश्व विजयी रहा था। लेकिन विजय क्या किसी को बिना कीमत चुकाए मिली है? इस विजय के लिए अंग्रेज़ों को जो मूल्य चुकाना पड़ा, उसने उन्हें विजेता होते हुए भी पराजित ही कर दिया था। ब्रिटेन के उद्योग-धंधे चौपट हो गये थे; उसका खजाना खाली हो चुका था और उसकी मुद्रा पौंड जो कभी सबसे गौरवान्वित समझी जाती थी, अब अमेरिका और कनाडा के डॉलरों के इंजेक्शनों के सहारे साँस ले रही थी, युद्ध का खर्च पूरा करने के लिए उसने बड़ी मात्रा में ऋण ले रखा था, उसे चुकाने में उसका कोषागार असमर्थ था। अर्थव्यवस्था की रीढ़ फैक्टरियाँ और कारखाने बंद हो रहे थे, इस कारण लगभग बीस लाख ब्रिटेनवासी बेरोजगार हो गये थे।

लंदनवासियों के लिए यह नया साल, जो आज शुरू हो रहा था, आठवाँ साल था, जबकि उन्हें हर चीज़ की कठोर राशनिंग का सामना

करना पड़ रहा था। खाद्यान्न, ईंधन, पेय पदार्थ, बिजली, गैस, जूते, कपड़े आदि– हर चीज़ की राशनिंग के लिए लंबी-लंबी कतारें। जिन लोगों ने विजय के नारे लगाते हुए जर्मन तानाशाह हिटलर को हराया था, उनका नारा अब नया हो गया था–'भूखे मरो और ठिठुरो!' पचास में से केवल एक ऐसा परिवार था, जो बीते क्रिसमस को पारम्परिक तरीके से मना पाया। क्रिसमस में बहुत से बच्चे खिलौनों व उपहारों से भी वंचित रह गये थे, क्योंकि उपहारों पर सौ प्रतिशत बिक्री कर लगा दिया गया था। लंदन की दुकानों पर 'नहीं' की तख्तियाँ अर्थात् आलू नहीं, कोयला नहीं, सिगरेट नहीं, मीट नहीं आदि की सूचनाएँ द्वार में प्रवेश करने से पहले ही विंडो में लटकी हुई तख्तियों से मिल जाया करती थी।

यद्यपि उस दिन उन गरीब देशभक्त लंदनवासियों को इतना गरम पानी तो नसीब नहीं था कि वे एक कप गरम चाय से नये साल का स्वागत कर सकें, पर उनके पास कुछ विशिष्ट अधिकार अवश्य था। अंग्रेज़ होने के नाते एक नीले और सुनहरे रंग के दस्तावेज का दावा वे कर सकते थे, जिसके सहारे वे धरती के लगभग एक-चौथाई धरातल पर कहीं भी बिना रोक-टोक जा सकते थे। वे ब्रिटिश पासपोर्ट के हकदार थे। ब्रिटेन को छोड़कर संसार के किसी अन्य देश के निवासियों को यह सौभाग्य प्राप्त नहीं था। राज्यों, क्षेत्रों, संरक्षित राज्यों, सह-राज्यों तथा उपनिवेशों का वह असाधारण समुदाय, जिसे ब्रिटिश साम्राज्य कहते थे, 1947 के नये साल के दिन बहुत बड़ी हद तक ज्यों-का-त्यों बना हुआ था। 56 करोड़ लोगों का जीवन–जिनमें तमिल, चीनी, बुशमेन और हाटेनटॉट, द्रविड़-युग से पहले के आदिवासी और मेलानीशियन तथा आस्ट्रेलियावासी भी थे और कनाड़ावासी भी–वे सब अब भी इन्हीं अंग्रेज़ों के आचरण से प्रभावित थे, जो लंदन के अपने उन घरों में सर्दी में ठिठुर रहे थे, जिन्हें गर्म रखने की कोई व्यवस्था नहीं थी। उस ठिठुरती हुई सुबह को वे धरती के धरातल के लगभग तीन सौ ऐसे टुकड़ों पर अपने प्रभुत्व का दावा कर सकते थे, जिनमें बर्ड द्वीप, ब्रैंबल के और रैक रीफ़ जैसे बेहद छोटे और बिलकुल ही गुमनाम क्षेत्रों से

लेकर एशिया तथा अफ्रीका के बड़े-बड़े व घनी आबादी वाले इलाके तक सभी तरह के प्रदेश व देश शामिल थे। ब्रिटेन का यह सबसे दम्भपूर्ण दावा अभी तक सार्थक था कि नये साल के दिन को सूर्योदय के समय हर बार जब मध्य लंदन के खंडहरों पर वेस्टमिनिस्टर के घंटाघर की बिग-बेन घड़ी के घंटों की गूँज सुनायी देती थी, तो उसी समय ब्रिटिश साम्राज्य के किसी-न-किसी कोने में ब्रिटेन का झंडा यूनियन जैक भी ऊपर चढ़ रहा होता था।

धरती के सबसे शक्तिशाली राष्ट्र की छोटी-सी राजधानी की सुनसान सड़कों पर से काले रंग की एक ऑस्टिन प्रिंसेज मोटर चोरों की तरह दुबकती हुई नगर के मध्य की ओर चली जा रही थी। जब वह बकिंघम पैलेस के सामने से होकर माल रोड की ओर मुड़ी, तो उसमें बैठे हुए अकेले यात्री ने खोये-खोये भाव से अपनी आँखों के सामने से गुजरती हुई इस छायादार शाही सड़क को ध्यान से देखा।

"पहले कितनी ही बार ब्रिटेन इस सड़क पर अपनी विश्वव्यापी विजयों का उत्सव मना चुका है," वह सोचने लगा, "अब साम्राज्यवाद के युग का अंत हो चुका है।"

एक युग की समाप्ति की ऐतिहासिक अनिवार्यता की स्वीकृति के रूप में यह काली आस्टिन प्रिंसेज मोटर उस छायादार मार्ग पर अकेली दौड़ी चली जा रही थी, जो इसी साम्राज्य के कितने ही भव्य समारोह देख चुकी थी। 22 जून 1897 को इसी सड़क पर ब्रिटिश साम्राज्य का भव्य अर्धशताब्दी समारोह मनाया गया था। महारानी विक्टोरिया के सामने इसी सड़क पर डायमंड जुबली समारोह के अवसर पर गोरखा, सिख, पठान रेजीमेंट के वीरों और अफ्रीका, ऑस्ट्रेलिया, न्यूजीलैंड, कनाडा आदि देशों के सिपाहियों ने रोड मार्च किया था।

ऐतिहासिक क्षणों पर विचार-मंथन करता हुआ मोटर का यात्री अपनी सीट में और धँसकर बैठ गया। छुट्टी के इस दिन सुबह के वक्त उसकी नजरों को किसी दूसरे ही दृश्य पर टिका होना चाहिए था, स्विट्ज़रलैंड की

धूप में नहाई हुई किसी बर्फानी ढलान पर जहाँ लोग स्की के जूते पहनकर फिसलते रहते हैं, लेकिन किसी जरूरी काम से अचानक बुलावा आ जाने की वजह से उसकी क्रिसमस की छुट्टियों का सिलसिला बीच में ही टूट गया था और उसे ज्यूरिख चला जाना पड़ा था, जहाँ उसने आर. ए. एफ. का हवाई जहाज पकड़ा था, जिसने उसे अभी नार्थोल्ट के हवाई अड्डे पर लाकर उतारा था।

उसकी मोटर पार्लियामेंट स्ट्रीट से होती हुई एक गली में मुड़ गयी और आकर एक ऐसे दरवाजे के सामने रुक गयी, जिसके दुनिया में सबसे ज्यादा फोटो उतारे गये होंगे—नं. 10 डाउनिंग स्ट्रीट। छह साल तक दुनिया की कल्पना में इस मामूली-से लकड़ी के दरवाजे का संबंध एक ऐसे आदमी की आकृति के साथ जुड़ा रहा, जो काले रंग का मोटे फेल्ट का होम्बर्ग हैट पहनता था, मुँह में हर वक्त बड़ा-सा सिगार दबाए, हाथ में छड़ी लिए रहता था, और एक हाथ की दो उँगलियाँ ऊपर उठाकर अंग्रेज़ी के अक्षर 'वी' की शक्ल बनाकर विक्ट्री अर्थात् विजय में अपना विश्वास व्यक्त करता था। इस घर में रहते हुए विंस्टन चर्चिल ने दो बहुत बड़ी लड़ाइयाँ लड़ी थीं, एक धुरी राष्ट्रों को हराने के लिए और दूसरी ब्रिटिश साम्राज्य की रक्षा करने के लिए।

लेकिन इस समय एक नया प्रधानमंत्री 10 डाउनिंग स्ट्रीट में प्रतीक्षा कर रहा था; वह एक बहुत बड़ा समाजवादी था, जिसके बारे में चर्चिल ने बड़े तिरस्कार से कहा था, "वह बहुत विनम्र आदमी है और विनम्र होने के कारण वह कर भी क्या सकता है!"

क्लीमेंट एटली और उनकी लेबर पार्टी ने जब ब्रिटिश शासन का भार संभाला, उस समय सार्वजनिक रूप से लेबर पार्टी इस बात के लिए वचनबद्ध थी कि वह साम्राज्य के विखंडन का काम शुरू करेगी। एटली के लिए, और इंग्लैंड के लिए यह ऐतिहासिक प्रक्रिया अनिवार्य रूप से इसी तरह आरंभ हो सकती थी कि खैबर दर्जे से लेकर कन्याकुमारी तक जिस विस्तशत और घने आबादी वाले भूखंड पर अब तक ब्रिटेन का शासन बना

हुआ था, उसे वह स्वतंत्र कर दे। वह शानदार, लेकिन शर्मसार करने वाली संस्था, जिसे ब्रिटिश राज कहते थे, विशाल साम्राज्य की आधार-शिला भी थी और उसके औचित्य की बुनियाद भी, वह उसकी सबसे गौरवशाली उपलब्धि भी थी और उसकी सर्वाधिक निरंतर चिंता भी। भारत में बंगाल लांसर्ज के बल्लमधारी घुड़सवार सिपाही और रेशमी पोशाकों में सजे-धजे महाराजा, शेरों का शिकार और पोलो खेलने के मैदान, तुर्रेदार पगड़ियाँ और ह्विस्की के छोटे पेग, सुनहरी झूलों से चमचमाते हाथी और भूखे मरते हुए साधु, तरह-तरह के जायकेदार सूप और बददिमाग मेम साहबें—इन सबमें साम्राज्य का शाही सपना साकार हो उठा था। वह खूबसूरत रियर-एडमिरल, जो इस वक्त अपनी मोटर से उतर रहा था, इस सपने को चकनाचूर कर देने के लिए नंबर 10 डाउनिंग स्ट्रीट बुलाया गया था।

46 वर्ष की आयु में ही इंग्लैंड की प्रमुख विभूतियों में नाम दर्ज कराने वाले लुईस फ्रांसिस एल्बर्ट विक्टर निकोलस माउंटबेटन, को वाइकाउंट माउंटबेटन ऑफ बर्मा की उपाधि से सुशोभित किया गया था। वह विशाल डील-डौल के आदमी थे, कद छः फुट से कुछ अधिक ही होगा, लेकिन उनके कसरती शरीर में पेट पर चर्बी की एक परत भी नहीं चढ़ पायी थी। पिछले छह वर्षों में उन्हें जो भयानक बोझ ढोना पड़ा था, उसके बावजूद उनके चेहरे पर, जिससे उनके देश के लोकप्रिय अखबारों के लाखों पाठक भली-भाँति परिचित थे, थकान या तनाव का एक भी चिह्न नहीं था। उनके नैन-नक्श और नाक इतनी आश्चर्यजनक हद तक सुघड़ और सुडौल थे कि सुंदरता के लिए खासतौर पर बनाया गया पुतला प्रतीत होता था और अपनी बादामी आँखों पर काले घने बालों की वजह से वह उस समय, जनवरी की सुबह में, अपनी उम्र से पाँच साल छोटे लग रहे थे।

माउंटबेटन को अच्छी तरह मालूम था कि उन्हें लंदन क्यों बुलाया गया है? दक्षिण-पूर्व एशिया में मित्र-राष्ट्रों की सेनाओं के सर्वोच्च सेनापति के पद पर काम करने के बाद जबसे वह वापस लौटे थे, तबसे अपनी कमांड के

क्षेत्र में आने वाले राष्ट्रों की समस्याओं के बारे में वे सलाहकार के रूप में अक्सर डाउनिंग स्ट्रीट जाते रहे थे, लेकिन जब वह पिछली बार वहाँ गये थे, तो जल्दी ही प्रधानमंत्री के प्रश्नों का केंद्र एक ऐसा राष्ट्र बन गया था, जो उनके कार्य-क्षेत्र का अंग नहीं था; वह राष्ट्र था भारत। नौजवान एडमिरल को अचानक 'बहुत ही अरुचिकर, बहुत ही बेचैनी की भावना का आभास' हुआ था। उनका अंदेशा ठीक ही निकला था। एटली उन्हें भारत का वायसराय बनाकर भेजना चाहते थे। ब्रिटिश साम्राज्य में भारत के वायसराय का पद सबसे गौरवशाली पद था; यह एक ऐसा पद था जिस पर रहकर लगातार कितने ही अंग्रेज़ मानवजाति के पाँचवें भाग के भविष्य का निबटारा करते रहे थे, परंतु माउंटबेटन को उस पर रहकर भारत पर शासन करने का काम नहीं सौंपा जाने वाला था। उन्हें जो काम सौंपा जाने वाला था, उतना कष्टदायक काम अब तक किसी अंग्रेज़ को नहीं सौंपा गया था; उन्हें भारत से हाथ खींच लेने का काम सौंपा जाने वाला था।

माउंटबेटन को इस काम में रत्ती-भर भी दिलचस्पी नहीं थी। वह इस विचार से पूरी तरह सहमत थे कि अब समय आ गया है, जब ब्रिटेन भारत को छोड़ दे। पर उनका मन इस विचार से विद्रोह करता था कि ब्रिटेन को उसके साम्राज्य के आधार-स्तंभ से बाँधे रखने वाली प्राचीन कड़ियों को तोड़ने का काम उन्हें पूरा करना होगा। एटली को निरुत्साहित करने के लिए उन्होंने छोटी-बड़ी कितनी ही शर्तें रखी थीं—इस माँग से लेकर कि उन्हें अपने साथ कितने सेक्रेटरी ले जाने की अनुमति होगी, इस माँग तक कि दक्षिण-पूर्व एशिया में वह जो यार्क एम. डब्ल्यू. 102 हवाई जहाज इस्तेमाल करते थे, वह भी उन्हें अपने साथ ले जाने दिया जाएगा। उन्हें इस बात पर बड़ा विस्मय हुआ था कि एटली ने उनकी सभी माँगें मान ली थीं। इस समय कैबिनेट-रूम में प्रवेश करते समय एडमिरल को अब भी धुंधली-सी आशा थी कि भारतीय दायित्व उन पर थोपने की एटली की कोशिशों को वह किसी तरह विफल कर सकेंगे।

जो आदमी माउंटबेटन की राह देख रहा था, उसके निस्तेज चेहरे, लापरवाही से काटी गयी बे-तरतीब मूँछों और पट्टू के उस बदनुमा सूट में, जिसे शायद कभी इस्तरी की सूरत देखना नसीब नहीं हुआ था, कुछ उसी उदास और नीरस शहर का रंग था, जिसकी सड़कों को पार करती हुई एडमिरल की मोटर अभी गुजरी थी। पहली दृष्टि में तो यह विचार कुछ असंगत लगता था कि वह आदमी, जो लेबर पार्टी की ओर से ब्रिटेन का प्रधानमंत्री था, राज-परिवार के एक चमक-दमक वाले, पोलो खेलने के शौकीन सदस्य को उस ब्रिटिश साम्राज्य के एक उपनिवेश में सबसे महत्त्वपूर्ण पद पर नियुक्त करना चाहता है, जिसे छिन्न-भिन्न कर देने के लिए लेबर पार्टी वचनबद्ध थी।

परंतु माउंटबेटन में उनके बाहरी रंग-रूप और चमक-दमक के अलावा और भी बहुत कुछ था। उनकी नौ-सेना की वर्दी पर लगे हुए तमगे इस बात का प्रमाण थे। आम जनता उन्हें भले ही शासन-तंत्र का एक स्तंभ समझती हो, पर शासन-तंत्र माउंटबेटन और उनकी पत्नी को खतरनाक क्रांतिकारी समझता था। दक्षिण-पूर्व एशिया में सर्वोच्च सेनापति के पद पर काम करते हुए उन्होंने एशिया के राष्ट्रवादी आंदोलनों के बारे में जितनी जानकारी प्राप्त कर ली थी, उतनी इंग्लैंड में शायद ही किसी और को रही होगी। इंडो-चाइना में हो ची मिन्ह के समर्थकों, इंडोनेशिया में सुकर्णो, बर्मा में आंग सान, मलाया में चीनी कम्युनिस्टों और सिंगापुर में उपद्रवी ट्रेड यूनियन वालों से उनका पाला पड़ चुका था। इस बात को उन्होंने अच्छी तरह जान लिया था कि यही लोग एशिया का वास्तविक प्रतिनिधित्व करते हैं; इसलिए उनका दमन करने की कोशिश करने के बजाय, जैसा कि उनके साथ काम करने वाले लोगों और मित्र राष्ट्रों के दूसरे सहयोगियों का आग्रह था, उन्होंने उनके साथ मेल-जोल बढ़ाने का प्रयास किया। अगर वह भारत जाते तो उन्हें उस राष्ट्रवादी आंदोलन से निबटना पड़ता, जो सबसे पुराना और सबसे असाधारण था। चौथाई शताब्दी तक बड़े जोश के साथ प्रतिरोध करने और

आंदोलन चलाने के बाद उसके नेतृत्व ने इतिहास के सबसे बड़े साम्राज्य को वह निर्णय लेने पर मजबूर कर दिया था, जो एटली की पार्टी ने लिया था : यह निर्णय कि ब्रिटेन भारत को समय रहते चुपचाप छोड़कर चला आये, बजाय इसके कि इतिहास की शक्तियाँ और सशस्त्र विद्रोह उसे वहाँ से खदेड़ दें।

प्रधानमंत्री एटली ने भारतीय स्थिति की समीक्षा से शुरुआत की। उन्होंने कहा, "भारतीय स्थिति दिन-प्रतिदिन बिगड़ती जा रही है और समय आ गया है कि तत्काल कोई निर्णय किया जाए।"

यह इतिहास की बहुत बड़ी विडंबना थी कि इस निर्णायक क्षण में जब ब्रिटेन आख़िरकार भारत को स्वतंत्रता देने पर तैयार हो गया था, उस समय उसकी समझ में यह नहीं आ रहा था कि वह इस काम को कैसे करे? वह क्षण, जो भारत में ब्रिटेन का सबसे सुनहरा क्षण होना चाहिए था, ऐसा लगता था कि एक अत्यंत भयानक दुःस्वप्न बन जाएगा। औपनिवेशिक मापदंड से किसी विजय में जितना रक्तपात होना चाहिए उसकी अपेक्षा बहुत ही कम खून बहाकर ब्रिटेन ने भारत पर विजय प्राप्त की थी और उस पर शासन किया था। पर अब यह खतरा पैदा हो गया था कि अगर वह उसे छोड़कर चला आये तो वहाँ हिंसा का ऐसा भयानक विस्फोट हो जाएगा, जैसा भारत में पिछली साढ़े तीन शताब्दियों में पहले कभी नहीं देखा गया था।

समस्या की जड़ थी भारत के 30 करोड़ हिंदुओं और 10 करोड़ मुसलमानों के बीच युगों पुराना संघर्ष। यह संघर्ष, जो परंपरागत रूप से, धर्मों के पारस्परिक द्वेष व आर्थिक अंतरों के कारण पनपता रहा था और बड़ी चालाकी से अंग्रेज़ों ने अपनी 'फूट डालो और राज करो' की नीति के जरिए बरसों से जिसे बढ़ावा दिया था, अब विस्फोट के बिंदु पर पहुँच गया था। परिणाम यह हुआ कि मुसलमान नेता अब यह माँग करने लगे कि ब्रिटेन उस एकता को, जिसे इतनी मेहनत से बनाया है, छिन्न-भिन्न कर दे, और उन्हें एक अलग इस्लामी राज्य दे दिया जाए।

मुसलमानों ने स्पष्ट चेतावनी दी थी, "अगर उन्हें उनका राज्य देने से इंकार किया गया, तो उसकी कीमत एशिया के इतिहास में सबसे भयानक गृहयुद्ध के रूप में चुकानी पड़ेगी।"

भारत के 30 करोड़ हिंदुओं का प्रतिनिधित्व करने वाली कांग्रेस पार्टी के नेता भी मुसलमानों की माँगों का विरोध करने के लिए उसी तरह कमर कसे हुए थे। कांग्रेसी नेताओं का कहना था कि इस-महाद्वीप के विभाजन का अर्थ होगा, हमारी ऐतिहासिक मातृभूमि का अंग-भंग, और यह प्रायः धार्मिक व सांस्कृतिक अनाचार होगा।

ये दो विरोधी विचारधाराएँ ब्रिटेन के गले की फाँस बन गयीं और ब्रिटेन धीरे-धीरे ऐसी दलदल में धंसता जा रहा था, जिससे उबरने का कोई रास्ता दिखायी नहीं देता था। इस समस्या को हल करने के लिए ब्रिटेन की ओर से बार-बार जो कोशिशें की गयी थीं, वे विफल रही थीं। परिस्थिति इतनी गंभीर हो गयी थी कि मौजूदा वायसराय फील्ड-मार्शल सर आर्चिबाल्ड वेवेल ने, जो एक ईमानदार और खरी बात कहने वाले सिपाही थे, हाल ही में एटली सरकार को अपनी अंतिम सिफारिशें भेज दी थीं। उनका सुझाव था कि अगर और किसी तरह काम न बने, तो ब्रिटेन घोषणा कर दे कि 'हमारा इरादा है कि हम अपने ढंग से, अपने मतानुसार उचित समय पर और अपने हितों की पूरी तरह रक्षा करते हुए भारत को छोड़कर चले आएँ।'

एटली ने माउंटबेटन को बताया, "ब्रिटेन और भारत बड़े विनाश की ओर अग्रसर हैं। इस परिस्थिति को इस तरह नहीं चलने दिया जा सकता।" वेवेल कष्टप्रद हद तक अल्पभाषी थे, इसीलिए एटली के मुताबिक जिन वाचाल भारतीय नेताओं से उन्हें बातचीत करनी पड़ती थी, उनसे वह कोई वास्तविक संपर्क नहीं स्थापित कर पाये थे।

संकट को टालने के लिए किसी नये चेहरे की या किसी नये रवैये की फौरन जरूरत थी। एटली ने बताया कि रोज सुबह इंडिया ऑफिस में तारों का एक पुलिंदा आता था, जिनमें भारत के किसी नये कोने में निर्द्वंद्व बर्बरता के विस्फोट की घोषणा होती थी। उन्होंने संकेत किया कि माउंटबेटन को

जिस पद पर नियुक्त करने का सुझाव रखा गया है उसे स्वीकार कर लेना उनका परम कर्तव्य है।[1]

प्रधानमंत्री के शब्दों को सुनते समय माउंटबेटन का मन भयानक आशंकाओं के आभास से भर उठा। वह अब भी यही समझते थे कि भारत की 'नैया पार लग ही नहीं सकती।' वह वेवेल को बहुत पसंद करते थे और उनके बहुत प्रशंसक थे। दक्षिण-पूर्व एशिया में मित्र राष्ट्रों की सेनाओं के सर्वोच्च सेनापति की हैसियत से जब उनका नियमित रूप से दिल्ली आना होता था, तो वह वेवेल के साथ अक्सर भारत की समस्याओं के बारे में बातचीत करते थे।

माउंटबेटन समझते थे कि वेवेल के सभी विचार सही हैं। अगर वेवेल इस काम को नहीं पूरा कर सकते, तो उनके इस काम का बीड़ा उठाने में क्या तुक है? फिर भी वह समझने लगे थे कि बच निकलने का कोई रास्ता नहीं है। उन्हें एक ऐसा पद स्वीकार करने के लिए मजबूर किया जाने वाला था, जिसमें विफल होने का खतरा बहुत था और जिसमें युद्ध के दौरान कमायी हुई उनकी शानदार ख्याति बड़ी आसानी से मिट्टी में मिल सकती थी।

माउंटबेटन ने भी दृढ़ निश्चय कर लिया था कि अगर एटली ने यह पद उन पर जबर्दस्ती थोप ही दिया, तो वह भी प्रधानमंत्री से ऐसी राजनीतिक

---

1. माउंटबेटन को इस बात का पता नहीं था, लेकिन उन्हें भारत भेजने के विचार का सुझाव एटली को उनके निकटतम सहयोगी, उनके चांसलर ऑफ़ द एक्सचेकर सर स्टैफर्ड क्रिप्स ने दिया था। यह विचार दिसंबर में लंदन में क्रिप्स और कृष्ण मेनन के बीच एक गुप्त वार्ता के दौरान सामने आया था, कृष्ण मेनन वामपंथी विचारों के बहुत स्पष्टवादी भारतीय थे और कांग्रेसी नेता जवाहरलाल नेहरू के बहुत निकट थे। मेनन ने क्रिप्स और नेहरू के सामने यह यह सुझाव रखा था कि जब तक वेवल वायसराय रहेंगे, तब तक कांग्रेस भारत में किसी प्रगति की आशा नहीं कर सकती। ब्रिटिश नेता के यह पूछने पर कि उनकी जगह किसे भेजा जाए, मेनन ने उस आदमी का नाम बताया था जिसको नेहरू बहुत सम्मान की दृष्टि से देखते थे—लुई माउंटबेटन का नाम। इस बात को जानते हुए कि अगर भारत के मुसलमान नेताओं को पता चल गया कि इस पद पर माउंटबेटन की नियुक्ति का विचार किस तरह पैदा हुआ था तो उनकी सारी उपयोगिता नष्ट हो जाएगी, क्रिप्स और मेनन ने आपस में तय किया कि वे अपनी वार्ता का ब्यौरा किसी के आगे भी जाहिर नहीं करेंगे। मेनन ने क्रिप्स के साथ अपनी वार्ता का ब्यौरा फ़रवरी 1973 में नयी दिल्ली में अपनी मृत्यु से एक वर्ष पूर्व इस पुस्तक के लेखक के साथ अपनी वार्ताओं के एक क्रम के दौरान बताया था।

शर्तें मनवा लेंगे, जिनसे उन्हें कम-से-कम सफलता की कुछ आशा तो रहे। वेवेल के साथ अपनी बातचीत से उन्हें कुछ-कुछ अंदाजा हो गया था कि ये शर्तें क्या होंगी?

उन्होंने प्रधानमंत्री से कहा, "वह इस पद को तब तक स्वीकार नहीं करेंगे, जब तक सरकार बिलकुल दो-टूक शब्दों में सार्वजनिक रूप से यह घोषणा करने को राजी न हो जाए कि भारत में ब्रिटिश शासन किस तारीख को समाप्त हो जाएगा।"

माउंटबेटन महसूस करते थे कि केवल इसी प्रकार भारत के सशंकित बुद्धिजीवी वर्ग को विश्वास दिलाया जा सकता है कि ब्रिटेन सचमुच भारत छोड़कर जा रहा है और भारत के नेताओं में तात्कालिक निर्णय की वह भावना पैदा की जा सकती है, जो यथार्थनिष्ठ समझौते की बातचीत के लिए उन्हें तैयार करने के लिए जरूरी थी।[1]

दूसरे, उन्होंने एक ऐसी माँग रखी जिसकी किसी दूसरे वायसराय ने स्वप्न में भी कल्पना नहीं की थी; उन्होंने यह माँग रखी कि लंदन से हर बात पर सलाह लिए बिना और सबसे बढ़कर, लंदन के निरंतर हस्तक्षेप के बिना, उन्हें अपना काम करने का पूरा अधिकार दिया जाए। नौजवान एडमिरल का कहना था कि एटली-सरकार उनके सामने निर्दिष्ट लक्ष्य तो निर्धारित कर सकती है, लेकिन उस निर्दिष्ट लक्ष्य तक पहुँचने का मार्ग निर्धारित करने और उस मार्ग पर चलने से संबंधित हर फैसला करने का पूरा अधिकार केवल उन्हीं को होगा।

एटली ने पूछा, "आप राजदूत होकर सरकार से उसके सभी अधिकार तो नहीं माँग रहे हैं?"

माउंटबेटन ने जवाब दिया, "सर, मुझे लगता है कि मैं यही माँग रहा हूँ। अगर आपका मंत्रिमंडल लगातार मेरे सिर पर सवार रहेगा तो मैं समझौते की बातचीत कैसे चला सकता हूँ?"

---

1. जब वेवल दिसम्बर 1946 में लंदन गये थे, तो उन्होंने एटली से भी यही सिफारिश की थी कि समय की कोई सीमा निश्चित कर दी जाए।

उनके इन शब्दों के बाद एक निस्तब्ध सन्नाटा छा गया। अपनी इस आश्चर्यचकित कर देने वाली माँग के वास्तविक स्वरूप की प्रतिक्रिया प्रधानमंत्री के चेहरे पर प्रतिबिंबित होते देखकर माउंटबेटन को बहुत संतोष हुआ और उन्हें यह आशा बँधी कि इसकी वजह से एटली अपना सुझाव वापस ले लेंगे।

लेकिन इसके बजाय प्रधानमंत्री ने एक ठंडी आह भरकर उनकी यह शर्त भी मान लेने का संकेत दिया। एक घंटे बाद माउंटबेटन अपने कंधे लटकाये हुए डाउनिंग स्ट्रीट के उस मकान के दरवाजे से बाहर निकले। वह जानते थे कि उन्हें भारत का अंतिम वायसराय होने का दंड दिया जा चुका है, जो कि एक प्रकार से अपने देशवासियों के चिरपोषित शाही स्वप्न को चकनाचूर कर देने वाले की भूमिका होगी।

वापस अपनी मोटर में बैठते हुए उनके मन में एक विचित्र विचार उठा, "आज से ठीक सत्तर साल पहले, लगभग इसी क्षण पर, उनकी पड़नानी को दिल्ली के बाहर एक मैदान में भारत की साम्राज्ञी घोषित किया गया था। उस अवसर पर भारत के जो राजा-महाराजा जमा हुए थे। उन्होंने ईश्वर से प्रार्थना की थी कि महारानी विक्टोरिया का शासन और उनकी सार्वभौम सत्ता सदा के लिए बनी रहे।"

आज नववर्ष दिवस की इस सुबह को उन्हीं के एक पड़नाती ने उस प्रक्रिया का श्रीगणेश किया, जिससे उस 'शासन और सार्वभौम सत्ता' का अंत कर देने की तिथि तय कर दी जाने वाली थी।

दो

एकला चलो, एकला चलो

श्रीरामपुर, नोआखाली, नववर्ष दिवस, 1947

भारत की आत्मा तो बसती ही गाँवों में है, इसीलिए तो डाउनिंग स्ट्रीट से छः हजार मील दूर बंगाल की खाड़ी से ऊपर गंगा के मुहाने में स्थित एक गाँव में उन दिनों संपूर्ण भारत के ही दर्शन होते थे, क्योंकि उस गाँव में भारत के भाग्य विधाता ने डेरा डाले हुए था।

भारत का वह भाग्य विधाता कोई साधू-संत या राजा-महाराजा नहीं बल्कि दुबला-पतला एक वृद्ध आदमी था, जो उस दिन एक किसान की झोंपड़ी के कच्चे दालान में लेटा हुआ था। दोपहर के ठीक बारह बजे थे। जैसा कि उसका प्रतिदिन का नियम था, आज भी उसने हाथ बढ़ाकर अपने एक सहायक के हाथों से कपड़े की गीली थैली ले ली। उस थैली में जो गीली मिट्टी भरी हुई थी, वह छन-छनकर बाहर निकली आ रही थी और थैली से पानी टपक रहा था। उस वृद्ध ने बड़ी सावधानी से थैली को अपने पेट पर रखकर थपका। फिर उसने एक-दूसरी छोटी थैली लेकर अपने गंजे सिर पर रख ली।

गोबरी से लीपे हुए दालान में लेटा हुआ वह वृद्ध बेशक बहुत ही जीर्ण-शीर्ण छोटा-सा जीव लग रहा था। परंतु उसका यह बाहरी रूप एक भ्रम था। इस दुबले-पतले 77 वर्षीय वृद्ध का, जिसका चेहरा सिर पर रखी हुई गीली मिट्टी की थैली के नीचे से मुसकरा रहा था, ब्रिटिश साम्राज्य की नींव हिला देने में जितना बड़ा हाथ था, उतना किसी दूसरे आदमी का नहीं था। यह वृद्ध व्यक्ति एक नये युग का शुभारम्भ करने को तत्पर था, इसीलिए तो उसी की वजह से जिसके राज्य में कभी सूर्य अस्त न होता था, उस ब्रिटेन के प्रधानमंत्री को आखिरकर मजबूर होकर भारत को स्वतंत्रता देने का कोई रास्ता ढूंढ़ निकालने के लिए महारानी विक्टोरिया के एक पड़नाती को नयी दिल्ली भेजना पड़ा था। इस प्रकार यह वृद्ध कोई मामूली सा जीव नहीं था, क्योंकि यह ब्रिटिश साम्राज्य का सूरज अस्त करने पर तुला हुआ था।

मोहनदास करमचंद गाँधी था इस वृद्ध व्यक्ति का नाम। ब्रिटिश शासन के सूर्य पर ग्रहण लगानेवाले इस युगप्रवक्ता पर किसी को क्रांतिकारी होने का शक भी नहीं हो सकता था, क्योंकि वह संसार के सबसे असाधारण मुक्ति आंदोलन के कोमल स्वभाव के मसीहा थे।

उनके पास बड़ी सावधानी से साफ किया हुआ नकली दाँतों का जबड़ा रखा हुआ था। उसे वह केवल खाना खाते समय ही मुँह में लगाते थे। ढलती उम्र के कारण उनके दाँतों ने उनका साथ छोड़ दिया था, पर कर्मपथ पर बिना डिगे हुए उनके कदम बढ़ते चले जाते थे। आँखों की रोशनी मंद पड़ गयी थी, इसलिए वह स्टील के फ्रेम का चश्मा साथ रखते थे, पर उसकी मदद से वह आमतौर पर दुनिया को देखते थे। नेत्र दृष्टि भले ही कमजोर हो गयी थी, पर दिव्य दृष्टि प्रतिदिन और तेज होती जाती थी। इसी कारण तो अंग्रेज़ उनसे नजर मिलाने से कतराते थे।

महान बनने के लिए किसी विशाल कद-काठी की जरूरत नहीं। यह बात गाँधी जी के दर्शन मात्र से ही सिद्ध हो जाती थी, क्योंकि ग्रेट ब्रिटेन

के विशाल साम्राज्य की जड़ें काटने वाले यह व्यक्ति बहुत ही छोटे-से हलके-फुलके आदमी थे। उनका कद मुश्किल से पाँच फुट का रहा होगा और वजन 114 पौंड। उनके हाथ-पाँव ऐसे लगते थे मानो किसी किशोर-वयस्क बालक के हों, जिसका धड़ अभी पूरी तरह नहीं बढ़ पाया था। प्रकृति ने गाँधी के चेहरे को शायद जान-बूझकर कुरूप बनाया था। पर इसमें उनका क्या दोष, वृद्धावस्था में तो हर किसी का चेहरा हो ही जाता है ऐसा। उनके दोनों कान उनके आवश्यकता से अधिक बड़े सिर के दोनों ओर शकरदान के हैंडिल की तरह निकले हुए थे। चपटे फैले हुए नथुनों वाली उनकी नाक उनकी सफेद छिदरी मूँछ पर भारी चोंच की तरह झुकी रहती थी। जिस समय वह नकली बत्तीसी नहीं लगाए रहते थे, तब उनके भरे-भरे होंठ उनके पोपले मसूड़ों पर इस तरह बंद हो जाते थे जैसे डोरीदार बटुआ। फिर भी गाँधी जी के चेहरे पर एक विचित्र सौंदर्य की आभा थी, क्योंकि वह निरंतर चिंतन करते हुए बहुत चंचल रहते थे और उस पर मैजिक लैन्टर्न की जल्दी-जल्दी बदलती हुई आकृतियों की तरह उनकी बदली हुई मनोदशाओं और उनकी शरारत-भरी मुसकराहट का प्रतिबिंब झलकता रहता था।

जिस शताब्दी में चारों ओर हिंसा का बोलबाला था, उसमें गाँधी जी ने एक विकल्प के रूप में अपना अहिंसा का सिद्धांत सामने रखा था। अहिंसा परमो धर्म—यही तो भारतीय संस्कृति की विशेषता है। कुछ बात है कि हस्ती मिटती नहीं हमारी यही तो वह बात है। इसलिए उन्होंने सशस्त्र विद्रोह की बजाय नैतिक आंदोलन के सहारे, मशीनगन की गोलियों की बौछार के बजाय प्रार्थना के सहारे, आतंकवादियों के बमों के धमाकों के बजाय अवहेलनापूर्ण मौन के सहारे इस महाद्वीप से अंग्रेज़ों को बाहर निकाल देने के लिए जन-साधारण को संगठित करने के उद्देश्य से अहिंसा के इस महान अस्त्र का उपयोग किया था।

जिस समय पश्चिमी यूरोप बड़े-बड़े लफ्फाजों के धुआँधार भाषणों और चीख-चीखकर बोलने वाले डिक्टेटरों की दहाड़ से गूँज रहा था, उस

समय गाँधी जी ने अपना स्वर ऊँचा उठाए बिना संसार के सबसे अधिक जनसंख्या वाले राष्ट्र भारत के करोड़ों लोगों को आंदोलित कर दिया था। उन्होंने अपने अनुयायियों को सत्ता या अपार संपदा का आश्वासन देकर अपने झंडे तले जमा नहीं किया था, बल्कि यह चेतावनी दी थी, "मेरे साथ चलना है तो स्वयं का घूर फूँककर तमाशा देखना होगा। इसलिए जो लोग मेरे साथ आएँ वे खाली जमीन पर सोने के लिए, मोटा कपड़ा पहनने के लिए, भोर पहर बहुत जल्दी उठने के लिए, सीधा-सादा नीरस खाना खाकर पेट भरने और यहाँ तक कि अपना मल स्वयं साफ करने के लिए तैयार रहें।"

भड़कीली वर्दियों और खनकते हुए मैडलों से अपने बदन को सजाने के बजाय उन्होंने अपने अनुयायियों को हाथ के कते-बुने खद्दर के कपड़े पहनाये, लेकिन यह पहनावा उतनी ही आसानी से दूर से पहचाना जाता था और पहनने वालों को एकता के सूत्र में बाँधने की मनोवृत्ति पैदा करने में यह उतना ही कारगर साबित हुआ, जितनी कि यूरोप के डिक्टेटरों की कत्थई या काली कमीजें।

अपने अनुयायियों के साथ संचार-संपर्क स्थापित करने के उनके साधन बहुत ही प्राचीन काल के थे। वह अपना सारा पत्र-व्यवहार स्वयं अपने हाथ से लिखकर करते थे और अपने शिष्यों से, प्रार्थना सभाओं में और कांग्रेस पार्टी की छोटी-छोटी बैठकों में सीधे बातचीत करते थे। वह किसी भी ऐसी तकनीक का सहारा नहीं लेते थे, जिसके सहारे कोरी लफ्फाजी करने वाले लोग या लंबे-चौड़े सिद्धांत बघारने वाले लोगों के गुट जन-साधारण पर अपनी बात का जादू चलाने में सफल होते हैं। फिर भी उनका संदेश एक ऐसे राष्ट्र के कोने-कोने तक पहुँच गया, जिसके पास संचार के कोई आधुनिक साधन नहीं थे, क्योंकि गाँधी में ऐसे सीधे-सादे संकेतों से अपनी बात कह देने की विलक्षण प्रतिभा थी, जो भारत की अंतरात्मा को छू लेते थे। ये सारे सांकेतिक आचरण आधुनिक परंपरा से हटकर थे। अजीब बात थी कि एक ऐसे देश में जहाँ आये दिन अकाल पड़ता रहता था, जो शताब्दियों से भूख की मार का शिकार था,

गाँधी जी ने जो सबसे विनाशकारी अस्त्र अपनाया, वह था अपने-आपको भोजन से वंचित रखने का अर्थात अनशन ही उनका ब्रह्म अस्त्र था। उन्होंने गंगा और यमुना का जल पी-पीकर कोका कोला पीने वाले ब्रिटेन को घुटने टेकने पर विवश कर दिया।

इनसान तो क्या पाहन को भी भगवान समझकर पूजने वाले भारत ने उनके कृषकाय शरीर की छाया में, उनके हर आचरण की सहज प्रतिभा में एक अवतारी पुरुष या महात्मा के लक्षण देखे और जहाँ भी वह गये, सारा देश उनके पीछे चल पड़ा। निःसंदेह वह इस शताब्दी की एक ऐसी विभूति थे, जिसमें चुंबकीय आकर्षण था। अपने अनुयायियों के लिए वह महात्मा थे। हालाँकि अंग्रेज़ नौकरशाह, जिनकी विदाई की घड़ी को निकट लाने में उनका बहुत बड़ा हाथ था, उन्हें एक मक्कार, राजनीतिज्ञ, एक ढोंगी मसीहा कहते थे, जिसके अहिंसात्मक आंदोलनों का अंत हमेशा हिंसा में होता था और जिसके आमरण अनशन हमेशा मृत्यु के द्वार पर पहुँचकर टूट जाते थे। वेवेल जैसा दयालु आदमी भी उनसे इसलिए घृणा करता था कि उनकी दृष्टि में वह एक 'दुष्ट प्रकृति के बूढ़े राजनीतिज्ञ थे। बहुत काइयाँ, जिद्दी, धौंस देने वाले और दोहरी बात कहने वाले, जिनमें सच्ची संतवृत्ति नाममात्र को भी नहीं थी।'

वह गाँधी जी जिसको भारतीय अपना मसीहा समझते थे, जब उसके प्रति ही अंग्रेज़ों की ऐसी सोच थी, तो फिर आम भारतीयों के प्रति क्या होगी? इसका अंदाजा आप स्वयं लगा सकते हैं।

गाँधी जी से भयभीत जितने भी अंग्रेज़ों ने गाँधी से समझौते की बातचीत की थी, उनमें शायद ही कोई ऐसा रहा होगा जिसने उन्हें पसंद किया हो; और जिन्होंने उनको समझा हो, वे तो और भी कम रहे होंगे। उनका विस्मय समझ में आता था। गाँधी जी महान नैतिक सिद्धांतों और बेतुकी सनकों का एक विचित्र मिश्रण थे। उनके लिए यह कोई विचित्र बात नहीं थी कि गंभीर-से-गंभीर राजनीतिक बातचीत के बीच में ब्रह्मचर्य या रोज नमक के पानी का जुलाब लेने के लाभों पर प्रवचन करने लगें।

कहा जाता था कि गाँधी जी जहाँ भी जाते थे, वहीं भारत की राजधानी बन जाती थी। इस नववर्ष दिवस को यह राजधानी बंगाल के छोटे-से गाँव श्रीरामपुर में थी, जहाँ यह महात्मा मिट्टी का लेप किये पड़े थे। रेडियो, बिजली या पानी के नल जैसी किसी भी सुविधा के बिना, जहाँ से तार देने या टेलीफ़ोन करने के लिए तीस मील पैदल जाना पड़ता था, वहाँ से वह इतने विशाल महाद्वीप पर अपना सिक्का जमाये हुए थे।

नोआखाली का इलाका, जिसमें श्रीरामपुर का यह गाँव बसा हुआ था, भारत के सबसे दुर्गम क्षेत्रों में से एक था; गंगा और ब्रह्मपुत्र नदियों के डेल्टा में, जहाँ हमेशा पानी भरा रहता था, यह छोटे-मोटे द्वीपों का एक ग्रामीण क्षेत्र था। इसका कुल विस्तार मुश्किल से 40 वर्गमील था और इसमें पच्चीस लाख लोगों की घनी आबादी थी, जिनमें से 80 प्रतिशत मुसलमान थे। ये लोग शहरों, खाड़ियों और जल-धाराओं से बँटे हुए गाँवों में रहते थे। इन गाँवों तक नावों से, छोटी-मोटी डोगियों से और रस्सी, लट्ठों या बाँस के उन पुलों के सहारे ही पहुँचा जा सकता था, जो इस पूरे इलाके में बड़ी तेजी से बहते हुए पानी पर बहुत खतरनाक ढंग से झूलते रहते थे। श्रीरामपुर में 1947 का नववर्ष-दिवस गाँधी जी के लिए अत्यंत संतोष का दिन था। उस दिन वह उस लक्ष्य के बिलकुल निकट पहुँच चुके थे, जिसके लिए लड़ते हुए उन्होंने अपना अधिकांश जीवन व्यतीत कर दिया था : भारत की स्वतंत्रता का लक्ष्य।

फिर भी अपने संघर्ष के इस गौरवशाली चरम-बिंदु के निकट पहुँचते हुए गाँधी जी अत्यंत दुःखी थे। उनकी व्यथा के कारण, इस छोटे-से गाँव में जहाँ उन्होंने पडाव डाला था, हर जगह स्पष्ट दिखायी देते थे। क्लीमेंट एटली की मेज पर रोज भारत से आने वाली जिन रिपोर्टों का ढेर लगा रहता था, उनमें जिन जगहों के नामों का उल्लेख रहता था, जिनका उच्चारण भी उनके लिए कठिन था, उनमें एक नाम श्रीरामपुर भी था। धर्मांध नेताओं के भड़कावे में आकर, कलकत्ता में संदिग्ध दंगाइयों द्वारा कुछ मुसलमानों को मौत के घाट उतार दिये जाने की खबरों से उत्तेजित होकर, पूरे नोआखाली

के मुसलमानों की तरह यहाँ के लोग भी अचानक अल्पसंख्यक हिंदुओं के खून के प्यासे हो उठे थे, जो अब तक उनके साथ इसी गाँव में रहते आये थे। उन्होंने उनकी बोटी-बोटी काट दी, उनकी औरतों के साथ बलात्कार किया, उनके घरों को लूटा और जला दिया और अपने पड़ोसियों को उनकी पवित्र गौ-माता का माँस खाने पर मजबूर किया और बाकी लोगों को धान के खेतों के पार भाग जाने पर मजबूर कर दिया। श्रीरामपुर की आधी झोपड़ियाँ झुलसे हुए खंडहर बन चुकी थीं। जिस झोंपड़ी में गाँधी जी लेटे हुए थे, उसका भी एक हिस्सा आग से नष्ट हो चुका था।

नोआखाली की विस्फोटक घटनाएँ छुटपुट चिंगारियाँ-भर थीं, लेकिन जिन उन्मादों ने इन चिंगारियों को सुलगाया था, वे आसानी से एक तूफानी ज्वाला का रूप धारण कर सकते थे, जो पूरे उप-महाद्वीप को फूँककर रख दे। ये हृदय विदारक घटनाएँ, इनसे पहले कलकत्ता में होने वाले उपद्रव और उनके बाद उत्तर-पश्चिम की ओर बिहार में होने वाले उत्पात, जहाँ उतनी ही बर्बरता के साथ बहुसंख्यक लोग अल्पसंख्यक मुसलमानों पर टूट पड़े थे—यही सब घटनाएँ उस आदमी के साथ एटली की बातचीत के दौरान, जिसे वायसराय बनाकर फौरन नयी दिल्ली भेजना चाहते थे, उनकी चिंता का कारण बनी हुई थीं।

श्रीरामपुर में गाँधी जी की उपस्थिति का कारण भी ये घटनाएँ ही थीं। इस बात से गाँधी जी का दिल टूट गया था कि जब उनके देशवासियों की विजय की घड़ी निकट आयी तो वे सांप्रदायिकता के उन्माद में अंधे होकर एक-दूसरे के खून के प्यासे हो गये। उन लोगों ने स्वतंत्रता के पथ पर उनका अनुसरण तो किया, पर उस मंजिल तक पहुँचने के लिए उन्होंने अहिंसा के जिस महान सिद्धांत का प्रतिपादन किया था उसे वे लोग नहीं समझ पाये थे। अहिंसा के सिद्धांत पर गाँधी जी की भी अडिग आस्था थी। युद्ध की जिस विभीषिका से होकर दुनिया गुजरी थी और ऐटमी तबाही का जो भूत उसके सिर पर इस समय मंडरा रहा था, वे गाँधी जी के लिए इस बात का निर्णायक प्रमाण थे कि केवल अहिंस। ही मानव-जाति को बचा

सकती है। उनकी प्रबल इच्छा थी कि नया भारत एशिया को और सारे विश्व को मनुष्य की इस दुविधा से बाहर निकलने का मार्ग दिखाये। अगर स्वयं उनके ही देशवासी उन सिद्धांतों से विमुख हो जाएँ, जिनको उन्होंने अपने जीवन का आधार बनाया था और उन्हें स्वतंत्रता की मंजिल तक पहुँचाने के लिए इस्तेमाल किया था, तो फिर गाँधी जी की आशाओं का बाकी ही क्या रह जाएगा? यह एक ऐसी दुखद घटना होगी, जो स्वतंत्रता को एक निरर्थक विजय में परिवर्तित कर देगी।

गाँधी जी के सामने एक और दुखद घटना का भी खतरा था। धार्मिक आधार पर भारत को दो टुकड़ों में बाँट देना हर उस चीज़ को मुँह चिढ़ाना था, जिसमें गाँधी जी की दृढ़ आस्था थी। अपने प्रिय देश के उस विभाजन के खिलाफ गाँधी जी का रोम-रोम पुकार-पुकार कर दुहाई दे रहा था, जिसकी माँग भारत के मुस्लिम राजनीतिज्ञ कर रहे थे और जिसे अब अंग्रेज़ शासक स्वीकार करने को भी तैयार थे। गाँधी जी के लिए भारत की जनता और वहाँ के विविध धर्म एक-दूसरे में उसी तरह अभिन्न रूप से गुँथे हुए थे जैसे पूर्वी कालीनों के बहुत बारीक और जटिल बेल-बूटे।

उन्होंने बार-बार कहा था, "भारत के टुकड़े करने से पहले मेरे शरीर के टुकड़े करने होंगे!"

गाँधी जी श्रीरामपुर के इस उजड़े हुए गाँव में अपनी आस्था की खोज में आये थे, विभाजन के रोग के विषाणु सारे भारत में फैलने से रोकने का उपाय खोजने आये थे। जब पहली सांप्रदायिक मार-काट के बाद भारत के हिंदुओं और मुसलमानों के बीच एक गहरी खाई पैदा हो गयी तो उन्होंने व्यथित होकर कहा था, "मुझे इस घनघोर अंधकार में रोशनी की कोई किरण दिखायी नहीं देती। सत्य और अहिंसा में मेरी अडिग आस्था रही है, उनके सहारे मैंने अपने जीवन के पचास वर्ष काटे हैं, अब वे उन गुणों का परिचय देने में असमर्थ-से प्रतीत होते हैं, जो मैं उनमें समझता आया हूँ।"

उन्होंने अपने अनुयायियों से कहा, "मैं यहाँ एक नयी कार्य-प्रणाली की खोज में और उस सिद्धांत की सार्थकता परखने आया हूँ जिसके सहारे मैं अब तक जिंदा हूँ और जिसने मेरे जीवन को जीने योग्य बनाया है।"

कई दिन तक गाँधी जी गाँव में घूम-घूमकर वहाँ के रहने वालों से बातें करते रहे, चिंतन-मनन करते रहे और अपनी 'अंतरात्मा की आवाज' की प्रतीक्षा करते रहे, जो पहले भी कितनी ही बार संकट की घड़ियों में उनका पथ आलोकित कर चुकी थी। इधर कुछ दिन से उनके अनुचरों ने देखा था कि वह एक विचित्र काम में अधिकाधिक समय व्यतीत करने लगे थे—गाँव के चारों ओर से फिसलनदार चरमराते हुए लट्ठे के पुलों को पार करने का अभ्यास करने में।

उस दिन मिट्टी का लेप कर चुकने के बाद उन्होंने अपने अनुयायियों को अपने पास झोंपड़ी में ही बुलाया। अंततः उन्हें अपनी 'अंतरात्मा की आवाज' सुनायी दी थी। जिस तरह प्राचीन काल में यहाँ के हिंदू धर्मात्मा लोग नंगे पैर महाद्वीप के आर-पार पवित्र स्थानों की तीर्थ-यात्रा के लिए निकलते थे, उसी प्रकार गाँधी जी ने भी घृणा की आग में झुलसे हुए नोआखाली के गाँवों में प्रायश्चित-यात्रा करने का निर्णय किया था। अपने प्रायश्चित के प्रतीक के रूप में अगले सात सप्ताह में वह 116 मील पैदल चलकर नोआखाली के 47 गाँवों में गये।

हिंदू होते हुए भी वह क्रोध से बिफरे हुए उन मुसलमानों के बीच गाँव-गाँव, घर-घर घूमे और अपनी उपस्थिति के मरहम से उन्होंने नोआखाली की विच्छिन्न शांति फिर से स्थापित करने की कोशिश की।

चूँकि यह प्रायश्चित-यात्रा थी, इसलिए उन्होंने आदेश दिया कि वह नहीं चाहते थे कि इस यात्रा में भगवान के अतिरिक्त कोई दूसरा उनके साथ हो, उनके केवल चार शिष्य उनके साथ जाने वाले थे। जिन गाँवों में वे जाएँ उनके निवासी उन्हें अपनी इच्छा से जो कुछ भी दान में दे दें उसी पर उन्हें निर्वाह करना था। उन्होंने कहा कि कांग्रेस और मुस्लिम लीग के राजनीतिज्ञों को दिल्ली में कभी न समाप्त होने वाली बहसों में भारत के भविष्य के बारे में झगड़ने दो। जैसा हमेशा से होता आया है, भारत की समस्याओं का हल उसके गाँवों में ही मिलेगा, यह देश गाँवों का देश है। इसकी आत्मा गाँवों में ही तो बसती है।

उन्होंने कहा, "यह मेरा 'अंतिम और सबसे बड़ा प्रयोग' होगा; यदि रक्तपात और कटुता से अभिशप्त उन गाँवों में मैं 'अच्छे पड़ोसियों जैसे संबंधों की ज्योति फिर से जगाने में सफल हुए तो शायद इन गाँवों का उदाहरण पूरे राष्ट्र को प्रेरणा प्रदान कर सके।" वह प्रार्थना कर रहे थे कि यहाँ नोआखाली में वह अहिंसा का दीप फिर जलाने में सफल हों और सांप्रदायिक युद्ध के उस भूत को भगा दें, जो भारत पर मंडला रहा था।

उनकी टोली ने भोर पहर अपनी यात्रा आरंभ की। गाँधी जी की उन्नीस-वर्षीया पौत्री मनु ने उनका थोड़ा-बहुत सामान बाँध दिया—एक कलम और काग़ज़, सुई-धागा, एक मिट्टी का प्याला और लकड़ी का चम्मच, उनका चरखा और उनके तीन गुरु—हाथी दाँत की बनी हुई उस तीन बंदरों की छोटी-छेटी आकृतियाँ जो 'न कोई बुरी बात सुनते थे, न कोई बुरी बात देखते थे और न कोई बुरी बात कहते थे।' उसने एक थैले में वे किताबें भी बाँध दीं, जिनसे पता चलता था कि जंगलों में भटकने वाला यह राही कितना उदार और ग्रहणशील था। ये पुस्तकें थीं—भगवद्गीता, कुरान, ईसा मसीह का आचरण तथा उनके सिद्धांत और यहूदी विचारों की एक पुस्तक।

गाँधी जी के पीछे-पीछे टोली धूल-भरी कच्ची पगडंडियों के रास्ते पोखरों और सुपारी तथा नारियल के झुरमुटों के पास से होती हुई दूर धान के खेतों की ओर आगे बढ़ी। श्रीरामपुर के गाँव वाले झुकी कमर के इस 77 वर्षीय वृद्ध के अंतिम दर्शन के लिए लपक पड़े, जो अपने खोये हुए सपने की खोज में बाँस की एक लंबी लाठी लिए लंबे-लंबे डग भरता हुआ आगे बढ़ता जा रहा था।

जब गाँधी जी की यह टोली कटे हुए धान के खेतों के पार आँख से ओझल होने लगी, तो गाँव वालों ने उन्हें रवींद्रनाथ टैगोर की एक महान कविता बड़ी लय के साथ गाते हुए सुना। यह इस वृद्ध नेता की प्रिय कविता थी और जब वह आँख से ओझल हो गये तब भी वे धान के खेतों के पास से आती हुई उनकी ऊँची बेसुरी आवाज सुनते रहे।

वह गा रहे थे–

यदि तोर डाक सुने केऊ ना आशे,
तबे एकला चालो रे,
एकला चालो, एकला चालो, एकला चालो।

हिन्दू और मुसलमान सदियों से मिल-जुलकर रहते आये थे। लेकिन यह कैसी स्वतंत्रता की आहट थी, जिसने दोनों कौमों को एक-दूसरे का रक्त पिपासु बनाया था। हिन्दू-मुस्लिमों के बीच आपस का यह रक्तपात, जिसे गाँधी जी रोकने की आशा कर रहे थे, भूख की तरह ही भारत का सबसे क्रूर अभिशाप बन चुका था। 'महाभारत' में ईसा से 2,500 वर्ष पूर्व दिल्ली से उत्तर-पश्चिम की ओर कुरुक्षेत्र के मैदान में ऐसे ही भयानक नर-संहार का वर्णन किया गया है। कुछ लोगों का कहना है कि हिंदू धर्म भारत में वे इंडो-यूरोपीय गिरोह लाये थे जो इस उप-महाद्वीप को उसके द्रविड़ अर्ध-आदिवासियों से छीनने के लिए उत्तर की ओर से इस देश पर टूट पड़े थे। इसके मनीषियों ने अपने पवित्र वेद ईसा के जन्म से शताब्दियों पहले सिंधु नदी के तट पर बैठकर लिखे थे। हालाँकि बहुत से विद्वान इस सिद्धांत के खिलाफ भी हैं कि हिन्दू अर्थात् आर्य भारत में कहीं बाहर से आये और उन्होंने यहाँ के मूल निवासियों को मार भगाया।

इस्लाम यहाँ बहुत बाद में आया, उस समय के भी बाद जब चंगेज खां और तैमूरलंग की फौजें गंगा के विशाल मैदान पर हिंदुओं का कत्लेआम कर रही थी, ताकि उनका आधिपत्य और सभ्यता-संस्कृति समाप्त हो जाए। ये बेरहम लुटेरे अपने गुंडों के साथ खैबर दर्रे के रास्ते घुस आये थे। इसके बाद दो शताब्दी तक मुसलमान मुगल सम्राट अधिकांश भारत पर अपना ऐश्वर्यपूर्ण तथा कठोर शासन जमाये रहे और अपनी फौजों की प्रगति के साथ-ही-साथ वाहिद-उल-लाशरीक और रहमानुर्रहीम अल्लाह का संदेश भी प्रसारित करते रहे। इन्होंने इस्लाम के प्रचार के लिए एक हाथ में तलवार तो दूसरे हाथ में कुरान रखने से कभी भी परहेज नहीं किया।

इस प्रकार भारतीय उप-महाद्वीप पर फल-फूल रहे ये दोनों धर्म एक-दूसरे से इतने भिन्न थे कि उससे अधिक भिन्नता मनुष्य की धर्मपरायणता की शाश्वत वृत्ति की अभिव्यक्तियों में संभव ही नहीं थी। इस्लाम पैगम्बर मुहम्मद और कुरान पर आधारित है, जबकि हिंदू ऐसा धर्म है, जो शाश्वत है। वैसे तो इसमें भी बहुत से मत प्रचलित हैं, लेकिन इसका भी एक ऐसा धर्मग्रंथ है, जिसे सब सत्य विद्याओं की पुस्तक कहा जाता है और वह सत्य वाणी है वेद। कहते हैं कि सृष्टि के आरंभ में वेद ईश्वर ने सबके कल्याण के लिए प्रदान किया है।

इस्लाम के अनुसार सृष्टा अपनी सृष्टि से अलग रहकर अपने सृजन को सुव्यवस्थित करता है और उसका अधिष्ठाता है। वह सातवें आसमान पर रहता है, जबकि हिंदुओं के अनुसार सृष्टा तथा उसकी सृष्टि एक ही है और ईश्वर एक प्रकार की सर्वव्यापी ब्रह्म-शक्ति है, जिसकी अभिव्यक्तियों की कोई सीमा नहीं है।

परंतु उस समय हिंदुओं और मुसलमानों के बीच सद्भावना के मार्ग में सबसे बड़ी बाधा आध्यात्मिक नहीं बल्कि सामाजिक थी। वह बाधा थी हिंदू समाज को व्यवस्थित करने वाली जाति-प्रथा। हिन्दू धर्म-ग्रंथों के अनुसार जातियों की उत्पत्ति सृष्टि के रचयिता ब्रह्मा से हुई है। ब्राह्मण, जो सबसे ऊँचे वर्ण के हैं, ब्रह्मा के मुख से पैदा हुए थे; क्षत्रिय, जो योद्धा और शासक थे, उनकी भुजाओं से पैदा हुए थे; वैश्य, जो व्यापारी थे, उनकी जाँघ से पैदा हुए थे; शूद्र, जो कारीगर थे, उनके चरणों से पैदा हुए थे। उनसे भी नीचे अछूत थे, जो दैवी स्रोत से उत्पन्न नहीं हुए थे।

परंतु वर्ण-व्यवस्था की उत्पत्ति उतनी दैवी नहीं थी, जितनी कि पुराणों में बतायी गयी है। शुरू में यह व्यवस्था कर्म के आधार पर निर्धारित होती थी। यदि शूद्र का पुत्र पढ़-लिखकर विद्वान बन जाता था, तो उसे ब्राह्मण वर्ण में रख दिया जाता था और यदि किसी ब्राह्मण का पुत्र नीच प्रवृत्ति का हो जाता था, तो उसे शूद्र वर्ण में रख दिया जाता था, लेकिन कालांतर में यह व्यवस्था छिन्न-भिन्न हो गयी और जो जिस जाति में पैदा होता था, वह

उसी जाति का कहा जाने लगा। ब्राह्मण वर्ण में पैदा हुआ नीच लक्षणों वाला बालक भी ब्राह्मण ही माना जाने लगा और शूद्र वर्ण में जन्म लेने वाला विद्वान भी शूद्र ही माना जाने लगा। इस प्रकार वह व्यवस्था जो कभी समाज की उन्नति के लिए बनायी गयी थी, कालांतर में समाज के लिए कैंसर बन गयी। और इस प्रकार समाज के ये जातिगत विभाजन कैंसर की कोशिकाओं की तरह बढ़ते-बढ़ते लगभग 5,000 जातियों और उप-जातियों में बँट गये, जिनमें से 1886 तो केवल ब्राह्मण वर्ण के ही थे। प्रत्येक व्यवसाय की अपनी अलग जाति हो गयी और समाज असंख्य छोटी-छोटी संकुचित श्रेणियों में बँट गया; हर व्यक्ति अपने जन्म के आधार पर अपनी ही श्रेणी में काम करने, रहने, विवाह करने और मरने के लिए विवश था। इनकी परिभाषाएँ इतनी सुनिश्चित तथा सुस्पष्ट हो गयी थीं कि लोहा गलाने वाले की कोई एक जाति होती थी, तो लोहा पीटकर उससे तरह-तरह की चीज़ें बनाने वाले की दूसरी।

वर्ण-व्यवस्था से ही जुड़ी हुई एक दूसरी संकल्पना है, जो हिंदू धर्म में आधारभूत स्थान रखती है—पुनर्जन्म। हिंदू यह विश्वास करते हैं कि उनका शरीर उनकी आत्मा का एक परिधान मात्र है। प्रत्येक जीवन उसकी आत्मा की अनंत पार यात्रा के दौरान उसके अनेक रूपों में से केवल एक रूप होता है; यह एक ऐसी शृंखला है, जो ब्रह्मांड के किसी धुंधलके में खो जाती है। कर्म अर्थात प्रत्येक मर्त्य जीवनकाल के पाप व पुण्य का संचय, आत्मा का निरंतर भार होता है। उसी से यह निर्धारित होता है कि अपने अगले जन्म में आत्मा वर्ण-सोपान में ऊपर की ओर चढ़ेगी या नीचे की ओर गिरेगी। वर्ण-व्यवस्था भारत के सामाजिक अन्यायों को दैवी समर्थन प्रदान करके उन्हें सदा के लिए बनाये रखने का बेहतरीन उपाय था। जिस तरह मध्य-युग में ईसाइयों के गिरजाघरों ने किसानों को यह सलाह दी थी कि वे परलोक की चिंता में लगे रहकर अपने इस जीवन की विपदाओं को भुला दें, उसी प्रकार हिंदू धर्म भी भारत के विपदाग्रस्त पीड़ित लोगों को यही परामर्श देता आया था कि वे अपनी वर्तमान दशा को चुपचाप यह सोचकर स्वीकार कर

लें कि यह इस बात का सबसे अच्छा आश्वासन है कि अगले जन्म में उसकी नियति इससे अच्छी होगी।

मुसलमानों के लिए, जो इस्लाम को मोमिनों (धर्म पर आस्था रखने वालों) की तरह ही बिरादरी मानते थे, यह पूरी व्यवस्था एक लानत थी। मुस्लिम शासकों ने एक हाथ में तलवार और दूसरे में कुरान लेकर अपने मजहब का प्रचार किया। हिन्दुस्तान में हिन्दुओं पर ही जजिया कर लगाया, इस कारण लाखों लोग अपना धर्म बदलकर भारत के मुगल शासकों की मस्जिदों की ओर खिंचने लगे। नव मुस्लिमों को विशेष रियायतें मिलती थी और एक नये मुसलमान का दर्जा नौ मुसलमानों के बराबर माना जाता था। इतना होने पर भी उच्च वर्ण के लोग मुश्किल से ही इस्लाम की ओर आकृषित होते थे और क्षत्रिय को तो हिन्दू धर्म में इतनी गहरी आस्था थी, कि वे इस्लाम अपनाने से ज्यादा बेहतर धर्म की बलिवेदी पर बलिदान होना पसंद करते थे। ऐसे ही न जाने कितनी बार जौहर की ज्वालाएँ स्वर्ग तक उठी होंगी। लेकिन शूद्र वर्ण जिसका हिन्दू धर्म में कम सम्मान था और छुआछूत के कारण उन्हें अछूत तक माना जाने लगा था, तो वे इस्लाम की ओर ज्यादा आकर्षित हुए और इस कारण अनिवार्य रूप से इनमें बहुत बड़ी संख्या अछूतों की थी, जो इस्लाम की बिरादरी में अपने लिए वह स्वीकृति ढूंढ़ रहे थे, जो स्वयं उनका धर्म उन्हें किसी दूसरे दूरस्थ जन्म में ही देने की आशा बँधा सकता था। हालाँकि जिन दलितों ने इस्लाम अपनाया, उन्हें मुसलमानों ने सदा निकृष्ट ही समझा।

अठारहवीं शताब्दी के आरंभ में मुगल साम्राज्य के पतन के साथ ही भारत के एक कोने से दूसरे कोने तक हिंदू शौर्य के नवोत्थान की एक लहर दौड़ गयी और उसके साथ ही एक और लहर भी उठी, जिसमें हिंदू और मुसलमान एक-दूसरे का खून बहाने लगे। ब्रिटेन ने विजेता के रूप में अपनी उपस्थिति से इस युद्धरत उप-महाद्वीप पर अपनी 'ब्रिटिश शांति' तो थोप दी, लेकिन दोनों धर्म पारस्परिक अविश्वास तथा संशय के जिए वातावरण में रहते आये थे, वह पूर्ववत् बना रहा। हिंदू इस बात को नहीं भूले कि

अधिकांश मुसलमान उन अछूतों की संतान थे, जो अपनी विपदाओं से छुटकारा पाने के लिए हिंदू धर्म छोड़कर भाग गये थे। सवर्ण हिंदू किसी मुसलमान के सामने भोजन छूते तक नहीं थे। अगर कोई मुसलमान किसी हिंदू के चौके में चला जाता, तो सारा चौका भ्रष्ट हो जाता। किसी मुसलमान का हाथ छू जाने मात्र पर ब्राह्मण को घंटों पूजा-पाठ करना पड़ता, तब कहीं वह शुद्ध हो पाता।

नोआखाली के जिन गाँवों में गाँधी जी जाने वाले थे, उनमें हिंदू और मुसलमान दोनों ही रहते थे, ठीक उसी तरह जैसे भारत के उत्तरी भाग में बिहार, उत्तर प्रदेश और पंजाब के हज़ारों गाँवों में। लेकिन वे भौगोलिक रूप से बँटी हुई अलग-अलग बस्तियों में रहते थे। यह सीमा सड़क या पगडंडी के रूप में होती थी, जिसके एक ओर कोई हिंदू नहीं रहता था और दूसरी ओर कोई मुसलमान नहीं रहता था।

दोनों धर्मों के लोग सामाजिक स्तर पर आपस में मिलते-जुलते थे, एक-दूसरे के त्योहारों में भाग लेते थे और काम करने के अपने मामूली औजार भी मिल-बाँटकर इस्तेमाल करते थे। ऐसा लगता था कि आपस में उनका मिलना-जुलना बस यहीं तक सीमित था। आपस में विवाह होने का तो प्रायः सवाल ही नहीं उठता था। दोनों संप्रदायों के लोग अलग-अलग कुँओं से पानी भरते थे और सवर्ण हिंदू अपने कुएँ से कुछ गज ही की दूरी पर स्थित मुसलमानों के कुएँ का पानी पीने के बजाय प्यासा मर जाना बेहतर समझता था; पंजाब में हिंदू बच्चे जो थोड़ा-बहुत ज्ञान प्राप्त करते थे, वह उन्हें गाँव के पंडित से मिलता था, जो उन्हें जमीन पर गेहूँ की ठंठल से लिखकर पंजाबी के कुछ शब्द लिखना सिखा देता था। उसी गाँव के मुसलमान बच्चे थोड़ा-बहुत इल्म मस्जिद में पढ़कर उन्हें रटते रहते थे। गौ-मूत्र और विभिन्न जड़ी-बूटियों से बनने वाली प्राचीन ढंग की दवाएँ भी, जिनकी सहायता से वे दोनों उन्हीं बीमारियों से जूझते थे, प्राकृतिक चिकित्सा की दो अलग-अलग प्रणालियों पर आधारित थीं। इन सामाजिक तथा आर्थिक विषमताओं में एक और भी अधिक फूट डालने वाली और भी

अधिक घातक विषमता जुड़ गयी थी—आर्थिक विषमता। ब्रिटिश शिक्षा और पाश्चात्य विचारधारा ने भारत को जो अवसर प्रदान किये थे, उनका लाभ हिंदुओं ने मुसलमानों की अपेक्षा कहीं अधिक तेजी से उठाया था। इसका परिणाम यह हुआ कि सामाजिक स्तर पर तो मुसलमानों के साथ अंग्रेज़ों की बहुत अच्छी निभती थी, लेकिन उनकी ओर से भारत की प्रशासन-व्यवस्था हिंदू चलाते थे।[1] वे ही भारत के व्यापारी, महाजन, प्रशासक और डॉक्टर, वकील तथा अध्यापक आदि थे। पारसियों के साथ मिलकर, जो ज़रथुष्ट्र के मानने वाले प्राचीन फारस के अग्निपूजकों के वंशज थे, हिंदुओं ने बीमे तथा बैंकों के कारोबार पर, बड़ी-बड़ी तिजारतों पर और भारत के मुट्ठी-भर उद्योगों पर अपना एकाधिकार जमा रखा था।

शहरों में और छोटे-छोटे कस्बों में हिंदू ही प्रभुत्वशाली वाणिज्यिक वर्ग थे। महाजन की व्यापक भूमिका भी लगभग हर जगह हिंदू ही निभाते थे, कुछ तो इसलिए कि इस काम के प्रति उनकी सहज रुचि थी और कुछ इसलिए कि कुरान में मुसलमानों को सूदखोरी से मना किया गया था। मसलमानों में उच्च-वर्गों के लोगों में, जिनमें से बहुत-से मुगल आक्रमणकारियों के वंशज थे, जमींदार और सिपाही बने रहने की ही प्रवृत्ति थी। भारतीय समाज की गहरी जमी हुई परंपराओं के कारण मुस्लिम जन-साधारण हजरत मुहम्मद के धर्म में भी उन भूमिकाओं से शायद ही कभी बचकर निकल पाते थे, जो वर्ण-व्यवस्था ने शिव के धर्म में उनके पूर्वजों को सौंप रखी थीं। वे आमतौर पर देहात में हिंदुओं या मुसलमानों की सेवा करने वाले भूमिहीन किसान या शहरों में हिंदू मालिकों की सेवा करने वाले मजदूर और छोटे-मोटे दस्तकार थे।

इस आर्थिक प्रतिद्वंद्विता ने दोनों संप्रदायों के बीच खड़ी हुई सामाजिक और धार्मिक दीवारों को और ऊँचा कर दिया था और जिस नर-संहार ने

1. भारत में 1857 की कांति में मुसलमानों ने प्रमुख भूमिका निभायी थी, यदि यह क्रांति सफल हो जाती तो फिर से मुगल शासन स्थापित हो जाता। इसी कारण इस क्रांति को कुचलने के बाद ढके-छुपे ढंग से मुस्लिम समुदायों को दंडित किया जाता रहा।

श्रीरामपुर की शांति को छिन्न-भिन्न कर दिया था, वैसे नर-संहार आये दिन की घटना हो गये थे। दोनों ही संप्रदायों के पास छोटे-मोटे उकसावों के ऐसे उपाय थे, जिनकी मदद से वे इस तरह की मार-काट शुरू कर देते थे।

हिंदुओं के पास भजन-कीर्तन का हथियार था। मस्जिदों के शांत गंभीर वातावरण में जब नमाज पढ़ी जाती थी, तो उसके साथ किसी तरह का संगीत नहीं होता था और मोमिनों की नमाज के अस्फुट स्वरों में संगीत की लहरों का मिलना खुदा की बहुत बड़ी तौहीन समझा जाता था। अपने मुसलमान पड़ोसियों को भड़काने के लिए हिंदुओं के पास सबसे अचूक अस्त्र यह था कि जुमे की नमाज के समय मस्जिद के बाहर बैंड बजवा दें। मुसलमानों का जो सबसे प्रिय उकसावा था, उसका संबंध एक पशु 'सुअर' से था, एक ऐसे मटमैले रंग के मरियल दुबले-पतले पशु से जो भारत के हर शहर, कस्बे और गाँव की गलियों में कचरे में मुँह मारता फिरता था और हिंदुओं की सबसे रहस्यमयी उपासना का पात्र थी 'गौ-माता'।

गाय के प्रति श्रद्धा की परंपरा प्राचीन काल से चली आ रही है, उस समय से जब दूसरे भू-खंडों से आकर इस उप-महाद्वीप में बसने वाली इंडो-यूरोपीय पशुपालक जातियों की सुख-समृद्धि इस पर निर्भर थी कि उनके पशुओं के गल्ले कितने सशक्त थे। जिस प्रकार प्राचीन जूडिया के यहूदी रब्बियों ने अपने लोगों को सुअर का माँस खाने से मना कर दिया था, ताकि वे उससे पैदा होने वाले ट्रिचिनोसिस नामक रोग से बचे रहें, उसी प्रकार प्राचीन भारत के साधुओं ने गाय को पवित्र घोषित कर दिया, ताकि दुर्भिक्ष के दिनों में उन पशुओं का वध न किया जाए, जिन पर यहाँ का अस्तित्व निर्भर था।

फलस्वरूप, 1947 में भारत में ढोरों की संख्या संसार में सबसे अधिक थी; कुल मिलाकर 20 करोड़ मवेशी थे, अर्थात् भारत की जनसंख्या के आधे और अमेरिका की जनसंख्या से अधिक। चार करोड़ गायें मिलकर इतना थोड़ा दूध देती थीं कि प्रति पुरुष प्रतिदिन मुश्किल से आधा सेर पड़ता होगा। इसके अलावा 4-5 करोड़ बोझा ढोने वाले पशु थे, जो बैलगाड़ियाँ

खींचते थे या हल जोतते थे। बाकी लगभग 10 करोड़ बाँझ और बेकार मवेशी थे, जो खेतों में और भारत के गाँवों और शहरों में मारे-मारे फिरा करते थे। प्रतिदिन उनके कभी न रूकने वाले जबड़े इतना अनाज चर जाते थे, जो भुखमरी के कगार पर जीवन व्यतीत करने वाले एक करोड़ भारतवासियों का पेट भरने के लिए काफी था।

और कुछ नहीं तो अपने को जीवित रखने की सहज वृत्ति के कारण ही यहाँ के निवासियों को इन पशुओं से छुटकारा पा लेना चाहिए था। लेकिन धार्मिक विश्वास की जड़ें इतनी गहरी और मजबूत थीं कि गौ-वध उन्हीं भारतवासियों के लिए एक घृणित काम बना रहा, जो केवल इसलिए भूखे मर रहे थे कि इन पशुओं का निरर्थक अस्तित्व बना रहे। गाँधी तक यही मानते थे कि गाय की रक्षा करना मनुष्य के इस कर्तव्य का ही एक अंग है कि वह ईश्वर की हर रचना की रक्षा करे।

मुसलमानों के लिए यह कल्पना ही अरुचिकर थी कि कोई मनुष्य अपने को इतना नीचा गिरा ले कि वह एक मूक पशु की उपासना करने लगे। उन्हें रंभाती हुई, रस्सा तुड़ाकर भागती हुई गायों के झुंड को हाँककर हिंदू मंदिर के मुख्य द्वार के सामने से कसाईखाने ले जाने में अत्यंत कुत्सापूर्ण आनंद आता था। कई शताब्दियों के दौरान उन दंगों में, जो इस प्रकार के हर उकसावे के बाद अक्सर होते रहते थे, हज़ारों इंसान इन्हीं पशुओं की तरह मौत के घाट उतर गये थे।

जब तक भारत में अंग्रेज़ों का शासन रहा, उन्होंने एक ओर तो इन दोनों संप्रदायों के बीच एक ऐसा संतुलन बनाए रखा, जो जरा-सी ठेस लगने से टूट सकता था, और इसके साथ ही दूसरी ओर अपने शासन के बोझ को हल्का करने के लिए उनके इस वैमनस्य को एक साधन के रूप में इस्तेमाल किया। शुरू-शुरू में, भारत की स्वतंत्रता की मुहिम विशिष्ट बुद्धिजीवी वर्ग तक सीमित थी, जिसमें हिंदू और मुसलमान अपने सांप्रदायिक मतभेद भुलाकर एक समान लक्ष्य की ओर कंधे-से-कंधा मिलाकर आगे बढ़ रहे थे। विचित्र विडंबना है कि इस मतैक्य को गाँधी जी ने ही छिन्न-भिन्न कर दिया था।

पृथ्वी के सबसे अधिक आध्यात्मिक भू-खंड में यह अनिवार्य था ही कि स्वतंत्रता का संघर्ष एक धार्मिक आंदोलन का रूप धारण कर ले, और गाँधी ने उसे यही रूप दे दिया था। कोई भी व्यक्ति उतना सहिष्णु नहीं था, धार्मिक दुराग्रह के कलंक से सचमुच उतना मुक्त नहीं था जितना कि गाँधी जी थे। वह जी-जान से यही चाहते थे कि मुसलमानों को अपने आंदोलन के हर चरण में अपने साथ रखें, लेकिन वह हिंदू थे और ईश्वर के प्रति गहरी आस्था उनके अस्तित्व का सार था। अनिवार्य रूप से, अनचाहे ही गाँधी जी की कांग्रेस के आंदोलन पर हिंदुत्व का रंग चढ़ता गया, जिससे मुसलमानों के मन में संदेह पैदा होने लगे।

यह संदेह इस वजह से और भी मजबूत हो गये कि ब्रिटिश शासन में चुनावों से होने वाले लाभों में संकीर्ण विचारों वाले स्थानीय कांग्रेस नेता अपने मुसलमान प्रतिद्वंद्वियों को हिस्सा नहीं देते थे। मुसलमानों के मन में एक हौआ समा गया—स्वतंत्र भारत में वे हिंदू बहुमत के शासन के अथाह समुद्र में डूब जाएँगे और उसी देश में, जहाँ उनके मुगल पूर्वज किसी जमाने में शासन करते थे, वे शक्तिहीन अल्पसंख्यकों का निकृष्ट जीवन व्यतीत करने पर मजबूर हो जाएँगे।

इस दुर्भाग्य से बच निकलने की उन्हें एक संभावना दिखायी देती थी कि इसी उप-महाद्वीप में एक अलग इस्लामी राष्ट्र की स्थापना हो जाए। यह विचार कि भारत के मुसलमान अलग अपने राज्य की स्थापना करें, पहली बार कैंब्रिज में नं 3 हंबर्स्टन रोड पर एक मामूली-से अंग्रेज़ बंगले में टाइप करने के काग़ज़ के साढ़े चार पन्नों पर औपचारिक रूप से प्रतिपादित किया गया था। इस विचार का प्रणेता एक चालीस वर्षीय भारतीय मुस्लिम ग्रेजुएट छात्र था, जिसका नाम था रहमत अली; उसके इस सुझाव के ऊपर 28 जनवरी, 1933 की तारीख पड़ी हुई थी। रहमत अली ने लिखा था कि यह धारणा 'एक सफेद झूठ' है कि भारत एक राष्ट्र है। उसने नारा दिया कि उत्तर-पश्चिम भारत के उन प्रांतों—पंजाब, कश्मीर, सिंध, सीमा प्रांत और बलूचिस्तान—को मिलाकर, जहाँ मुसलमानों का बहुल है, एक मुस्लिम राष्ट्र

का निर्माण किया जाए। उसने अपने इस नये राज्य के लिए एक नाम भी सुझाया था। जिन प्रांतों को मिलाकर यह राज्य बनाया जाने वाला था उनके नामों के आधार पर उसने इस राज्य का नाम रखा था 'पाकिस्तान' अर्थात् पवित्र भूमि।

उसने एक अनुपयुक्त परंतु जोशीली उपमा देते हुए अपने इस सुझाव के अंत में लिखा, "हम हिंदू राष्ट्रवाद की सूली पर अपने प्राण देने को तैयार नहीं हैं।"

जब मुस्लिम लीग ने, जिसमें सारी मुस्लिम राष्ट्रवादी आकांक्षाएँ केंद्रित थीं, रहमत अली के इस सुझाव को अपना लिया, तो धीरे-धीरे वह भारत के मुस्लिम जन-साधारण के मन में भी बैठता गया। कांग्रेस के उन बहुसंख्यक हिंदू नेताओं के अँधे राष्ट्रवादी रवैये के कारण, जो अपने मुस्लिम शत्रुओं के साथ किसी तरह की रिआयत करने को तैयार नहीं थे, यह सुझाव फूलता-फलता रहा।

वह घटना जिसने भारत के हिंदू और मुस्लिम संप्रदायों की प्रतिद्वंद्विता को बड़ी तेजी से हिंसा में परिवर्तित कर दिया, 16 अगस्त, 1946 को घटी थी, उससे ठीक पाँच महीने पहले जब महात्मा गाँधी ने अपनी यह प्रायश्चित-यात्रा आरंभ की थी। घटनास्थल था ब्रिटिश साम्राज्य का दूसरा सबसे बड़ा शहर कलकत्ता, जो हिंसा और बर्बरता के मामले में अपनी ख्याति के लिए बेजोड़ था। कलकत्ता, जिसके 'ब्लैक होल' कांड की चर्चा चारों ओर थी, अंग्रेज़ों की कई पीढ़ियों के लिए भारतीय क्रूरता का पर्याय रह चुका था।

कलकत्ता के एक निवासी ने एक बार कहा था कि कलकत्ता की गंदी बस्तियों में किसी अछूत के घर पैदा होना ही नरक है। इन गंदी बस्तियों की आबादी जितनी घनी थी, उतनी दुनिया में और कहीं नहीं थी; ये बस्तियाँ ऐसी विपदाओं के गंदे बदबूदार धब्बे थीं, जिनकी मिसाल कहीं और नहीं मिलती। हिंदू और मुस्लिम टोले बिना किसी तर्क या योजना के एक-दूसरे में गुँथे हुए थे।

16 अगस्त को बहुत सबेरे ही मुसलमानों की भीड़ें धार्मिक उन्माद से चीखती हुई अपनी गंदी बस्तियों से निकल पड़ी थीं। सभी के हाथों में लाठियाँ, लोहे की छड़ें, बेलचे या कोई-न-कोई ऐसा हथियार जरूर था जिससे किसी इंसान की खोपड़ी खोली जा सके। ये लोग मुस्लिम लीग की इस ललकार पर सड़कों पर निकल आये थे कि 16 अगस्त को 'सीधी कार्रवाई का दिन' मनाया जाए, ताकि अंग्रेज़ों और कांग्रेस पर यह साबित किया जा सके कि भारत के मुसलामन इस बात के लिए तैयार हैं कि 'अगर जरूरी हो तो वे 'सीधी कार्रवाई' से भी अपने लिए पाकिस्तान हासिल कर लें।"

उन्हें रास्ते में जो भी हिंदू मिलता उसका वे बड़ी बर्बरता से वहीं कचूमर निकाल देते और लाश शहर की खुली नालियों में फेंक देते। भयभीत पुलिस ऐसे गायब हो गयी जैसे गधे के सिर से सींग। शीघ्र ही शहर में बीसियों जगहों से काले धुएँ के बादल उठने लगे और आसमान पर छा गये। ये हिंदू बाजार जल रहे थे।

कुछ देर बाद हिंदू भीड़ें हत्यारे मुसलमानों को मौत के घाट उतारने के लिए खोजती हुई अपने टोलों से एक तूफानी लहर की तरह निकल पड़ीं। हिंसा के अपने पूरे इतिहास में कलकत्ता ने पहले कभी इतनी बर्बरता और इतनी मानव-दुष्टता से भरे हुए 24 घंटे नहीं देखे थे। पानी में भीगे हुए लट्ठों की तरह बीसियों फुली हुई लाशें हुगली नदी में बहती हुई समुद्र की ओर जा रही थीं। बहुत-सी बुरी तरह कटी-फटी लाशें शहर की सड़कों पर बिखरी पड़ी थीं। हर जगह कमजोर और बे-सहारा लोग ही सबसे ज्यादा मारे गये। एक चौराहे पर कई मुसलमान रिक्शा वालों की लाशें एक लाइन से पड़ी हुई थीं, जिन्हें पीट-पीटकर मार डाला गया था। वे अपने रिक्शों के दो डंडों के बीच बैठे किसी सवारी के आ जाने की राह देख रहे थे, जब हिंदुओं की एक भीड़ उन पर टूट पड़ी थी। यह कत्लेआम खत्म होते-होते शहर पर गिद्धों का कब्जा हो चुका था। उनके गंदे मटियाले झुंड आसमान पर मंडला रहे थे और बीच-बीच में शहर के 6,000 मुर्दों की लाशों से अपना पेट भरने के लिए नीचे की ओर झपट पड़ते थे।

कलकत्ता के इस कत्ले-आम की देखा-देखी नोआखाली में खून-खराबा शुरू हो गया, जहाँ गाँधी थे, बिहार में और उप-महाद्वीप के दूसरे सिरे पर बंबई में भी मारकाट शुरू हो गयी।

इन घटनाओं ने भारत के इतिहास की दिशा बदल दी। बरसों से मुसलमानों द्वारा दी गयी धमकी कि अगर उन्हें अलग राज्य न दिया गया तो भारत में खून की नदियाँ बह जाएँगी, आख़िरकार एक भयानक सत्य बनकर सामने आ गयी। अचानक भारत के सामने गृहयुद्ध का वही भयानक दृश्य उभरने लगा जिससे दुखी होकर गाँधी नोआखाली के जंगलों में भटक रहे थे। एक दूसरे आदमी के लिए, उस कठोर और प्रतिभाशाली वकील के लिए जो चौथाई शताब्दी तक गाँधी का सबसे बड़ा मुस्लिम शत्रु रहा था, यह संभावना एक ऐसा औजार बन गयी, जिससे भारत के टुकड़े किये जा सकते थे। स्वयं उनके अपने लोगों के लिखे हुए इतिहास को छोड़कर और किसी भी इतिहास में मुहम्मद अली जिन्ना को वह ऊँचा स्थान नहीं दिया जाएगा, जो उनकी सफलताओं के कारण उन्हें मिलना चाहिए। फिर भी गाँधी या और किसी भी व्यक्ति से अधिक भारत के भविष्य की कुंजी उन्हीं के हाथों में थी। महारानी विक्टोरिया के पड़नाती का पाला भारत पहुँचने पर इसी कठोर और अड़ियल मुस्लिम मसीहा से पड़ने वाला था, जो अपनी जनता को दूसरों की भूमि पर अपने ख्वाबों की जन्नत बसाने के लिए ले जा रहा था। अगस्त 1946 में बंबई के बाहर एक शामियाने में इसी आदमी ने मुस्लिम लीग के अपने अनुयायियों को सीधी कार्रवाई के दिन का मतलब समझाया था। उसने घोषणा की थी कि अगर कांग्रेस लड़ना चाहती है तो भारत के मुसलमान 'बिना किसी झिझक के उनकी इस पेशकश को मंजूर कर लेंगे।' अपने पीले बे-जान होंठों को भींचकर क्रूर मुसकराहट के साथ और अपनी पैनी आँखों में दबे हुए आक्रोश की चमक लिए हुए जिन्ना ने उस दिन कांग्रेस को और अंग्रेज़ों को खुली चुनौती दी थी।

उन्होंने कसम खाई थी—'हम हिंदुस्तान को बँटवा देंगे या फिर हिंदुस्तान को तबाह कर देंगे?'

तीन

भारत को भगवान भरोसे छोड़ो

लंदन, जनवरी, 1947

"देखिए", लुई माउंटबेटन ने कहा, "बहुत बुरी बात हो गयी है।" फिर आगे की बात मन-ही-मन में कही, "भारत हाथ से निकलता जा रहा है। आज़ादी तो सबको मिलनी ही चाहिए, लेकिन ब्रिटिश साम्राज्य का सूरज विश्व के किसी कोने से अस्त हो जाए यह भी अच्छा नहीं होगा।"

बकिंघम पैलेस के एक कमरे दो आदमी बैठे हुए भारत की शासन व्यवस्था और आज़ादी जैसे अहम् विषय पर चर्चा कर रहे थे। वे दो पुराने स्कूली दोस्तों की तरह अगल-बगल बैठे चाय की चुस्कियाँ ले रहे थे, लेकिन आज माउंटबेटन की बातचीत के लहजे में किसी खास वजह से बड़ी चुस्ती आ गयी थी। उनके रिश्ते के भाई सम्राट जार्ज षष्ठम उनके लिए भारत में चल रहे आज़ादी के आंदोलन को समाप्त करने की दिशा में उम्मीद की अंतिम किरण थे, कि शायद किसी तरह वह भारत से ब्रिटेन के संबँध हमेशा के लिए समाप्त करने की भूमिका निभाने के कलंक से बच जाएँ। ब्रिटेन का बादशाह आख़िर भारत का सम्राट था और वायसराय के पद पर उनकी

नियुक्ति के बारे में अंतिम निर्णय देने का अधिकार उसी को था। लेकिन यह निर्णय वह नहीं निकला, जो नौजवान एडमिरल सुनना चाहता था।

"मैं जानता हूँ", सम्राट ने अपनी लजाई हुई मुसकराहट के साथ जवाब दिया, "प्रधानमंत्री मुझसे आकर मिल चुके हैं और मैंने अपनी सहमति दे दी है।"

"आपने सहमति दे दी है?" माउंटबेटन ने पूछा, "आपने इसके बारे में अच्छी तरह सोच-विचार कर लिया है?"

"हाँ...हाँ", सम्राट ने बहुत प्रसन्नचित्त होकर कहा, "मैंने बहुत अच्छी तरह सोच-विचार कर लिया है।"

"देखिए", माउंटबेटन ने कहा, "यह बहुत खतरनाक मामला है। कोई भी वहाँ समझौता कराने का कारगर तरीका पहले से नहीं बता सकता। कोई समझौता कराना लगभग नामुमकिन है। मैं रिश्ते में आपका भाई हूँ। अगर मैंने वहाँ जाकर सारा गुड़-गोबर कर दिया, तो आपकी बड़ी बदनामी होगी।"

"सो तो है", सम्राट ने कहा, "लेकिन यह भी तो सोचो कि अगर तुम सफल हो गये तो मेरी कितनी वाह-वाही होगी।"

"हाँ", माउंटबेटन ने अपनी कुर्सी में धँसकर बैठते हुए आह भरकर कहा, "आप जरूरत से ज्यादा उम्मीदें लगा रहे हैं।"

उस छोटी-सी बैठक में माउंटबेटन को एक और आदमी की याद आयी थी, जो पहले कि बैठकों में उनके सामने वाली इसी कुर्सी पर बैठता था, वह भी उनका रिश्ते का भाई था, उनका सबसे गहरा मित्र और वेस्ट मिनिस्टर के सेंट मार्गरेट के गिरजाघर में उनकी शादी के दिन उनकी बगल में खड़ा था। उस आदमी को वास्तव में सम्राट होना चाहिए था; उसका नाम था डेविड, प्रिंस ऑफ वेल्स। बचपन से ही दोनों में बड़ी घनिष्ठता थी। 1936 में, जब वह एडवर्ड अष्टम बन चुका था, डेविड ने वह राज सिंहासन, जिस पर बैठकर शासन करने की उसे शिक्षा दी गयी थी, इसलिए त्याग दिया था कि वह उस स्त्री के बिना शासन करने को तैयार नहीं था, जिससे वह प्रेम

करता था। उन दिनों 'डिकी' माउंटबेटन सारा समय राजमहल में ही बिताते थे और हर समय सम्राट के साथ रहकर उन्हें सांत्वना देते थे।

"कितनी बड़ी बिडंबना है", माउंटबेटन ने सोचा। डेविड के ए.डी.सी. की हैसियत से वह पहली बार उस देश में गये थे, जिसे अब उन्हें आज़ाद करना था। वह 17 नवंबर, 1921 का दिन था। माउंटबेटन ने उस रात अपनी डायरी में लिखा था कि भारत वह देश है जिसके बारे में हम हमेशा से सुनते आये थे, कल्पना करते आये थे, पढ़ते आये थे।

उस अभूतपूर्व राजसी यात्रा के दौरान कोई ऐसी बात नहीं हुई, जिससे उनकी युवा आशाएँ किसी भी प्रकार विफल होतीं। उस समय ब्रिटिश राज अपने चरमोत्कर्ष पर था और राजसिंहासन के उत्तराधिकारी की, प्रिंस और उनके साथ आये हुए लोगों की, जितनी भी आव-भगत की जाती कम थी, उनके स्वागत के लिए जितने भी भव्य आयोजन किये जाते कम थे। उन्होंने यह यात्रा वायसराय की सफेद और सुनहरी ट्रेन में की थी। यात्रा क्या थी, परेडों, पोलो के खेल, शेरों के शिकार, चाँदनी रात में हाथी की सवारी, ब्रिटिश ताज के वफादार मित्रों की ओर से, भारतीय राजे-महाराजाओं की ओर से दिये गये शाही भोज और स्वागत-समारोहों का एक अनन्त क्रम था। विदा होते समय माउंटबेटन ने सोचा था, "भारत सबसे शानदार देश है और यहाँ के वायसराय की नौकरी दुनिया की सबसे शानदार नौकरी।"

अब रिश्ते के एक और भाई के हामी भर लेने की वजह से वह 'शानदार नौकरी' उन्हें मिल गयी थी।

बकिंघम पैलेस की उस बैठक में थोड़ी देर के लिए खामोशी छा गयी। इसके साथ ही लुई माउंटबेटन ने महसूस किया कि उनके भाई की मनोदशा अचानक कुछ बदल गयी थी।

"बेहद अफसोस की बात है", सम्राट ने कहा, उनके स्वर में उदासी की झलक थी, "मेरी हमेशा से यही इच्छा थी कि जिन दिनों तुम दक्षिण-पूर्व एशिया में लड़ाई लड़ रहे थे, उस समय मैं वहाँ तुमसे मिलने आऊँ, और उसके बाद भारत जाऊँ, लेकिन विंस्टन ने मुझे रोक दिया। मैंने उम्मीद की

थी कि कम-से-कम युद्ध के बाद तो भारत जाऊँगा। अब मुझे लगता है कि मैं कभी वहाँ नहीं जा पाऊँगा।"

"बहुत अफसोस है," उन्होंने अपनी बात जारी रखते हुए कहा, "मेरे सिर पर भारत के सम्राट का ताज पहनाया गया और मैं वहाँ कभी गया तक नहीं और अब यहाँ लंदन में इस महल में बैठे-बैठे ही यह उपाधि मुझसे छिन जाएगी।"

हुआ भी यही कि जार्ज षष्ठम को मरते दम तक कभी भारत जैसे महान और शानदार देश में कदम रखने का सौभाग्य प्राप्त नहीं हुआ। न उन्होंने कभी शेर का शिकार खेला, न कभी उनके लिए कोई परेड हुई, जिसमें सुनहरी और रुपहली झूलें डाले हुए हाथी उनके सामने से गुजरते, न कभी ऐसा हुआ कि हीरे-जवाहरात से लदे हुए महाराजा उनके सामने कतार बाँधकर सिर झुकाते।

उन्हें तो महारानी विक्टोरिया की जूठन मिली थी। उनके शासन की शुरुआत ही ऐसे ढंग से हुई थी, जिसकी वह कभी आशा भी नहीं कर सकते थे, उनका शासन युद्ध की छाया में पला-बढ़ा और अब युद्ध के बाद के समाजवादी इंग्लैंड के अभावों के वातावरण में वह समाप्त हो रहा था। 1937 की मई की उस सुबह को जब कैंटरबरी के गिरजाघर के लाट-पादरी ने राजकुमार एल्बर्ट, ड्यूक ऑफ यार्क, जार्ज षष्ठम को ईश्वर की अनुकपा से ब्रिटेन, आयरलैंड और समुद्र-पार के ब्रिटिश राज्यों का राजा घोषित किया था, तो पृथ्वी के 5 करोड़ 20 लाख वर्गमील भूखंड में से 1 करोड़ 60 लाख वर्गमील का भू-खंड किसी-न-किसी प्रकार के बँधन से उनके ताज से जुड़ गया था।

यही दुखद कार्य जार्ज षष्ठम के शासन की सबसे प्रमुख ऐतिहासिक उपलब्धि होने वाला था, जिसकी पूर्व घोषणा उनकी बैठक में उनके रिश्ते के भाई की उपस्थिति कर रही थी। इतिहास में उन्हें इस रूप में याद किया जाएगा कि इसी राजा के शासनकाल में ब्रिटिश साम्राज्य का विघटन हुआ। उनका राज्याभिषेक एक ऐसे साम्राज्य के सम्राट के रूप में हुआ था जो

रोमन सम्राटों, सिकंदर महान, चंगेज खां, तुर्की के खलीफाओं और नेपोलियन की लंबी-चौड़ी योजनाओं से भी बड़ा था और अब वह एक ऐसे राज्य के राजा के रूप में मरेंगे, जो केवल एक द्वीप तक सीमित था और यूरोप के अन्य राष्ट्रों जैसा ही एक राष्ट्र बनता जा रहा था।

"मैं जानता हूँ कि मुझे सम्राट की उपाधि छोड़नी पड़ेगी", राजा ने बड़े अर्थपूर्ण ढंग से कहा, "लेकिन अगर भारत से सारे संबंध टूट गये तो मुझे बड़ा दुख होगा।"

जार्ज षष्ठम अच्छी तरह जानते थे कि उस महान शाही सपने की चमक-दमक अब मंद पड़ गयी थी, लेकिन अगर उसे बिलकुल गायब ही हो जाना है, तो यह कितने दुख की बात होगी, अगर उसके बाद उसकी कुछ उपलब्धियाँ और गरिमाएँ भी बाकी न रह सकीं, अगर वे बातें जिनका कि वह प्रतीक था, किसी ऐसे नये रूप में अभिव्यक्त न हो सकीं जो आधुनिक युग के अधिक अनुकूल हो!

उन्होंने अपना मत व्यक्त किया, "बहुत ही दुख की बात होगी अगर स्वतंत्र भारत ने कामनवेल्थ की ओर से भी मुँह फेर लिया।"

कामनवेल्थ सचमुच एक ऐसा ढाँचा प्रदान कर सकता था, जिसमें जार्ज षष्ठम की आशाएँ पूरी हो सकती थीं। वह स्वतंत्र राष्ट्रों की एक ऐसी बहु-जातीय सभा बन सकता था, जिसका मेरुदंड ब्रिटेन हो, बराबर वालों में प्रथम। समान परंपराओं, समान अतीत और समान प्रतीकात्मक बँधनों से उनके ताज के साथ बँधा कामनवेल्थ विश्व के घटनाक्रम पर बहुत प्रभाव डाल सकता था। ऐसे संगठन के केंद्र में रहकर ब्रिटेन अब भी विश्व के मंच पर उसी अंदाज से बोल सकता, जिसमें उसी शाही आवाज की गूँज होती, जो किसी युग में उसकी थी। लंदन अब भी लंदन हो सकता था—दुनिया के बहुत बड़े हिस्से के लिए सांस्कृतिक, आत्मिक, वित्तीय और व्यापारिक गतिविधियों का केंद्र। शाही ठाठ-बाट भले ही चला जाए, लेकिन वह छाया तो फिर भी बाकी रहेगी, जिसकी बदौलत एक द्वीप तक सीमित जार्ज षष्ठम का राज्य चैनल के पार यूरोप के दूसरे राष्ट्रों से अलग पहचाना जाएगा।

इस आदर्श को पूरा करने के लिए जरूरी था कि भारत कामनवेल्थ में रहे। अगर भारत ने इंकार कर दिया, तो यह लगभग निश्चित ही है कि अफ्रीका-एशिया के दूसरे राष्ट्र भी, जो आने वाले कुछ वर्षों में स्वतंत्र हो जाने वाले थे, कामनवेल्थ में शामिल होने से इंकार कर देंगे। इस तरह कामनवेल्थ साम्राज्य के गोरे राज्यों की गिरोहबंदी बनकर रह जाएगा। लेकिन बहुत लंबी साम्राज्यवाद-विरोधी परंपरा से प्रभावित होने के कारण जार्ज षष्ठम के प्रधानमंत्री और उनकी लेबर पार्टी अपने राजा की इस सुखद प्रेरणा का शिकार नहीं थे। प्रधानमंत्री एटली ने तो माउंटबेटन से यह तक नहीं कहा था कि उन्हें भारत को कामनवेल्थ में रखने की कोशिश करनी है।

केवल संवैधानिक राजा होने के कारण जार्ज षष्ठम अपनी इस आशाओं को पूरा करने के लिए कुछ भी तो नहीं कर सकते थे। उनके रिश्ते के भाई लुई माउंटबेटन अलबत्ता कुछ कर सकते थे और वह राजा की इन आकांक्षाओं में हार्दिक रूप से उनके साथ थे। राज-परिवार का कोई दूसरा सदस्य पुराने साम्राज्य में इतने व्यापक रूप से नहीं घूमा-फिरा था जितना कि माउंटबेटन। उनकी बुद्धि ने तो यह समझ लिया था कि साम्राज्य का अवसान निकट है और इस बात को स्वीकार भी कर लिया था; लेकिन इस विचार के आते ही उनका मन मसोस उठता था।

बकिंघम पैलेस के उस कमरे में बैठे-बैठे महारानी विक्टोरिया के उन दो पड़नातियों ने आपस में एक गुप्त फैसला किया, 'लुई माउंटबेटन कामनवेल्थ के भविष्य के बारे में उन दोनों की समान आकांक्षा को पूरा करने का भार संभालेंगे।'

कुछ ही दिन बाद माउंटबेटन ने एटली से आग्रह किया कि उन्हें जो जिम्मेदारियाँ सौंपी गयी हैं, उनमें यह स्पष्ट ओदश भी शामिल कर दिया जाए कि यदि किसी प्रकार भी संभव हुआ तो वह संयुक्त या विभाजित स्वतंत्र भारत को कामनवेल्थ में रखने की पूरी कोशिश करेंगे। आने वाले सप्ताहों के दौरान भारत के नये वायसराय ने किसी दूसरे काम की ओर इतना ध्यान नहीं दिया, किसी दूसरे काम के बारे में लोगों को समझा-बुझाकर

राजी करने की इतनी कोशिश नहीं की, किसी दूसरे काम में इससे अधिक कुटिलता का परिचय नहीं दिया, जितना कि भारत और अपने भाई के ताज के बीच संबंध बनाए रखने में।

एक तरह से देखा जाए तो ऐसा लगता है कि भारत के वायसराय को शानदार गद्दी पर बैठने का इतना स्वाभाविक अधिकार और किसी को नहीं था जितना कि लुई माउंटबेटन को। सार्वजनिक रूप से उन्होंने अपनी होनी का परिचय नामकरण संस्कार के समय दिया था, जबकि उन्होंने अपनी नन्हीं-सी मुट्ठी घुमाकर अपनी पड़नानी की शाही नाक पर से उनका चश्मा गिरा दिया था।

उनका वंशक्रम सीधे जाकर सम्राट शार्लेमान से मिलता था, बस बीच में एक कड़ी ननिहाली रिश्ते की थी। जन्म या विवाह के माध्यम से किसी-न-किसी रूप में उनकी रिश्तेदारी जर्मनी के केसर विलहेल्म द्वितीय, रूस के जार निकोलस द्वितीय, स्पेन के अलफांसो तेरहवें, रूमानिया के फर्डिनेंड प्रथम, स्वीडन के गुस्ताफ षष्ठम, यूनान के कांस्टैंटाइन प्रथम, नार्वे के हाकोन सप्तम और यूगोस्लाविया के अलेक्जेंडर प्रथम—सभी से थी। लुई मांउटबेटन के लिए यूरोप के संकट पारिवारिक समस्याएँ थी।

जब प्रथम विश्व-युद्ध समाप्त हुआ, जब माउंटबेटन की आयु अठारह साल की थी। उस समय यूरोप में राजसिंहासनों की संख्या लगातार घट रही थी। विक्टोरिया की चहेती पोती हेस की राजकुमारी विक्टोरिया की शादी महारानी के रिश्ते के भाई बैटेनबर्ग के राजकुमार लुई से हुई थी। माउंटबेटन इन दोनों की चौथी संतान थे; पर उनको राजसी जीवन का आनंद प्राप्त करने का अवसर दूसरों के माध्यम से ही मिला। उन्होंने अपनी जवानी की गर्मियाँ अपने से अधिक भाग्यशाली रिश्ते के भाइयों के महलों में बितायी थीं। उन सुखद गर्मियों की नैसर्गिक स्मृतियाँ उनके मन में हमेशा के लिए अंकित हो गयी थीं : वंडसर कासिल की वह चाय-पार्टियाँ जिनमें हर मेहमान ताजधारी बन सकता था; जार की नौका पर बैठकर जल-विहार; अपने रिश्ते के भाई जारेविच और उसकी बहन ग्रांड डचेज मेरी के साथ,

जिससे उन्हें प्रेम हो गया था, सेंट पीटर्सबर्ग के आस-पास के जंगलों में घुड़सवारी।

इस पृष्ठभूमि के साथ माउंटबेटन अच्छी-खासी आमदनी के सहारे नाममात्र को राजमहल की कोई नौकरी करके सुख से अपना जीवन बिता सकते थे, एक मिटती हुई बिरादरी के तड़क-भड़क वाले समारोहों की एक खूबसूरत सजावट के सुखद अस्तित्व की तरह। पर उन्होंने एकदम ही भिन्न दूसरा मार्ग चुना था और आज जाड़े की इस सुबह को वह एक शानदार जीवन-वृत्त के गौरवान्वित शिखर पर खड़े हुए थे।

माउंटबेटन अभी 43 वर्ष के ही हुए थे, जब 1943 की शरद ऋतु में विंस्टन चर्चिल ने, जो किसी 'युवा तथा स्फूर्तिमय विचारों वाले आदमी' की खोज में थे, उन्हें दक्षिण-पूर्व एशिया में मित्र-राष्ट्रों की सेनाओं का सुप्रीम कमांडर नियुक्त कर दिया। सेनापति के इस पद ने उनके युवा कंधों पर जिस अधिकार व सत्ता और जिस जिम्मेदारी का बोझ डाल दिया, उसकी टक्कर का केवल एक ही पद और था—मित्र-राष्ट्रों की सेनाओं के सुप्रीम कमांडर की हैसियत से ड्वाइट आइजनहावर का पद। एशिया के विस्तृत क्षेत्र में बारह करोड़ अस्सी लाख लोग उनके अधीन आ गये। उन दिनों को याद करते हुए उन्होंने बाद में लिखा था, "जिस समय इस कमान की स्थापना की गयी थी, उस समय उसके हिस्से में 'न कोई विजयें थीं, न कोई प्राथमिकताएँ; केवल बुरी तरह टूटा हुआ मनोबल, बेहद बुरा मौसम, भयानक शत्रु और शर्मनाक पराजयें' ही उनके हिस्से में आयी थीं।"

उनके नीचे काम करने वालों में से कई ऐसे थे, जो उम्र में उनसे बीस वर्ष बड़े और पद-सोपान में उनसे तीन-चार सीढ़ी ऊपर थे। कुछ लोग उन्हें केवल एक ऐसा रंगीला नौजवान समझते थे, जिससे राज-परिवार के साथ अपने संबंध का लाभ उठाकर डिनर-सूट के बजाय बस नौ-सेना की वर्दी पहन ली थी और पेरिस के नाचघरों को कुछ समय के लिए छोड़कर रणक्षेत्र में आ गया था।

उन्होंने स्वयं मोर्चे का दौरा करके अपने सिपाहियों का मनोबल बढ़ाया; अपने जरनलों को बर्मा की भयानक बारिश में बढ़ने पर मजबूर

करके उन पर अपना सिक्का जमाया; लंदन और वाशिंगटन में अपने बड़े अफ़सरों की मिन्नत-खुशामद करके, धौंस दिखाकर और चिकनी-चुपड़ी बातें करके ज़्यादा-से-ज़्यादा रसद और दूसरा सामान जुटाया।

उनकी सेना ने, जो कभी असंगठित थी और जिसका मनोबल बुरी तरह टूटा हुआ था, 1945 में जापानी सेना के खिलाफ थल पर इतनी बड़ी विजय प्राप्त कर ली, जितनी इससे पहले किसी ने हासिल नहीं की थी। परमाणु बम गिरा दिए जाने की वजह से वह अपनी उस शानदार योजना 'आपरेशन जिपर' को पूरा नहीं कर सके, जिसके अनुसार दो हज़ार मील दूर मलय प्रायद्वीप के बंदरगाहों से ढाई लाख सैनिक जापान में उतारे जाने वाले थे।

बचपन में माउंटबेटन ने भी अपने पिता की तरह ही नौ-सेना का अफ़सर बनने की ठानी थी; उनके पिता चौदह साल की उम्र में अपनी जन्मभूमि जर्मनी छोड़कर चले आये थे और उन्नति करते-करते ब्रिटेन की नौ-सेना के प्रथम सी-लॉर्ड के पद तक पहुँच गये थे। माउंटबेटन ने नौ-सेना के कैडेट के रूप में अपनी पढ़ायी शुरू ही की थी कि उनके बहु-प्रशंसित पिता का सारा गौरव छिन्न-भिन्न हो गया। पहला विश्व-युद्ध छिड़ने पर ब्रिटेन में जर्मन-विरोधी उन्माद की जो लहर आयी, उसकी वजह से उन्हें अपने पद से इस्तीफा दे देना पड़ा। उनके पिता का दिल टूट गया; उन्होंने जार्ज पंचम के अनुरोध पर अपना पारिवारिक नाम बैटेनबर्ग से बदलकर माउंटबेटन कर लिया और उन्हें मिलफर्ड हेवेन का मार्क्विस बना दिया गया। बेटे पर भी इस घटना का इतना गहरा असर पड़ा कि उसने सौगंध खायी कि एक दिन वह उस पद पर पहुँचेगा, जिससे उसके पिता को एक अन्यायपूर्ण उन्माद की वजह से हटा दिया गया था।

लेकिन दोनों महायुद्धों के बीच के लंबे अंतराल में माउंटबेटन का जीवन-वृत्त एक शांतिकालीन अफ़सर के घटनाहीन जीवन की तरह मंद गति से आगे बढ़ता रहा। माउंटबेटन ने दूसरे क्षेत्रों में, जिनका सैनिक जीवन से बहुत कम संबंध था, अपनी प्रतिभा का परिचय देकर जनता के मन पर

अपनी छाप डाल दी थी। उनके आकर्षक व्यवहार, उनके सुंदर चेहरे, और चारों ओर प्रसन्नता बिखेरने वाले उनके विनोदी स्वभाव के कारण ब्रिटेन के लोकप्रिय सस्ते अख़बार, जो युद्ध की विभीषिका के बाद चमक-दमक की भूखी दुनिया की आवश्यकताओं को पूरा करने के लिए निकाले जाते थे, उन पर रीझे हुए थे। बहुत बड़ी संपत्ति की उत्तराधिकारी एडविना ऐशले के साथ उनका विवाह, 1922 की सबसे बड़ी सामाजिक घटना थी, क्योंकि एडविना ब्रिटेन के राज-सिंहासन के उत्तराधिकारी प्रिंस ऑफ वेल्स को अपना आदर्श मानती थी।

अगले कुछ वर्षों तक रविवार को निकलने वाला शायद ही कोई ऐसा अख़बार होगा, जिसमें लुई और एडविना माउंटबेटन का कोई चित्र या उनका कोई उल्लेख न छपा हो—माउंटबेटन-दंपत्ति थिएटर में नोएल कावर्ड के साथ; माउंटबेटन ऐस्कट की घुड़दौड़ देखते हुए शाही मेहमान के रूप में; चुस्त और मुस्तैद नौजवान लार्ड लुई भूमध्य सागर में जल-क्रीड़ा करते हुए; या पोलो के खेल में जीता हुआ कोई पुरस्कार स्वीकार करते हुए।

इन सब बातों से मिलकर माउंटबेटन का एक ऐसा चित्र उभरता था जिसे उन्होंने कभी झुठलाया नहीं; कोई भी नृत्य, पार्टी या पोलो का मैच हो उसमें वह जी खोलकर हिस्सा लेते थे, लेकिन सार्वजनिक बिंब के पीछे उनका एक और व्यक्तित्व था, जिसे आम लोग नहीं जानते थे। यह नाच खत्म हो जाने के बाद उभरकर सामने आता था।

माउंटबेटन जिस समय अपने जीवन की सबसे कठिन चुनौती का सामना करने की तैयारी कर रहे थे, उस समय उनकी शारीरिक तथा बौद्धिक शक्तियाँ अपने शिखर पर थीं। समुद्री युद्ध और सेनापति के उच्च पद ने उनमें पलक झपकते निर्णय लेने की क्षमता पैदा कर दी थी और नेतृत्व की उनकी स्वाभाविक प्रतिभा को उजागर कर दिया था। वह न तो दार्शनिक थे और न गूढ़ बातें सोचने वाले विचारक, लेकिन उनकी बुद्धि बहुत तीक्ष्ण और विवेकशील थी, जो जीवन-भर की कड़ी मेहनत की वजह से और भी पैनी हो गयी थी। उनमें हारकर भी निराश न होने वालों के प्रति

आम अंग्रेज़ों की तरह कोई लगाव नहीं था। वह जीतने में विश्वास रखते थे। जब वह नौजवान अफ़सर थे, उन दिनों के उनके नौ-सैनिकों ने एक बार नावों की दौड़ में सारी प्रतियोगिता केवल इसलिए जीत ली थीं कि उन्होंने उनको नाव चलाने का एक बहुत बढ़िया तरीका सिखा दिया था। बाद में जब उनके इस नये तरीके की आलोचना की गयी, तो उन्होंने बहुत जलकर बस इतना कहा कि उनकी राय में महत्त्वपूर्ण बात यह है कि 'सबसे पहले दौड़ कौन पूरी करता है।'

उनकी जवानी की विनोदप्रियता अब प्रौढ़ावस्था में आकर एक असाधारण आकर्षण में बदल गयी थी और वह बड़ी आसानी से लोगों में मेल-जोल पैदा करा सकते थे। एक ऐसे आदमी ने, जो उनका प्रशंसक नहीं था, उनके बारे में कहा, "माउंटबेटन अगर अपने मन में ठान लें, तो वह गिद्ध पर भी ऐसा जादू कर सकते हैं कि वह लाश छोड़कर उड़ जाए।"

सबसे बढ़कर, माउंटबेटन में आत्म-विश्वास का एक अपार भंडार था; यह एक ऐसा गुण था, जिसे उनके निंदक अहंकार कहना पसंद करते थे। जब चर्चिल ने उन्हें एशियाई कमान का भार सौंपने की बात चलायी थी, तो उन्होंने इस पर विचार करने के लिए 24 घंटे का समय माँगा था।

"क्यों", चर्चिल ने गुर्राकर कहा था, "क्या तुम नहीं समझते कि तुम इस काम को निभा सकोगे?"

"सर", माउंटबेटन ने जवाब दिया था, "मुझमें यह पैदाइशी कमजोरी रही है कि मैं समझता हूँ कि मैं कोई भी काम पूरा कर सकता हूँ।"

आने वाले सप्ताहों में विक्टोरिया के पड़नाती को इस आत्म-विश्वास की भरपूर जरूरत पड़ने वाली थी।

प्रायश्चित-यात्रा : 1

स्थान, वातावरण और जलवायु परिवर्तन के साथ-साथ किसी की भी दिनचर्या में परिवर्तन आ जाता है, पर हर गाँव में उनकी चर्या तो एक-सी ही रहती थी। एशिया का सबसे प्रसिद्ध व्यक्ति पर महलों की अपेक्षा पसंद थी उसे झुग्गी-झोंपड़ियाँ...क्यों? क्योंकि वह उनका ही तो उद्धार करने

आया था इस दुनिया में। उनके दरवाजे पर पहुँचते ही, सीधे उनकी झोंपड़ी में शरण माँगता था, मुसलमान की झोंपड़ी हो तो और भी अच्छा। अगर इंकार कर दिया जाता, जैसा कि कभी-कभी होता था, तो गाँधी जी दूसरा दरवाजा खटखटाते थे। उन्होंने कहा था, "अगर कोई मुझे रखने को तैयार नहीं होगा, तो मैं बड़े सुख से किसी पेड़ की ठंडी छाया में रह लूँगा।"

वहाँ डेरा डाल देने के बाद उनका मेजबान उन्हें जो कुछ भी खाने को देता, वही खा लेते—आम, सब्जियाँ, बकरी के दूध की दही, नारियल का पानी। हर गाँव में दिन-भर के एक-एक घंटे का निर्धारित कार्यक्रम होता था। गाँधी जी पर हमेशा समय के सदुपयोग का भूत सवार रहता था। उनका कहना था कि एक-एक क्षण भगवान की देन है, जिसे मनुष्य की सेवा में लगाया जाना चाहिए। अपने दिनभर के समय को वह एक सोलह साल पुरानी आठ शिलिंग की इंगरसोल घड़ी के सहारे व्यवस्थित करते थे; बहुत ही थोड़ी-सी चीज़ें थीं, जिन्हें वह अपनी कह सकते थे; उनमें एक यह घड़ी भी थी जो हर समय एक डोरी से उनकी कमर में बँधी रहती थी। वह रोज रात को दो बजे उठकर 'गीता' पढ़ते थे और सुबह की प्रार्थना करते थे। तब से भोर तक वह अपनी कुटिया में बैठकर बड़े धीरज के साथ पेंसिल से पत्रों के विस्तृत उत्तर लिखते थे। वह हर पेंसिल को तब तक इस्तेमाल करते रहते थे, जब तक वह इतनी छोटी न हो जाती कि पकड़ी ही न जा सके, क्योंकि उनका कहना था कि वह पेंसिल भी उन्हीं जैसे किसी इंसान ने बनायी थी और उसे बर्बाद करना उस आदमी की मेहनत का अनादर करना होगा। रोज सुबह एक निर्धारित समय पर वह नमक के पानी का एनीमा लेते थे। गाँधी जी प्राकृतिक चिकित्सा में दृढ़ आस्था रखते थे और उन्हें पूरा विश्वास था कि पेट से दूषित विषैले तत्त्वों को निकालने का यही उपाय है। वर्षों तक यह माना जाता रहा कि जब महात्मा किसी को अपने हाथ से नमक के पानी का एनीमा देने को कह दें, तो वह आदमी उनकी संगत में स्वीकार कर लिया गया।

सूरज निकलते ही गाँधी जी गाँव में घूमना शुरू कर देते थे, वहाँ के रहने वालों के साथ बातें करते थे और उनके साथ मिलकर लगातार पूजा-पाठ करते रहते थे। जल्दी ही उन्होंने नोआखाली में शांति और सुरक्षा का वातावरण फिर वापस ले आने की अपनी मुहिम को सफल बनाने के लिए एक कार्यनीति तैयार कर ली। यह ठेठ गाँधी की तरकीब थी। हर गाँव में वह खोज कर एक-एक ऐसे हिंदू और मुस्लिम नेता को खोज निकालते जिस पर उनकी अपील का असर हुआ हो। फिर वह उन दोनों को एक ही छत के नीचे रहने पर राजी कर लेते। वे दोनों मिलकर गाँव में शांति बनाए रखने की गारंटी देते। अगर गाँव के मुसलमान हिंदुओं पर हमला करते, तो मुस्लिम नेता आमरण अनशन का वचन देता। हिंदू नेता भी इसी आशय का वचन देता।

लेकिन नोआखाली की उन रक्त-रंजित गलियों में गाँधी जी ने अपने आपको केवल यहीं तक सीमित नहीं रखा कि जिस गाँव से होकर वह गुजरें उसमें फैली आपसी घृणा को दूर कर दें। ज्यों ही उन्हें यह आभास होता कि कोई गाँव भाई-भाई के बीच प्यार के उनके संदेश को समझने लगा है, वह अपनी अपील को और व्यापक बना देते। गाँधी के लिए ये खोए हुए गाँव ही, जिनमें पहुँचना भी आसान नहीं था, असली भारत थे—नोआखाली यात्रा के दौरान रास्ते में पड़े गाँवों, जैसे असंख्य छोटे-छोटे गाँव। वह उन गाँवों को किसी भी अन्य जीवित आदमी से ज्यादा अच्छी तरह जानते थे। वह चाहते थे कि इन्हीं गाँवों में नयी जान डालकर उनकी बुनियाद पर स्वतंत्र भारत का निर्माण किया जाए और इन गाँवों की जिंदगी को किन नये साँचों में ढालना है, इसके बारे में भी उनके अपने विचार थे।

वह गाँव वालों से कहते, "अपनी इस यात्रा के दौरान मैं आपको यह सिखाना चाहता हूँ कि आप गाँव के पानी को और अपने आपको किस तरह साफ रख सकते हैं; आप यहाँ की मिट्टी को, जिससे आपके शरीर बने हैं, किस तरह इस्तेमाल कर सकते हैं; आपके सिर पर जो अनंत आकाश है, उससे आप किस तरह जीवन-शक्ति प्राप्त कर सकते हैं; आपके चारों ओर

जो हवा है, उससे आप अपनी बुनियादी शक्ति को किस तरह बढ़ा सकते हैं; आप धूप का किस तरह सदुपयोग कर सकते हैं।"

गाँधी जी बूढ़े हो चले थे। उन्हें केवल शब्दों से संतोष नहीं होता था। वह व्यावहारिक काम के महत्त्व में दृढ़ आस्था रखते थे। गाँधी जी के बहुत से अनुयायी समझते थे कि उन्हें अपना समय ज़्यादा महत्त्वपूर्ण कामों में लगाना चाहिए। वे इस बात पर खीझ उठते थे कि गाँधी जी किसी कोढ़ी के लिए मिट्टी का लेप भी उसी लगन के साथ बनाते थे, जिस लगन से वे वायसराय के साथ इंटरव्यू की तैयारी करते थे। हर गाँव में वह वहाँ के रहने वालों के साथ कुएँ पर जाते थे। अक्सर वह उन्हें कुएँ के लिए किसी बेहतर जगह का सुझाव देते। वह उनके साथ जाकर उनके सामुदायिक शौच स्थलों का मुआयना करते और अगर शौच स्थल न होते, जैसा कि अक्सर होता था, तो वह उन्हें बताते कि शौच किस तरह बनाएं; अक्सर तो वह खुद उनके साथ मिलकर भूमि खोदते। उनका पक्का विश्वास था कि भारत में इतने ज़्यादा लोगों के मरने की वजह सफाई की कमी ही है; वह वर्षों से लोगों को खुली जगहों में शौच जाने और सड़कों पर थूकने या नाक छिनकने, जहाँ गाँवों के ज़्यादातर लोग नंगे पाँव चलते थे, के खिलाफ समझाते आये थे।

एक बार उन्होंने बहुत ही भारी मन से कहा था, "अगर हम सब हिंदुस्तानी मिलकर एक साथ थूकें तो इतना बड़ा समुद्र बन जाएगा कि उसमें तीन लाख अंग्रेज़ डूब जाएँ।" जब भी वह किसी गाँव वाले को सड़क के किनारे थूकते या नाक छिनकते देखते, वह उसे नरमी से झिड़क देते। वह घर-घर जाकर लोगों को बताते कि वे पीने का पानी साफ करने के लिए किस तरह कोयले और रेत की बहुत सीधी-सादी छन्नी बना सकते हैं। वह बार-बार कहते रहते थे, "हम जो कुछ करते हैं और जो कुछ कर सकते हैं, उसका अंतर मिट जाए तो संसार की ज़्यादातर समस्याओं को हल करने के लिए काफी होगा।"

प्रतिदिन सायंकाल वह खुली प्रार्थना-सभा करते थे, जिसमें वह मुसलमानों को भी बुलाते थे, और इस बात का पूरा ध्यान रखते थे कि प्रतिदिन की उपासना के भाग के रूप में कुरान की कुछ आयतें जरूर पढ़ी जाएँ। इन सभाओं में कोई भी आदमी उनसे कोई भी सवाल पूछ सकता था। एक दिन एक देहाती उनसे उलझ पड़ा, "नोआखाली में अपना समय बरबाद करने के बजाय आपको नयी दिल्ली जाकर जिन्ना और मुस्लिम लीग से बात करनी चाहिए।"

गाँधी जी ने कहा, "नेता उन लोगों का केवल अक्स होता है जिनका वह नेतृत्व करता है।" इससे पहले कि लोग आपस में मिल-जुलकर शांति के साथ रह सकें, यह जरूरी है कि पहले कोई उसका नेतृत्व करे। उन्होंने कहा कि "तभी लोगों की मिल-जुलकर अच्छे पड़ोसियों की तरह रहने की इच्छा उनके नेताओं में प्रतिबिंबित होगी।'"

जब उन्हें लगता कि कोई गाँव उनके संदेश को समझने लगा है, जब वहाँ की मुस्लिम बिरादरी राजी हो जाती कि जो हिंदू डरकर भाग गये थे वे अपने घर लौट आयें, तो वह वहाँ से पाँच-दस-पंद्रह मील दूर अगले गाँव की ओर चल पड़ते। हमेशा वह सुबह साढ़े सात बजे निकलते थे। श्रीरामपुर की तरह ही उनकी टोली, गाँधी जी के पीछे-पीछे, अमराइयों में से होती हुई, हरी काई की मोटी तह से ढके हुए पोखरों के पास से गुजरती हुई आगे बढ़ती रहती और उनकी आहट पाते ही बत्तखें और मुर्गाबिशाँ कर्कश स्वर से चिल्लाती हुई आसमान की ओर उड़ जातीं। पतली-पतली पगडंडियाँ, तोड़ के झुरमुटों और छोटी-छोटी झाड़ियों के बीच से अपना रास्ता निकालती हुई बलखाती हुई आगे बढ़ती जातीं। रास्ते में कंकर-पत्थर बिखरे रहते और जहाँ-तहाँ कटे हुए पौधों की खूंटियाँ बाहर उभरी रहतीं। कभी-कभी इस छोटे-से जुलूस को टखने-टखने-भर कीचड़ में जूझते हुए आगे बढ़ना पड़ता।

जब तक वे अपनी अगली मंजिल पर पहुँचते, अक्सर ऐसा होता कि 77 वर्षीय महात्मा गाँधी जी के नंगे पाँव बिवाई से दुखने लगते या उनमें

घाव हो जाते, जिनसे खून बहता रहता और छाले पड़ जाते। अपना काम फिर से शुरू करने से पहले वह अपने पाँव गरम पानी में थोड़ी देर तक डुबोये रहते। इसके बाद गाँधी जी अपनी इस प्रायश्चित-यात्रा का वह एकमात्र काम करते, जो ऐश-आराम की कोटि में रखा जा सकता था। उनकी पोती मनु, जो हमेशा उनके साथ रहती थी, एक पत्थर से उनके चोट खाए हुए पाँवों की मालिश करती।

लंदन, 18 फरवरी, 1947

तीन शताब्दियों में हाउस ऑफ कामन्स की दीवारों से उन मुट्ठी-भर लोगों की घोषणाओं की गूँज टकराती रही थी, जो वहाँ जमा होकर ब्रिटिश साम्राज्य का मार्गदर्शन करते थे। उनकी बहसों और फैसलों से पृथ्वी के कोने-कोने में बिखरे हुए पचास करोड़ लोगों के भाग्य का निबटारा होता आया था और पृथ्वी की आबाद होने लायक कुल भूमि के एक-तिहाई भाग पर गोरी नस्ल के ईसाई, यूरोपियन श्रेष्ठ वर्ग का प्रभुत्व कायम करने में मदद मिल रही थी।

आज हाउस ऑफ कामन्स के सदस्य इस हॉल में, जिसे गरम रखने का भी कोई बंदोबस्त नहीं था, अपने-अपने कोनों में बैठे सर्दी से काँप रहे थे; उनके चारों ओर उदास परछाइयाँ अंधेरी झीलों की तरह फैली हुई थीं। तनाव के इस वातावरण में वे बड़ी उत्सुकता से प्रतीक्षा कर रहे थे कि उनका नेता आकर ब्रिटिश साम्राज्य के अवसान पर अपना महत्वपूर्ण शोक-संदेश सुनाए। अपने भारी-भरकम शरीर को एक काले ओवरकोट में लपेटे विंस्टन चर्चिल बहुत निराश मुद्रा में आकर विपक्ष की एक कुर्सी पर बैठ गये। जब वह पहली बार कामन्स के सदस्य होकर आये थे, तब से चालीस वर्ष तक उनकी आवाज ब्रिटेन के साम्राज्य के सपनों को उस हॉल में शब्दों में साकार करती आयी थी। पिछले दस वर्षों से उनकी आवाज इंग्लैंड की अंतरात्मा के लिए अंकुश का काम कर रही थी और उसके साहस को बढ़ाती रही थी।

उनमें विलक्षण दूरदर्शिता थी, लेकिन उनकी कुछ हठधर्मियाँ ऐसी थीं जिनसे वह टस-से-मस होने को तैयार नहीं थे। यों तो वह साम्राज्य के हर

कोने पर गर्व करते थे, पर उनमें से किसी के भी प्रति उनकी भावनाएँ वैसी नहीं थीं, जैसी कि भारत के लिए। चर्चिल को भारत से इतना गहरा, इतना उग्र लगाव था कि वह अवास्तविक लगता था। वह भारत अपनी रेजिमेंट 'फोर्थ क्वींस ऑन हुसार्स' के साथ एक छोटे-से नौजवान अफ़सर की हैसियत से गये थे; वहाँ के धूल-भरे मैदानों में वह पोलो खेले थे, जंगली सुअर और शेर का शिकार किया था। वह खैबर दर्रे पर चढ़े थे और उत्तर-पश्चिम सीमा पर पठानों से लड़े थे। वहाँ से आने के इकतालीस वर्ष बाद अभी तक वह उस हिंदुस्तानी को हर महीने दो पौंड भेजते थे, जिसने उनकी फौज की उस मामूली अफ़सरी के दिनों में दो वर्ष उनकी सेवा की थी। उनकी इस छोटी-सी बात में भारत के प्रति उनकी अधिकांश भावनाओं की झलक मिलती थी। सबसे बढ़कर उन्हें भारत में स्वयं अपने अनुभव के एक प्रतिबिंब के रूप में उसे देश से लगाव था और उन्हें इस विचार से प्रेम था कि बहादुर और ईमानदार अंग्रेज़ एक सख्त बाप की तरह उस देश का शासन चलाएँ।

साम्राज्य के सपने में उनकी आस्था अडिग थी। वह हमेशा से यही कहते आये थे कि दुनिया में ब्रिटेन की हैसियत साम्राज्य के दम से है। वह बड़ी ईमानदारी से विक्टोरिया-युग के इस जड़-सिद्धांत में विश्वास रखते थे कि वे 'घटिया नस्ल के लोग जिनका कोई कानून नहीं है' यूरोप वालों के शासन में उससे कहीं अच्छे हैं जैसा कि वे स्थानीय निरंकुश शासकों के अत्याचारी शासन में रहते। विश्व की कितनी ही समस्याओं के बारे में बहुत गहरी समझ-बूझ का परिचय देने के बावजूद भारत का सवाल उठते ही चर्चिल बिल्कुल अंधे हो जाते थे। कोई भी चीज़ उन्हें अपनी इस दृढ़ आस्था से डिगा नहीं सकती थी कि भारत में अंग्रेज़ों का शासन बहुत न्यायपूर्ण रहा है और पूरी तरह भारत के हित में चलाया गया है; कि भारत की जनता अपने शासकों के प्रति कृतज्ञता तथा स्नेह का भाव रखती है; कि जो राजनीतिज्ञ स्वतंत्रता के लिए आंदोलन चला रहे थे, वे बहुत ओछे विचारों वाले, अधपढ़े, खाते-पीते लोग थे, जो वहाँ की आम जनता की आकांक्षाओं

तथा उसके हितों का प्रतिबिंबित नहीं करते थे। स्वयं चर्चिल के भारत-सचिव ने बड़ी कटुता से कहा था कि चर्चिल भारत को लगभग उतनी ही अच्छी तरह समझते थे, जितनी अच्छी तरह जार्ज तृतीय अमरीकी उपनिवेशों को समझते थे।

1910 से वह भारत को स्वतंत्रता की ओर ले जाने की हर कोशिश का डटकर विरोध करते आये थे। उन्होंने बड़े तिरस्कार के साथ गाँधी जी और उनके कांग्रेसी अनुयायियों को 'भूसे के बने हुए लोग' कहकर दो कौड़ी का ठहरा दिया था। उस समय सदन में जितने लोग थे उनमें चर्चिल का दिल यह सोच-सोचकर सबसे ज़्यादा फटा जा रहा था कि 10 डाउनिंग स्ट्रीट में उनके उत्तराधिकारी उसी काम का बीड़ा उठाने जा रहे थे, जिसके बारे में स्वयं उन्होंने सोचने से भी इंकार कर दिया था—साम्राज्य को छिन्न-भिन्न कर देना। अगर वह और उनकी कंजरवेटिव पार्टी 1945 का चुनाव हार भी गये तो क्या हुआ, हाउस ऑफ लॉर्ड्स में तो अभी तक उनका पूरा बहुमत था। इस वजह से उनके हाथ में यह शक्ति थी कि अगर वह चाहते तो भारत की आज़ादी को पूरे दो साल के लिए उलझाए रख सकते थे। जब उन्होंने अपने दुबले-पतले सोशलिस्ट उत्तराधिकारी प्रधानमंत्री को भाषण देने के लिए उठकर खड़े होते देखा तो उनके तमतमाए हुए चेहरे पर अरुचि का भाव इस तरह फैल गया जैसे अचानक पित्ती उछल आयी हो।

क्लीमेंट एटली के हाथ में जो छोटा-सा लिखा हुआ भाषण था वह बहुत बड़ी हद तक उसी नौजवान एडमिरल का लिखा हुआ था, जिसे वह भारत से ब्रिटेन की विदाई की बातचीत करने के लिए नयी दिल्ली भेज रहे थे और जिसका नाम वह अभी बताने वाले थे। लुई माउंटबेटन ने अपने लाक्षणिक साहस के साथ यह छोटा-सा भाषण स्वयं एटली के तैयार किये हुए लंबे-चौड़े दस्तावेज की जगह पढ़े जाने के लिए लिखा था। इसमें नये वायसराय की जिम्मेदारी बहुत सीधे-सादे शब्दों में बतायी गयी थी। सबसे बढ़कर इसमें वह नयी और बुनियादी महत्त्व की बात भी थी जिसके बारे में माउंटबेटन का आग्रह था कि इसे शामिल करके ही भारत की गुत्थी को

सुलझाने की कोई आशा की जा सकती है। उन्होंने एटली के साथ छः हफ्ते तक जूझने के बाद उसे ठीक-ठीक उसी रूप में मनवा लिया था, जिस रूप में कि वह चाहते थे।

जैसे ही एटली ने अपनी ऐतिहासिक घोषणा को पढ़ना शुरू किया, उस बर्फ जैसे ठंडे सदन में एक लहर दौड़ गयी।

"महामहिम की सरकार इस बात को स्पष्ट कर देना चाहती है," उन्होंने पढ़ना शुरू किया, "कि यह उसका दृढ़ निश्चय है कि वह हद-से-हद जून 1948 तक किसी तिथि को जिम्मेदार भारतीयों के हाथों में सत्ता सौंप देने के लिए आवश्यक कदम उठाएगी।"

वहाँ बैठे हुए लोगों को उनके इन शब्दों का तात्पर्य अच्छी तरह समझ में आ गया, तो अचानक एक सन्नाटा छा गया। इस आभास से कि ब्रिटिश राज्य की जिंदगी के अब मुश्किल से चौदह महीने बाकी रह गये हैं, जो उदासी पैदा हुई थी वह इस बात से भी कम नहीं हुई कि ये शब्द इतिहास का और स्वयं ब्रिटेन की अपनी घोषित नीति का परिणाम थे। ब्रिटिश जीवन का एक युग समाप्त हो रहा था। जैसे मानचेस्टर गार्जियन ने अगले दिन सुबह 'इतिहास का सबसे बड़ा संबंध-विच्छेद' लिखा, वह आरंभ होने वाला था।

अपनी कुर्सी पर निढाल बैठे हुए उस भारी-भरकम व्यक्ति की जब बारी आयी तो उसने विरोध प्रकट करते हुए अपना सारा वाक्-चातुर्य दिखाकर साम्राज्य के पक्ष में अंतिम बार एक फरियाद की। सर्दी और भावावेश से थोड़ा-सा काँपते हुए, चर्चिल ने घोषणा की, "यह सारा मामला एक दुःखद और विनाशकारी सौदे पर परदा डालने के लिए युद्ध की प्रतिभाशाली विभूतियों का लाभ उठाने की सरकार की कोशिश है।"

स्वतंत्रता की तिथि तय करके एटली गाँधी जी के इस 'सबसे सनकी विचार' को अपना रहे थे कि 'भारत को भगवान के भरोसे छोड़ दो।'

चर्चिल ने मातम करते हुए कहा, "मुझे यह देखकर बहुत गहरी पीड़ा हो रही है कि ब्रिटिश साम्राज्य अपनी सारी गौरवशाली सफलताओं के साथ,

मानव-जाति की उसने जो सेवाएँ की हैं, उन सभी के समेत आज ढल रहा है। शत्रुओं के खिलाफ तो ब्रिटेन की रक्षा बहुतों ने की है। स्वयं उसके खिलाफ उसकी रक्षा कोई नहीं कर सकता।...शर्मनाक तरीके से भागकर, समय से पहले ही जल्दबाजी में अपनी नाव खुद डुबोकर हम कम-से-कम हालत को और तो न बिगाड़ें—हममें से बहुत-से लोग दिल में जो एक टीस महसूस कर रहे हैं, उसमें कम-से कम अपमान का कलंक और तिरस्कार तो न जोड़ें।"

ये एक सिद्धहस्त वक्ता के शब्द थे, पर वे ब्रिटिश सूरज के डूबने के खिलाफ एक व्यर्थ प्रलाप की तरह थे। जब वोट लेने के लिए घंटी बजी तो कामन्स-सभा ने इतिहास के आदेश को स्वीकार कर लिया। बहुत बड़े बहुमत से उसने यह तय कर दिया कि जून 1948 से पहले भारत में ब्रिटिश शासन का अंत कर दिया जाए।

प्रायश्चित-यात्रा : 2

गाँधी जी की छोटी-सी टोली नोआखली के दलदली इलाके में जितना ही आगे बढ़ती गयी, उनका काम और कठिन होता गया। जिन पहले गाँवों में वे गये थे, वहाँ मुसलमानों के बीच उन्हें जो सफलता मिली थी उसकी वजह से आगे चलकर आने वाले गाँवों के स्थानीय नेता सतर्क हो गये थे। यह महसूस करके कि यह उनकी सत्ता के लिए एक चुनौती है, उन्होंने लोगों को महात्मा गाँधी और उनकी मुहिम के खिलाफ भड़काना शुरू कर दिया था।

उस दिन उनकी तीर्थ-यात्रा के रास्ते में एक मुस्लिम स्कूल पड़ा, जहाँ एक खुली जगह में सात-आठ साल के बच्चे मुल्ला जी के चारों ओर बैठे हुए थे। अपने चहेते नाती-पोतों से मिलने के लिए उत्सुक वृद्ध नाना की तरह बाँछें खिलाये, बाँहें फैलाये गाँधी जी उन बच्चों से बात करने को आगे बढ़े। उनको आता देखकर मुल्ला जी भी उछलकर खड़े हो गये। गुस्से की नजरों से देखते हुए उन्होंने झिड़ककर अपने शागिर्दों को झोंपड़ी के अंदर इस तरह हाँक दिया, मानो जो बूढ़ा उनकी तरफ आ रहा था वह कोई लकड़सुंघा हो

जो उन पर कोई जादू चलाने आया हो। बच्चों को इस तरह भागते देखकर गाँधी जी को बहुत दुःख हुआ। वह मुल्ला जी की झोंपड़ी के दरवाजे पर खड़े बड़ी उदासी के साथ अपना हाथ हिला-हिलाकर उन बच्चों को बुलाने की कोशिश करते रहे, जिनके धुँधले-धुँधले चेहरे उन्हें झोंपड़ी के अंधेरे में दिखायी दे रहे थे। बच्चों की काली-काली आँखें कौतूहल से फटी हुई थीं; उनकी समझ में कुछ नहीं आ रहा था। वे पलटकर गाँधी जी को घूरते रहे। आख़िरकर गाँधी जी ने अपने दिल के पास सीने पर हाथ रखकर उन्हें मुस्लिम ढंग से सलाम किया। लेकिन इस सलाम के जवाब में एक भी बच्चे का हाथ नहीं उठा। गाँधी जी पीछे मुड़कर वहाँ से चले आये और फिर अपनी राह पर आगे चल पड़े।

कुछ और घटनाएँ भी हुई थीं। चार दिन पहले किसी कट्टरपंथी ने एक बाँस के पुल के नीचे से, जिस पर से होकर गाँधी जी गुजरने वाले थे, सहारा देने वाली एक बल्ली खिसका दी थी। सौभाग्यवश, पुल के गिरने से पहले ही यह बात देख ली गयी, नहीं तो गाँधी जी और उनकी टोली दस फुट नीचे कीचड़ भरे पानी में जा गिरते। इसी तरह एक दिन सुबह वह बाँसों और नारियलों के झुरमुट में से होकर गुजर रहे थे। हर पेड़ पर एक झंडा लगा हुआ था, जिस पर इस तरह के नारे लिखे हुए थे—"खबरदार, आगे न बढ़ना!", "पाकिस्तान की माँग मान लो!" या "अपनी खैर चाहते हो तो लौट जाओ।"

गाँधी जी पर इन नारों का कोई असर नहीं हुआ। गाँधी जी का कहना था कि अहिंसा को मानने वाले आदमी की सबसे बड़ी खूबी होती है शारीरिक साहस, बिना विरोध किये चुपचाप मार खा लेने का साहस, शांति के साथ डटकर खतरे का सामना करने का साहस। दक्षिण अफ्रीका में जब पहली बार उन्हें पीटा गया था, उसके बाद से दुबले-पतले शरीर वाले गाँधी जी ने प्रचुर शारीरिक साहस के गुण का परिचय दिया था। नारों में जिस तरह की बैर-भरी बातें कही गयी थीं और बच्चों ने जिस तरह उनसे मुँह फेर लिया था, उससे गाँधी जी का मन दुखी हो उठा था; लेकिन इस दुख को मन

में ही दबाकर गाँधी बड़े शांत भाव से अगली मंजिल की ओर अपने बोझल कदम बढ़ाते रहे।

रात को हवा में बड़ी सीलन और नमी थी, और जिस पगडंडी पर वे चल रहे थे, उसकी चिकनी मिट्टी ज्यादा ओस गिरने की वजह से बहुत चिपचिपी और रपटीली हो गयी थी। अचानक यह छोटा-सा काफिला ठिठक कर खड़ा हो गया। काफिले के आगे-आगे गाँधी जी चल रहे थे। उन्होंने अपनी लाठी नीचे रख दी और झुक कर कुछ देखने लगे। जिस रास्ते से होकर वह नंगे पाँव गुजरने वाले थे, उस पर किसी अनजाने मुसलमान ने काँच के छोटे-छोटे टुकड़े और जगह-जगह बहुत-सा मानव मल बिखेर दिया था। गाँधी ने बड़े शांत भाव से एक ताड़ का पत्ता तोड़ा और झुककर बड़ी विनम्रता से वह काम करने लगे, जो किसी भी हिंदू के लिए सबसे नीच काम समझा जाता है। ताड़ के पत्ते को झाड़ू की तरह इस्तेमाल करके वह 77 वर्षीय प्रायश्चित-यात्री रास्ते से मानव मल हटाने लगा।

इस समय जो बूढ़ा अपने रास्ते से मानव मल साफ कर रहा था, उसका सबसे कट्टर अंग्रेज़ दुश्मन हाउस ऑफ कामन्स का वही सिद्धहस्त वक्ता था। चर्चिल ने अपने दीर्घ जीवनकाल में इतने बहुत-से कभी न भुलाए जा सकने वाले फिकरे गढ़े थे कि अगर उन्हें जमा किया जाता तो गद्य की एक मोटी-सी पूरी किताब बन जाती, लेकिन उनमें थोड़े ही फिकरे ऐसे रहे होंगे, जिनकी आम लोगों के दिमाग पर इतनी गहरी छाप पड़ी हो जितनी कि उस फिकरे की पड़ी जो उन्होंने 16 साल पहले फरवरी 1931 में गाँधी का वर्णन करने के लिए गढ़ा था—'अधनंगा फकीर।'

जिस घटना पर चर्चिल इस तरह भड़क उठे थे वह 17 फरवरी, 1931 को हुई थी। एक हाथ में लाठी लिए और दूसरे से अपनी सफेद चादर का छोर पकड़े हुए गाँधी जी उस दिन सुबह नयी दिल्ली में वायसराय भवन की लाल पत्थर की सीढ़ियाँ चढ़ रहे थे। कई हफ्ते अंग्रेजों की जेल में रहने के कारण वह अब भी बहुत कमजोर थे, लेकिन जिस आदमी ने नमक सत्याग्रह

आंदोलन चलाया था, वह उस आलीशान महल में वायसराय से भीख माँगने नहीं आया था। वह वहाँ भारत के प्रतिनिधि की हैसियत से आया था।

मुट्ठी-भर नमक और अपनी बाँस की लाठी से गाँधी जी ने काले कानून का युक्तिपूर्वक तोड़ निकाला था। उनके आंदोलन को इतना व्यापक समर्थन मिल रहा था कि वायसराय लॉर्ड इर्विन इस बात पर मजबूर हो गये थे कि उन्हें जेल से रिहा कर दिया जाए और उन्हें दिल्ली बुलाकर उनके साथ भारतीय जनता के माने हुए नेता की हैसियत से बातचीत की जाए। वह अरब, अफ्रीकी और एशियाई नेताओं के इस लंबे क्रम से सबसे पहले और सबसे महान थे, जो आने वाली दशाब्दियों में उनके इसी रास्ते पर चलकर अंग्रेज़ों की जेल से गोरों के सम्मेलन-कक्ष में पहुँचे।

विंस्टन चर्चिल ने इस भेंट के दुष्परिणामों को सही-सही भाँप लिया था। उन्होंने बड़े तीखे शब्दों में इसे अरुचिकर और अपमानजनक दृश्य समझ इसकी आलोचना की थी, "यह आदमी जो किसी जमाने में विलायत से बैरिस्टरी पास करके आया है और अब राजद्रोही फकीर बन गया है, वायसराय के महल की सीढ़ियों पर अधनंगा दनदनाता हुआ चला जा रहा है और वहाँ जाकर सम्राट के प्रतिनिधि के साथ बराबरी से बैठकर समझौते की बातचीत करेगा!"

उन्होंने बड़ी दूरदर्शिता के साथ, जिसमें उनके सोलह साल बाद के भाषण की परछाईं पहले ही से दिखायी दे गयी थी, कहा—"भारत एक बार हाथ से निकल गया, तो फिर कभी नहीं मिलेगा और यह हमारे लिए घातक सिद्ध होगा। यह अनिवार्य रूप से एक ऐसे सिलसिले की कड़ी होगी जो हमें एक छोटी शक्ति के स्तर पर पहुँचा देगा।"

लेकिन उनके इन शब्दों को नयी दिल्ली में होने वाली बातचीत पर कोई असर नहीं हुआ। तीन सप्ताह में आठ बार मुलाकातें हुईं और उनका जो परिणाम निकला वह 'गाँधी-इर्विन समझौते' के नाम से प्रसिद्ध हुआ। इस समझौते की शर्तें पढ़कर ऐसा लगता था जैसे दो सार्वभौम सत्ताओं के बीच कोई संधि हुई हो, और इससे पता चलता है कि गाँधी की विजय

कितनी बड़ी थी। इस समझौते के अनुसार इर्विन, गाँधी के उन हज़ारों अनुयायियों को जेल से रिहा करने पर सहमत हो गये, जो अपने नेता के साथ जेल चले गये थे। दूसरी ओर, गाँधी जी भी अपना आंदोलन वापस ले लेने और भारत के भविष्य के बारे में बातचीत करने के लिए लंदन में एक गोलमेज सम्मेलन में भाग लेने को तैयार हो गये।

छः महीने बाद पूरी अंग्रेज़ कौम यह देखकर दंग रह गयी कि महात्मा गाँधी खाली एक लंगोटी और चप्पल पहने सम्राट के साथ चाय पीने के लिए बकिंघम पैलेस पहुँच गये। वह अंग्रेज़ी के प्रसिद्ध कवि रुडयार्ड किपलिंग की मशहूर कविता के पात्र गंगादीन की जीती-जागती तस्वीर लग रहे थे–"सामने जो है वह न होने के बराबर, और पीछे उसके आधे से भी कम।" बाद में जब उनसे पूछा गया, "क्या इस पोशाक में जाना उचित था?" तो गाँधी ने मुसकराकर जवाब दिया, "सम्राट जितने कपड़े पहने हुए थे, वह हम दोनों के लिए काफी थे।"

उन दोनों की इस मुलाकात की जितनी व्यापक रूप से चर्चा हुई, उससे पता चलता है कि गाँधी जी की इस लंदन-यात्रा का वास्तविक प्रभाव कितना गहरा था। वह जिस गोलमेज सम्मेलन में भाग लेने आये थे, वह विफल रहा। ब्रिटिश सरकार अभी तक भारतीय स्वतंत्रता की बात सोचने को भी तैयार नहीं थी।

गाँधी जी ने ऐलान किया कि असली काम तो सम्मेलन के बाहर है।..."इस समय जो बीज बोया जा रहा है, उससे शायद अंग्रेज़ों का कठोर रवैया कुछ नरम पड़े।" उस रवैये को नरम करने के लिए जितना काम गाँधी ने किया उतना किसी और ने नहीं। ब्रिटेन की जनता और वहाँ के अख़बारों को इस आदमी ने मुग्ध कर लिया था, जो एक तमाचा खाने के बाद दूसरा गाल सामने करके साम्राज्य का तख्ता उलट देना चाहता था।

वह एक लंगोटी बाँधे, हाथ में लाठी लिए जहाज पर से उतरकर सीधे आगे बढ़ गया था। उसके पीछे न कोई अंगरक्षक था, न कोई नौकर-चाकर;

बस गिनती के कुछ शिष्य थे और एक बकरी थी, जो गाँधी के पीछे-पीछे जहाज पर से उतरकर चली आ रही थी। यह बकरी वह भारत से इसलिए लाए थे कि रोज सबेरे उन्हें एक कटोरा दूध पीने को मिल सके। उन्होंने बड़े-बड़े लोगों के ठहरने के आलीशान होटलों को ठुकरा कर लंदन के ईस्ट एंड की गंदी बस्तियों के एक छोटे-से घर में रहना पसंद किया था।

यह आदमी जब पहली बार लंदन आया था, तब वह विद्यार्थी था और उसकी जबान कभी खुलती नहीं थी; और अब वह कभी बोलते थकता नहीं था। वह चार्ली चैप्लिन, जान स्मट्स, जार्ज बर्नार्ड शा, कैंटरबरी के लाट-पादरी, हैरोल्ड लास्की, मारिया मांटेसरी, कोयला खानों के मजदूरों, बच्चों और लंकाशायर की कपड़े की मिलों के उन मजदूरों से भी मिला जो भारत में उसके आंदोलनों की वजह से बेरोजगार हो गये थे; वह लगभग हर उस आदमी से मिला जिसका कोई न कोई महत्त्व था; बस नहीं मिला तो विंस्टन चर्चिल से, जिन्होंने बड़ी हठधर्मी के साथ उससे मिलने से मना कर दिया था।

गाँधी जी ने वहाँ अपनी बहुत गहरी छाप डाली। नमक सत्याग्रह की फिल्में वहाँ पहले ही दिखायी जा चुकी थीं, जिनकी वजह से वह बहुत प्रसिद्ध हो गये थे। औद्योगिक अशांति, बेरोजगारी और गंभीर सामाजिक अन्याय के चंगुल में जकड़े हुए ब्रिटेन की आम जनता के लिए ईसा मसीह की तरह सूती चादर ओढ़े हुए और अपने प्रेम के संदेश की वजह से ईसा मसीह से और भी मिलता हुआ पूरब का यह दूत उन्हें आकर्षित भी करता था और उससे उन्हें एक अजीब-सी बेचैनी भी होती थी। उसके प्रति उन्हें जो आकर्षण था, उसका असली कारण शायद गाँधी जी ने स्वयं अमेरिका के नाम अपने एक रेडियो-प्रसारण में बताया।

उन्होंने कहा, "सारी दुनिया का ध्यान भारत के स्वतंत्रता संग्राम की ओर आकर्षित हुआ है, क्योंकि हमने स्वतंत्रता प्राप्त करने के लिए जो तरीके अपनाये हैं वे अनोखे हैं...दुनिया खून बहाते-बहाते बेहद तंग आ चुकी है। दुनिया बाहर निकलने का कोई रास्ता खोज रही है और मैं यह

विश्वास प्रकट करके अपनी पीठ खुद ठोंक रहा हूँ कि शायद इस लालायित दुनिया को मुक्ति का मार्ग दिखाने का श्रेय भारत की प्राचीन भूमि को ही प्राप्त होगा।''

जिस पश्चिमी जगत की यात्रा पर गाँधी जी गये हुए थे, वह अभी मुक्ति का ऐसा मार्ग अपनाने को तैयार नहीं था, जैसा मशीनगन के बजाय बकरी साथ लेकर चलने वाले इस शांति के दूत ने सुझाया था। यूरोप की सड़कें फौजी बूटों की चाप से और जोशीले नेताओं की कर्कश हुँकारों से गूँजने लगी थीं। फिर भी जब वह वहाँ से विदा हुए तो इटली के ब्रिंडिसी बंदरगाह तक रास्ते के रेलवे-स्टेशनों पर अपने तीसरे दर्जे के डिब्बे की खिड़की से बाहर झुककर झाँकते हुए इस दुबले-पतले पोपले मुँह वाले आदमी को बड़े कुतूहल से देखने के लिए हज़ारों फ्रांसीसी, स्विस और इटैलियन लोग जमा होते रहे।

पेरिस में स्टेशन पर इतने लोग जमा हो गये थे कि गाँधी जी को सामान के एक ठेले पर खड़े होकर उनके सामने भाषण देना पड़ा। स्विट्जरलैंड में, जहाँ वह अपने मित्र प्रसिद्ध लेखक रोम्यां रोला से मिलने गये थे, लेमान के दूध वाले इस बात के लिए बहुत बेचैन थे कि उन्हें 'भारत के राजा' की सेवा करने का सौभाग्य मिले। रोम में उन्होंने मुसोलिनी को चेतावनी दी कि फासिज्म 'ताश के घर' की तरह ढह जाएगा, फुटबाल का एक मैच देखा और सिस्टीन गिरजाघर में सूली पर ईसा मसीह की मूर्ति देखकर रोये।

यूरोप के कई देशों की इस विजय-यात्रा के बावजूद गाँधी जी को स्वदेश लौटते हुए बहुत पीड़ा का अनुभव हुआ। बंबई में उनका स्वागत करने के लिए आये हुए हज़ारों लोगों से उन्होंने कहा, ''मैं खाली हाथ लौटा हूँ। भारत को फिर सविनय अवज्ञा का रास्ता अपनाना होगा।'' एक सप्ताह भी नहीं बीतने पाया था कि वही आदमी जो लंदन में चाय की दावत पर सम्राट का मेहमान रह चुका था, एक बार फिर शाही मेहमान बना दिया गया—उसी यरवदा जेल में।

अगले तीन वर्ष तक कभी जेल चले जाने और कभी जेल से वापस आ जाने का सिलसिला चलता रहा और उधर लंदन में चर्चिल गरजते रहे, "गाँधी जी को और हर उस चीज़ को जिसके लिए वह लड़ रहे हैं कुचल देना होगा", लेकिन चर्चिल के विरोध के बावजूद अंग्रेज़ों ने भारत के लिए कुछ बुनियादी सुधार तैयार किये और 1935 के भारत सरकार अधिनियम के रूप में उसके प्रांतों को कुछ स्थानीय स्वायत्त अधिकार दिए। अंततः जेल से रिहा होने पर गाँधी जी ने अपनी राजनीतिक लड़ाई से हाथ खींचकर तीन वर्ष उन दो योजनाओं को पूरा करने में लागये जो उन्हें विशेष रूप से प्रिय थीं—'भारत के करोड़ों अछूतों की दुर्दशा और उसके गाँवों की हालत में सुधार।'

जैसे-जैसे दूसरा विश्व-युद्ध निकट आता गया, गाँधी जी का यह विश्वास भी पहले से अधिक दृढ़ होता गया कि जो अहिंसा भारत के अपने संघर्ष में उसका मार्गदर्शक सिद्धांत रही है, वही एकमात्र ऐसा दर्शन है, जो भारत को आत्म-विश्वास से बचा सकता है।

जब मुसोलिनी ने इथिओपिया को रौंद डाला तो गाँधी जी ने इथिओपिया के नागरिकों से अनुरोध किया कि वे 'अपने आपको बलि चढ़ जाने दें।'

उन्होंने कहा कि उसका नतीजा विरोध करने से ज़्यादा कारगर साबित होगा, क्योंकि 'मुसोलिनी को निर्जन रेगिस्तान तो चाहिए नहीं।' यहूदियों पर नाजियों के अत्याचारों से खिन्न होकर उन्होंने घोषणा की—"अगर कभी भी मानवता के लिए कोई युद्ध न्यायोचित ठहराया जा सकता है तो एक पूरी नस्ल के खिलाफ मनमाने अत्याचारों को रोकने के लिए जर्मनी के खिलाफ युद्ध एकदम न्यायोचित होगा।"

"फिर भी", उन्होंने कहा, "युद्ध में मेरी आस्था नहीं है।"

"परंतु...।"

उन्होंने सुझाव दिया, "निहत्थे मर्द और औरतें, जिनमें पीड़ा सहने की वह शक्ति हो जो ईश्वर ने उन्हें दी है, शांत भाव से दृढ़ संकल्प होकर मुकाबला करें।"

“इससे क्या होगा?”

उन्होंने कहा, “इससे (जर्मनों का) हृदय-परिवर्तन होगा और वे मानव-प्रतिष्ठा का महत्त्व समझने लगेंगे।”

यूरोप के नजरबंदी कैंपों में ढाये गये भयानक अत्याचार भी उनके मन में इस बात के बारे में कोई शंका नहीं पैदा कर सके कि उनका रवैया बुनियादी तौर पर सही था। जब लड़ाई छिड़ ही गयी तो गाँधी जी यही प्रार्थना करते रहे, “जैसे तूफान के बाद अचानक धूप निकल आती है, वैसे ही तबाही के फलस्वरूप कम-से-कम कोई ऐसा वीरोचित कदम उठाया जाए, कोई ऐसा अहिंसात्मक त्याग किया जाए जो मानवता को आत्म-विनाश के निरंतर करते हुए शिकंजे से बाहर निकालने का पथ आलोकित कर सके।”

चर्चिल ने अपने देशवासियों को ‘रक्त, श्रम, आँसुओं और पसीने’ की आहुति देने के लिए ललकारा, लेकिन गाँधी ने दूसरा ही रास्ता अपनाने का सुझाव दिया; उन्हें उम्मीद थी कि अंग्रेज़ों की कौम इतनी बहादुर है कि वह उनके सिद्धांत को अंतिम रूप से कसौटी पर परखेगी। जब ब्रिटेन पर धुआँधार बम बरसाये जा रहे थे, उस समय उन्होंने अंग्रेज़ों को लिखा—“हिटलर और मुसोलिनी को न्योता दीजिए कि वे उन देशों में से, जिन्हें आप अपनी मिल्कियत कहते हैं, जो भी चाहें ले लें। उन्हें आपके सुंदर द्वीप और उसकी सुंदर इमारतों पर कब्जा कर लेने दीजिए। आपसे यह सबकुछ तो वे पा जाएँगे, लेकिन आपके दिमाग और आपकी आत्मा पर तो उनका अधिकार नहीं हो पाएगा।”

यह मार्ग अपनाना गाँधी जी के सिद्धांत का तर्कसंगत पालन होता। लेकिन अंग्रेज़ों को, और सबसे बढ़कर उनके अदम्य नेता को, उनके ये शब्द एक सनकी वृद्ध की बकवास जैसे लगे।

गाँधी जी स्वयं अपने कांग्रेस आंदोलन से यह नहीं मनवा पाये कि शांतिवाद का रास्ता ही सही मार्ग है। उनके अधिकांश अनुयायी पक्के फासिस्ट विरोधी थे और वे भारत को युद्ध में ले जाने के लिए उत्सुक थे,

लेकिन इस शर्त पर कि उन्हें स्वतंत्र लोगों की तरह ऐसा करने दिया जाए। पहली बार, लेकिन अंतिम बार नहीं, गाँधी जी और उनके शिष्य एक-दूसरे से अलग हो गये। चर्चिल ने उन्हें फिर मिला दिया। भारत के बारे में उनका रवैया अब भी उतना ही हठधर्मी का था। वह ऐसे किसी समझौते पर विचार तक करने को तैयार नहीं थे, जिसके आधार पर भारत के राष्ट्रवादी युद्ध के प्रयासों में भाग ले सकें।

जब अटलांटिक घोषणा-पत्र तैयार करने के लिए चर्चिल पहली बार रूजवेल्ट से मिले, तो उन्होंने साफ किया, "जहाँ तक उनका संबंध है, घोषणा-पत्र की उदार शर्तें भारत पर लागू नहीं होंगी।"

इस सवाल को जिस तरह उन्होंने अपनी चिढ़ बना लिया था, उसे देखकर अमेरिकी राष्ट्रपति दंग रह गये। शीघ्र ही मित्र-राष्ट्रों की बैठक में चर्चिल का एक और वाक्य बार-बार दोहराया जाने लगा "मैं ब्रिटिश साम्राज्य को भंग करने के लिए सम्राट का प्रधानमंत्री नहीं बना हूँ।"

बहुत बाद में जाकर मार्च 1942 में, जब जापान की सेना भारत के द्वार पर पहुँच गयी, तब अमेरिका के और स्वयं अपने साथियों के दबाव के कारण चर्चिल ने गंभीरता से भारत के सामने समझौते का सुझाव रखा। इस सुझाव को ले जाने के लिए उन्होंने संदेश-वाहक के रूप में एक बहुत ही हमदर्द आदमी स्टैफर्ड क्रिप्स को चुना; वह शाकाहारी थे, बहुत सादा जीवन व्यतीत करने वाले सोशलिस्ट थे, कांग्रेस के नेताओं के साथ उनके बहुत पुराने मित्रतापूर्ण संबंध थे। यह देखते हुए कि सुझाव किसने तैयार किया था, क्रिप्स द्वारा लाया गया सुझाव सराहनीय हद तक उदार था। इसमें भारतवासियों के सामने वह सबकुछ पेश कर दिया गया था, जिसकी युद्ध के दौरान ब्रिटेन से अधिकतम सीमा तक जाकर देने की आशा की जा सकती थी; उसमें जापान की हार के बाद ऐसी चीज़ देने का दृढ़ वचन दिया गया था, जो स्वतंत्रता के बराबर थी, अर्थात डोमिनियन का दर्जा। लेकिन, एक इस्लामी राज्य के लिए मुस्लिम लीग की लगातार बढ़ती हुई माँग को देखते हुए, उसमें गुंजाइश रखी गयी थी कि आगे चलकर यह माँग भी पूरी की जा सके।

क्रिप्स के आने के अड़तालीस घंटे बाद गाँधी जी ने उनसे कहा, "यह सुझाव माना नहीं जा सकता, क्योंकि उसमें आगे चलकर 'भारत के स्थायी विभाजन' की बात कही गयी है। इसके अलावा अंग्रेज़ हिंसा का सहारा लेकर भारत की भूमि की रक्षा के लिए उसका तात्कालिक सहयोग प्राप्त करने के बदले भविष्य में आज़ादी देने का वायदा कर रहे हैं।"

यह ऐसा समझौता नहीं था, जो अहिंसा के पुजारी को विचलित कर सकता। अगर जापानियों का मुकाबला करना ही था, तो गाँधी जी के पास इसका एक ही तरीका था, अहिंसा का रास्ता।

गाँधी जी अपने मन में एक और ही सपना छिपाये हुए थे। वह इसके विरोधी नहीं थे कि खून की नदियाँ बहा दी जाएँ, शर्त बस यह थी कि यह खून किसी उचित उद्देश्य के लिए बहाया जाए। वह कल्पना करते थे कि अनुशासन और अहिंसा के पाबंद हिंदुस्तानियों के जत्थे-के-जत्थे जापानियों की संगीनों पर अपनी जान देने के लिए आगे बढ़ेंगे और उस समय तक बढ़ते रहेंगे, जब तक कि वह प्रेरणामय क्षण न आ जाए कि उनके बलिदान का यह प्रबल प्रवाह शत्रु पर छा जाए, अहिंसा का मार्ग सच सिद्ध हो और मानव-इतिहास की पूरी दिशा बदल जाए।

चर्चिल की योजना के बारे में उन्होंने अपना फैसला सुनाया, "वह योजना 'एक डूबते हुए बैंक के नाम काटी गयी अगली किसी तारीख़ की चेक' की तरह थी।"

गाँधी जी ने क्रिप्स से कहा, "अगर आपके पास और कोई सुझाव नहीं है तो अगले हवाई जहाज से 'अपने देश लौट जाना' ही अच्छा रहेगा।"

क्रिप्स के जाने के अगले दिन सोमवार था, जब गाँधी जी मौन-व्रत रखते थे। लेकिन गाँधी जी के लिए और भारत के लिए दुर्भाग्य की बात थी कि उनकी अंतरात्मा की आवाज मौन नहीं थी, वह इस तरह का कोई व्रत नहीं रखे हुए थी। इस आवाज ने गाँधी जी से कुछ कहा और यह सलाह ब्रिटिश शासन के लिए विनाशकारी सिद्ध हुई।

यह सलाह केवल दो शब्दों की थी, दो ऐसे शब्द जो गाँधी जी के अगले संघर्ष का नारा बन गये—'भारत छोड़ो!'

गाँधी जी ने स्पष्ट कहा, "अंग्रेज़ भारत में अपने शासन की बागडोर फौरन छोड़ दें। वे भारत को 'भगवान के भरोसे छोड़ दें या आराजकता के हाथों में ही सौंप दें।' अगर अंग्रेज़ भारत को उसके भाग्य पर छोड़ दें तो जापानियों के पास भारत पर आक्रमण करने का कोई कारण नहीं रह जाएगा।"

बंबई के एक सभा-भवन में, जहाँ गर्मी के मारे दम घुटा जा रहा था, गाँधी जी ने 8 अगस्त, 1942 को आधी रात के फौरन बाद अखिल भारतीय कांग्रेस कमेटी के अपने अनुयायियों को लड़ाई के मैदान में कूद पड़ने के लिए ललकारा। उनका स्वर शांत और संयत था, परंतु उन्होंने जो शब्द कहे उनमें इतना आवेश और भावावेग था कि गाँधी जी के मुँह से वे अजीब लगते थे।

"मुझे तुरंत आज़ादी चाहिए" उन्होंने कहा, "आज ही रात को, अगर हो सके तो भोर होने से पहले।"

"मैं आप लोगों को एक मंत्र देता हूँ, बहुत छोटा-सा मंत्र है", उन्होंने अपने अनुयायियों से कहा—"वह मंत्र है करो या मरो! हम या तो भारत को आज़ाद करा लेंगे या इसकी कोशिश करते हुए अपने प्राण दे देंगे; हम यह देखने के लिए जिंदा नहीं रहेंगे कि हमारी गुलामी को हमेशा के लिए पक्का कर दिया जाए।"

लेकिन भोर होने से पहले गाँधी को जो मिला, वह आज़ादी नहीं थी बल्कि अंग्रेज़ों की जेल में जाने का एक और निमंत्रण। बहुत सावधानी के साथ तैयारी करके अंग्रेज़ों ने गाँधी जी और कांग्रेस के सभी नेताओं को युद्ध के दौरान कोई भी प्रतिक्रिया सुनने से बचने के लिए जेल में डाल दिया। उनकी गिरफ्तारी के बाद कुछ दिन के लिए हिंसा का विस्फोट हुआ, लेकिन तीन ही सप्ताह के अंदर अंग्रेज़ों ने परिस्थिति अपने काबू कर ली।

गाँधी जी की इस चाल से मुस्लिम लीग की बन आयी, क्योंकि बहुत ही नाजुक घड़ी में कांग्रेस के सारे नेताओं का राजनीतिक रंगमंच से सफाया

हो गया। इधर ये लोग जेलों में सड़ रहे थे और उधर उनके मुस्लिम प्रतिद्वंद्वी ब्रिटेन के युद्ध-प्रयासों का समर्थन कर रहे थे और इस प्रकार अंग्रेज़ों पर अपने एहसानों का काफी बोझ लाद रहे थे। गाँधी जी की योजना न केवल अंग्रेज़ों को भारत छोड़ने पर मजबूर करने में विफल रही, बल्कि उसने बहुत बड़ी हद तक यह पक्का प्रबँध भी कर दिया कि देश छोड़कर जाने से पहले अंग्रेज़ उसे बाँट देने के लिए अपने को विवश महसूस करें।

गाँधी जी आख़िरी बार अंग्रेज़ों की जेल में गये। इस बार का जेल-प्रवास समाप्त होने पर उन्होंने अपने जीवन के कुल मिलाकर 2,338 दिन जेल में बिताये थे, 249 दक्षिण अफ्रीका में और 2,089 भारत में। गाँधी जी को इस बार यरवदा जेल की जानी-पहचानी चहारदीवारियों में नहीं रखा गया, जहाँ वह पहले बहुत समय बिता चुके थे; इस बार उन्हें पास ही आगा खां के महल में रखा गया। जेल जाने के पाँच महीने बाद गाँधी जी ने घोषणा की, "मैं 21 दिन का अनशन करने जा रहा हूँ।"

"पर इस अनशन करने का कारण क्या है?" किसी ने पूछा था।

"इस अनशन के कारण कुछ अस्पष्ट-से हैं।"

"तो क्या इससे अंग्रेज़ों का दिल पिंघल जाएगा?" अगला सवाल था।

"नहीं, अंग्रेज़ कोई समझौता करने को तैयार नहीं हैं।"

"क्या चर्चिल ने कोई प्रतिक्रिया व्यक्त नहीं की?"

"की है ना!"

"क्या?"

"चर्चिल ने नयी दिल्ली यह सूचना भिजवा दी कि अगर गाँधी भूख से मर जाना चाहते हैं, तो उसे ऐसा करने की पूरी छूट है।"

अनशन के बीच में गाँधी की हालत बिगड़ने लगी। अंग्रेज़ रत्ती-भर भी झुकने को तैयार नहीं थे, इसलिए उन्होंने चुपके-चुपके गाँधी की मौत की तैयारियाँ शुरू कर दीं। उनकी अंत्येष्टि के लिए दो ब्राह्मणों को लाकर जेल

में रख दिया गया। रात के अंधेरे में उनकी चिता के लिए चंदन की लकड़ी भी चोरी-छुपे महल में पहुँचा दी गयी। 74 वर्षीय गाँधी को छोड़कर हर आदमी उनकी मौत के लिए तैयार था। अनशन शुरू करते समय उनका वजन 110 पौंड से कम था। फिर भी 21 दिन तक केवल नमक का पानी और बीच-बीच में एक-दो बूँद नींबू या मोसम्बी का रस पीते रहने के बावजूद उनका अक्षय मनोबल टूटा नहीं। उन्होंने अपने ऊपर जो यातना खुद थोपी थी उसे वह झेल गये।

लेकिन एक और यातना उनकी राह देख रही थी। चंदन की जो लकड़ी उनकी चिता के लिए मँगायी गयी थी, वह दूसरी चिता की लपटें सुलगाने के लिए काम में लायी गयी—उनकी पत्नी की चिता के लिए। 22 फरवरी, 1944 को वह स्त्री जो उनसे विवाह के समय तेरह वर्ष की एक अनपढ़ बच्ची थी, गाँधी जी की गोद में अपना सिर रखे-रखे मर गयी। गाँधी जी उसकी जान बचाने के लिए अपना सिद्धांत छोड़ने को तैयार नहीं थे। वह प्राकृतिक चिकित्सा में विश्वास रखते थे और उनका यह भी विश्वास था कि सुई लगाकर शरीर में कोई दवा पहुँचाना मानव-शरीर के साथ हिंसा करना है। यह मालूम होने पर कि उनकी पत्नी ब्रांकाइटिस के कारण मर रही हैं, अंग्रेज़ों ने खासतौर पर हवाई जहाज से बहुत महँगी और मुश्किल से मिलने वाली पेनिसिलीन जेल में पहुँचवाई, लेकिन ऐन वक्त पर जब गाँधी जी को पता चला कि जिस दवा से उनकी पत्नी की जान बच सकती है, उसका इंजेक्शन देना होगा, तो उन्होंने डॉक्टरों को यह दवा इस्तेमाल करने की अनुमति देने से इंकार कर दिया, "मैं अपनी पत्नी को इंजेक्शन लगाने की अनुमति नहीं दे सकता।"

"मगर क्यों?"

"यह मेरे अंहिसा के सिद्धांत के खिलाफ होगा।"

"लेकिन ऐसा नहीं किया तो आपकी पत्नी की जान चली जाएगी।"

"पर...एक मामूली सी जान के लिए धर्म तो नहीं छोड़ा जा सकता।"

और गाँधी जी जिद के कारण आख़िरकार कस्तूरबा गाँधी इस दुनिया से चल बसी। पत्नी के मरने के बाद गाँधी जी का स्वास्थ्य भी बड़ी तेजी

से गिरने लगा। उन्हें कई बीमारियाँ एक साथ लग गयीं—मलेरिया, हुकवर्म और पेचिश। यह साफ था कि इस कमजोर और निढाल हालत में वह बहुत ज्यादा दिन तक जिंदा नहीं रहेंगे। आख़िरकार चर्चिल को उनकी इच्छा न होते हुए भी इस बात के लिए राजी कर लिया कि गाँधी जी को रिहा कर दिया जाए, ताकि वह अंग्रेज़ों की जेल में न मरें।

लेकिन वह अंग्रेज़ों के भारत में भी नहीं मरे। बंबई के पास समुद्र के किनारे एक धनी समर्थक के बंगले के शांत वातावरण में गाँधी फिर धीरे-धीरे स्वस्थ होने लगे। उनके स्वास्थ्य में सुधार होता देखकर चर्चिल ने, जिन्होंने भारत के बढ़ते हुए अकाल के बारे में वायसराय के जरूरी-से-जरूरी तार का भी जवाब देने की परवाह नहीं की थी, बहुत चिढ़कर एक तार नयी दिल्ली भेजा, जिसमें पूछा था कि गाँधी अभी मरा क्यों नहीं?

कुछ दिन बाद गाँधी जी के वही भक्त, जिनके बंगले में वह ठहरे हुए थे, वहाँ आये तो देखते क्या हैं कि महात्मा के एक शिष्य सिर के बल खड़े हुए हैं, दूसरे ध्यान लगाये बैठे हैं, तीसरे जमीन पर लेटे सो रहे हैं और महात्मा अपने खुले शौच स्थल में बैठ एकाग्र भाव से शून्य में तक रहे हैं।

वह ठहाका मारकर हँस पड़े। गाँधी जी ने शौच स्थल से बाहर निकलते हुए उनके हँसने का कारण पूछा। उनके मेजबान ने हँसते हुए कहा, 'अरे बापू, जरा इस कमरे को देखिए तो—एक आदमी सिर के बल खड़ा है, दूसरा ध्यान लगाये बैठा है, तीसरा सो रहा है और आप खुद खुड्डी पर बैठे हैं—और ये हैं वे लोग जो भारत को आज़ाद कराने जा रहे हैं!'

नार्थोल्ट एयरपोर्ट, 20 मार्च, 1947

नार्थोल्ट एयरपोर्ट के रनवे पर सुबह की हलकी रोशनी में एक हवाई जाहज खड़ा राह देख रहा था, ठीक उसी जगह जहाँ ढाई महीने पहले लुई माउंटबेटन नये साल के दिन हवाई जहाज से उतरे थे। उनके खास नौकर चार्ल्स स्मिथ ने माउंटबेटन-परिवार का सारा सामान हवाई जहाज पर चढ़ा दिया था—कुल 66 अदद थे, जिनमें जरूरत की ऐसी कोई चीज़ नहीं थी जो

न रही हो, यहाँ तक कि चाँदी की ऐश-ट्रे का एक सेट भी था जिस पर नये वायसराय की पारिवारिक मुहर भी लगी हुई थी। उनकी पत्नी ने ऊपर के पटरे पर एक पुराना जूते का डिब्बा भी रख दिया था, जिसे देखकर हवाई जहाज के रवाना होने के वक्त कुछ देर के लिए खलबली भी मच गयी थी। उस डिब्बे में परिवार की पीढ़ियों से चली आ रही एक निशानी थी, और वह थी—हीरे का एक जड़ाऊ मुकुट, जिसे लेडी माउंटबेटन वायसराइन घोषित किये जाने के समय पहनने वाली थीं।

उसी सामान में वे सारे दस्तावेज, हिदायतें और स्थिति की व्याख्या करने वाले काग़ज़ात भी थे, जिन्हें वायसराय और उनके साथ काम करने वाले दूसरे लोग आने वाले महीनों में अपना मार्गदर्शन के लिए इस्तेमाल करने वाले थे। उनमें सबसे महत्त्वपूर्ण दस्तावेज सिर्फ दो पन्ने का था और उस पर क्लीमेंट एटली के हस्ताक्षर थे। उसमें माउंटबेटन की जिम्मदेरियाँ बतायी गयी थीं। इससे पहले किसी भी वायसराय को इस तरह ठोस जिम्मेदारी सौंपकर नहीं भेजा गया था। एक तरह से यह दस्तावेज माउंटबेटन ने खुद ही लिखा था। उन्हें पूरी कोशिश करनी थी कि भारत में अंग्रेज़ों की सार्वभौम सत्ता 30 जून, 1948 तक कामनवेल्थ के अंदर ही एक स्वतंत्र राष्ट्र को सौंप देने की व्यवस्था हो जाए। मार्गदर्शन के रूप में उन्हें जहाँ तक हो सके आठ महीने पहले सर स्टैफर्ड क्रिप्स के नेतृत्व में नयी दिल्ली भेजे गये कैबिनेट मिशन द्वारा तैयार की गयी योजना का पालन करना था। इस योजना में मुस्लिम लीग की पाकिस्तान की माँग के साथ समझौता करते हुए भारत को ऐसा संघ-राज्य बनाने का सुझाव दिया था, जिसमें केंद्रीय सरकार के अधिकार बहुत सीमित हों। लेकिन भारत के राजनीतिज्ञों पर, जो आपस में लड़ रहे थे, कोई समझौता थोपने का सवाल नहीं था। अपना पद संभालने के छः महीने, यानी एक अक्तूबर तक अगर माउंटबेटन को संयुक्त भारत की योजना पर समझौता कराने का कोई रास्ता न दिखायी दे, तो उन्हें भारत की इस गुत्थी को सुलझाने के लिए कोई दूसरा हल सुझाना था।

जब उनके यार्क एम.डब्ल्यू.-102 विमान की जाँच-पड़ताल हो रही थी, तब माउंटबेटन युद्ध के दिनों के अपने दो साथियों से, जो उनके साथ दिल्ली जा रहे थे, पास ही टहल-टहलकर बातें कर रहे थे। एक थे उनके निजी कर्मचारी-मंडल के प्रधान कैप्टन रोनल्ड ब्राकमैन और दूसरे थे उनके सीनियर ए.डी.सी. लेफ्टिनेंट-कमांडर पीटर हाउज।

ब्राकमैन सोच रहे थे, "बम बरसाने वाला यह लंकास्टर विमान, जिसे ठीक-ठाक करके यात्री-विमान में बदल दिया गया है, कितनी ही बार माउंटबेटन को बर्मा के जंगलों में मोर्चे की चौकियों पर और युद्ध की समस्याओं पर विचार करने के लिए बड़ी-बड़ी बैठकों में ले जा चुका है।" पर वे सोचते ही रहे, प्रत्यक्ष कुछ व्यक्त नहीं किया। उनके साथ कदम मिलाकर चलते हुए एडमिरल, जो आमतौर पर बहुत प्रसन्नचित्त रहते थे, इस समय कुछ चिंताग्रस्त और अपने-आप में खोए हुए लग रहे थे। तभी विमान के एक कर्मचारी ने आकर सूचना दी, "श्रीमान्, हवाई जहाज उड़ाने के लिए तैयार है।"

माउंटबेटन ने आह भरकर कहा, "अच्छा, तो हम भारत चलें। मेरा मन जाने को नहीं हो रहा है। वहाँ के लोगों को मेरा आना अच्छा नहीं लगेगा। शायद जब हम अपने देश लौटें, तो हमारी पीठ में गोलियाँ लगी होंगी।"

तीनों आदमी हवाई जहाज पर बैठ गये। इंजन घरघराने लगा। यार्क विमान थोड़ी देर जमीन पर दौड़ा, फिर धूप को चीरता हुआ पूरब की ओर उड़ा और भारत के लिए रवाना हो गया—महान साहसपूर्ण यात्राओं के उस गौरवशाली अध्याय को समाप्त करने के लिए, जो साढ़े तीन सौ वर्ष पहले कैप्टन हाकिंस ने अपने 'हेक्टर' नामक समुद्री जहाज पर पूरब की ओर निकलकर आरंभ किया था।

मरणासन्न राज को अंतिम प्रणाम

प्रायश्चित-यात्रा : 3

उस वृद्ध महात्मा को कोई भी चीज़ अपने लक्ष्य की ओर बढ़ते हुए रोक नहीं सकती थी। अपने अदम्य उत्साह से प्रेरित होकर वह अपने दुखते हुए नंगे पाँव घसीटता हुआ गाँव-गाँव घूम रहा था और भारत के घावों पर अपने प्रेम का मरहम लगा रहा था। धीरे-धीरे घाव भरने लगे। जहाँ-जहाँ से गाँधी जी के दुबले-पतले झुकी हुई कमर वाले शरीर की छाया गुजर जाती, वहाँ उन्माद ठंडा धीरे-धीरे पड़ने लगता। डरते-डरते, झिझकते-झिझकते शांति ने अपना आवरण नोआखाली की रक्तरंजित दलदलों पर फैला दिया।

नयी दिल्ली, मार्च-अप्रैल 1947

ग्रीनेडियर गार्ड्स के 23 वर्षीय कप्तान को, जो तभी हाल ही में उनका ए.डी.सी. नियुक्त हुआ था, माउंटबेटन अपनी नौ-सेना की दूध जैसी सफेद पोशाक में 'फिल्मी हीरो जैसे लग रहे थे।'

सौम्य मुद्रा में लुई माउंटबेटन एक सुनहरी लैंडो गाड़ी पर बैठकर, जो पचास साल पहले उनके चाचा जार्ज पँचम की शाही सवारी को दिल्ली की

सड़कों पर ले जाने के लिए खासतौर पर बनवायी गयी थी, वायसराय भवन पहुँचे। उनके होंठों पर हलकी-सी दुखभरी मुसकराहट थी; उनकी बगल में उनकी पत्नी बैठी हुई थीं। जैसे ही उनकी सवारी के आगे-आगे चलने वाले घुड़सवार महल की शानदार सीढ़ियों के पास पहुँचे, रायल स्काउट्स फ्यूजीलियर्स के एक दस्ते ने बैगपाइप पर भारत के अंतिम वायसराय का स्वागत करने के लिए एक धुन छेड़ी, जो इस समय न जाने क्यों दर्द-भरी मालूम हो रही थी।

निवर्तमान वायसराय लॉर्ड वेवल सीढ़ियों के ऊपर खड़े हुए देख रहे थे; उनके चेहरे पर एक हलकी-सी फीकी-फीकी मुसकराहट थी। नयी दिल्ली में उन दोनों की एक साथ उपस्थिति ही परंपरा का उल्लंघन था। आमतौर पर होता यह था कि पुराना वायसराय बंबई में गेटवे ऑफ इंडिया से पानी के जहाज से पूरी धूमधाम के साथ विदा किया जाता था और नया वायसराय अगले जहाज से उसी फाटक की ओर आता था; इस तरह भारत इस उलझन से बच जाता था कि एक ही वक्त में उसकी धरती पर दो भाग्य विधाता कैसे रहें! परंपरा को भंग करने का आग्रह स्वयं माउंटबेटन ने किया था, ताकि वह उनसे बात कर सकें; सीढ़ियों के ऊपरी छोर पर पहुँचकर उन्होंने पूरी औपचारिकता के साथ सिर झुकाकर लॉर्ड वेवल का अभिवादन किया।

कुछ देर तक दोनों वहाँ खड़े बातें करते रहे, चारों ओर फोटोग्राफरों के कैमरों के फ्लैश बल्ब जलते-बुझते रहे। उन दोनों में इतना जमीन-आसमान का अंतर था कि देखकर दुख होता था—युद्ध के गौरवान्वित हीरो माउंटबेटन—आत्म-विश्वास और स्फूर्ति की साकार प्रतिमा; और वेवल, एक आँख का बूढ़ा सिपाही, जिसकी उसके नीचे काम करने वाले सभी लोग भूरि-भूरि प्रशंसा करते थे और जिसे राजनीतिज्ञों ने अचानक निकाल दिया था। वेवल ने कुछ ही समय पहले अपनी डायरी में लिखा था, "पिछले पाँच वर्षों से मेरा दुर्भाग्य रहा है कि मैं फौजों को पीछे हटाने की निगरानी करूँ और पराजय के आघात को जितना भी हो सके कम करूँ।"

वेवल शीशम का भारी दरवाजा पार करके माउंटबेटन को अपने साथ वायसराय के अध्ययन-कक्ष में ले गये और वहाँ पहली बार उनका सीधा सामना उन भयावह समस्याओं से कराया, जो उनकी राह देख रही थीं।

वेवल ने बातचीत का सिलसिला शुरू करते हुए कहा, "मुझे सचमुच बहुत अफसोस है कि तुम्हें यहाँ मेरी जगह भेजा गया है।"

माउंटबेटन यह सुनकर कुछ सकपका गये, बोले, "आपने तो एकदम दो-टूक बात कह दी। लेकिन क्यों? क्या आप समझते हैं कि मैं इस काम को संभाल नहीं सकूँगा।"

"नहीं, यह बात नहीं है", वेवल ने जवाब दिया, "दरअसल मैं तुम्हें बहुत चाहता हूँ, लेकिन तुम्हें एक नामुमकिन काम सौंप दिया गया है। इस समस्या को हल करने के लिए, जो कुछ मुझे आता था, जब मैं आजमा चुका हूँ, लेकिन मुझे रोशनी की कोई किरण दिखायी नहीं देती। न सिर्फ यह कि हमें लंदन से कोई मदद नहीं मिले, बल्कि अब हम यहाँ ऐसी जगह पहुँच चुके हैं जहाँ से आगे बढ़ने का कोई रास्ता ही नहीं है।"

बड़े धीरज के साथ वेवल ने समस्या को हल करने के लिए अपने प्रयत्नों की समीक्षा की। इसके बाद उन्होंने उठकर अपनी तिजोरी खोली। उसके अंदर सिर्फ दो ऐसी चीज़ें बंद थीं, जो वह अपने उत्तराधिकारी को दे सकते थे। पहली चीज़ तो एक लकड़ी के डिब्बे में मखमली सिलवटों के ऊपर रखी हुई चमक रही थी। वह ग्रैंड मास्टर ऑफ द ऑर्डर ऑफ स्टार ऑफ इंडिया का हीरों से जड़ा हुआ बैज था, जो माउंटबेटन के नये पद का प्रतीक-चिह्न था और अब से चौबीस घंटे बाद वह उस समारोह के लिए उसे अपने गले से लटकाने वाले थे, जिसमें उन्हें बाकायदा वायसराय के पद पर स्थापित किया जाना था।

दूसरी चीज़ थी बादामी रंग की एक फाइल, जिस पर लिखा हुआ था 'ऑपरेशन मैडहाउस।' इस फाइल में वह एकमात्र हल था, जो यह योग्य सिपाही भारत की गुत्थी को सुलझाने के लिए सुझा सकता था। बड़े उदास मन से उन्होंने तिजोरी में से उसे निकालकर मेज पर रख दिया।

"इसे 'पागलखाना' इसलिए कहा गया है", वेवेल ने समझाते हुए कहा, "कि यह समस्या पागलखाने के लायक है। अफसोस के साथ कहना पड़ता है कि मुझे कोई दूसरा रास्ता दिखायी नहीं देता।"

"क्या है इसमें?"

"इसमें कहा गया है कि अंग्रेज़ एक-एक प्रांत करके भारत छोड़कर चले जाएँ, पहले औरतें और बच्चे, फिर गैर-फौजी कर्मचारी, फिर सिपाही; यह एक ऐसा कदम है, भारत को अराजकता के हवाले कर देगा।"

फिर उन्होंने आगे कहा, "गाँधी जी की भी यही राय है।"

"ओह! वाकई कठिन हल है!"

"हाँ...बहुत भयानक हल है, लेकिन मुझे यही एक हल दिखायी देता है", वेवल ने आह भरकर कहा। उन्होंने फाइल मेज पर से उठाकर अपने स्तब्ध उत्तराधिकारी को दे दी।

"मुझे बहुत अफसोस है, बहुत-बहुत अफसोस है", उन्होंने अपनी बात समाप्त करते हुए कहा, "लेकिन मैं इसके अलावा तुम्हें और कुछ भी नहीं दे सकता।"

जिस समय नये वायसराय अपनी नयी जिम्मेदारियों से यह उदासी भरा परिचय समाप्त कर रहे थे, उनकी पत्नी वेवल के अध्ययन-कक्ष के ठीक ऊपर वाले कमरे में अपने नये जीवन से इससे अधिक दर्द-भरा परिचय प्राप्त कर रही थीं। अपने कमरे में पहुँचकर एडविना माउंटबेटन ने किसी नौकर से अपने दो छोटे-छोटे सीलीहैम कुत्तों—मिज्जेन और जिब—के लिए, जिन्हें माउंटबेटन-दंपत्ति अपने साथ लंदन से लाये थे, कुछ खाने के लिए लाने को कहा था। वह यह देखकर आश्चर्यचकित रह गयीं कि आधे घंटे बाद दो नौकर पगड़ियाँ बाँधे हुए बड़ी गंभीर मुद्रा में उनके सोने के कमरे में आये; दोनों के हाथों में चाँदी की एक-एक ट्रे थी, जिस पर चीनी की प्लेट रखी हुई थी और उन प्लेटों में ताजे भुने हुए मुर्गे के सीने के कई टुकड़े थे।

एडविना की आँखें आश्चर्य से फटी रह गयीं और वह बड़ी ललचायी नजरों से मुर्गे को देखती रहीं। इंग्लैंड में अभाव के कठोर वातावरण में

उन्होंने कई सप्ताह से ऐसा खाना नहीं देखा था। उन्होंने कनखियों से अपने पाँवों के पास भूँकते हुए कुत्तों को देखा और फिर एक नजर मुर्गे पर डाली। उनकी अनुशानबद्ध अंतरात्मा अपने पालतू कुत्तों को इस तरह का भोजन देने को तैयार नहीं थी।

"वह मुझे दे दो", उन्होंने आज्ञा दी।

मुर्ग की दोनों प्लेटें मजबूती से अपने हाथों में पकड़कर वह बाथरूम में चली गयीं और अंदर से दरवाजा मजबूती से बंद कर लिया और वहाँ वह औरत, जिसने अगले कुछ महीनों में वायसराय-भवन में 25,000 लोगों का आतिथ्य-सत्कार किया, बड़े चाव से नदीदों की तरह वह मुर्ग खाने लगी, जो उसके कुत्तों के लिए लाया गया था।

मालूम होता था कि उनके पति की तरह ही एडविना माउंटबेटन को भी नियति ने खोजकर उन पर सारे वरदान लुटा दिये थे। उनके पास रूप था। उनके पास प्रखर बुद्धि थी, कुछ लोगों का तो विचार था कि उनकी बुद्धि उनके पति से भी प्रखर थी। उन्हें अपने नाना सर अर्नेस्ट कैसेल से उत्तराधिकार के रूप में बहुत संपत्ति मिली थी और अपने पिता के परिवार से सामाजिक प्रतिष्ठा पायी थी, जिनके पूर्वजों में ब्रिटेन के उन्नीसवीं शताब्दी के महान प्रधानमंत्री लॉर्ड पामर्स्टन और प्रसिद्ध दानी राजनीतिज्ञ सातवें अर्ल ऑफ शैफ्ट्सबरी भी शामिल थे। उनके इस स्वर्ग में कभी-कभी दुख के बादल भी छाये थे। बहुत बचपन में ही माँ के मर जाने के बाद उनका बाल्यकाल बहुत ही कष्टों में बीता था और उनके स्वभाव में अपने-आप में ही घुटते रहने की प्रवृत्ति पैदा हो गयी थी। उनके दिल को बड़ी जल्दी चोट लग जाती थी और वह उन घावों की पीड़ा अपने मन के अंदर बंद किये रहती थी, जहाँ वह धीरे-धीरे उनके अस्तित्व को घुन की तरह खाती रहती थी। वह छोटी-से-छोटी बात का बुरा मान जाती थीं। वह अपने पति की तरह मस्त स्वभाव की नहीं थीं, जो कभी किसी ऐसी चीज़ की आलोचना करने में संकोच नहीं करते थे, जो उन्हें अच्छी नहीं लगती थी और अगर कोई उनकी किसी बात की आलोचना करता था, तो उसे वह

हँसकर बर्दाश्त भी कर लेते थे। एडविना माउंटबेटन बहुत जल्दी बुरा मान जाती थीं। उनके एक पुराने नौकर का कहना है, "लॉर्ड माउंटबेटन से आप जो चाहें कह सकते थे और जिस तरह चाहें कह सकते थे, लेकिन लेडी माउंटबेटन से बात करते हुए बहुत सतर्क रहना पड़ता था।"

उन्होंने अपने शर्मीलेपन को, अपने अन्तर्मुखी स्वभाव को, एक अटल इच्छा-शक्ति के शिकंजे में जकड़ दिया था। उस इच्छा-शक्ति के सहारे उन्होंने अपने-आपको वह बना लिया, जो प्रकृति ने उन्हें नहीं बनाना चाहा था—बाहर घूमने-फिरने वाली औरत, जो देखने में बहिर्मुखी स्वभाव की मालूम होती थी, लेकिन बहिर्मुखी होने की कीमत वह हर बार चुकाती रहती थी। वह लगभग दस वर्षों से सार्वजनिक सभाओं में भाषण देती आ रही थीं, कभी-कभी तो एक सप्ताह में दो-दो, तीन-चार बार, फिर भी किसी बड़ी सभा देने से पहले उनके हाथ बुरी तरह काँपने लगते थे। उनका स्वास्थ्य चीनी मिट्टी के गुलदान की तरह जरा-सी भी ठेस लगने से छिटक सकता था। उन्हें लगभग प्रतिदिन आधे सिर में भयानक पीड़ा होती थी, लेकिन उनके परिवार के बाहर यह बात किसी को भी ज्ञात नहीं थी, क्योंकि वह शारीरिक कमजोरी का यह दिखावा करने को तैयार नहीं थीं। उनके पति आत्म-विश्वास की साकार मूर्ति थे और यह डींग मारते रहते थे कि उन्हें 'कभी चिंता ने नहीं सताया, कभी नहीं।' लेकिन एडविना हमेशा चिंताग्रस्त रहती थीं। उनके पति बिस्तर पर लेटते ही तुरंत गहरी नींद सो जाते थे, लेकिन उन्हें नींद का सुख गोली खाने के बाद की बेहोशी के रूप में ही मिलता था।

माउंटबेटन-दंपत्ति ने जो पच्चीस वर्ष साथ बिताए थे, वे दो बिलकुल साफ अलग-अलग हिस्सों में बँटे हुए थे। अपने विवाहित जीवन के पहले चौदह वर्षों में, जब लुई माउंटबेटन नौ-सेना की अपनी नौकरी में धीरे-धीरे उन्नति की सीढ़ियाँ चढ़ रहे थे, उस काल में उनका यह आग्रह रहा कि उनकी पत्नी अपनी संपत्ति और सामाजिक प्रतिष्ठा को नौ-सेना के वातावरण से अलग रखें, जिसमें उनका अधिकांश समय बीतता था। लेकिन नौ-सेना

के केंद्रों से दूर चले जाने पर, लंदन, पेरिस या रिविएरा में एडविना, उनकी बेटी के कथनानुसार, 'सोलह आने सामाजिक तितली' बन जाती थीं, दिल खोलकर पार्टियाँ देतीं और पार्टियों में जातीं। जब कभी नाच से फुरसत मिलती, तो किसी साहसिक काम से अपना जोश बनाये रखने की कोशिश करतीं—दक्षिणी प्रशांत महासागर में नौका-विहार को चली जातीं, सिडनी से लंदन तक की पहली हवाई उड़ान पर हो आतीं या बर्मा रोड पर जाने वाली प्रथम यूरोपियन स्त्री होने का श्रेय प्राप्त करतीं। उनके जीवन का वह बेफिक्री का मासूम जमाना इथिओपिया पर मुसोलिनी के हमले के साथ समाप्त हो गया था। म्यूनिख की घटना के समय तक यह रूपांतरण पूरा हो चुका था। उसके बाद से एडविना का जीवन इस दृढ़ विश्वास के आधीन हो चुका था कि किसी सामाजिक अथवा राजनीतिक भलाई के लक्ष्य को प्राप्त करने में पूरी तरह संलग्न न रहना अनैतिक है। ऐश-आराम की जिंदगी में मस्त रहने वाली यह बड़े घर की बेटी अचानक समाज-सुधारक बन गयी। समाज की यह तितली समाज की समस्याओं के बारे में चिंतित रहने लगी और उसने ऐसा उदार दृष्टिकोण अपना लिया, जिसे उसके साथ वे लोग समझ नहीं पाते थे।

एडविना ने युद्ध के दौरान 60,000 सदस्यों वाले सेंट जॉन ऐम्बुलेंस ब्रिगेड का नेतृत्व किया। जब जापान ने हार स्वीकार ली, तो उनके पति ने उनसे अनुरोध किया कि वह तुरंत जापानी युद्ध-बंदियों के कैंपों का दौरा करें, ताकि उनमें जिन लोगों की हालत बहुत बुरी हो उनकी देखभाल का या वापस भेजने का प्रबंध किया जा सके। अभी लॉर्ड माउंटबेटन के सिपाहियों ने मलय प्रायद्वीप की भूमि पर पग भी नहीं बढ़ाये थे कि एडविना माउंटबेटन सिर्फ अपने पति के एक पत्र से लैस होकर एक सचिव, अपने पति के कर्मचारी-मंडल के तीन अफ़सरों और एक हिंदुस्तानी अंगरक्षक के साथ उस क्षेत्र में दनदनाती हुई पहुँच गयीं, जिस पर तब तक जापानियों का अधिकार था। आगे बढ़ते-बढ़ते वह बालिकपान, मनीला और हाँगकाँग तक पहुँच गयीं, निडर होकर जापानियों को डाँटती-डपटती हुई और उन्हें मजबूर

करती हुई कि जब तक मित्र-राष्ट्रों की सहायता न पहुँचे, तब तक वे अपने युद्ध-बंदियों के लिए खाने और दवाओं का प्रबँध करें। उनके काम की बदौलत हज़ारों भूखे और बुरी तरह बीमार लोगों के प्राण बच गये।

युद्ध समाप्त होने पर उनके पति की तरह उन्हें भी उनकी सेवाओं के उचित पुरस्कार के रूप में इतने तमगे मिले कि उनसे उनका पूरा सीना सज गया। अब वह नयी दिल्ली में पति के कंधे-से-कंधा मिलकर बहुत महत्त्वपूर्ण भूमिका अदा करने आयी थीं। उन्हें अपने पति के सबसे पहले और सबसे अधिक भरोसों के विश्वासपात्र के रूप में काम करना था, संकट के क्षणों में बड़े विवेक का परिचय देते हुए उनके निजी दूत की जिम्मेदारी संभालनी थी; जिन भारतीय नेताओं से उनके पति को निबटना था, उनके पास एडविना को ही उनके सबसे सफल दूत की हैसियत से जाना था।

अपने पति की तरह वह भी भारत पर अपने काम करने के विशिष्ट ढंग तथा अपने विशिष्ट चरित्र की गहरी छाप छोड़कर जाने वाली थीं। एडविना माउंटबेटन असाधारण बहुमुखी प्रतिभा वाली स्त्री थीं; रात को वह रेशमी पोशाक पहने अपने बालों में छोटा-सा चमकता हुआ मुकुट लगाये 100 अतिथियों के औपचारिक भोज में अपनी सारी जिम्मेदारियाँ निभाने के बाद दूसरे दिन सुबह सीधी-सादी मामूली-सी पोशाक पहनकर टखने-टखने तक कीचड़ में सनी हुई किसी भारतीय गंदी बस्ती में जाकर हैजे से मरते हुए बच्चे का सिर अपनी गोद में रखकर उसकी सेवा-शुश्रूषा करतीं। ऐसे अवसरों पर वह मनुष्यमात्र के प्रति ऐसी दया का परिचय देतीं, जो कुछ लोगों को उनके पति में दिखायी नहीं देती थी। उनका यह आचरण ऐसा नहीं था कि मानो कोई महान महिला तरस खाकर लगे हाथ गरीबों की विपदा की ओर ध्यान देकर उन पर एहसान कर रही हो, बल्कि अपने आचरण से वह भारत की विपदाओं के प्रति अपना हार्दिक दुख व्यक्त करती थीं। भारतवासियों ने भी एडविना माउंटबेटन की भावनाओं की सच्चाई को पहचाना और उनके प्रति ऐसा सद्भाव दिखाया, जैसा उन्होंने अब तक किसी अंग्रेज़ महिला के प्रति नहीं दिखाया था।

भारत हमेशा से धूमधाम और तड़क-भड़क का देश रहा है और मार्च की उस सुबह, जब माउंटबेटन भारत के वायसराय बनाये जाने वाले थे, विक्टोरिया के जमाने की शान-शौकत और मुगल सम्राटों के समय के उस वैभव की छाप भी उपस्थित थी, जो ब्रिटिश राज के सभी समारोहों में देखी जाती रही थी। वायसराय-भवन के बीचोंबीच दरबार हॉल तक जाने वाली चौड़ी सीढ़ियों के सामने भारतीय सेना, नौ-सेना और वायु-सेना की टुकड़ियाँ सलामी देने के लिए तैनात थीं। हॉल तक के रास्ते के दोनों ओर माउंटबेटन के अंगरक्षक लाल और सुनहरे कोट, सफेद बिरजिस और चमकदार काले चमड़े के घुटनों तक के लंबे जूते पहने कतार बाँधे खड़े थे; उनकी संगीनें सुबह की धूप में चमक रही थीं।

अंदर हॉल के सफेद संगमरमर के गुम्बद के नीचे भारत की सभी बड़ी-बड़ी विभूतियाँ प्रतीक्षा कर रही थीं—अपने काले लबादे पहने और घुंघराले बालों वाले विग लगाए हुए हाईकोर्ट के जज, जिनकी वेश-भूषा उतनी ही ठेठ ब्रिटिश थी, जितना कि वह कानून था, जिसका वे पालन कराते थे; बड़े-बड़े आई.सी.एस. अफ़सर, जो ब्रिटिश शासन के राजदुलारे समझे जाते थे, जिनके शुद्ध अंग्रेज़ी नस्ल के कोरे-गोरे चेहरों के बीच कहीं-कहीं कोई सांवले रंग का भारतीय चेहरा भी नजर आ जाता था; साटन की चमकदार पोशाकें पहने और हीरे-जवाहरात से लदे हुए राजे-महाराजों का दल, जो सोने के मोरों के झुंड जैसा लग रहा था; और सबसे बढ़कर जवाहरलाल नेहरू और उनके कांग्रेसी साथी, जो मोटी खादी के कपड़े पहने हुए तेजी से आगे बढ़ते हुए भविष्य की पूर्व-सूचना दे रहे थे।

जब माउंटबेटन की शोभायात्रा के पहले सदस्यों ने हॉल में प्रवेश किया तो गुम्बद के निचले सिरे पर ताकों में छुपकर बैठे हुए चार आदमियों ने शहनाई पर मद्धिम सुरों में स्वागत की धुन छेड़ी और जैसे-जैसे शोभायात्रा आगे बढ़ती गयी उनके स्वर भी तेज़ होते गये। धुन के साथ-साथ हॉल की रोशनियाँ पूरी चमक के साथ जगमगा उठीं और शहनाई की विजय-लहरी से सारा गुम्बद गूँज उठा। बड़ी गंभीर मुद्रा से माउंटबेटन-दंपत्ति फर्श पर बिछे

हुए कालीन पर धीरे-धीरे कदम बढ़ाते हुए उन सिंहासनों की ओर बढ़े जो उनकी प्रतीक्षा कर रहे थे।

माउंटबेटन के मन में आशंका के बादल घिर रहे थे, उनके मन में इस समय बहुत कुछ वैसा ही तनाव था, जैसा एक बार लड़ाई से पहले के संशयग्रस्त क्षणों में अपने जहाज 'केली' पर खड़े होकर उन्होंने अनुभव किया था। उनका एक-एक आचरण उस क्षण के वैभव के अनुरूप था; वह और उनकी पत्नी सिंहासनों के ऊपर तने हुए लाल मखमल के शामियाने के नीचे पहुँचे और मुड़कर हॉल में उपस्थित लोगों के आमने-सामने आ गये। भारत के चीफ जस्टिस अपना दाहिना हाथ ऊपर उठाकर आगे बढ़े और माउंटबेटन ने बड़ी सत्यनिष्ठा के साथ उस शपथ के शब्द दोहराये जिसने उन्हें भारत का अंतिम वायसराय बना दिया।

जैसे ही उन्होंने शपथ के अंतिम शब्दों का उच्चारण किया, बाहर रायल हॉर्स आर्टिलरी की तोपें गरज उठीं और उनकी गूँज पूरे हॉल में फैल गयी। उसी क्षण उप-महाद्वीप के कोने-कोने में 31 तोपों की सलामी दी गयी—खैबर दर्रे के ऊपर लंडीकोतल में; कलकत्ता के फोर्ट विलियम में जहाँ से क्लाइव ने भारत में ब्रिटिश साम्राज्य का निर्माण आरंभ किया था; लखनऊ की रेजिडेंसी में जहाँ 1857 की क्रांति के समय उसकी रक्षा करते हुए मारे जाने वाले वीर स्त्री-पुरुषों के सम्मान में यूनियन जैक झंडा हमेशा लहराता रहता था; कुमारी अंतरदीप पर जिसकी पीली रेत के पास से होकर महारानी एलिजाबेथ प्रथम के जहाज गुजरे थे; मद्रास के सेंट जार्ज के किले में जहाँ ईस्ट इंडिया कंपनी ने जमीन के अपने पहले पट्टे को सोने के पत्र पर अंकित कराया था; पूरा, पेशावर और शिमला में; भारत में हर उस जगह जहाँ फौजी छावनी थी, सैनिकों की परेडें हुई और दिल्ली में पहली तोप के दगते ही सिपाहियों ने सलामी दी।

जब दरबार हॉल के गुम्बद में तोपों की अंतिम गूँज खो गयी, तो नये वायसराय आगे बढ़कर माइक्रोफोन के पास आये। उनके सामने स्थिति

इतनी गंभीर थी कि माउंटबेटन ने अपने कर्मचारी-मंडल की राय के विरुद्ध निर्णय किया था कि वह परंपरा को तोड़कर उपस्थित लोगों के सामने भाषण देंगे।

"मैं अच्छी तरह जानता हूँ कि मुझे जो काम सौंपा गया है, वह बहुत कठिन है", उन्होंने कहा, "मुझे देशभर के अधिक-से-अधिक लोगों की पूर्ण सद्भावना की आवश्यकता होगी, और आज मैं भारत से वही सद्भावना माँग रहा हूँ।"

फिर उन्होंने कहा, "भारत सद्भावना और संस्कृति के लिए जग में विख्यात है और मैं चाहता हूँ कि वे अपनी परंपरा निभाते हुए उज्ज्वल संस्कृति का पालन करते हुए मेरा साथ दें।"

जैसे ही उन्होंने अपना भाषण समाप्त किया, संतरियों ने हॉल के शीशम के भारी दरवाजे खोल दिये। माउंटबेटन के सामने अचानक एक ऐसा दृश्य आ गया, जिसे वह अवाक खड़े देखते रह गये; सामने किंग्जवे की चौड़ी सड़क नयी दिल्ली के मर्मस्थल को चीरती हुई दूर तक चली गयी थी। ऊपर गुंबद से एक बार फिर शहनाई के स्वर फूट निकले। दोनों ओर बैठे हुए लोगों के बीच से वापस लौटते समय माउंटबेटन को अचानक ऐसा लगा कि आशंका के सारे बादल छँट गये हैं। उन्होंने अनुभव किया कि इस संक्षिप्त समारोह ने उन्हें धरती का एक सबसे शक्ति संपन्न व्यक्ति बना दिया है।

माउंटबेटन पैंतालीस मिनट बाद अपनी सैनिक वर्दी उतारकर साधारण वस्त्रों में आकर अपने कार्यालय की मेज पर बैठ गये। उनके बैठते ही सुनहरी पगड़ी लगाये उनका जमादार चपरासी हाथ में हरे चमड़े में मढ़ा डाक का बॉक्स लेकर अंदर आया और उसने बॉक्स वायसराय के सामने इस तरह रख दिया जैसे कोई महत्त्वपूर्ण रस्म पूरी कर रहा हो। माउंटबेटन ने बॉक्स खोलकर उसे अंदर रखा हुआ दस्तावेज निकाला। यह उस सत्ता का बहुत क्रूर प्रमाण था, जिसके वह अभी उत्तराधिकारी बने थे; यह एक ऐसे आदमी की दया की अंतिम अपील थी, जिसे फाँसी दी जाने वाली थी।

माउंटबेटन को यह स्थिति कुछ आकर्षक भी लगी और कुछ भयावह भी। उन्होंने उस अर्जी का ब्योरा पढ़ डाला। यह एक ऐसे आदमी का मामला था, जिसने अपनी पत्नी को बहुत-से लोगों के सामने इतनी बेरहमी से पीटा था कि वह मर गयी थी। मामले की इतनी पूरी तरह तहकीकात की जा चुकी थी और वह इतनी अपीलों की मंजिलों से गुजर चुका था कि कहीं कोई गुंजाइश ही नहीं थी, जिसकी बुनियाद पर उसे छोड़ दिया जाता। माउंटबेटन थोड़ी देर तक तो झिझके। फिर उन्होंने बड़े उदास मन से कलम उठाकर वायसराय के अधिकार से अपना पहला काम किया।

उन्होंने फाइल के कवर पर लिख दिया–"कोई आधार ऐसा दिखायी नहीं पड़ता कि राज्य की ओर से क्षमादान का विशेषाधिकार प्रयोग में लाया जाए।"

भारत के राजनीतिक नेताओं को अपने विचारों से प्रभावित करने से पहले, लुई माउंटबेटन ने यह भाँप लिया था कि पहले उन्हें अपने व्यक्तित्व की धाक जमानी होगी। भारत का अंतिम वायसराय जब स्वदेश लौटा, तो भले ही उसकी पीठ में गोली लगी हों, लेकिन उन्होंने विश्व को यह जता दिया था कि उन जैसा वायसराय आज तक हुआ नहीं और इस बात की भविष्यवाणी उन्होंने नार्थोल्ट के हवाई अड्डे पर बड़ी निराशा के साथ की थी।

माउंटबेटन का दृढ़ विश्वास था कि 'शान-शौकत और चमक-दमक का भरपूर दिखावा किये बिना वायसराय बनना असंभव है।' वह अंगेज़ों को भारत से निकालने के लिए नयी दिल्ली भेजे गये थे, लेकिन उन्होंने मन में यह ठान लिया था कि जब वह जाएँगे, तो चारों ओर लाल और सुनहरे रंगों की बहार होगी और ब्रिटिश राज का संपूर्ण पुराना गौरव अंतिम बार अपने सर्वोच्च शिखर पर होगा।

लड़ाई के दौरान होने वाले समारोहों के अवसर पर धूमधाम और तड़क-भड़क पर लगायी गयी रोक को उन्होंने हटा देने की आज्ञा दे

दी—चमकदार पूरी वर्दियाँ पहने हुए अंगरक्षक, पहरेदार बदलने की रस्म, बैंड-बाजे, चमचमती हुई संगीनें, 'सभी कुछ' पुनः लौट आया। उन्हें इस वैभव का एक-एक क्षण बहुत अच्छा लगता था, लेकिन इस सारी शान-शौकत के पीछे, जिससे उन्हें निजी तौर पर उल्लास प्राप्त होता था, एक और भी गूढ़ रहस्य छुपा हुआ था।

तड़क-भड़क और धूमधाम का उद्‌देश्य यह था कि उनके चारों ओर वायसराय के गौरव तथा सत्ता की चमक-दमक रहे, उनके चारों ओर एक ऐसा ढाँचा तैयार हो जाए, जिससे उनके हर काम में एक नया आयाम जुड़ जाए। वह अपने पूर्ववर्ती वायसराय के 'ऑपरेशन मैडहाउस' अर्थात् पागलखाने की कार्रवाई के स्थान पर स्वयं अपना 'ऑपरेशन सिडक्शन' (वशीकरण की कार्रवाइ) शुरू करने का निर्णय ले बैठे थे; वह काम-काज के ढंग में एक ऐसी छोटी-मोटी क्रांति लाना चाहते थे, जिसका लक्ष्य भारत के जन-साधारण उतनी ही बड़ी सीमा तक थे, जितना कि वे नेता, जिनसे उन्हें सुलह-समझौते की बातचीत करनी थी। इस कार्य-शैली में एक-दूसरे से सर्वथा भिन्न मूल्यों का बहुत विवेकपूर्ण मेल होने वाला था, राजसी ठाठ-बाट और आम लोगों जैसी सादगी, मरते हुए ब्रिटिश राज की पुरानी शान-शौकत के दृश्य और आने वाले भारत की झाँकियाँ दिखाने वाली नयी पहलकदमियाँ।

विचित्र तथ्य है कि माउंटबेटन ने अपनी इस क्रांति की शुरुआत रंग-रोगन के ब्रश से की। उनके सभी कर्मचारी यह देखकर दंग रह गये कि उन्होंने पहला आदेश यह दिया कि वायसराय के अध्ययन-कक्ष में, जहाँ इतनी वार्त्ताएँ विफल हो चुकी थीं, दीवारों पर जड़े हुए लकड़ी के तख़्तों का गहरा मातमी रंग बदलकर उन पर कोई हलका लुभावना रंग कर दिया जाए, ताकि जिन भारतीय नेताओं के साथ वह वहाँ बातचीत करें, वे वहाँ बैठकर तनाव न अनुभव करें। वायसराय-भवन की दिनचर्या में शिथिलता का जो वातावरण पैदा हो गया था, उसे उन्होंने झिंझोड़कर दूर कर दिया और वहाँ फौजी सदर कमान जैसी चहल-पहल रहने लगी। उन्होंने यह व्यवस्था कर दी कि प्रतिदिन का पहला सरकारी कार्य उनके सभी कर्मचारियों की एक बैठक होगी, जिसे शीघ्र ही 'सुबह की प्रार्थना' कहा जाने लगा।

माउंटबेटन के नीचे काम करने के लिए जो नये आई.सी.एस. अधिकारी नियुक्त किये गये थे, वे उनकी मानसिक चुस्ती, समस्या की जड़ तक पहुँच जाने की उनकी दक्षता और सबसे बढ़कर दीवानों की तरह काम करने की धुन को देखकर चकित रह गये। उन्होंने चपरासियों के वे सारे चक्कर बंद करवा दिए, जो हरे रंग का चमड़ा मढ़े हुए बक्सों में काग़ज़ रखकर निजी चिंतन के लिए वायसराय को देने जाते थे। वह नहीं चाहते थे कि उन बक्सों को खोलने और बंद करने में और अपने अध्ययन-कक्ष के गंभीर एकांत में बैठकर उन काग़ज़ात के हाशियों पर वह अपने हाथ से टिप्पणियाँ लिखने में अपना समय बरबाद करें। इसके स्थान पर वह थोड़े-से शब्दों में मौखिक आदेश दे देना ज्यादा पसंद करते थे।

उनके साथ काम करने वाले एक कर्मचारी का कहना है, "उनके पास पढ़ने के लिए भेजे जाने वाले किसी काग़ज़ पर अगर आप यह लिख दें कि 'मैं आपसे इसके बारे में बात कर सकता हूँ?' तो यह निश्चित था कि आप उनसे बात करेंगे और आपको किसी भी समय अपनी बात कहने के लिए तैयार रहना पड़ता था, क्योंकि हो सकता था कि रात को दो बजे बुलावा आ जाए।"

वास्तविक बुनियादी परिवर्तन जो वह लाना चाहते थे, यह था कि उनको व उनके पद को आम जनता के सामने नयी शक्ल में पेश किया जाए। एक शताब्दी से भी अधिक से यह परंपरा चली आ रही थी कि भारत का वायसराय अपने पद की तड़क-भड़क और वैभव की सीमाओं में बंद रहता था और जन-साधारण से दूर रहने के मामले में दलाई लामा की बराबरी करता था। हत्या के दो विफल प्रयासों के बाद वायसरायों ने अपने चारों ओर सुरक्षा का एक ऐसा खोल बना लिया था कि जिन लोगों पर वे शासन करते थे, उनसे उनका कभी कोई संपर्क ही नहीं रहता था। जब कभी वायसराय की सफेद और सुनहरी रेलगाड़ी भारत के लंबे-चौड़े विस्तार से होकर गुजरती थी, तो रास्ते-भर गाड़ी गुजरने के 24 घंटे पहले से हर 100 गज की दूरी पर पहरेदार तैनात कर दिए जाते थे। वह जहाँ भी जाते सैकड़ों

अंगरक्षक, पुलिस वाले और सिक्योरिटी वाले उनके साथ चलते थे। अगर वह गोल्फ खेलने जाते, तो सारे रास्ते साफ कर दिए जाते और लगभग हर पेड़ के पीछे पुलिस वाले तैनात कर दिए जाते। अगर वह घुड़सवारी के लिए जाते, तो उनके अंगरक्षकों और सिक्योरिटी गार्डों का एक पूरा दसता भी घोड़ों पर पीछे-पीछे उनके साथ चलता।

इस दीवार को माउंटबेटन ने तोड़ने का निर्णय कर लिया था। सबसे पहले तो उन्होंने यह घोषणा की कि वह, उनकी पत्नी और उनकी बेटी सुबह घुड़सवारी के लिए अकेले जाया करेंगे। उसकी इस बात से पूरे वायसराय-भवन में भय और विस्मय की लहर दौड़ गयी, और उन्हें अपनी बात मनवाने में काफी समय लगा, लेकिन आख़िरकार उन्होंने अपनी बात मनवा ली और जिस रास्ते से होकर ये लोग सुबह घुड़सवारी के लिए निकलते थे उसके किनारे रहने वाले गाँव वालों ने अचानक एक ऐसा दृश्य देखा कि उन्हें अपनी आँखों पर विश्वास नहीं हुआ और उन्हें ऐसा लगा जैसे वे कोई सपना देख रहे हों—भारत के वायसराय और उनकी पत्नी अकेले बिना किसी अंगरक्षक को साथ लिए उनके सामने से घोड़ों पर सवार चले जा रहे हैं और उनकी ओर देखकर हाथ हिला रहे हैं।

इसके बाद उन्होंने और उनकी पत्नी ने एक और भी क्रांतिकारी कदम उठाया। उन्होंने एक ऐसा काम किया, जो दो सौ साल में किसी वायसराय ने करने का साहस नहीं किया था—एक ऐसे हिंदुस्तानी के घर जाना, जिसकी कल्पना भी नहीं की जा सकती थी। सारा भारत उस दिन यह देखकर दंग रह गया कि वायसराय और उनकी पत्नी एक दिन शाम को जवाहरलाल नेहरू के नयी दिल्ली वाले मामूली-से घर में ऐसे ही टहलते हुए एक पार्टी में आ गये। नेहरू के यहाँ काम करने वालों को तो किसी तरह विश्वास ही नहीं हो रहा था कि वे जो देख रहे हैं, सच है और इधर माउंटबेटन नेहरू की कुहनी पकड़कर टहलते हुए मेहमानों के बीच पहुँचे और सबसे हाथ मिलाते रहे व हँसते-बोलते रहे।

उनके इस सद्भावना के प्रदर्शन का बहुत गहरा असर पड़ा। उस शाम नेहरू जी ने अपनी बहन से कहा, "ईश्वर का शुक्र है, आख़िरकार हमारे यहाँ एक वायसराय आया जो इंसान है, कलफदार कमीज नहीं।"

यह साबित करने की उत्सुकता में कि अब वायसराय-भवन में भारतीय जनता के प्रति सम्मान की एक नयी भावना व्याप्त है, माउंटबेटन ने भारतीय सेना को, जिसके बीस लाख सैनिक उनके नीचे दक्षिण-पूर्व एशिया में काम कर चुके थे, वह सम्मान प्रदान किया, जो उसे बहुत पहले ही मिल जाना चाहिए था। उन्होंने अपने कर्मचारी-मंडल में तीन भारतीय अफ़सरों को अपने अंगरक्षक के रूप में नियुक्त किया। इसके बाद उन्होंने यह आदेश जारी किया, "वायसराय-भवन के द्वार भारतवासियों के लिए खोल दिए जाएँ।"

"लेकिन आपके आने से पहले तो केवल कुछ इने-गिने लोगों को ही इसकी चहारदीवारी में आने का निमंत्रण मिलता था।" किसी वरिष्ठ अधिकारी ने उनसे कहा।

"पहले होता था अब नहीं होगा।" फिर उन्होंने गंभीरतापूर्वक कहा, "वायसराय-भवन में अब कोई ऐसी डिनर पार्टी नहीं होगी, जिसमें भारतीय मेहमान न हों। केवल यह नहीं कि नाम के लिए कुछ मेहमानों को बुला लिया जाए; बल्कि हमारा आदेश है कि अब से हमारी मेज पर कम-से-कम आधे मेहमान हिंदुस्तानी होने चाहिए।"

"पर ऐसी अद्भुत घोषणाओं की जरूरत क्या है?"

इस पर उनकी पत्नी का जवाब था, "है!"

"..."

और उसके पश्चात् उनकी पत्नी ने वायसराय-भवन की खाने की मेज पर और भी चमत्कारपूर्ण क्रांति कर दी। अपने भारतीय मेहमानों की भोजन-संबंधी क्रांति। अपने भारतीय मेहमानों की भोजन-संबंधी परंपराओं का सम्मान करते हुए उन्होंने वायसराय-भवन के रसोइयों को आदेश दिया, "अब खाने की ऐसी चीज़ें पकाना शुरू करें, जो पिछली एक शताब्दी के दौरान कभी वायसराय-भवन के शाही पाकशाला में नहीं देखी गयी हों!"

"अर्थात्।"

"भारतीय शाकाहरी भोजन।" इतना ही नहीं, उन्होंने यह भी आदेश दिया, "खाना थालियों में परोसा जाए और उनके मेहमानों के पीछे नौकर हाथ में पानी के जग और तसले और तौलिए लेकर खड़े रहा करें, ताकि अगर कोई मेहमान हाथ से खाना चाहे, तो खा सके और कुल्ला कर सके।"

सद्भावना के ये छोटे-मोटे प्रदर्शन, जिस देश में उनको पहली बार एक-दूसरे से प्रेम हुआ था, उसके प्रति माउंटबेटन-दंपत्ति के प्रत्यक्ष तथा सच्चे लगाव की भावना, लोगों को यह आभास कि नया वायसराय विजेता नहीं मुक्तिदाता है, उन लोगों के मन में, जो उनके नीचे एशिया में काम कर चुके थे, उनके प्रति आदर का भाव–इन सब बातों ने वायसराय-दंपत्ति के चारों ओर एक सराहनीय वातावरण पैदा किया।

उनके आने के कुछ ही समय बाद 'न्यूयार्क टाइम्स' ने लिखा, "इतिहास में किसी दूसरे वायसराय को भारतीय जनता का इतना अधिक विश्वास, सम्मान और प्यार नहीं मिला।" सच तो यह है कि कुछ सप्ताह में इस 'वशीकरण अभियान' को इतनी उल्लेखनीय सफलता मिली कि स्वयं नेहरू को नये वायसराय से मज़ाक़ में कहना पड़ा, "आपके साथ समझौते की बातचीत करना कठिन होता जा रहा है, क्योंकि भारत में कोई दूसरा आदमी इतनी बड़ी भीड़ें नहीं जुटा पाता जितनी आप जुटा लेते हैं।"

"भारत गृह-युद्ध की ओर बढ़ रहा है?"

हाँ यही शब्द थे उसके।

उसके ये शब्द इतने चिंताजनक थे कि पहले तो लुई माउंटबेटन को उन पर विश्वास ही नहीं हुआ। नव-वर्ष के दिन क्लीमेंट एटली तक ने उनके सामने भारतीय परिस्थिति का जो नाटकीय चित्रण किया था वह भी इन शब्दों के सामने किसी शांत देहात के वर्णन जैसा लगता था। लेकिन जो आदमी उनके अध्ययन-कक्ष के एकांत में ये शब्द उनसे कह रहा था उसकी ख्याति यह थी कि सारे कर्मचारियों में न तो कोई उतना प्रतिभाशाली था

और न कोई भारत को इतनी अच्छी तरह समझता था। जार्ज आबेल ऑक्सफोर्ड में पढ़ाई में सर्वप्रथम रहा था और तीन खेलों में यह यूनिवर्सिटी की टीम में था; वह माउंटबेटन के पूर्ववर्ती वायसराय का सबसे निकटतम सहयोगी रह चुका था।

उसने माउंटबेटन से बिना किसी लाग-लपेट के सीधे-सादे शब्दों में कहा, "भारत बड़ी तेजी से गृह-युद्ध की ओर बढ़ रहा है। इसकी समस्याओं का हल जल्दी-से-जल्दी खोजकर ही आप इसे बचा सकते हैं। भारत पर शासन करने वाला महान प्रशासन-तंत्र ढह रहा है। युद्ध के दौरान नये अफ़सरों की भरती रोक देने की वजह से अंग्रेज़ अफ़सरों की कमी और हिंदू तथा मुस्लिम अफसरों के बीच बढ़ते हुए द्वेष का मतलब यह है कि इस चिर-प्रतिष्ठित संस्था का शासन, जिसे इंडियन सिविल सर्विस (आई.सी.एस.) कहते हैं, साल-भर भी नहीं चल सकता। बहस-मुबाहसे का समय निकल चुका है। भयानक विनाश से बचने के लिए सोच-विचार की नहीं, बल्कि तेजी से कार्रवाई करने की आवश्यकता है।"

"क्या? तुम जो कह रहे हो वह सत्य है।"

"जी!"

"यदि ऐसा है तो ये शब्द आघात पहुँचाने वाले हैं।"

"लेकिन यह तो केवल शुरुआत है।"

और फिर इसके बाद भारत में अपने कार्यकाल के पहले पंद्रह दिनों के दौरान उनके पास इसी तरह की रिपोर्टों का एक ताँता बँध गया। जिस आदमी को वह अपने साथ चीफ ऑफ स्टाफ बनाकर लाए थे, जनरल लॉर्ड इस्मे, उन्होंने भी उनके सामने इतना ही भयावह विश्लेषण प्रस्तुत किया; वह 1940 से 1945 तक विंस्टल चर्चिल के भी चीफ ऑफ स्टाफ रह चुके थे। भारतीय सेना में बहुत दिन तक अफसर रह चुकने के कारण वह इस उप-महाद्वीप के चप्पे-चप्पे से परिचित थे; इसके अलावा वह इससे पहले भी एक वायसराय के सचिव रह चुके थे। लॉर्ड इस्मे ने अपने विश्लेषण के अंत में कहा, "भारत की हालत उस जहाज जैसी है जिसमें गोला-बारूद लदा हो और बीच समुद्र में उसमें आग लग जाए।"

"तुम कहना क्या चाहते हो?"

उन्होंने माउंटबेटन से कहा, "मैं तो कुछ नहीं कहना चाहता, लेकिन सवाल यह है कि क्या आग को गोला-बारूद तक पहुँचने से पहले बुझाया जा सकता है?"

माउंटबेटन को पंजाब के अंग्रेज़ गवर्नर से मिली पहली रिपोर्ट में भी उन्हें चेतावनी दी गयी थी, "पूरे सूबे में गृह-युद्ध का वातावरण फैला हुआ है।" गवर्नर की बात कितनी सही थी, इसका चौंका देने वाला प्रमाण रिपोर्ट के एक बहुत ही महत्वहीन पैराग्राफ में बयान की गयी घटना में मिलता था। उसमें रावलपिंडी के पास के किसी देहात की एक बहुत ही दर्दनाक घटना बयान की गयी थी। किसी मुसलमान की भैंस उसके सिख पड़ोसी के खेत में चली गयी। जब भैंस के मालिक ने उसे वापस माँगा तो लड़ाई ठन गयी और फिर दंगा हो गया। दो घंटे बाद आस-पास के खेतों में सौ आदमियों की लाशें पड़ी हुई थीं, जिन्हें एक भैंस के आवारा स्वभाव की वजह से छुरा और हँसियों से काटकर वहाँ फेंक दिया गया था।

नये वायसराय के आने के पाँच दिन बाद कलकत्ता में हिंदुओं और मुसलमानों के बीच झगड़े हुए, जिनमें 99 लोगों की जानें गयीं। दो दिन बाद बंबई में ऐसा ही झगड़ा हुआ, जिसमें सड़कों की पटरियों पर कटी-फटी लाशें पायी गयीं। हिंसा के इन विस्फोटों को देखकर माउंटबेटन ने भारत के बड़े-बड़े पुलिस-अफ़सरों को अपने अध्ययन-कक्ष में बुलाकर पूछा, "क्या पुलिस भारत में शांति और व्यवस्था बनाये रख सकती है?"

"नहीं, साहब", उनका उत्तर था, "यह हमारे बस के बाहर है।" माउंटबेटन विचलित हो उठे; उन्होंने यही सवाल भारतीय सेना के कमांडर इन-चीफ सर क्लाड आकिनलेक से पूछा। उनसे भी वही जवाब मिला।

माउंटबेटन को जल्द ही पता लग गया कि उनके पूर्ववर्ती वायसराय ने बड़ी मेहनत से और बहुत कोशिश करके कांग्रेस और मुस्लिम लीग की जो मिली-जुली सकरार बनायी थी और जिसके सहारे उनसे भारत का शासन

चलाने की आशा की जाती थी, वह दरअसल ऐसे कटुता से भरे दुश्मनों का जमघट था कि उसके मंत्री एक-दूसरे से बात भी नहीं करते थे। स्पष्ट था कि यह सरकार चलने वाली नहीं थी और उसके टूट जाने पर माउंटबेटन को यह कठिन जिम्मेदारी संभालनी होगी कि एक ऐसे प्रशासन-तंत्र के सहारे, जो उनकी आँखों के सामने छिन्न-भिन्न हुआ जा रहा था, वह देश का शासन खुद चलाए।

इस भयानक संभावना की बात सोचकर, चारों ओर से हिंसा की खबरों की बौछार देखकर, और अपने सबसे अनुभवी सलाहकारों की चेतावनियाँ सुनकर माउंटबेटन ने एक निर्णय लिया, जो भारत में अपने पहले दस दिनों का शायद सबसे महत्त्वपूर्ण निर्णय था और वायसराय की हैसियत से उनके हर फैसले पर इसी एक निर्णय की छाप थी। वह फैसला यह था कि भारत को सत्ता सौंपने के लिए जून 1948 की जो तारीख लंदन में तय की गयी थी, जो तिथि उन्होंने स्वयं एटली से तय कर देने को कहा था, वह जरूरत से ज़्यादा आशाजनक थी। भारत के भविष्य के लिए उन्हें जो भी करना था वह कुछ महीनों के अंदर नहीं, बल्कि कुछ ही सप्ताहों के अंदर करना था।

एटली-सरकार को 2 अप्रैल, 1947 को भेजी गयी अपनी पहली रिपोर्ट में उन्होंने लिखा–"यहाँ की परिस्थिति घोर अंधकारमय हैं।...मुझे कोई ऐसा आधार दिखायी नहीं देता, जिस पर भारत के भविष्य के लिए कोई सर्वसम्मत समाधान खोजा जा सके।"

भारत की उथल-पुथल की स्थिति का वर्णन करने के बाद नौजवान एडमिरल ने उस व्यक्ति को, जिसने उन्हें यहाँ भेजा था, चेतावनी के कुछ शब्द लिखे।

"मैं जिस एकमात्र निष्कर्ष पर पहुँचा हूँ", उन्होंने लिखा, "वह यह है कि अगर मैंने शीघ्र कोई कदम न उठाया, तो मुझे गृह-युद्ध छिड़ जाने की परिस्थिति से निबटना होगा।"

एक वृद्ध आदमी का टूटा हुआ सपना

नयी दिल्ली, अप्रैल, 1947

वह कक्ष जिसमें भारत के भाग्य का निर्णय होना था, उसमें तो शांति थी, पर विश्व भर में थे त्राहि-त्राहि के आसार! कोई और नहीं था उसमें। कोई सेक्रेटरी भी चुपचाप नोट नहीं ले रहा था कि उनकी बातों में विघ्न डाल सके। माउंटबेटन को पूरा विश्वास था कि जो समस्या उनके सामने है, उसे तुरंत हल करना जरूरी है, इसलिए उन्होंने भारत के नेताओं से बात करने के लिए एक क्रांतिकारी तरीका अपनाने का फैसला किया। भारत के आधुनिक इतिहास में पहली बार उसके भविष्य का फैसला सम्मेलन की मेज के चारों ओर बैठकर नहीं, बल्कि निजी बातचीत के अंतरंग वातावरण में होने जा रहा था। वायसराय के अध्ययन-कक्ष में ताजा रंग किया गया था। वहाँ जो बातचीत अभी शुरू होने जा रही थी, वह इस सिलसिले की पहली कड़ी थी। बातचीत के इस सिलसिले पर ही इसका दारोमदार था कि लॉर्ड माउंटबेटन ने लंदन भेजी गयी अपनी पहली रिपोर्ट में जिस गृहयुद्ध की आशंका व्यक्त की थी, उसकी तबाही से भारत बच पाएगा या नहीं?

बातचीत के इस सिलसिले में पाँच आदमी भाग लेने वाले थे, लुई माउंटबेटन और चार भारतीय नेता।

इन चारों हिंदुस्तानियों ने अपने जीवन का ज्यादातर हिस्सा अंग्रेज़ों के खिलाफ आंदोलन चलाने और एक-दूसरे से बहस करने में बिताया था। वे चारों अधेड़ उम्र पार कर चुके थे। चारों वकील थे, जिन्होंने सबसे पहले अपनी अदालती बहस की योग्यता को लंदन में कानून की सबसे ऊँची संस्था 'इंस ऑफ कोर्ट' में आजमाया था। उनमें से हर एक के लिए भारत के नये वायसराय के साथ उसकी बातचीत उसके जीवन की सबसे बड़ी बहस होने वाली थी, एक ऐसी बहस जिसके लिए, एक तरह से, उनमें से हर एक पिछली चौथाई शताब्दी से तैयारी करता आया था।

माउंटबेटन के मन में कोई शंका नहीं थी कि इस बहस का नतीजा क्या निकलना चाहिए? बहुत-से अंग्रेज़ों की तरह वह भी समझते थे कि भारत की एकता एक मात्र सबसे बड़ी धरोहर है, जो अंग्रेज़ अपने पीछे छोड़कर जा सकते हैं। उनके मन में यह एकता बनाए रखने की बहुत गहरी इच्छा थी, धार्मिक आस्था जैसी गहरी इच्छा। उनका पक्का विश्वास था कि देश का बँटवारा कर देने की मुस्लिम लीग की माँग को मान लेना बहुत बड़ी तबाही के बीज बोना होगा।

औपचारिक बैठकों में, जो एक तरह से सबकी नजरों के सामने ही होती रहती थीं, भारत के नेताओं को अपने देश की समस्याओं के किसी भी हल पर राजी करने की सारी क़ोशिशें अभी तक विफल रही थीं। लेकिन माउंटबेटन को आशा थी कि अपने अध्ययन-कक्ष के एकांत में उनको एक-एक करके समझा-बुझाकर शायद वह इस थोड़े समय में, जो उनके पास था, उनके बीच कोई समझौता करा सकें। उन्हें दूसरों को समझा-बुझाकर मना लेने की अपनी क्षमता का पूरा भरोसा था; सबसे बढ़कर उन्हें यह विश्वास था कि उनकी बात का तर्क अकाट्य है। वह कुछ ही सप्ताह में वह काम करके दिखाने की कोशिश करने जा रहे थे, जो उनसे पहले वायसराय कई वर्षों में भी पूरा नहीं कर पाए थे—भारत के नेताओं को किसी प्रकार की एकता के लिए सहमत करना।

तेजी से झड़ते हुए अपने बालों को सफेद गाँधी टोपी से ढके, अपनी बास्कट के तीसरे काज में गुलाब का ताजा फूल लगाये उनके सामने इस समय जो आदमी बैठा हुआ था, वह भारत के राजनीतिक रंगमंच की जानी-मानी हस्तियों में से था। उनकी अपने ढंग की निराली चालाकी के बावजूद जवाहरलाल नेहरू का व्यक्तित्व उतना ही रौबदार था, जितना कि भारत के वायसराय का। उनके संवेदनशील चेहरे का भाव अभी एक क्षण बिलकुल फरिश्तों जैसा कोमल होता था और दूसरे ही क्षण बिलकुल पैशाचिक क्रोध की मुद्रा में बदल जाता था; अक्सर उस पर उदासी की एक झलक भी दिखायी दे जाती थी। माउंटबेटन के चेहरे का भाव लगभग हमेशा ही संयत और शांत रहता था, लेकिन नेहरू की मुद्रा शायद ही कभी ऐसी रहती हो। उनके चेहरे के भाव और मुद्राएँ किसी झील के पानी पर से गुजरती हुई परछाइयों की तरह बदलती रहती थीं।

भारतीय नेताओं में वही अकेले ऐसे थे, जिससे माउंटबेटन पहले से परिचित थे। वे दोनों युद्ध के बाद उस समय मिले थे, जब नेहरू सिंगापुर गये हुए थे; वहीं माउंटबेटन के दक्षिण-पूर्व एशियाई कमान का हेडक्वार्टर था। अपने सलाहकारों की राय की परवाह न करते हुए माउंटबेटन नेहरू से मिले थे; उनके सलाहकारों ने उनसे कहा था कि उन्हें ऐसे विद्रोही से कोई सरोकार नहीं रखना चाहिए, जिसके जूतों पर अभी तक अंग्रेज़ों की जेल की गर्द जमी हुई है।[1] परंतु दोनों के बीच फौरन सहानुभूति पैदा हो गयी। माउंटबेटन और उनकी पत्नी के साथ उठते-बैठते नेहरू की आँखों के सामने एक बार फिर उस इंग्लैंड का चित्र आ गया, जिसे उन्होंने पिछले चालीस वर्षों से नहीं देखा था; उस इंग्लैंड का चित्र जो बरसों अंग्रेज़ों की जेलों में रहते-रहते उनकी स्मरणशक्ति से लगभग मिट चुका था; खुली बाँहों से स्वागत करने वाला वह इंग्लैंड जिसे जिन्होंने अपने पढ़ायी के दिनों में जाना

1. 22 जनवरी 1944 को जब माउंटबेटन अहमदनगर में थल सेना के 33वें रिसाले का मुआयना करने गये हुए थे, उस समय उन्हें पता चला कि नेहरू जी उसी शहर में नजरबंद हैं। यह सोचकर कि उनके आह्वान पर दस लाख से ज्यादा भारतीय सिपाही युद्ध लड़ रहे हैं, उन्होंने भारतीय नेता से मिलने की अनुमति माँगी। उनकी यह प्रार्थना स्वीकार नहीं की गयी।

था। माउंटबेटन-दंपत्ति को भी नेहरू के आकर्षक व्यक्तित्व, उनके सुसंस्कृत व्यवहार और उनके प्रसन्नचित्त स्वभाव से बहुत आनंद मिलता था। माउंटबेटन के सारे कर्मचारी यह देखकर स्तंभित रह गये थे कि उन्होंने नेहरू के साथ अपनी खुली मोटर में बैठकर सिंगापुर की सड़कों से गुजरने का निर्णय भी अपने-आप ही कर लिया था। सलाहकारों ने उन्हें चेतावनी दी थी, "शायद आप कुछ अनुचित आचरण कर रहे हैं? इस आचरण से एक ब्रिटिश-विरोधी विद्रोही की प्रतिष्ठा बढ़ेगी।"

"उनकी प्रतिष्ठा बढ़ेगी?" माउंटबेटन ने दो-टूक उत्तर दिया था, "उनकी वजह से प्रतिष्ठा मेरी बढ़ेगी। एक दिन यह आदमी भारत का प्रधानमंत्री बनेगा।" अब उनकी यह भविष्यवाणी पूर्ण हो चुकी थी। भारत की अंतरिम सरकार के प्रधानमंत्री होने के नाते नेहरू को यह सम्मान मिला था कि भारत के चार नेताओं में से सबसे पहले उन्होंने माउंटबेटन के अध्ययन-कक्ष में प्रवेश किया।

नेहरू और माउंटबेटन की प्रथम भेंट के बाद से दुनिया बहुत बदल चुकी थी, उनकी अपनी जिंदगियाँ भी बहुत बदल चुकी थीं, लेकिन उस भेंट में पारस्परिक सहानुभूति की दबी हुई लहर ने उनके बीच जो हार्दिकता पैदा कर दी थी, वही नेहरू ने शीघ्र ही वायसराय के अध्ययन-कक्ष में अनुभव की। और इसमें कोई आश्चर्य की बात भी नहीं थी। हालाँकि माउंटबेटन को यह मालूम नहीं था, पर उनके यहाँ आने में कुछ हद तक नेहरू का भी हाथ था।[1]

1. हालाँकि यह बात माउंटबेटन को मालूम नहीं थी, लेकिन उन्हें भारत भेजने का सुझाव एटली को उनके निकटतम सहयोगी और चांसलर ऑफ़ द एक्सचेकर सर स्टैफ़र्ड क्रिप्स ने दिया था। यह विचार 1946 में लंदन में क्रिप्स और कृष्ण मेनन की एक गुप्त बातचीत के दौरान सामने आया था। मेनन एक स्पष्टवादी वामपंथी भारतीय नेता थे और नेहरू से उनके घनिष्ठ संबंध थे। मेनन ने नेहरू और क्रिप्स के सामने यह सुझाव रखा था कि जब तक वेवल वायसराय रहेंगे, तब तक कांग्रेस भारत में प्रगति की कोई आशा नहीं कर सकती। ब्रिटिश नेता के प्रश्न के उत्तर में उन्होंने लुई माउंटबेटन का नाम सुझाया था, जिनके प्रति नेहरू के मन में अत्यधिक सम्मान था। इस बात को अच्छी तरह जानते हुए कि अगर भारत के मुस्लिम नेताओं को पता चल गया कि माउंटबेटन की नियुक्ति का सुझाव कहाँ से आया था, तो उनकी सारी उपयोगिता निष्फल हो जाएगी। दोनों नेताओं ने यह तय किया था कि वे अपनी वार्ता का भेद किसी को भी नहीं बताएंगे। मेनन ने क्रिप्स के साथ अपनी वार्ता का ब्यौरा अपनी मृत्यु से मात्र एक साल पहले ही फरवरी 1973 में नयी दिल्ली में इस पुस्तक के लेखक को बताया था।

इसके अलावा और भी बहुत-सी बातें थीं, जो तीन हज़ार वर्ष पुराने कश्मीरी परिवार के सपूत और प्रोटेस्टेंट धर्म के मानने वालों में सबसे पुराने शासक घराने का वंशज होने का दावा करने वाले इस आदमी के बीच घनिष्ठतम संबंध स्थापित करने के लिए पर्याप्त थीं। उन दोनों को बातें करने का बहुत चाव था और जब वे दोनों एक-दूसरे के साथ होते तो दिल खोलकर बातें करते। अमूर्त विचारों की दुनिया में खोए रहने वाले नेहरू माउंटबेटन की व्यावहारिक चुस्ती के बहुत प्रशंसक थे, उनकी निर्णायक कदम उठाने की उस क्षमता के जो युद्ध के दौरान सेना का नेतृत्व करने के कारण उनमें पैदा हुई थी। माउंटबेटन भी नेहरू के सुसंस्कृत आचरण से, उनके विचारों की गूढ़ता से बहुत प्रेरणा प्राप्त करते थे। उन्होंने शीघ्र ही समझ लिया कि जवाहरलाल नेहरू ही वह अकेले भारतीय नेता हैं, जो ब्रिटेन और नये भारत के बीच संघ बनाये रखने की उनकी आकांक्षा में उनका साथ दे सकते थे और उसे समझ सकते थे।

अपनी स्वाभाविक स्पष्टवादिता के साथ माउंटबेटन ने उन्हें बता दिया कि उन्हें बहुत ही भयानक जिम्मेदारी सौंपी गयी है और वह भारत की समस्या को शुद्ध यथार्थ निष्ठता की भावना से हल करने की कोशिश करेंगे। आपस में बातचीत करते हुए वे दोनों बहुत जल्दी ही दो मुख्य बातों पर सहमत हो गये—एक तो यह कि रक्तपात से बचने के लिए जल्दी ही कोई निर्णय करना जरूरी है और दूसरे यह कि भारत का विभाजन बहुत ही दुखद घटना होगी।

इसके बाद नेहरू ने उस दूसरे भारतीय सेना के कार्य की चर्चा की, जो उनके बाद माउंटबेटन के अध्ययन-कक्ष में आने वाला था, उस प्रायश्चित यात्री के काम की, जो नोआखली और बिहार में अकेला अपनी राह पर चला जा रहा था। नेहरू ने कहा, "जिस आदमी का मैं इतने लंबे अरसे से भक्त रहा हूँ, वह भारत के शरीर पर एक के बाद दूसरे घाव पर मरहम लगाकर उसे अच्छा करने की कोशिश करता घूम रहा है, बजाय इसके कि वह रोग का निदान कर पूरे शरीर को स्वस्थ करने में भाग ले।"

नेहरू के शब्दों में इस बात की झलक मिलती है कि भारत के मुक्तिदाता और उसके निकटतम सहयोगियों के बीच की खाई लगातार चौड़ी होती जा रही थी; इन शब्दों से माउंटबेटन की समझ में यह बात भी बहुत अच्छी तरह आ गयी कि दिल्ली में उन्हें किस ढंग से काम करना होगा। अगर वह भारत के नेताओं को देश की एकता बनाए रखने के लिए सहमत न कर सके, तो वह उन्हें उसका विभाजन कर देने के लिए सहमत करने की कोशिश करेंगे। गाँधी जी बँटवारे के कट्टर विरोधी थे और यह माउंटबेटन के रास्ते में सबसे बड़ी बाधा आने वाली थी। ऐसी हालत में उनके लिए एक मात्र आशा यह रह जाएगी कि वह कांग्रेस के नेताओं को मना सकें कि वे अपने नेता से संबंध तोड़ लें और अपने देश की गुत्थी सुलझाने के एक मात्र हल के रूप में देश का बँटवारा मान लें। अगर ऐसी स्थिति पैदा हो गयी, तो सारा दारोमदार नेहरू पर रहेगा। माउंटबेटन के लिए बेहद जरूरी था कि यह एक मित्र उनके साथ रहे। माउंटबेटन ने सोचा कि शायद नेहरू की ही इतनी प्रतिष्ठा है कि वह गाँधी जी से टक्कर ले सकें।

अब नेहरू के शब्दों से यह संकेत भी मिल गया था कि गाँधी जी और उनकी पार्टी के नेताओं के बीच मतभेद है। माउंटबेटन को इस खाई को और चौड़ा करके उसका लाभ उठाना पड़ सकता था। उन्होंने नेहरू का समर्थन प्राप्त करने के लिए कोई कोशिश उठा नहीं रखी। उनके वशीकरण अभियान का किसी दूसरे भारतीय नेता पर उतना गहरा प्रभाव नहीं पड़ने वाला था, जितना कि उस यथार्थवादी कश्मीरी ब्राह्मण पर। उस दिन एक ऐसी मित्रता का सूत्रपात हो रहा था जो आगे चलकर निर्णायक सिद्ध होने वाली थी।

नेहरू को द्वार तक छोड़ने के लिए जाते हुए माउंटबेटन ने उनसे कहा, "मिस्टर नेहरू, मैं चाहता हूँ कि आप मुझे ब्रिटिश राज का बोरिया-बिस्तर समेटने के लिए भेजा गया अंतिम ब्रिटिश वायसराय न समझकर नव भारत की ओर जाने का मार्ग दिखाने वाला पहला वायसराय समझें।"

नेहरू ने मुड़कर उस आदमी को देखा, जिसे वह वायसराय की गद्दी पर बिठाना चाहते थे, और फिर चेहरे पर एक हलकी-सी मुसकराहट के साथ उन्होंने कहा, "अच्छा, अब मेरी समझ में आया कि जब लोग आपके आकर्षण को खतरनाक बताते हैं, तो उसका क्या अर्थ है।"

एक बार फिर वह अधनंगा फकीर सम्राट के प्रतिनिधि से बराबरी के साथ समझौते की वार्ता करने के लिए वायसराय के अध्ययन-कक्ष में बैठा हुआ था।

अपनी बगल में बैठी हुई इस प्रसिद्ध हस्ती को बड़े ध्यान से देखते हुए माउंटबेटन ने मन ही मन सोचा, "यह आदमी तो एकदम छोटी-सी चिड़िया जैसा लगता है, मेरी आराम-कुर्सी पर बैठी हुई प्यारी-सी उदास गौरैया जैसा।"

और गाँधी जी सोच रहे थे, "यह आदमी तो काले कव्वे जैसा लगता है, जिसने मानो किसी तवे पर सिकती हुई रोटी उठा ली हो।"

कितनी अनोखी जोड़ी थी यह—एक तरफ वह शाही नौ-सैनिक जिसे पूरी तड़क-भड़क के साथ अपनी वर्दी पहनने का बड़ा चाव था, और दूसरी ओर वह बूढ़ा हिंदुस्तानी जो अपने नंगे बदन को ढकने के लिए एक सूती चादर से ज्यादा और कुछ उपयोग करने को तैयार नहीं था।

गोरे-चिट्टे खूबसूरत माउंटबेटन जिनके कसरती शरीर के अंग-अंग से फुर्ती उबली पड़ती थी और गाँधी जी जिनका दुबला-पतला ढाँचा आराम-कुर्सी में धँसकर रह गया था। एक अहिंसा का पुजारी और दूसरा पेशेवर सिपाही; एक रईसों का रईस और दूसरा एक ऐसा आदमी जिसने अपने सारे जीवन पृथ्वी के सबसे कंगाल लोगों जैसी दरिद्रता की जिंदगी बसर करने का व्रत ले रखा था; एक ओर माउंटबेटन थे, जिन्होंने युद्ध के दौरान संचार की यंत्र-विद्या में पूरी निपुणता प्राप्त कर ली थी और जो हमेशा किसी ऐसे इलेक्ट्रॉनिकी यंत्र की खोज में रहते थे, जो उनके नेतृत्व में लड़ने वाले लाखों सिपाहियों के साथ उनकी संपर्क-व्यवस्था को बेहतर बना सके और दूसरी

ओर गाँधी जी थे, वह कृषकाय मसीहा जो इस सारे ताम-झाम को संदेह की दृष्टि से देखते थे, फिर भी जिन्होंने अपनी जनता के साथ ऐसा संपर्क स्थापित कर लिया था, जैसा इस शताब्दी में कोई दूसरा आदमी नहीं कर पाया था।

इन सभी बातों से, उनकी पृष्ठभूमि की हर चीज़ से, ऐसा लगता था कि दोनों आदमी पैदा ही इसलिए हुए हैं कि उनके बीच मतभेद रहें। फिर भी आने वाले महीनों के दौरान शांति के पुजारी गाँधी जी को, उनके एक निकटतम साथी के शब्दों में, उस पेशेवर सिपाही की आत्मा में 'कुछ उन्हीं नैतिक मूल्यों की गूँज सुनायी दी जो स्वयं उनकी आत्मा को आंदोलित करते रहते थे।'

और माउंटबेटन को भी गाँधी जी से इतना गहरा लगाव हो गया कि उनकी मृत्यु पर उन्होंने श्रद्धांजलि देते हुए कहा था, "इतिहास में महात्मा गाँधी जी का नाम उसी श्रद्धा के साथ लिया जाएगा जैसे ईसा और बुद्ध को लिया जाता है।"

गाँधी जी के साथ अपनी इस पहली भेंट को माउंटबेटन ने इतना महत्त्वपूर्ण समझा था कि उन्हें वायसराय की गद्‌दी पर बिठाये जाने का समारोह संपन्न होने से पहले ही उन्होंने गाँधी जी को दिल्ली आने का निमंत्रण देते हुए एक पत्र भेज दिया था। गाँधी जी ने उस पत्र का उत्तर लिख तो तुरंत दिया, लेकिन फिर शरारत-भरी हँसी के साथ अपने एक सहयोगी से कहा था, "दो-एक दिन रूककर इसे डाक में डालना। मैं नहीं चाहता कि वह नौजवान यह समझ बैठे कि मैं उसका निमंत्रण पाने के लिए मरा जा रहा था।"

उस 'नौजवान' ने इस निमंत्रण के साथ ही एक और काम भी किया था, जिस तरह के कार्यों के लिए वह प्रख्यात होता जा रहा था और जिन कामों पर उसके साथी अंग्रेज़ों को कभी-कभी बेहद गुस्सा आता थ। उसने गाँधी जी को बिहार से दिल्ली लाने के लिए अपना निजी विमान भेजने की पेशकश की थी, लेकिन गाँधी जी ने उनकी यह पेशकश स्वीकार नहीं की।

उन्होंने हमेशा की तरह रेल से तीसरे दर्जे के डिब्बे में ही यात्रा करने का आग्रह किया।

इस बात पर जोर देने के लिए कि वह अपनी इस पहली भेंट को कितना महत्त्व देते थे और इस भेंट को विशेष हार्दिकता प्रदान करने के लिए माउंटबेटन ने अपनी पत्नी से भी इस अवसर पर उपस्थित रहने को कहा था। अब उस प्रसिद्ध हस्ती को सामने खड़ा पाकर वायसराय दंपत्ति के चेहरे पर चिंता और परेशानी की एक लहर दौड़ गयी। उन दोनों ने फौरन महसूस किया कि गाँधी जी किसी बात से बेहद दुखी हैं और रहस्यमय पश्चाताप ने उन्हें बुरी तरह जकड़ रखा है।

"क्या हमसे कोई गलती हुई थी? क्या शिष्टाचार के किसी नियम का पालन करने में उनसे कोई चूक हुई है"? माउंटबेटन ने अपनी पत्नी को बड़ी चिंतित दृष्टि से देखा। वह सोच रहे थे, "हे भगवान, कैसी बुरी शुरुआत हुई है!" जितनी भी बन पड़ी उतनी शिष्टता के साथ उन्होंने गाँधी जी से पूछा, "क्या आप किसी बात की वजह से परेशान हैं?"

भारतीय नेता के सीने से एक बहुत धीमी और बहुत उदासी-भरी आह निकली, "आप जानते हैं", गाँधी ने जवाब दिया, "अपने जीवन-भर, जब मैं दक्षिण अफ्रीका में था तभी से, मैं माया-मोह को त्यागता आया हूँ।"

"त्याग...मतलब!"

"मेरे पास वस्तुतः कुछ भी नहीं था– मेरी अपनी गीता, टीन के बर्तन जिसमें खाना खाता था, जो यरवदा जेल में मेरे प्रवास की निशानी थे और मेरे तीन गुरु और इसके अलावा एक घड़ी थी, पुरानी आठ-शिलिंग की इंगरसोल घड़ी, जो एक डोरी से मेरी कमर में बँधी रहती है।"

"क्यों बँधी रहती है घड़ी कमर में?"

"क्योंकि अगर मुझे एक दिन का एक-एक क्षण ईश्वर के काम में लगाना होता है, तो इसलिए यह मालूम होना ही चाहिए कि कब क्या समय है?"

"पर आज तो घड़ी नजर नहीं आ रही?"

"आप जानते हैं, क्या हुआ?" उन्होंने बहुत उदास मन से हँसते हुए कहा, "वह चोरी चली गयी। किसी ने दिल्ली आते हुए रेल के डिब्बे में मेरी घड़ी चुरा ली।" जिस समय वह दुबला-पतला आदमी आराम-कुर्सी में धँसा हुआ ये शब्द कह रहा था, उस समय माउंटबेटन ने देखा कि उसकी आँखों में आँसू छलछला आये थे। एक क्षण में सारी बात वायसराय की समझ में आ गयी। गाँधी जी को घड़ी खो जाने का इतना दुःख नहीं था। उन्हें दुःख इस बात का था कि उन लोगों ने उनकी बात समझी नहीं। किसी के अनजान हाथों ने ठसाठस भरे हुए उस रेल के डिब्बे में उनके पास से जो वस्तु चुरायी थी, वह एक आठ-शिलिंग वाली घड़ी नहीं थी, बल्कि उनकी आस्था का एक टुकड़ा था।

आख़िरकार बहुत देर तक चुप रहने के बाद गाँधी जी ने भारत की तत्कालीन दुविधा के बारे में बात करना शुरू किया, "बात यह है कि..."

माउंटबेटन ने बड़ी मित्रता के भाव से अपना हाथ हिलाकर उनकी बात काटते हुए कहा, "गाँधी जी, पहले तो मैं यह जानना चाहता हूँ कि आप कौन हैं?"

वायसराय के इन शब्दों में एक सोची-विचारी युक्ति की झलक थी। उन्होंने पक्का निर्णय कर लिया था कि इससे पहले कि भारतीय नेता अपनी न्यूनतम माँगों और अंतिम शर्तों की बौछार लगा सके, वह उन्हें अच्छी तरह जान लें। उन्हें उम्मीद थी कि उनका तनाव दूर करके, उनका विश्वास प्राप्त करके वह पारस्परिक भरोसे तथा सहानुभूति का ऐसा वातावरण बना सकेंगे जिसमें स्वयं उनके अपने गतिशील व्यक्तित्व का ज़्यादा गहरा असर पड़ेगा।

महात्मा उनकी इस चाल से बहुत प्रसन्न हुए। उन्हें अपने बारे में बातें करने का बहुत चाव था और माउंटबेटन-दंपत्ति के रूप में उन्हें ऐसे श्रोता मिल गये थे, जिन्हें सचमुच उनकी बातों में दिलचस्पी थी। वह बड़े विस्तार के साथ दक्षिण अफ्रीका के बारे में, बोअर युद्ध में स्ट्रेचर उठाने वाले के रूप में अपनी जिंदगी के बारे में, सविनय अवज्ञा आंदोलन और नमक सत्याग्रह के बारे में बातें करते रहे।

उन्होंने कहा, "एक जमाने में पश्चिम के लोगों ने जरथुष्ट्र, बुद्ध, मूसा, ईसा, मुहम्मद और राम के संदेशों से प्रेरणा प्राप्त की थी, लेकिन इसके बाद कई शताब्दियों तक पूरब पर पश्चिम का सांस्कृतिक प्रभुत्व रहा। अब जबकि पश्चिम के सिर पर फिर परमाणु बम का भूत सवार है तो उसे पूरब की ओर देखना ही पड़ेगा।"

"मगर क्यों?"

उन्होंने आशा प्रकट करते हुए कहा, "यहाँ शायद उसे प्यार और भाईचारे का वह संदेश मिल सके, जिसका प्रचार करने की मैं कोशिश करता रहा हूँ।"

उनकी बातचीत दो घंटे तक चलती रही। बीच में एक छोटी-सी, फिर भी बहुत असाधारण घटना हुई, जिससे इस बात का संकेत मिलता था कि माउंटबेटन की चाल कितनी सफल रही थी और गाँधी जी पर उसकी कितनी अनुकूल प्रतिक्रिया हुई थी।

बातचीत के बीच में तीनों उठकर फोटो खिंचाने के लिए टहलते हुए मुगल गार्डन में गये। फोटो खिंच जाने के बाद वे फिर अंदर जाने के लिए मुड़े। 77 वर्षीय भारतीय नेता को दो जवान लड़कियों के कंधों पर हाथ रखकर चलने का शौक था, जिन्हें वह बड़े प्यार से अपनी बैसाखियाँ कहते थे। इस वक्त भी उस क्रांतिकारी ने, जिसने अपना सारा जीवन अंग्रेज़ों के खिलाफ लड़ते हुए बिताया था, अनायास ही अपना हाथ ब्रिटेन के अंतिम वायसराय की पत्नी एडविना के कंधे पर रख दिया, और उसी शांत भाव से चलते हुए, मानो अपनी संध्याकालीन प्रार्थना-सभा में जा रहे हों, वह फिर वायसराय के अध्ययन-कक्ष में पहुँच गये।

एडविना के कंधे पर जब महात्मा का हाथ पड़ा तो उन्होंने ने मन-ही-मन सोचा, "आज मेरा जीवन धन्य हो गया, जो अहिंसा के देवदूत की बैशाखी बनने का सौभाग्य मिला।"

पर गाँधी जी तो मन ही मन रामधुन गुनगुनाते जा रहे थे।

जब गाँधी जी वायसराय के साथ अपनी दूसरी भेंट के लिए अपने अध्ययन-कक्ष में पहुँचे, दिल्ली गरमी की पहली झुलसती हुई लपटों में हाँफ रही थी। सूर्य की श्वेत रोशनी में मुगल गार्डन के ढाक के पेड़ों से ऐसा लग रहा था जैसे चिंगारियाँ निकल रही हों, और संतरे का छिलका छील कर फेंक दिए जाने के मिनटों में पापड़ की तरह भुन जाता था। सारे शहर में अगर कहीं पहाड़ी घाटियों जैसी ताजगी थी, तो माउंटबेटन के अध्ययन-कक्ष में। छोटी-से-छोटी बात का भी ध्यान रखने की जिस भावना के कारण उन्होंने अपने अध्ययन-कक्ष का रंग बदलवा दिया था उसी भावना के तहत उन्होंने उसमें दिल्ली का सबसे अच्छा एयर-कंडीशनर भी लगवाया था, जिसकी बदौलत वह 75 डिग्री तापमान के ताजगी भरे वातावरण में काम करते थे।

उस मशीन के कारण बहुत बड़ी दुर्घटना होते-होते बची। दिल्ली की भट्टी जैसी तपती हुई गरमी से अचानक उनके ठंडे अध्ययन-कक्ष में पहुँचते ही आधुनिक मशीनी ताम-झाम के कट्टर शत्रु गाँधी जी को एयर-कंडीशनिंग के वरदानों का बहुत कटु प्रथम अनुभव हुआ। अपने अधनंगे मेहमान को सरदी के मारे काँपता हुआ देखकर माउंटबेटन ने अपने ए.डी.सी. को बुलाने के लिए घंटी बजायी। वह और लेडी माउंटबेटन दोनों एक साथ कमरे में आये।

"हे भगवान", एडविना माउंटबेटन ने घबराकर कहा, "आप तो बेचारे को निमोनिया करा देंगे।"

उन्होंने लपककर एयर-कंडीशनर फौरन बंद कर दिया और खिड़की खोल दी; फिर वह जल्दी से जाकर अपने पति का पुराना नौ-सेना वाला एक स्वेटर ले आयीं और गाँधी के काँपते हुए कंधों पर डाल दिया।

जब गाँधी जी के शरीर में फिर कुछ गरमी आ गयी तो माउंटबेटन अपने अतिथि को लेकर चाय पीने के लिए खुले में गये। दो नौकर माउंटबेटन के लिए उनकी चाय चीनी के सेट में लाए, जिस पर वायसराय की मुहर छपी हुई थी। मनु भी गाँधी के साथ गयी थी, वह अपने साथ जो

थोड़ी-बहुत खाने को लायी थी, उसे निकालकर मेज पर सजा दिया—नींबू का पानी, बकरी के दूध का दही और खजूर। गाँधी जी ने यह सबकुछ एक ऐसे चम्मच से खाया, जिसका हैंडिल टूट गया था, उसकी जगह बाँस की एक खरपच्ची डोरी से बाँध दी गयी थी। जिन टूटी-फूटी टीन की प्लेटों में यह सब कुछ परोसा गया, उन पर भी अंग्रेज़ों की वैसी ही छाप थी जैसी वायसराय के चाय के सेट में शेफील्ड के बने हुए छुरी-काँटों पर थी। गाँधी जी के ये बरतन यरवदा जेल से आये थे।

गाँधी जी ने मुसकराते हुए बकरी के दूध का दही माउंटबेटन की ओर बढ़ाया और बोले, "चखकर देखिए, बहुत अच्छा है।"

माउंटबेटन ने किंचित अरुचि के साथ उस पीली-पीली दलिए जैसी पिलपिली चीज़ को देखा। उन्होंने दबे स्वर में कहा, "मैं नहीं समझता कि मैंने कभी इसे चखा हो।" उन्हें उम्मीद थी कि इन शब्दों से हताश होकर शायद गाँधी जी और अधिक उदारता दिखाने की कोशिश न करें, लेकिन गाँधी जी इतनी आसानी से हार मानने वाले नहीं थे।

"कोई बात नहीं है", उन्होंने हँसते हुए कहा, "हर काम कभी-न-कभी तो पहली बार किया ही जाता है। अब चखकर देखिए।"

माउंटबेटन अब फँस गये थे; उन्होंने चुपचाप एक चम्मच दही ले लिया। और मुँह में डालते ही उन्होंने मन-ही-मन कहा, "कितनी भयानक है यह चीज़!"

उसके बाद वे प्रत्यक्ष राष्ट्रीय मुद्दों पर चर्चा करने लगे।

उनकी बातचीत की यह भूमिका वहाँ लॉन पर समाप्त हो गयी तो माउंटबेटन ने वह सिलसिला शुरू किया, जिससे उनसे पहले के वायसराय हमेशा उकता जाते थे और धीरज खो बैठते थे—यानी गाँधी जी से समझौते की वार्ता।

गाँधी जी ने सचमुच अंग्रेज़ों को नाकों चने चबवा दिए थे। गाँधी जी के लिए सत्य ही अंतिम वास्तविकता थी, लेकिन गाँधी जी के सत्य के दो पहलू थे—परम या निरपेक्ष सत्य और सापेक्ष सत्य। जब तक मनुष्य

हाड़-माँस का यह शरीर धारण किये रहता है, तब तक उसे परम सत्य की कभी-कभी झलक ही दिखायी देती है। अपने प्रतिदिन के जीवन में उसका साक्षात सापेक्ष सत्य से ही होता है। अपने इन दो प्रकार के सत्यों का अंतर समझाने के लिए गाँधी जी एक बहुत अच्छी मिसाल देते थे। वह कहते थे, "अपना बायाँ हाथ बर्फ के पानी से भरे हुए कटोरे में डालो और फिर उसी हाथ को गुनगुने पानी के कटोरे में डालो। गुनगुना पानी बहुत गरम लगता है। अब अपना दाहिना हाथ गरम पानी के कटोरे में डालो और फिर उसी हाथ को उसी गुनगुने पानी के कटोरे में डालो, अब गुनगुना पानी ठंडा लगता है, हालाँकि उसका तापमान वही है, जो पहले था। इससे निष्कर्ष निकलता है कि पानी का स्थिर तापमान परम सत्य है, लेकिन हाथ जिस सापेक्ष सत्य को अनुभव करता है वह बदलता रहता है। जैसा कि इस दृष्टांत से पता चलता है।"

गाँधी जी का सापेक्ष सत्य कोई जड़ चीज़ नहीं थी। वह किसी समस्या के बारे में उनके बदलते हुए बोध के साथ बदलता रह सकता था। इसके कारण उनके रवैये में एक लचीलापन आ गया था, लेकिन जो अंग्रेज़ उनके साथ बातचीत करते थे, उन्हें कभी-कभी ऐसा लगता था कि वह एशिया के लोगों की तरह दोतरफा बात करने वाले आदमी हैं।

एक बार उनके एक शिष्य तक ने झुँझलाकर उनसे कह दिया—"गाँधी जी, आपकी बात मेरी समझ में नहीं आती। आपने अभी गत सप्ताह एक बात कही थी और इस सप्ताह दूसरी बात कह रहे हैं?"

"अरे" गाँधी ने जवाब दिया था, "ऐसा इसलिए है कि मैंने इस एक सप्ताह में कुछ सीख लिया है।"

इसलिए नये वायसराय ने डरते-डरते गाँधी जी से गंभीर बातचीत का सिलसिला शुरू किया। वह यह तो मानने को तैयार नहीं थे कि उनके पास बैठा हुआ दुबले-पतले छोटे-से शरीर वाला आदमी, जो 'गौरैया की तरह चहक रहा था', भारत के संकट का हल खोजने में उनकी मदद कर सकता है, लेकिन इतना जानते थे कि यह आदमी हल तलाशने की कोशिशों पर

पानी अवश्य फेर सकता है। इससे पहले भी समझौता कराने की कोशिश करने वाले कई अंग्रेज़ों की उम्मीदें इस आदमी के अनबूझ व्यक्तित्व के चक्करों में उलझकर चकनाचूर हो चुकी थीं। गाँधी जी ने ही 1942 में क्रिप्स को खाली हाथ लंदन वापस भेज दिया था। एक सिद्धांत की बात पर उनके टस-से-मस न होने के कारण भारत की गुत्थी को सुलझाने की वेवल की सारी कोशिशें बेकार हो गयी थीं। उसके बाद नयी कोशिश शुरू की गयी। कैबिनेट मिशन ने यह काम शुरू किया और कहा जाता था कि उसकी योजना को ही माउंटबेटन ने अपना आधार बनाया था। लेकिन इस कैबिनेट मिशन की कोशिश को भी गाँधी जी की चालों ने विफल कर दिया। गाँधी जी ने एक बार फिर कहा था, "भारत का बँटवारा मेरी लाश पर होगा। अपने जीते जी, मैं कभी भारत के बँटवारे के लिए तैयार नहीं हो सकता।"

माउंटबेटन ने पास बैठे हुए एक नेता से बहुत ही धीरे से कहा, "मुझे इस बात का दुख है कि अगर न चाहते हुए भी भारत का बँटवारा करना पड़ा, तो मुझे अपना यह निर्णय गाँधी जी पर जबर्दस्ती थोपना पड़ेगा। इसके लिए गाँधी जी को शारीरिक रूप से नहीं तोड़ना होगा, बल्कि उनका दिल तोड़ना पड़ेगा।"

"लेकिन यह तो अच्छा नहीं होगा?"

"अच्छा और बुरा तो मैं नहीं जानता, लेकिन बहुत बुरा होगा। एक संत के हृदय को चोट पहुँचाना ईसा को दोबारा सूली पर चढ़ाने जैसा होगा।"

अपनी बातचीत की शुरुआत सही ढंग से करने के उद्देश्य से माउंटबेटन ने गाँधी जी से कहा, "जोर-जबर्दस्ती के आगे कभी न झुकना हमेशा से अंग्रेज़ों की नीति रही, लेकिन आपके अहिंसा के आंदोलन के आगे अंग्रेज़ों को झुकना पड़ा, और अब चाहे जो भी हो जाए अंग्रेज़ भारत छोड़कर चले जाएँगे।"

"कुछ समय बाद आप लोगों के यहाँ से चले जाने में एक ही बात का महत्त्व है", गाँधी ने वायसराय से कहा।

"क्या?"

"“भारत का विभाजन करके न जाइए।" अहिंसा का पुजारी अनुरोध करने लगा, “भारत के टुकड़े न कीजिए, चाहे उसके टुकड़े करने से इंकार करने की वजह से 'खून की नदियाँ' ही क्यों ने बह जाएँ।"

माउंटबेटन ने गाँधी को विश्वास दिलाया, “भारत का बँटवारा तो वह हल है, जिसका सहारा मैं सबसे बाद में लेना चाहता हूँ, लेकिन इसके अलावा और क्या-क्या रास्ते हैं?"

गाँधी जी के पास एक रास्ता था। वह देश को बँटने से बचाने के लिए अपना सबकुछ दाँव पर लगा देने को तैयार थे, यहाँ तक कि वह वैसे फैसले के लिए भी तैयार थे, जैसा सुलेमान ने दिया था।

उन्होंने स्पष्ट कहा, “बच्चे के दो टुकड़े करने के बजाय उसे मुसलमानों को दे दो। मैं इसके लिए तैयार हूँ कि अपने प्रतिद्वंद्वी जिन्ना और उनकी मुस्लिम लीग से सरकार बनने को कहा जाए और तीस करोड़ हिंदुओं को उनके शासन के आधीन कर दिया जाए, फिर सत्ता इस सरकार के हाथों में सौंप दी जाए। जिन्ना जो हिस्सा माँगते हैं, उसके बजाय उन्हें पूरा हिंदुस्तान ही दे दिया जाए।"

“पर हिंदुस्तान तो वास्तव में हिंदुओं का है, वे तो फिर भी अपने ही देश में पराधीन रहेंगे और ऐसे में आज़ादी के आपके आंदोलन का अर्थ ही क्या है?"

“पर और कोई उपाय तो नहीं।"

“हूँ..." माउंटबेटन बँटवारे से बचने के लिए कोई भी उपाय करने को तैयार थे। उनकी हालत वैसी ही थी, जैसे डूबते को तिनके का सहारा। गाँधी जी का यह सुझाव परियों की कहानी जैसी बात लगती थी, लेकिन उनके कुछ और विचार भी तो ऐसे ही थे और वे सफल हुए थे।

“आपको यह कैसे भरोसा है कि खुद आपकी कांग्रेस पार्टी इसे मान लेगी?" उन्होंने गाँधी जी से पूछा।

गाँधी ने जवाब दिया, “कांग्रेस हर चीज़ से बढ़कर यह चाहती है कि देश का बँटवारा न हो। वह उसे रोकने के लिए कुछ भी करने को तैयार हो जाएगी।"

"इस पर जिन्ना का रवैया क्या होगा?"

गाँधी ने हँसकर जवाब दिया, "अगर आप उनसे कहेंगे कि यह सुझाव मेरा है तो उनका जवाब होगा–"धूर्त गाँधी।"

माउंटबेटन एक क्षण तक चुप रहे। गाँधी जी के सुझाव में बहुत कुछ ऐसा था, जिसे व्यवहार में पूरा नहीं किया जा सकता था। वह अभी इतनी जल्दी अपनी साख दाँव पर लगाने को तैयार नहीं थे, लेकिन वह किसी ऐसे विचार को, जिससे भारत एक बना रह सकता हो, अच्छी तरह सोच-विचार किये बिना ठुकरा देने को भी तैयार नहीं थे।

"देखिए", उन्होंने गाँधी जी से कहा, "अगर आप मुझे औपचारिक रूप से इस बात का आश्वासन ला दें कि कांग्रेस आपकी इस योजना को मान लेगी, कि वह पूरी लगन के साथ इस योजना को सफल करने की कोशिश करेगी, तो मैं इस सुझाव पर विचार करने को तैयार हूँ।"

उनके ये शब्द सुनकर गाँधी जी अपनी कुर्सी पर से उछल पड़े। उन्होंने माउंटबेटन को विश्वास दिलाया, "मैं पूरी लगन के साथ काम करने को तैयार हूँ। अगर आप यह फैसला कर लें तो मैं लोगों से इसे मनवाने के लिए देश के कोने-कोने का दौरा करूँगा।"

कुछ ही घंटे बाद जब गाँधी जी शाम की अपनी प्रार्थना-सभा में जा रहे थे, तो एक भारतीय पत्रकार ने उनसे बात की। उसे ऐसा लगा कि महात्मा जी 'खुशी से फूले नहीं समा रहे हैं।' जहाँ प्रार्थना-सभा होनी थी उसके पास पहुँचकर गाँधी जी अचानक उस पत्रकार की ओर मुड़े और बड़ी उल्लास-भरी मुसकराहट के साथ उन्होंने उसके कान में कहा, "मैं समझता हूँ कि मैंने धारा का रुख बदल दिया है।"

"अरे, यह आदमी तो मुझ पर धौंस जमाने का प्रयत्न कर रहा है!"

लुई माउंटबेटन ने बड़े अविश्वास के भाव से सोचा। उनके सामने बैठी हुई इस चट्टान जैसी हस्ती से टकराकर उनका वशीकरण अभियान अचानक ठप हो गया था। खादी की धोती अपने कंधों पर लबादे की तरह लपेटे हुए,

चमकती हुई गंजी कपाल और चढ़ी हुई त्यौरियों वाला जो यह आदमी कुर्सी में धँसा हुआ बैठा था, वह वायसराय को भारतीय राजनीतिज्ञ की अपेक्षा रोमन सीनेटर अधिक जँच रहा था।

लेकिन भारत के वास्तविक राजनीतिज्ञ वल्लभभाई पटेल ही थे। वह कांग्रेस पार्टी को बड़े अनुशासन के साथ चलाते थे। यों तो चारों भारतीय नेताओं में से उनसे ही निबटना माउंटबेटन के लिए सबसे आसान होना चाहिए था। वायसराय की तरह ही वह भी एक व्यवाहर कुशल आदमी थे, जो अपने मतलब की बात को तुरंत पकड़ लेते थे; सौदेबाजी जमकर करते थे, लेकिन वास्तविकता को पहचानते भी थे। लेकिन उन दोनों के बीच तनाव इतना स्पष्ट था, इतना ठोस था कि माउंटबेटन को ऐसा लग रहा था कि वह हाथ बढ़ाकर उस तनाव को छू सकते हैं।

इस तनाव का उन बड़ी-बड़ी समस्याओं से कोई लेना-देना नहीं था, जो भारत के सामने थीं। इस तनाव की जड़ थी, काग़ज़ की एक पर्ची, किसी की नियुक्ति के बारे में सरदार पटेल के गृह मंत्रालय की ओर से भेजी गयी कोई सरकारी टिप्पणी। लेकिन पटेल ने जिस ढंग से वह टिप्पणी लिखी थी, उसके अंदाज से माउंटबेटन को ऐसा लगा था कि वह जान-बूझकर उनकी सत्ता को चुनौती दे रहे हैं।

पटेल अपने अड़ियलपन के लिए मशहूर थे, यह शोहरत उनकी उम्रभर की कमायी थी। माउंटबेटन ने सहज ही अपने मन में यह जरूरत महसूस की कि उनसे बात करने के लिए आये हुए इस नये आदमी की वह थाह ले लें, यह अंदाजा लगा लें कि उसे किस सीमा तक दबाया जा सकता है। माउंटबेटन को अटल विश्वास था कि उनकी मेज पर रखा हुआ काग़ज़ का वह टुकड़ा उनकी एक परीक्षा थी; गंभीर समस्याओं से उलझना आरंभ करने से पहले उन्हें पटेल के साथ इस परीक्षा से गुजरना ही था।

वायसराय ने उस काग़ज़ को देखा, उसे बहुत बुरा लगा, पर कर ही क्या सकते थे इसलिए उन्होंने उसे मेज के पार पटेल के सामने सरका

दिया। बड़े शांत भाव से उन्होंने पटेल से उसे वापस ले लेने को कहा। पटेल ने स्पष्ट मना कर दिया।

माउंटबेटन ने एक क्षण तक भारतीय नेता को बड़े ध्यान से देखा। उन्हें इस आदमी के और जिस संगठन का वह प्रतिनिधि था उस संगठन के समर्थन की आवश्यकता पड़ने वाली थी। लेकिन उन्हें इसका भी पक्का विश्वास था कि अगर इस समय उन्होंने उससे सीधी टक्कर न ली तो यह समर्थन उन्हें कभी नहीं मिलेगा।

"अच्छी बात है", माउंटबेटन कहा, "मैं आपको बताऊँ, मैं क्या करने जा रहा हूँ। मैं अपना हवाई जहाज बुलवाने जा रहा हूँ।"

"लेकिन क्यों?" पटेल ने पूछा।

"क्योंकि मैं जा रहा हूँ", माउंटबेटन ने जवाब दिया। "पहली बात तो यह कि यह नौकरी मुझे चाहिए ही नहीं। मैं तो तलाश में ही था कि आप जैसा कोई आदमी मुझे मिल जाए, तो मुझे इसे छोड़ देने और एक असंभव स्थिति से छुटकारा पाने का बहाना मिल जाए।"

"नहीं, ऐसा नहीं हो सकता!" पटेल ने हड़बड़ाकर कहा।

"नहीं हो सकता?" माउंटबेटन ने जवाब दिया, "आप कहीं इस भ्रम में तो नहीं हैं कि मैं यहाँ रहकर आप जैसे आदमी की धौंस सहता रहूँगा? अगर आप समझते हैं कि आप मेरे साथ बदतमीजी से पेश आयेंगे, जैसा चाहेंगे सलूक करेंगे और मैं चुपचाप सह लूंगा तो यह आपकी भूल है। या तो आप यह नोट वापस लेंगे या फिर हम दोनों में से एक को त्याग-पत्र देना पड़ेगा। और मैं आपको इतना बता दूँ कि अगर मैं गया तो जाने से पहले मैं आपके प्रधानमंत्री और जिन्ना साहब को यह भी समझा दूँगा कि मैं क्यों जा रहा हूँ। उसके बाद हिंदुस्तान में जो उथल-पुथल मचेगी, जो रक्तपात होगा, उसकी जिम्मेदारी किसी और पर नहीं, आपके कंधों पर होगी।"

पटेल को अपने कानों पर विश्वास नहीं हो रहा था। वह माउंटबेटन को घूरते रह गये।

उन्होंने कहा, "ऐसा हो ही नहीं सकता कि आप एक ही महीने काम करने के बाद वायसराय की गद्दी ठुकरा दें।"

"मिस्टर पटेल", माउंटबेटन ने जवाब दिया, "आप शायद मुझे जानते नहीं हैं। या आप अपना नोट यहीं खड़े-खड़े वापस लेंगे या फिर मैं प्रधानमंत्री को बुलाकर अपने इस्तीफे की घोषणा कर दूँगा।"

काफी देर तक चुप्पी रही। आख़िरकर पटेल ने आह भरकर कहा, "देखिए, अफ़सोस की बात तो यह है कि मैं समझता हूँ कि आप सचमुच ऐसा कर सकते हैं।"

"आप ठीक समझते हैं, मैं दृढ़ निश्चय कर चुका हूँ", माउंटबेटन ने उत्तर दिया।

पटेल ने हाथ बढ़ाकर उस काग़ज़ को उठा लिया, जो सारे झगड़े का मूल था और उसे धीरे-धीरे फाड़ दिया।

अप्रैल का महीना था और तीसरे पहर का समय, फिर भी वायसराय के अध्ययन-कक्ष में घरघराते हुए एयर-कंडीशनर की कोई आवश्यकता नहीं अनुभव हो रही थी। मुस्लिम लीग के नेता के रूखेपन के कारण ऐसा लगता था कि सारे वातावरण पर पाला पड़ गया है, वह कभी किसी को निकटता का आभास होने ही नहीं देते थे। जिस क्षण वह आये थे, तभी से माउंटबेटन को ऐसा लग रहा था कि मुहम्मद अली जिन्ना का रवैया बर्फ की सिल्ली की तरह जमा हुआ सर्द और कड़ा था; उनके चेहरे पर दंभी और अरुचि की झलक साफ थी।

चारों भारतीय नेताओं में से जिन्ना को मना लेना सबसे ज्यादा आवश्यक था। आगे चलकर भारत की समस्या का हल अंत में उन्हीं पर निर्भर था। वायसराय के अध्ययन-कक्ष में वह सबसे बाद में आये। पच्चीस वर्ष बाद लुई माउंटबेटन ने जब इस घटना को स्मरण किया, तो उनके स्वर में उस समय की पुरानी व्यथा की गूँज शेष थी। उन्होंने कहा, "जब तक मैं मुहम्मद अली जिन्ना से नहीं मिला था, तब तक मुझे अंदाज ही नहीं था

कि भारत में जो जिम्मेदारी मुझे सौंपी गयी थी, उसे पूरा करना कितना मुश्किल कार्य है।"

उनकी इस भेंट के शुरू ही में एक बहुत ही अरुचिकर भूल हो गयी थी, एक ऐसी भूल, जिससे जिन्ना के स्वभाव का पता चलता था कि वह किस तरह हर बात पहले से अच्छी तरह सोच-समझकर और परिणाम का हिसाब लगाकर करते थे; उनकी कोई भी प्रतिक्रिया अनायास नहीं होती थी। जिन्ना पहले से जानते थे कि माउंटबेटन दंपत्ति के साथ उनकी फोटो खींची जाएगी, इसलिए उन्होंने एडविना माउंटबेटन को रिझाने के लिए एक छोटी-सी कविता की पंक्ति रट ली थी। उन्होंने पहले से ही सोच रखा था कि एडविना बीच में होंगी, एक तरफ माउंटबेटन होंगे और दूसरी ओर वह स्वयं होंगे।

लेकिन बेचारे जिन्ना साहब को क्या पता था कि फोटो खिंचते समय बीच में एडविना के बजाय वह खुद होंगे, लेकिन वह अपने स्वभाव से मजबूर थे। उनका दिमाग कंप्यूटर की तरह काम करता था और जो पंक्ति उन्होंने इतनी मेहनत से रटी थी, उसे दोहराना उनके लिए आवश्यक था। उन्होंने खिली हुई मुसकराहट के साथ कहा, "आह, दो काँटों के बीच में पुष्प।"

अध्ययन-कक्ष में पहुँचते ही उन्होंने माउंटबेटन से स्पष्ट कहा, "मैं आपको यह बताने आया हूँ कि मैं क्या मानने को तैयार हूँ।"

माउंटबेटन ने जैसा गाँधी के साथ किया था, वैसा ही जिन्ना के साथ भी किया। उन्होंने हाथ हिलाकर उन्हें टोकते हुए कहा, "मिस्टर जिन्ना, मैं अभी शर्तों पर बहस करने के लिए तैयार नहीं हूँ। पहले हम एक-दूसरे से परिचित हो लें।"

तत्पश्चात माउंटबेटन ने अपने व्यक्तित्व के सारे आकर्षण का सहारा लेकर बड़े जोश के साथ अपने वशीकरण अभियान की दिशा मुस्लिम नेता की ओर मोड़ दी, लेकिन जिन्ना को न पिघलना था, न पिघले। सबसे अलग-थलग रहने वाले आदमी के लिए जो आसानी से किसी को मुँह नहीं

लगाता था और अपने निकटतम सहयोगियों के साथ भी कभी अपनी जिद से टलने को तैयार नहीं होता था, एक अजनबी आदमी के सामने अपने जीवन और व्यक्तित्व के विषय में बात करने का विचार ही बेहद अरुचिकर था।

माउंटबेटन भी अपने मिलनसार और मोहक व्यक्तित्व की सारी संचित ताकत लगाकर हारी हुई बाजी खेलते ही रहे। उन्हें लग रहा था कि इस खींचातानी में न जाने कितने घंटे बीत गये हैं, लेकिन उन्हें उत्तर में उस आदमी के मुँह से हूँ-हाँ के अलावा कुछ भी सुनने को न मिला। अंततः लगभग दो घंटे पश्चात जिन्ना कुछ नरम पड़े। जब मुस्लिम नेता अध्ययन-कक्ष से विदा हुए, तो माउंटबेटन ने पास बैठे हुए जॉनसन से कहा, "हे परमेश्वर, आदमी था कि बर्फ की चट्टान! सारी भेंट तो उसे पिघलाने के प्रयास में ही बीत गयी।"

अप्रैल 1947 के प्रथम सप्ताह में माउंटबेटन और जिन्ना की छः ऐसी भेंटें हुई, जिन पर सारा दारोमदार था। कुल मिलाकर उनकी वार्ता मुश्किल से दस घंटे हुई होगी, लेकिन अंत में भारत की दुविधा का हल इसी वार्ता के आधार पर निकला। इन भेंटों के दौरान माउंटबेटन का सबसे बड़ा हाथेयार था उनका अपनी इस योग्यता पर बेहद घमंड कि "मैं लोगों को सही काम करने के लिए मना सकता हूँ, इसलिए नहीं कि मुझमें दूसरों को समझाने-बुझाने का गुण है, बल्कि इससे भी बढ़कर इसलिए कि मैं सच्चाई को उनके लिए सबसे अधिक अनुकूल रूप में पेश कर सकता हूँ।" जैसा कि उन्होंने इस घटना को याद करते हुए बाद में कहा, "मैंने जिन्ना को बँटवारे की हठधर्मी से डिगाने के लिए 'हर तरकीब प्रयोग की, हर तरह से उनसे अनुरोध किया।' लेकिन जिन्ना टस-से-मस न हुए। उन पर पाकिस्तान के असंभव सपने को साकार करने का ऐसा जुनून सवार था कि कोई भी दलील उन्हें अपनी जगह से डिगा नहीं सकती थी।

जिन्ना की हठधर्मिता की दो बुनियादें थीं। एक तो उन्होंने अपने-आपको मुस्लिम लीग का डिक्टेटर मनवा लिया था। उनके नीचे कुछ लोग थे जो शायद समझौते की बातचीत करने के लिए तैयार हो जाते, लेकिन जब तक जिन्ना जिंदा थे, ये लोग अपनी जबान नहीं खोल सकते थे। दूसरी, इससे भी महत्त्वपूर्ण, बात यह थी कि साल-भर पहले कलकत्ता की सड़कों पर बहे खून की याद अभी तक ताजा थी।

माउंटबेटन और जिन्ना एक बात पर तो शुरू से ही सहमत थे—जो भी करना हो बहुत शीघ्रता से करना होगा। जिन्ना ने घोषणा की कि वह समय बीत गया, जब समझौता संभव था। अब तो बस एक ही हल है कि जल्दी-से-जल्दी 'ऑपरेशन' कर दिया जाए। उन्होंने चेतावनी दी कि यदि ऐसा न किया गया तो हिंदुस्तान मिट जाएगा।

जब माउंटबेटन ने यह चिंता व्यक्त की कि बँटवारे के बाद कहीं हिंसा और खून-खराबा न हो तो जिन्ना ने उन्हें आश्वस्त कर दिया, "एक बार बँटवारा हो जाने पर सारी मुसीबतें दूर हो जाएँगी और हिंदुस्तान के दोनों टुकड़े मेल-जोल के साथ हँसी-खुशी से रहेंगे।"

"क्या तुम्हें विश्वास है?"

"बिल्कुल!" जिन्ना ने माउंटबेटन से कहा, "यह वैसी ही बात होगी जैसी कि अदालत के एक मुक़दमे में हुई थी, जिसकी मैं पैरवी कर रहा था। दो भाइयों के बीच उनके बाप की वसीयत में उन्हें दिए गये हिस्सों के बारे में कुछ झगड़ा था, लेकिन दो साल बाद जब अदालत ने उनका झगड़ा निबटा दिया, तो दोनों में बहुत गहरी दोस्ती हो गयी। इसलिए मैं आपको विश्वास दिलाता हूँ कि हिंदुस्तान में भी यही होगा।"

"पर यह संभव नहीं है।"

"हिंदुस्तान के मुसलमान एक कौम हैं जिसकी 'अलग सभ्यता और संस्कृति, अलग भाषा और साहित्य, अलग कला और अलग ढंग की इमारतें, अलग कानून और नैतिक सिद्धांत, अलग रीति-रिवाज और अलग तारीख़-महीने, अलग इतिहास और परंपराएँ हैं।"

"यह तो मैं भी जानता हूँ।"

जिन्ना ने दावे के साथ कहा, "हिंदुस्तान कभी सही माने में एक कौम नहीं रहा। सिर्फ नक्शे पर देखने में वह एक लगता है। मैं गाय का गोश्त खाना चाहता हूँ और हिंदू मुझे गाय मारने से रोकता है। हर बार जब कोई हिंदू मुझसे हाथ मिलाता है, तो उसे जाकर अपने हाथ धोने पड़ते हैं। मुसलमानों में और हिंदुओं में अगर कोई चीज़ समान है तो वह है अंग्रेज़ की गुलामी।"

जिन्ना के जाने के बाद माउंटबेटन ने पास बैठे अपने एक मित्र से कहा, "उनकी बहस 'गोल-गोल चक्कर काटते रहने का एक रोचक और कुछ दुखांत नाटक जैसा खेल' बनकर रह गयी। जिन्ना अपनी हर बात पर अड़े ही रहे।"

"पर एकता के दृढ़ समर्थक योर एक्सीलेंसी माउंटबेटन, आप तो हर पहलू से जिन्ना पर वार करते रहे, यहाँ तक कि उन्हें डर लगने लगा कि कहीं आप उस बूढ़े सज्जन को पागल न कर दें।"

जिन्ना विभाजन के सुझाव को स्वाभाविक हल मानते थे, लेकिन इस विभाजन के बाद जो राज्य बने उसमें इतनी शक्ति होनी चाहिए थी कि वह अपने पैरों पर खड़ा हो सके। इसलिए जिन्ना का तर्क यह था कि हिंदुस्तान के दो बड़े सूबे, पंजाब और बंगाल, इसके बावजूद कि दोनों ही में बहुत बड़ी हिंदू आबादी रहती थी, पाकिस्तान में शामिल कर दिए जाएँ।

माउंटबेटन यह नहीं मान सकते थे। पाकिस्तान के पक्ष में जिन्ना की दलील की बुनियाद यह थी कि हिंदुस्तान के अल्पसंख्यक मुसलमानों पर बहुसंख्यक हिंदुओं की हुकूमत नहीं होनी चाहिए। फिर बंगाल और पंजाब के अल्पसंख्यक हिंदुओं को मुस्लिम राज्य में रखना किस बुनियाद पर उचित ठहराया जा सकता था? अगर जिन्ना इस्लामी राज्य पाने के लिए हिंदुस्तान के विभाजन पर अड़े रहे तो उन्हीं की दलील की नींव पर माउंटबेटन को भी इस सौदे की एक शर्त के रूप में मजबूरन बंगाल और पंजाब का भी बँटवारा करना पड़ेगा।

जिन्ना ने इसका विरोध किया कि इस तरह उन्हें जो पाकिस्तान मिलेगा वह अपने पैरों पर खड़ा नहीं रह सकेगा, वह 'दीमक का खाया हुआ पाकिस्तान' होगा। माउंटबेटन ने, जो उन्हें किसी भी तरह का पाकिस्तान नहीं देना चाहते थे, मुस्लिम नेता ने स्पष्ट कहा, "अगर आप समझते हैं कि जो राष्ट्र आपको मिलेगा वह इतना 'दीमक का खाया हुआ' होगा तो बेहतर है कि आप उसे न लें।"

"ओह", जिन्ना ने जवाब दिया, "योर एक्सीलेंसी, आप बात नहीं समझते। आदमी हिंदू या मुसलमान होने से पहले पंजाबी या बंगाली होता है। उनका एक ही इतिहास, एक ही भाषा, एक ही संस्कृति और एक ही अर्थतंत्र होता है। आपको उन्हें विभाजित नहीं चाहिए। अगर आपने ऐसा किया तो झगड़ा और रक्तपात कभी समाप्त ही नहीं होगा।"

"जिन्ना साहब, मैं आपकी बात का समर्थन करता हूँ।"

"आप मानते हैं?"

"बिल्कुल", माउंटबेटन ने अपनी बात जारी रखते हुए कहा, "आदमी हिंदू या मुसलमान होने से पहले पंजाबी या बंगाली ही नहीं होता बल्कि वह कुछ और होने से पहले हिंदुस्तानी होता है। आपने तो हिंदुस्तान की एकता की ऐसी दलील पेश कर दी है जिसकी काट असंभव है।"

"लेकिन आप बात नहीं समझे", जिन्ना ने जवाबी वार किया और बात फिर वहीं आ गयी जहाँ से शुरू हुई थी।

माउंटबेटन जिन्ना की हठधर्मी देखकर सन्नाटे में आ गये। उन्होंने बाद में इस घटना को याद करते हुए बताया, "मैं कभी सोच भी नहीं सकता था कि एक पढ़ा-लिखा, समझदार, बैरिस्टरी-पास आदमी अपने दिमाग को इस तरह बंद कर सकता है, जैसे जिन्ना ने कर लिया था। ऐसा नहीं था कि बात उनकी समझ में न आती हो। बात वह समझते थे, लेकिन अचानक बीच में एक परदा-सा आ जाता था। इस पूरे मसले में वही सारे झंझट की जड़ थे। दूसरों को तो समझाया-बुझाया जा सकता था, लेकिन जिन्ना को नहीं। उनकी जिंदगी में कुछ भी करना असंभव था।"

उनकी वार्ता 10 अप्रैल को, माउंटबेटन के भारत आने के तीन सप्ताह से भी कम ही समय के बाद, अपनी चरम अवस्था में पहुँची। दो घंटे तक माउंटबेटन ने भारत की एकता बनाये रखने के लिए जिन्ना से याचना की, उनकी खुशामद की, उनसे बहस की और हर तरह से पैरवी की। अपना सारा वाक्-चातुर्य इस्तेमाल करके उन्होंने यह चित्र खींचा कि हिंदुस्तान कितना महान बन सकता है, अलग-अलग जातियों और धर्मों के 40 करोड़ लोग एक केंद्रीय संघ सरकार के माध्यम से एकता के सूत्र में बँधे हुए; जब यहाँ नये-नये उद्योग खुलेंगे तो उसकी आर्थिक शक्ति कितनी अधिक हो जाएगी और विश्व की समस्याओं में वह सुदूर-पूर्व में सबसे प्रगतिशील घटक के रूप में कितनी बड़ी भूमिका निभा सकेगा। जिन्ना यह तो नहीं चाहते होंगे कि यह सबकुछ नष्ट कर दिया जाए, इस उप-महाद्वीप का अस्तित्व एक निम्न दर्जे के राष्ट्र जैसे रह जाए।

जिन्ना पर कोई असर नहीं हुआ। माउंटबेटन बहुत अफसोस के साथ इस निष्कर्ष पर पहुँचे कि "उनका दिमाग खराब है, उन पर पाकिस्तान का भूत सवार है।"

जिन्ना के चले जाने के बाद अपने अध्ययन-कक्ष में अकेले बैठकर सोचते हुए माउंटबेटन ने महसूस किया, "शायद जिन्ना जो कुछ चाहते हैं, वह उन्हें देना ही पड़े।"

नयी दिल्ली में उनकी जिम्मेदारी सबसे पहले उस राष्ट्र के प्रति थी जिसने उन्हें यहाँ भेजा था, ब्रिटेन के प्रति। वह बहुत चाहते थे कि भारत की एकता बनी रहे, लेकिन इस मूल्य पर नहीं कि उनका अपना देश एक ऐसे हिंदुस्तान में बुरी तरह फँसकर रह जाए, जहाँ अराजकता और हिंसा का बोलबाला हो।

उन्हें कोई हल खोजना था, जल्दी तलाशना था और वह उस हल को जबर्दस्ती किसी पर थोप नहीं सकते थे। फौज में सेनापति रहने के कारण तेजी से निर्णायक कदम उठाना माउंटबेटन की आदत बन चुकी थी, वैसा ही कदम जैसा कि उन्होंने इस वक्त उठाया। आगामी वर्षों में उनके

आलोचकों ने उन पर यह दोष लगाया कि उन्होंने राजनेता की तरह नहीं बल्कि अधीर नौ-सैनिक की तरह काम किया। लेकिन माउंटबेटन बेकार बहस में और ज्यादा समय नष्ट नहीं करना चाहते थे। वह इस निष्कर्ष पर पहुँच चुके थे कि अगर नरक की अग्नि शांत होने तक भी बहस करते रहते, तो भी हासिल कुछ न होता, और परिणाम यही होता कि भारत नरक बन जाता।

वह पूर्ण यथार्थनिष्ठा के साथ यह स्वीकार को तैयार थे कि उनके वशीकरण अभियान का मुस्लिम नेता पर कोई असर नहीं हुआ था। अधिकाधिक यही प्रतीत हो रहा था कि भारत का विभाजन ही एकमात्र रास्ता है। अब माउंटबेटन को केवल यह काम करना था कि वह नेहरू और पटेल को यह सिद्धांत स्वीकार कर लेने के लिए मना लें और इसके लिए कोई ऐसी योजना तैयार करें, जिसे उनका समर्थन मिल सके।

अगले दिन सुबह उन्होंने अपने कर्मचारी-मंडल के सामने जिन्ना के साथ वार्ता की समीक्षा की। फिर बड़े उदास मन से उन्होंने अपने चीफ ऑफ स्टाफ लॉर्ड इस्मे की ओर मुड़कर देखा और कहा, "अब समय आ गया है कि भारत के विभाजन की योजना बनाने का काम शुरू कर दिया जाए।"

यदि अप्रैल 1947 में लुई माउंटबेटन, जवाहरलाल नेहरू या महात्मा गाँधी को एक बहुत ही असाधारण ढंग से छुपाकर रखे गये रहस्य का पता होता, तो भारत के सिर पर मंडराता हुआ विभाजन का खतरा टाला जा सकता था। यह रहस्य फिल्म के एक टुकड़े पर एक अटल सत्य की तरह अंकित था, उस फिल्म पर जो भारत के राजनीतिक संतुलन को और फलस्वरूप एशिया के इतिहास की पूरी दिशा को बदल सकती थी। फिर भी इस रहस्य को एक अनमोल खजाने की तरह इतना छुपाकर रखा गया कि अंग्रेज़ों की खुफिया पुलिस तक को, जो बड़े-से-बड़े रहस्य का सुराग लगाने में सारी दुनिया में प्रसिद्ध थी, इसकी भनक तक नहीं लग सकी।

फिल्म के बीच में दो काले-काले गोल धब्बे थे, लगभग पिंग-पांग की गेंद के बराबर। दोनों धब्बों के चारों ओर एक कटी-फटी सफेद गोट-सी लगी हुई थी, जैसे ग्रहण के समय सूर्य के चारों ओर दिखायी देती है। इन दो धब्बों के ऊपर बहुत-से छोटे-छोटे सफेद धब्बे पसलियों के पिंजरे के ऊपरी सिरे तक चले गये थे। यह एक्स-रे फिल्म थी, एक आदमी के फेफड़ों का एक्स-रे। वे काले गोल धब्बे इस बात के सूचक थे कि उतनी जगह में फेफड़े बेकार हो चुके हैं, खोखले हो चुके हैं। सफेद धब्बों की छोटी-सी शृंखला उन क्षेत्रों की सूचक थी, जहाँ फेफड़े बेकार होना शुरू हो गये थे और इनसे रोग के परिणाम की पुष्टि होती थी—टी.बी. फेफड़ों को धीरे-धीरे खाए जा रही थी। क्षय इतना व्यापक था कि उस फिल्म पर जिस आदमी के फेफड़ों की तस्वीर थी वह मुश्किल से दो-तीन साल जी सकता था।

एक्स-रे की ये फिल्में एक लिफ़ाफ़े में बंद थीं, जिस पर किसी का नाम नहीं लिखा था और यह लिफ़ाफ़ा बंबई के प्रसिद्ध डॉक्टर जाल आर. पटेल की तिजोरी में सुरक्षित था। उनमें जिस आदमी के फेफड़ों की तस्वीर थी वह वही जिद्दी और अड़ियल आदमी था, जिसने लुई माउंटबेटन की भारत की एकता को बनाए रखने के सारे प्रयासों पर पानी फेर दिया था। मुहम्मद अली जिन्ना, वायसराय और भारत की एकता के बीच एक अटल बाधा की तरह खड़े थे और उनके सिर पर मृत्यु का साया मंडरा रहा था।

इस घातक रोग का पता, जो जिन्ना के जीवन को बहुत तेजी से समाप्त कर रहा था, डॉ. पटेल को माउंटबेटन के आने से नौ महीने पहले जून 1946 में तब चला, जब उन्होंने उन फिल्मों को डेवलप करके पानी की ट्रे से निकाला। पेट-भर भोजन न मिलने वाले करोड़ों हिंदुस्तानियों को हर वर्ष मौत के मुँह में ढकेल देने वाले टी.बी. के क्रूर अभिशाप ने पाकिस्तान के मसीहा के फेफड़ों पर सत्तर वर्ष की आयु में हमला किया था।

जिंदगी भर कमजोर फेफड़ों की वजह से जिन्ना का स्वास्थ्य खराब रहा था। युद्ध से बहुत पहले बर्लिन में वह प्लूरिसी से पैदा हो जाने वाली पेचीदगियों का उपचार करा चुके थे। उसके बाद उन्हें बार-बार ब्रांकाइटिस

की खाँसी का दौरा पड़ता था और इसने उनके शरीर को इतना क्षीण कर दिया था कि कोई लंबा भाषण देने के बाद वह घंटों हाँफते रहते थे।

मई 1946 के अंत में शिमला में उन पर फिर ब्रांकाइटिस का दौरा पड़ा था। जिन्ना की हमदर्द बहन फातिमा ने उन्हें तुरंत बंबई की गाड़ी पर बिठा दिया था, लेकिन रास्ते में उनकी हालत और खराब हो गयी। उनकी हालत इतनी बुरी थी कि डॉ. पटेल को फौरन आने का संदेश भेज दिया गया। बंबई पहुँचने से पहले ही डॉ. पटेल उनके डिब्बे में घुसे। उन्होंने तुरंत पता लगा लिया कि उनके प्रतिष्ठित रोगी की हालत 'बेहद खराब' है। उन्होंने जिन्ना को चेतावनी दी, "बंबई के स्टेशन पर आपका स्वागत करने के लिए जो भीड़ जमा है, उसके बीच से होकर गुजरने की अगर आपने कोशिश की तो आप बीच में ही ढेर हो जाएँगे।"

"अच्छा तो क्या करें?"

उन्होंने कुछ कान में सुझाव दिया और इसलिए उन्हें बंबई से पहले ही एक छोटे-से स्टेशन पर उतारकर सीधे अस्पताल पहुँचा दिया गया। इस अस्पताल में जब धीरे-धीरे उनके शरीर में जान आ रही थी, तभी डॉ. पटेल को उस बात का पता चला था, जो भारत का सबसे गुप्त रहस्य बन गया था।

अगर जिन्ना टी.बी. के कोई मामूली बदनसीब रोगी होते तो उन्हें अपनी बाकी जिंदगी किसी सैनेटोरियम में व्यतीत करनी पड़ती, लेकिन जिन्ना कोई साधारण मरीज नहीं थे। जब उन्हें अस्पताल से छुट्टी दी गयी तो डॉ. पटेल उन्हें अपने कार्यालय में लाए। वहाँ बड़े उदास मन से उन्होंने अपने दोस्त और रोगी को बताया कि वह किस घातक रोग का शिकार है। उन्होंने जिन्ना को बताया कि उनके शरीर की सारी संपत्ति लगभग समाप्त होती जा रही थी। अगर उन्होंने अपना काम का बोझ न किया, ज्यादा आराम न किया, सिगरेट और शराब पीना न छोड़ा और अपने शरीर पर जो दबाव है, उन्हें दूर न किया गया तो एक-दो साल से ज्यादा चलने वाले नहीं।

जिन्ना ने यह कठोर सूचना बड़े निरीह भाव से सुनी। उनके पीले चेहरे पर कोई भी भाव नहीं आया, उन्होंने डॉ. पटेल से कहा, "अपने जीवन के ध्येय को छोड़कर किसी सैनेटोरियम में जाकर पड़े रहने का प्रश्न ही पैदा नहीं होता। इतिहास की इस नाजुक घड़ी में हिंदुस्तान के मुसलमानों का नेतृत्व करने की जिम्मेदारी से मौत ही उन्हें विमुख कर सकती है।"

"पर आपको काम का बोझ कम करना ही होगा?"

और फिर वह डॉक्टर की सलाह मानकर अपने काम का बोझ सिर्फ उस हद तक कम करने को तैयार हुए, जितना उनके इस महान दायित्व को ध्यान में रखते हुए संभव था। जिन्ना जानते थे कि अगर उनके हिंदू दुश्मनों को पता चल गया कि वह मरने वाले हैं, तो उनका पूरा राजनीतिक दृष्टिकोण बदल जाएगा। वे उनके कब्र में पहुँचने तक इंतजार करेंगे और फिर मुस्लिम लीग के नेतृत्व में नीचे के ज्यादा नरम नेताओं के साथ समझौता करके उनके सपने की धज्जियाँ उड़ा देंगे।[1]

डॉ. पटेल हर दूसरे सप्ताह बहुत गुप्त रूप से जिन्ना को इंजेक्शन लगाते रहे, जिससे उनके शरीर में कुछ जान आयी और वह फिर काम में जुट गये। उन्होंने अपने डॉक्टर की सलाह का पालन करने की कोई कोशिश नहीं की। वह इसके लिए कतई तैयार नहीं थे कि मौत के बुलावे की वजह से इतिहास के बुलावे को ठुकरा दें। असाधारण साहस और अपार उत्साह

---

1. माउंटबेटन से पहले वाले वायसराय लार्ड वेवल ने 10 जनवरी और 28 फरवरी, 1947 को अपनी डायरी में इस आशय की रिपोर्ट दर्ज की थीं कि जिन्ना 'बीमार आदमी' हैं। लेकिन इन रिपोर्टों में कहीं यह नहीं बताया गया कि वायसराय को इस बात का भी पता था कि मुस्लिम नेता की बीमारी कितनी गंभीर है। बहरहाल, माउंटबेटन को जो हिदायतें दी गयी थीं, उनमें इस बात की तरफ संकेत भी नहीं किया गया था कि जिन्ना बहुत जल्दी मरने वाले हैं। जिन्ना के मरने के पच्चीस वर्ष बाद माउंटबेटन ने कहा कि अगर उन्हें यह बात उस समय मालूम हो जाती तो भारत में वह दूसरे ही ढंग से काम करते। इस बात के संकेत मिलते हैं कि जिन्ना के जीवन के अंतिम छः महीनों में मुस्लिम लीग के दूसरे सबसे बड़े नेता लियाकत अली खां को उनकी बीमारी का पता था। जिन्ना की बेटी मिसेज वाडिया ने दिसंबर 1973 में बंबई में इस पुस्तक के लेखकों को एक साक्षात्कार के दौरान बताया कि उन्हें इस बात का पता कि उनके वालिद को टी. बी. थी, उनके मरने के बाद चला। उनका यह ख्याल था कि जिन्ना ने यह भेद अपनी बहन फातिमा को बता दिया था, लेकिन वह उन्हें न तो किसी को बताने देते थे और न किसी की मदद लेने देते थे।

के साथ जिन्ना अपने जीवन का लक्ष्य प्राप्त करने के लिए मैदान में जमे रहे; और उनकी जिंदगी के चिराग की लौ आख़िरी बार जोर से भड़क उठी। जिन्ना ने भारत के भविष्य के बारे में माउंटबेटन से अपनी पहली बातचीत में कहा था, "इस पूरे मामले में बुनियादी बात यह है कि जो कुछ करना हो, जल्दी-से-जल्दी किया जाए।" और जिन्ना ने स्वयं अपनी नियति के साथ जो सौदा किया था, उसमें भी इसी तेज रफ्तार की आवश्यकता थी।

सम्मेलन-कक्ष में अंडाकार मेज के चारों ओर बैठे हुए ग्यारह व्यक्ति बड़ी गंभीर मुद्रा से लॉर्ड माउंटबेटन की प्रतीक्षा कर रहे थे कि वह आकर कार्रवाई शुरू करें। एक तरह से ये लोग ईस्ट इंडिया कंपनी के उन 24 संस्थापकों के वंशज थे, जिनकी व्यापारिक भूख के कारण साढ़े तीन शताब्दी पहले अंग्रेज़ सात समंदर पार से भारत आये थे। ये लोग—ब्रिटिश भारत के ग्यारह प्रांतों के ये गवर्नर—उस साम्राज्य के आधार-स्तंभ थे, जो उनके पूर्वजों की लोलुपता के फलस्वरूप बना था। वे भारतीय साम्राज्य की सेवा करते-करते अपने जीवन-वृत्त के चरम शिखर पर पहुँच चुके थे और आज सत्ता का वह सुख भोग रहे थे, जिनकी उन्होंने अपनी जवानी में किसी दूरदराज सूनी-सी जगह पर नौकरी करते हुए कल्पना की होगी। इनमें से केवल दो आदमी हिंदुस्तानी थे।

वे सभी योग्य और लगन वाले लोग थे। जीवन-भर नौकरी करके उन्होंने जिम्मेदारी के साथ शासन चलाना सीखा था और यही वह भारत में कर रहे थे। और इसके बदले में भारत उन्हें राजसी ठाठ-बाट से रहने का अवसर प्रदान कर रहा था। जिन सरकारी मकानों में वे रहते थे वह महल थे, जिनमें सैकड़ों नौकर-चाकर हरदम उनकी सेवा के लिए उपस्थित रहते थे। जितने क्षेत्रों में उनका सिक्का चलता था, उसका विस्तार और आबादी यूरोप के बड़े-से-बड़े राष्ट्रों के बराबर थी। वे अपने क्षेत्रों में अपनी निजी रेलगाड़ियों में पूरी सुख-सुविधा के साथ सफर करते थे; शहरों में वे रोल्स-रायस मोटरों पर पगड़ी वाले अंगरक्षकों के साथ घूमते थे; जंगल में वे हाथी पर बैठकर शिकार खेलते थे।

मेज के चारों ओर वे अपनी-अपनी हैसियत के अनुसार बैठे थे। सबसे पहले तीन बड़ी प्रेसिडेंसियों—बंबई, मद्रास और बंगाल—के प्रधान थे; इसके बाद सूबों की बारी आती थी—सबसे पहले पंजाब, फिर सिंध जिसमें करांची का बंदरगाह था, उत्तर प्रदेश, बिहार, उड़ीसा, बर्मा की सीमा से मिला हुआ असम जहाँ चाय के प्रसिद्ध बागान थे, मध्य प्रांत और अंत में था उत्तर-पश्चिम सीमा प्रांत, जो खैबर दर्रे और अफगान सीमा का पहरेदार था।

इस बैठक में माउंटबेटन बहुत असहजता महसूस कर रहे थे। उनकी उम्र 46 वर्ष की थी और वह उस मेज के चारों ओर बैठे हुए लोगों में सबसे छोटे थे। वह जब वायसराय बनकर आये थे, तो उनके पास ऐसी कोई योग्यता नहीं थी, जो इस पद के लिए आमतौर पर आवश्यक समझी जाती थी—न प्रतिभाशाली संसद-सदस्यों जैसा अनुभव और न प्रशासन के क्षेत्र में बड़ी-बड़ी सफलताओं की कोई पृष्ठभूमि। इन लोगों के सामने माउंटबेटन की हैसियत भारत के लिए एक अजनबी जैसी थी। इन ग्यारह गवर्नरों में से अधिकांश ने इस देश के जटिल इतिहास को समझने, उसकी अलग-अलग बोलियाँ सीखने और उसके जीवन के विभिन्न पहलुओं के विश्व-विख्यात विशेषज्ञ बनने में अपना सारा जीवन बिता दिया था। वे सभी अभिमानी लोग थे और उनके सामने माउंटबेटन जैसा नौसिखिया जो भी योजना रखता, उसे शंका की दृष्टि से देखना उनके लिए स्वाभाविक ही था।

फिर भी माउंटबेटन को निजी तौर पर पूरा विश्वास था कि विशेषज्ञता की कमी उनके लिए उतनी बड़ी अड़चन नहीं है, जितनी कि वह जान पड़ती थी। उन्हें शक था कि ये विशेषज्ञ अभी तक कोई हल इसलिए नहीं निकाल पाए हैं कि 'वे ब्रिटिश राज के पुराने तौर-तरीकों में पूरी तरह डूबे हुए हैं और हमेशा कोई ऐसा हल खोजने की कोशिश करते हैं, जिससे मौजूदा व्यवस्था में कम-से-कम हेर-फेर करने की आवश्यकता पड़े।' माउंटबेटन ने हर गवर्नर से पहले अपने-अपने सूबे की स्थिति बताने को कहा। उनमें से आठ ने खतरनाक और उपद्रवग्रस्त क्षेत्रों का चित्र खींचा, लेकिन साथ ही यह भी कहा कि उनके सूबों में स्थिति काबू में है। लेकिन तीन सबसे महत्त्वपूर्ण

सूबों के—पंजाब, बंगाल और सीमा प्रांत के गवर्नरों ने जो चित्र खींचा, उससे वहाँ पर एकत्रित लोगों को स्थिति की गंभीरता का कुछ आभास हुआ।

सबसे पहले सर ओलैफ कैरो बोले, जो उन दर्रों के पहरेदार थे, जिनसे होकर पिछले तीन हज़ार वर्षों से आक्रमणकारी भारत में आते रहे थे। उनके चेहरे पर तनाव था और आँखें थकान से बोझल हो गयी थीं। सारी रात वह सो नहीं पाए थे, क्योंकि उनके प्रांत में किसी-न-किसी उपद्रव के बारे में तार आते रहते थे। सर ओलैफ कैरो ने अपना संपूर्ण जीवन साम्राज्य के इस छोर पर ही बिताया था। पश्चिम का कोई भी ऐसा जीवित आदमी नहीं था, जिसे वहाँ के अदम्य पठान कबाइलियों के बारे में, उनकी संस्कृति तथा भाषा के बारे में उतनी जानकारी रही हो जितनी उन्हें थी। उनकी राजधानी पेशावर में अब भी दुनिया का एक सबसे रंगीन बाजार था और सप्ताह में एक बार ऊँटों का काफिला खैबर दर्रा पार करके वहाँ खालें, मेवे, ऊन, चीनी के बर्तन और शक्कर लेकर आता था; इनमें से कुछ चीज़ें चोरी से सोवियत संघ से लायी जाती थीं। उनके इस सूबे की पहाड़ी गुफाओं में हथियार बनाने की बीसियों खुफिया फैक्टरियाँ थीं, जहाँ से पठानों के प्रसिद्ध लड़ाकू मसूदी, आफरीदी और वजीरी कबीलों के लिए बहुत सुंदर नक्काशी वाले घातक हथियार बनकर आते थे।

उन्होंने चेतावनी दी कि उनका सूबा टुकड़े-टुकड़े होकर बिखर जाने वाला है और अगर ऐसा हो गया, तो अंग्रेज़ों की वह भयानक आशंका सच हो जाएगी कि उत्तर-पश्चिम से हमलावरों के गिरोह आकर सम्राज्य के दरवाजे तोड़ देंगे और अंदर घुस आयेंगे। अफगानिस्तान के पठान कबीले खैबर दर्रे से होकर पेशावर पर टूट पड़ने और सिंधु के तट तक बढ़ जाने के लिए तैयार खड़े थे; वे पिछली एक शताब्दी से इस इलाके पर अपना हक जताते आये थे। उन्होंने कहा, "अगर हम सावधान न रहे तो जल्दी ही हमें एक अंतर्राष्ट्रीय संकट का सामना करना पड़ेगा।"

पंजाब के गवर्नर सर एवान जेंकिंस ने बहुत थोड़े शब्दों में जो चित्र खींचा वह और भी चिंताजनक था। जेंकिंस वेल्स के रहने वाले थे। पंजाब

से उन्हें उतना ही गहरा लगाव था, जितना कैरो को सीमा प्रांत से। वह अविवाहित थे और पंजाब के प्रति उनके लगाव को देखकर उनके आलोचक उन पर यह आरोप लगाते थे कि वह पंजाब के साथ विवाह करके 'उसमें इतना खो गये हैं कि यह भी भूल जाते हैं कि शेष भारत का भी कोई अस्तित्व है।' उन्होंने घोषणा की कि भारत की समस्याओं का जो भी हल खोजा जाएगा, उससे पंजाब में हिंसा की लहर उठना निश्चित हैं अगर बँटवारे का निर्णय किया गया तो व्यवसाय बनाए रखने के लिए सेना के कम-से-कम चार डिवीजनों की आवश्यकता होगी। अगर यह फैसला न भी किया गया, तो भी उन्हें सिखों की अलग इलाके की माँग का सामना करना पड़ेगा। उन्होंने कहा, "यह भविष्यवाणी करना बेतुकी बात है कि अगर बँटवारा हुआ तो पंजाब में आग भड़क उठेगी; वहाँ तो इस समय भी आग सुलग रही है।"

तीसरे गवर्नर, बंगाल के सर फ्रेडरिक बरोज कलकत्ता में बीमार पड़े थे, लेकिन उनके प्रतिनिधि ने उस प्रांत की हालत के बारे में जो कुछ बताया, वह भी उतना ही चिंताजनक था, जितनी की सीमा प्रांत और पंजाब की रिपोर्टें।

अंत में जब सब गवर्नर अपनी-अपनी रिपोर्टें दे चुके तो माउंटबेटन के कर्मचारी-मंडल ने हर गवर्नर को कुछ काग़ज़ात दिए। माउंटबेटन ने घोषणा की कि इन काग़ज़ात में 'एक संभावित विचाराधीन योजना' का ब्यौरा है। 'नाम की सुगमता' के लिए उसे 'बलकान योजना' कहा गया और वह बँटवारे की योजना का पहला मसविदा था, जिसे माउंटबेटन ने अपने चीफ ऑफ स्टाफ, लॉर्ड इस्मे से एक सप्ताह पहले तैयार कराया था।

वहाँ पर एकत्रित गवर्नर जब उसको पलटने लगे तो अचानक धक्का-सा लगा। वे भारत की एकता के निर्माता और उसके संरक्षक थे और अब उनको बताया जा रहा था कि विदा होते समय ब्रिटेन को शायद वह नाते-संबंध तोड़ने पड़ें, जिनको बनाने में उन्होंने अपना जीवन बिताया है।

इस योजना का नाम, प्रथम विश्वयुद्ध के बाद मध्य यूरोप के राज्यों को छोटे-छोटे टुकड़ों में विभाजित कर देने की योजना के नाम पर 'बलकान योजना' बहुत ठीक ही रखा गया था; भारत के ग्यारह प्रांतों में से हर एक को यह फैसला करने का अधिकार दिया गया था कि वह पाकिस्तान में शमिल होना चाहता है या भारत में रहना चाहता है; या अगर उसके हिंदुओं और मुसलमानों दोनों का बहुमत तय करे, तो स्वतंत्र रहना चाहता है। माउंटबेटन ने वहाँ पर एकत्रित अपने गवर्नरों से कहा कि वह 'संयुक्त भारत की आशा आसानी से त्यागने वाले नहीं हैं।' वह सारे विश्व को यह बता देना चाहते थे कि अंग्रेज़ों ने भारत की एकता को बनाए रखने की पूरी कोशिश की है। अगर ब्रिटेन इसमें विफल रहता है, तो सारी दुनिया के लिए यह जानना बेहद महत्त्वपूर्ण है कि 'बँटवारे का रास्ता अंग्रेज़ों के निर्णय की वजह से नहीं बल्कि भारतीय जनमत के कारण से किया गया है।'

वह स्वयं यह समझते थे कि भावी पाकिस्तान अपने पैरों पर खड़ा रहने में इतनी बुरी तरह असमर्थ रहेगा कि उसे 'स्वयं अपने दोषों के कारण विफल होने का अवसर दिया जाना चाहिए' ताकि बाद में 'मुस्लिम लीग इज्जत के साथ फिर संयुक्त भारत में वापस आ जाए।'

उन ग्यारह आदमियों ने विभाजन के प्रति कोई उत्साह नहीं दिखाया। लेकिन उन्होंने उसका विरोध भी नहीं किया। सच तो यह है कि उनके पास भी कोई दूसरा समाधान नहीं था।

उस रात वायसराय-भवन के शाही डाइनिंग रूप में गवर्नरों ने अपने अंतिम सम्मेलन की समाप्ति पर अपनी पत्नियों के साथ एक औपचारिक भोज में भाग लिया। वे लार्ड और लेडी माउंटबेटन के अतिथि थे। कमरे की दीवारों पर बने हुए इससे पहले के उन्नीस वायसरायों के तैल-चित्र उन्हें अतीतकालीन न्यायाधीशों की तरह देख रहे थे। डिनर समाप्त होने पर नौकर पोर्ट की बोतलें लेकर आये। जब सबके सामने गिलास भर दिए गये तो लुई माउंटबेटन ने खड़े होकर अपना गिलास ऊपर उठाया। उस समय किसी को इसका आभास भी नहीं हुआ कि एक परंपरा का अंत हो रहा

था—उसके बाद फिर कभी भारत के वायसराय ने एकत्रित गवर्नरों के सामने वह परंपरागत कामना करते हुए जाम पीने का प्रस्ताव नहीं किया, जो उस समय माउंटबेटन ने 4,000 मील दूर बैठे हुए अपने रिश्ते के भाई के लिए की थी—"लेडीज एंड जेंटिलमैन, आइए हम सम्राट के नाम का जाम पिएँ।"

सीमा प्रांत और पंजाब, अप्रैल 1947 का अंतिम भाग

नंगा पर्वत की भयावह सफेद नुकीली चोटियों ने उस दिन वायसराय के विमान की गोल खिड़कियों को पूरी तरह ढक लिया था। उसकी तराशी हुई-सी चोटी विमान से 100 मील दूर उत्तर की ओर हवा में 25,000 फीट ऊपर तक चली गयी थी। विमान में बैठे हुए यात्री क्षितिज के एक छोर से दूसरे छोर तक फैली उस पर्वतमाला की बर्फ से ढकी हुई गहरे रंग की दीवार को देख सकते थे, जिसका यह चोटी एक अंग थी। यह थी हिंदुकुश पर्वतमाला, जो बर्फ से ढके हुए उस निर्जन विस्तार के सामने, जिसे दुनिया की छत कहा जाता था, एक दीवार की तरह खड़ी थी। विमान दक्षिण की ओर मुड़ा और सिंधु नदी की बल खाती हुई जल-धारा के ऊपर से उड़ता हुआ उत्तर-पश्चिम सीमा प्रांत की राजधानी पेशावर की ओर बढ़ा, जहाँ के मकानों के अहाते किले की दीवारों जैसे थे।

जब विमान हवाई अड्डे की ओर तेजी से उतरने लगा, तो उस पर बैठे हुए यात्रियों ने अचानक देखा कि एक बहुत बड़ी उत्तेजित भीड़ को पुलिस के कुछ सिपाही बड़ी मुश्किल से रोक पा रहे थे। लुई माउंटबेटन ने अपने वातानुकूलित कार्यालय में बातचीत का सिलसिला कुछ दिन के लिए बंद करके खुद जाकर दो सबसे अधिक उपद्रवग्रस्त प्रांतों की—पंजाब और सीमा प्रांत की—राजनीतिक नब्ज देखने का फैसला किया था।

यह समाचार कि वायसराय साहब आ रहे हैं, पूरे सीमा प्रांत में जंगल की आग की तरह फैल गया था। जिन्ना की मुस्लिम लीग के नेताओं के आवाहन पर 24 घंटे के अंदर-अंदर सूबे के कोने-कोने से दसियों हज़ार आदमी पेशावर में आकर जमा होने लगे थे। खचाखच भरी हुई ट्रकों पर,

बसों से, मोटरों पर, स्पेशल ट्रेनों से वे जोर-जोर से हाथ हिलाकर नारे लगाते हुए राजधानी में उसके इतिहास के सबसे बड़े प्रदर्शन के लिए चले आ रहे थे।

पठानों ने वायसराय का स्वागत अनोखे ढंग से करने का निर्णय लिया था। थके हुए तो वे थे ही, धूल और गरमी में उनका गुस्सा और बढ़ता जा रहा था; अपने नेताओं के आदेशों की परवाह न करते हुए उनका उन्माद खतरनाक स्तर तक पहुँचा जा रहा था। पुलिस ने उन्हें एक बहुत बड़े नीची-सी दीवार वाले अहाते में रेल की पटरी और पेशावर के पुराने मुग़ल किले की ढालू दीवारों के बीच रोक रखा था। झुंझलाई हुई और उत्तेजित इस भीड़ को देखकर यह खतरा महसूस होता था कि कहीं बंदूक की गोलियों की आवाज से इस वशीकरण अभियान के मधुर स्वर भंग न हो जाएँ।

ये लोग वहाँ उस सूबे की असंगत स्थिति के कारण आये थे, जिसकी 93 प्रतिशत आबादी मुसलमानों की थी, लेकिन कांग्रेस पार्टी के मंत्रिमंडल का शासन था। कांग्रेस के नेता अब्दुल गफ्फार खां नामक एक कबायली सरदार थे। विशालकाय शरीर और चेहरे पर घनी दाढ़ी की वजह से वह देखने में किसी प्राचीन पैगंबर जैसे लगते थे। उन्होंने अपना सारा जीवन उन पठानों के बीच, जिनके लिए खूनी लड़ाइयाँ लड़ना और बदला लेना जीवन का एक अभिन्न अंग था, गाँधी जी का प्रेम और सत्याग्रह का संदेश फैलाने में लगा दिया था। इसीलिए उसे सीमांत गाँधी के नाम से भी जाना जाने लगा था। इस अनोखे पठान को उस समय तक उन लोगों का समर्थन प्राप्त रहा जब तक कि उसने गाँधी जी के प्रति अपनी वफादारी की वजह से जिन्ना के इस्लामी राज्य की माँग का घोर विरोध करना नहीं शुरू किया था। उसके बाद से जिन्ना के लोगों के उकसावे में आकर वहाँ की आबादी गफ्फार खां के और पेशावर में उनकी स्थापित की हुई सरकार के खिलाफ हो गयी थी। माउंटबेटन, उनकी पत्नी और उनकी 17 वर्षीय बेटी पामेला के स्वागत के लिए वहाँ शोर मचाती हुई जो विशाल भीड़ जमा हुई थी,

उसका उद्देश्य उन्हें इसका अंतिम प्रमाण देना था अब उस सूबे का समर्थन 'सरहदी गाँधी' को नहीं बल्कि मुस्लिम लीग को प्राप्त है। चिंतित गवर्नर सर ओलैफ कैरो ने अपने अतिथियों को अपने घर ले जाने के लिए एक मोटर पर, जिसकी सुरक्षा का पूरा बंदोबस्त किया गया था, बिठाया। भीड़ लगातार बेकाबू होती जा रही थी; यह खतरा पैदा हो चला था कि किसी भी क्षण वह उस अहाते की, जिसमें पुलिस ने उसे घेर रखा था, नाकेबंदी तोड़कर गर्वनर की कोठी की तरफ झपट पड़ेगी। ऐसा होने पर कोठी की रक्षा के लिए तैनात थोड़े-से फौजी सिपाहियों के सामने गोली चलाने के अलावा और कोई चारा नहीं रह जाएगा। नतीजा यह होगा कि चारों ओर लाशें बिछ जाएँगी। माउंटबेटन की सारी प्रतिष्ठा, समस्या को सुलझाने की उनकी सारी आशाएँ और वायसराय की हैसियत से उनका सारा काम रक्त की इस नदी में डूब जाएगा।

चिंताग्रस्त गवर्नर को खतरों को टालने का एक रास्ता सूझा, लेकिन पुलिस और सेना के कमांडरों ने उसे सरासर पागलपन करार दिया। गवर्नर का सुझाव था कि माउंटबेटन उस भीड़ के सामने चले जाएँ। उन्हें उम्मीद थी कि उनकी एक झलक देखकर ही भीड़ शांत हो जाएगी।

माउंटबेटन कुछ क्षण तक सोच में पड़े रहे। "अच्छी बात है," अंततः उन्होंने कहा, "मैं जोखिम उठाकर उन लोगों से मिलूँगा।" गवर्नर कैरो और उनके सुरक्षा अधिकारी यह जानकर परेशान हो गये कि उनकी पत्नी एडविना भी उनके साथ जाने की जिद कर बैठी थीं।

कुछ मिनट बाद वायसराय-दंपत्ति और गवर्नर को एक जीप से रेल की पटरी के उस पार पहुँचा दिया गया। रेल की पटरी के ऊँचे पुश्ते के दूसरी ओर गर्मी से परेशान और धूल से अटे हुए एक लाख उत्तेजित लोग शोर मचाकर अपना असंतोष व्यक्त कर रहे थे। माउंटबेटन अपनी पत्नी का हाथ पकड़कर पुश्ते के ऊपर चढ़ गये। ऊपर पहुँचकर उन्होंने देखा कि उनके और पगड़ियों के ठाठें मारते हुए उस सागर के बीच मुश्किल से पंद्रह फीट की दूरी होगी। उस विशाल भीड़ के कदमों की चाप से उनके पाँव तले

धरती काँप रही थी। अपार मानव-समुद्र की भयावहता से, जिसके शोर-गुल और हाथ हिला-हिलाकर नारे लगाने के ढंग में भारत की जनता की विशालता और उसका सारा भावावेश साकार हो उठा था, माउंटबेटन दंपत्ति को एक क्षण के लिए चक्कर-सा आ गया। हज़ारों आगे बढ़ते हुए कदमों से उड़-उड़कर धूल के बादल हवा में छा गये थे। भीड़ का शोर अपने बोझ से उन्हें कुचले दे रहा था। वशीकरण अभियान के लिए यह एक निर्णायक क्षण था, एक ऐसा क्षण जिसमें कुछ भी हो सकता था।

वे दोनों वहाँ खड़े-खड़े भीड़ को संशय की दृष्टि से देख रहे थे; उन्हें इस तरह खड़ा देखकर सर ओलैफ कैरो एक बार तो आशंका से सिहर उठे, "भीड़ में बीस-तीस-चालीस हज़ार राइफलें तो जरूर ही होंगी। कोई भी पागल आदमी, खून का प्यासा कोई भी दीवाना, माउंटबेटन को 'तालाब में तैरती हुई बत्तखों की तरह' अपनी गोली का निशाना बना सकता है।"

उनके कुछ सेकेंड तक वहाँ इस तरह खड़े रहने पर कैरो को आभास हुआ कि भीड़ के तेवर अच्छे नहीं हैं। एक क्षण के लिए उन्होंने सोचा, "बस, अब कोई गड़बड़ी होना ही चाहती है।"

माउंटबेटन की समझ में नहीं आ रहा था कि क्या करें? वह पश्तू का एक अक्षर नहीं बोल सकते थे, जो उस भीड़ की भाषा थी। पर वह इस तरह चिंता में डूबे हुए कुछ सोच रहे थे कि तभी न जाने क्या हुआ कि भीड़ अचानक शांत होने लगी, मानो किसी ने उस पर जादू कर दिया हो। शायद इसी बीच भीड़ की इस विचित्र हलचल ने किसी हत्यारे का हाथ भी रोक दिया हो। साम्राज्य के सबसे प्रसिद्ध सिपाहियों के साथ बिना किसी तैयारी के इस भेंट के लिए माउंटबेटन आधी आस्तीन की ढीली-ढाली बुशशर्ट पहने हुए थे, जैसी कि वह बर्मा में उस समय पहना करते थे, जब वह मित्र-राष्ट्रों की सेनाओं के सर्वोच्च सेनापति थे। उनके लिबास की एक विशेषता का भीड़ पर बहुत असर पड़ा, और वह था उसका रंग—हरा रंग। हरा इस्लाम का रंग था, हरा हाजियों का पवित्र रंग था। सहज भाव से वहाँ पर जमा हज़ारों लोगों को अचानक यह आभास हुआ कि उन्होंने उनके प्रति मित्रता

प्रदर्शित करने के लिए ही हरी पोशाक पहन रखी है, उनके धर्म का सम्मान करने के लिए।

माउंटबेटन सामने देख रहे थे, लेकिन उनकी पत्नी का हाथ अब भी उनके हाथ में था; उन्होंने एडविना के कान में चुपके से कहा—"इन लोगों की तरफ हाथ हिलाकर उनका अभिवादन करो।"

धीरे-धीरे, बड़ी शालीनता के साथ दुबली-पतली एडविना ने अपने पति के साथ ही अपना भी हाथ उठाकर भीड़ का अभिवादन किया। ऐसा लगता था कि एक क्षण के लिए भारत का भविष्य भीड़ के ऊपर हवा में उठे हुए उन दो हाथों पर आकर टिक गया है। उस उत्तेजित भीड़ पर कुछ देर के लिए एक संदिग्ध निस्तब्धता छा गयी। अचानक, जब ऐसा लग रहा था कि एडविना का गोरा हाथ आकाश को थपकियाँ दे रहा है, भीड़ में से एक शोर उठा जो बढ़ते-बढ़ते घन-गरज का एक अथाह सागर बन गया। हज़ारों गलों से लगातार बार-बार एक विजय-घोष हो रहा था, जो इस बात सूचक था कि 'वशीकरण अभियान' के लिए सबसे बड़े खतरे की घड़ी टल गयी।

वे झुँझलाए हुए पठान लड़ाके चिल्ला रहे थे—"माउंटबेटन जिंदाबाद! माउंटबेटन जिंदाबाद!"

पठानों से इस मुख्य भेंट के अड़तालीस घंटे बाद, माउंटबेटन और उनकी पत्नी पंजाब पहुँचे। सर एवान जेंकिंस वायसराय-दंपत्ति को तुरंत रावलपिंडी से 25 मील दूर एक छोटे-से गाँव में ले गये। वहाँ माउंटबेटन ने जो कुछ देखा, उससे उन्हें बहुत गहरा आघात पहुँचा और उन्हें इस बात का प्रमाण मिल गया कि वहाँ के गवर्नी की यह चेतावनी कि उनके सूबे में आग धधक रही है, कितनी सही थी। अब उन्होंने अपनी आँखों से देख लिया कि हिंदुस्तान में कैसी भयानक तबाही मची हुई है।

नौ-सेना के उस नौजवान सेनापति ने क्रीट के पास अपने विध्वंसक जहाज की दुर्घटना में अपने लगभग सभी साथियों को मौत के मुँह में जाते देखा था। बर्मा के भयानक जंगलों में वह लाखों सिपाहियों का नेतृत्व कर

चुके थे। लेकिन 3,500 की आबादी वाले इस छोटे-से गाँव में, जो भारत के पाँच लाख गाँवों जैसा ही एक गाँव था, उन्होंने जो कुछ देखा उसमें वह विचलित हो उठे।

कई शताब्दियों से कहूटा की धूल-भरी गलियों में दो हज़ार हिंदू तथा सिख और डेढ़ हज़ार मुसलमान मेल-जोल से शांतिपूर्वक रहते आये थे। लेकिन उस दिन गाँव के बीच में केवल मंदिर की पत्थर की चारदीवारी और सिखों के गुरुद्वारे का गोल गुंबद कहूटा की एकमात्र निशानियों के रूप में बचे रह गये थे, जिनसे पता चलता था कि कभी यहाँ कोई गाँव था।

माउंटबेटन के आने से पहले ब्रिटिश नारफोक रेजिमेंट की एक टुकड़ी यूँ ही गश्त करती हुई उस गाँव से गुजरी थी। कहूटा के रहने वाले उस रात भी एक-दूसरे पर पूरे भरोसे के साथ शांतिपूर्वक सोये थे, जैसा कि वे कई पीढ़ियों से करते आये थे। लेकिन भोर होते-होते कहूटा का नामों-निशान लगभग मिट चुका था। वहाँ रहने वाले सारे हिंदू और सिख या तो जान से मारे गये थे या डर के मारे रात के अंधेरे में भाग गये थे।

मुसलमानों का एक गिरोह गाँव पर भूखे भेड़ियों की तरह टूट पड़ा था। और उसने बाल्टियों में पैट्रोल भर-भरकर सिखों और हिंदुओं के घरों पर छिड़का था और आग लगा दी थी। कुछ ही मिनटों के अंदर सारा इलाका धू-धू करके सुलग उठा था और सहायता के लिए बड़े दर्दनाक ढंग से चीखते-चिल्लाते हुए पूरे-के-पूरे परिवार आग की लपटों में जलकर राख हो गये थे। जो लोग किसी तरह बच निकले उन्हें पकड़कर एक साथ बाँध दिया गया और पैट्रोल छिड़ककर जिंदा जला दिया गया। आग फैलते-फैलते मुस्लिम बस्ती में भी पहुँच गयी और कहूटा पूरी तरह नष्ट हो गया। केवल कुछ हिंदू औरतें बच गयी, जिन्हें बलात्कार करने के लिए और मुसलमान बनाने के लिए सोते-सोते ही बाहर खींच लाया गया था। कुछ औरतें अपने को जल्लादों के चंगुल से छुड़ाकर फिर आगे में कूद पड़ी थीं और जलकर मर गयी थीं।

माउंटबेटन ने लंदन को रिपोर्ट भेजी, "जब तक मैं कहूटा नहीं गया था, तब तक मुझे इस बात का आकलन नहीं हुआ था कि कैसी-कैसी भयानक बातें हो रही हैं।"

पेशावर में उत्तेजित भीड़ का सामना, पंजाब के उस नष्ट-भ्रष्ट गाँव का हृदय-विदारक दृश्य—वे अंतिम प्रमाण थे, जिनकी माउंटबेटन को जरूरत थी। नयी दिल्ली में अपने वातानुकूलित अध्ययन-कक्ष में दस दिन तक बैठकें करने के बाद वह जिस फैसले पर पहुँचे थे, वह बिल्कुल ठीक था। भारत को बचाने के लिए एक चीज़ आवश्यकता थी और वह यह कि तेजी से कोई कदम उठाया जाए। अगर उन्होंने तुरंत कोई कार्रवाई नहीं की, तो भारत का पूरा ढाँचा चरमराकर ध्वस्त जाएगा और उसके साथ ही ब्रिटिश राज और वायसराय की हैसियत में उनकी प्रतिष्ठा भी धूल में मिल जाएगी और तेजी के साथ कुछ करना है तो इस गुत्थी को सुलझाने का एक ही रास्ता था, एक ही हल था जिससे वह स्वयं बचना चाहते थे, लेकिन जो भारत की राजनीतिक स्थिति का समाधान था—देश का विभाजन।

गाँधी जी की प्रायश्चित-यात्रा का अंतिम पीड़ाप्रद दौर 1 मई, 1947 की शाम को शुरू हुआ, नयी दिल्ली की वाल्मीकियों की बस्ती की उसी छोटी-सी झोंपड़ी में, जहाँ पंद्रह दिन पहले उन्होंने अपने साथियों से भारत की एकता बनाए रखने की अपनी योजना मनवाने की असफल प्रयास किया था। वह जमीन पर पालथी-मारे बैठे थे, उनके गंजे सिर पर आज भी एक गीला अंगोछा ढका हुआ था। वह बड़े दुखी मन से अपने चारों ओर बैठे हुए लोगों की बहस सुन रहे थे—यह कांग्रेस पार्टी का हाई कमान था। यों तो इसका संकेत पिछली बैठक में ही मिल चुका था, लेकिन अब गाँधी जी और उनके साथियों के अंतिम रूप से अलग होने का समय आ गया था। गाँधी जी ने जेल में अपने जीवन के कई बरस गुजारे थे, अपने शरीर को कष्ट देकर अनशन किये थे, हड़तालों और बायकाट आंदोलनों का संगठन किया था—उन सभी प्रयासों ने मिलकर आज की इस बैठक के लिए रास्ता बनाया

था। उन्होंने भारत की कायापलट दी थी और अहिंसा के सहारे अपने देशवासियों को स्वतंत्रता दिलाने के लिए इस शताब्दी की एक मौलिक दार्शनिक विचारधारा की नींव डाली थी; और अब यह खतरा पैदा हो गया था कि उनकी यह गौरवान्वित विजय एक भयानक दुखांत नाटक बन कर रह जाएगी। उनके अनुयायी अब तंग आ चुके थे, उनके सबर का बाँध टूट चुका था और वे आज़ादी की मंजिल तक पहुँचने के लिए अंतिम और अनिवार्य कदम के तौर पर भारत के विभाजन को मान लेने के लिए सहमत हो गये थे।

गाँधी जी भारत की एकता के प्रति किसी रहस्यमयी श्रद्धा के कारण विभाजन के विरोधी नहीं थे। भारत के गाँवों में उन्होंने बरसों जो समय बिताया था, उससे उन्हें देश की आत्मा का एक सहज बोध हो गया था। उनका यह बोध उन्हें बताता था कि देश का विभाजन 'डॉक्टर का ऑपरेशन' नहीं साबित होगा, जैसा कि जिन्ना ने माउंटबेटन को विश्वास दिलाया था। वह एक भयानक कत्लेआम बन जाएगा; उन हज़ारों गाँवों में जिन्हें वह इतनी अच्छी तरह जानते थे, मित्र, मित्र के रक्त का, पड़ोसी-पड़ोसी के रक्त का, अजनबी-अजनबी के रक्त का प्यासा हो जाएगा। एक घृणित उद्देश्य के लिए उनका रक्त बहाया जाएगा, इस उप-महाद्वीप को दो ऐसे परस्पर विरोधी हिस्सों में बाँट देने के लिए जो हमेशा एक-दूसरे की बोटियाँ नोंचते रहेंगे। गाँधी जी का विश्वास था कि आने वाले दसियों वर्षों तक हिंदुस्तानियों की कई पीढ़ियों को इस गलती की कीमत चुकाते रहना पड़ेगा, जो ये लोग करने जा रहे थे।

गाँधी जी की मुश्किल यह थी कि उस रात उनके पास अपने सहज बोध के अलावा कोई दूसरा ठोस सुझाव नहीं था, उस सहज बोध के अलावा जिसे यही लोग पहले कितनी ही बार स्वीकार कर चुके थे। लेकिन अब वह मसीहा नहीं रह गये थे। उन्होंने बाद में बड़ी कटुता से अपने एक मित्र से कहा, "ये लोग मुझे महात्मा कहते हैं, लेकिन मैं आपसे बताता हूँ कि ये लोग मेरे साथ भँगी जैसा सलूक भी नहीं करते।"

माउंटबेटन की तरह ही नेहरू, पटेल और दूसरे सभी लोग यह महसूस करते थे कि भारत के सिर पर बहुत बड़ी तबाही के बादल मंडरा रहे हैं और विभाजन कितना ही कष्टप्रद क्यों न हो, देश को बचाने का वही एक रास्ता है। गाँधी जी का मन, गाँधी जी की आत्मा पुकार-पुकारकर कह रही थी कि ये लोग ग़लती कर रहे हैं। और इन लोगों की राय ठीक हो, तो भी वह विभाजन के बजाय देश में अराजकता को ही अधिक पसंद करते।

उन्होंने अपने अनुयायियों से कहा, "अंग्रेज़ों के दिए बिना जिन्ना को पाकिस्तान कभी मिल नहीं सकता। और कांग्रेस के बहुमत का अटल विरोध हो तो अंग्रेज़ कभी विभाजन करेंगे नहीं। माउंटबेटन कोई भी सुझाव रखें लेकिन उनके निर्णय को रोक देने की कुंजी तो आपके हाथ में है।"

"पर उनसे कहें तो क्या कहें?"

"अंग्रेज़ों से कह दीजिए कि यहाँ से चले जाएँ। उनके जाने के बाद जो कुछ होगा, हम भुगत लेंगे। उनसे कह दीजिए कि वे भारत को छोड़कर चले जाएँ—भगवान के भरोसे छोड़ जाएँ, उनका जी चाहे तो उथल-पुथल और अराजकता के हवाले कर जाएँ, लेकिन वे यहाँ से चले जाएँ।"

"वे ऐसे ही चले गये तो यह तो विनाश को आमंत्रण देना होगा।"

"मैं जानता हूँ। हमें आग में से होकर गुजरना ही पड़ेगा", उनका विश्वास था, "लेकिन इस आग में तपकर हम निखर जाएँगे, सोना आग में तपकर ही कुंदन बनता है।"

पर सच्चाई यह है कि उस दिन उनकी आवाज निर्जन की पुकार की तरह थी। उनके वे ही चुने हुए निकटतम सहायक भी अब इस अंतिम बार उनकी अंतरात्मा की उस आवाज को सुनने को तैयार नहीं थे, जो इससे पहले कितनी ही बार स्वयं उनकी आकांक्षाओं को व्यक्त कर चुकी थी।

पटेल तो माउंटबेटन के भारत आने के पहले ही से विभाजन को मान लेने को तैयार थे। वह बूढ़े हो चले थे, उन्हें दो बार दिल का दौरा पड़ चुका था और वह चाहते थे कि विभाजन हो जाए, ताकि यह हर दिन की बहस

समाप्त हो और स्वतंत्र भारत का निर्माण करने का कार्य शुरू किया जा सके। उन्होंने दलील दी थी, "जिन्ना जो राज्य माँगते हैं वह उन्हें दे दो, वह बहरहाल बहुत दिन टिक नहीं पाएगा। पाँच साल में मुस्लिम लीग भीख माँगती हुई उनके दरवाजे पर आयेगी कि भारत को फिर मिलाकर एक कर दो।"

नेहरू के मन में बड़ी व्यथा थी; वह एक अजीब दुविधा में फँस गये थे। एक ओर था गाँधी जी के प्रति उनका अगाध प्रेम और दूसरी ओर, माउंटबेटन-दंपत्ति के प्रति प्रशंसा तथा मित्रता की नयी भावना। गाँधी जी की बात उनके मन को छूती थी, माउंटबेटन की बात उनके दिमाग को। नेहरू का सहज मन विभाजन के विचार से ही सिहर उठता था, लेकिन उनकी तर्कबुद्धि उनसे कहती थी, "इसके अलावा कोई दूसरा चारा ही नहीं है," माउंटबेटन अपने वशीकरण अभियान का सारा सम्मोहन और सारी तर्क-शक्ति नेहरू को अपने मत के पक्ष में कर लेने के लिए उपयोग करते थे। एक दलील बहुत बुनियादी थी। जिन्ना के चले जाने के बाद हिंदू-भारत में उस तरह की मजबूत केंद्रीय सरकार बनायी जा सकती थी जिसकी नेहरू को अपने सपनों के समाजवादी भारत का निर्माण करने के लिए जरूरत थी। अंत में वह भी उस आदमी के मुकाबले पर डट गये जिसके पीछे वह इतने समय से चलते आये थे।

जब ये दो सशक्त स्वर भी विभाजन के पक्ष में हो गये तो शेष हाईकमान के सहमत होने में कितनी देर लगती! नेहरू को यह अधिकार दे दिया गया कि वह वायसराय को यह सूचना दे दें कि कांग्रेस अब भी 'संयुक्त भारत के विचार के साथ पूरी आस्था के साथ सम्बद्ध है,' लेकिन विभाजन का सुझाव इस शर्त पर मानने को तैयार है कि पंजाब और बंगाल के दो बड़े सूबों का भी विभाजन कर दिया जाए। जो आदमी उनकी अगुवाई करके उन्हें विजय की इस मंजिल तक लाया था, वह अब अकेला रह गया था—उसकी विजय कलंकित हो चुकी थी और उसका स्वप्न चकनाचूर हो चुका था।

अगले दिन 2 मई को, शाम 6 बजे नयी दिल्ली में उतरने के ठीक 40 दिन बाद, वायसराय का यार्क एम.डब्ल्यू. 102 विमान पालम हवाई अड्डे से फिर लंदन के लिए रवाना हुआ। इस बार उस पर सबसे महत्त्वपूर्ण यात्री थे माउंटबेटन के चीफ ऑफ स्टाफ लॉर्ड इस्मे, जो अपने साथ ब्रिटिश सरकार के सामने पेश करने के लिए भारत के विभाजन की एक योजना ले जा रहे थे।

अंततः जिन्ना की हठधर्मिता की चट्टान से टकराकर माउंटबेटन की सारी आशाएँ चकनाचूर हो चुकी थीं। उन्हें इस पूरे जोड़-तोड़ में सिर्फ इस एक बात का पता नहीं था, जिससे सारा नक्शा ही बदल सकता था और वह बात थी जिन्ना की बीमारी। अपने शेष जीवन-भर माउंटबेटन को इस बात का पछतावा रहा कि वह जिन्ना को टस-से-मस नहीं कर सके और यह उनके जीवन की सबसे बड़ी निराशा थी। उनका मन इस बात से कितना व्यथित था कि इतिहास में उनका नाम भारत का विभाजन करने वाले के रूप में लिया जाएगा, इसका अंदाजा उस दस्तावेज से लगाया जा सकता है, जो लॉर्ड इस्मे अपने साथ लेकर हवाई जहाज से लंदन जा रहे थे। यह एटली-सरकार को भेजी गयी माउंटबेटन की पाँचवीं निजी रिपोर्ट थी।

माउंटबेटन ने लिखा था, "विभाजन 'सरासर पागलपन' है, और 'यदि विचित्र सांप्रदायिक उन्माद का भूत सबके सिर पर न सवार हो गया होता और इसने बाकी सभी रास्ते बंद न कर दिए होते तो इसके (विभाजन के) लिए मुझे कोई भी राजी नहीं कर सकता था।"

उन्होंने लिखा था, "इस पागलपन के निर्णय की संपूर्ण जिम्मेदारी विश्व की दृष्टि में हिंदुस्तानियों के ही कंधों पर डाली जानी चाहिए, क्योंकि जो निर्णय वे लेने जा रहे हैं, उसके लिए उन्हें एक दिन स्वयं की करनी पर बुरी तरह पछताना पड़ेगा।"

छोटी-सी, मगर सुहानी जगह

शिमला, मई 1947

लुई माउंटबेटन को वातानुकूलित की अब कोई आवश्यकता नहीं रह गयी थी। उनके अध्ययन-कक्ष की खिड़की से जो दृश्य दिखायी देता था, उन्हें तरोताजा रखने के लिए काफी था—दुनिया की सबसे ऊँची हिमालय पर्वतमाला की बर्फ से ढकी हुई चोटियाँ, जो इधर भारत और उधर तिब्बत और चीन के बीच एक दीवार की तरह खड़ी हुई थीं। अब उनकी दृष्टि चिलचिलाती हुई धूप में झुलसे हुए नीरस निर्जन दृश्यों को देखकर लौट नहीं जाती थीं। इस समय उनकी निगाहों के सामने सदा-बहार हरियाली का दृश्य था; हरे-भरे लॉन, चीड़ के ऊँचे-ऊँचे पेड़, और महीन नाजुक पत्तियों वाली पहाड़ी झाड़ियाँ। सप्ताहों की लगातार थकान के बाद माउंटबेटन ने भी अपने पूर्वजों की डाली हुई परंपरा का पालन किया था। लॉर्ड इस्मे के लंदन चले जाने के बाद वह दिल्ली छोड़कर यहाँ चले आये थे। यह जगह ब्रिटिश राज की सबसे बेमेल देन थी। अपने आस-पास की हर चीज़ से अलग अंग्रेज़ी ढंग की बस्ती हिमालय की गोद में लाकर बिठा दी गयी थी और उस छोटी-सी बस्ती का नाम रख दिया था, शिमला।

लोगों से बातचीत करते-करते माउंटबेटन थक भले ही गये हों, पर उनका मन उमंग और आत्म-विश्वास से भरा हुआ था। उन्होंने छः हफ्तों में ही वह कार्य कर दिखाया था, जो उनसे पहले आये लोग बरसों में पूरा नहीं कर पाये थे। उन्होंने ब्रिटिश प्रधानमंत्री को एक ऐसी योजना तो भेज दी थी, जिससे अंग्रेज़ों को प्रतिष्ठा के साथ भारत से निकल जाने का अवसर मिलता था और हिंदुस्तानियों को अपनी बरसों से उलझी हुई गुत्थी को सुलझाने का एक हल, भले ही वह कष्टप्रद हो।

लंदन से चलने से पहले चूँकि एटली ने स्वतंत्र निर्णय का पूरा अधिकार ले लिया था, इसलिए यह अनिवार्य नहीं था कि कोई योजना इंग्लैंड भेजने से पहले वह उस पर औपचारिक रूप से भारतीय नेताओं की स्वीकृति ले लें। उन्हें एटली-सरकार को केवल यह विश्वास दिलाना था कि जब योजना उन नेताओं के सामने रखी जाएगी, तो वे उसी स्वीकार कर लेंगे।

माउंटबेटन ने अपने अध्ययन-कक्ष के एकांत में जो कुछ सीखा-जाना था, उसका निचोड़ उस योजना में था। उसमें उन्होंने हर नेता की अंतरतम भावनाओं तथा आस्थाओं के बारे में अपनी जानकारी के आधार पर बहुत सोच-विचार करने के बाद अपना मूल्यांकन पेश किया था कि जब फैसले की घड़ी आयेगी तो वे कहाँ तक मानने को तैयार होंगे। उन्हें अपने फैसले पर इतना भरोसा था कि शिमला के लिए रवाना होने से पहले ही उन्होंने बाकायदा घोषणा कर दी थी कि 17 मई को शिमला से वापस आने पर वह अपनी योजना उनके सामने रख देंगे।

लेकिन शिमला के सदाबहार वातावरण ने, वहाँ की देवलोक जैसी शांति ने उन्हें कुछ और सोचने के लिए प्रेरित किया और वायसराय के मन में शंकाएँ उमड़ने लगीं। जब से वह योजना लंदन पहुँची थी, उनके पास एटली-सरकार की ओर से भेजे गये तारों का एक ताँता-सा बँध गया था, जिनमें कुछ शब्दों को इस तरह बदल देने का सुझाव रहता था, जिनसे योजना का मूल आशय तो न बदले पर उसके लहजे में कुछ सुधार हो जाए।

लेकिन इससे भी गंभीर उनकी वह असली चिंता थी, जो उनकी इस बढ़ती हुई आशंका की बुनियाद थी। उन्होंने जो योजना लंदन भेजी थी, अगर उसके सभी पहलुओं को पूरी तरह लागू कर दिया जाता तो यह विशाल भारतीय उप-महाद्वीप दो नहीं बल्कि तीन स्वतंत्र राष्ट्रों में विभाजित हो जाता। माउंटबेटन ने उस योजना में एक धारा यह भी जोड़ दी थी कि अगर भारत के किसी प्रांत में दोनों संप्रदायों के बहुमत चाहें तो उसे स्वतंत्र होने का अधिकार होगा। यह धारा इस उद्देश्य से जोड़ी गयी थी कि बंगाल के साढ़े छः करोड़ हिंदू और मुसलमान मिलकर अपना एक अलग देश बना सकते हैं, जो अपने पैरों पर खड़ा हो सकता है और कलकत्ता का विशाल बंदरगाह उसकी राजधानी हो सकता है।

यह विचार माउंटबेटन के सामने कलकत्ता के मुस्लिम नेता सुहरावर्दी ने रखा था। वह नाच-रंग और शराब-कबाब के शौकीन थे, जिन्होंने दस महीने पहले इसी शहर में 'सीधी कार्रवाई का दिन' मनाने के मुस्लिम लीग के नारे पर भयानक उपद्रव मचवा दिया था। वायसराय को यह विचार पसंद आया था। जिन्ना के दो सिर वाले बेतुके राज्य के मुकाबले में यह एक ऐसा राज्य हो सकता था, जो अपने बल पर टिका रह सकता था। उन्हें यह देखकर कुछ आश्चर्य हुआ कि बंगाल के हिंदू कांग्रेसी नेता इस योजना से कुछ असमंजस में पड़ गये थे। माउंटबेटन ने चुपके-चुपके उनकी दिलचस्पी को बढ़ावा देने की भी कोशिश की थी। उन्होंने यह भी पता लगा लिया था कि जिन्ना इस विचार का विरोध नहीं करेंगे, लेकिन उन्होंने नेहरू और पटेल को इसकी भनक नहीं लगने दी थी और उनकी यह भूल उस समय उन्हें चिंतित कर रही थी। 'सचमुच क्या वे किसी ऐसी योजना को मान लेंगे, जिसमें कलकत्ता का शानदार बंदरगाह और उसके आस-पास के कपड़े और जूट की मिलों का पूरा सिलसिला उनसे छिन जाए, जिनके मालिक वे उद्योगपति थे, जो उनकी पार्टी के लिए रुपए-पैसे का सबसे बड़ा सहारा थे?' अगर उन्होंने इस योजना को न माना तो माउंटबेटन, ब्रिटिश सरकार को इतने बहुत से आश्वासन दे चुकने के बाद भारत, ब्रिटेन और सारी दुनिया की दृष्टि में धूर्त साबित होंगे।

अचानक उनके मन में एक विचार उत्पन्न हुआ, "मैं उस नेता के साथ व्यक्तिगत स्तर पर बातचीत करके अपने मन को फिर से आश्वस्त करूँगा, जिस नेता को मैंने अपने सहयोगियों की परेशानी का परवाह न कर शिमला में अपने साथ छुट्टी बिताने का निमंत्रण दिया था।" माउंटबेटन को इस समय पहले से कहीं अधिक यह लगा कि सौम्य और शालीन व्यक्तित्व वाले जवाहरलाल नेहरू के साथ उनका संबंध भारत में उनकी नीतियों के लिए सबसे बड़ा सहारा है, और आने वाले वर्षों के दौरान ब्रिटेन और उसके पुराने भारतीय साम्राज्य के बीच हार्दिक सद्भावना बने रहने की सबसे बड़ी उम्मीद भी।

नेहरू जी के साथ उनकी पत्नी की मित्रता भी बढ़ती गयी थी। एडविना माउंटबेटन जैसी स्त्री विश्व में कम ही थीं और 1947 के हिंदुस्तान में तो और भी कम। जब नेहरू संशय और निराशा में घिर जाते थे और सिकुड़कर अपने-आप में सीमित हो जाते थे, उस समय उन्हें फिर अपने घेरे से निकालकर बाहर लाने में किसी को उतनी सफलता नहीं मिलती थी, जितनी रईस घराने की इस आकर्षक महिला को, जिसके रोम-रोम से सहानुभूति, समझदारी और हार्दिक स्नेह झलक पड़ता था। अक्सर ऐसा हुआ था कि चाय पीते-पीते, मुगल गार्डन में टहलते हुए या वायसराय-भवन के तालाब में तैरते समय नेहरू पर उन्होंने अपना जादू चलाकर उन्हें नैराश्य के वातावरण से बाहर निकाला था, खराब परिस्थितियों को संभाल लिया था और बड़े गूढ़ तरीके से अपने पति के प्रयासों को सफल बनवाया था।

माउंटबेटन ने दृढ़ निश्चय कर लिया था कि उनके मन में जो विचार अपने-आप पैदा हुआ था, उसी पर वह अमल करेंगे। उन्होंने अपने कर्मचारी-मंडल के सदस्यों को अपने अध्ययन-कक्ष में बुलाकर अपना यह विचार उनके सामने रखा। वे स्तंभित रह गये। उन लोगों ने कहा, "जिन्ना को दिखाये बिना उस योजना को नेहरू को दिखा देना सरासर विश्वासघात होगा। अगर उन्हें पता चल गया तो आपकी सारी साख मिट्टी में मिल जाएगी।"

बड़ी देर तक माउंटबेटन चुपचाप बैठे मेज पर अपनी उँगलियों से ताल देते रहे।

आख़िरकार उन्होंने घोषणा की, "मुझे अफसोस है कि मैं आपकी बात नहीं मान सकता। आपकी सारी दलीलें उचित हैं। लेकिन मेरा मन कहता है कि मैं यह योजना नेहरू को दिखा दूँ और मैं अपने मन की बात ही मानूँगा।"

उस रात माउंटबेटन ने नेहरू को पोर्ट पीने के लिए अपने अध्ययन-कक्ष में बुलाया। बातें करते-करते उन्होंने योजना की एक प्रति, जिसमें लंदन से भेजे गये संशोधन के सुझाव भी शामिल थे, कांग्रेसी नेता के सामने सरकाते हुए कहा, "आप इसे अपने कमरे में ले जाकर पढ़ लें। शायद उसके बाद आप बता सकें कि इस योजना पर कांग्रेस की प्रतिक्रिया क्या होगी?" इससे नेहरू जी अति प्रसन्न हुए।

कुछ घंटे बाद माउंटबेटन प्रतिदिन की तरह अपनी थकान मिटाने के लिए अपना वंश-वृक्ष बनाने में व्यस्त हो गये और नेहरू जी अपने देश के भविष्य का फैसला करने वाले उन काग़ज़ात को ध्यान से पढ़ने लगे। उन्होंने जो कुछ पढ़ा उससे वह सहम उठे। उस योजना के पन्नों में से भारत का जो चित्र उभरा वह एक भयानक दुःस्वप्न जैसा था—दो टुकड़ों में नहीं बल्कि दर्जनों टुकड़ों में बँटे हुए भारत का चित्र। नेहरू ने पहले ही से भाँप लिया कि माउंटबेटन ने बंगाल के लिए जो दरवाजा खुला छोड़ दिया था, वह एक ऐसा नासूर बन जाएगा, जिससे भारत का सारा स्वस्थ खून बह जाएगा। वह देख रहे थे कि कलकत्ता का बंदरगाह और उसके साथ कितनी ही मिलें, फैक्टरियाँ और इस्पात के कारखाने छिन जाने से भारत के शरीर से उसे फेफड़े छिन जाएँगे; कश्मीर, उनका प्यारा कश्मीर, एक स्वतंत्र राज्य बन जाएगा, जिस पर एक ऐसे निरंकुश राजा का शासन होगा, जिससे उन्हें घृणा थी; हैदराबाद भारत के उदर में एक बहुत बड़ी मुस्लिम गाँठ बनकर रह जाएगा, जिसे पचाना असंभव होगा; आधा दर्जन दूसरी देसी रियासतें भी अपना अलग अस्तित्व बनाए रखने के लिए शोर मचाने लगेंगी। उन्हें

विश्वास था कि यह योजना भारत में अलगाव की सारी प्रवृत्तियों को—बोली, संस्कृति और जाति के झगड़ों को—इस सीमा तक बढ़ा देगी कि उप-महाद्वीप में ऐसा विस्फोट हो जाएगा जो इसे छोटे-छोटे, कमजोर और एक-दूसरे के दुश्मन राज्यों में तोड़कर रख देगा। अंग्रेज़ तीन शताब्दियों से 'फूट डालो और राज करो' के नारे के सहारे भारत पर राज्य करते आये थे और अब एक नया नारा देकर यहाँ से विदा होना चाहते थे—'टुकड़े-टुकड़े करके चले जाओ'। गुस्से के मारे उनका चेहरा तमतमा उठा और उनका शरीर काँपने लगा। नेहरू अपने विश्वासपात्र कृष्ण मेनन के कमरे में पहुँचे, जो उनके साथ ही शिमला आये थे। बहुत झल्लाकर उन्होंने योजना को मेनन के बिस्तर पर फेंक दिया।

"सारा खेल समाप्त हो गया!" उन्होंने चीखकर कहा।

अगले दिन सुबह माउंटबेटन को एक पत्र मिला जिससे उन्हें अपने मित्र की तीव्र प्रतिक्रिया ज्ञात हुई। अपने आत्म-विश्वास में निश्चिंत वायसराय के लिए यह 'बम के धमाके' जैसा था। पत्र पढ़ते-पढ़ते उन्हें लगा कि पिछले छः सप्ताह में उन्होंने इतने श्रम से जो ढाँचा खड़ा किया था, वह ताश के महल की तरह ढह गया है। नेहरू ने लिखा था कि योजना पढ़कर जो चित्र उनके सामने उभरा, वह 'बिखराव, कलह और उथल-पुथल' का चित्र है। उसे पढ़कर वह सहम उठे और उन्हें विश्वास है कि 'कांग्रेस पार्टी उसे बेहद नापसंद करेगी और उस पर झुँझलाएगी।'

नेहरू के ये शब्द पढ़कर शांत और निश्चिंत वायसराय को, जिन्होंने बड़े गर्व के साथ सारे संसार के सामने यह घोषणा कर दी थी कि वह दस दिन के अंदर भारत की गुत्थी को सुलझाने का हल पेश कर देंगे, अचानक ऐसा लगा कि उनके पास कोई हल है ही नहीं। उसी दिन ब्रिटिश सरकार का मंत्रिमंडल जिस योजना पर विचार कर रहा था, जिस योजना के बारे में उन्होंने एटली को विश्वास दिलाया था कि हिंदुस्तान उसे स्वीकार कर लेगा, वह योजना एक मंजिल से भी आगे नहीं बढ़ पाएगी, उसे कांग्रेस पार्टी की स्वीकृति नहीं मिल पाएगी, जिसकी मंजूरी जरूरी थी।

माउंटबेटन के आलोचक उन पर आवश्यकता से अधिक आत्मविश्वास का आरोप भले ही लगाएँ, लेकिन वह उन लोगों में से नहीं थे, जो विफलताओं का रोना रोते रहें। नेहरू की प्रतिक्रिया से निराश होने के बजाय माउंटबेटन ने अपने-आपको इसके लिए बधाई दी कि उन्होंने वह योजना नेहरू को दिखा दी थी। और फिर वह बिगड़ी हुई स्थिति को सुधारने में लग गये। वायसराय के लिए यह सौभाग्य की बात थी कि नेहरू के साथ उनकी मित्रता इस आघात के बाद भी टूटी नहीं। माउंटबेटन के कहने पर नेहरू शिमला में एक रात और ठहरने को तैयार हो गये ताकि उन्हें ऐसी नयी योजना तैयार करने का समय मिल जाए, जिसे कांग्रेस स्वीकार कर सके। इस नयी योजना में उन त्रुटियों को दूर करना जरूरी था, जिनकी वजह से नेहरू को इतनी तकलीफ हुई थी। इस नयी योजना में भारत के प्रांतों और देसी रियासतों के सामने एक ही रास्ता होगा—भारत में रहें या पाकिस्तान में मिल जाएँ।

स्वतंत्र बंगाल का सपना समाप्त हो गया था, लेकिन माउंटबेटन को विश्वास था कि जिन्ना का दो सिर वाला राज्य ज्यादा दिन तक जीवित नहीं रह सकता। कुछ दिन बाद उन्होंने राजगोपालाचारी से, जो उनके बाद वायसराय-भवन में उनकी जगह लेने वाले थे, भविष्यवाणी की कि चौथाई शताब्दी के अंदर-अंदर पूर्वी बंगाल पाकिस्तान से नाता तोड़ लेगा। 1971 के बांग्लादेश के युद्ध ने उनकी इस भविष्यवाणी को उनकी बतायी हुई अवधि से एक वर्ष पहले ही सच साबित कर दिया।

अपनी योजना को नये सिरे से लिखने के लिए माउंटबेटन ने अपने अध्ययन-कक्ष में अपने कर्मचारी-मंडल के सबसे ऊँचे भारतीय पदाधिकारी को बुलाया। इससे बड़ा व्यंग्य और क्या हो सकता था कि इस नाजुक घड़ी में वायसराय ने जिस हिंदुस्तानी का सहारा लिया था वह कभी भारत के प्रशासकों के उस श्रेष्ठ वर्ग में नहीं रहा था, जिसे आई.सी.एस. कहा जाता था। ऑक्सफोर्ड या कैंब्रिज की कोई डिग्री भी उसके कमरे की दीवारों की

शोभा नहीं बढ़ाती थी। उसने इतनी तेज़ी से उन्नति अपने पारिवारिक संबंधों के कारण से भी नहीं की थी। वायसराय-भवन के उस बिरले वातावरण में भी वी. पी. मेनन एक विचित्र हस्ती थे, एक ऐसा आदमी जो अपने बल-बूते पर यहाँ तक पहुँचा था।

बारह भाई-बहनों के परिवार में वह सबसे बड़े थे। उन्होंने तेरह वर्ष की उम्र में पढ़ाई छोड़ दी थी और फिर बारी-बारी से राज-मजदूर का कार्य किया, कोयला-खान में मजदूरी की, साउथ इंडियन रेलवेज में इंजन में कोयला झोंकने वाले का काम किया, कपास की दलाली की नाकाम कोशिश की और स्कूल में पढ़ाया। आख़िरकार उन्होंने अक्षर देख-देखकर दो उँगलियों से टाइप करना सीख लिया और अपने वाक्-चातुर्य के बल पर 1929 में शिमला में भारत-सरकार के प्रशासन में अपने लिए एक नौकरी खोज ली।[1]

इसके बाद का घटनाक्रम उस प्रशासन के इतिहास में किसी के भी उन्नति करने की सबसे चमत्कारी मिसाल है। 1947 तक मेनन वायसराय के कर्मचारी-मंडल में एक उच्चतम पद पर पहुँच चुके थे, जहाँ उन्होंने बहुत शीघ्रता से माउंटबेटन का विश्वास और आगे चलकर उनका स्नेह प्राप्त किया।

"आज ही शाम तक तुम्हें उस घोषणा को नये सिरे से लिख डालना है, जिससे भारत को उसकी स्वतंत्रता मिलेगी," माउंटबेटन ने मेनन से कहा, "उसमें जो बुनियादी रास्ता बताया गया है, यानी विभाजन, वह तो रहेगा, लेकिन यह जिम्मेदारी हिंदुस्तानियों की होगी कि वे अपनी विधानसभाओं के बहुमत से वह रास्ता चुनें।"

---

1. जब मेनन शिमला जाते हुए दिल्ली पहुँचे, तो उन्हें पता चला कि उनके पास जितने रुपए थे, वह किसी ने चुरा लिए हैं। निराश होकर वह एक बूढ़े प्रतिष्ठित सिख सज्जन के पास गये और अपनी व्यथा की सारी कहानी सुनाकर उनसे शिमला तक जाने के किराए के लिए 15 रुपये उधार माँगे। सिख सज्जन ने रुपये दे दिए। जब मेनन ने उनके पैसे वापस करने के लिए उनका पता पूछा तो उन्होंने कहा "नहीं, मुझे पैसे वापस करने की बजाय तुम वायदा करो कि अपने जीवन-भर जब भी कोई ईमानदार आदमी तुमसे सहायता माँगेगा, तो तुम उसे इतनी ही रकम देते रहोगे।" उनके मरने से छः सप्ताह पहले बंगलौर में उनके घर के दरवाजे पर एक भिखारी आया। मेनन ने अपनी बेटी से बटुआ मँगवाकर उसमें से पंद्रह रुपये निकाले और उस भिखारी को दे दिए। वह अब तक अपना ऋण इसी तरह चुका रहे थे।

"क्या आपने पूरा कार्य कर लिया।"

"हाँ," मेनन ने माउंटबेटन को बताया, "आपके आदेश के अनुसार अपना काम पूरा कर दिया। दोपहर के भोजन और रात के भोजन के बीच के समय में ही मैंने अपना कार्य पूरा किया।"

जिस आदमी ने अक्षर खोज-खोजकर दो उँगलियों से टाइप करके अपनी रोजी कमाना शुरू किया था, उसने कार्यालय के बरामदे में बैठकर, जहाँ से सामने हिमालय की चोटियाँ दिखायी देती थीं, उस योजना को नये सिरे से लिखकर सचमुच कमाल कर दिखाया था, जिसके आधार पर इस उप-महाद्वीप में एक नयी व्यवस्था स्थापित की जाने वाली थी और विश्व का नक्शा बदलकर एक नये युग की शुरूआत होने वाली थी।

उस दिन मनु अपेंडिसाइटिस के भीषण दौरे से तड़प रही थी। उसके दादा ने उसके शरीर पर कई कंबल डाल दिए थे। उनके नीचे भी उसका दुबला-पतला शरीर बुरी तरह काँप रहा था। तेज बुखार के कारण उसकी आँखें पथरा गयी थीं। उसके पेट में भयानक पीड़ा हो रही थी, जिसे दबाने के लिए वह हाथ-पैर समेटे इस तरह गठरी बनी हुई थी जैसे माँ के गर्भ में बच्चा रहता है। चिंता में डूबे हुए गाँधी जी चुपचाप उसके पास टहल रहे थे।

एक बार फिर उनकी आस्था को चुनौती दी गयी थी। गाँधी जी प्राकृतिक चिकित्सा में अटल विश्वास रखते थे। वह आधुनिक चिकित्सा की निंदा इसलिए करते थे कि उसमें आत्मा को महत्त्व न देकर रोग के शारीरिक पक्ष पर जोर दिया जाता है, संयम और आत्मानुशासन के बजाय गोलियाँ और दवाएँ खाने को महत्त्व दिया जाता है, और पैसा कमाने की चिंता ज्यादा रहती है। उनका कहना था कि भारत के खेतों और जंगलों को ईश्वर ने इस देश की व्याधियीं को हरने के लिए असंख्य जड़ी-बूटियों से संपन्न कर रखा है। यही कारण था कि जब आगा खां के महल में उनकी पत्नी अपनी अंतिम साँसें गिन रही थीं, तो उन्होंने इंजेक्शन की सुई से उनके शरीर को छेदने की अनुमति नहीं दी थी।

जब मनु ने शुरू-शुरू में पेट में दर्द की शिकायत की, तो गाँधी जी ने वही उपचार करने को कहा, जो प्राकृतिक चिकित्सा में बताया गया है—मिट्टी का लेप, नपा-तुला भोजन और एनीमा।

पर इस उपचार का कोई सकारात्मक असर नहीं हुआ और उल्टे उसकी दिन-ब-दिन हालत बिगड़ती गयी। अब 36 घंटे बाद बड़े संकट का सामना था। प्राकृतिक चिकित्सा में इतनी गहरी आस्था के बावजूद गाँधी जी ने आधुनिक चिकित्सा के बारे में भी विस्तार के साथ पढ़ा था। वह अच्छी तरह जानते थे कि उनकी पोती किस रोग की शिकार है?

"क्या अंग्रेज़ी दवाई लेना चाहोगी?"

"नहीं, मुझे बापू पर पूरा भरोसा है।"

नोआखाली की तरह ही वहाँ भी मनु को अपने बापू पर पूरा भरोसा था। उसने अपने-आपको पूरी तरह उनके हाथों में सौंप दिया था, और वह उनकी इच्छा के अनुसार कुछ भी करने को तैयार थी। गाँधी जी मन-ही-मन बहुत व्यथित थे। उनकी प्राकृतिक चिकित्सा विफल हो गयी थी। उनके लिए यह विफलता और मनु की बीमारी उन दोनों की आत्मा की कमजोरी के चिह्न थे। लेकिन जैसा कि उन्होंने बाद में बताया, "उनमें इतना साहस नहीं था कि जिस लड़की की देखभाल उन्हें सौंपी गयी थी उसे वह इस तरह मर जाने दें।" उनकी आस्था टूट गयी और उन्होंने हार स्वीकार कर ली। जो आदमी अपनी मरती हुई पत्नी को इंजेक्शन की सुई से छेदे जाने की हिंसा बर्दाश्त करने को तैयार नहीं था वह 'बेहद आनाकानी के बाद' अपनी मरती हुई पोती के लिए ऑपरेशन की हिंसा सहन करने को तैयार हो गया। मनु को फौरन अपेंडिसाइटिस के ऑपरेशन के लिए अस्पताल भिजवा दिया गया।

जब दवा सुँघाए जाने के बाद उसे धीरे-धीरे बेहोशी आने लगी तो गाँधी जी ने चुपके से उसके माथे पर हाथ रखकर कहा, "राम-नाम स्मरण करती रहो, सब ठीक हो जाएगा।"

कुछ घंटे बाद अस्पताल के एक लेडी डॉक्टर को गाँधी जी की ऐसी बुरी हालत देखकर बहुत परेशानी हुई। उसने उन्हें अलग ले जाकर उनसे आराम करने की प्रार्थना करते हुए कहा, "आप थोड़ा विश्राम करें!"

"मुझे इसकी क्या जरूरत है?"

"आप विश्राम नहीं करेंगे तो बीमार पड़ जाएँगे और आपको भले ही अपने शरीर की आवश्यकता न हो, परंतु जनता को आपकी जरूरत है।"

उन्होंने फिर हाथ जोड़कर कहा, "आज जनता को आपकी जितनी जरूरत है, उतनी पहले कभी नहीं थी।"

गाँधी जी ने उसे बेहद बुझी-बुझी नज़रों से देखा और बड़े उदास भाव से उत्तर दिया, "न जनता को मेरी जरूरत है और न उन लोगों को जिनके हाथ में सत्ता है। मैं तो बस यही चाहता हूँ कि मैं अपना कार्य करते-करते स्वर्ग सिधारूँ और जब मेरे प्राण निकलें, तब भी मेरे होंठों पर भगवान राम का नाम हो।"

सात

राजा-महाराजाओं के शाही चोंचलें

राजशाही युग की बीती बातें

राजा हो या रंक! सिर पर पगड़ी हर किसी के लिए अपनी प्रतिष्ठा होती है। उस दिन सिर पर पगड़ी बाँधे एक नौकर दबे-पाँव बड़े अदब के साथ अपने मालिक की विशाल काया की ओर बढ़ रहा था। कक्ष को पार करने के लंबे सफर में शेर, चीते और हिरण की बिछी हुई कितनी ही खालों को वह अपने नंगे पाँवों सहलाता हुआ आगे बढ़ता गया था। वह अपने हाथों में चाँदी की ट्रे लिए हुए था, जिसे वह अपने स्वामी के पलंग के पास ले जा रहा था। यह ट्रे 1921 में ब्रिटिश सिंहासन के उत्तराधिकारी प्रिंस ऑफ वेल्स, एडवर्ड के भारत आगमन के अवसर पर विशेषतौर पर ऑर्डर देकर लंदन से मंगायी गयी थी। ट्रे में सोने का पानी चढ़ी हुई चायदानी से एक विशेष प्रकार की मुग्ध कर देने वाली सुगंध आ रही थी। यह चाय की पत्ती और साथ में रखे हुए बिस्कुट लंदन की प्रसिद्ध कंपनी फोर्टनम एंड मेसन हवाई जहाज से महीने में दो बार भेजती थी। उनके शयन कक्ष की दीवारों पर, धुँधली-धुंधली रोशनी में जानवरों के सिर और कितने ही पुरस्कार टंगे थे; यह सबकुछ वहाँ के स्वामी ने अपनी शिकारी बंदूक, पोलो की स्टिक या क्रिकेट के बल्ले के कमाल दिखाकर जीते थे। सेवक ने ट्रे

पलंग के पास मेज पर रख दी और अपने स्वामी के कान की ओर झुका। पलंग पर सोया आदमी सिख था और रेशमी जाली में कसकर बँधी हुई उसकी काली दाढ़ी उसके सोते हुए चेहरे के चारों ओर ऐसी लग रही थी, मानो वह अपने गले में आबनूस की लकड़ी की हँसुली पहने हो।

"बेड-टी", नौकर ने बेहद विनम्रता के साथ दबी आवाज में कहा।

पलंग पर सोये हुए उस छः फीट चार इंच लंबे आदमी ने इस तरह अंगड़ाई ली, जैसे कोई चीता नींद से जाग रहा हो। जैसे ही वह उछलकर खड़ा हुआ एक दूसरे नौकर ने किसी अंधेरे कोने से लपककर उसके बलिष्ठ कंधों पर एक रेशमी गाउन डाल दिया। अपनी आँखों से नींद झिटकते हुए भारतीय देसी रियासत पटियाला के आठवें महाराजा हिज मोस्ट ग्रेशस हाइनेस यादवेंद्रसिंह ने अपने जीवन के एक और दिन शुरू होने पर बाहर दृष्टि डाली।

"अच्छा दिन है।"

"जी हुजूर।"

यादवेंद्रसिंह विश्व के सबसे अद्भुत संगठन के अध्यक्ष थे। वह ऐसा संगठन था, जिस पर अभी तक न तो किसी आदमी का प्रभुत्व रहा था और न आगे चलकर रहने की आशा थी। वह भारत के नरेंद्र-मंडल के अध्यक्ष थे—चांसलर ऑफ द चैंबर ऑफ इंडियन प्रिंसेज। मई की इस सुबह को, हिरोशिमा की तूफानी तबाही और दुनिया की बुनियादों को हिला देने वाले युद्ध के समाप्त होने के लगभग दो वर्ष बाद उस नरेंद्र-मंडल में शामिल 565 महाराजा, नवाब, राजा और दूसरे रजवाड़े सन 1947 में भी भारत के एक-तिहाई भू-विस्तार के, जिसमें देश की चौथाई आबादी रहती थी, सार्वभौम शासक बने हुए थे। वे इस बात का जीता-जागता प्रमाण थे कि अंग्रेज़ों के शासन में दो हिंदुस्तान थे—एक, प्रांतों का हिंदुस्तान, जिनका शासन दिल्ली की केंद्रीय सरकार चलाती थी और दूसरा रजवाड़ों का एक अलग भारत।

इन रजवाड़ों का सिलसिला, जिनका आधुनिक युग से कोई संबंध नहीं था, उस समय से चला आ रहा था, जब अंग्रेज़ों ने भारत के विभिन्न टुकड़ों को अलग-अलग समय पर जीता था। जिन शासकों ने अंग्रेज़ों का खुली बाँहों से स्वागत किया था या जिन्होंने लड़ाई के मैदान में उनके दाँत खट्टे कर दिए थे, उन्हें उनकी गद्दियों पर इस शर्त पर बने रहने का अधिकार दिया गया था कि वे अंग्रेज़ों की सर्वोपरि सत्ता मान लें। अलग-अलग शासकों और ब्रिटिश सम्राट के बीच अनेक संधियों के एक क्रम की सहायता से इस व्यवस्था को औपचारिक रूप दे दिया गया था। रजवाड़ों ने सम्राट की 'सर्वोपरि सत्ता' को स्वीकार कर लिया था और नयी दिल्ली में वायसराय को उनका प्रतिनिधि मानकर अपने वैदेशिक मामलों तथा प्रतिरक्षा की जिम्मेदारी उनके हाथों में सौंप दी थी। इसके बदले में अंग्रेज़ों ने उन्हें अपनी रियासतों की हद में स्वायत्त सत्ता का उपभोग करते रहने का आश्वासन दिया था।

हैदराबाद के निज़ाम या कश्मीर के महाराजा जैसे कुछ शासकों का शासन इतनी बड़ी-बड़ी रियासतों पर था, जो विस्तार और आबादी में पश्चिमी यूरोप के बड़े-से-बड़े राष्ट्रों को मात दे सकते थे। बंबई के पास काठियावाड़ प्रायद्वीप में कुछ रियासतें ऐसी भी थीं, जिनके शासक अस्तबलों जैसे मकानों में रहते थे और जिनका विस्तार लंदन के रिचमंड पार्क से बड़ा नहीं था। उनकी बिरादरी में दुनिया का सबसे अमीर आदमी भी था और इतने गरीब रजवाड़े भी थे, जिनका पूरा राज्य ढोरों की चरागाह से बड़ा नहीं था। चार सौ से अधिक रजवाड़े ऐसे थे जिनकी रियासतों का विस्तार 20 वर्ग मील से अधिक नहीं था। उनमें से बहुत-से ऐसे थे, जो अपनी प्रजा पर अंग्रेज़ों से ज्यादा अच्छी तरह शासन करते थे। भारत के कुछ छोटे-मोटे निरंकुश राजा ऐसे भी थे, जिन्हें अपनी प्रजा की हालत सुधारने से ज्यादा दिलचस्पी अपनी रियासत की आमदनी ऐय्याशी पर लुटाने में थी।

उनकी राजनीतिक प्रवृत्तियाँ कुछ भी रही हों, पर भारत के रजवाड़ों में से हर एक के पास औसतन 11 उपाधियाँ, 5.8 बीवियाँ, 12.6 बच्चे, 1.2

हाथी, 2.8 निजी रेल के डिब्बे, 3.4 रोल्स-रायस मोटरें और शिकार में मारे हुए 22.9 शेर थे। 1947 के वसंत में वे एक गंभीर समस्या बने हुए थे। भारत की समस्या का कोई भी हल उस अजीब स्थिति का निबटारा किये बिना सफल नहीं हो सकता था।

गाँधी जी, नेहरू और कांग्रेस के लिए तो इसका हल सीधा-सादा था—रजवाड़ों का राज खत्म कर दिया जाए और उनकी रियासतें स्वतंत्र भारत में मिला दी जाएँ। परंतु यह इतना आसान नहीं था। यह हल यादवेंद्र सिंह और उनके जैसे दूसरे लोगों को कभी अच्छा लग ही नहीं सकता था। पंजाब के बीचों-बीच उनकी पटियाला रियासत भारत की सबसे समृद्ध रियासतों में से एक थी। उनके पास पैदल फौज के एक डिवीजन के बराबर सेना भी थी और आवश्यकता पड़ने पर रक्षा के लिए सेंचुरियन टैंकों को एक रिसाला भी था।

चाय की चुस्कियाँ लेते समय नरेंद्र-मंडल के अध्यक्ष के चेहरे पर चिंता और तनाव के बादल छाये हुए थे। मई की उस सुबह को उन्हें एक ऐसी बात पता चली थी, जो भारत के वायसराय को भी नहीं पता हुई थी। उन्हें मालूम हुआ था कि उनकी पंजाबी रियासत से 6,000 मील दूर लंदन में एक आदमी सबकुछ दाँव पर लगाकर इस प्रयास में लगा हुआ है कि उनका और उनके जैसे दूसरे रजवाड़ों का भविष्य वह न होने पाए, जो नेहरू और कांग्रेस के समाजवादी नेता चाहते हैं।

राजा-महाराजाओं की पैरवी करने जो आदमी गया था, वह स्वयं कोई महाराजा नहीं, बल्कि एक अंग्रेज़ था। वह वायसराय की जानकारी या उनकी स्वीकृति के बिना ही लंदन में उपस्थित था। सर कानरैड कॉरफील्ड एक पादरी के बेटे थे, और वह अब तक भारत पर शासन करने वाले अंग्रेज़ों की एक सबसे बड़ी शक्ति के, और उसके साथ ही उनकी एक सबसे बड़ी कमजोरी के भी प्रतिनिधि थे। कॉरफील्ड ने अपना अधिकांश जीवन भारत के रजवाड़ों की सेवा में बिताया था और ये रियासतें ही उनके

लिए हिंदुस्तान थीं। उनकी दृष्टि में भारत के रजवाड़ों की भलाई में ही भारत की भलाई थी। उन्हें इन रजवाड़ों के दुश्मनों से, नेहरू और कांग्रेस से, उतनी ही घृणा थी, जितनी इन नेताओं को रजवाड़ों से थी।

मई 1947 में कॉरफील्ड वायसराय के राजनीतिक सचिव थे, जिनकी यह जिम्मेदारी थी कि वायसराय के सहायक की हैसियत से उस सत्ता का काम-काज संभालें, जो इन रजवाड़ों ने ब्रिटिश सम्राट को सौंप दी थी। माउंटबेटन तो दिल्ली आने के बाद से कांग्रेस और मुस्लिम लीग के झगड़े का हल तलाशने में इतना व्यस्त रहे थे कि उन्हें कॉरफील्ड और उनके रजवाड़ों की समस्या से जूझने का समय ही नहीं मिला था। इससे कॉरफील्ड को कोई दिक्कत नहीं हुई थी। नेहरू जी के साथ वायसराय की बढ़ती हुई मित्रता के बारे में गहरी आशँकाएँ लिए हुए कॉरफील्ड लंदन इस उद्देश्य से गये थे कि माउंटबेटन उनके रजवाड़ों के साथ जिन शर्तों पर सौदा पटाने को तैयार हैं, उससे बेहतर शर्तें वहाँ जाकर मनवा सकें। कॉरफील्ड यह पैरवी एक ऐसे कमरे में कर रहे थे, जो भारत के रजवाड़ों की भावनाओं का सम्मान करते हुए अपने ढंग का अनोखा कमरा था। लंदन में भारत सचिव के इस अष्टभुजी कमरे में, जिसे जॉन मोर्ले के काल से ही 'सुनहरा पिंजरा' कहा जाता था, घुसने के लिए सचिव की मेज के सामने एक-दूसरे के समान दो दरवाजे थे, ताकि समान पद के दो महाराजा किसी तरह का अपमान या ऊँच-नीच का भेदभाव अनुभव किये बिना सचिव के सामने एक साथ आ सकें।

उस समय कॉरफील्ड ने उस कार्यालय की कुर्सी पर बैठे हुए व्यक्ति लॉर्ड लिस्टोवेल के सामने बड़े जोरदार ढंग से दलील पेश की, "भारतीय रजवाड़ों ने अपने अधिकार ब्रिटिश सम्राट को सौंपे थे, किसी और को नहीं। जिस क्षण भारत स्वतंत्र हो उसी क्षण ये अधिकार उनको वापस कर दिए जाने चाहिए। उसके बाद उन्हें इस बात की पूरी छूट होनी चाहिए कि वे भारत या पाकिस्तान के साथ जैसे भी संबंध चाहें, स्थापित कर लें, या यदि वे चाहें और यह संभव हो तो वे स्वतंत्र भी हो जाएँ। उन्हें इससे कम कुछ देना उन संधियों का उल्लंघन होगा, जिनसे ये रियासतें ब्रिटेन के साथ जुड़ी हुई हैं।"

"पर तुम्हारी दलील उचित नहीं!"

"क्यों, क्या मैंने कोई बात कानून सम्मत नहीं की?"

"शुद्ध कानूनी दृष्टि से कॉरफील्ड तुम्हारी दलील ठीक है। लेकिन व्यवहार में इसके परिणामों की कल्पना करके ही रोंगटे खड़े हो जाते हैं। यदि आपकी जोरदार पैरवी को मानकर इस पर पूरी तरह अमल किया जाता है, तो यह खतरा है कि स्वतंत्र भारत इतने छोटे-मोटे असंख्य टुकड़ों में बँट जाएगा, जिसकी कल्पना शिमला में नेहरू ने भी नहीं की थी।"

"फिर!"

"देखो इतिहास कैसा निर्मित होता है, प्रतीक्षा के सिवाय और चारा ही क्या है। ईश्वर जो करेगा, अच्छा ही करेगा।"

जंगल-जंगल बात चली है, पता चला है...एक लोकप्रिय धारावाहिक के ये बोल भला किसे स्मरण न होंगे! ये उसी धारावाहिक के बोल हैं, जो रूडयार्ड किपलिंग की लिखित पुस्तक 'द जंगल बुक' पर बनाया गया था। रूडयार्ड किपलिंग महान पशु-प्रेमी थे।

अंग्रेज़ी के प्रसिद्ध कवि रूडयार्ड किपलिंग पशु हत्या और जंगल में वन्य जीव-जंतुओं और पशुओं शिकार के घोर विरोधी थे। वे सोचते थे कि विधाता ने महाराजाओं को क्या केवल इसलिए बनाया है कि मानवता के सामने संगमरमर के महल-दुमहलों, शेर-चीतों, हाथी-घोड़ों और हीरे-मोतियों का एक चौंधियाने वाला शानदार दृश्य प्रस्तुत किया जा सके।

उनके युग में राजा-महाराजा शक्तिशाली रहे हों या कमजोर, अमीर रहे हों या गरीब, उनकी नस्ल ही अलग थी। उनकी बदौलत ही सबकी जबान पर एक ऐसे भारत के किस्से रहते थे, जो 1947 में मिटने वाला था। उनकी अच्छाइयों और बुराइयों, उनकी फिजूलखर्चियों और ऐयाशियों, उनकी सनकी और उनकी बेवकूफियों के विवरणों ने जन-साधारण में प्रचलित किस्से-कहानियों के भंडार को समृद्ध किया था और कल्पनातीत स्वप्नों की भूखी दुनिया को मंत्रमुग्ध कर दिया था। उनके दिन अब लदने वाले थे,

परंतु भारत के महाराजाओं के चले जाने के बाद धरती भी बहुत नीरस हो जाने वाली थी।

भारत के छोटे-बड़े सभी रजवाड़ों के बारे में जो किस्से-कहानियाँ प्रसिद्ध थीं, वे उनकी बिरादरी के उन बहुत ही थोड़े-से लोगों की देन थी, जिनके पास इतना धन था, इतना फालतू समय था और जिन्हें इतना गहरा शौक था कि वे अपनी कल्पना की हर उड़ान को साकार कर सकें। कितनी ही ऐसी उत्कट इच्छाएँ थीं, जो इन फिजूलखर्च रईसजादों को एक बिरादरी में बाँधें रखती थीं और वे ऐसी लगन के साथ, जो हर आदमी में नहीं पायी जाती, अपनी इन इच्छाओं, कामनाओं और वासनाओं को तुष्ट करने की चेष्टा में लगे रहते थे। शिकार, मोटरें, खेलकूद, महल और हरम—सभी कुछ तो उनकी इन इच्छाओं की परिधि में आ जाता था, लेकिन इन महाराजाओं को सबसे अधिक लगाव हीरे-जवाहरात और मोतियों से था।

बड़ौदा के महाराजा तो एक तरह से सोने और हीरे-जवाहरात की पूजा करते थे। दरबार में वह जो पोशाक पहनकर आते थे, वह सोने की तार की बुनी हुई होती थी और उनकी रियासत में एक ही परिवार ऐसा था, जिसे उसके तारों को बुनने की अनुमति थी। उस परिवार के हर आदमी के नाखून इतने लंबे बढ़ा दिए जाते थे, कि उनमे कंघियों जैसे दाँतें काटे जा सकें और फिर अपने नाखूनों की इन कंघियों से वे सोने के तार का ताना-बाना बिलकुल सीधा रखकर गठा हुआ कपड़ा बुनते थे।

उनके पास हीरे-जवाहरात का जो ऐतिहासिक संग्रह था, उसमें दुनिया का सातवाँ सबसे बड़ा हीरा सितार-ए-दक्खन भी था, और वह हीरा भी जो कभी फ्राँस के सम्राट नेपोलियन तृतीय ने अपनी प्रेयसी यूजीन को दिया था। उनके इस रत्न-भंडार में सबसे बहुमूल्य वस्तु मोतियों के बने हुए कई परदे थे, जिन पर लाल और हरे जवाहरात से बहुत खूबसूरत बेल-बूटे बनाये गये थे।

भरतपुर के महाराजा के पास इससे भी अनोखा संग्रह था। उनके सबसे शानदार कारीगरी के नमूने हाथी दाँत के बने हुए थे। इनमें से हर

एक में पूरे-पूरे परिवारों की कई-कई बरस की मेहनत लगी थी। हाथी के दाँतों को छील-छीलकर इतनी नाजुक कलाकृतियों का रूप देने में जरा-सी चूक हो जाने से बरसों की मेहनत पर पानी फिर सकता था।

कपूरथला के सिख महाराजा की पगड़ी पर दुनिया का सबसे बड़ा पुखराज किसी दानवी जंतु की आँख की तरह चमकता रहता था और उसकी खूबानी जैसी चमक के चारों ओर 3,000 अन्य हीरे-मोती दमकते रहते थे। महाराजा जयपुर का खजाना राजस्थान की एक पहाड़ी के सीने में दफन था और कई पीढ़ियों के रणकुशल राजपूतों की एक विशेष जाति के वीरों की एक टुकड़ी यहाँ पहरा देती आयी थी। हर महाराजा को अपने जीवन में केवल एक बार यहाँ जाकर अपने राज-पाट की शान-शौकत बढ़ाने के लिए अपनी पसंद के हीरे-जवाहरात चुन लाने का अवसर दिया जाता था। इस खजाने के चमत्कारों में एक तीन लड़ी का हार था, जिसमें पिरोया हुआ हर लाल कबूतर के अंडे के बराबर था और हर लड़ी में एक बहुत बड़ा पन्ना था, जिसमें से सबसे बड़ा 90 कैरेट का था।

पटियाला के सिख महाराजा के रत्न-भंडार का सबसे अनमोल रत्न मोतियों का एक हार था, जिसका बीमा इंग्लैंड के मशहूर लॉयड्स बैंक ने दस लाख डॉलर का किया था। लेकिन उसमें सबसे अनोखी चीज़ थी हलके आसमानी रंग के 1001 हीरों से जड़ा हुआ सीने पर पहनने का एक कवच। इस शताब्दी के आरंभ से पहले तक महाराजा पटियाला का यह नियम था कि वह साल में एक बार सीने पर केवल यह कवच बाँधे बिलकुल नंगे अपनी प्रजा के सामने आते थे और उस समय उनका लिंग पूरी तरह उत्तेजित रहता था। उनकी इस हरकत को शिवलिंग की लौकिक अभिव्यक्ति माना जाता था। जब महाराजा अपनी प्रजा के बीच से होकर गुजरते थे, तो सब लोग प्रसन्नता से तालियाँ बजाते और इस प्रकार के वे राजसी लिंग के आकार का भी अभिवादन करते और इस अंधविश्वास का भी कि उसमें से ऐसी शक्ति प्रसारित होती है, जो उनके राज्य की सीमाओं से सभी भूत-प्रेतों को नौ दो ग्यारह कर देती है।

प्राचीनकाल में मैसूर के किसी महाराजा को किसी चीनी मनीषी ने बताया था कि दुनिया की सबसे सशक्त कामोत्तेजक औषधियाँ हीरे को पीसकर बनायी जाती हैं। इस दुर्भाग्यपूर्ण खोज के कारण शाही खजाना बड़ी तेजी से खाली होने लगा, क्योंकि सैकड़ों बहुमूल्य हीरे महाराजा की वासना की चक्की में पीस डाले गये। इनसे तैयार होने वाली औषधियाँ जिन वीरांगनाओं को तृप्त करने के लिए होती थीं, उन्हें हाथी पर बिठाकर सारे राज्य में घुमाया जाता था। इन हाथियों की सूँडों को लाल और चुन्नियों से सजाया जाता था और उनके कानों में महाराजा के बचे हुए हीरों के बड़े-बड़े कुंडल बनाकर पहनाए जाते थे।

महाराजा बड़ौदा जिस हाथी पर बैठकर निकलते थे, उसकी सज-धज इससे भी अधिक निराली होती थी। यह हाथी 100 साल का बूढ़ा जानवर था, जो अपने नुकीले दाँतों से बीच लड़ाइयों में बीस दूसरे हाथियों को मौत की नींद सुला चुका था। उसका सारा साज-सामान सोने का बना हुआ था : वह हौदा जिस पर महाराजा बैठते थे, उसकी जीन और काठी, उसकी पीठ पर डाली जाने वाली झूल—हर चीज़। इस हाथी के दोनों कानों में दस-दस सोने की जंजीरें लटकती रहती थीं। हर जंजीर उसकी एक विजय का प्रतीक थी और उनमें से हर एक का मूल्य 25,000 पौंड था।

प्रचलित लोक-कथाओं और समकालीन व्यवहार में भी हाथी कई पीढ़ियों से राजा-महाराजाओं की सबसे प्रिय सवारी रहा था। वह ब्रह्मांड की संपूर्ण व्यवस्था का प्रतीक माना जाता था। हिंदुओं के विश्वास के अनुसार उसका जन्म भगवान राम के हाथ से हुआ था और वह संपूर्ण सृष्टि, आकाश और बादलों का आधार-स्तंभ था। साल में एक बार मैसूर के महाराजा अपने फीलखाने के सबसे बड़े हाथी के सामने साष्टांग दंडवत की मुद्रा में लेटकर अपनी श्रद्धा व्यक्त करते थे और इस प्रकार प्रकृति की शक्तियों के साथ अपने अटूट संबंध को पुनः जागृत करते थे।

प्रत्येक राजा की हैसियत इस बात से आँकी जाती थी कि उसके फीलखाने में कितनी संख्या में, कितने पुराने और कितने बड़े हाथी हैं। जब

हैनिबाल ने अपने हाथियों की सेना लेकर आल्पस पर्वत के पार चढ़ाई की थी, तब से विश्व में किसी ने एक जगह पर इकट्ठा इतने हाथी नहीं देखे थे जितने साल में एक बार दशहरे के त्यौहार पर मैसूर में इकट्ठा होते थे। फूलों की लड़ियों से बनायी गयी बहुत सुंदर झूलें डाले हुए और माथे पर सोने और हीरे के जड़ाऊ आभूषण सजाए हुए एक हार हाथियों का जुलूस शहर की सड़कों से निकाला जाता था। उनमें जो सबसे बलवान नर हाथी होता था, उसे महाराजा का सिंहासन उठाने का सौभाग्य प्राप्त होता था। ठोस सोने के बने हुए इस सिंहासन पर जरी और मखमल की गद्दियाँ और एक सुनहरा छत्र लगा रहता था, जो महाराजा की सत्ता का प्रतीक होता था। उस हाथी के पीछे इसी तरह सजे हुए दो और हाथी होते थे, जिनकी पीठ पर खाली हौदे होते थे। इन हाथियों के दिखायी देते ही सड़क के दोनों ओर खड़े हुए दर्शकों की भीड़ पर श्रद्धापूर्ण निस्तब्धता छा जाती थी। ये खाली हौदे महाराजा के पूर्वजों की मृत आत्माओं के लिए होते थे।

बड़ौदा में हर राजसी समारोह के अवसर पर हाथियों की जंग अवश्य होती थी। उनकी लड़ाई का दृश्य बहुत भयानक होता था। दो विशालकाय हाथियों को भाले कोंच-कांचकर क्रोध से उन्मत्त करके एक-दूसरे से भिड़ा दिया जाता था। अपने अपार भार से पृथ्वी को कँपाते हुए और अपनी भयभीत चिंघाड़ से आसमान को गुँजाते हुए वे उस समय तक लड़ते रहते थे, जब तक कि उनमें से एक मर नहीं जाता था।

पूर्वी भारत की धेनकनाल रियासत से राजा हर साल अपने हज़ारों अतिथियों को अपने हाथियों का इतना ही शानदार कमाल देखने का अवसर प्रदान करते थे, लेकिन उसमें कोई खून-खराबा नहीं होता था। उनके फीलखाने से सबसे अच्छे नर और मादा हाथी को चुनकर सबके सामने उनका मैथुन कराया जाता था।

महाराजा ग्वालियर ने इस शताब्दी की शुरूआत से पहले बहुत हिसाब लगाकर अपने महल में इतना बड़ा फानूस लगवाने का निर्णय लिया, जो

बकिंघम पैलेस के सबसे बड़े फानूस से भी बड़ा हो। उन्होंने वेनिस में फानूस बनवाने का ऑर्डर दे तो दिया, लेकिन बाद में किसी ने महाराजा को बताया कि कहीं ऐसा न हो कि उनके महल की छत फानूस का बोझ न सह सके। उन्होंने इस शंका का समाधान करने के लिए एक ख़ास क्रेन बनवाकर अपना सबसे भारी हाथी महल की छत पर चढ़वाया। जब उस हाथी के बोझ से छत नहीं गिरी तो महाराजा ने पूरे विश्वास के साथ घोषणा की—और बाद में उनका यह विश्वास सही ही निकला—कि वह छत फानूस का बोझ भी सह लेगी।

मोटरों का चलन हो जाने के बाद अनिवार्य रूप से शाही हाथियों का उपयोग एक उपयोगी पशु के रूप में न रहकर उत्सवों और समारोहों तक सीमित रह गया। भारत में पहली मोटर 1892 में मँगवाई गयी थी जो महाराजा पटियाला के मोटरखाने की शोभा बढ़ाने के लिए मँगायी गयी फ्रांसीसी मोटर डि डियान बूतों थी। आने वाली पीढ़ियों के लिए इसके गौरवान्वित पद का प्रमाण उसकी लाइसेंस प्लेट में सुरक्षित कर दिया गया था—उसका नंबर था '0'। निज़ाम हैदराबाद मोटरें भी उसी युक्ति से हथियाते थे, जिसकी वजह से वह कंजूसी के लिए प्रसिद्ध हो गये थे। जब कभी अपनी राजधानी की सीमा में उनकी शाही दृष्टि किसी दिलचस्प मोटर पर पड़ जाती थी, तो वह उसके मालिक से कहला भेजते कि 'हिज एक्जाल्टेड हाइनेस' को उसे तोहफे के तौर पर पाकर बहुत खुशी होगी। 1947 तक निज़ाम के मोटरखाने में सैकड़ों ऐसी मोटरें जमा हो गयी थीं जिन्हें उन्होंने कभी उपयोग नहीं किया था।

स्वाभाविक था कि हिंदुस्तान के राजे-महाराजे खिलवाड़ के लिए मोटरों में सबसे अधिक पसंद करते थे रोल्स-रॉयस को और रोल्स-रॉयस भी तरह-तरह की शक्ल और साइज में मँगाते थे—बंद छत वाली, खुली छत वाली, स्टेशन वैगन, यहाँ तक कि ट्रकें भी। महाराजा पटियाला की नन्हीं-सी डियान मोटर बाद में उनके मशीनी हाथियों के सामने, उनकी सत्ताईस रोल्स-रॉयस मोटरों के सामने बिलकुल बौने जैसी लगने लगी थी। हिंदुस्तान

में सबसे अनोखी रोल्स-रॉयस मोटर महाराजा भरतपुर की थी, खुल सकने वाली छत की इस मोटर की बॉडी चाँदी की बनी हुई थी। कहा जाता है कि उसके चाँदी के ढाँचे में से रहस्यमयी कामोत्तेजक लहरें निकलती थीं और महाराजा का सबसे बड़ा उपकार यही समझा जाता था कि वह अपनी बिरादरी के किसी दूसरे महाराजा की शादी के मौके पर यह मोटर उन्हें उधार दे दें। महाराजा भरतपुर ने शिकार खेलने के लिए भी विशेष तौर पर एक रोल्स-रॉयस गाड़ी बनवायी थी। एक बार 1921 में वह प्रिंस ऑफ वेल्स और उनके नौजवान ए.डी.सी. लॉर्ड लुई माउंटबेटन को उस मोटर पर काले चीतल का शिकार खिलाने ले गये। भारत के भावी वायसराय ने उस रात अपनी डायरी में लिखा, "वह मोटर खुले जंगली इलाके में गड्ढों और बड़े-बड़े पत्थरों पर कदूती-फाँदती इस तरह चली आ रही थी, जैसे समुद्र की तूफानी लहरों पर कोई नाव जा रही हो।"

लेकिन हिंदुस्तान के राजा-महाराजाओं के पास जितनी मोटरें थीं उनमें सबसे अद्भुत महाराजा अलवर की लंकास्टर मोटर थी, बिलकुल अपने स्वामी जैसी विचित्र। अंदर और बाहर उसकी पूरी बॉडी पर सोने का पानी चढ़ा हुआ था। ड्राइवर के हाथ में नक्काशीदार हाथी दाँत का स्टीयरिंग था और वह जरी की गद्दी पर बैठता था। ड्राइवर के पीछे बाकी मोटर की शक्ल बिलकुल उस घोड़ा गाड़ी जैसी थी, जिस पर बैठकर इंग्लैंड का राजा राज्याभिषेक के लिए जाता था। उसके इंजन में न जाने क्या गुण था कि इस ताम-झाम के बावजूद मोटर घंटे में 70 मील की गति से सड़कों पर दौड़ती रहती थी।

हिंदुस्तान के रजवाड़ों को मालगुजारी, शुल्क, कर और कर से जितनी आय होती थी, वह सब उनके हाथ में रहती थी, इसलिए वे जिस तरह भी चाहते अपनी हर संभव इच्छा पूरा कर सकते थे।

महाराजा ग्वालियर, जिनकी रियासत का शासन भारत के सबसे अच्छे शासनों में से समझा जाता था, बिजली की रेलगाड़ियों के बेहद तमाशबीन

थे। महाराजा ने अपने लिए जो बिजली की रेलगाड़ी बनवायी थी, उसकी कल्पना कोई खिलौनों का शौकीन लड़का भी नहीं कर सकता। यह रेलगाड़ी बहुत बड़ी मेज पर बिछायी गयी ठोस चाँदी की 250 फीट लंबी पटरियों पर चलती थी। यह मेज महल के उस बड़े-से हॉल के बीचोंबीच रखी गयी थी, जहाँ शाही दावतें होती थीं। रेल की पटरियाँ महाराजा मेज के एक सिरे पर, जहाँ उनके सामने एक बहुत बड़ा-सा बोर्ड होता था जिस पर तरह-तरह के खटके और बटन लगे रहते थे। इनकी सहायता से महाराजा के अतिथियों के लिए खाना लाने वाली रेलागाड़ियों पर नियंत्रण रखा जाता था। इस बोर्ड पर लगा हुआ कोई बटन दबाकर महाराजा किसी अतिथि के सामने सब्जी पहुँचा देते थे, दूसरा खटका दबाकर किसी के पास आलू भेज देते थे, या बावर्चीखाने में संदेश भेजकर अपने भूखे अतिथियों के लिए खाने की कोई भी चीज़ मँगा सकते थे। बटन दबाकर वह अपने किसी अतिथि के सामने से मिठाई का बर्तन हटा भी सकते थे और गाड़ी उस अतिथि की खाली प्लेट को पीछे छोड़ती दूसरे मेहमान के पास जा पहुँचती थी।

एक बार रात को वायसराय के लिए बड़ी धूमधाम से भोज का आयोजन किया गया था। अचानक बिजली के तार एक-दूसरे में उलझ गये। वायसराय और उसकी पत्नी हक्का-बक्का देख रहे थे और बिजली की रेलगाड़ियाँ दावत के कमरे में एक सिरे से दूसरे सिरे तक इधर-उधर भागी फिर रही थीं, किसी मेहमान के कपड़ों पर शोरबा उछालती, किसी के ऊपर भुना हुआ गोश्त फेंकती और किसी के ऊपर मटर के दाने बिखराती। रेलों के इतिहास में भी शायद ऐसी दुर्घटना कभी नहीं हुई होगी, जिसमें ऐसे शाही मेहमान तक चपेट में आये हों।

बंबई के उत्तर में रियासत जूनागढ़ का नवाब कुत्तों का अजीब तमाशबीन था। उनके प्रिय कुत्ते जिन घरों में रखे जाते थे, उनमें टेलीफ़ोन और बिजली की सुविधा के साथ-साथ कुछ घरेलू नौकर भी रहते थे। ऐसे घरों की बनावट और सुख-सुविधा उनकी प्रजा में से इने-गिने लोगों को ही

सुलभ होती होगी। जब कोई कुत्ता मर जाता था, तो उसका शव कुत्तों के कब्रिस्तान में ले जाया जाता था, शव-यात्रा के साथ शोपां के शोक-संगीत की धुन बजायी जाती थी और उसकी कब्र पर संगमरमर का मकबरा बनवा दिया जाता था।

उन्होंने बाकी नामक एक लैब्राडोर कुत्ते के साथ अपनी लाड़ली कुतिया रोशना की शादी इतनी धूमधाम से रचायी थी कि उसमें भारत के सभी राजे-महाराजाओं और बड़े-बड़े प्रतिष्ठित लोगों को आमंत्रित किया गया था। विशिष्ठ अतिथियों में वायसराय का नाम भी शामिल था और वह इस बात से बहुत खीझ गये थे कि वायसराय ने आने से मना कर दिया था। फिर भी बारात में डेढ़ लाख अतिथि आये थे। आगे-आगे नवाब साहब के बॉडीगार्डों का रिसाला और उनके सजे-धजे हाथी चल रहे थे। शादी के जुलूस के बाद नवाब साहब ने वर-वधू के सम्मान में बहुत शानदार प्रीतिभोज का आयोजन किया था, जिसके बाद नव-विवाहित जोड़े को उनके बहुत ही सुंदर नये घर में पहुँचा दिया गया था। इस पूरे समारोह में नवाब साहब ने नौ लाख रुपये खर्च किये थे, जिससे उनकी 6,20,000 की प्रजा में से 12,000 लोगों की वर्ष-भर की संपूर्ण बुनियादी जरूरतें पूरी की जा सकती थीं।

भारत भवनों के निर्माण के मामले में प्राचीन काल से ही प्रसिद्ध रहा है। चीनी यात्री ह्वेनसांग ने अशोक के महल के खंडहर देखकर कहा था कि यह निश्चय ही स्वर्ग में बने इंद्र के महल से ज्यादा भव्य तो खंडहर अवस्था में ही है और जब यह बना होगा तो कितना भव्य होगा!

अंग्रेज़ी शासन के दौरान भी बड़े-बड़े महाराजाओं के महल अपने विस्तार और अपनी लागत में ताजमहल से टक्कर लेते थे, भले ही उनमें उस सुरुचि का प्रमाण न मिलता हो। महाराजा मैसूर का 600 कमरों का महल वायसराय-भवन से भी बड़ा था। उस घर के बीस कमरों में तो केवल वे शेर,

चीते, हाथी और जंगली भैंसे रखे हुए थे, जो तीन पीढ़ियों के दौरान इन महाराजाओं ने राज्य के जंगलों में मारे थे। रात को जब उसकी छत पर और खिड़कियों में हज़ारों बिजली की बत्तियाँ जगमगा उठती थीं, तो ऐसा लगता था कि किसी बहुत बड़े समुद्री जहाज पर कोई उत्सव मनाया जा रहा है और वह जहाज भटककर न जाने कैसे इस भूखंड पर आ गया है। जयपुर के संगमरमर के हवामहल में सिर्फ सामने की ओर संगमरमर के चौखटों में जड़ी हुई 853 खिड़कियाँ थीं और इनमें से हर चौखटा संगतराशी के कमाल का नमूना था। एक झील के बीच बना हुआ महाराजा उदयपुर का संगमरमर का महल कुहरे में ऐसा लगता था जैसे कोई भूत उठ रहा हो।

कपूरथला के बहुत योग्य महाराजा जब पेरिस में वारसाई का महल देखने गये, तो उन्हें यह विश्वास हो गया कि फ़्राँस के महान सम्राट लुई चौदहवें ने उनके रूप में नया जन्म लिया है, और इसलिए उन्होंने अपनी छोटी-सी रियासत में उस राजा के सारे वैभव को उतार लाने का निर्णय लिया। फ़्राँस से बहुत-से कारीगरों को बुलवाकर उन्होंने हिमालय की तलहटी में अपने लिए हू-ब-हू वारसाई के महल जैसा एक महल बनवाया। उसे सेवरेस[1] के गुलदानों, गोबेलिन[2] के परदों एवं अर्वाचीन और प्राचीन फ़्राँसीसी कलाकृतियों से सजाया गया, फ़्राँसीसी उनके दरबार की भाषा घोषित कर दी गयी और उनके सिख नौकर-चाकर भी फ़्राँसीसी राजा के दरबार के नौकर-चाकरों की तरह नकली बालों के खुशबूदार विग लगाने लगे और रेशमी वास्कटें, घुटने तक के चुस्त निकर और रुपहले बक्सुओं वाले नोकदार जूते पहनने लगे।

इनमें से कुछ महलों में ऐसे राज सिंहासन थे कि उनकी जैसी कारीगरी की ओर उनकी तरह आरामदेह कोई और चीज़ आदमी के बैठने के लिए पहले कभी नहीं बनायी गयी थी।

---

1. पेरिस का उपनगर जहाँ बहुत सुंदर चीनी के बर्तन बनते हैं।
2. फ़्राँस के प्रसिद्ध गोबेलिन परिवार ने15वीं शताब्दी में परदों का कपड़ा रंगने और बुनने का कारखाना लगाया था।

मैसूर के महाराजा के सिंहासन में अट्ठाईस मन सोना लगा था और उस पर चढ़ने के लिए ठोस सोने की नौ सीढ़ियाँ बनायी गयी थीं, जो भगवान विष्णु के उन नौ कदमों की प्रतीक थीं, जो उन्होंने सत्य की मंजिल तक पहुँचने के लिए उठाये थे।

उड़ीसा के एक महाराजा का सिंहासन बहुत बड़े पलंग की तरह बना हुआ था। इसे उन्होंने लंदन में पुरानी अनमोल चीज़ें बेचने वाले एक व्यापारी से खरीदा था और उसमें अपनी हैसियत के अनुसार बहुत-से हीरे-जवाहरात जड़वा लिए थे। इसकी सबसे बड़ी विशेषता यह थी कि महारानी विक्टोरिया ने ठीक ऐसे ही पलंग पर अपनी सुहागरात मनायी थी।

नवाब साहब रामपुर का सिंहासन एक ऐसे हॉल में रखा था, जो गिरजाघर के बराबर था। जिस चबूतरे पर वह रखा हुआ था उसके दूधिया संगमरमर के खंभे नंगी औरतों की शक्ल के तराशे गये थे। उनके राज सिंहासन में एक अनोखापन ऐसा था, जिसकी प्रेरणा भी फ्राँस के सम्राट लुई चौदहवें से ली गयी थी। सिंहासन की जरी की गद्दी के बीच में एक गोल कटाव था, जिसके ठीक नीचे एक तसला रखा रहता था। नवाब साहब दरबार के काम-काज में विघ्न डाले बिना शाही गूँज-गरज के साथ निवृत्त हो सकते थे।

इन महलों में रहने वाले लोगों के पास अवकाश के क्षण बहुत होते थे। अपना खाली समय काटने के लिए उनके दो खास शौक थे—औरतें और खेलकूद। हिंदू हों या मुसलमान, हर राजा के महल में एक हरम जरूर होता था, जिसमें नित नयी नाचने वालियाँ और औरतें लायी जाती थीं, और उसके इस हरम में किसी दूसरे का दखल नहीं होता था।

आमतौर पर हर रियासत के जंगलों पर भी राजा का ही पूरा अधिकार रहता था; उनमें रहने वाले पशु-पक्षी और विशेषतौर पर शेर, जिनकी संख्या 1947 में भारत में 20,000 थी, उनकी बंदूक का निशाना बनने के लिए ही होते थे। भरतपुर के महाराजा ने आठ वर्ष की उम्र में पहला शेर मारा था।

35 वर्ष के होने तक वह इतने शेर मार चुके थे कि उनकी खालों को सिलकर उनके महल के सभी स्वागत-कक्षों में दीवार से दीवार तक फर्श पर बिछा दिया गया था। उन्हीं के राज्य में एक बार में इतनी मुर्ग़ाबियाँ मारी गयी थीं जितनी दुनिया में पहले कभी नहीं हलाल की गयी होंगी। वायसराय लॉर्ड हार्डिंग के सम्मान में जिस शिकार का आयोजन किया गया था। उसमें तीन घंटे के अंदर 4,482 चिड़ियाँ मारी गयी थीं। ग्वालियर के महाराजा ने अपने जीवनकाल में 1,400 से अधिक शेर मारे थे और उन्होंने गिने-चुने लोगों के लिए शेर के शिकार के गुर बताते हुए एक पुस्तक भी लिख डाली थी।

इन दोनों ही क्षेत्रों में नरेंद्र-मंडल के अध्यक्ष के पिता पटियाला के सातवें महाराजा सर भूपेंद्रसिंह अपनी पीढ़ी के जाने-माने सिद्धहस्त कलाकार थे। दो महायुद्धों के बीच के दौर में सर भूपेंद्रसिंह एक तरह से हिंदुस्तान के महाराजाओं के प्रतीक थे। छः फीट चार इंच लंबा कद, 300 पौंड वजन, होंठों पर काम-वासना की मुसकराहट और आँखों में दम्भ का तेज, मूँछों के दोनों सिरे सुई की नोकों की तरह ऊपर की ओर और बड़े अच्छे ढंग से बटकर बाँधी गयी काली दाढ़ी—वह ऐसे लगते थे कि मुगल-शैली के चित्र में से कोई व्यक्ति निकलकर बीसवीं शताब्दी में साकार हो उठा था।

उनकी खुराक इतनी थी कि दिन-भर का काम-काज करते हुए दस सेर भोजन खा जाते थे। चाय पीते समय दो मुर्गे खा जाना तो मामूली बात थी। उन्हें पोलो खेलने का बेहद शौक था और अपनी पोलो की टीम, टाइगर्स ऑफ पटियाला के कप्तान की हैसियत से वह सारी दुनिया में इस खेल में नाम कमा चुके थे। उन्होंने चाँदी के इतने कप जीते थे कि उनसे पूरा कक्ष भर गया था। उनके इस शौक को पूरा करने के लिए उनके अस्तबल में विश्व के 500 बेहतरीन पोलो के घोड़े थे।

अपनी किशोरावस्था से ही महाराज भूपेंद्रसिंह राजे-महाराजाओं के दूसरे खास शौक में भी ऐसी ही सुरुचि का उल्लेखनीय परिचय दे चुके थे, यानी औरतों का शौक। जवानी के चढ़ने तक उन्हें अपने हरम से इतना

लगाव हो चुका था कि पोलो खेलने और शिकार के शौक भी उसके सामने मंद पड़ गये थे। वह स्वयं अपनी निगरानी में अपने हरम के लिए एक सच्चे पारखी की दृष्टि से नित नयी सुंदरियाँ चुनते थे, जो शक्ल-सूरत और काम-कला में अपनी प्रवीणता की दृष्टि से एक-दूसरे से बिलकुल अलग हटकर होती थीं। उनका हरम जब अपने पूरे निखार पर पहुँचा तो उस समय उसमें 350 सुंदरियाँ थीं।

पंजाब की तेज गरमी के दिनों में शाम के समय पूरा हरम महाराजा के तैरने के तालाब के किनारे आ जाता था। महाराजा बीस-पच्चीस लड़कियों को नंगी जल-परियों की तरह तालाब के चारों ओर खड़ा कर देते थे। तालाब में बर्फ की बड़ी-बड़ी सिलों की ठंडक चारों ओर की गर्म हवा में एक शीतल मादकता भर देती थी। इन सिलों के बीच शिथिल भाव से तैरते-तैरते महाराजा साहब बीच-बीच में जब तालाब के किनारे आ लगते थे, किसी सुंदरी की छाती मसलकर या ह्विस्की की एक चुस्की लेकर फिर जल-क्रीड़ा में मग्न हो जाते। महाराजा भूपेंद्र के अपने निजी कक्षों की छतों और दीवारों पर कामोत्तेजक कलाकृतियों के प्रतिरूप अंकित थे, जिनमें प्रणय-लीला और मैथुन की वे सभी संभावनाएँ दिखायी गयी थीं, जिनकी कल्पना की जा सकती थी। कमरे के एक कोने में एक बहुत चौड़ा रेशमी डोरियों का झूला था, जिस पर महाराजा भूपेंद्र छतों और दीवारों पर अंकित अधिक जटिल मुद्राओं को व्यवहार में उतार लाने का अभ्यास करते थे।

अपनी अतृप्त वासना को संतुष्ट करने के लिए महाराजा ने अपनी रखेलों के आकर्षण को अपनी रुचि के अनुसार नये-नये रूपों में ढालते रहने का कार्यक्रम भी बनाया था। इसके लिए सर भूपेंद्र ने अपने हरम के द्वार तरह-तरह के कारीगरों, जौहरियों, केश-भूषा के माहिरों, सौंदर्य निखारने वाले विशेषज्ञों और चित्ताकर्षक वस्त्र बनाने वालों के लिए खोल दिए थे। उनके यहाँ फ़्राँसीसी, अंग्रेज़ और हिंदुस्तानी प्लास्टिक-सर्जनों की एक टोली भी थी, जो उनकी बदलती हुई रुचियों के अनुसार या लंदन की फैशन की पत्रिकाओं में छपे हुए नमूनों के अनुसार उनकी चहेती सुंदरियों के शरीर

के गठन को भी बदलने के लिए हर समय तैयार रहते थे। अपने शाही शौक को परवान चढ़ाने के लिए उन्होंने अपने हरम के एक हिस्से को ५० प्रयोगशाला में तब्दील कर दिया था, जहाँ रासायनिक विधियों से तरह-तरह के सुगंधित इत्र, सौंदर्य प्रसाधन, लेप-उबटन और औषधियाँ तैयार की जाती थीं।

यह सारा ताम-झाम महाराजा के इस रूपनगर की लौकिक कमजोरियों पर परदा डालने का ही कार्य करता था। कौन आदमी, भले ही वह सर भूपेंद्रसिंह की तरह प्रकृति के सभी वरदानों से संपन्न हो, हरम की जालियों के पीछे से झाँकती हुई कामातुर अनुभवी स्त्रियों को संतुष्ट कर सकता था? अंततः कामोत्तेजक औषधियों का सेवन अनिवार्य हो गया। उनके हिंदुस्तानी डॉक्टरों ने मोतियों, सोने, चांदी, लोहे, तरह-तरह की जड़ी-बूटियों और मसालों से भाँति-भाँति भी भस्में और कुश्ते तैयार किये। एक समय में उनका सबसे कारगर नुस्खा महीन कटी हुई गाजर और गौरैया के भेजे को मिलाकर तैयार किया जाता था।

जब इनका असर भी घटने लगा तो महाराजा भूपेंद्रसिंह ने कई फ्राँसीसी जानकारों को बुलवाया, जिनके बारे में उन्हें सहज ही यह विश्वास था कि वे इस मामले के विशेषज्ञ होंगे। लेकिन अफसोस, उनका रेडियम का इलाज भी कुछ दिन तक अपना असर दिखाकर बेकार हो गया। इससे पहले जो विशेषज्ञ अपना सारा ज्ञान आजमा चुके थे, उनकी तरह ही इन लोगों के पास भी महाराजा के वासनामय रोग का कोई उपचार नहीं था। भोग-विलास में डूबे हुए महाराजा की बीमारी यह नहीं थी कि उनमें पुंसत्व की कमी हो। उन्हें भी वही बीमारी थी, जिसका शिकार उनसे पहले भी उनके जैसे बहुत-से राजा-महाराजा हो चुके थे। उनके जीवन में ऊब थी, उकताहट थी। इसी बीमारी के कारण वे इस दुनिया से कूच कर गये।

धर्म और संस्कृति का पालन करने वाले भारतीय राजा-महाराजाओं के प्रति ईश्वर की तरह ही भक्ति रखते थे। इसलिए यह स्वाभाविक ही था कि

कुछ राजे-महाराजों के बारे में इस प्रकार की मान्यता बन जाए कि उनकी उत्पत्ति किसी दैवी स्रोत से हुई है।

मैसूर के महाराजा अपने को चँद्रमा का वंशज बताते थे। वर्ष में एक बार शरद पूर्णिमा के दिन महाराजा अपनी प्रजा के लिए ईश्वर का साकार रूप हो जाते थे। नौ दिन तक वह हिमालय की किसी गुफा में समाधि लगाए हुए साधु की तरह अपने महल के एक अंधेरे कमरे में सबकी आँखों से अदृश्य हो जाते थे। न दाढ़ी बनाते थे, न नहाते थे। उन नौ दिनों तक, जब उनके बारे में यह माना जाता था कि उनके शरीर में ईश्वर का वास है, न उन्हें कोई छू सकता था, न देख सकता था। नौ दिन बाद वह बाहर निकलते थे। सुनहरी झूल डालकर एक हाथी सजाया जाता था; उसके माथे पर पन्नों से जड़ा हुआ एक पत्तर लगाया जाता था। फिर उस हाथी पर बैठकर महाराजा साहब मैसूर के घुड़-दौड़ के मैदान में जाते थे। उनके साथ घोड़ों और ऊँटों पर सवार, भाले लिए हुए बहुत-से सिपाही चलते थे। वहाँ उनकी प्रजा उनके दर्शन के लिए खचाखच भरी रहती थी; ब्राह्मण पुजारी मंत्रों का उच्चारण करके उनके बाल कटवाते थे, उन्हें नहलाते थे और भोजन कराते थे। सूरज डूबने पर जब घुड़-दौड़ के मैदान पर अँधेरा छाने लगता था, तो महाराजा के लिए एक काला घोड़ा लाया जाता था। जैसे ही वह घोड़े पर सवार होते थे, मैदान के चारों ओर हज़ारों मशालें जल उठती थीं। उनकी झिलमिलाती हुई गुलाबी रोशनी में काले घोड़े की पीठ पर सवार महाराजा साहब पूरे मैदान का सरपट चक्कर लगाते थे। प्रजा तालियाँ बजाकर उनका अभिवादन करती थी और इस बात के लिए आभार प्रकट करती थी कि चँद्रवंशी महाराजा अपनी प्रजा के बीच लौट आये; कुछ लोग इस बात के लिए भी आभार प्रकट करते थे कि महाराजा ने उन्हें यह नयनाभिराम दृश्य देखने का अवसर दिया।

उदयपुर के महाराजा इससे भी उच्च दैवी शक्ति, सूर्य को अपना आदि पूर्वज मानते थे। उनका राजवंश भारत में सबसे पुराना था और कम-से-कम दो हज़ार साल से लगातार शासन करता आया था। देश में मात्र यह ही एक

ऐसा शासन था, जिसने किसी भी विदेशी हमलावर से झुकना नहीं सीखा। महाराणाओं ने अपनी देशभक्ति से भारत में हमेशा नया जोश भरा है। साल में एक बार महाराजा उदयपुर भी ईश्वर का साकार रूप हो उठते थे। उनके महल के चारों ओर जो झील थी, जिसमें कितने ही घड़ियाल रहते थे। उसमें एक बजरे पर खड़े होकर वह झील के आर-पार चक्कर लगाते थे और फिर विधिवत नये सिरे से अपने महल में प्रवेश करते थे। उनके पीछे बजरे पर उनके दरबारी सफेद अँगरखे पहने अपनी श्रद्धा व्यक्त करने के लिए हाथ बाँधे खड़े रहते थे।

गंगा तट पर पावन नगरी बनारस के महाराजा भी किसी से कम पुण्यात्मा नहीं थे। परंपरा यह थी कि प्रतिदिन सुबह जब महाराजा की आँख खुले तो उनके सामने एक गाय जरूर हो, जिसे ब्रह्मांड की अनश्वरता का प्रतीक माना गया है। प्रतिदिन सुबह एक गाय महाराजा के शयन-कक्ष की खिड़की के पास ले जाई जाती थी और उसकी पसलियों में लकड़ी कोंचकर उसे रंभाने पर मजबूर किया जाता था कि उसकी आवाज सुनकर महाराजा की नींद टूटे। एक बार जब महाराजा साहब रामपुर के नवाब के यहाँ मेहमान होकर गये हुए थे, तो इस प्रातःकालीन दिनचर्या का पालन करना कठिन समस्या बन गया, क्योंकि महाराजा साहब के ठहरने का प्रबंध महल की दूसरी मंजिल पर किया गया था। आख़िरकार नवाब साहब ने अपने मेहमान की परंपरा को बनाये रखने के लिए एक विचित्र युक्ति निकाली। उन्होंने एक क्रेन मँगवायी जिसकी मदद से प्रतिदिन सुबह एक गाय रस्सियों से लटकाकर महाराजा के शयन-कक्ष की खिड़की तक पहुँचायी जाती थी। गाय को इस विचित्र यात्रा की आदत तो होती नहीं थी, इसलिए वह बार-बार तड़पकर इतने जोर से रंभाती थी कि महाराजा साहब ही नहीं, बल्कि महल के दूसरे लोग भी जाग जाते थे!

भारत के राजा-महाराजा, आस्तिक हों या नास्तिक, आर्य हों या मुसलमान, अमीर हों या गरीब, विलासप्रिय हों या संत स्वभाव के, लगभग

दो शताब्दी से भारत में ब्रिटिश शासन के सबसे मजबूत आधार-स्तंभ थे। अंग्रेज़ों पर आरोप लगाया जाता था कि उन्होंने 'फूट डालो और राज करो' की नीति से भारत पर शासन किया। उन्होंने रियासतों से संबंध रखने के लिए इस नीति का बहुत सही उपयोग किया। उसूलन तो अंग्रेज़ किसी भी रियासत के शासक को कुशासन के अपराध में उसकी गद्दी से हटा सकते थे। यों तो हर राजा-महाराजा कोई भी कुकर्म या भयानक-से-भयानक अपराध करके भी बचा रह सकता था; चोरी-छुपे अगर वह दो-चार कत्ल भी करवा दे, तो अंग्रेज़ उससे कुछ नहीं कहते थे, लेकिन शर्त बस यह थी कि अंग्रेज़ों के लिए अंधभक्ति में कोई कमी न होने पाए। इसका परिणाम यह हुआ कि भारत के उन भागों की क्रांतिकारी हवाओं के खिलाफ जिन पर अंग्रेज़ों का शासन था, अंग्रेज़ों का उपकार मानने वाली ये प्रतिक्रियावादी रियासतें अंग्रेज़ी शासन की नैया को संभाले रखने के लिए लंगरों का काम करती थीं।

इन रजवाड़ों की वफादारी कभी-कभी इससे भी अधिक ठोस रूप में देखने में आती थी। पहले महायुद्ध के दौरान 23 सितंबर, 1917 को फिलस्तीन के मोर्चे पर अलेनबी की चढ़ाई के समय महाराजा जोधपुर के भालेदार सिपाहियों ने ही तुर्कों से हैफा का बंदरगाह छीना था।[1] बीकानेर के महाराजा का ऊँट-सवारों का रिसाला दो महायुद्धों में अंग्रेज़ों की फौजों के कंधे-से-कंधा मिलाकर चीन, फिलस्तीन, मिस्र और फ्रांस में और लुई माउंटबेटन के झंडे तले बर्मा में लड़ चुका था। महाराजा ग्वालियर ने 1917 में अपनी पैदल सेना के तीन बटालियन और एक अस्पताली जहाज मुसीबत में फँसी हुई अंग्रेज़ फौजों की मदद के लिए भेजा था। इन सारी फौजों को भरती करने और हथियारों आदि से लैस करने का सारा खर्च भारत-सरकार

1. लंदन में महारानी विक्टोरिया के हीरक जयंती समारोह के अवसर पर शांतिकालीन वातावरण में इन्हीं महाराजा ने पश्चिमी समाज को घुड़सवारी की जोधपुरी बिरजिस से परिचित कराया था। हुआ यह कि जब महाराजा समारोह के लिए पहुँचे तो उन्हें मालूम हुआ कि जिस जहाज पर उनका सामान आ रहा था, वह रास्ते में समुद्र में डूब गया है। अपनी मर्यादा बनाए रखने के लिए उन्हें लंदन के एक दर्जी को बताना पड़ा कि उनकी यह विशेष प्रकार की पोशाक किस तरह बनायी जाती है।

ने नहीं बल्कि खुद उन राजा-महाराजाओं ने दिया था। महाराजा जयपुर स्वयं लाइफगार्ड में मेजर थे। 1943 में इटली के मांटे कैसिनो की पहाड़ी ढलानों पर उन्होंने अपनी पैदल सेना के सिपाहियों का नेतृत्व किया। महाराजा बूँदी को बर्मा की लड़ाई में बहादुरी के साथ अपनी बटालियन का नेतृत्व करने के पुरस्कार में 'मिलिट्री क्रॉस' दिया गया था।

कृतज्ञ अंग्रेज़ों ने भी अपने इन दरियादिली सेवकों का आभार मानते हुए उनका ऋण चुकाने के लिए उन्हें अनेक सम्मानों और हीरे-जवाहरात से जड़े हुए तमगों से विभूषित किया, जिनसे इन लोगों को सबसे अधिक प्यार था। एडवर्ड सप्तम के राज्याभिषेक के अवसर पर ग्वालियर, कूचविहार और पटियाला के महाराजाओं को अवैतनिक अँगरक्षकों की हैसियत से घोड़ों पर सवार होकर शाही बग्घी के साथ चलने का सम्मान प्रदान किया गया। ऑक्सफोर्ड और कैम्ब्रिज के विश्वविद्यालयों ने इन शासकों और उनकी संतानों को अपनी डिग्रियाँ प्रदान कीं—कुछ को सम्मान के रूप में और कुछ को पढ़ा-लिखाकर। ब्रिटिश सम्राट के सबसे वफादार रजवाड़ों के रत्नजड़ित सीनों पर 'ऑर्डर ऑफ द स्टार ऑफ इंडिया' और 'ऑर्डर ऑफ द इंडियन एम्पायर' के तमगे सितारों की तरह चमकते थे।

सर्वोपरि सत्ता अपने किस सेवक को कितने सम्मान की दृष्टि से देखती थी, इसका अनुमान इस बात से लगाया जाता था कि किसे किस दर्जे का पुरस्कार दिया गया है; छोटे-बड़े पुरस्कारों का यह क्रम बड़ी सूझ-बूझ के साथ तैयार किया गया था। रजवाड़ों के पद-सोपान में हर शासक की हैसियत का अंतिम प्रमाण इस बात से मिलता था कि उसे कितनी तोपों की सलामी दी जाती थी। वायसराय को इस बात का अधिकार था कि अगर किसी शासक को उसकी असाधारण सेवाओं के लिए पुरस्कार देना चाहे, तो उसकी सलामी में तोपों की संख्या बढ़ा दे, या सजा देने के लिए तोपों की संख्या घटा दे।

सलामी में तोपों की संख्या किसी राजा की रियासत की लंबाई-चौड़ाई या आबादी के आधार पर ही निर्धारित नहीं होती थी, बल्कि इस पर भी

निर्भर करती थी कि अमुक राजा सर्वोपरि सत्ता के प्रति कितना राजभक्त रहा है और उसकी रक्षा के लिए उसने कितना रक्त बहाया है या अपने कोष का कितना धन लुटाया है। हैदराबाद के निज़ाम और ग्वालियर, कश्मीर, मैसूर और बड़ौदा के महाराजाओं—को सबसे बड़ी, यानी 21 तोपों की सलामी दी जाती थी। उनके बाद क्रमशः उन्नीस, सत्रह, पंद्रह, तेरह, ग्यारह और नौ तोपों की सलामी वाली रियासतों की बारी आती थी। बहुत छोटी-छोटी रियासतों पर शासन करने वाली रियासतों की बारी बाद में आती थी। बहुत छोटी-छोटी रियासतों पर शासन करने वाले सवा चार सौ ऐसे अभागे राजा और नवाब भी थे, जिन्हें कोई भी सलामी नहीं दी जाती थी। वे भारत के भूले-भटके राजा थे, जिनके सम्मान में कभी कोई तोप नहीं गरजती थी।

भारतीय राजा-महाराजाओं ने बहुत सराहनीय सफलताएँ भी प्राप्त कीं हैं। जिन रियासतों के शासक प्रबुद्ध विचारों वाले लोग थे, पश्चिमी ढंग की शिक्षा प्राप्त कर चुके थे, उन रियासतों की प्रजा को ऐसी सुविधाएँ और अधिकार भी प्राप्त थे, जो अंग्रेज़ों के सीधे शासन में रहने वालों को भी नहीं मिले हुए थे। बड़ौदा के महाराजा ने इस शताब्दी के आरंभ से पहले ही बहु-विवाह पर प्रतिबंध लगा दिया था और सबके लिए निःशुल्क और अनिवार्य शिक्षा की व्यवस्था कर दी थी। वह अछूतों के लिए जिस तरह लड़े उसकी बहुत चर्चा भले ही न हुई हो, पर इस काम के प्रति उनकी लगन किसी प्रकार गाँधी जी से कम न थी। उन्होंने अछूतों के रहने की और उन्हें पढ़ाने की व्यवस्था की और खुद अपने खर्चे से न्यूयार्क की कोलम्बिया यूनिवर्सिटी में उस आदमी को पढ़ाया, जो आगे चलकर इन्हीं अछूतों का नेता बना, अर्थात् डॉ. भीमराव अंबेडकर को। बीकानेर के महाराजा ने अपनी प्रजा की सुविधा के लिए राजस्थान में अपनी रेगिस्तानी रियासत में जगह-जगह झीलें बनवाकर और बाग लगवाकर उसे स्वर्ग जैसा बना दिया। भोपाल में औरतों को बराबरी का जो दर्जा दिया गया, ऐसा अधिकार स्त्रियों

को हिंदुस्तान में कहीं और नसीब नहीं था। मैसूर में विज्ञान की शिक्षा की सबसे अच्छी संस्था थी। वहाँ पानी से बिजली पैदा करने के लिए कई बाँध बनाये गये थे और कितने ही उद्योग स्थापित किये गये थे। महाराजा जयपुर इतिहास के एक सबसे बड़े खगोल-शास्त्री के वंशज थे, जिन्होंने यूक्लिड के 'रेखागणित के सिद्धांत' नामक पुस्तक का संस्कृत में अनुवाद किया था। उनकी राजधानी में संसार की एक सबसे प्रमुख वेधशाला थी। दूसरा महायुद्ध शुरू होते-होते इन रियासतों पर एक नयी पीढ़ी शासन करने लगी थी, ऐसे लोगों की पीढ़ी, जिनमें पहले जैसी तड़क-भड़क नहीं थी। जो अपने पूर्वजों की तरह विलासप्रिय नहीं थे, जो अपनी रियासतों में परिवर्तन और सुधार की आवश्यकता के प्रति अधिक सजग थे। गद्दी पर बैठने के बाद पटियाला के आठवें महाराजा ने पहला कार्य यह किया कि अपने पिता सर भूपेंद्रसिंह का हरम बंद करवा दिया। महाराजा ग्वालियर एक सरकारी अधिकारी की बेटी से शादी करके अपने पिता के आलीशान महल से अलग रहने लगे। इन लोगों का और इनके जैसे बहुत-से दूसरे राजाओं का, जो बड़ी योग्यता और बड़ी जिम्मेदारी के साथ अपनी रियासतों का शासन चलाते थे, सबसे बड़ा दुर्भाग्य यह था कि आम लोगों के दिमाग में महाराजाओं का नाम उनकी बिरादरी के उन्हें मुट्ठी-भर लोगों के साथ जोड़ा जाता था, जो फिजूलखर्च और कामुक थे।

भारत की दो बड़ी और शक्तिशाली रियासतों के लिए, जिनके शासकों को 21 तोपों की सबसे बड़ी सलामी दी जाती थी, लंदन में सर कानरैड कॉरफील्ड की कोशिशों का बहुत महत्त्व था। दोनों ही रियासतों का क्षेत्र बहुत विस्तृत था। दोनों ही रियासतों का समुद्र से कोई सीधा संबंध नहीं था। दोनों ही के शासकों का धर्म उनकी प्रजा के विशाल बहुमत के धर्म से भिन्न था। दोनों ही के शासक एक ही सपना देखते थे कि अपनी रियासतों को पूर्णतः स्वतंत्र सार्वभौम राष्ट्र बना दें।

वैसे तो भारत में बहुत-से विचित्र और अनोखे राजा-महाराजा थे, लेकिन उसमें सबसे अजीब थे रुस्तमे-दौरां, अरस्तू-ए-जमां, वालिए-मुमालिक,

आसिफजाह, नवाब मीर उस्मान अली खां बहादुर, मुजफ्फर-उल-मुल्क, निजामुल-मद, सिपहसालार, फतेह-जंग, हिज एक्जाल्टेड हाइनेस, अंग्रेज़ी तख्त के सबसे निष्ठावान मित्र, हैदराबाद के सातवें निज़ाम। वह बहुत मजहबी और आलिम मुसलमान थे। वह और मुस्लिम शासक-वर्ग के कुछ लोग मिलकर भारत की सबसे विस्तृत और सबसे बड़ी आबादी वाली रियासत पर शासन करते थे। उनकी रियासत इस उप-महाद्वीप के बीच में थी और उसमें 2 करोड़ हिंदू और 30 लाख मुसलमान रहते थे। वह बहुत दुबले-पतले, छोटे-से कद के बूढ़े आदमी थे। मुश्किल से सवा पाँच फीट का कद होगा और वजन सिर्फ 90 पौंड। बरसों सुपारी चबाते रहने की वजह से उनके दाँत सड़ चुके थे। उन्हें हरदम यह डर लगा रहता था कि उनका कोई दरबारी जलन के मारे उन्हें जहर दे देगा और इसीलिए वह जहाँ भी जाते थे, अपने साथ एक खाना चखने वाला ले जाते थे जिसे उनके साथ खाना पड़ता था। उनके खाने में हमेशा एक ही बँधी हुई चीज़ें होती थीं—मलाई, मिठाई, फल, सुपारी और रात को एक प्याली अफीम। निज़ाम हिंदुस्तान के एकमात्र शासक थे जिन्हें 'एक्जाल्टेड हाइनेस' का खिताब मिला था। उन्हें यह सम्मान इसलिए दिया गया था कि उन्होंने पहले महायुद्ध के समय अंग्रेज़ों के युद्धकोष में ढाई करोड़ पौंड की रकम दी थी।

1947 में निज़ाम दुनिया के सबसे अमीर आदमी माने जाते थे। उनकी धन-संपत्ति के बारे में बहुत-से किस्से प्रसिद्ध थे। उनसे ज्यादा प्रसिद्ध उनकी कंजूसी के किस्से थे, जिसके सहारे वह इतनी दौलत बटोर पाये थे। वह बहुत ही मैला सूती पायजामा पहनते थे और उनके पैरों में बहुत ही घटिया किस्म की जूतियाँ होती थीं, जो वह बाजार से कुछ रुपयों में ही मँगा लेते थे। पैंतीस साल से वह वही एक फफूँदी लगी हुई तुर्की टोपी पहनते आये थे। हालाँकि उनके पास सौ आदमियों को एक साथ खाना खिलाने-भर के लिए काफ़ी सोने के बर्तन थे, लेकिन वह अपने सोने के कमरे में चटायी पर बैठकर टीन की प्लेट में खाना खाते थे। वह इतने कंजूस थे कि उनके मेहमान सिगरेट पीकर जो बुझे हुए टुकड़े छोड़ जाते थे, उन्हें वह फिर से

सुलगा कर पी लेते थे। एक बार किसी विशेष अवसर पर उन्हें शाही भोज पर शैम्पेन रखने पर मजबूर होना पड़ा। उन्होंने बेदिली से एक बोतल मेज पर रखवाई, लेकिन इस बात पर कड़ी नजर रखी कि वह पास बैठे हुए तीन-चार मेहमानों से आगे न जाने पाए। 1944 में जब लॉर्ड वेवल वायसराय की हैसियत से हैदराबाद आने वाले थे, तो निज़ाम ने खासतौर पर दिल्ली तार भिजवाकर पुछवाया कि लड़ाई के जमाने की ऊँची कीमतों को देखते हुए क्या वायसराय साहब का सचमुच यह आग्रह होगा कि शैम्पेन पिलाई जाए। सप्ताह में एक बार, रविवार को गिरजाघर से लौटते हुए अंग्रेज़ रेजिडेंट उनके यहाँ आता था। हमेशा बड़ी पाबंदी से एक नौकर निज़ाम और उनके अतिथि के लिए ट्रे में एक प्याली चाय, एक बिस्कुट और एक़ सिगरेट रखकर लाता था। एक दिन रेजिडेंट साहब पहले से कोई सूचना दिए बिना किसी बहुत ही महत्वपूर्ण अतिथि को अपने साथ लेकर आ गये। निज़ाम ने चुपके से नौकर के कान में कुछ कहा और वह दूसरे मेहमान के लिए भी एक ट्रे लेकर आया। उसमें भी वही एक प्याली चाय, एक बिस्कुट और एक सिगरेट रखी थी।

उन दिनों ज्यादातर रियासतों में यह प्रथा थी कि वर्ष में एक बार बड़े-बड़े अमीर-उमरा और जागीरदार अपने राजा को एक अशरफी का नजराना पेश करते थे; राजा अशरफी को छूकर ज्यों-का-त्यों वापस कर देता था। लेकिन हैदराबाद में नजराने को इस तरह वापस कर देने का कोई दस्तूर नहीं था। निज़ाम हर अशरफी को झपटकर उठा लेते थे और अपने तख्त के पास रखे हुए काग़ज़ के एक थैले में डालते जाते थे। एक बार एक अशरफी गिर पड़ी। निज़ाम तुरंत कुहनियों और घुटनों के बल रेंगते हुए इस लुढ़कती हुई अशरफी को पकड़ने के लिए लपके।

सचमुच निज़ाम इतने कंजूस थे कि एक बार बंबई से उनका डॉक्टर उनका इलेक्ट्रो-कार्डियोग्राम लेने आया, लेकिन वह अपनी मशीन ही नहीं चला पाया, क्योंकि निज़ाम ने बिजली के पैसे बचाने के लिए अपने महलों में बिजली की वोल्टेज कम करवा रखी थी, जिसके कारण कोई मशीन वहाँ ठीक से काम कर ही नहीं सकती थी।

निज़ाम का सोने का कमरा किसी गंदी बस्ती की झोंपड़ी की कोठरी मालूम होता था। उसमें टूटा-सा पलंग, एक टूटी-सी मेज और तीन टीन की कुर्सियों के अलावा कोई फर्नीचर नहीं था। हर ऐश-ट्रे जली हुई सिगरेटों के टुकड़ों और राख से ऊपर तक भरी रहती थी; यही हाल रद्दी काग़ज़ की टोकरियों का था, जिन्हें साल में सिर्फ एक बार उनकी सालगिरह के दिन साफ किया जाता था। उनके कार्यालय में धूल से अटे हुए सरकारी काग़ज़ों के ढेर लगे रहते थे और छत पर ढेरों मकड़ी के जाले। फिर भी उस महल के अंधेरे कोनों में इतनी दौलत छुपी हुई थी कि कोई हिसाब नहीं। निज़ाम की मेज की एक दराज में एक पुराने अख़बार में लिपटा हुआ मशहूर जेकब हीरा रखा रहता था, जो नींबू के बराबर था, पूरे 280 कैरेट का जगमगाता हुआ अनमोल हीरा। निज़ाम उसे पेपरवेट की तरह इस्तेमाल करते थे। उनके बाग में जहाँ चारों ओर झाड़-झंखाड़ उगा रहता था, दर्जनों ट्रकें ऊपर तक लदी हुई सोने की ठोस ईंटों के बोझ की वजह से पहियों की धुरी तक कीचड़ में धँसी हुई खड़ी रहती थीं। निज़ाम के हीरे-जवाहरात तहखानों के फर्श पर कोयले के टुकडों की तरह बिखरे पड़े रहते थे; नीलम, पुखराज, लाल, हीरे के मिले-जुले ढेर जगह-जगह लगे रहते थे। कहा जाता है कि उनमें अकेले मोती ही इतने थे कि लंदन के पिकेडिली सर्कस के सारे फुटपाथ उनसे ढक जाते। उनके पास बीस लाख पौंड से ज्यादा नकद रकम रही होगी—पौंड और रुपयों में—जिसको उन्होंने पुराने अखबारों में लपेटकर तहखानों और दुछत्तियों के धूल से अटे हुए कोनों में ढेर लगा रखे थे। वहाँ पड़े-पड़े निज़ाम की इस दौलत पर ब्याज तो क्या मिलता, उलटे उनमें से हर साल कई हज़ार पौंड के नोट चूहे कुतर कर चट कर जाते थे।

निज़ाम के पास अपनी विशाल सेना भी थी। उसके पास भारी तोपें और हवाई जहाज भी थे। सच तो यह है कि उसके पास हर चीज़ मौजूद थी, जो एक स्वतंत्र राज्य के लिए जरूरी था; बस दो चीज़ों की कमी थी—एक बंदरगाह की और दूसरे अपनी जनता के समर्थन की।

वहाँ की बहुसंख्यक हिंदू आबादी को मुस्लिम अल्पसंख्यकों से, जो उन पर शासन करते थे, घृणा थी। लेकिन इसमें आशंका की कोई गुंजाइश नहीं थी कि इस रियासत का, जिसकी लंबाई-चौड़ाई फ्राँस से आधी होगी, कंजूस शासक अपने लिए किस तरह के भविष्य के सपने देख रहा था।

जब सर कानरैड कॉरफील्ड ने निज़ाम को अंग्रेज़ों के जून 1948 तक भारत छोड़ देने के फैसले की सूचना दी, तो वह कुर्सी पर से उछल पड़े और जोर से चिल्लाए, "आख़िरकार मैं आजाद हो जाऊँगा!"

भारत के दूसरे छोर पर एक और राजा के मन में ऐसी ही महत्वाकांक्षा की ज्वाला धधक रही थी। विश्व के सबसे नयनाभिराम दृश्यों से सजी हुई स्वर्ग जैसी कश्मीर घाटी पर शासन करने वाले महाराजा हरीसिंह हिंदू थे, लेकिन उनकी 40 लाख की प्रजा ज्यादातर मुसलमान थी। अगर लद्दाख, तिब्बत और सिनक्यांग के बीहड़ क्षेत्रों को विश्व की छत कहा जा सकता है, तो हिमालय की भयावह चोटियों की छाँव में बसी हुई उनकी इस रियासत को इस छत के ठीक नीचे बनी हुई एक दुछत्ती कहना अनुचित न होगा। यहाँ भारत, भावी पाकिस्तान, चीन और अफगानिस्तान की सरहदों का मिलना निश्चित था।

हरीसिंह बहुत कमजोर और सदैव दुविधा में पड़े रहने वाले आदमी थे। वह अपना सारा समय अपनी सर्दियों की राजधानी जम्मू और सुंदर फूलों से पटी हुई झीलों वाली गर्मियों की राजधानी श्रीनगर में शाही भोज देने में बिताते थे। उन्होंने अपने शासनकाल के आरंभ में कुछ छोटे-मोटे सुधारों की कोशिश करने के बाद निरंकुश शासन कायम कर दिया था, जिसके कारण उनकी जेलें उनके राजनीतिक शत्रुओं से हमेशा भरी रहती थीं। जवाहरलाल नेहरू भी उनकी एक जेल में रह आये थे। यह उन दिनों की बात है, जब नेहरू ने अपने पूर्वजों के राज्य में जाने की कोशिश की थी, तो महाराजा ने उन्हें गिरफ्तार करने का आदेश दे दिया था। हरीसिंह के पास भी अपने राज्य की सीमाओं की रक्षा के लिए एक सेना थी, इस कारण उनके स्वतंत्रता के दावे में दम नजर आने लगा था।

आठ

चिंगारी क़ाग़ज़ी चिताओं की

नयी दिल्ली, मई-जून 1947

संपूर्ण भारत में कश्मीर से कन्याकुमारी और अटक से कटक तक भिन्न-भिन्न स्थानों में असंख्य चिताओं से काले धुएँ के बादल पृथ्वी और आकाश के बीच मखमली खंभों की तरह उठ रहे थे। जल्दी-जल्दी जलायी गयी इन चिताओं की लपटों को भड़काने के लिए न चंदन की लकड़ी थी, न घी की आहुति और न ही सुगंधित सामग्री। इन चिताओं की चटचटाती हुई लपटों को देखने वाले न शोक से विह्वल थे, न वे वेद मंत्रों का उच्चारण कर रहे थे। इन लपटों के दर्शक थे कुछ अंग्रेज़ी सरकारी अधिकारी। इन लपटों में काग़ज़ झोंका जा रहा था, चार टन दस्तावेज, रिपोर्ट और फाइलें। सर कानरैड कॉरफील्ड के आदेश पर सुलगायी गयी इन चिताओं में भारतीय इतिहास की कुछ अत्यंत तूफ़ानी और रंगीन दास्तानों के रोंगटे खड़े कर देने वाले ब्यौरे जलाकर राख किये जा रहे थे; इन काग़ज़ों में महाराजाओं की पाँच पीढ़ियों के कुकर्मों और शर्मनाक हरकतों का क्रमबद्ध इतिहास था। ब्रिटिश राज के एक के बाद एक आने वाले कितने ही प्रतिनिधियों ने बड़े परिश्रम और बड़े ध्यान से इस ब्यौरे को दर्ज करके सिलसिलेवार सजाया

था। इसलिए ये फाइलें स्वतंत्र भारत और पाकिस्तान के प्रशासकों के हाथों में बहुत बड़ा हथियार बन सकती थीं; हालाँकि जब अंग्रेज़ों ने इन्हें जमा करने का निर्णय लिया था, उस समय उनके सामने भी यह उद्‌देश्य न रहा हो, ऐसी बात नहीं थी।

महाराजाओं के भविष्य के बारे में तो कॉरफील्ड अब कोई आश्वासन नहीं दे सकते थे, लेकिन उन्होंने कम-से-कम उनके अतीत पर कोई आँच न आने देने का निर्णय कर लिया था। उन्होंने इन पुराने रिकार्डों को नष्ट कर देने के बारे में एटली-सरकार की स्वीकृति ले ली थी। दिल्ली वापस लौटते ही उन्होंने अपने रेजीडेंट और राजनीतिक एजेंटों को आदेश भिजवा दिया था कि उनके पास अपने राजे-महाराजाओं के निजी जीवन के बारे में जो भी फाइलें हों उन्हें अग्नि की भेंट चढ़ाना शुरू कर दें।

प्रथम चिता सर कानरैड ने स्वयं अपने कार्यालय की खिड़की के नीचे जलायी और उसकी लपटों में वे सारे रिकार्ड झोंक दिए जो अब तक एक ऐसी तिजोरी में छिपाकर रखे गये थे, जिसकी एक चाभी स्वयं उनके पास रहती थी और दूसरी एक और आदमी के पास। डेढ़ सौ साल का अध्ययन, रजवाड़ों की रंगरेलियों की सबसे चुनी हुई चटपटी कहानियों का संग्रह सर कानरैड की इस चिता की भेंट चढ़ गया और उसकी राख दिल्ली की सड़कों पर और घरों की छतों पर बिखर गयी। जब नेहरू को पता चला कि क्या हो रहा है, तो उन्होंने इस सामग्री के, जिसे वह भारत की धरोहर का बहुमूल्य अंग समझते थे, नष्ट किये जाने के विरूद्ध फौरन अपनी आवाज उठायी। लेकिन तब तक बहुत देर हो चुकी थी। पटियाला में, हैदराबाद में, इंदौर में, मैसूर में, बड़ौदा में, गाँधी के जन्म-स्थान पोरबंदर में, हिमालय की चोटियों पर चित्राल में और घने जंगलों वाले कोचीन में—हर जगह अंग्रेज़ अधिकारी एक पूरे युग की दिलचस्प दास्तानों से आग की लपटों की प्यास बुझाने का प्रयास कर रहे थे।

हिंदुस्तान के कुछ राजे-महाराजाओं की काम-क्रीड़ा की दास्तानें इतनी लंबी थीं कि उनके सहारे घंटों तक अच्छी-खासी होली जल सकती थी।

शुरू-शुरू में रामपुर के एक नवाब ने पास-पड़ोस के कई रजवाड़ों से यह शर्त लगायी थी कि साल-भर में कौन सबसे ज्यादा कुंआरी कन्याओं की नथ उतारता है। उन्होंने अपने गाँव के कारिंदों को गाँव-गाँव भिजवाकर हाँकाँ करवाया और घेर-घेर कर कुँआरी कन्याओं को पकड़ बुलवाया। जाहिर है, नवाब साहब ने शर्त बड़ी आसानी से जीत ली। कहा जाता है कि वर्ष भर बाद जब उनकी जमा की हुई नथें गलवाई गयीं तो कई सेर शुद्ध सोना इकट्ठा हो गया।

जिस होली में कश्मीर के महाराजा का कच्चा चिट्ठा जलाया गया था उसमें दो महायुद्धों के बीच के विश्व का एक सबसे शर्मनाक किस्सा भी जलकर नष्ट हो गया। हुआ यह था कि एक आदमी ने लंदन के सेवॉय होटल में कश्मीर के महाराजा को एक औरत के साथ रंगे हाथों पकड़ लिया; महाराजा ने समझा कि वह आदमी उस हसीना का पति है, जो बिस्तर पर उनका पहलू गरम कर रही थी। दरअसल बात यह थी कि महाराजा ठगों के एक गिरोह के चंगुल में फँस गये थे, जिन्होंने महाराजा के निजी बैंक खाते के रास्ते कश्मीर की रियासत के शाही खजाने को दुहना शुरू कर दिया था। भांडा तब फूटा जब उस औरत के वास्तविक पति ने इस लूट में अपना पूरा हिस्सा न पाने पर चिढ़कर पुलिस में शिकायत कर दी। इसके बाद जो मुकदमा चला, उसमें बेचारे महाराजा हरिसिंह की आबरू बचाने के लिए उनका नाम मिस्टर 'ए' कहकर लिया जाता रहा। अपनी इन मुसीबतों के कारण से औरतों की तरफ से महाराजा हरीसिंह का दिल खट्टा हो गया और वह कश्मीर लौट आये; यहाँ अपनी रियासत के नौजवानों की संगत में उन्होंने वासना को तृप्त करने के नये क्षितिज खोज निकाले। उनकी सारी हरकतों का पूरा विवरण अंग्रेज़ी सरकार के प्रतिनिधियों ने हु-ब-हू दर्ज कर दिया था। और अब वह पहाड़ की ठंडी हवाओं के झोंकों के सहारे दूर हिमालय के क्षितिज में अदृश्य हो गया।

हैदराबाद के निज़ाम भी किसी से कम नहीं थे। उन्हें फोटोग्राफी और अश्लील चित्रों को रखने की बहुत लालसा थी। उन्होंने अश्लील चित्रों का

सबसे बड़ा संग्रह जमा कर लिया था। इन चित्रों को जमा करने के लिए निज़ाम ने अपने अतिथि कक्ष की दीवारों और छतों में खुफिया कैमरे लगवा रखे थे, जो उन कमरों में होने वाली एक-एक हकरत की तस्वीरें खींचते रहते थे। महल के अतिथि गृह के बाथरूम के दर्पण के पीछे भी उन्होंने एक कैमरा लगवा रखा था। यह कैमरा हिंदुस्तान की बड़ी-से-बड़ी हस्तियों की तस्वीरें निज़ाम के शौचालय में निवृत्त होने की मुद्रा में लेता रहता था। इन तस्वीरों को उनके संग्रह में सबसे महत्त्वपूर्ण स्थान प्राप्त था।

निज़ाम की फ़ाइल में सबसे ताज़ा रिपोर्ट अंग्रेज़ रेजिडेंट के इन प्रयासों के बारे में थी कि निज़ाम के बेटे और वारिस का सेक्स-जीवन ऐसा हो जो भावी निज़ाम को शोभा दे। पूरी सावधानी बरतते हुए रेजिडेंट साहब ने निज़ाम से बातों-बातों में कह दिया कि उनके कानों तक कुछ इस तरह की खबरें उड़ती-उड़ती पहुँची हैं कि नौजवान शहजादे के शौक़ के दायरे में शहजादियाँ नहीं आती हैं। निज़ाम ने तुरंत अपने बेटे को बुलवाया। रेजिडेंट साहब के लाख मना करने पर भी निज़ाम ने अपने बेटे को विवश किया कि वह फौरन और सबके सामने इस बात को झूठ साबित करे कि वह खानदान का सिलसिला आगे चलाने के लिए योग्य नहीं है।

कानरैड कॉरफील्ड की इन होलियों में जो शर्मनाक किस्से-कहानियाँ मिटती जा रही थीं, उनमें सबसे अद्‌भुत दास्तानों का संबंध राजस्थान की आठ लाख की आबादी वाली छोटी-सी रियासत अलवर के महाराजा के 40 वर्ष के शासन के बारे में था। अलवर के महाराजा का व्यक्तित्व इतना आकर्षक था और वह इतने सुसंस्कृत थे कि लगातार कई वायसराय उनके जादू के असर में रहे। उन्हें यह विश्वास हो गया था कि वह भगवान श्री राम का अवतार हैं। इसीलिए वह हमेशा काले दस्ताने पहने रहते थे कि उनकी दैवी उँगलियाँ नश्वर मनुष्यों के स्पर्श से अपवित्र न हो जाएँ। इंग्लैंड के बादशाह से हाथ मिलाने के लिए भी उन्होंने अपने दस्ताने नहीं उतारे थे। उन्होंने कई बड़े-बड़े पंडितों को इस काम के लिए रखा था कि वे यह हिसाब लगाकर बताएँ कि भगवान श्री राम की पगड़ी कितनी बड़ी रही होगी, ताकि

वह भी अपने लिए वैसी ही पगड़ी बनवा सकें। इस मर्त्य-लोक में महाराजा की भूमिका निभाने के लिए जन्म पाकर अपने दैवी पद पर पूरा विश्वास रखने वाले महाराजा अपनी सत्ता का भरपूर उपयोग करते थे। एक तरफ तो वे अपने को भगवान राम का अवतार समझते थे और दूसरी तरफ उनके कुछ कारनामे कँस जैसे थे। जीव-जंतुओं के प्रति उनके हृदय में तनिक भी दया-धर्म नहीं था। हिंदुस्तान में उनके जैसे सच्चे निशानेबाज कम ही रहे होंगे। जब वह शेर के शिकार को निकलते तो शेर को निशाने की पहुँच के अंदर लाने के लिए वह बकरी या किसी दूसरे जानवर के बजाय इंसान के बच्चों को इस्तेमल करते थे। अपनी रियासत की किसी भी झोंपड़ी से वह किसी बच्चे को पकड़ मँगवाते और उसके भयभीत माँ-बाप को पूरा विश्वास दिला देते कि बच्चे तक पहुँचने से पहले ही शेर उनकी गोली का निशाना हो चुका होगा। अपनी वासना को तृप्त करने के लिए वह औरतों के बजाय मर्दों को ज्यादा पसंद करते थे। उनका शाही बिस्तर फौजी अफ़सरों की उन्नति की सीढ़ी था; हर नौजवान को उनकी फौज का अफ़सर बनने से पहले उनका बिस्तर जरूर गरम करना पड़ता था। अफ़सर बन जाने के बाद उन्हें महाराजा की शर्मनाक रंगरेलियों में हिस्सा लेना पड़ता था, जिनमें अक्सर बड़ी बेरहमी से किसी-न-किसी को मौत की नींद सुला दिया जाता था।

अंततः, जिन दिनों लॉर्ड विलिंग्डन वायसराय थे, उन दिनों दो घटनाओं की वजह से उनकी सारी काली करतूतें सामने आयीं। महाराजा अलवर को वायसराय-भवन में दोपहर के भोजन की दावत दी गयी थी। वह लेडी विलिंग्डन के पास बैठे थे। वह अपनी उँगली पर जो बहुत बड़े हीरे की अँगूठी पहने हुए थे, उसे लेडी विलिंग्डन बहुत सराह रही थीं। महाराजा अलवर ने अँगूठी उतारकर वायसराय की पत्नी की ओर बढ़ा दी कि वह उसे इच्छी तरह देख सकें।

लेडी विलिंग्डन अकारण ही उस अंगूठी की प्रशंसा नहीं कर रही थीं। परंपरा यह चली आयी थी कि अगर वायसराय या उनकी पत्नी किसी

महाराजा की किसी चीज़ में विशेष रुचि दिखाएँ तो वह चीज़ उन्हें दे दी जाती थी। लेडी विलिंग्टन हीरे-जवाहरात की बेहद शौकीन थीं और उन्होंने भारत में अपने प्रवास के दौरान बहुत-से जेवर जमा कर लिए थे। उन्होंने महाराजा अलवर की अँगूठी अपनी उँगली में पहनी, उसे देखकर बहुत प्रसन्नता से उछल पड़ी, लेकिन फिर उसे लौटा दिया।

महाराजा अलवर ने चुपके से एक वेटर से एक कटोरे में जल मँगवाया और फिर भगवान राम के इस अवतार ने इस अँगूठी को पहनने से पहले अच्छी तरह धोया, ताकि उस पर वायसराय की पत्नी की उँगली के स्पर्श का कोई नामो-निशान शेष न रह जाए। सारे अतिथियों की आँखें फटी-की-फटी रह गयीं।

महाराजा का अंग्रेज़ अन्नदाताओं की नज़रों में अंतिम अपराध, जिसके लिए उन्हें कभी क्षमा नहीं किया जा सकता था, वह था जो उन्होंने पोलो के मैदान में किया था। मैच शुरू होने से पहले उनका एक घोड़ा हठ कर गया। महाराजा को उसकी इस हठ पर इतना गुस्सा आया कि उन्होंने वहीं उस पर मिट्टी का तेल छिड़कवाकर स्वयं उसमें आग लगा दी। एक जानवर के साथ सरेआम इस तरह की बेरहमी का प्रदर्शन न्याय की नज़रों में उस बेरहमी से बड़ा अपराध था, जो महाराजा साहब उन लोगों के साथ बरतते जिनसे वह अपनी वासना की तृप्ति करते थे। मूक पशु के साथ ऐसा बर्ताव करना महाराजा को बहुत भारी पड़ा और उन्हें न केवल अपनी गद्दी से हाथ धोना पड़ा, बल्कि देश निकाले का दंश भी झेलना पड़ा।

माना की रामराज्य का झूठा ढोंग रचने वाले महाराजा अलवर शर्मनाक कारनामों में हद से आगे निकल गये हों, लेकिन सदाचार के ठेकेदार अंग्रेज़ शासकों और उनके विलासप्रिय पराधीन राजाओं के संबंधों को बिगाड़ने वाली यह अकेली घटना नहीं थी। इनमें से सबसे गंभीर संकट बड़ौदा के महाराजा के कारण से उत्पन्न हुआ था। महाराजा बड़ौदा इस बात से बहुत नाराज थे कि उनकी रियासत के रेजिडेंट को, जो महाराजा की नज़रों में दो

कौड़ी का मामूली कर्नल था, उतनी ही तोपों की सलामी दी जाती थी जितनी तोपों की सलामी महाराजा को दी जाती थी। इस पर खीझकर महाराजा ने ठोस सोने की दो तोपें बनवायी, ताकि उनकी सलामी में कर्नल की सलामी से ज्यादा शाही गूँज हो। महाराजा की इस हरकत से चिढ़कर रेजिडेंट ने महाराजा बड़ौदा के चाल-चलन के बारे में बहुत घटिया रिपोर्ट लंदन भेज दी। इसमें उन्होंने महाराजा पर आरोप लगाया कि वह अपने हरम में औरतों को बंधक बनाकर रखते हैं।

जब महाराजा को पता चला कि उनके विरूद्ध क्या हो रहा है तो उन्होंने अपने सबसे अच्छे ज्योतिषियों और पंडितों को बुलाकर उस उपद्रवी कर्नल से छुटकारा पाने का कोई ऐसा उपाय करने को कहा, जिससे उनका शासन बिना किसी संकट के चलता रहे और दुष्ट कर्नल से भी मुक्ति मिल जाए।

उन लोगों ने कुछ टोने-टोटके करने के बाद हीरे की भस्म का विष देकर कर्नल को मरवा देने का सुझाव दिया। महाराजा ने कर्नल के पद के आदमी के लिए उपयुक्त आकार का हीरा चुनकर उसे पिसवाया।

एक दिन रात को यह चूरा कर्नल के खाने में मिलवा दिया गया, लेकिन उसका असर होने से पहले ही कर्नल के पेट में इतना दर्द हुआ कि उसे अस्पताल पहुँचा दिया गया और वहाँ उसका पेट साफ कर दिया गया। बादशाह के प्रतिनिधि की हत्या की कोशिश से बहुत संगीन समस्या उठ खड़ी हुई। महाराजा के न्यायाधीश उनके ब्राह्मण पुरोहितों के इस आश्वासन से संतुष्ट नहीं हुए कि उन्होंने कर्नल की आत्मा के पुनर्जन्म का पक्का प्रबंध करने के लिए आवश्यक पूजा-पाठ कर लिया था; न्यायाधीश महाराजा के जौहरी के इस आश्वासन से भी संतुष्ट नहीं हुए कि रेजिडेंट को जो हीरा खिलाया गया था, उसका मूल्य 'ठीक उतना ही था जितना एक अंग्रेज़ कर्नल का होता है।' महाराजा को अपनी करतूत की बहुत भारी कीमत चुकानी पड़ी और उन्हें गद्दी से उतार दिया गया। उनके गद्दी से उतारे जाने का बदला उनके मित्र महाराजा पटियाला ने लिया। जब वह वायसराय, जिसने

उनके निर्वासन के आदेश पर हस्ताक्षर किये थे, उनकी रियासत में आये तो महाराजा पटियाला ने 31 तोपों की सलामी दागने वाले अपने तोपचियों को आदेश दे दिया कि वे अपनी तोपों में इतनी थोड़ी बारूद भरें कि इंग्लैंड के बादशाह के प्रतिनिधि को जो सलामी दी जाए उसकी आवाज 'बच्चों के पटाखे से अधिक न हो।'

कॉरफील्ड के लंदन से लौटने के बाद न केवल ये दस्तावेज ही जलाये गये और भी बहुत कुछ घटा। सारे हिंदुस्तान से विभिन्न महाराजाओं ने नयी दिल्ली पत्र भेजकर केंद्रीय सरकार को यह सूचना दी कि वे उन समझौतों को रद्द कर देना चाहते हैं, जिनके तहत उनकी रियासतों में भारतीय रेलों, डाक-तार की व्यवस्था और अन्य सुविधाओं के लिए उनकी रियासतों के क्षेत्रों में किया जाता है। यह उन्होंने केवल यह जताने के लिए किया था कि आने वाले किसी टकराव में उनकी शक्ति कितनी अधिक होगी, लेकिन इससे जो परिदृश्य उभरकर सामने आया वह बहुत भयानक था—इससे तो भारत एक और सदी पीछे चला जाता। भारत में न रेलें चल सकती थीं, न डाक भेजी जा सकती थी, न तार और टेलीफ़ोन की व्यवस्था कार्य कर सकती थी।

दीवार पर लगे हुए बड़े-से तैल चित्र में से राबर्ट क्लाइव के निस्तेज नयन वायसराय के अध्ययन-कक्ष में आते हुए सात भारतीय नेताओं को देख रहे थे। भारत के 40 करोड़ लोगों के ये प्रतिनिधि, उन लोगों के जिन्हें गाँधी 'बुझी हुई आँखों वाली मानवता के दयनीय नमूने' कहते थे, 2 जून, 1947 की सुबह को माउंटबेटन के अध्ययन-कक्ष में समझौते के उन दस्तावेजों का मुआयना करने आये थे, जिनसे उन्हें उनका देश वापस मिलने वाला था। वायसराय अभी 48 घंटे पहले इन दस्तावेजों पर ब्रिटिश मंत्रिमंडल की मंजूरी लेकर इन्हें स्वयं अपने साथ लंदन से लाए थे।

एक-एक करके सभी नेता कमरे में पड़ी हुई गोल मेज़ के चारों ओर बैठ गये। कांग्रेस के प्रतिनिधि थे नेहरू, पटेल और उसके अध्यक्ष आचार्य

कृपलानी; मुस्लिम लीग के प्रतिनिधि थे जिन्ना, लियाकत अली खां और अब्दुर्रब निश्तर। बलदेवसिंह उन साठ लाख लोगों के प्रतिनिधि की हैसियत से उपस्थित थे जिन पर अभी थोड़ी देर बाद बोले जाने वाले शब्दों का प्रभाव दूसरों की अपेक्षा अधिक नाटकीय ढंग से पड़ने वाला था; अर्थात वह सिखों के प्रतिनिधि थे।

दीवार से लगी हुई दो कुर्सियों पर माउंटबेटन के दो सबसे प्रमुख सलाहकार लॉर्ड इस्मे और सर एरिक मिएविल बैठे थे। मेज पर बीच में वायसराय स्वयं बैठे थे। सरकारी फ़ोटोग्राफ़र ने शीघ्रता से भावी इतिहास के लिए वहाँ एकत्रित लोगों का चित्र सुरक्षित कर लिया। सब लोग चुप थे; बस बीच-बीच में किसी के धीरे से खखारने की आवाज़ आ जाती थी। एक सचिव ने लाकर सबके सामने एक-एक-बादामी रंग की फाइल रख दी, जिसमें उस योजना की एक-एक प्रति रखी हुई थी।

दिल्ली आने के बाद से पहली बार माउंटबेटन को आपस में सीधी वार्ता करने की अपनी कूटनीति छोड़कर गोलमेज सम्मेलन करने का तरीक़ा अपनाना पड़ रहा था, लेकिन उन्होंने निर्णय ले लिया था कि बोलेंगे केवल वही। वह यह खतरा मोल लेने को तैयार नहीं थे कि बैठक में आम बहस छिड़ जाए, क्योंकि उसका परिणाम यह हो सकता था कि सब लोग एक-दूसरे पर चिल्लाने लगें।

उन्होंने सर्वप्रथम तो इस बात का उल्लेख किया कि पिछले पाँच वर्षों में उन्होंने कई बहुत महत्वपूर्ण बैठकों में हिस्सा लिया था, जिनमें युद्ध के भाग्य का निबटारा किया गया था, लेकिन उन्हें इनमें से कोई भी ऐसी बैठक नहीं स्मरण थी, जिसमें ऐसा निर्णय लिया गया हो जिसका इतिहास पर उतना गहरा असर पड़ा हो जितना इस फैसले का पड़ने वाला था, जो उनके सामने था।

माउंटबेटन ने संक्षेप में दिल्ली आने के बाद से अलग-अलग लोगों से अपनी वार्ता का ब्यौरा दिया और इस बात पर जोर दिया कि सभी ने उन्हें यही समझाया था कि तुरंत ही कुछ करना अनिवार्य है।

फिर इतिहास में दर्ज किये जाने के लिए उन्होंने जिन्ना से अंतिम बार पूछा, "क्या आप भारत की एकता को उस रूप में स्वीकार करने को तैयार हैं जिस रूप में इसकी कल्पना कैबिनेट मिशन की योजना में की गयी है?" उतने ही रस्मी ढंग से जिन्ना ने भी जवाब दिया, "हम तैयार नहीं हैं।" इसके बाद माउंटबेटन उस सवाल पर आये जिसके लिए यह बैठक बुलायी गयी थी। संक्षेप में उन्होंने अपनी योजना की ब्यौरे की बातें बतायी। उन्होंने इस बात पर जोर दिया कि 'डेमिनियन स्टेट्स' वाली धारा, जिसे चर्चिल का समर्थन मिल चुका था, इस बात का प्रमाण नहीं है कि अंग्रेज़ अपनी एक टाँग यहाँ जमाए रखना चाहते हैं, बल्कि सिर्फ इस बात का आश्वासन है कि अगर अंग्रेज़ों की सहायता की आवश्यकता हो तो वे अचानक अपना हाथ खींच नहीं लेंगे। उन्होंने कलकत्ता की चर्चा की, सिखों की भावी पीड़ा की चर्चा भी कीं।

उन्होंने कहा कि 'मैं आपसे यह नहीं कहता कि आप अपने अंतःकरण के विरूद्ध एक ऐसी योजना को पूरी तरह मान लें जिसके कुछ हिस्से आपके सिद्धांतों के खिलाफ हों।' उन्होंने बस इतना कहा कि वे उसे शांति की भावना के साथ स्वीकार करें और यह प्रण करें कि वे रक्त की नदियाँ बहाए बिना उसे पूरा करने की कोशिश करेंगे।

वायसराय ने कहा कि उनका संकल्प अगली सुबह उनसे फिर मिलने का है। वायसराय ने आशा व्यक्त की कि आधी रात से पहले ही मुस्लिम लीग, कांग्रेस व सिख—तीनों, इस योजना को भारतीय समझौते के आधार के रूप में स्वीकार करने के लिए अपनी सहमति जता चुके होंगे। ऐसा हो जाए तो उनका सुझाव था कि मैं, नेहरू, जिन्ना और बलदेवसिंह शाम को ही आल-इंडिया रेडियो से इसकी संयुक्त घोषणा कर दें। क्लीमेंट एटली इसकी पुष्टि करते हुए लंदन से घोषणा कर देंगे।

अपनी बात समाप्त करते हुए उन्होंने कहा, "सज्जनो, मैं चाहता हूँ कि आधी रात तक आप सब लोग इस योजना पर अपनी प्रतिक्रिया बता दें।"

लुई माउंटबेटन लंदन से दिल्ली वापस लौटे, तो अपने साथ एक दबा-दबा सा गम भी लेते आये थे, जिसके कारण लंदन में अपनी सफलताओं पर उनका संतोष और भविष्य के लिए उनकी 'भरपूर आशा' कुछ फीकी पड़ गयी थी। उन्हें डर था कि 'महात्मा गाँधी, जिनके बारे में पूरे भरोसे के साथ पहले से कुछ भी नहीं कहा जा सकता था', उनका विरोध करने वाले थे।

इस संभावना के विचार से ही वायसराय का दिल काँप उठता था। उन्हें इस 'छोटी-सी निराश गौरैया' से सच्चा स्नेह हो गया था। उनके लिए यह विचार ही भयावह था कि उन जैसे पेशेवर सिपाही को वायसराय की हैसियत से अहिंसा के पुजारी से उस राष्ट्र के भविष्य के सवाल पर, जिसका वह सारी दुनिया की नजरों में प्रतीक था, सीधी टक्कर लेनी पड़ेगी।

लेकिन यह एक वास्तविक संकट था। जिन्ना ने भारत की एकता को बनाये रखने की आशाओं पर पानी फेर दिया था और अब गाँधी जी भारत का विभाजन कर देने की आशाओं पर पानी फेर देंगे। हिंदुस्तान आने के बाद से माउंटबेटन ने बड़े गूढ़ ढंग से कांग्रेस के नेताओं को अपने निकट लाने की कोशिश की थी, ताकि अगर टकराव की नौबत आ जाए तो वह गाँधी जी को बे-असर कर सकें। यह काम जितना उन्होंने सोचा था उससे आसान निकला। बाद में उस जमाने की बातों का जिक्र करते हुए माउंटबेटन ने कहा, "मुझे बेहद अजीब लगा कि एक तरह से वे सभी गाँधी जी के खिलाफ और मेरे साथ थे। एक तरह से वे सभी मुझे बढ़ावा दे रहे थे कि मैं उनकी तरफ से गाँधी जी से टक्कर लूँ।"

लेकिन माउंटबेटन जानते थे, गाँधी के पास पार्टी के नेताओं के मुकाबले में कहीं अधिक साधन हैं। खुद पार्टी उनके हाथ में थी। चार आने वाले वे लाखों सदस्य जो उनकी पूजा करते थे, उनकी मुट्टी में थे और सबसे बढ़कर उन लाखों-करोड़ों लोगों को आंदोलित करने का हुनर जितना उन्हें आता था, उतना किसी और को नहीं आता था। अगर वह राजनीतिक नेताओं की परवाह न करके सीधे भारत की जनता से अपील करने का

निर्णय करते तो भयानक रस्साकशी पैदा हो जाती, जिसमें एक तरफ होते वायसराय, नेहरू और पटेल और दूसरी ओर गाँधी जी के व्यक्तित्व का अपार नैतिक बल।

बाहर से देखने में ऐसा लगता था कि गाँधी जी ऐसा ही करने की तैयारी कर रहे थे। जिस दिन माउंटबेटन अपनी योजना लेकर लंदन से अपने यार्क विमान पर रवाना हुए थे, उसी दिन शाम को गाँधी जी ने अपनी प्रार्थना-सभा में कहा था–"भले ही सारे देश में आग भड़क उठे, हम एक इंच भूमि पर भी पाकिस्तान नहीं बनने देंगे।"

लेकिन कार्यकारी समितिं के निर्णय के बाद से बीता एक महीना गाँधी जी के लिए व्यक्तिगत रूप से आंतरिक वेदना, उथल-पुथल और शंका का दौर था। उनकी अंतरात्मा, उनके शरीर का एक-एक रोम कह रहा था कि देश का विभाजन ग़लत है। उन्होंने न केवल यह महसूस किया कि कांग्रेस के नेता उनसे दूर होते जा रहे हैं, बल्कि शायद पहली बार उन्हें इसका पूरा विश्वास नहीं हो पा रहा था कि भारत की जनता उनकी ललकार पर मैदान में कूद पड़ने को तैयार हो जाएगी।

एक सुबह दिल्ली की सड़कों पर टहलते हुए उनके एक कार्यकर्त्ता ने उनसे कहा–"फैसले की इस घड़ी में आपका कहीं जिक्र ही नहीं है। ऐसा लगता है, आपको और आपके आदर्शों को तिलांजलि दे दी गयी है।"

"हाँ", गाँधी जी ने बड़ी कटुता से जवाब दिया, "मेरे चित्रों को हार पहनाने के लिए हर आदमी बहुत उत्सुक रहता है, लेकिन मेरी सलाह मानने को कोई तैयार नहीं है।" इसके कुछ ही दिन बाद एक रात गाँधी जी अपनी सुबह की पूजा के समय से आधा घंटा पहले ही साढ़े तीन बजे जाग गये। नयी दिल्ली की भंगियों की बस्ती में उनकी चटायी के पास लेटी हुई मनु सब सुन रही थी कि गाँधी जी बहुत व्यथित होकर अंधेरे में अपने आप से क्या बातें कर रहे थे।

"आज मेरे साथ कोई भी नहीं है", वह इतनी धीमी आवाज में कह रहे थे मानो रात में कानाफूसी कर रहे हों। "पटेल और नेहरू तक समझते

हैं कि मैं जो कुछ कह रहा हूँ वह ग़लत है और अगर बँटवारे की बात पर समझौता हो जाए तो यहाँ फिर शांति कायम हो जाएगी।"

वह कह रहे थे, "ये लोग शायद यह भी सोचते हैं कि उम्र के साथ मेरी समझ-बूझ कम होती जा रही है।" इसके बाद बड़ी देर तक वह चुप रहे, फिर ठंडी आह भरकर वैसे ही दबे स्वर में बोले, "हो सकता है कि सब लोग ठीक कहते हैं और मैं ही अंधेरे में भटक रहा हूँ।"

फिर बड़ी देर तक शांति रही और फिर मनु ने उनके मुँह से ये शब्द निकलते सुने–"शायद मैं यह देखने के लिए जिंदा न रहूँ, लेकिन जिस मुसीबत का मुझे अंदेशा है, वह भारत पर टूट ही पड़े और उसकी आज़ादी खतरे में पड़ जाए तो आने वाली पीढ़ियों को मालूम तो रहे कि इस बूढ़ी आत्मा को उन मुसीबतों की कल्पना से ही कितनी व्यथा हुई थी!"

जिस 'बूढ़ी आत्मा' ने ये शब्द कहे थे वह 2 जून को सब नेताओं के चले जाने के डेढ़ घंटे बाद उस भारतीय प्रतिक्रिया को व्यक्त करने के लिए, जिसकी सबसे अधिक प्रतीक्षा थी और जिसका सबसे अधिक महत्त्व था, वायसराय के अध्ययन-कक्ष में आयी। इससे पहले वाली बैठक में आने से उन्होंने इसलिए मना कर दिया था कि वह स्वयं कांग्रेस के पदाधिकारी नहीं थे, लेकिन हर क्षण उनका अस्तित्व उस बैठक पर छाया रहा था। गाँधी जी के आने की प्रतीक्षा करते हुए माउंटबेटन उन शब्दों की कल्पना करके ही भयभीत हो उठे थे, जो अभी सुनने वाले थे; वह सोच रहे थे कि गाँधी जी की अज्ञेय अंतरात्मा ने उनसे कोई ऐसी बात न कह दी हो जिससे उन दोनों के बीच टकराव हो जाए।

गाँधी जी समय के बहुत पाबंद थे। जैसे ही उन्होंने कमरे में प्रवेश किया वैसे ही आतिशदान पर रखी हुई घड़ी ने साढ़े बारह का घंटा बजाया।

माउंटबेटन उनका स्वागत करने के लिए अपनी जगह से उठे और बड़ी शीघ्रता से कक्ष पार करते हुए उनकी ओर बढ़े। उनके होंठों पर हार्दिक स्वागत की मुसकराहट थी। लेकिन वह बीच में ही ठिठक गये। गाँधी जी ने अपने होंठों पर उँगली रखकर उन्हें रोक दिया था, मानो कोई माँ बच्चे से

चुप रहने को कह रही हों। यह संकेत पाते ही वायसराय ने संतोष की साँस ली और मन-ही-मन सोचा, "भगवान की कृपा है कि आज इनका मौन का दिन है।"

उस दिन सोमवार था। वह आवाज जो भारतवासियों को माउंटबेटन के खिलाफ उठ खड़े होने के लिए ललकार सकती थी, वह बरसों से हर सोमवार को मौन रहती थी। माउंटबेटन को जिस उत्तर की इतनी उत्सुकता से प्रतीक्षा थी, वह उन्हें मिलने वाला नहीं था।

गाँधी जी बड़ी शांति से एक आराम-कुर्सी पर बैठ गये और फिर उन्होंने अपनी धोती की तह में से मैले इस्तेमाल किये हुए लिफ़ाफ़ों का एक बंडल और पेंसिल का एक छोटा-सा, मुश्किल से दो इंच लंबा टुकड़ा निकाला। वह काग़ज़ का छोटे-से-छोटा टुकड़ा भी कभी व्यर्थ नहीं जाने देते थे। उनके पास जो चिट्ठियाँ आती थीं, उनके लिफ़ाफ़े वह खुद कैंची से काटकर खोलते थे और उनसे लिखने के लिए छोटे-छोटे पैड बना लेते थे और उनको ऊपर से नीचे तक अपनी टेढ़ी-मेढ़ी लिखायी से भर देते थे। जब माउंटबेटन अपनी योजना समझा चुके तो गाँधी जी ने एक पुराने लिफ़ाफ़े के पीछे लिखना शुरू किया। उन्होंने अपने सारे जीवन में सबसे महत्त्वपूर्ण और सबसे कष्टदायक शब्द सुने थे। उन पर यह उनकी पहली रहस्यमयी प्रतिक्रिया थी। लिखते-लिखते उन्होंने पाँच पुराने लिफ़ाफ़ों के काग़ज़ भर दिये और जब वह चले गये, तो माउंटबेटन ने उन्हें आने वाली पीढ़ियों के लिए सुरक्षित कर लिया।

गाँधी जी ने लिखा था, "मुझे खेद है कि मैं बोल नहीं सकता। सोमवार को मौन रखने का व्रत लेते समय मैंने दो हालातों में उसे भंग कर देने की गुंजाइश रखी थी, एक तो तब जब किसी उच्च पदाधिकारी से किसी आवश्यक समस्या के बारे में बात करना हो और दूसरे जब किसी बीमार आदमी की देखभाल करनी हो। लेकिन मैं जानता हूँ कि आप नहीं चाहते कि मैं अपना मौन आज भंग करूँ।"

"मुझे दो-एक बातों के बारे में कुछ कहना है, लेकिन आज नहीं। अगर हम दोनों की फिर भेंट हुई तो मैं कहूँगा।"

इसके बाद वह वायसराय के अध्ययन-कक्ष से उठकर चले गये।

वायसराय-भवन के लंबे बरामदों में अंधेरा और सन्नाटा था। बस कभी-कभार सफेद वर्दी पहने हुए कोई नौकर किसी भूत की तरह शीघ्रता से निकल जाता था। लेकिन माउंटबेटन के अध्ययन-कक्ष में बत्तियाँ अभी तक जल रही थीं। इस समय वहाँ आज थका देने वाले दिन की अंतिम मुलाकात चल रही थी। माउंटबेटन ने अपने अतिथि को बड़े अविश्वास के साथ देखा, जैसा उसके विचित्र आचरण का कारण उनकी समझ में न आ रहा हो। कांग्रेस ने समय की सीमा के अंदर ही यह सूचना भिजवा दी थी कि वह उनकी योजना को मान लेने को तैयार है। सिखों ने भी यही कहा था। लेकिन जिस आदमी को संतुष्ट करने के लिए यह योजना बनायी गयी थी, जिस आदमी की हठधर्मी और अड़ियलपन की वजह से भारत पर विभाजन का निर्णय जबर्दस्ती थोपा गया था, वह अब टाल-मटोल कर रहा था। एक तरह से आज जिन्ना का भी मौन का दिन था। बरसों से जिन्ना जिन बातों के लिए कोशिश करते आये थे, वे सारी वहाँ मौजूद थीं, बस उन्हें स्वीकार करना था। न जाने क्यों जिन्ना 'हाँ' कहने से आनाकानी कर रहे थे; शायद इस शब्द को कभी न बोलने का उन्होंने अपना पेशा बना लिया था।

बहुमूल्य होल्डर में लगी हुई क्रेवेन-ए सिगरेट का लंबा कश खींचते हुए जिन्ना इसी बात पर अड़े हुए थे कि जब तक वह माउंटबेटन की योजना को मुस्लिम लीग की कौंसिल के सामने रखें, तब तक वह उस पर लीग की प्रतिक्रिया नहीं बता सकते। उन्हें कौंसिल के सदस्यों को दिल्ली बुलाने के लिए कम-से-कम एक सप्ताह का समय चाहिए था।

जिन्ना से निबटने में माउंटबेटन के मन में जितनी खीझ पैदा हुई थी वह सब इस समय उमड़ आयी। बात कुछ उनकी समझ में नहीं आ रही

थी। जिन्ना को उनका कमबख्त पाकिस्तान मिल गया था। सिखों तक ने उसे अनमनेपन से स्वीकार कर लिया था। जो पाने के लिए वह अब तक दाँव लगाते आये थे, वह उन्हें मिल गया था और अब ऐन वक्त पर वह सारा बना-बनाया खेल बिगाड़ देने की कोशिश कर रहे थे। केवल एक शब्द 'हाँ' कहने में अपनी बेहद असमर्थता की वजह से वह सारे ढाँचे को गिरा देना चाहते थे।

माउंटबेटन भी उनकी स्वीकृति से लेने की ठान चुके थे। एटली प्रतीक्षा कर रहे थे—उन्हें 24 घंटे से भी कम समय के अंदर अपनी ऐतिहासिक घोषणा करनी थी। माउंटबेटन, एटली और उनकी सरकार को वचन दे चुके थे कि उनकी यह योजना सफल होगी; अब उसे अचानक तोड़ने-मरोड़ने की आवश्यकता नहीं होगी, जैसी कि शिमला में नेहरू के कारण से हुई थी। इस बार वे पूरे विश्वास के साथ कह सकते थे कि उन्होंने एक ऐसी योजना को अपनी स्वीकृति दी थी, जिसे सभी भारतीय नेता स्वीकार कर लेंगे। वह बड़ी मुश्किल से कांग्रेस के नेताओं को समझा-बुझाकर यहाँ तक ले आये थे कि विभाजन को मान लेने को तैयार हो जाएँ। गाँधी जी तक ने कुछ समय के लिए इस स्थिति को स्वीकार कर लिया था कि उनसे सलाह किये बिना निर्णय कर लिया जाए। अगर अंतिम समय कोई हिचक पैदा हो जाती, उन्हें जरा-सा भी शक हो जाता कि जिन्ना कोई और रियासत हासिल करने के लिए जोड़-तोड़ कर रहे हैं, तो इतने परिश्रम और सावधानी से बनाया गया यह पूरा ढाँचा बिखर जाता।

"मिस्टर जिन्ना", माउंटबेटन ने कहा, "अगर आप समझते हैं कि जब तक आप अपने लोगों को दिल्ली बुलाएँ तब तक मैं बात यहीं रोके रख सकूँगा, तो यह आपका पागलपन है। आप जानते हैं कि सारा मामला इतना लंबा खिंच चुका है कि हमारे सब्र का प्याला अब छलकने वाला है।"

"आपको आपका पाकिस्तान मिल गया है। एक समय ऐसा भी था कि विश्व में कोई नहीं समझता था कि वह आपको मिल सकेगा। मैं जानता

हूँ कि आप उसे कटा-फटा, दीमक का खाया हुआ कहते हैं, लेकिन है तो पाकिस्तान। अब सारा दारोमदार इस पर है कि कल आप भी सबके साथ इसे मानने के लिए राजी हो जाएँ। कांग्रेस ने इसे इस शर्त पर माना है कि आप भी सहमत हो जाएँगे। अगर उन्हें शक हो गया कि आप उन्हें नीचा दिखाने के लिए टालमटोल कर रहे हैं, तो वे अपनी स्वीकृति वापस ले लेंगे और बड़ी छीछालेदर मचेगी।"

"नहीं, नहीं" जिन्ना यही रट लगाये रहे कि हर काम बाकायदा कानूनी ढंग से होना चाहिए। उन्होंने कहा, "मैं अकेला तो मुस्लिम लीग हूँ नहीं।"

"मिस्टर जिन्ना, छोड़िए भी इन बातों को", माउंटबेटन ने अपनी बढ़ती हुई निराशा के बावजूद बड़े शांत भाव से कहा, "मुझे यह समझाने का प्रयास मत कीजिए। आप बाकी सारी दुनिया से यह कह सकते हैं, लेकिन आप अपने को बहलाने की कोशिश न कीजिए कि जैसे मुझे यह ज्ञात नहीं है कि आपकी मुस्लिम लीग में क्या होता है और किसकी क्या हैसियत है!"

जिन्ना ने फिर बात टालने की कोशिश की कि हर काम ठीक ढंग से होना चाहिए।

"मिस्टर जिन्ना", माउंटबेटन ने कहा, "मैं आपको एक बात बता देना चाहता हूँ। मैं आपको अपनी ही योजना को स्वयं नष्ट नहीं करने दूँगा। मैं आपको उस हल को ठुकराने नहीं दूँगा, जिसके लिए आपने इतनी मेहनत की है। आपकी तरफ से मैं मंजूर कर लूँगा।"

"कल बैठक में", माउंटबेटन कहते रहे, "मैं कहूँगा कि मुझे कांग्रेस का उत्तर मिल गया है; उन्होंने कुछ शंकाएँ उठायी हैं जिन्हें मैं दूर कर दूँगा और उन्होंने यह बात मान भी ली है। सिख भी मान गये हैं।"

"उसके बाद मैं कहूँगा कि कल रात जिन्ना साहब के साथ बड़ी देर तक बहुत मित्रतापूर्ण ढंग से मेरी वार्ता हुई और हमने विस्तारपूर्वक योजना पर विचार किया और जिन्ना साहब ने मुझे निजी तौर पर विश्वास दिलाया है कि वह इस योजना से सहमत हैं।"

"उस समय, मिस्टर जिन्ना" माउंटबेटन अपनी बात कहते रहे, "मैं आपकी तरफ मुड़कर देखूँगा। मैं यह नहीं चाहता कि आप कुछ बोलें। मैं नहीं चाहता कि कांग्रेस आपको खुलेआम कुछ कहने पर मजबूर करे। मैं आपसे बस एक बात चाहता हूँ। मैं चाहता हूँ कि आप अपना सिर हिला दें, जिससे यह जाहिर हो कि आप मुझसे सहमत हैं।"

"अगर आपने अपना सिर नहीं हिलाया, मिस्टर जिन्ना", माउंटबेटन ने बात समाप्त करते हुए कहा, "तो फिर समझ लीजिए कि मैं आपके लिए कुछ नहीं कर पाऊँगा, आपका सारा बना-बनाया खेल बिगड़ जाएगा। सबकुछ ढह जाएगा। मैं धमकी नहीं दे रहा हूँ। मैं सिर्फ आपको पहले से बताए दे रहा हूँ कि क्या होने वाला है। यदि आपने उस समय सिर नहीं हिलाया तो फिर मेरा यहाँ कोई काम नहीं रह जाएगा, आपका पाकिस्तान आपसे छिन जाएगा और जहाँ तक मेरा सवाल है आप भाड़ में जाएँ, मुझे कोई परवाह नहीं है।"

भारत के विभाजन की माउंटबेटन योजना के लिए भारतीय नेताओं की औपचारिक स्वीकृति प्राप्त करने के लिए हुई बैठक ठीक उसी तरह शुरू हुई जैसे माउंटबेटन ने कहा था। एक बार फिर बोलने का सारा जिम्मा खुद लेकर और एक तरह से उनकी ओर से बोलते हुए, वायसराय ने उन नेताओं को चुप रहने पर विवश कर दिया, जिसके वे आदी नहीं थे। उन्होंने कहा, "मेरी उम्मीद के मुताबिक सभी पार्टियों को योजना के बारे में बहुत गहरे शक थे और मैं इस बात के लिए उनका आभार मानता हूँ कि कि उन्होंने अपने ये शक मुझे बताये। फिर भी कांग्रेस ने अपनी स्वीकृति दे दी है। सिखों ने भी हामी भर ली है और कल रात जिन्ना साहब के साथ बहुत देर तक बातचीत हुई और ये उसे मान लेने को तैयार हैं।"

ये शब्द कहते-कहते माउंटबेटन अपनी दाहिनी ओर बैठे हुए जिन्ना साहब की ओर मुड़े। उस क्षण माउंटबेटन को कुछ भी पता नहीं था कि वह मुस्लिम नेता क्या करने वाला है? उस क्षण को याद करके वह कहते हैं कि "वह उनके जीवन का सबसे रोमांचकारी क्षण था।" युगों जैसे लंबे एक

सेकेंड तक वह जिन्ना के भावहीन निरीह चेहरे को घूरते रहे। फिर जिन्ना ने बड़ी आनाकानी के साथ बहुत धीमे से सिर हिलाकार अपनी सहमति प्रकट की। उनकी ठोढ़ी मुश्किल से आधा इंच नीचे की ओर झुकी होगी, जिससे कम में शायद उनकी सहमति को कोई देख भी न पाता।

इस हलकी-सी जुम्बिश से, जिसे लोग शायद ही देख पाए होंगे, साढ़े चार करोड़ लोगों के एक नये राष्ट्र को अंतिम स्वीकृति मिल गयी। उसकी शक्ल कितनी ही बिगड़ी हुई क्यों न हो, उसके जन्म में कितनी ही कठिनाइयों का सामना क्यों न करना पड़े, लेकिन पाकिस्तान का 'असंभव सपना' अंततः पूरा होने वाला था। माउंटबेटन को आगे बढ़ने के लिए काफी सहमति मिल गयी थी। इससे पहले कि उन सात नेताओं में से कोई भी किसी शक या शुबहे की बात कह पाता, माउंटबेटन ने घोषणा कर दी "अब से मेरी यही योजना भारतीय समस्या को हल करने का आधार होगी।"

गाँधी जी को इस निर्णय की सूचना तब मिली जब वह शाम को टहलने के बाद गरम पानी में अपने पाँव सेंक रहे थे। जिस समय उनकी एक शिष्या पत्थर की बटिया से उनके पाँवों की मालिश कर रही थी, एक दूसरी शिष्या ने आकर उन्हें नेताओं के साथ वायसराय की दूसरी भेंट का विवरण कह सुनाया। उसकी बातें सुनते समय गाँधी जी के व्यथित चेहरे पर उदासी के बादल मंडरा गये। जब उसने अपनी बात पूरी कर ली तो गाँधी जी ने आह भरकर कहा, "ईश्वर उनकी रक्षा करे और उन्हें सद्बुद्धि दे!"

3 जून, 1947 की उस शाम को सात बजने के थोड़ी ही देर बाद चार सबसे प्रमुख नेताओं ने भारत को दो अलग सार्वभौम राष्ट्रों में विभाजित कर देने पर अपनी सहमति की औपचारिक रूप से घोषणा कर दी।

पद की गरिमा के अनुसार सबसे पहले माउंटबेटन बोले। उनके शब्दों में आत्म-विश्वास था, उनका भाषण छोटा था और उनका स्वर बहुत शांत।

उनके बाद नेहरू हिंदी में बोले। जिस समय उन्होंने अपने श्रोताओं को बताया कि 'पीड़ा और यातना के बीच भारत के महान भविष्य' का निर्माण हो रहा है, उस समय उनके चेहरे पर उदासी छा गयी। अपनी भावनाओं को वश में रखते हुए उन्होंने उस योजना के स्वीकार कर लिए जाने का अनुरोध किया, जिससे निजी तौर पर उनका मन बहुत व्यथित था, और अंत में उन्होंने कहा कि 'आपसे इन सुझावों को मान लेने का अनुरोध करते हुए मुझे कोई प्रसन्नता नहीं हो रही है।'

इसके बाद जिन्ना की बारी आयी। उनकी सफलता कितनी बड़ी और साथ ही कितनी बेतुकी थी, इसका उनके उस भाषण से अच्छा कोई दूसरा प्रमाण नहीं मिल सकता था। मुहम्मद अली जिन्ना अपने सुनने वालों के सामने ऐसी भाषा में, जो उनकी समझ में आ सके, इस सूचना की घोषणा नहीं कर सकते थे कि उन्होंने उनके लिए एक नया राज्य प्राप्त कर लिया है। उन्हें भारतीय मुसलमानों को अंग्रेज़ी में इस 'ऐतिहासिक फैसले' की सूचना देनी पड़ी कि भारत में एक इस्लामी देश बनेगा और उन्होंने अपना भाषण 'पाकिस्तान जिंदाबाद' के नारे से समाप्त किया। इसके बाद रेडियो के एक उद्घोषक ने उनका भाषण उर्दू में पढ़ा।

जिस दिन नेताओं ने वायसराय की योजना को स्वीकार किया उसके दूसरे दिन अहिंसा के देवदूत को अपनी वाणी फिर मिल गयी। उनके मौन के दिन के कारण माउंटबेटन को साँस लेने का जो थोड़ा-सा समय मिल गया था, वह अब समाप्त हो चुका था। 4 जून को दोपहर के थोड़ी ही देर बाद माउंटबेटन को एक आवश्यक संदेश मिला कि गाँधी जी कांग्रेस के नेताओं से नाता तोड़कर उसी दिन शाम को अपनी प्रार्थना-सभा में उनकी योजना की निंदा करने वाले हैं। माउंटबेटन ने तुरंत गाँधी जी के पास अपना एक दूत भिजवाकर उनसे आकर भेंट करने का अनुरोध किया।

गाँधी जी ने शाम 6 बजे वायसराय के अध्ययन-कक्ष में प्रवेश किया। उनकी प्रार्थना-सभा सात बजे थी। माउंटबेटन के पास तबाही को रोकने के

लिए एक घंटे से भी कम समय था। माउंटबेटन देखते ही समझ गये कि गाँधी जी कितने परेशान हैं। आराम-कुर्सी पर 'टूटे हुए पंख वाली चिड़िया की तरह' बैठे हुए गाँधी जी बार-बार अपना हाथ उठाकर बेहद धीमे स्वर में जो सुनायी भी मुश्किल से देता था, यही कह रहे थे, 'बहुत भयानक है, बहुत भयानक है।'

माउंटबेटन जानते थे कि इस मनोदशा में गाँधी जी कुछ भी कर सकते हैं। यदि गाँधी जी ने खुलेआम उनकी योजना की निंदा कर दी तो तबाही मच जाएगी। नेहरू, पटेल और दूसरे नेताओं को मजबूर होकर या तो गाँधी जी से अपना नाता तोड़ना पड़ेगा या फिर जो समझौता उन लोगों ने माउंटबेटन के साथ किया था, उसे रद्द करना पड़ेगा। माउंटबेटन ने भी प्रतिज्ञा कर ली थी कि उनका मस्तिष्क जितनी भी दलीलें सोच सकता था, उन सबको वह प्रयोग करेंगे। माउंटबेटन ने गाँधी जी से पहले तो यह कहा कि उन्होंने (गाँधी ने) भारत की एकता के लिए अपने जीवन-भर काम किया, अब उस एकता को इस योजना से नष्ट होते देखकर उनके मन में जो भावनाएँ पैदा हुई होंगी, उन्हें वह अच्छी तरह समझते थे, क्योंकि वैसी ही भावनाएँ स्वयं उनके मन में भी थीं।

बोलते-बोलते अचानक माउंटबेटन के मन में एक प्रेरणा उत्पन्न हुई। उन्होंने कहा कि समाचार पत्रों ने इस योजना को 'माउंटबेटन-योजना' का नाम दिया है, लेकिन उन्हें उसे 'गाँधी-योजना' कहना चाहिए था। माउंटबेटन ने कहा कि उस योजना के सभी मुख्य तत्त्व गाँधी जी ने ही उन्हें सुझाए थे। गाँधी जी परेशान होकर उन्हें देखते रहे।

माउंटबेटन ने अपनी बात जारी रखते हुए कहा, "गाँधी जी ने ही तो उनसे कहा था कि फैसला हिंदुस्तानियों पर छोड़ दिया जाए और योजना में यही किया गया है। जनता के वोट से चुनी गयी प्रांतीय विधानसभाएँ भारत के भविष्य का फैसला करेंगी। हर प्रांत की विधानसभा वोट लेकर यह तय करेगी कि वह भारत में रहना चाहती है या पाकिस्तान में। गाँधी ने ही तो अंग्रेज़ों से कहा था कि वे जल्दी-से-जल्दी भारत छोड़ दें। सो 'डोमिनियन स्टेट्स' से उनकी यह इच्छा भी पूरी हो जाएगी।"

"पर मैं भारत का विभाजन कब चाहता था?" गाँधी जी ने पूछा था।

"अगर कोई ऐसा चमत्कार हो जाए कि विधानसभाएँ एकता के पक्ष में वोट दे दें", माउंटबेटन ने गाँधी जी को समझाया, "तो आप जो चाहते हैं वह आपको मिल जाएगा। अगर वे इसके लिए सहमत न हों तो आप यह तो नहीं चाहेंगे कि हम हथियारों के बल पर उनके निणंय का विरोध करें।"

तर्क देकर, पैरवी करके, अपने व्यक्तित्व का सारा माधुर्य और आकर्षण प्रयोग करके माउंटबेटन ने अपनी बात गाँधी जी के सामने रखी। गाँधी जी देश के विभाजन के विरोधी थे, पर वायसराय की जोरदार पैरवी ने उन्हें विचलित कर दिया था। लगभग 78 वर्ष की उम्र में गाँधी जी को 30 साल में पहली बार भारतीय जनता पर अपने प्रभाव के बारे में कुछ संशय-सा होने लगा; अपनी पार्टी के नेताओं से भी उनकी पटरी नहीं बैठती थी। निराशा और संशय के इस वातावरण में वह अपनी अंतरात्मा में कोई हल खोज रहे थे, वह यही राह देख रहे थे कि उनकी अंतरात्मा, जिसने उनके जीवन के कितने ही गंभीर संकटों में उन्हें मार्ग दिखाया था, शायद उनके कान में कुछ कह दे। लेकिन उस दिन, जून की उस शाम को, अंतरात्मा की वह आवाज चुप थी और गाँधी जी संशयों में घिरे थे। उनकी समझ में नहीं आ रहा था कि अपने मन की बात मानकर विभाजन की निंदा करें और देश में हिंसा और अराजकता फैल जाने दें, या वायसराय के इस आग्रहपूर्ण अनुरोध को मान लें?

माउंटबेटन अभी अपनी बात पूरी भी नहीं कर पाए थे कि गाँधी जी के जाने का समय आ गया। उन्होंने माउंटबेटन से जाने की अनुमति माँगते हुए कहा, "मैं कभी प्रार्थना-सभा में देर से नहीं पहुँचता।"

"ठीक है, आज भी सही समय पर पहुँचो।"

कोई घंटे भर बाद गाँधी जी हरिजन बस्ती के बीच की खुली जगह में एक मंच पर पालथी मारकर बैठे हुए अपना निर्णय सुना रहे थे। उनके सामने बैठे हुए लोगों में से बहुत-से प्रार्थना सुनने नहीं बल्कि

अहिंसा के पुजारी के मुँह से माउंटबेटन-योजना पर भरपूर हमला करने की ललकार सुनने आये थे। लेकिन उस शाम इस तरह की कोई ललकार उस आदमी के मुँह से सुनायी नहीं दी, जो कितनी ही बार यह वचन दे चुका था कि देश के विभाजन को मानने से पहले वह स्वयं अपने शरीर के दो टुकड़े करवा देगा।

उन्होंने कहा, "विभाजन के लिए वायसराय को दोष देने से कोई लाभ नहीं है। अपने-आपको देखिए, अपने मन को टटोलिए तब आपको पता होगा कि जो कुछ हुआ है, उसका कारण क्या है। माउंटबेटन ने समझा-बुझाकर दूसरों से अपनी बात मनवा लेने की कला के बल पर वायसराय की हैसियत से अपनी अंतिम और सबसे बड़ी कामयाबी प्राप्त कर ली थी।"

गाँधी जी के इस दृष्टिकोण के लिए बहुत-से हिंदुस्तानियों ने उन्हें कभी क्षमा नहीं किया और इस दुबले-पतले बूढ़े को, जिसका हृदय अभी तक देश के विभाजन की बात सोचकर रो उठता था, एक दिन इन लोगों के क्षोभ की कीमत अपने प्राण देकर चुकानी पड़ी।

भारत के ब्रिटिश साम्राज्य के इतिहास में दूसरी और अंतिम बार कोई वायसराय संवाददाता सम्मेलन में बोल रहा था। माउंटबेटन भारतीय पत्रकारों समेत सारी दुनिया के पत्रकारों को उस जटिल योजना का ब्यौरा बता रहे थे, जिसने हमारे इस ग्रह पर एक नये राष्ट्र-समूह को, तीसरे विश्व को जन्म दिया। रूस, अमेरिका, चीन और यूरोप के संवाददाता भारतीय समचार-पत्रों के प्रतिनिधियों के पास बैठे बड़े ध्यान से वायसराय का भाषण सुन रहे थे।

भारत में माउंटबेटन के लिए यह अपने कार्यकाल का सबसे गौरवशाली क्षण था। दो महीनों से भी कम में उन्होंने असंभव को संभव कर दिखाया था। उन्होंने जब अपना भाषण समाप्त किया, तो हॉल तालियों से गूँज उठा। इसके बाद उन्होंने बिना किसी संकोच के लोगों से प्रश्न पूछने को कहा।

जब प्रश्नों की झड़ी का लंबा सिलसिला समाप्त होने लगा, तो किसी गुमनाम भारतीय संवाददाता की आवाज़ हॉल को पार करके उनके पास

तक पहुँची। वह अंतिम प्रश्न था, जिसका अभी तक कोई उत्तर नहीं दिया गया था। माउंटबेटन को छः महीने पहले जिस वर्ग-पहेली को हल करने की जिम्मेदारी सौंपी गयी थी, उसमें अब यही एक खाना भरने को रह गया था।

"सर", उस आवाज ने पूछा था, "अगर सभी लोग इस बात को मानते हैं कि इस समय और सत्ता सौंपे जाने के बीच ज्यादा-से-ज्यादा तेजी से काम करना आवश्यक है, तो आपने इसके लिए कोई तिथि भी अवश्य सोच रखी होगी?"

"जी हाँ, यकीनन", माउंटबेटन ने उत्तर दिया।

"और अगर आपने तिथि तय कर ही ली है, तो वह तिथि क्या है?" सवाल पूछने वाले ने और कुरेदा।

वायसराय सवाल के सुनते समय अपने दिमाग में बड़ी तेजी से हिसाब लगा रहे थे। दरअसल उन्होंने कोई तिथि तय नहीं की थी, लेकिन उन्हें इतना आवश्यक मालूम था कि यह काम जल्द ही हो जाना चाहिए।

उन्होंने खचाखच भरे हुए सभा-भवन को बड़े ध्यान से देखा। कमरे में उत्सुकता भरी खामोशी छायी हुई थी; बस ऊपर छत पर चलते हुए बिजली के पंखों की आवाज उसे भंग कर रही थी। बाद में इस घटना को स्मरण करके उन्होंने बताया, "मैं यह ठान चुका था कि मैं यह सिद्ध कर दूँगा कि सबबुछ मेरा ही किया-धरा है।"

"जी हाँ", उन्होंने कहा, "मैंने सत्ता सौंप देने की तिथि तय कर ली है।"

जिस समय वह यह बात कर रहे थे उस समय भी बहुत-सी तिथियाँ उनके दिमाग में तेजी से चक्कर काट रही थीं। सितंबर के शुरू में? सितंबर के बीच में? अगस्त के बीच में? अचानक ऐसा लगा कि जुआ खेलने की मेज पर तेजी से घूमती हुई सुई एक जगह आकर रुक गयी और गोली एक खाने में जाकर इस तरह से टिक गयी कि माउंटबेटन ने उसी क्षण फैसला कर लिया। इस तिथि के साथ उनके अपने जीवन की सबसे गौरवशाली विजय की स्मृति जुड़ी हुई थी। बर्मा के जंगलों में लंबी लड़ाई इसी दिन

समाप्त हुई थी और जापानी साम्राज्य के बिना किसी शर्त के आत्म-समर्पण कर दिया था। नये लोकतांत्रिक एशिया के जन्म के लिए जापान के आत्म-समर्पण की दूसरी वर्षगाँठ से अच्छी तिथि और क्या हो सकती थी?

माउंटबेटन की आवाज अचानक भावनाओं के आवेश से रुँध गयी। उन्होंने घोषणा कर दी, "भारतीय हाथों में सत्ता अंतिम रूप से 15 अगस्त, 1947 को सौंपी जाएगी।" बर्मा के जंगलों का विजेता भारत का मुक्तिदाता बनने वाला था।

भारत की स्वतंत्रता की तिथि की अचानक अपनी इच्छा से घोषणा करके माउंटबेटन ने जैसे एक विस्फोट कर दिया। हाउस ऑफ कॉमंस में, प्रधानमंत्री के निवास-स्थान डाउनिंग स्ट्रीट में, बकिंघम पैलेस में किसी ने सोचा भी नहीं था कि माउंटबेटन भारत में ब्रिटेन के घटनामय इतिहास पर इस तरह अचानक परदा गिरा देंगे। दिल्ली में भी वायसराय के निकटतम सहयोगियों तक को कुछ पता नहीं था कि माउंटबेटन क्या करने वाले हैं! उन भारतीय नेताओं को भी, जिनके साथ उन्होंने इतने घंटे बिताए थे, इस बात का कोई संकेत नहीं मिला था कि वह इतनी शीघ्रता से काम लेंगे।

लेकिन माउंटबेटन ने एक अक्षम्य अपराध यह किया कि उन्होंने भारत के ज्योतिषियों से पूछे बिना ही तिथि चुनकर उसकी घोषणा कर दी थी। 1947 में 15 अगस्त को शुक्रवार पड़ने वाला था और शुक्रवार का दिन अशुभ होता है।

जैसे ही रेडियो पर माउंटबेटन की तय की हुई तिथि की घोषणा हुई, सारे हिंदुस्तान में ज्योतिषी अपने पंचांग खोलकर बैठ गये। पवित्र नगरी काशी के ज्योतिषियों ने और दक्षिण के ज्योतिषियों ने तुरंत घोषणा कर दी कि 15 अगस्त का दिन इतना अशुभ है कि "भारत के लिए अच्छा यही होगा कि हमेशा के लिए नरक की यातनाएँ भोगने के बजाय वह एक दिन के लिए अंग्रेज़ों का शासन और सहन कर ले।"

कलकत्ता में स्वामी मदनानंद ने इस तिथि की घोषणा सुनते ही अपना नवांश निकाला और ग्रहों, नक्षत्रों तथा राशियों की स्थिति देखते ही वह

चीख़ पड़े, "क्या अनर्थ किया है इन लोगों ने? कैसा अनर्थ किया है इन लोगों ने!"

उन्होंने तुरंत माउंटबेटन को एक पत्र लिखा, "ईश्वर के लिए भारत को 15 अगस्त को स्वतंत्रता न दीजिए, क्योंकि यदि इस दिन स्वतंत्रता मिली तो, इसके बाद बाढ़ तथा अकाल का प्रकोप और नर-संहार होगा और इसका केवल कारण यह होगा कि स्वतंत्र भारत का जन्म एक अत्यंत अशुभ दिन होना निर्धारित किया गया है।"

विनाशकारी विभाजन की नींव

नयी दिल्ली, जून 1947

पहले कभी इस तरह का कोई भी प्रयत्न नहीं की गया था। पथ दर्शाने के लिए न तो पहले से ही कोई प्रेरणा-पुञ्ज था, न किसी ने गहरी समझ-बूझ के साथ कुछ पथ दर्शाया था, जिसके सहारे इतिहास के इस सबसे बड़े, सबसे जटिल संबंध-विच्छेद को व्यवस्थित ढंग से संपन्न किया जा सकता; 40 करोड़ भारतीयों का संयुक्त परिवार टूटने जा रहा था और उसके साथ ही कई शताब्दियों तक धरती के एक ही टुकड़े पर रहकर उन्होंने जो कुछ जुटाया था, उनके पास घर का जो भी सामान था, वह सब बँटने और बिखरने जा रहा था।

15 अगस्त में अभी 73 दिन शेष थे और इन्हीं दिनों के अंदर संबंध-विच्छेद के सारे काग़ज़ात तैयार कर लिए जाने थे। इसका पक्का प्रबँध करने के लिए कि सभी संबंधित लोग पूरी लगन के साथ काम में जुटे रहें, माउंटबेटन ने प्रतिदिन के काम का एक कलेंडर बनवाकर दिल्ली के हर कार्यालय में लगवा दिया था। जैसे किसी भयानक विस्फोट में पहले उलटी गिनती गिनकर बीतते हुए सेकेंड की सूचना दी जाती है, उसी तरह इस

कलेंडर के हर पन्ने के बीच में एक बड़े-से लाल चौखटे में बड़े-बड़े अंकों में लिखा रहता था कि 15 अगस्त के लिए कितने दिन शेष रह गये हैं।

ब्रिटेन से भारत के इस संबंध-विच्छेद के साथ बेहद लंबी-चौड़ी सूचियाँ तैयार करके धन-संपत्ति के विभाजन के बारे में समझौते की शर्तें तैयार करने की जिम्मेदारी अंततः दो आदमियों को सौंपी गयी, जो एक तरह से संबंध विच्छेद के मुकदमे में दोनों पक्षों के वकीलों की हैसियत रखते थे। दोनों ही बहुत अनुभवी अधिकारी थे; वे भारत में अंग्रेज़ों के एक शताब्दी के शासन की अगर सबसे अच्छी नहीं तो हरी-भरी पैदावार जरूर थे।

दोनों एक जैसे सरकारी बंगलों में रहते थे। दोनों के कार्यालयों में कुछ ही दरवाजों की दूरी थी। दोनों लड़ाई से पहले की एक जैसी शेवरलेट मोटरों पर अपने-अपने कार्यालय में आते थे। दोनों को एक जैसा ही वेतन मिलता था और दोनों पाबंदी के साथ प्रॉविडेंट फंड में एक-दूसरे के बराबर ही रकम कटवाते थे। उनमें से एक हिंदू था और दूसरा मुसलमान।

जून से अगस्त तक प्रतिदिन चौधरी मुहम्मद अली, जो मुसलमान थे, और एच.एम. पटेल, नामक हिंदू, अपने देशवासियों के धन-संपत्ति और बरतन-भाँडों के विभाजन का हिसाब लगाने में जूझते रहते। उनके पास रास्ता दिखाने के लिए अंग्रेज़ों के सिखाये हुए सोचने के ढंग और कार्यालय के काम-काज के कायदे-कानूनों और लाल फीते से मजबूती से बँधी हुई फाइलों के ढेरों के अलावा कुछ न होता था। सबसे बड़ा व्यंग्य तो यह था कि उन्होंने हिंदुस्तान के हिस्से-बिखरे करने का यह सारा काम अपने पुराने औपनिवेशिक मालिकों की भाषा अंग्रेज़ी में किया। बीसियों छोटी-बड़ी कमेटियों में काम कर रहे सैकड़ों सरकारी अधिकारी उनके पास अपनी रिपोर्टें भेजते थे। फिर ये दोनों उनके आधार पर अपनी सिफारिशें तैयार करके विभाजन परिषद के पास भेजते थे, जिसके अध्यक्ष वायसराय थे।

शुरू में ही कांग्रेस ने सबसे बहुमूल्य संपत्ति अपने हिस्से में माँगी—इस देश का नाम 'भारत'। इस सुझाव को अस्वीकार करते हुए कि वे अपने नये राज्य का नाम 'हिंदुस्तान' रख लें, कांग्रेस ने इस बात पर आग्रह किया कि

पाकिस्तान चूँकि भारत से अलग होकर जा रहा है, इसलिए देश का नाम भारत और संयुक्त राष्ट्रसंघ जैसी संस्थाओं में भारत की अपनी हैसियत के हकदार वे ही हैं।

जैसा कि संबंध-विच्छेद के अधिकतर मामलों में होता है, दोनों पक्षों के बीच सबसे ज्यारा तू-तू, मैं-मैं पैसे के प्रश्न पर हुई। सबसे बड़ी रकम उस ऋण की थी, जो अंग्रेज़ों के जिम्मे शेष था। अंग्रेज़ों पर बीसियों साल से भारत का खून चूसने का आरोप लगाया जाता रहा था, लेकिन भारत में अपना फैला हुआ कारोबार समेटते समय उन पर पाँच अरब डॉलर उन लोगों के बाकी थे, जो उनके शोषण का शिकार रहे थे। उन पर इतना बड़ा ऋण लड़ाई के दौरान चढ़ गया था; एक तरह से यह वह कीमत भी जो अंग्रेज़ों को अपनी उस विजय के लिए चुकानी पड़ रही थी, जिसने उन्हें दिवालिया बना दिया था और जिसने उस ऐतिहासिक घटनाक्रम को जो अब शुरू हो रहा था, इतना निकट ला दिया था। इसके अलावा नकद धन का विभाजन करना था। सरकारी बैंकों में जो नकद पैसा था, रिजर्व बैंक के तहखानों में सोने की जो ईंटें थीं—उन सबका विभाजन होना था; एक-एक मैले फटे हुए नोट का, देश के सुदूरतम कोनों में, नागा आदिवासियों के इलाके में छोटे-से बँगले में डिप्टी-कमिश्नर की संदूकची में रखे हुए मैले-कुचैले डाक के एक-एक टिकट का बँटवारा होना था।

यह समस्या इतनी उलझी हुई थी कि अंततः इसे हल करने के लिए एच.एम. पटेल और मुहम्मद अली को सरदार पटेल के घर के एक कमरे में बंद कर दिया गया और उनसे कह दिया गया कि जब तक वे किसी समझौते पर नहीं पहुँच जाएँगे, तब तक उन्हें वहीं रहना पड़ेगा। लाहौर के बाजार में मोल-तोल करने वाले खोमचे वालों की तरह कई दिन तक सौदेबाजी करने के बाद वे इस निष्कर्ष पर पहुँचे कि बैंकों में मौजूद रकम नकद व अंग्रेज़ों से मिलने वाले पौंड-पावने का 17.5 प्रतिशत पाकिस्तान को मिलेगा और भारत के ऋण का 17.5 प्रतिशत पाकिस्तान चुकाएगा।

दोनों ने यह भी सिफारिश की कि भारत के विशाल प्रशासन-तंत्र की चल-संपत्ति का 80 प्रतिशत भारत को मिले और 20 प्रतिशत पाकिस्तान को। हिंदुस्तान के हर हिस्से में सरकारी कार्यालयों में मेज-कुर्सियाँ, झाड़ुएँ और टाइपराइटर गिने जाने लगे। इस हिसाब-किताब के दौरान कुछ ऐसी बातों का पता चला, जिन पर सचमुच रोना आता था। मिसाल के तौर पर, पता यह चला कि इस पृथ्वी के सबसे अधिक अकाल-पीड़ित देश के कृषि और खाद्य विभाग के पास कुल मिलाकर क्लर्कों के बैठने की 425 मेजें, 85 बड़ी मेजें, अधिकारियों की 85 कुर्सियाँ, 850 सारी कुर्सियाँ, हैट टाँगने के 50 खूँटी-स्टैंड, दर्पण लगे हुए 6 खूँटी-स्टैंड, किताबें रेखने की 130 आलमारियाँ, लोहे की 4 तिजोरियाँ, 20 टेबल-लैंप, 120 पँखे, 170 टाइपराइटर, 120 घड़ियाँ, 110 साइकिलें, 600 कलमदान, कार्यालय की 3 मोटरें, 2 सोफा-सेट और 40 कमोड थे।

सामान के विभाजन पर बहस ही नहीं, बल्कि लड़ाइयाँ भी हुईं। विभागों के बड़े अधिकारियों ने अपने सबसे अच्छे टाइपराइटर छुपा देने की, या दूसरे पक्ष के हिस्से में आने वाली नयी मेज़-कुर्सियों की जगह पुरानी टूटी हुई मेज़-कुर्सियाँ लगा देने की पेशकश की। कुछ कार्यालय तो बिलकुल कबाड़ी बाजार बन गये जहाँ लाखों लोगों की किस्मत का फैसला करने वाले बड़े-बड़े सफेदपोश प्रतिष्ठित ज्वाइंट-सेक्रेटरी एक कलमदान के बदले पानी के जग की, हैट माँगने के खूँटी-स्टैंड के बदले छतरी रखने के स्टैंड की, 125 पिन-कुशन के बदले एक कमोड की अदला-बदली कर रहे थे। सरकारी मेहमानखानों में खाने के बरतनों, छुरी-कसंटों और दीवार पर लगी हुई तसवीरों के बँटवारे पर खूब जूतमपैजार हुई। लेकिन एक चीज़ पर कभी बहस नहीं होती थी। जितनी शराब होती थी, वह हिंदू भारत को मिल जाती थी, उसके बदले में मुस्लिम पाकिस्तान के हिसाब में कुछ रकम डाल दी जाती थी।

इन बँटवारों में लोग जिस औछेपन का प्रमाण देते थे, उसे देखकर हैरत होती थी। लाहौर के सुपरिटेंडेंट-पुलिस पैट्रिक रिच ने अपना सारा सामान

अपने नीचे काम करने वाले एक हिंदू और एक मुसलमान अधिकारी के बीच बाँट दिया। हर चीज़ का बँटवारा हुआ—पैर में लपेटने की फौजी पट्टियों, पगड़ियों, बंदूकों, लाठियों का। आख़िर में बच गये पुलिस-बैंड के बाजे। रिच ने उन्हें भी बँटवा दिया, शहनाई पाकिस्तान को मिली, ढोल भारत को; बिगुल पाकिस्तान को, मजीरे हिंदुस्तान को। फिर भी एक बाजा बच गया—पीतल का एक बड़ा-सा बिगुल। रिच को यह देखकर किसी तरह यकीन नहीं आ रहा था कि वे दोनों अधिकारी जो बरसों तक एक-दूसरे के साथ काम कर चुके थे, इस बात पर लड़-मरने को तैयार थे कि वह बिगुल किसके हिस्से में जाएगा।

कई दिन इसी बहस में बीत गये कि समुद्र में मारे गये जहाजियों की विधवाओं को पेंशन कौन देगा? क्या सारी मुसलमान बेवाओं को, वे कहीं भी रहें, पेंशन देने की जिम्मेदारी पाकिस्तान की होगी? क्या पाकिस्तान में रहने वाली हिंदू विधवाओं को पेंशन भारत देगा? भारत की 18,077 मील लंबी सड़कों में से 4,913 मील और 26,421 मील लंबी रेल-लाइनों में से 7,112 मील पर पाकिस्तान का कब्जा हो जाएगा। क्या सड़क विभाग के बुलडोजरों, ठेलों और फावड़ों को और रेल के इंजनों और सवारी या मालगाड़ियों के डिब्बों को 80 और 20 के अनुपात में विभाजित किया जाएगा, या इस अनुपात से कि किसके हिस्से में कितनी सड़कें और रेलें आयी हैं?

सबसे अधिक झगड़ा तो भारत की लाइब्रेरियों की पुस्तकों को लेकर हुआ। एनसाइक्लोपीडिया ब्रिटैनिका का बँटवारा इस तरह किया गया कि एक खंड भारत को, तो दूसरा खंड पाकिस्तान को और तीसरा फिर भारत को। शब्दकोश तक आधे-आधे फाड़कर बाँट दिए गये, शुरू के आधे अक्षरों से आरंभ होने वाले शब्द भारत के हिस्से में आये और बाद के पाकिस्तान के हिस्से में। जिस किताब की एक ही प्रति थी, उसके बारे में लाइब्रेरियनों को यह फैसला करना पड़ता था कि किस राज्य को उस किताब के स्वाभाविक रूप से ज्यादा दिलचस्पी होगी। कभी-कभी तो इस दिलचस्पी का फैसला करने में हाथापाई तक हो जाती थी।

कुछ चीज़ों का विभाजन हो ही नहीं सकता था। गृह-विभाग ने बड़ी दूरदर्शिता के साथ कहा कि 'देश के विभाजन के बाद मौजूदा गुप्तचर विभाग की जिम्मेदारियों में कोई कमी नहीं होगी' और उसके अफ़सर इस बात पर अड़े रहे कि वे एक भी फाइल या एक भी दवात पाकिस्तान को नहीं देंगे।

पूरे उप-महाद्वीप में एक ही प्रेस ऐसा था, जो ऐसी दो चीज़ें छाप सकता था जिनसे किसी राष्ट्र को पहचाना जाता है—डाक के टिकट और नोट। भारत ने अपने भावी पड़ोसियों के साथ इस प्रेस में साझेदारी करने से इंकार कर दिया। परिणाम यह हुआ कि हज़ारों मुसलमानों को हिंदुस्तानी नोटों पर 'पाकिस्तान' की मुहर लगाकर अपने नये राज्य के लिए कामचलाऊ मुद्रा बनानी पड़ी।

अनिवार्य रूप से भारत की संपत्ति के विभाजन में पुरानी कठिनाइयाँ और खराबियाँ भी प्रतिबिंबित हुईं। पूर्वी बंगाल में, जो पाकिस्तान के हिस्से में आया था, 1947 में 70 हज़ार टन चावल और 30 हज़ार टन गेहूँ की कमी पड़ने वाली थी। मुसलमानों ने भारत सरकार से प्रार्थना की कि उनके पश्चिमी प्रांत सिंध ने 11 हज़ार टन अतिरिक्त चावल भारत भेजा था, वह वापस कर दिया जाए। वह उन्हें वापस नहीं मिला, हिंदुओं की वजह से नहीं बल्कि एक ऐसी दुखद वास्तविकता की वजह से जो भारत की वास्तविकता के अनुरूप थी। वह चावल खा लिया गया था।

नौकरशाहों के अलावा कुछ चरमपंथी विचारों के लोग भी अपने दावे पेश कर रहे थे। कुछ मुसलमान चाहते थे कि ताजमहल को तोड़कर पाकिस्तान भिजवा दिया जाए, क्योंकि उसे एक मुसलमान ने बनवाया था। हिंदू साधुओं की यह हठ थी कि सिंधु नदी जो मुस्लिम भारत के बीच से होकर बहती है, जिस तरह भी हो उन्हें मिलनी चाहिए, क्योंकि अब से 25 शताब्दी पहले पवित्र वेद उसी के पावन तट पर बैठकर लिखे गये थे।

दोनों में से किसी भी राज्य को साम्राज्यवादी सत्ता के भोंडे-से-भोंडे प्रतीकों को हथिया लेने के लिए झपट पड़ने में तनिक भी संकोच नहीं हुआ।

वायसराय की सुनहरी और सफेद रेलगाड़ी, जो दक्षिण की तपती धूप में झुलसे हुए मैदानों का भी चक्कर लगा आयी थी, भारत को मिली। भारतीय सेना के कमांडर-इन-चीफ और पाकिस्तान के गवर्नर की निजी मोटरें पाकिस्तान के हिस्से में आयीं।

लेकिन सबसे उल्लेखनीय विभाजन वायसराय-भवन के अस्तबल में हुआ। झगड़ा बारह घोड़ागाड़ियों को लेकर था। हाथ से गढ़ी हुई सोने और चाँदी की तरह-तरह की सजावटों से लैस, चमचमाते साज और लाल मखमली गद्दियों वाली इन गाड़ियों में साम्राज्यवादी सत्ता की वह सारी शान-शौकत और उसका यह सारा राजसी दंभ साकार हो उठा था, जिस पर ब्रिटिश राज की भारतीय प्रजा मंत्रमुग्ध भी हो उठती थी और उसका रोष भी उबल पड़ता था। भारत के हर वायसराय को, हर शाही मेहमान को, भारत से होकर गुजरने वाले हर शाही मुसाफिर को इन्हीं में से किसी एक गाड़ी पर बिठाकर राजधानी की सड़कों पर घुमाया जाता था। वे औपचारिक अवसरों पर वायसराय की सवारी के लिए बनायी गयी थीं। उनमें से छः की सजावट सुनहरी थी और छः की रुपहली। छः-छः गाड़ियों के सैट को तोड़ना सचमुच बड़ी दुखद बात होती। तय यह पाया कि एक राज्य को सुनहरी गाड़ियाँ दे दी जाएँ और दूसरा राज्य रुपहली गाड़ियों पर संतोष करे।

माउंटबेटन के ए.डी.सी. लेफ्टिनेंट कमांडर पीटर होज ने सुझाव दिया कि सिक्का उछालकर सन-पुतली के आधार पर इस बात का फैसला कर लिया जाए कि इन शाही गाड़ियों का कौन-सा रेट किस राज्य को मिलेगा। उनके पास पाकिस्तान के बॉडीगार्ड के हाल ही में नियुक्त किये गये कमांडर-मेजर याकूब खां और वायसराय के बॉडीगार्ड के कमांडर-मेजर गोविंदसिंह खड़े देख रहे थे कि चाँदी का एक सिक्का हवा में उछाला गया।

"पुतली", गोविंदसिंह ने चिल्लाकर कहा।

सिक्का खनकता हुआ अस्तबल के फर्श पर आ गिरा। तीन आदमी उसे झुककर देखने लगे। मेजर गोविंदसिंह के मुँह से खुशी की चीख निकल गयी। भाग्य ने यह फैसला कर दिया था कि भारत के साम्राज्यवादी शासकों

की सुनहरी गाड़ियाँ नये समाजवादी भारत के नेताओं को लेकर उसकी राजधानी की सड़कों पर निकला करेंगी।

इसके बाद होज ने घोड़ों के साज, चाबुकों, कोचवानों के जूतों और वर्दियों का भी विभाजन कर दिया कि किस गाड़ी के साथ क्या-क्या सामान जाएगा? आख़िर में सामान के उस पूरे ढेर में एक बिगुल बच गया, जिसकी सहायता से कोचवान अपने घोड़ों को ठीक रास्ते पर रखता था। वायसराय के इस पूरे ताम-झाम में बिगुल एक ही था।

वायसराय के ए.डी.सी. कुछ देर तो बड़े संयम में खड़े रहे, क्योंकि अगर उस बिगुल के दो टुकड़े कर दिए जाते तो वह फिर कभी बजता ही नहीं। यह तो पक्का था कि उसका निर्णय भी सिक्का उछालकर कर दिया जाता। अचानक होज को बहुत अच्छी युक्ति सूझी।

उसने यह सुझाव अपने साथियों के सामने रखा। उसने कहा, "आप जानते हैं कि इसका विभाजन असंभव है। मेरी राय में इसका एक ही समाधान है कि इसे मैं रख लूँ।"

होज ने मुसकराकर वह बिगुल अपनी बगल में दबा लिया और घुड़साल से बाहर निकल आये।

गर्मी के उन भाग-दौड़ के महीनों में पुस्तकों, बैंकों के नोटों और कार्यालयों की कुर्सियों का ही हिसाब-किताब करके बँटवारा नहीं करना था। रेलवे के चेयरमैनों और छोटे-मोटे मंत्रियों से लेकर जमादारों, चपरासियों, नौकरों-चाकरों और भारतीय प्रशासन में बरसाती मेंढ़कों की तरह पनपने वाले बाबुओं तक लाखों सरकारी कर्मचारियों का भी विभाजन होना था। उनमें से हर एक को यह चुन लेने का अधिकार दिया गया था कि वह भारत की सेवा करेगा या पाकिस्तान की? इसके बाद उन्हें इंसानों के ढेर की तरह उनकी पंसद के राज्य के हवाले कर दिया गया। लेकिन सबसे कष्टदायक विभाजन उन लाखों हिंदुओं, मुसलमानों, सिखों और अंग्रेज़ों का था जो भारत में अंग्रेजों की बनायी हुई सबसे गौरवशाली संस्था 'भारतीय सेना' में भर्ती थे।

माउंटबेटन ने जिन्ना से अनुरोध किया, "आप एक अंग्रेज़ सर्वोच्च कमांडर के अधीन भारतीय सेना को ज्यों-का-त्यों बने रहने दें; यह अंग्रेज़ भारत और पाकिस्तान दोनों के प्रति उत्तरदायी होगा और विभाजन के बाद संकट की घड़ी में वही इस उप-महाद्वीप में शांति का सबसे अच्छा संरक्षक होगा।"

"ऐसा हमें कतई मंजूर नहीं।" इस प्रकार जिन्ना ने इंकार करते हुए कहा, "सेना किसी भी राष्ट्र की सार्वभौम सत्ता का अभिन्न अंग होती है। हम चाहते हैं कि पाकिस्तान की सेना 15 अगस्त से पहले ही पाकिस्तान की सीमा के अंदर बन जाए।"

भारतीय सेना के दो-तिहाई आदमी भारत के हिस्से में आने थे और एक-तिहाई पाकिस्तान के हिस्से में। इस उप-महाद्वीप की चीज़ की तरह उनका भी विभाजन होना था और इस तरह एक महान परंपरा का अंत हो जाना था।

1945 में भारतीय सेना में 25 लाख सैनिक थे। और यह सेना इटली में, पश्चिमी रेगिस्तान में और बर्मा में बहुत बहादुरी से लड़कर गौरव प्राप्त कर चुकी थी। भारत के विभाजन के फैसले का एक और अनिवार्य परिणाम यह होने वाला था कि उसका विभाजन भी उसी सांप्रदायिक आधार पर होने जा रहा था, हालाँकि उसे गर्व था कि सांप्रदायिकता की भावना उसे छू तक नहीं गयी है।

जुलाई के शुरू में भारतीय सेना के हर अधिकरी को भरने के लिए एक फार्म दिया गया। वही उस सेना की तबाही का कारण बन गया। उसमें हर अधिकारी से यह बताने को कहा गया था कि वह भारतीय सेना में काम करेगा या पाकिस्तानी सेना में? सेना के हिंदू और सिख अफ़सरों के सामने कोई समस्या नहीं थी; जिन्ना उन्हें अपनी फौज में नहीं रखना चाहते थे, इसलिए हर एक ने भारत की ही सेवा करने का फैसला किया।

लेकिन उन मुसलमानों के लिए, जितने पुश्तैनी घर विभाजन के बाद भी हिंदुस्तान में ही रहने वाले थे, काग़ज़ का वह सादा टुकड़ा बहुत बड़ी

दुविधा का कारण बन गया। क्या वे अपनी धरती को, अपने पुश्तैनी घरों को, अपने परिवारों तक को छोड़कर एक ऐसी सेना में नौकरी करने के लिए चले जाएँ, जो सिर्फ इस बुनियाद पर उनसे वफादारी माँगती थी कि वे मुसलमान थे? या इसी धरती पर रहें जिससे वे अनेक बंधनों से बँधे हुए थे, और इस बात की जोखिम उठाएँ कि मुस्लिम विरोधी भावना उनकी उन्नति के सारे मार्ग रोक देगी?

इसी दुविधा की पीड़ा झेलने वालों में लेफ्टिनेंट-कर्नल हबीबुल्ला भी थे, जो अल अलामीन की लड़ाई में अपने जौहर दिखा चुके थे। हबीबुल्ला ने अंततः एक सप्ताह की छुट्टी ले ली और अपने घर लखनऊ चले गये जहाँ उनके पिता विश्वविद्यालय के वाइस-चांसलर रह चुके थे और जहाँ उनकी माँ पाकिस्तान की कट्टर समर्थक थीं।

दोपहर का खाना खाने के बाद उन्होंने अपने पिता की मोटर ली और लखनऊ की सड़कों पर घूमते रहे। उन्होंने अपने बाप-दादा के घर देखे, जो अवध की सल्तनत में बड़े-बड़े ताल्लुकेदार रह चुके थे; मशहूर रेजिडेंसी पर हसरत की एक नजर डाली जिस पर अभी तक 1857 की क्रांति के दिनों के तोप के गोलों के निशान बाकी थे। वह सोच रहे थे, 'इसके लिए हमारे बाप-दादा ने अपनी जान दी थी; जब मैं इंग्लैंड में स्कूल में पढ़ता था और जब मैं पश्चिमी रेगिस्तान में जर्मन फौजों की तोपों का सामना कर रहा था, तब मैं इसी हिंदुस्तान के सपने देखा करता था। यही मेरा घर है। मैं इसी का हिस्सा हूँ। मैं यहीं रहूँगा।' परिणाम यह हुआ कि हबीबुल्ला के दोनों भाई, उसकी बहन और बहनोई पाकिस्तान चले गये। लेकिन उनकी माँ, जो जिन्ना की पक्की समर्थक थीं, हिंदुस्तान में ही रह गयीं।

मेजर याकूब खां के लिए, जो वायसराय के बॉडीगार्ड में एक नौजवान मुस्लिम अफ़सर थे, यह उनकी जिंदगी का सबसे महत्त्वपूर्ण फैसला था। अपने फैसले के बारे में सोच-विचार करने के लिए वह भी रियासत रामपुर में अपने पुश्तैनी घर गये। वहाँ उनके पिता प्रधानमंत्री थे और उनके चाचा नवाब थे।

जब वह नवाब साहब के आलीशान महल की बगल में बनी हुई अपनी पुश्तैनी हवेली में पहुँचे, तो उनके दिल में भावनाओं का एक तूफान उमड़ रहा था। उस घर के साथ उनकी कितनी ही सुखद स्मृतियाँ जुड़ी हुई थीं—क्रिसमस के मौके पर सोने के बर्तनों में सौ-सौ अतिथियों की खाने की दावतें, बीस-बीस, तीस-तीस झूमते हुए हाथियों की पीठ पर बैठकर बंदूकें संभाले हुए जंगलों में शिकार के लिए जाना; और फिर उसके बाद नवाब साहब के महल में नाच-गाने की महफिलें; महल की ड्योढ़ी पर खड़ी हुई रोल्स-रॉयस मोटरों की कतारें और पानी की तरह बहती हुई शैंपेन।

याकूब को स्मरण था कि जंगलों के बीच में तंबू गाड़ दिये जाते थे और उनमें साटन और मखमल के गद्दे बिछा दिये जाते थे, ऐसे में पिकनिक का क्या ही आनंद आता था! वह अपने चाचा के महल में घूमता रहा, गरम पानी के तैरने के तालाब का आनंद लेता रहा; उस बड़े-से हॉल में गया, जहाँ शाही दावतें होती थीं और दीवार पर महारानी विक्टोरिया और जार्ज पंचम की बड़ी-बड़ी तसवीरें लगी हुई थीं।

उसने सोचा, "यह दूसरी ही जिंदगी थी। बँटवारे के बाद जो लोकतांत्रिक भारत बनेगा उसमें इसका नामों-निशान भी शेष न रहेगा। नये हिंदुस्तान में मेरे जैसे लोगों के लिए, एक नवाब के खानदान की मुस्लिम संतान के लिए, कोई जगह नहीं होगी।"

उस दिन रात को उसने अपनी माँ को अपने निर्णय के बारे में समझाने की कोशिश की, "अम्मी!"

"क्या बात है बेटे?"

"मैं सब-कुछ यहीं छोड़कर पाकिस्तान जा रहा हूँ।"

"मगर क्यों?"

"तुम्हारी जिंदगी तो कट चुकी है", उसने अपनी माँ से कहा, "मेरे सामने अभी पूरी जिंदगी पड़ी है। मैं नहीं समझता कि बँटवारे के बाद हिंदुस्तान में मुसलमानों को तरक्की करने का कोई मौका मिल सकेगा।"

बूढ़ी माँ ने उसे कुछ गुस्से से और कुछ निराशा से देखा और बोलीं, "बेटा, तेरी ये सब बातें मेरी समझ में तो आती नहीं। मैं तो यह जानती हूँ कि हम यहाँ दो सौ साल से रहते आये हैं।"

"मगर अब तो यहाँ रहना असंभव है।"

"क्यों रहना असंभव है। हिंदुस्तान हमारा है। हम हवा की लहरों पे उड़के आये। हम आकर यहाँ हिंदुस्तान के मैदानों में बसे। हमने दिल्ली को लुटते और तबाह होते देखा है। हमने गदर की मुसीबतें झेली हैं। तुम्हारे बाप-दादा इसी धरती के लिए अंग्रेज़ों से लड़े थे। तुम्हारे परदादा को गदर में फाँसी दी गयी थी। लड़ते-लड़ते हमने अपनी जिंदगियाँ बिता दीं, तब कहीं जाकर हमें सिर छुपाने को अब यह घर नसीब हुआ है। हमारे पुरखों की हड्डियाँ यहाँ दफन हैं।'" यह कहते-कहते वह उदास हो गयीं।

"..."

आख़िर में उन्होंने कहा, "मैं तो बूढ़ी हो गयी हूँ। अब मेरा चल-चलाव है। सियासत तो मेरी समझ में आती नहीं, लेकिन माँ होने के नाते मैं अपने मतलब की बात जानती हूँ। मुझे डर लगता है कि हम हमेशा के लिए बिछुड़ जाएँगे।"

उनका बेटा इस बात को मानने को तैयार नहीं था। उसने कहा, "बस इतनी-सी बात है कि नौकरी दिल्ली में न की, कराची में कर ली।"

अगले दिन सुबह वह चला गया। गर्मियों की सुहानी सुबह थी। उसकी माँ सफेद साड़ी पहने हुए थीं, जैसी कि मुसलमान औरतें शोक मनाते समय पहनती हैं। पीछे हवेली के गहरे रंग की पत्थर की दीवार की पृष्ठभूमि में वे ऐसी लग रही थीं जैसे रोशनी का कोई धब्बा हो। उन्होंने अपने बेटे को कुरान के नीचे से गुजारा, फिर वह पवित्र किताब उसके हाथों में दे दी; बेटे ने कुरान को चूमा और माँ-बेटे ने मिलकर उसकी कुछ आयतें पढ़ीं। अंतिम शब्दों का उच्चारण करने के बाद माँ ने अपने बेटे पर कुछ पढ़कर फूँका, ताकि उनकी दुआ उसके साथ जाए।

पैकर्ड मोटर उसे स्टेशन ले जाने के लिए खड़ी थी। याकूब ने मोटर का दरवाजा खोलते हुए हाथ हिलाकर सबसे विदा ली। उसकी बूढ़ी माँ उदास जरूर थीं, पर वह भावनाओं के आवेग में बह नहीं गयीं। बड़े शालीन भाव से वह तनकर सीधी खड़ी रहीं और जवाब में उन्होंने सिर्फ धीरे-से अपना सिर हिला दिया। उनके पीछे हवेली की खिड़कियों में से तुर्रेदार पगड़ियाँ बाँधे हुए लगभग दो दर्जन नौकरों ने छोटे मालिक को अंतिम बार सलाम किया। उन्हीं में से एक खिड़की याकूब खां के उस कमरे की थी, जिसमें वह अपने नौजवानी के दिनों में रहते थे। उसमें अब उनके क्रिकेट के पैड, फोटो-एलबम, पोलो के मैचों में जीते हुए कप और उनकी जवानी की याद दिलाने वाली न जाने कितनी और चीज़ें रखी थीं। याकूब ने सोचा—'अभी जल्दी क्या है, पाकिस्तान में बस जाएँगे तो किसी दिन आकर सब उठा ले जाएँगे।'

लेकिन याकूब खां का सोचना ग़लत निकला। वह इसके बाद न कभी अपने इस पुश्तैनी घर में लौटे और न उनकी कभी अपनी माँ से फिर भेंट हुई। कुछ ही महीने बाद वह कश्मीर की बर्फ से ढकी हुई पहाड़ी ढलानों पर पाकिस्तानी सेना की एक बटालियन की अगुवाई करते हुए एक ऐसी चौकी पर हमला कर रहे थे, जिस पर उन लोगों का कब्जा था जो कभी उनके साथी थे। जो फौजी टुकड़ियाँ उनके आक्रमण का सामना कर रही थीं, उनमें गढ़वाल-रेजिमेंट की भी एक टुकड़ी थी। उसके कमांडर भी याकूब खां की तरह ही मुसलमान थे। लेकिन जुलाई 1947 में उन्होंने जो फैसला किया था वह याकूब खां के निर्णय से एकदम उलटा था। उन्होंने अपनी मातृभूमि में ही रहने का निर्णय किया था। वह भी रामपुर के रहने वाले थे। वह भी खान थे और उनका नाम था युनुस खां, जो याकूब के बड़े भाई थे।

लुई माउंटबेटन भारत के युद्धरत राजनीतिज्ञों को समझौते पर मजबूर करने में अपनी सफलता का पूरी तरह आनंद भी नहीं ले पाये थे कि उन पर एक इससे भी कड़ी समस्या थोप दी गयी। इस बार उन्हें नयी दिल्ली में

जिन लोगों से बातचीत करनी थी, वे विलायत से बैरिस्टरी पास करके आये हुए मुट्ठी-भर लोग नहीं थे। वे महाराजा यादवेंद्रसिंह के 565 सुनहरे मोरों का झुंड थे—भारत के राजा-महाराजा और नवाब।

महाराजा पटियाला के नरेंद्र-मंडल में एकत्रित इन शासकों के बारे में पहले से कुछ नहीं कहा जा सकता था कि वे कब क्या कर बैठें? वे बात-बात पर भड़क उठते थे और अक्सर ग़ैर-जिम्मेदारी का प्रमाण देते थे। उन्होंने वायसराय को उस भयानक खतरे के बारे में सोचने पर मजबूर कर दिया जो भारत पर शताब्दियों से मंडरा रहा था। अगर भारत के राजनीतिज्ञ उसका विभाजन कर सकते थे, तो रजवाड़े देश को नष्ट कर सकते थे। उनकी वजह से इस उप-महाद्वीप के विभाजन का ही नहीं, उसकी बीसियों छोटे-छोटे राज्यों में बँटकर टुकड़े-टुकड़े हो जाने का खतरा उत्पन्न हो गया था। वे जाति, धर्म, प्रदेश और भाषा की उन विघटनकारी शक्तियों को अचानक ही सक्रिय कर देने की धमकी दे रहे थे, जो भारतीय एकता की हलकी-सी परत के नीचे छुपी हुई थीं। इन रजवाड़ों के पास अपनी निजी सेनाएँ और वायु-सेनाएँ थीं; वे चाहते तो भारत की रेलों की आवाज भी रोक सकते थे, डाक-तार और टेलीफ़ोन की व्यवस्था को ठप कर सकते थे और उसके हवाई जहाजों को दूसरे रास्तों से होकर उड़ने पर मजबूर कर सकते थे। अपनी स्वतंत्रता के लिए वे जो दबाव डाल रहे थे उसके सामने झुक जाने का अर्थ होता—उस उप-महाद्वीप के टुकड़े-टुकड़े कर देने का सिलसिला शुरू कर देना। भारत में ब्रिटिश साम्राज्य का बचा-खुचा हिस्सा एक-दूसरे के रक्त के प्यासे इलाकों का जमाव बनकर रह जाता, जिस पर भारत के विशाल पड़ोसी चीन की ईर्ष्या-भरी दृष्टि पड़ना जरूरी था।

सर कानरैड कॉरफील्ड को अपनी लंदन की गुप्त यात्रा से कम-से-कम कुछ सीमित सफलता तो मिल ही गयी थी। ब्रिटिश मंत्रिमंडल ने सिद्धांत रूप में उनकी यह दलील मान ली थी कि उनके वे सारे विशेषाधिकार जो किसी युग में इन रजवाड़ों ने ब्रिटिश सम्राट के हवाले कर दिए थे, उन्हें वापस मिल जाने चाहिए। उन्होंने रजवाड़ों के लिए एक चोर दरवाजा खोल

दिया था और अब उन्हें उनमें से सबसे महत्त्वपूर्ण रजवाड़ों को इस रास्ते को इस्तेमाल करने पर उकसाने में कोई संकोच नहीं हो रहा था।

माउंटबेटन ने बड़ी कटुता से लंदन भेजी गयी अपनी एक रिपोर्ट में लिखा, "मुझे किसी ने इस बात का संकेत तक नहीं दिया था कि रजवाड़ों की समस्या ब्रिटिश भारत की समस्या से अगर अधिक जटिल नहीं तो कम-से-कम उतनी ही जटिल साबित होने वाली थी।"

सौभाग्यवश भारतीय रियासतों के इन शासकों से निबटने के लिए माउंटबेटन से अच्छा कोई दूसरा आदमी नहीं हो सकता था। वह भी तो उन्हीं में से एक थे। यूरोप के आधे से ज्यादा राजघरानों से उनकी रिश्तेदारी थी; जो इन रजवाड़ों के लिए सबसे बड़ी सनद थी। और सबसे बड़ी बात यह थी कि जिस सम्राट की छत्रछाया में वे इतने अरसे तक सुरक्षित रहते आये थे, उनसे भी उनकी रिश्तेदारी थी। सच तो यह है कि सबसे पहले माउंटबेटन ने भारत के बहुचर्चित साम्राज्य की वास्तविकता को इन्हीं में से कई रजवाड़ों को साथ देखा था, जिनके राज-पाट को वह अब खत्म करने जा रहे थे। जब वह अपने रिश्ते के भाई प्रिंस ऑफ वेल्स के साथ भारत की उस अलौकिक यात्रा पर आये थे तब वह इन्हीं मे से कई लोगों के विशिष्ट अतिथि रहे थे। इन्हीं राजाओं के हाथियों पर बैठ कर माउंटबेटन ने जंगलों में शेरों का शिकार किया था। इन्हीं के चाँदी के प्यालों में उन्होंने शैंपेन पी थी, इन्हीं के सोने के बर्तनों में उन्होंने यहाँ के स्वादिष्ट पकवान खाये थे, इन्हीं के बिल्लूरी फानूसों की रोशनी में वह उस लड़की के साथ नाचे थे, जो बाद में उनकी पत्नी बनी। भारत के उन इने-गिने हिंदुस्तानियों में, जो वायसराय से इतना स्नेह रखते थे कि अकेले में उनका प्यार का नाम 'डिकी' लेकर उनमें बात कर सकें, बहुत-से वे रजवाड़े भी थे, जिनसे उस यात्रा के दौरान माउंटबेटन की मित्रता हुई थी।

राजा-महाराजाओं के साथ तमाम राजसी संबंधों और अपनी मित्रता के बावजूद माउंटबेटन वास्तविकता को पहचानते थे, वह उन उदारवादी सिद्धांतों के मानने वाले थे, जिनकी वजह से लेबर पार्टी की सरकार के लिए

भी वह स्वीकार्य थे। वह जानते थे कि इन राजा-महाराजाओं की पिछली पीढ़ी के शासक ब्रिटिश राज के सबसे पक्के मित्र भले ही रहे हों, लेकिन भारत में जो नया युग आरंभ हो रहा है, उसमें ब्रिटेन को अपने मित्र कहीं और, कांग्रेस के समाजवादियों के बीच खोजने होंगे। माउंटबेटन ये नयी मित्रताएँ स्थापित करने की ठान चुके थे और वह जानते थे कि भारत के राष्ट्रीय हितों की अपेक्षा इन निरंकुश शासकों की छोटी-सी बिरादरी के हितों को अधिक महत्त्व देकर वह इस लक्ष्य को पूरा नहीं कर सकते।

अपने इन मित्रों के लिए वह हद-से-हद इतना ही कर सकते थे कि उन्हें अपने-आप से, उन कोरी कल्पनाओं से, उन सुनहरे सपनों से बचा लें, जिन्हें वे अपनी रियासतों के हर तरफ से बंद और हर तरह की सुख-सुविधा से भरपूर वातावरण में ही देख सकते थे। अपनी नौजवानी के दिनों से ही एक भयानक दृश्य की कल्पना से माउंटबेटन के रोंगटे खड़े हो जाते थे, और 1947 में भी उस घटना की याद करके उनकी आँखों में आँसू आ जाते थे। यह दृश्य उनकी कल्पना में अक्सर आता था—1918 में एकातरीनबर्ग मे उस तहखाने का वह वीभत्स दृश्य जब उनके चाचा रूस के जार को और उनके उन भाइयों को जिनके साथ वह बचपन में खेले थे, मौत के घाट उतार दिया गया था। उन्हीं में वह राजकुमारी मेरी भी थी, जिससे वह मन-ही-मन किसी दिन विवाह रचाने की आशा लगाये रहते थे। वह जानते थे कि इन भारतीय रजवाड़ों में कुछ ऐसे सिर-फिरे भी हैं, जो अपनी ग़ैर-जिम्मेदारी की वजह से कोई ऐसी हरकत कर सकते हैं कि उनके महलों में भी जार के उस तहखाने की तरह खून की नदियाँ बह जाएँ। उनके अपने राजनीतिक सचिव कॉरफील्ड इन लोगों को जो रास्ता अपनाने के लिए उकसा रहे थे उसका यही परिणाम हो सकता था।

उनमें से बहुत-से रजवाड़े यह मान बैठे थे कि माउंटबेटन उनको बचा लेंगे, वह कोई ऐसा चमत्कार करेंगे, जिससे वे और उनके सारे विशेषाधिकार ज्यों-के-त्यों बने रहें। लेकिन वह ऐसा कुछ नहीं करने वाले थे। उनमें ऐसा करने की न शक्ति थी और न इच्छा। इसके बजाय वह अपने इन जीवन-

भर के प्यारे मित्रों को समझाने वाले थे कि उनके लिए अब सबसे अच्छा रास्ता यही है कि अपनी रही-सही प्रतिष्ठा लेकर चुपचाप अदृश्य हो जाएँ।

माउंटबेटन चाहते थे कि ये लोग स्वतंत्रता का कोई दावा न करें और 15 अगस्त से पहले यह घोषणा कर दें कि वे भारत या पाकिस्तान में से किसी एक के साथ जाने को तैयार हैं। इसके बदले में वह वायसराय की हैसियत से अपनी सत्ता का पूरा इस्तेमाल करके नेहरू और जिन्ना को इस बात के लिए सहमत करने को तैयार थे कि उनके सहयोग की कीमत के रूप में इन लोगों के निजी भविष्य के लिए जो व्यवस्था सबसे अच्छी हो, कर दें।

माउंटबेटन ने इस सौदे का सुझाव सबसे पहले वल्लभभाई पटेल के सामने रखा, क्योंकि भारतीय मंत्रिमंडल में रियासतों की समस्याएँ निबटाने की जिम्मेदारी उन्हीं पर थी।

माउंटबेटन ने कहा, "अगर कांग्रेस इस बात के लिए सहमत हो जाए कि रजवाड़ों की उपाधियाँ, उनके महल और उनके निजी खर्च की रकम उनसे छीनी नहीं जाएगी, उन्हें गिरफ्तारी से अभयदान प्राप्त रहेगा, उन्हें ब्रिटिश उपाधियाँ और तमगे पाने का अधिकार रहेगा और उन्हें अर्ध-कूटनीतिक पद दिया जाएगा, तो वह इसके बदले में उन्हें विलय के ऐसे समझौते पर हस्ताक्षर कर देने के लिए सहमत करने की कोशिश करेंगे जिसमें वे अपनी सारी अधिकार-सत्ता त्यागकर भारतीय संघ में विलीन हो जाएँ और स्वतंत्रता का कोई दावा नहीं करें।"

सौदा तो ऐसा था कि मुँह में पानी भर आये। पटेल जानते थे कि कांग्रेस में कोई भी व्यक्ति ऐसा नहीं है, जो रजवाड़ों से निबटने में माउंटबेटन का मुकाबला कर सके। लेकिन उन्होंने वायसराय से कहा, "शर्त यह है कि सब लोग उसमें शामिल होंगे। अगर आप मुझे टोकरी में पेड़ के सारे सेब तोड़कर ला देंगे, तो मैं खरीद लूँगा। अगर सारे सेब नहीं होंगे तो मैं नहीं खरीदूँगा।"

"आप एक दर्जन मेरे लिए छोड़ देंगे?" वायसराय ने पूछा।

"इतने तो बहुत हैं", पटेल ने उत्तर दिया, "मैं आपको दो देने को तैयार हूँ।'

"दो तो बहुत कम हैं", माउंटबेटन ने कहा।

कुछ देर तक भारत के अंतिम वायसराय और भारत की भावी रियासतों के मंत्री कबाड़ियों की तरह उन रियासतों के बारे में मोल-तोल करते रहे, जिनकी आबादी अमेरिका की आबादी के दो-तिहाई के बराबर थी। आख़िर में छः पर तोड़ हो गया। लेकिन इससे माउंटबेटन की कठिनाई कुछ कम नहीं हुई। पाँच सौ पैंसठ रजवाड़ों में से छः कम, और फिर कुछ पाकिस्तान के हिस्से के लिए निकाल दी गयी। पटेल ने नेहरू जी को भी माउंटबेटन के साथ हुए समझौते से अवगत करा दिया। अंततः महात्मा गाँधी और अन्य भारतीय नेताओं से लंबे और अक्सर मुश्किलों से भरे बहस मुबाहसों के बाद माउंटबेटन ने 3 जून, 1947 को बातचीत में सब भागीदारों का समर्थन भारत के दो टुकड़े कर दो नये राष्ट्र बनाने के लिए पा लिया। इसका परिणाम यह हुआ कि जब जनता यह जान गयी कि भारत का विभाजन अनिवार्य है और भारत एवं पाकिस्तान दो अलग-अलग देश बनने वाले हैं, तो इससे देश कि विभिन्न हिस्सों में सांप्रदायिक दंगे भड़क उठे।

उन दिनों पूर्व के वेनिस से प्रसिद्ध लाहौर के सभी तीन लाख मुस्लिम, एक लाख हिन्दू और एक लाख चालीस हज़ार सिख लोग एक दूसरे के दुश्मन बन गये थे।

हिन्दू, मुस्लिम और सिख ये तीनों धर्मावलंबी जो सदियों से एक साथ रहते आये थे, एक दूसरे के रक्त के प्यासे हो गये। इसका परिणाम यह हुआ कि निर्दोष लोगों की सरेआम हत्या की जाने लगी। इन निर्दोष लोगों को मारने वाले तीनों ही संप्रदायों के गुंडे थे, जो विरोधी संप्रदायों के लोगों की घात में पुराने शहर में घूमते रहते थे। जैसे ही कोई शिकार उनकी बस्ती में भटकता हुआ आ जाता, वे उसे मारकर गलियों की भूल-भुलैयों में गायब हो जाते।

एक अंग्रेज़ पुलिस-अफ़सर को अब तक याद है कि उन दिनों मौत बिजली जैसी तेजी से आती थी। पलक मारते सारा काम तमाम हो जाता था। इससे पहले कि मारा जाने वाला चिल्लाये उसकी लाश सड़क पर तड़पती दिखायी देती थी, सारे दरवाजे बंद हो जाते थे और कहीं कोई नजर नहीं आता था। मारे जाने वालों में मुसलमानों और गैर-मुस्लिमों के पलड़े न जाने कैसे बिल्कुल बराबर रहते थे। उस दिन शहर के अंग्रेज़ इंस्पेक्टर जनरल पुलिस जॉन बैनेट का कहना था, "आज मुसलमानों का पलड़ा भारी है। कोई शर्त लगाने को तैयार है कि आज रात ही हिंदू हिसाब बराबर कर लेंगे?"

हर शनिवार को पुलिस दो साप्ताहिक डायरियाँ तैयार करती थी—एक अपराधों की डायरी और दूसरी राजनीतिक गतिविधियों की गुप्त डायरी। बैनेट यह फैसला कभी नहीं कर पाये कि इन सांप्रदायिक हत्याओं को किस डायरी में दर्ज किया जाए, इसलिए एक अंग्रेज़ नौकरशाह जैसी मुस्तैदी के साथ उन्होंने फैसला किया कि उन्हें दोनों डायरियों में दर्ज कर दिया जाए।

लाहौर से पैंतीस मील पूरब की ओर पंजाब का दूसरा सबसे बड़ा शहर अमृतसर था, जिसकी पुरानी गलियों के बीच सिखों का सबसे बड़ा गुरुद्वारा, स्वर्ण-मंदिर था। एक तालाब के बीच में बने हुए संगमरमर के इस गुरुद्वारे तक पहुँचने के लिए संगमरमर का एक पुल बना हुआ था। इसके सुनहरे गुम्बद के नीचे सिखों की पवित्र पुस्तक 'ग्रंथ-साहब' की मूल पांडुलिपि रेशमी कपड़े में लिपटी हुई रखी थी और उस पर रोज ताजे फूल चढ़ाये जाते थे। यह स्थान इतना पवित्र माना जाता था कि इसे सिर्फ मोरों के पँख की बनी हुई झाड़ू से बुहारा जाता था।

भारत में, जिसकी भूमि के चप्पे-चप्पे पर ईश्वर-भक्ति की छाप लगी थी, साठ लाख सिख, जिनके लिए अमृतसर का स्वर्ण-मंदिर सबसे बड़ा तीर्थ था, उस धर्म को मानते थे, जो इस देश की धरती से जन्म लेने वाला

एकमात्र प्रमुख धर्म था। लंबे-चौड़े डील-डौल वाले इन सिखों की आबादी देश की कुल आबादी के केवल दो प्रतिशत के बराबर थी, लेकिन वे भारत के सबसे चुस्त, सबसे सुगठित और सबसे लड़ाकू वीर थे।

1947 में भारत के साठ लाख सिखों में से पचास लाख पंजाब में ही रहते थे। वहाँ की जनसंख्या में केवल 13 प्रतिशत सिख थे, लेकिन उनके पास वहाँ की लगभग 40 प्रतिशत भूमि थी, जिस पर वे वहाँ की लगभग दो-तिहाई फसल उगाते थे। भारत की सेना में लगभग एक-तिहाई सैनिक सिख थे और दोनों लड़ाइयों में भारतीय सेना में जितने लोगों को पुरस्कृत किया गया था, उनमें से लगभग आधे सिख थे।

पंजाब का दुर्भाग्य यह था कि वहाँ के मुसलमान और सिख अंग्रेज़ों के अधीन तो रह सकते थे, पर एक-दूसरे के अधीन रहना स्वीकार नहीं था। पंजाब में सिखों के शासन की मुलसमानों के दिमाग में जो स्मृति शेष थी उसकी तसवीर बहुत भयानक थी। उन्हें बस इतना याद था कि सिखों ने मस्जिदों को नापाक किया, औरतों की इज्जत लूटी, मकबरे और मजार ढा दिये, बच्चों से लेकर बूढ़ों तक हर उम्र के मुस्लिम मर्दों तथा औरतों को कत्ल कर दिया, संगीनें भोंककर या गला घोंटकर मार डाला, गोली से उड़ा दिया, बोटी-बोटी काटकर फेंक दिया या जिंदा जला दिया।

मार्च में सिखों के साथ जो हिंसा बरती गयी थी उसका जब उन्होंने कोई उत्तर नहीं दिया तो मुसलमानों की ओर दिल्ली के राजनीतिज्ञों को कुछ आश्चर्य भी हुआ और कुछ संतोष भी। दबी जबान से कहा जाने लगा कि सिखों में अब वह लड़ाकू भावना नहीं रह गयी, पैसा आ जाने की वजह से ही कुछ ढीले पड़ गये हैं।

लेकिन उनकी मनोदशा का यह बिलकुल ग़लत अनुमान था। जून के शुरू में जब वायसराय और भारत के नेताओं के बीच देश के विभाजन का समझौता हो रहा था, उसी समय लाहौर के नेडोज होटल में सिख नेताओं की एक गुप्त बैठक यह तय करने के लिए हो रही थी कि अगर विभाजन का निर्णय मान लिया गया, तो सिख क्या रास्ता अपनाएँ। इस बैठक में

जिस आदमी की आवाज छायी हुई थी वह वही सिरफिरा उन्मादी नेता था, जिसने मार्च में अपनी कृपाण से मुस्लिम लीग का झंडा काटकर उपद्रव की आग भड़का दी थी। सिखों के नेता तारासिंह, जिन्हें उनके अनुयायी 'मास्टर' इसलिए कहते थे कि वह कभी किसी स्कूल में छोटे-मोटे अध्यापक रह चुके थे, उनकी भड़काई हुई हिंसा की इस आग में अपने परिवार के कई सदस्य खो चुके थे और इस समय उनके मन में एक ही भावना थी, और वह थी बदला लेने की भावना थी।

पंजाब पर आगे चलकर कितनी बड़ी संकटों के बादल मंडराने वाले थे, इसका अंदाजा मास्टर तारासिंह के उस भाषण से किया जा सकता था, जिसमें उन्होंने गरजकर कहा था, "सिखो, जापानियों और नाजियों की तरह मर-मिटने के लिए तैयार हो जाओ। हमारी धरती पर लुटेरों का कब्जा होने वाला है, हमारी औरतें बेइज्जत की जाने वाली हैं। उठो और एक बार फिर मुग़ल हमलावरों को मिटा दो। हमारी धरती माँ हमसे रक्त की भीख माँग रही है। हम उसकी यह प्यास अपने रक्त से और अपने शत्रु के रक्त से बुझाएँगे!"

नयी दिल्ली में वायसराय और उसके कर्मचारी-मंडल को प्रतिदिन दर्जनों छोटे-बड़े फैसले करने पड़ते थे। कुछ समस्याओं पर बहस कभी समाप्त ही होने नहीं आती थी, जैसे यह कि जिन हज़ारों अंग्रेजों को स्वतंत्रता मिल जाने पर समय से पहले ही रिटायर किया जा रहा था, उनकी पेंशन कौन देगा और यह कि वे सैकड़ों अंग्रेज़ नागरिक और अफ़सर जो यहाँ भारत और पाकिस्तान के अनुरोध पर रुक रहे थे, किन शर्तों पर कार्य करें।

उनकी अंतरिम सरकार, जिसमें अधिकतर कांग्रेस और मुस्लिम लीग के मंत्री थे, आने वाले विभाजन के कारण से पैदा होने वाले तनावों से टूटने लगी थी। उसे 15 अगस्त तक चलाते रहने के लिए माउंटबेटन ने एक बहुत अच्छी युक्ति निकाली। उन्होंने सभी मंत्रालयों की जिम्मेदारी कांग्रेस को

सौंप दी, लेकिन हर मंत्री के साथ मुस्लिम लीग का एक प्रतिनिधि भी लगा दिया कि वह यह निगरानी रखे के कोई ऐसी बात न होने पाए जिससे पाकिस्तान के हितों को आघात पहुँचे। माउंटबेटन ने एक अंग्रेज़ जनरल सर राबर्ट लाकहार्ट को उस जनमत-गणना की निगरानी के लिए तैनात कर दिया, जिसमें यह निर्णय होने वाला था कि उत्तर-पश्चिम सीमा-प्रांत भारत में शामिल हो या पाकिस्तान में। चूँकि कांग्रेस के कहने पर माउंटबेटन ने बंगाल को स्वतंत्र होने का मार्ग चुनने का अवसर नहीं दिया था, इसलिए उन्होंने अब कांग्रेस की इस माँग को नहीं माना कि सीमा-प्रांत को स्वतंत्र होने का अवसर दिया जाए।

माउंटबेटन ने जल्दबाजी में भारत की स्वतंत्रता के लिए 15 अगस्त की तिथि चुन ली थी। वही सबसे टेढ़ी खीर बन गयी। कई ज्योतिषियों ने मिलकर अंत में भारतीय राजनीतिज्ञों को यह सलाह दी कि 15 अगस्त का दिन तो राष्ट्र के आधुनिक इतिहास को आरंभ करने के लिए बेहद अशुभ दिन है, लेकिन उसकी तुलना में 14 अगस्त को ग्रहों की स्थिति काफ़ी अच्छी है। भारत के राजनीतिज्ञों ने ग्रहों की दशा को टालने के लिए जो सुझाव रखा, उसे वायसराय ने तुरंत मानकर संतोष की साँस ली। उन्होंने यह निर्णय कर दिया कि भारत और पाकिस्तान 14 अगस्त, 1947 को ठीक आधी रात को स्वतंत्र राष्ट्र बन जाएँगे।

खादी का वह तिरंगा झंडा, जो शीघ्र ही भारत के आकाश पर अंग्रेज़ों के झंडे यूनियन जैक का स्थान लेने वाला था, तीस साल से स्वतंत्रता की प्यासी जनता की बैठकों, जुलूसों और प्रदर्शनों में लहराता आया था। संघर्षशील कांग्रेस के लिए इस झंडे को गाँधी जी ने स्वयं चुना था। उसकी केसरिया, सफेद और हरे रंग की पट्टियों के बीचोंबीच उन्होंने चर्खा रखा था, जो एक तरह से उनकी निजी मुहर थी; यह मामूली-सा अस्त्र उन्होंने ही भारतीय जनता को उसकी अहिंसात्मक मुक्ति के लिए दिया था।

अब, जबकि स्वतंत्रता मिलने वाली थी, कांग्रेस में इस तरह की सुगबुगाहट होने लगीं कि राष्ट्र के भावी झंडे में 'गाँधी जी के खिलौने' को

केंद्रीय स्थान पाने का क्या अधिकार है? पार्टी के सक्रिय कार्यकर्ता अधिकाधिक संख्या में यह महसूस कर रहे थे कि चर्खा अतीत का प्रतीक है, वह औरतों के मतलब की चीज़ है और अन्तर्मुखी प्राचीन भारत का चिह्न है।

उनके आग्रह पर राष्ट्रीय ध्वज में सबसे सम्मानित स्थान एक दूसरे चक्र को दिया गया, जो सम्राट अशोक के विजेता सैनिकों का युद्ध-चिह्न था। शक्ति तथा साहस के प्रतीक दो शेरों के बीच शक्ति तथा सत्ता का प्रतीक अशोक का धर्मचक्र नये भारत का प्रतीक बन गया।

गाँधी जी को जब अपने अनुयायियों के इस निर्णय का पता चला तो वह बहुत उदास हो गये। उन्होंने कहा, ''यह डिजाइन कितना ही कलात्मक क्यों न हो, मैं कभी ऐसे झंडे को सलामी नहीं दूँगा जिसके पीछे इस प्रकार का संदेश हो।''

वयोवृद्ध नेता ने जिस देश को बनाने के लिए इतना कुछ किया था उसमें उनको आगे चलकर लगातार निराशाओं का सामना करना था। उस सिलसिले की यह पहली ही कड़ी थी। गाँधी जी के प्यारे भारत के न केवल दो टुकड़े किये जा रहे थे, बल्कि शीघ्र ही इस बँटवारे के बाद जो नया भारत बनने वाला था, उसमें और उस भारत में कोई समानता नहीं थी, जिसके वह अपने लंबे संघर्ष में सपने देखते आये थे और जिसके लिए वह लड़े थे।

गाँधी जी का सदा से यह सपना रहा था कि वह एक ऐसे आधुनिक भारत का निर्माण करेंगे, जो एशिया और सारी दुनिया के सामने उनके सामाजिक आदर्शों की जीती-जागती मिसाल हो। उनके आलोचक इन आदर्शों को एक बूढ़े की सनक समझते थे। लेकिन उनके अनुयायियों के लिए ये आदर्श पागलपन की ओर बढ़ती हुई मानवता को डूबने से बचाने के लिए एक समझदार व्यक्ति द्वारा दिखाया गया कल्याणकारी पथ था।

जुलाई 1947 में इस संपूर्ण उप-महाद्वीप में छायी हुई सांप्रदायिक हिंसा ही गाँधी जी की चिंता का मुख्य विषय बनी रही। उन्होंने आग्रह किया कि

वह नेहरू को अपने साथ ले जाकर पश्चिमी पंजाब से आने वाले पहले हिंदू और सिख शरणार्थियों से मिलेंगे।

बहुत भयानक दृश्य था। एक ही कहूटा गाँव की घटनाओं को देखकर वायसराय का दिल दहल गया था। और ये कहूटा जैसे सैकड़ों गाँवों से किसी तरह अपनी जान बचाकर आये हुए बत्तीस हज़ार लोग थे जिन्हें दिल्ली से 120 मील दूर भारत के पहले शरणार्थी कैंप में रखा गया था।

क्रोध से चिल्लाते हुए या अपनी विपदाओं पर रोते-बिलखते हुए उन्होंने गाँधी जी की मोटर को व्यथा के सागर की लहरों की तरह घेर लिया। वे अपने हाथ हिला-हिलाकर, उँगलियों के संकेतों से उन्हें कुछ बताने की कोशिश कर रहे थे, उनसे कुछ प्रार्थना कर रहे थे। उनके चेहरे क्रोध और घृणा से विकृत हो गये थे; उनकी निराशा-भरी अंधकारमय आँखें सांत्वना की भीख माँग रही थीं। उनके ऊपर मक्खियों के झुंड मंडला रहे थे, जो कभी-कभी उनके घावों पर भी आकर बैठ जाते थे, जो अभी तक हरे थे। उनके भागते हुए कदमों से उड़ने वाली धूल उनकी नाक में और उनके सूखे हुए गलों में भरती जा रही थी और हर चीज़ पर छायी जा रही थी। पसीने और साँस की बदबू में डूबी हुई विपदाग्रस्त इंसानों की इस दीवार ने चारों ओर से गाँधी और नेहरू को भींच रखा था।

सारा दिन गाँधी जी उनके बीच काम करते रहे और जल्दी-जल्दी बनाये गये उनके इस कैंप में कुछ व्यवस्था लाने की कोशिश करते रहे। उन्होंने बताया कि शौचालयों के लिए गड्ढे किस तरह खोदे जाएँ, उन्होंने उन लोगों को स्वास्थ्य और सफाई के नियमों के बारे में बताया, उनके लिए एक चिकित्सालय की व्यवस्था की और जितने बीमार लोगों की सेवा-सुश्रूषा वह कर सकते थे, उन्होंने की।

शाम होते-होते वे दिल्ली वापस जाने के लिए रवाना हुए। गाँधी जी की बूढ़ी हड्डियाँ दिन भर की इस भाग-दौड़ से थककर चूर हो गयी थीं, इतनी व्यथा देखकर उनका मन उदास था। वह मोटर की पिछली सीट पर

लेटकर सो गये; उन्होंने अपनी टाँगें अपने उस शिष्य की गोद में रख लीं, जिसने दो महीने पहले उनसे मुँह फेर लिया था।

सामने दृष्टि जमाये नेहरू शुरू में ताक रहे थे। उनके चेहरे पर न कोई भाव आता था, न जाता था; ऐसा लगता था जैसे वह अपने चेहरे पर नकाब लगाये हों। वह बड़ी देर तक इसी तरह चुपचाप बैठे रहे। शायद वह सोच रहे थे कि अभी जो दृश्य उन्होंने देखे थे, उनका भारत के भविष्य पर, जिसके शासन की बागडोर वह शीघ्र ही संभालने वाले थे, क्या असर पड़ेगा। मानो अपनी उँगलियों के कोमल स्पर्श से उस पीड़ा को कम करने के लिए जो उन्होंने गाँधी जी को पहुँचायी थी, नेहरू धीरे-धीरे बड़ी नरमी से उस सोते हुए आदमी के पाँव दबाने लगे, जिसके लिए उन्होंने अपना जीवन अर्पित कर दिया था।

सूर्यास्त बाद गाँधी जी की आँख खुली। तेजी से दौड़ती हुई मोटर के दोनों ओर गन्ने, गेहूँ और धान के विस्तृत खेत सुदूर क्षितिज तक किसी की खुली हुई हथेली की तरह ऐसे फैले हुए थे, मानो दुनिया के छोर तक चले गये हों। इस लंबे-चौड़े मैदान पर एक धुंधलका छाया हुआ था, जिसमें से डूबते सूरज की गुलाबी रोशनी छन-छनकर आ रही थी। गोधूलि वेला थी, ऐसी वेला जो भारत जितनी ही प्राचीन और भारत जैसी ही अविस्मरणीय थी। यह पंजाब के विशाल मैदानों में जहाँ-तहाँ बिखरी हुई दसियों हज़ार झोपड़ियों के चूल्हों से उठता हुआ धुँआ था। हर जगह औरतें चूल्हों के सामने उकड़ूँ बैठकर, अपनी फटी-पुरानी उड़े-उड़े रंग वाली साड़ियाँ कंधों पर डाले, हाथों में चूड़ियाँ खनकाती हुई आग सुलगाती थीं और बड़ी लगन के साथ चने-छोले और चपातियाँ बनाती थीं। जब आँच मद्धिम पड़ने लगती तो वे चूल्हे में कुछ उपले और डाल देतीं, जो पवित्र गौमाता की बहुत-सी देनों में से अंतिम देन थी। असंख्य चूल्हों में उपले की आग से उठने वाला धुआँ संध्याकालीन आकाश पर रात की चादर की तरह छाता जा रहा था और उसमें एक तीखी सुगंध भर रहा था। यह भारत माता के शरीर की सुगंध थी।

घने होते हुए इस अँधकार में गाँधी जी ने मोटर रुकवाई और सड़क के किनारे संध्याकालीन प्रार्थना के लिए बैठ गये। नीम और पीपल के पेड़ों की छाया में उनका दुबला-पतला झुका हुआ शरीर इस विस्तृत उदास मैदान के साथ एकाकार हो गया था। मोटर की पिछली सीट पर नेहरू आँखें बंद किये और अपनी उँगलियाँ आँखों पर रखे बड़े ध्यान से घोर निराशा में डूबे हुए इस आदमी को काँपते हुए स्वर में अपने गीता के भगवान से यह प्रार्थना करते हुए सुन रहे थे, " हे ईश्वर मेरे भारत को उस दुर्भाग्य से मुक्ति दिलाये जो इसके सिर मंडरा रहा है।

हम हमेशा भाई-भाई की तरह रहेंगे

लंदन, जुलाई 1947

ब्रिटिश प्रधानमंत्री क्लीमेंट एटली हृदय से धन्यवाद के पात्र हैं, क्योंकि उन्होंने ही भारत को पूर्ण स्वराज्य देने के लिए ऐतिहासिक कदम उठाने की पहल की थी। निश्चित ही भारत की आज़ादी और ब्रिटिश साम्राज्य का सूर्य अस्त करने में उनकी अच्छी खासी भूमिका है। मजदूरों के हमदर्द एटली ने चुनाव से पहले ही घोषणा कर दी थी कि यदि लेबर पार्टी की सरकार बनी, तो भारत को पूर्ण आज़ादी दे दी जाएगी और ब्रिटेन भारत से अपना बोरिया-बिस्तरा हमेशा के लिए समेट लेगा। प्रधानमंत्री बनने पर ही उन्होंने जनवरी 1946 में भारतीय नेताओं से अनौपचारिक विचार-विमर्श हेतु कैबिनेट मिशन भारत भेजने का निर्णय लेकर साम्राज्यवादी युग को समाप्त करने की अपनी चुनावपूर्ण घोषणा को साकार करने का संकेत दे दिया था।

लार्ड माउंटबेटन का वह पग-पग पर मार्गदर्शन कर रहे थे। इसलिए माउंटबेटन ने 3 जून 1947 को एक योजना की घोषणा की, जिसे उन्हीं के नाम से जाना जाता है। माउंटबेटन योजना मूलतः भारत विभाजन की ही

योजना थी, इसमें उस प्रक्रिया का उल्लेख था, जिसके अंतर्गत अंग्रेज़ों द्वारा भारतीयों को सत्ता हस्तांतरित की जानी थी। कांग्रेस कार्यकारिणी समिति ने 12 जून 1947 को तथा कांग्रेस महासमिति ने 15 जून 1947 को दिल्ली में हुई बैठक में बेटन योजना की पुष्टि की। माउंटबेटन योजना के आधार पर ब्रिटिश संसद ने शुक्रवार 18 जुलाई 1947 को भारतीय स्वतंत्रता अधिनियम, 1947 पारित किया। इस अधिनियम के तहत ही भारत की स्वतंत्रता का रास्ता साफ हुआ, लेकिन साथ ही विभाजन की त्रादसी का भी।

उस दिन दुनिया की सबसे कठोर सीमाओं में जकड़ी हुई बिरादरी की वह अंतिम सभा थी। जरी की सुनहरी पोशाकों, तमगों से चमचमाती हुई वर्दियों, हीरे-जवाहरात से दमकती हुई पगड़ियों में सजे-धजे पसीने से तर-बतर भारत के 75 सबसे महत्त्वपूर्ण महाराजा और नबाब एवं 74 दूसरे राजे-महाराजों का प्रतिनिधित्व करने वाले उनके दीवान नयी दिल्ली की उमस भरी गरमी में वायसराय के मुँह से यह सुनने के लिए जमा हुए थे कि इतिहास ने उनकी किस्मत का क्या फैसला किया है?

माउंटबेटन स्वयं अपनी नौ-सेना की वर्दी पर चमकते हुए तमगों की कतार सजाए हुए नरेंद्र-मंडल के उस छोटे-से चंद्राकार कमरे में आये। नरेंद्र-मंडल के अध्यक्ष उन्हें अपने साथ मंच पर ले गये जहाँ से वह बड़े शांत भाव से अपने सामने बैठे हुए इन दुखी लोगों को घूरकर देखते रहे।

वायसराय पटेल की टोकरी में सेब तोड़-तोड़कर भरने के लिए बिलकुल तैयार होकर आये थे। उनके सबसे कट्टर विरोधी सर कानरैड कॉरफील्ड उस समय हवाई जहाज से लंदन जा रहे थे; उन्होंने समय से पहले ही अपने पद से अवकाश प्राप्त कर लिया था। उन्होंने भारतीय नरेशों की इस विचित्र मंडली से, जिसकी सेवा में उन्होंने अपना सारा जीवन बिता दिया था, एक ऐसी नीति को मान लेने का अनुरोध करने के बजाय, जिससे वह स्वयं ही सहमत नहीं थे, भारत छोड़कर चले जाना ही उन्होंने बेहतर समझा।

उनके चले जाने से वायसराय अति प्रसन्न हुए। माउंटबेटन को पूर्ण विश्वास था कि उन्होंने जो रास्ता बताया है, उसी पर चलकर भारत के राजे-महाराजे अपने लिए सबसे अच्छी व्यवस्था की आशा कर सकते हैं। इसलिए उन्होंने दृढ़ निश्चय कर लिया था कि ये लोग कितना ही न चाहें, वे कितने ही व्यथित होकर इसके विरूद्ध आवाज क्यों न उठाएँ, पर वह उन्हें बटोरकर पटेल की सेबों की टोकरी में डाल देंगे।

माउंटबेटन अपने भाषण के लिए कुछ लिखकर नहीं लाए थे, पर उनके स्वर में खरापन और जोश था। उन्होंने अपने श्रोताओं से अनुरोध किया , "सभी विलय के समझौते पर हस्ताक्षर कर अपनी रियासतों को लेकर भारत या पाकिस्तान में शामिल हो जाएँ।"

चारों ओर सन्नाटा था, जैसे कि राजा-महाराजा को साँप सूँघ गया हो। पर माउंटबेटन शांत रहने वाले नहीं थे। उन्होंने कहना जारी रखा, "हथियार उठाने का परिणाम खून-खराबे और तबाही के अलावा और कुछ नहीं होगा। मैं आप लोगों से अनुरोध करता हूँ कि आज से दस साल बाद की बात सोचिए। सोचिए कि उस समय भारत की और दुनिया की हालत क्या होगी और फिर उसी हिसाब से काम करने का प्रयास कीजिए।"

इतिहास के उतार-चढ़ाव की इस दलील पर वहाँ पर जमा भाँति-भाँति के लोगों पर उतना असर नहीं हुआ, जितना कि वायसराय की उस बात का जो उन्होंने इसके बाद कही। उनका अस्तित्व मिटने वाला था, जिस दुनिया से वे परिचित थे वह ढह रही थी, लेकिन जिस दलील का उनमें से कुछ लोगों पर सबसे ज्यादा असर हुआ, उसका संबंध मीनाकारी के उन रंग-बिरंगे टुकड़ों से था, जो उनके सीनों पर चमक रहे थे। माउंटबेटन ने स्पष्ट कहा, "अगर आप लोग विलय के समझौते पर हस्ताक्षर कर देंगे तो पटेल और कांग्रेस आप लोगों को इस बात की अनुमति दे देंगे कि आप ब्रिटेन के सम्राट से सम्मान और उपाधियाँ पहले की तरह ही पाते रहें।" अपना भाषण समाप्त करने के बाद वायसराय ने उन राजा-महाराजाओं से प्रश्न पूछने को कहा। माउंटबेटन उन लोगों की बेतुकी बातें सुनकर दंग रह गये। उन लागों को जिन चीज़ों से दिलचस्पी थी, उनमें से कुछ तो ऐसी बेतुकी थीं

कि वायसराय एक क्षण के लिए यह सोचने लगे कि इन लोगों को और उनके दीवान लोगों को यह पता भी है या नहीं कि उनके साथ क्या होने वाला है? इस प्रतिष्ठित सभा में भाग लेने वाले एक सज्जन को सबसे बड़ी चिंता यह थी कि अगर उन्होंने भारत में अपनी रियासत का विलय कर दिया तो क्या आज की तरह उन्हें अपनी रियासत के जंगलों में शेर का शिकार करने का अधिकार रहेगा? एक और रियासत के दीवान ने, जिनके मालिक को ऐसी नाजुक घड़ी में यूरोप के जुएखानों और नाच-घरों में रंगरेलियाँ मनाने से अच्छा और कोई काम नहीं सूझा था, यह वहाना पेश किया कि चूँकि इस समय उनकी रियासत के शासक समुद्र की यात्रा पर हैं, इसलिए यह फैसला नहीं कर सकते कि कौन-सा रास्ता अपनाएँ।

माउंटबेटन एक क्षण तक कुछ सोचते रहे, फिर उन्होंने अपने सामने रखा हुआ बड़ा-सा काँच का गोल पेपरवेट उठा लिया। काँच के उस गोल टुकड़े को अपने हाथों में किसी प्राचीन भारतीय साधु-महात्मा की तरह घुमाते हुए उन्होंने कहा–"मैं अभी अपने गोले में देखकर बताता हूँ कि आपका उत्तर क्या हो?"

अपने माथे पर बल डालकर वह काँच के उस गोले को बड़े रहस्यमय ढंग से घूरते रहे। लगभग दस सेकेंड तक सन्नाटा छाया रहा, जिसके दौरान सभा-भवन में कुछ अधिक स्थूल काया वाले नरेशों की साँस लेने की आवाज ही सुनायी देती रही। भारत में महाराजा भी ऐसे जादू-टोने को मज़ाक़ समझकर टाल नहीं सकते थे।

माउंटबेटन ने बड़ी नाटकीयता के अस्फुट स्वर में कहना शुरू किया, "ओह, वह रहे आपके महाराजा साहब! वह जहाज के कप्तान की मेज पर बैठे हैं। वह पूछ रहे हैं कि कहिए, क्या बात है?...वह कह रहे हैं–विलय के समझौते पर हस्ताक्षर कर दीजिए।"

इसके अगले दिन भारत के वायसराय और देसी रियासतों के राजा अंतिम औपचारिक भोज के लिए इकट्ठा हुए। जो कुछ हो रहा था उसे

देखकर माउंटबेटन बहुत उदास थे। उन्होंने ब्रिटिश सम्राट के सबसे पुराने और सबसे स्वामीभक्त मित्रों से अंतिम बार उनके नाम का जाम पीने का अनुरोध किया। उन्होंने उन लोगों से कहा, "आप जल्दी ही एक क्रांति का सामना करने वाले हैं। थोड़े ही समय बाद आपकी सार्वभौम सत्ता आप से छिन जाएगी। लेकिन ऐसा होना अनिवार्य है, इससे बचा नहीं जा सकता।" फिर उन्होंने अनुरोध किया, "15 अगस्त को जिस नये भारत का उदय होने वाला है उसकी ओर से मुँह न मोड़िए। उस भारत के पास विदेशों में अपने प्रतिनिधित्व के लिए काफी संख्या में योग्य आदमी नहीं होंगे। उसे डॉक्टरों, वकीलों, योग्य प्रशासकों और सेना में अंग्रेज़ों की जगह लेने के लिए प्रशिक्षित अफ़सरों की जरूरत होगी।"

उनमें से कई राजे-महाराजे विदेशों में शिक्षा प्राप्त कर चुके थे, उन्हें अपनी रियासतों के शासन का काम-काज चलाने का अनुभव था, वे लड़ाई में अपने जौहर दिखा चुके थे, उनमें अनेक ऐसे कौशल थे, जिनकी भारत को आवश्यकता पड़ने वाली थी। उनके सामने दो रास्ते थे—वे फ्रांस के दक्षिणी समुद्रतट की ऐशगाहों में रंगरेलियाँ मना सकते थे, या फिर वे अपने राष्ट्र के लिए अपनी सेवाएँ अर्पित कर सकते थे और भारतीय समाज में अपने लिए और अपने वर्ग के लिए एक नयी भूमिका तलाश सकते थे। माउंटबेटन को इसके बारे में तनिक भी संदेह नहीं था कि उन्हें कौन-सा रास्ता अपनाना चाहिए। उन्होंने बड़े विनीत भाव से कहा, "इस नये भारत को अपना लीजिए।"

कुछ शासकों के लिए विलय के दस्तावेज पर हस्ताक्षर करना बहुत क्रूर आघात सिद्ध हुआ। मध्य भारत के एक राजा हस्ताक्षर करने के कुछ ही देर बाद हृदयघात से वहीं गिरकर मर गये।

धौलपुर के राजा ने आँखों में आँसू भरकर माउंटबेटन से कहा—"इससे हमारे पूर्वजों का और आपके सम्राट के पूर्वजों का वह पुराना संबंध टूट गया, जो 1765 से चला आ रहा था।"

बड़ौदा के गायकवाड़, जिनके किसी पूर्वज ने अंग्रेज़ रेज़िडेंट को हीरे का चूरा खिलाकर उसकी जान लेने का प्रयास किया था, हस्ताक्षर करने के बाद वी.पी. मेनन की बाँहों में लिपटकर बच्चों की तरह फूट-फूटकर रोये। छोटी-सी रियासत के राजा भी हस्ताक्षर करने से पहले कई दिन तक आनाकानी करते रहे, क्योंकि वह अभी तक राजाओं के शासन करने के दैवी अधिकार में विश्वास रखते थे। पंजाब के आठ महाराजाओं ने महाराजा पटियाला के यहाँ एक औपचारिक भोज समारोह में एक साथ विलय के समझौते पर हस्ताक्षर किये। किसी युग में पटियाला के महाराजा सर भूपेंद्रसिंह इसी जगह अपने अतिथियों की ऐसी खातिर करते थे, जिसकी हिंदुस्तान में दूसरी मिसाल नहीं थी। उस भोज में भाग लेने वाले एक महाराजा ने बाद में कहा, "इस बार वातावरण में ऐसी उदासी है, जैसे हम लोग किसी का अंतिम संस्कार करने आये हों।"

कुछ शासक ऐसे भी थे जो माउंटबेटन, वी.वी. मेनन और पटेल के सारे प्रलोभनों का शिकार होने से बचते रहे। माउंटबेटन के एक निकटतम निजी दोस्त नवाब भोपाल ने बड़ी कटुता से शिकायत की, "देसी रियासतों के राजाओं को अपनी मौत के परवाने पर हस्ताक्षर करने का निमंत्रण दिया जा रहा है।"

उदयपुर के महाराणा ने अपनी रियासत से मिली हुई कई रियासतों के राजाओं के साथ मिलकर एक संघ बना लेने की कोशिश की। ग्वालियर के महाराजा ने भी, जिनके पिता को बिजली की रेलों का शौक था, इसी तरह की कोशिश की। अपने प्रधानमंत्री के कहने पर त्रावणकोर के महाराजा ने, जिनकी रियासत में बंदरगाह भी था और यूरेनियम के बहुत समृद्ध भंडार भी, स्वतंत्रता की माँग उठायी।

जैसे-जैसे 15 अगस्त की तिथि निकट आती गयी, इन बचे-खुचे विरोध करने वालों को भी पटेल की टोकरी में पहुँचा देने के लिए दबाव बढ़ता गया। जहाँ-जहाँ पटेल के स्थानीय कांग्रेस संगठन थे, वहाँ उन्होंने राजाओं

को विलय पर मजबूर करने के लिए प्रदर्शन किये, सड़कों पर जुलूस निकाले। उड़ीसा की एक रियासत के महाराजा को बहुत बड़ी भीड़ ने उनके महल में घेर लिया और तब तक वहाँ से निकलने नहीं दिया जब तक कि उन्होंने हस्ताक्षर नहीं कर दिए। कांग्रेस के एक प्रदर्शनकर्त्ता ने त्रावणकोर के शक्तिशाली प्रधानमंत्री के चेहरे पर छुरे से वार किया, जिससे भयभीत होकर महाराजा ने दिल्ली तार भेजकर विलय की स्वीकृति दे दी।

विलय के मामले में जितना तूफ़ान जोधपुर के नौजवान महाराजा ने मचाया उतना किसी और ने नहीं। महाराजा जोधपुर अपने पिता के मरने पर हाल ही में गद्दी पर बैठे थे। उनके कई बहुत महँगे शौक़ थे, जैसे हवाई जहाज उड़ाना, औरतें और जादूगरी के तमाशे। उन्होंने यह जान लिया था कि कांग्रेस के समाजवादियों पर इनमें से किसी का भी असर होने वाला नहीं है। अपने पड़ोसी महाराजा जैसलमेर के साथ मिलकर उन्होंने दिल्ली में छुपकर जिन्ना से मिलने का प्रबंध किया, वह उनसे यह पूछना चाहते थे कि अगर वे अपनी प्रधानतः हिंदू रियासतों को लेकर उनके राज्य में आ मिलें, तो वे किस प्रकार के स्वागत की आशा कर सकते हैं?

जिन्ना यह सोचकर उछल पड़े कि दो बड़ी रियासतों को अपने प्रतिद्वंद्वियों से छीनकर वह उनको नीचा दिखा सकते हैं। जिन्ना ने अपनी मेज की दराज में से तुरंत एक सादा काग़ज़ निकाला और जोधपुर के महाराजा की ओर आगे बढ़ा दिया।

जिन्ना ने उनसे कहा, "आप अपनी शर्तें इस पर लिख दीजिए, मैं उस पर हस्ताक्षर कर दूँगा।"

दोनों ने अपने होटल में जाकर विचार करने के लिए कुछ समय माँगा। वहाँ पहुँचे तो देखते क्या हैं कि वी.पी. मेनन उनकी राह देख रहे हैं। न जाने किस रहस्यमय सूत्र से मेनन को पता चल गया था कि ये लोग ऐसी चाल चल रहे हैं, जिससे आगे चलकर पाकिस्तान में मिल जाने का निर्णय कर सकें। उन्होंने महाराजा जोधपुर से कहा, "वायसराय साहब आप तुरंत वायसराय-भवन में मिलना चाहते हैं।"

महाराजा को एक कमरे में बिठाकर मेनन चारों ओर भाग-भागकर माउंटबेटन को ढूँढ़ने लगे। आख़िरकार वायसराय उन्हें मिल गये, लेकिन उन्हें कुछ भी पता नहीं था कि मेनन ने क्या किया है। मेनन ने उनसे प्रार्थना की कि वह फौरन नीचे आकर रूठे हुए महाराजा को मनाने की कोशिश करें। वर्तमान महाराजा के पिता, जिनका अभी हाल ही में देहाँत हुआ था, 26 साल तक माउंटबेटन के मित्र रह चुके थे। माउंटबेटन ने नौजवान महाराजा के पास आ उनसे कहा, "अगर आज वह जिंदा होते तो उनकी इस हरकत से उन्हें बेहद तकलीफ होती।"

"पर मैंने ऐसा क्या किया है?"

"क्या किया है, बहुत भोले बनते हो," उन्होंने उनसे कहा, "केवल अपने स्वार्थ के लिए अपनी हिंदू रियासत की प्रजा को पाकिस्तान में ले जाने की कोशिश करना सरासर मूर्खता होगी।"

" मैं वादा करता हूँ कि मैं और मेनन मिलकर पटेल को यह समझाने की पूरी कोशिश करेंगे कि आपके निजी शौक़ के बारे में जहाँ तक हो सके नरमी बरतें।"

माउंटबेटन इस उतावले नौजवान महाराजा से एक कच्चे समझौते पर हस्ताक्षर ले लेने के लिए मेनन को वहीं छोड़कर चले गये। उनके चले जाने के बाद महाराजा जोधपुर ने अपने कारखाने का बना हुआ फाउंटेन पेन जेब से निकाला। समझौते पर हस्ताक्षर करने के बाद उन्होंने कलम का ढक्कन खोला और उसमें से एक छोटा-सा पिस्तौल निकल आया, जिसे वह मेनन के सिर की तरफ तानकर खड़े हो गये।

"मैं आप लोगों की धमकियों में आने वाला नहीं हूँ", उन्होंने चिल्लाकर कहा।

शोर सुनकर माउंटबेटन लौट आये और उन्होंने पिस्तौल जब्त कर ली।

तीन दिन बाद मेनन ने विलय के पक्के करारनामे का काग़ज़ महाराजा के महल भिजवा दिया। मुँह लटकाकर महाराजा ने हस्ताक्षर कर दिये।

इसके बाद उन्होंने अपने अतीत को दफ़न कर देने के लिए जश्न मनाने का फैसला किया, जिसमें न चाहते हुए भी मेनन को मेहमान की हैसियत से हिस्सा लेना पड़ा। तमाम शाम वह इस बेचारे सरकारी अफ़सर के गले में ह्विस्की उंड़ेलते रहे। इसके बाद मेनन को कई दौर शैंपेन के पीने पड़े; इसी बीच महाराजा ने तरह-तरह के भुने हुए गोश्त, शाही भोज, साजिंदों और कुछ चुनी हुई नाचने वालियों का प्रबंध करवाया। मेनन जैसे शाकाहारी के लिए यह शाम एक भयानक अनुभव सिद्ध हुई। लेकिन असली मुसीबत तो अभी आने वाली थी। शराब के नशे में चूर महाराजा साहब को अचानक ऐसा लगा कि संगीत के स्वर बहुत तेज हैं। गुस्से में आकर उन्होंने अपनी पगड़ी जमीन पर फेंक दी, नाचने वालियों और साजिंदों को वापस भेज दिया और यह घोषणा की क्रि वह खुद अपने निजी हवाई जहाज पर मेनन को लेकर दिल्ली जाएँगे। उन्होंने हवाई जहाज राकेट जैसी तेजी के साथ ऊपर उड़ाया और फिर दिल्ली के हवाई अड्डे पर उतरने से पहले रास्ते में उन्होंने हवाई जहाज को कितनी ही कलाबाजियाँ खिलायीं और वे सारे करतब दिखा डाले, जो वह जानते थे। मेनन का सिर चकरा रहा था, मतली हो रही थी और उनका चेहरा पीला पड़ गया था। मेनन किसी तरह रेंगकर हवाई जहाज के बाहर निकले, लेकिन अपनी उँगलियों में वह उस संलेख को अभी तक मजबूती से दबाए हुए थे, जिसकी वजह से पटेल की खुली हुई टोकरी में एक सेब और पहुँचने वाला था।

मुट्ठी-भर अड़ियल राजा-महाराजाओं की टालमटोल के बावजूद यह निश्चित हो गया था कि 15 अगस्त तक वह पटेल से किया गया अपना वादा पूरा कर देंगे। वह उन्हें ऊपर तक भरी सेबों की टोकरी दे देंगे। पाँच रजवाड़े, जिनकी रियासतें पाकिस्तान के इलाके में थीं, जिन्ना के साथ चले गये। शेष सबको माउंटबेटन और मेनन ने समेट लिया; बाकी तीन बच गये।

लेकिन जो तीन रियासतें बची थीं, वे बड़ी रियासतें थीं। कुछ कट्टरपंथी मुसलमानों के गिरोह के उकसावे में आकर, जिन्हें हिंदू भारत में अपने विशेषाधिकार छिन जाने का डर था, भारत की सबसे बड़ी जनसंख्या वाली

Author's Collection

भारत व पाकिस्तान के बीच सरहद का निर्धारण करने वाले सर रेड क्लिफ (मध्य) व ब्रिटिश जूरी।

Author's Collection

गेटवे ऑफ इंडिया से फरवरी 1948 में ब्रिटिश सिपाहियों की भारत से अंतिम विदाई का एक विहंगम दृश्य।

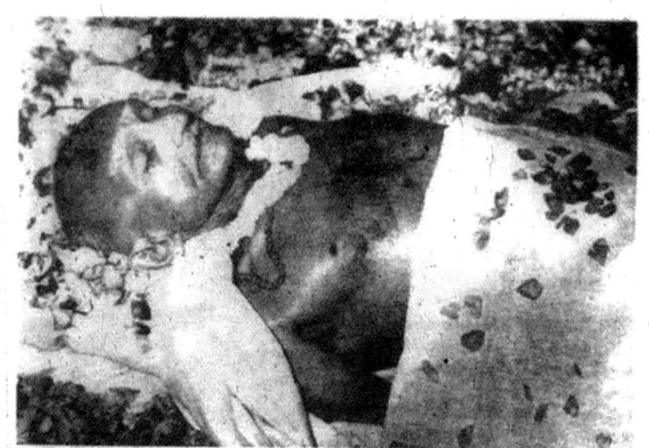

शहीद होने के बाद चिरनिद्रा में लीन महात्मा गाँधी।

राजघाट पर गाँधी जी को श्रद्धांजलि देने के लिए आयोजित की गयी सर्वधर्म प्रार्थना सभा में भाग लेते लार्ड माउंटबेटन व अन्य।

Broadlands Archives

जवाहरलाल नेहरू को प्रधानमंत्री पद की शपथ दिलाते लार्ड माउंटबेटन।

Broadlands Archives

पाकिस्तान के उदय के बाद कराची का दौरा करते लार्ड माउंटबेटन।

बिरला हाउस में शहीद होने से दो दिन पहले मनु व आभा के कंधों का सहारा लेकर प्रार्थना सभा में जाते हुए गाँधी जी।

Author's Collection

Author's Collection

नारायण आप्टे, वीर सावरकर, नाथूराम गोडसे, विष्णु करकरे (सभी बैठे हुए), शंकर किश्त्या, गोपाल गोडसें, मदनलाल पाहवा, दिगंबर वडगे (खड़े हुए)।

Broadlands Archives

3 जून 1947 की ऐतिहासिक बैठक का दृश्य। भारत विभाजन के लिए अंतिम फैसला इसी बैठक में लिया गया। बैठक में लार्ड माउंटबेटन को अपने-अपने तर्क देते, जिन्ना, लियाकत अली, नेहरू, बलदेव सिंह व अन्य।

Broadlands Archives

14 अगस्त को कराची में ब्रिटिश सेना की प्रथम व अंतिम सलामी लेते जिन्ना।

Broadlands Archives

ब्रिटिश वायसराय की पत्नी एडविना माउंटबेटन के कंधे पर हाथ रखकर लुई के पीछे-पीछे अध्ययन-कक्ष में जाते हुए महात्मा गाँधी।

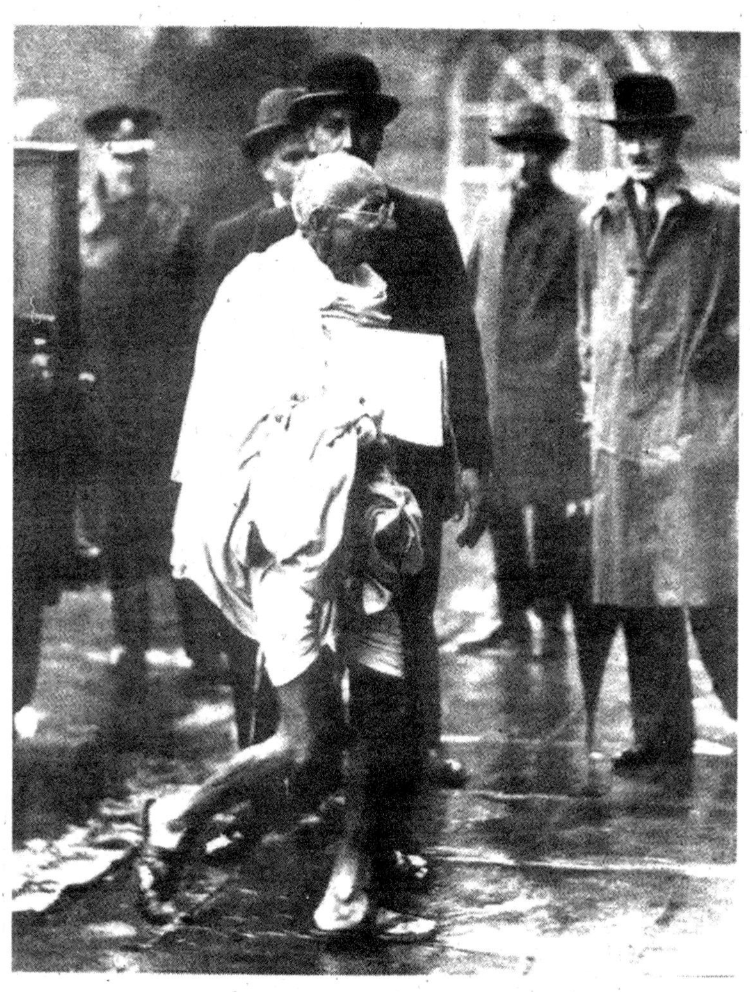

Camera Press

अत्यंत साधारण वस्त्र लंगोटी व चद्दर धारण कर ब्रिटिश सम्राट से भेंट कर गाँधी जी ने सबको चकित कर दिया। गाँधी जी ने सम्राट से भेंट के दौरान विशेष वस्त्र पहनने से मना कर दिया था, जो अनिवार्य परंपरा थी। चित्र में सम्राट से भेंट करने जाते हुए गाँधी जी।

गाँधी जी चरखा चलाते हुए।

हिंसा की महामारी से आक्रांत इस शती के सामने गाँधी जी ने एक विकल्प पेश किया—अहिंसा और सिविल नाफ़रमानी का। चर्चिल के मशहूर शब्दों में यह "आधे नंगे फ़कीर" अपने देश भर में पैदल या देश की गरीब-से-गरीब जनता से अपनी अभिन्नता जतलाने के लिए रेलवे के थर्ड क्लास के डिब्बों में सफ़र किया करते थे। जब वे ब्रिटिश साम्राज्य के महल 'बंकिघम पैलेस' में सम्राट के साथ चाय-पान करने गये, तो भी उन्होंने अपनी रोज़मर्रा की पोशाक—एक सूती, सादी चादर ओढ़ रखी थी; वे ज़िन्दगी को स्वानुशासित सादगी से ढाल कर बिताने के अभ्यस्त हो चुके थे। साम्राज्यशाही के उस युग को चुनौती देने का उनके लिए प्रतीक था लकड़ी का बना चरखा, जिसे वे प्रतिदिन, धार्मिक कृत्य की तरह काफ़ी समय चलाया करते थे।

वायसराय हाउस में माउंटबेटन दंपती के साथ नेहरु जी।

Author's Collection

मुहम्मद अली जिन्ना के साथ माउंटबेटन दंपती।

Reflex

वायसराय हाउस के गार्डन में चिंतनशील जवाहरलाल नेहरू।

किप्लिंग ने लिखा था : 'नियति ने इन राजे-महाराजाओं की नस्ल को दुनिया के सामने एक भव्य तमाशा प्रस्तुत करने के लिए पैदा किया था।' इनकी दुनिया महल-दुमहले, शेर-चीते, हाथी-घोड़े और हीरे-मोती के जखीरों से भरी-पूरी दुनिया थी। 1947 में भारत के 565 महाराजा, नवाब, राजा और कुँवर देश के एक तिहाई हिस्से और दस करोड़ जनता पर निरंकुश राज करते थे। इनकी परंपरागत दिलचस्पी शिकार एवं मैथुन में थी। जन्म के वक्त से लंगड़े महाराजा उदयपुर चीते के शिकार से बाज नहीं आते थे।

महाराजा कपूरथला जंगली सुअरों के शिकार के पास।

Author's Collection

स्वर्ण छतरी की छाया में पटियाला के महाराजा एक कार्यक्रम में जाते हुए।

Keystones Photos

महाराजा बीकानेर के स्वर्ण तुलादान का एक दुर्लभ चित्र।

रियासत हैदराबाद ने माउंटबेटन की सलाह मानने से साफ मना कर दिया था। भारत के साथ समझौता कराने की हर कोशिश की उपेक्षा करते हुए हैदराबाद के निज़ाम ने ब्रिटेन को इस बात पर मजबूर करने का नाकाम प्रयास किया कि वह उनकी रियासत को एक स्वतंत्र देश मान ले। अपने महल में बैठकर यह कंजूस राजा 'अपने सबसे पुराने मित्र की बेवफाई' और ब्रिटेन के सम्राट के साथ 'लंबी वफ़ादारी के बँधनों' के टूट जाने का दुखड़ा रोते रहे। कश्मीर के महाराजा भी दोनों में से किसी भी राज्य में शामिल होने से मना करते रहे।

तीसरे और अंतिम राजा जिस वजह से भारत में शामिल होने से मना कर रहे थे वह कुछ दूसरे ही प्रकार की थी—मुस्लिम लीग के किसी गुर्गे ने जूनागढ़ के शासक को समझा दिया था कि स्वतंत्र भारत में सबसे पहला काम यह किया जाएगा कि उनके कुत्तों को जहर दे दिया जाएगा। इसलिए उन्होंने यह फैसला किया था कि या तो वह स्वतंत्र रहेंगे या पाकिस्तान में शामिल हो जाएँगे, इस बात के बावजूद कि उनकी हिंदू जनसंख्या वाली छोटी-सी रियासत की कोई सीमा पाकिस्तान के मुस्लिम राज्य से नहीं मिलती थी।

पंजाब में, जिसे हिंदुस्तान का सबसे अच्छे प्रशासन वाला प्रदेश समझा जाता था, सड़कों पर और रेल से सफ़र करना अब सुरक्षित नहीं रह गया था। दंगाइयों के गिरोह देहात में दरिंदों की तरह घूम रहे थे और अवसर मिलते ही मुस्लिम गाँवों या मुस्लिम बस्तियों पर टूट पड़ते थे। जिन मर्दों को वे मारते थे उनके लिंग काटकर वे उनके मुँह में या मारी गयी किसी मुसलमान औरत के मुँह में ठूँस देते थे। लाहौर में एक दिन शाम को एक आदमी तेजी से साइकिल पर एक गली से निकलकर चाय की उस दूकान के सामने से गुजरा, जहाँ शहर का सबसे नामी मुसलमान गुंडा अपना दरबार लगाता था। उसने दूध ले जाने का एक बहुत बड़ा पीतल का बर्तन चायखाने की छत पर फेंका जहाँ बहुत-से लोग बैठे हुए थे। बर्तन झनकारता

हुआ छत पर गिरा और सब लोग जान बचाने के लिए इधर-उधर दुबक गये। जब वह बर्तन फटा नहीं तो एक वेटर ने उसे खोला। उसमें उस मुस्लिम गुंडे के लिए अमृतसर के नामी सिख गुंडे ने उपहार भेजा था। उस बर्तन में बीसियों कटे हुए लिंग भरे थे, जिन्हें आसानी से पहचाना जा सकता था कि वे किस संप्रदाय के थे।

लाहौर में तो ऐसे अँधाधुँध कत्ल हो रहे थे और इस तरह बिना सोचे-समझे कहीं भी आग लगा दी जाती थी कि एक अंग्रेज़ पुलिस-अफ़सर ने तो कहा कि, "लगता है, शहर अपनी जान लेने पर स्वयं तुला हुआ है।"

बड़े डाकखाने में हिंदुओं और सिखों के नाम हज़ारों ऐसे पोस्टकार्ड आये हुए थे, जिन पर औरतों के साथ दुष्कर्म या मर्दों के कत्ल किये जाने के चित्र बने हुए थे। इनके पीछे लिखा हुआ था–"जब मुसलमानों का कब्जा होता है तो हमारे हिंदू और सिख भाई-बहनों के साथ यह सलूक होता है। इससे पहले कि दरिंदे तुम्हारे साथ यह सलूक करने पाएँ, भाग जाओ!" यह सिखों और हिंदुओं में भय उत्पन्न करने के लिए मुस्लिम लीग की ओर से चलायी गयी मुहिम थी।

लाहौर की अच्छी रिहायशी बस्तियों के रहने वाले हिंदू, जिनमें एक युग में इतनी रवादारी थी, जितनी हिंदुस्तान में कहीं नहीं थी, अपने बंगलों और कोठियों को मुस्लिम भीड़ों से बचाने के लिए अपने फाटकों पर हरे रंग का चाँद तारा बनाने लगे थे। लारेंस रोड पर एक पारसी व्यापारी ने, जिसकी बिरादरी को इस सांप्रदायिक उन्माद से कोई लेना-देना नहीं था अपने फाटक पर एक संदेश लिखवा रखा था। इस संदेश के शब्द लाहौर के भाई-चारे के टूटे हुए सपने का मातम थे। उसमें कहा गया था–"मुसलमान, सिख और हिंदू सब भाई-भाई हैं, लेकिन, मेरे भाइयों, यह मकान तो पारसी का है।"

अमृतसर में हालत इससे भी बुरी थी। वहाँ बाज़ारों में जिस तरह लोग बिना किसी झिझक के खड़े होकर पेशाब कर देते थे, उसी तरह बेझिझक किसी की हत्या भी कर देते थे। शहर के दंगाइयों ने एक क्रूर तरीक़ा यह अपनाया था कि वे किसी अल्पसंख्यक के मुँह पर अचानक नाइट्रिक एसिड

या गंधक के तेजाब की शीशी उंड़ेल देते थे। अग्निकांड को अंजाम देने वाले हर जगह सक्रिय थे।

---

15 अगस्त के बाद पंजाब में मार-काट पर विराम लगाने के लिए माउंटबेटन ने 55,000 सिपाहियों को एक विशेष सेना-दल तैनात करने का निर्णय लिया था। उसमें भारतीय सेना की ऐसी टुकड़ियों से चुन-चुनकर लोग भरती किये जाते थे, जो अपनी अनुशासन की पाबंदी और अपनी जातीय उत्पत्ति के कारण सांप्रदायिक उन्माद से अपेक्षाकृत मुक्त रहते थे, जैसे गोरखे। इसका नाम रखा गया पंजाब सीमा सेना-दल और इसका कमांडर बनाया गया मेजर-जनरल टी. डब्ल्यू. 'पीते' रीस को। बर्मा में 19वें भारतीय डिवीजन के कमांडर की हैसियत से उसने जो शानदार कार्य किया था उससे माउंटबेटन बहुत प्रभावित थे। पंजाब के गवर्नर ने अनुमान लगाया था कि विभाजन होने पर प्रांत में शांति बनाये रखने के लिए कितने सिपाहियों की आवश्यकता पड़ सकती है। उससे दुगने सिपाही इस सेना-दल में रखे गये थे। लेकिन जब तूफान आया तो यह सेना-दल भी उसी तरह बह गया जैसे भयंकर समुद्री ज्वार आने पर तट पर बनी हुई छोटी-छोटी झोपड़ियाँ बह जाती हैं।

सच्चाई यह है कि किसी को भी—न नेहरू को, न जिन्ना को, न पंजाब के जानकार गवर्नर को और न स्वयं वायसराय को पहले से कोई आकलन था कि कितनी बड़ी विनाशलीला खेली जाने वाली है। इतिहासकारों को उनकी इतनी बड़ी भूल पर आज भी आश्चर्य होता है और भारत के अंतिम वायसराय पर आलोचना की खूब झड़ी उस समय भी हुई और आज तक भी होती है।

नेहरू और जिन्ना स्वयं बहुत सहनशील थे, कठमुल्लापन से कोसों दूर थे। उन दोनों ने बहुत बड़ी भूल यह की कि यह अंदाजा नहीं लगाया कि इस उप-महाद्वीप के जन-साधारण किस सीमा तक सांप्रदायिक उन्माद का शिकार हो जाएँगे। चूँकि उन दोनों में से किसी को भी सांप्रदायिक उन्माद

छू तक नहीं गया था, इसलिए वे सचमुच विश्वास करते थे कि विभाजन के बाद हिंसा की लहर चढ़ने के बजाय उतरने लगेगी। वह यह मान बैठे थे कि जो घटनाएँ होने वाली थीं, उन पर आम लोगों की प्रतिक्रिया भी उतनी ही विवेकपूर्ण होगी, जितनी कि स्वयं उनकी। लेकिन दोनों ही भयंकर भूल कर रहे थे। आने वाली स्वतंत्रता की धुन में मगन, उन्होंने अपनी इच्छाओं को वास्तविकता समझ लिया और वही वायसराय को भी बता दिया। जिन प्रशासन अथवा गुप्तचर सेवाओं के सहारे अंग्रेज़ सौ वर्ष से भारत पर शासन करते आये थे, अगर उनमें से भी किसी ने बताया होता कि क्या होने वाला है, तो घटनाओं को पहले से न देख सकने के दुष्परिणाम कुछ कम हो सकते थे, लेकिन किसी को भी पहले से पता नहीं था। परिणाम यह हुआ कि भारत आशंकित तो था, पर भयभीत नहीं था और तेजी से विनाश की ओर बढ़ता जा रहा था।

दुर्भाग्य यह था कि एकमात्र भारतीय नेता जिसने पहले से ही भाँप लिया था कि कितना बड़ा संकट आने वाला है, वही व्यक्ति था जो विभाजन को रोकने के लिए एड़ी-चोटी का जोर लगा रहा था। गाँधी जी भारत के जन-जीवन में इतना घुल-मिल गये थे, उनके सुख-दुख में, उनके प्रतिदिन के जीवन में उनके इतना साथ रहे थे कि उनमें अपने देश के तेवर पहचानने की विलक्षण क्षमता पैदा हो गयी थी। उनके अनुयायी अक्सर कहा करते थे कि वह प्राचीन भारतीय लोक कथाओं के किसी ऐसे पहुँचे हुए महात्मा की तरह थे, जो जाड़े की ठिठुरती हुई रात में अलाव के पास बैठकर आग तापते-तापते अचानक काँप उठे और उसने किसी शिष्य से कहा, "बाहर देखो, वहाँ अँधेर में कोई गरीब बेचारा सरदी से ठिठुर रहा है।" शिष्य देखता तो सचमुच वहाँ एक आदमी खड़ा होता। गाँधी जी के शिष्यों का कहना था कि वह भी भारत की आत्मा को इतने ही सहज भाव से समझ लेते थे।

वायसराय जिन दिनों पंजाब सीमा सेना-दल का संगठन कर रहे थे, एक बार किसी मुस्लिम महिला ने गाँधी जी को विभाजन का विरोध करने

पर बहुत बुरा-भला कहा। उसने पूछा, "यदि दो भाई एक ही घर में रहते हों और अलग होकर दो अलग-अलग घरों में रहना चाहें तो क्या आप उन्हें ऐसा करने से रोकेंगे?"

गाँधी जी ने उत्तर दिया, "काश, हम दो भाइयों की तरह एक-दूसरे से अलग हो सकते! लेकिन हम उस तरह अलग नहीं होंगे। खून की नदियाँ बहेंगी। हम उस माँ की कोख के अंदर ही, जो हमें जन्म देती है, एक-दूसरे की बोटियाँ नोचकर फेंक रहे हैं।"

माउंटबेटन को वास्तविक भय पंजाब का नहीं सता रहा था। उन्हें असली डर था कलकत्ता से। वह जानते थे कि कलकत्ता सेना भेजना बेकार होगा। अगर उसकी बदबूदार घनी आबाद बस्तियों और भीड़-भाड़ वाले बाजारों में कभी कोई उपद्रव शुरू हो गया, तो वहाँ कितनी भी बड़ी सेना भेज दी जाए, उसे काबू में नहीं ला सकेगी। बहरहाल, यों भी पंजाब के लिए सेना-दल संगठित करने में ही भारतीय सेना की वे सारी टुकड़ियाँ खप गयी थीं, जिन पर सांप्रदायिक झगड़े के समय निष्पक्ष रहने का विश्वास किया जा सकता था।

बाद में उन दिनों को याद करते हुए माउंटबेटन ने कहा, "अगर कलकत्ता में कभी गड़बड़ी होती, तो वहाँ इतना रक्त बहता कि पंजाब में जो कुछ हुआ वह उसके सामने बच्चों का खेल मालूम होता!"

यह जानते थे कि उस शहर में शांति बनाये रखने के लिए उन्हें किसी दूसरी युक्ति का सहारा लेना होगा। अंततः उन्होंने जो युक्ति चुनी वह जुआ खेलने जैसी थी, लेकिन कलकत्ता में खतरे उतने बड़े थे और उनका सामना करने के लिए उपलब्ध साधन इतने थोड़े थे कि किसी चमत्कार से ही स्थिति को संभाला जा सकता था। उन्होंने योजना यह बनायी थी कि विश्व के इस सबसे ज्यादा मुसीबत के मारे शहर में सांप्रदायिक उन्माद के तूफान को रोकने के लिए वह अपनी निराश गौरैया गाँधी जी को उपयोग करें।

जुलाई के अंत में उन्होंने अपना यह सुझाव गाँधी जी के समक्ष रखा। उन्होंने समझाया कि आप स्वयंसेवकों की सहायता से पंजाब को संभालेंगे।

उन्होंने यह भी कहा कि अगर कलकत्ता में कोई झंझट उठ खड़ा हुआ, तो 'हम डूब जाएँगे। मैं कुछ भी नहीं कर पाऊँगा। वहाँ सेना की एक ब्रिगेड है, लेकिन मेरा उसमें और सिपाही भेजने का कोई विचार नहीं है। अगर कलकत्ता में आग भड़क उठे, तो भड़क उठे; कोई कर ही क्या सकता है?'

"हाँ, मेरे मित्र", गाँधी जी ने उनसे कहा, "यह आपकी विभाजन की योजना का परिणाम है।"

माउंटबेटन ने उनकी बात को स्वीकार करते हुए कहा, "हो सकता है कि यह सच हो, लेकिन न आपने ही कोई दूसरा समाधान बताया, न किसी और ने। लेकिन इस समय आप ही कुछ कर सकते हैं।"

शायद गाँधी जी अपने व्यक्तित्व और अहिंसा के आदर्श के बल पर कलकत्ता में वह कर दिखा सकते थे, जो सेना नहीं कर सकती थी। वायसराय अपनी घिरी हुई सेनाओं के लिए जो सहायता भेजना चाहते थे वह केवल यही थी कि गाँधी जी को भेज दें। माउंटबेटन ने उनसे कलकत्ता जाने का अनुरोध करते हुए कहा, "आप वहाँ एक आदमी नहीं, बल्कि अहिंसा के ऐसे सिपाही होंगे, जिसके आगे सभी को आत्मसमर्पण करना होगा।"

माउंटबेटन के कहने के बावजूद, गाँधी जी का कोई विचार कलकत्ता जाने का नहीं था। वह पहले ही निर्णय कर चुके थे कि वह भारत का स्वतंत्रता दिवस नोआखाली के आतंकित अल्पसंख्यक हिंदुओं के बीच प्रार्थना करने, चर्खा कातने और उपवास रखने में बिताएँगे। नववर्ष के दिन अपनी प्रायश्चित-यात्रा पर निकलते समय उन्होंने प्रण किया कि इन लोगों की रक्षा करने के लिए वह अपने प्राण तक न्योछावर कर देंगे। लेकिन माउंटबेटन की अकेली आवाज नहीं थी, जो उनसे कलकत्ता की भय-त्रस्त गंदी बस्तियों में आने का अनुरोध कर रही थी।

दूसरी आवाज एक ऐसे व्यक्ति की थी, जिसके बारे में इस पूरे उपमहाद्वीप में कल्पना भी नहीं की जा सकती थी कि वह किसी भी

राजनीतिक काम में गाँधी जी का साथ दे सकता है। अगर कोई जान-बूझकर किसी ऐसे आदमी को तलाशने निकलता तो गाँधी जी के हर आदर्श से प्रतिकूल हो, जिसका रहन-सहन का ढंग गाँधी जी के सौंदर्य-रस से भरपूर अस्तित्व के एकदम विपरीत हो, तो उसे हसन शहीद सुहरावर्दी से अच्छा व्यक्ति नहीं मिल सकता था।

गाँधी जी ने यह बताते हुए कि वे नये भारत पर शासन करने के लिए किस प्रकार के मंत्रियों की आशा करते हैं, जिस प्रकार के भ्रष्ट और घूसघोर राजनीतिज्ञों की निंदा करना चाहते थे, उन्हीं का साकार रूप थे 47 वर्षीय सुहरावर्दी। उनका राजनीतिक दर्शन बहुत सीधा-सादा था—अगर कोई आदमी चुनाव जीतकर किसी पद पर पहुँच जाए, तो उसके लिए उस पद को छोड़ना नहीं चाहिए। सुहरावर्दी ने सरकारी पैसे से गुंडों की एक पूरी सेना पालकर, जो उनके राजनीतिक प्रतिद्वंद्वियों को डंडे मार-मारकर शांत कर देते थे, इस बात का पक्का प्रबंध कर लिया था कि सत्ता बराबर उन्हीं के हाथों में रहे।

1942 के उस अकाल के दिनों में, जिसमें पूरा बंगाल तबाह हो गया था, सुहरावर्दी ने कलकत्ता के भूखों मरते हुए लोगों के लिए भेजा गया लाखों टन अनाज बीच में ही रोक कर काले बाजार में बेचा था और इस व्यापार में करोड़ों रुपये कमाये थे। वह बेहतरीन रेशमी सूट और दो रंग के मगरमच्छ की खाल के जूते पहनते थे। उनके काले बाल, जिन्हें प्रतिदिन प्रातःकाल उनका निजी हज्जाम आकर संवारता था, हमेशा क्रीम से चमकते रहते थे। गाँधी जी ने अपने जीवन के पिछले चालीस साल अपनी काम-वासनाओं को समूल समाप्त कर देने की कोशिश में बिताये थे, तो सुहरावर्दी ने अपनी वासना पर कोई अंकुश नहीं लगाया था और ऐसा लगता था कि उन्होंने अपने सामने यह लक्ष्य रखा था कि वह कलकत्ता के हर कैबरे डाँसर और हल आला दर्जे की वेश्या के साथ हमबिस्तर अवश्य होंगे। गाँधी जी के हाथ में जो झागदार गिलास होता था, उसमें हमेशा पानी होता था, जिसमें थोड़ा-सा खाने का सोडा मिला होता था। दूसरी ओर

सुहरावर्दी के हाथों में हमेशा शैंपेन का जाम रहता था। गाँधी जी सोयाबीन के बीज उबालकर उसके भुरते के साथ दही मिलाकर अपना पेट भर लेते थे, जबकि सुहरावर्दी की खुराक में यूरोपीय और भारतीय खाने के हर तरह के पकवान और तरह-तरह की केक-पेस्ट्रियाँ होती थीं, जिसकी वजह से सीने से लेकर कमर के नीचे तक उनका शरीर चर्बी की मोटी-मोटी तहों से ढक गया था।

सबसे बुरी बात यह थी कि उनके हाथ खून से रंगे हुए थे। अगस्त 1946 में जिस दिन जिन्ना के नारे पर 'सीधी कार्यवाही का दिन' मनाया गया था, सुहरावर्दी ने उस दिन छुट्टी की घोषणा करके और मुस्लिम लीग के लोगों को पहले से यह बताकर कि उस दिन पुलिस का ध्यान कहीं और रहेगा, कलकत्ता में रक्त की नदियाँ बहा देने और तबाही मचा देने की पूरी तैयारी की थी। सुहरावर्दी को भय था कि कलकत्ता के हिंदू अब उसे कत्लेआम का बदला लेने की तैयारियाँ कर रहे हैं, इसीलिए वह गाँधी जी से सहायता लेने के लिए भागे-भागे आये थे।

वह भागे-भागे गाँधी जी के सोदपुर आश्रम पहुँचे और उनके नोआखाली के लिए रवाना होने से एक दिन पहले ही उन्हें वहाँ पकड़ लिया। उन्होंने गाँधी जी से कलकत्ता में ही ठहरने का अनुरोध किया। उन्होंने गाँधी जी से कहा, "कलकत्ता के मुसलमानों को आप ही बचा सकते हैं और शहर पर घृणा का जो तूफान मंडला रहा है, उसे रोक सकते हैं।"

"पर...!"

"बहरहाल, आप पर मुसलमानों का भी उतना ही हक है, जितना हिंदुओं का। आप हमेशा यही कहते रहे हैं कि हम भी आपके उतने ही हैं जितने हिंदू के हैं।"

गाँधी जी का एक विलक्षण गुण यह था कि वह दुश्मन की भी अच्छाई पहचान लेते थे, फिर धीरे-धीरे उसका लाभ उठाने की, उस अच्छाई को उभारने का प्रयास करते थे। उन्होंने महसूस किया कि सुहरावर्दी के हृदय में अपने मुसलमान अनुयायियों के भविष्य के बारे में सच्ची हमदर्दी है।

गाँधी जी ने कहा, "अगर मैं कलकत्ता में रुकने के लिए विचार करता हूँ, तो मेरी दो शर्तें होंगी।"

"मतलब!"

"पहली यह कि आपको नोआखाली के मुसलमानों से यह पक्का वादा लेना होगा कि वहाँ के हिंदू उनके बीच सुरक्षित रहेंगे।"

"आप कहना क्या चाहते हैं?"

गाँधी जी ने बात साफ की, "अगर एक भी हिंदू मारा गया, तो मेरे सामने आमरण अनशन करने के अलावा कोई चारा नहीं रह जाएगा।" गाँधी जी ठेठ अपने ढंग से सुहरावर्दी पर अपने प्राणों की नैतिक जिम्मेदारी डाल रहे थे।

सुहरावर्दी ने गाँधी जी को वह वचन दे दिया, जो वह नोआखाली के मुसलमानों से चाहते थे, तो उसके बाद गाँधी जी ने सौदे की दूसरी शर्त उनके सामने रखी।

उन्होंने कहा, "मैं इस शर्त पर कलकत्ता में रहने को तैयार हूँ कि सुहरावर्दी कलकत्ता की किसी गंदी बस्ती के बीचोंबीच उनके साथ आकर दिन-रात रहें और अपने साथ न कोई हथियार रखें और न अपनी रक्षा के लिए किसी तरह के पहरे का प्रबंध करें। वे दोनों मिलकर शहर की शांति के लिए अपने प्राणों की जमानत देंगे।"

जब सुहरावर्दी ने उनका यह सुझाव मान लिया तो गाँधी जी ने पत्र लिखकर दिल्ली सूचना भेजी—"मैं यहाँ आकर फँस गया हूँ और अब मैं बहुत बड़ी जोखिम उठाने जा रहा हूँ। परिणाम तो भविष्य ही बताएगा, पर कड़ी नजर रखना।"

माउंटबेटन के प्रसिद्ध कैलेंडर के अब कुछ ही पन्ने शेष रह गये थे। भारत में ब्रिटिश शासन के वे अंतिम दिन काम के बोझ से दबे हुए वायसराय और उनके कर्मचारी-मंडल को 'सबसे अधिक भागदौड़ के दिन मालूम हो रहे थे, और जैसे-जैसे कैलेंडर के पन्ने एक-एक करके फटते जा

रहे थे, वैसे-वैसे समस्याएँ भी एक-एक करके कम होती जा रही थीं। उत्तर-पश्चिम सीमा-प्रांत में जनमत-गणना करानी थी, जिसके फलस्वरूप अंत में यह क्षेत्र पाकिस्तान को मिल गया; और इसी तरह असम के चाय-बागान के पास सिलहट में भी दूसरी जनमत-गणना होनी थी। स्वतंत्रता के अवसर पर उत्सव मनाने का सारा प्रबँध करना था। कांग्रेस नेताओं का आग्रह था कि ब्रिटिश राज की पुरानी परंपराओं के अनुसार इस अवसर पर 'खूब धूमधाम' होनी चाहिए। उनका नीरस कांतिहीन समाजवाद बाद में आता रहेगा।'

कांग्रेस ने आदेश जारी कर दिया कि 15 अगस्त को सारे देश में बूचड़खाने बंद रहेंगे। देश के सारे सिनेमाघरों में लोगों को मुफ्त सिनेमा दिखाया जाएगा और दिल्ली में स्कूल जाने वाले हर बच्चे को मिठाई और स्वतंत्रता का पदक दिया जाएगा। कुछ समस्याएँ भी थीं। लाहौर में एक सरकारी घोषणा में कहा गया था कि 'उपद्रव-ग्रस्त स्थिति को देखते हुए धूमधाम और रंगीनी का जश्न मनाने का प्रश्न ही नहीं उठता।'

हिंदू महासभा के राष्ट्रवादी नेताओं ने जो भारत के बँटवारे के कट्टर विरोधी थे, अपने अनुयायियों से कहा, "खुशी मनाना, परंतु 15 अगस्त के उत्सव में भाग लेना असंभव है।"

उन्होंने अपने सदस्यों से कहा, "इसके बजाय आप अपनी 'क्षत-विक्षत मातृभूमि' को जबर्दस्ती अखंड बनाने का फिर से व्रत लें।"

कूटनीति शिष्टाचार में कुछ सवालों पर झगड़े की वजह से पाकिस्तान में आज़ादी का जश्न मनाने की योजनाएँ कुछ समय के लिए ठप हो गयीं। जिन्ना अपने अहंकार के कारण यह चाहते थे कि वायसराय के मुकाबले में उन्हें प्रधानता दी जाए, हालाँकि सही अर्थों में उनका राज्य आधी रात को ही जाकर स्वतंत्र होने वाला था। वह जो चाहते थे वह उन्हें नहीं मिला।

मुस्लिम नेता का अभी और कई निराशाओं से पाला पड़ना था। उन्हें शाही सवारी के लिए जो रुपहली गाड़ी मिली थी, उसे खींचने वाला एक सधा हुआ घोड़ा लंगड़ा हो गया और कराची में पहली बार उनकी सवारी

निकालने के लिए वायसराय को अपनी खुली छत की रोल्स रॉयस मोटर देनी पड़ी। पाकिस्तान के जन्म के अवसर पर जश्न मनाने का सारा कार्यक्रम जिन्ना ने स्वयं बनाया था। सबसे पहले 13 अगस्त को जिन्ना के निवास-स्थान पर एक औपचारिक सरकारी भोज से यह कार्यक्रम शुरू होना था, लेकिन इसमें एक बाधा आ गयी। जो आदमी विश्व के सबसे महत्त्वपूर्ण इस्लामी राष्ट्र का प्रधान बनने वाला था उसे उसके एक कर्मचारी ने दबी जबान से याद दिलाया कि 13 अगस्त का दिन रमजान के अंतिम सप्ताह में पड़ेगा, जिस दिन विश्व के सारे मुसलमानों से रोजा रखने की उम्मीद की जाती है।

बंबई, अगस्त 1947

सदा की तरह आज भी वह अकेले थे। सुबह की हलकी-हलकी धूप में मुहम्मद अली जिन्ना चुपचाप बंबई के मुस्लिम कब्रिस्तान में एक मामूली-सी पत्थर की कब्र की ओर चले जा रहे थे। वहाँ पहुँचकर उन्होंने एक ऐसी रस्म अदा की, जो आने वाले दिनों में लाखों-करोड़ों मुसलमान उनकी खिदमतों के बदले में उनकी कब्र पर अदा करने वाले थे। अपने ख्वाबों की जन्नत पाकिस्तान के लिए रवाना होने से पहले उन्होंने उस कब्र पर अंतिम बार फूल चढ़ाये, जिसे वह हमेशा के लिए हिंदुस्तान में छोड़कर जा रहे थे।

जिन्ना कमाल के आदमी थे, लेकिन उनकी जिंदगी का शायद सबसे बड़ा कमाल या उनके स्वभाव से सबसे ज्यादा बेमेल बात उस कब्र के नीचे सोई हुई औरत के लिए इस नीरस मुस्लिम नेता का प्रेम था। उनकी प्रेम और उनका निकाह उस जमाने के हिंदुस्तानी समाज के लगभग हर कायदे-कानून के खिलाफ था। सच तो यह है कि उस औरत की कब्र उस इस्लामी कब्रिस्तान में होनी ही नहीं चाहिए थी। हिंदुस्तानी मुसलामनों के मसीहा की पत्नी का जन्म मुस्लिम परिवार में नहीं हुआ था। रतन बाई जिन्ना एक पारसी की बेटी थीं!

41 वर्ष की उम्र में अपने बहुत गहरे मित्र की 17 वर्षीया बेटी रत्ती के इश्क में जिन्ना बुरी तरह पागल हो उठे थे। लेकिन उससे पहले तक यही

लगता था कि वह उम्र-भर कुँआरे ही रहेंगे। दोनों छुट्टियाँ मनाने दार्जिलिंग गये हुए थे और वहाँ के माउंट एवरेस्ट होटल में ठहरे थे। रत्ती पर तो जिन्ना ने जैसे जादू कर दिया था। उसके बाप गुस्से के मारे आपे से बाहर हो गये और उन्होंने अदालत से यह आदेश जारी करा दिया कि जिन्ना उनकी बेटी से न मिलें। लेकिन अपनी अठारहवीं सालगिरह के दिन रत्ती जो साड़ी पहने हुए थी, वह साड़ी पहने और दोनों बगल में एक-एक कुत्ता दबाए हुए अपने करोड़पति बाप की हवेली छोड़कर चली आयी और जिन्ना से निकाह पढ़ लिया।

उनकी यह शादी दस साल तक कायम रही। रत्ती जवान होकर बेहद सुंदर औरत निकली। इस शहर में भी जो अपनी खूबसूरत औरतों के लिए सारी दुनिया में प्रसिद्ध था, उसके हुश्न का चर्चा घर-घर में होता था। वह अपने दुबले-पतले नाजुक-से शरीर पर बारीक साड़ियाँ और बेहद कसे हुए कपड़े पहनती थी। वह बेहद हँसमुख, चंचल और मिलनसार औरत होने के साथ ही बहुत ही हाजिर-जवाब और सच्ची लगन वाली भारतीय राष्ट्रप्रेमी भी थी।[1]

उनकी उम्र में और उनके स्वभाव में जो अंतर था, उसकी वजह से दोनों के बीच तनाव पैदा होना अनिवार्य था। रत्ती की तड़क-भड़क और उसके फक्कड़पन के कारण जिन्ना कभी-कभी बहुत मुश्किल में फँस जाते थे और उनका राजनीतिक जीवन भी कुछ संकुचित होता जा रहा था। जिन्ना को अपनी चंचल और हमेशा मगर रहने वाली पत्नी से प्यार तो बहुत था, पर उन्हें उससे खुलकर बात करने में कठिनाई होती थी। 1928 में जब उनकी यह हसीन बेगम, जिससे उन्होंने प्यार तो किया था, पर उसे वह कभी

---

1. 1921 का वर्ष था। एक बार नयी दिल्ली में दोपहर के खाने की किसी दावत में वह वायसराय लॉर्ड रीडिंग की बगल में बैठी हुई थी, जो इस्त बात का दुखड़ा रो रहे थे कि विश्वयुद्ध की वजह से ऐसा वातावरण पैदा हो गया है कि जर्मन जाना कठिन हो गया है।
रत्ती जिन्ना ने पूछा, "आख़िर वहाँ जाना इतना मुश्किल क्यों है?"
"बात यह है", रीडिंग ने समझाते हुए कहा, "जर्मन लोग हम अंग्रेज़ों को पसंद नहीं करते, इसलिए मैं नहीं जा सकता।"
रत्ती ने चुपके से पूछा, "फिर आप अंग्रेज़ लोग हिंदुस्तान कैसे आये?"

समझ नहीं पाए, उन्हें छोड़कर चली गयी तो जिन्ना का सुनहरा सपना चकनाचूर हो गया। साल-भर बाद फरवरी 1929 में जरूरत से ज्यादा मार्फीन खा लेने की वजह से उसकी मृत्यु हो गयी; उसके गुर्दे में बहुत दिन से दर्द उठता था, जिसे दबाने के लिए वह मार्फीन खाती थी। उसके चले जाने पर समाज में तो जिन्ना की बदनामी हो ही चुकी थी, उनका दिल भी टूट गया। उसकी कब्र पर इस समय फूल चढ़ाते समय वह बच्चों की तरह फूट-फूटकर रो पड़े थे। इसके बाद कभी किसी ने कायदे-आजम को सबके सामने भावावेग से विचलित होते नहीं देखा। वह अकेले रह गये थे; उनके स्वभाव में कटुता आ गयी थी। उस क्षण के बाद से उन्होंने अपनी सारी जिंदगी भारत के मुसलमानों में जागृति फैलाने में लगा दी।

नयी दिल्ली, अगस्त 1947

जिन्ना के रहन-सहन के ठेठ अंग्रेज़ों वाले साहबी ढंग में अब केवल वह एक आँख का बिना कमानी वाला चश्मा शेष रह गया था, जिसे वह बड़े रोब से अपनी दाहिनी आँख पर लगाते थे। अब वे ठाठदार लिनेन के सूट भी नहीं रह गये थे। मुहम्मद अली जिन्ना आज ऐसा लिबास पहनकर अपने वतन कराची जा रहे थे, जो उन्होंने पचास साल पहले कानून की पढ़ाई के लिए लंदन रवाना होने के बाद से कभी नहीं पहना था—घुटनों तक लंबी चुस्त शेरवानी, कसा हुआ चूड़ीदार पायजामा और बिना डोरी का जूता।

सैयर अहसान नामक एक नौजवान अधिकारी, जो अभी कल तक वायसराय का ए.डी.सी. था और अब उनका नया नौ-सेना का ए.डी.सी. नियुक्त हुआ था, उनके पीछे-पीछे उस रुपहले डी. सी.-3 विमान की सीढ़ियों पर चढ़ा, जो कराची की इस ऐतिहासिक यात्रा के लिए वायसराय ने उन्हें दिया था। सीढ़ियों के ऊपर पहुँचकर जिन्ना ने पीछे मुड़कर दूर क्षितिज पर अपना सिर ऊँचा किये खड़ी हुई उस शहर के भवनों की धूमिल रूपरेखा को अंतिम बार देखा, जिसमें उन्होंने अपने इस्लामी राज्य के लिए अनथक संघर्ष किया था। उन्होंने अस्फुट स्वर में कहा, "शायद मैं दिल्ली को अंतिम बार देख रहा हूँ।"

नं. 10, औरंगजेब रोड का वह घर, जहाँ उन्होंने हिंदुस्तान के बड़े से चाँदी के नक्शे पर अपने असंभव सपने की सीमाएँ हरे रंग से खींच कर अपनी राजनीति तैयार की थी, अब बिक चुका था। अनोखी विडंबना थी कि इस मकान के नये मालिक धनवान हिंदू उद्योगपति सेठ डालमिया थे। कुछ ही घंटों बाद जिस जगह बरसों से मुस्लिम लीग का हरा और सफेद झंडा फहराता आया था, वहीं गोरक्षा संघ का झंडा फहराया जाने वाला था; अब उस घर में इसी संस्था का कार्य होने वाला था।

उनके ए.डी.सी. सैयद अहसान ने बताया कि विमान की कुछ सीढ़ियाँ चढ़ने में जिन्ना साहब पर इतना जोर पड़ा कि वह हाँफते हुए अपनी सीट पर 'लगभग गिर पड़े'। पायलट ने इंजन चालू किये, हवाई जहाज उड़ान भरने के लिए आगे बढ़ा और जिन्ना चुपचाप बैठे शून्य में ताकते रहे। जैसे ही विमान हवा में ऊपर उठा, उन्होंने किसी व्यक्ति विशेष को संबोधित किये बिना ही अस्फुट स्वर में कहा—"कहानी समाप्त हो गयी।"

पूरी उड़ान के दौरान वह बैठे अपना अख़बार पढ़ने का शौक पूरा करते रहे। एक-एक करके वह अपनी बायीं ओर से सीट पर रखे हुए ढेर में से अख़बार उठाते, पढ़ते और बड़े सुथरे ढंग से फिर तह करके दाहिनी ओर की सीट पर रखे हुए दूसरे ढेर के ऊपर रख देते। अपनी सफलताओं का इतना प्रशंसात्मक विवरण पढ़ते समय भी उनके चेहरे पर न कोई भाव आया, न गया। पूरी यात्रा के दौरान वह एक शब्द बोले और अपनी भावनाओं का तनिक सा संकेत दिया, किसी को इसका रत्ती-भर भी पता नहीं चलने दिया कि यह उड़ान उनके लिए क्या अर्थ रखती है।

जब विमान कराची के पास पहुँचा, तो जिन्ना के ए.डी.सी. ने अचानक खिड़की से नीचे झाँककर देखा। वह विशाल रेगिस्तान, जिसके बीच-बीच में रेत की छोटी-छोटी पहाड़ियाँ उभरी हुई थीं, धीरे-धीरे अपार जन-समूह एक सफेद समुद्र का रूप धारण करता जा रहा था।

सूर्य के प्रकाश में उनके सफेद कपड़े और भी चमक रहे थे।

जिन्ना की बहन ने भावावेश में उनका हाथ पकड़कर कहा, "जिन्न, जिन्न, वह देखो।"

जिन्ना ने बड़े निरीह भाव से अपनी आँखें खिड़की की ओर फेरीं। उनका चेहरा अब भी पत्थर की मूर्ति की तरह निश्चल था। एक-एक क्षण के लिए उस अपार जन-समूह का अभूतपूर्व दृश्य देखकर भी, जिन लोगों के लिए उन्होंने पाकिस्तान की माँग उठायी थी, उन्हें देखकर भी उसमें कोई परिवर्तन नहीं हुआ। "हाँ", उन्होंने कहा, "बहुत लोग हैं।"

जब तक विमान जमीन पर उतरकर रूका वह इस यात्रा से थककर इतना चूर हो चुके थे कि बड़ी मुश्किल से अपनी सीट से उठ पाये। उन्हें विमान से बाहर ले जाने के लिए उनके ए.डी.सी. ने उन्हें सहारा देने का प्रयास किया, लेकिन जिन्ना ने उसकी सहायता लेने से मना कर दिया। कायदे-आजम किसी दूसरे आदमी के हाथ का सहारा लेकर अपने वतन कराची में कदम रखने को तैयार नहीं थे। एक बार फिर अपनी अदम्य इच्छा-शक्ति का पूरा जोर लगाकर वह बिना सहारा लिए सीधे तनकर चलते हुए सीढ़ियों से नीचे उतर आये और पागलों की तरह चीखती-चिल्लाती, नारे लगाती भीड़ के बीच से होकर आगे बढ़ते हुए अपनी मोटर तक पहुँचे।

कराची के सारे रास्ते-भर आदमियों का वह समुद्र, जो उन्होंने हवाई जहाज से देखा था, एक चमकती हुई सफदे चादर की तरह दूर तक फैला हुआ था। इस घनी भीड़ को चीरती हुई, रेगिस्तानी हवा की चीख की तरह, बीच-बीच में 'पाकिस्तान जिंदाबाद' की आवाज गूँज उठती थी। केवल एक बार ऐसा हुआ कि भीड़ में से कोई आवाज नहीं आयी। जिन्ना समझ गये कि यह हिंदुओं का इलाका है, "जाहिर है, उनके लिए खुश होने की कोई वजह भी नहीं है।" इसके बाद उसी निश्चल मुद्रा के साथ, जो इस पूरी यात्रा के दौरान उनके चेहरे पर बनी रही थी, जिन्ना कुछ कहे या कोई भाव व्यक्त किये बिना ही मध्यम वर्ग की उस बस्ती से गुजरे जिसके एक दुमंजिले पत्थर के घर में 1876 में क्रिसमस के दिन उनका जन्म हुआ था।

गवर्नमेंट हाउस की, जो पाकिस्तान के पहले गवर्नर-जनरल की हैसियत से अब उनका सरकारी निवास-स्थान था, सीढ़ियाँ धीरे-धीरे चढ़ते हुए जिन्ना ने भावहीन चेहरे के पीछे से उन उद्गारों का जो उनके मन में उठ रहे होंगे, हलका-सा संकेत मिला। सीढ़ियों के ऊपर पहुँचकर वह साँस लेने के लिए रुके और उन्होंने मुड़कर अपने नये ए.डी.सी. पर दृष्टि डाली। ऐसा लगा कि उनकी आँखों में चमक थी और एक क्षण के लिए उनके चेहरे पर एक हलकी-सी मुसकराहट भी दौड़ गयी।

"जानते हो", उन्होंने भर्रायी हुई आवाज में सैयद अहसान से धीरे से कहा, "मुझे कभी उम्मीद भी नहीं थी कि मैं अपने जीवन में पाकिस्तान देख सकूँगा।"

वह महान क्षण, जिसके लिए माउंटबेटन को भारत भेजा गया था, बिलकुल समीप आ गया था। अब से 36 घंटे से भी कम के अंदर भारत से ब्रिटेन की तीन-शताब्दी पुराना संबंध समाप्त होने वाला था। पाँच महीने पहले उनका हवाई जहाज सुबह के कुहरे को चीरता हुआ नार्थोल्ट एयरपोर्ट से भारत के लिए रवाना हुआ था; उस समय किसी ने भी, यहाँ तक कि स्वयं अंतिम वायसराय ने भी, यह नहीं सोचा था कि यह संबंध इतनी जल्दी टूट जाएगा।

अंत इतना निकट आ जाने पर माउंटबेटन जो कुछ भी करते थे, उस पर एक ही चिंता की छाप रहती थी। वह चाहते थे कि ब्रिटिश राज पूरे गौरव और धूमधाम के साथ यहाँ से विदा हो और उसकी विदाई के समय गाया गया गीत इतनी गहरी सद्भावना से ओत-प्रोत हो कि ऐसा वातावरण उत्पन्न हो, जिसमें ब्रिटेन और उसके भारतीय साम्राज्य से बने राज्यों के बीच एक नये संबंध का उदय हो।

माउंटबेटन जानते थे कि वह इतनी मेहनत से जो वातावरण बनाने की कोशिश कर रहे थे, वह एक बात से एक ही क्षण में बिगड़ सकता है। और

वह बात थी सीमा के बारे में फैसला, जो उस समय तैयार किया जा रहा था। माउंटबेटन किसी भी हालत में यह नहीं चाहते थे कि स्वतंत्रता समारोह संपन्न होने से पहले उस फैसले का ब्योरा बताया जाए।

वह जानते थे कि इस निर्णय से बहुत पेचीदगियाँ पैदा होंगी। भारत और पाकिस्तान की स्थापना हो जाएगी और दोनों में से किसी भी राज्य के नेताओं को दो ऐसी बुनियादी बातों का पता भी नहीं होगा, जिनके आधार पर कोई राष्ट्र राष्ट्र कहलाता है—एक यह कि उनके नागरिकों की संख्या क्या है और उनकी सबसे महत्त्वपूर्ण सीमाएँ कहाँ हैं। पंजाब और बंगाल के सैकड़ों गाँवों में हज़ारों लोगों को 15 अगस्त का दिन भय और अनिश्चय के वातावरण में बिताना पड़ेगा। वे किसी भी प्रकार का जश्न या उत्सव नहीं मना सकेंगे, क्योंकि उन्हें यही नहीं मालूम होगा कि वे किस देश का हिस्सा होंगे।

कुछ ऐसे क्षेत्र भी होंगे जिनमें प्रशासन या पुलिस की उचित व्यवस्था नहीं होगी। यह सबकुछ जानते हुए भी माउंटबेटन मन में यही ठाने हुए थे कि वह सीमा के फैसले को 15 अगस्त तक गुप्त ही रखेंगे। वह महसूस करते थे कि जो भी फैसला दिया जाएगा, उससे दोनों ही पक्षों में रोष पैदा होगा। उनका तर्क यह था, "हिंदुस्तानियों को अपने स्वतंत्रता-दिवस की खुशी तो मना लेने दो। जो मुसीबत आयेगी उसे वे बाद में झेल लेंगे।"

उन्होंने लंदन सूचना भेजी—"मैंने निर्णय लिया कि हमें किसी भी तरह 15 अगस्त तक नेताओं को इस फैसले के ब्योरे का पता नहीं लगने देना चाहिए; हमने ऐसा न किया तो हमारा सारा काम बिगड़ जाने और सत्ता हस्तांतरण के दिन भारत व ब्रिटेन में अच्छे संबंध बने रहने की आशाओं पर पानी फिर जाने का संकट पैदा हो जाएगा।"

13 अगस्त को सीमा के बारे में फैसले की रिपोर्ट सुबह वायसराय भवन में दो बादामी मुहरबंद लिफ़ाफ़ों में पहुँची। माउंटबेटन के आदेश से उन लिफ़ाफ़ों को उनकी हरे रंग की चमड़े की एक संदूकची में बंद करके ताला लगा दिया गया। दोपहर को वह पाकिस्तान की स्थापना के जश्न में

भाग लेने के लिए कराची के लिए रवाना हो रहे थे, उससे तुरंत पहले वह संदूकची लाकर उनकी मेज पर रख दी गयी। अगले 72 घंटे तक जब सारा भारत खुशी से नाच रहा था, वे दोनों लिफ़ाफ़े किसी बोतल में बंद जिन्न की तरह वायसराय की डाक की संदूकची में पड़े रहे, इस प्रतीक्षा में कि कब चाभी घुमायी जाए और यह गंभीर संदेश उत्सव मनाने में लीन उप-महाद्वीप को सुनाया जाए।

बैरकों में, छावनियों में, फौजी पड़ावों में दो हिस्सों में बाँटी जा रही एक महान सेना के हिंदू, सिख और मुसलमान सिपाही एक-दूसरे से अंतिम विदा ले रहे थे—वे भी उसी तरह बँट रहे थे, जिस तरह वह उप-महाद्वीप बँटा जिसकी उन्होंने सेवा की थी। दिल्ली में, सेना की एक पुरानी प्रसिद्ध घुड़सवार रेजिमेंट प्रोबिंस हॉर्स की सिख और डोगरा पलटनों के सिपाहियों ने मुस्लिम पलटन के सिपाहियों को उनके विदा होने से पहले शानदार दावत दी। परेड के खुले मैदान में उन्होंने अंतिम बार साथ बैठकर पुलाव, मुर्ग, कबाब और खीर खायी। दावत खत्म हो जाने के बाद सिखों, मुसलमानों और हिंदुओं ने मिलकर अंतिम बार भांगड़ा नाच किया और इसके साथ उनकी रेजिमेंट के इतिहास की सबसे यादगार शाम समाप्त हुई।

पाकिस्तान के हिस्से में आने वाले इलाकों की मुस्लिम रेजिमेंटों ने भी भारत जाने वाले अपने हिंदू और सिख साथियों को ऐसी ही दावतें दीं। रावलपिंडी में दूसरी घुड़सवार सेना ने अपने पुराने साथियों का 'बड़ा खाना' किया। इस अवसर पर मुस्लिम कर्नल मुहम्मद इद्रीस से विदा लेने के लिए, जिन्होंने दूसरे महायुद्ध के दौरान कुछ सबसे भीषण लड़ाइयों में उनका नेतृत्व किया था, हर हिंदू और सिख अफ़सर ने कुछ-न-कुछ कहा, और बोलते समय इनमें से अक्सर लोगों की आँखों में आँसू थे।

कर्नल इद्रीस ने उत्तर में कहा, "आप लोग कहीं भी जाएँ पर हम हमेशा भाई-भाई रहेंगे, क्योंकि हमने एक साथ अपना खून बहाया है।"

इसके बाद इद्रीस ने भावी पाकिस्तानी सेना के कार्यालय से आयी हुई वह आज्ञा निरस्त कर दी, जिसमें कहा गया था कि सारे भारतीय सिपाही यहाँ से जाने से पहले अपने हथियार वापस करके जाएँ।

कर्नल इद्रीस ने कहा, "ये लोग सिपाही हैं। यहाँ हथियार लेकर आये थे; यहाँ से हथियार लेकर जाएँगे।"

अगले दिन सुबह कर्नल इद्रीस के नीचे काम करने वाले इन सिपाहियों की जान केवल इसलिए बच सकी कि उन्होंने उनकी ओर से यह अंतिम हस्तक्षेप किया था। रावलपिंडी से चलने के घंटे-भर बाद जिस ट्रेन में दूसरी घुड़सवार सेना के सिख और हिंदू सिपाही जा रहे थे, उसे मुस्लिम लीग नेशनल गार्ड्स के लोगों ने घेर लिया। अगर इन लोगों के पास हथियार न होते, तो सब मौत की नींद सुला दिये गये होते।

सबसे मर्मस्पर्शी विदाई उस संस्थान के लॉन और नृत्यशाला में दी गयी जिसमें किसी जमाने में सिर्फ भारत के अंग्रेज़ शासकों को ही जाने की अनुमति थी—दिल्ली के इम्पीरियल जिमखाना क्लब में। बाद में इस अवसर की याद करते हुए एक हिंदुस्तानी ने बताया, "पूरी शाम 'बेहद उदासी' छायी रही और ऐसा लगता था कि 'जो कुछ हो रहा है वह सच नहीं है।' काग़ज़ की चीनी लालटेनों की झालर के नीचे वहाँ जितने लोग जमा थे, सब एक ही साँचे के ढले मालूम होते थे—सुथरी कटी हुई मूँछें, सैम ब्राउन के पेटियाँ, ब्रिटिश वर्दियाँ और उन पर चमकते हुए उन तमगों की कतारें, जो भारत के अंग्रेज़ शासकों की सेवा करने के बदले में पाये थे। नृत्यशाला में उनकी पत्नियों की रंग-बिरंगी साड़ियाँ मद्धिम-मद्धिम रोशनी में झिलमिला रही थीं।"

वे मधुशाला में बातें कर रहे थे, शराब पी रहे थे और अंतिम बार एक-दूसरे को पुराने किस्से सुना रहे थे—फौजी मैस के किस्से, रेगिस्तान के किस्से, बर्मा के जंगलों के किस्से, सीमा पर अपने ही देशवासियों पर हमले के किस्से, अपने उस पूरे जीवन के सुख-दुख के किस्से जो उन्होंने एक जैसी वर्दियों में, एक जैसे खतरों का सामना करके साथ-साथ गुजारे थे।

उस यादों-भरी रात को उनमें से किसी को यह गुमान भी नहीं था कि जल्द ही उन्हें कैसी दुखद भूमिका अदा करनी पड़ेगी। वे एक-दूसरे के गले में बाँहें डाले प्रसन्नता के साथ चिल्ला रहे थे—"सितंबर में सुअर का शिकार खेलने आएँगे" या "लाहौर में पोलो खेलने आना न भूल जाना" या "पार साल कश्मीर में जो हिरन बच निकला उसे इस बार घेरना है।"

जब रात का कार्यक्रम समाप्त करने का समय आया तो पहली-सातवीं राजपूत रेजिमेंट के हिंदू ब्रिगेडियर करियप्पा ने नाचने के ऊँचे चबूतरे पर खड़े होकर सबसे शांत हो जाने को कहा और बोले, "हम लोग यहाँ "फिर मिलेंगे" कहने के लिए जमा हुए हैं, सिर्फ "फिर मिलेंगे" कहने के लिए, क्योंकि हम उसी मित्रता की भावना के साथ फिर मिलेंगे जिसके बँधनों से हम हमेशा एक-दूसरे के साथ बँधे रहे हैं। हम लोग इतने अरसे तक सुख-दुख में एक-दूसरे के साथ रहे हैं कि हमारे इतिहास को अलग कर सकना असंभव है।"

उन्होंने साथ-साथ रहने के अनुभवों की याद दिलाकर अंत में कहा—"हम भाई-भाई रहे हैं, हम हमेशा भाई-भाई रहेंगे और उन गौरवशाली बरसों को कभी नहीं भूलेंगे जो हमने साथ बिताए हैं।"

अपना भाषण समाप्त करके हिंदू ब्रिगेडियर चबूतरे के पीछे की ओर गये और वहाँ से सफेद कपड़ों से ढकी हुई एक शील्ड उठा लाये। उन्होंने हिंदू अफ़सरों की ओर से अपने मुस्लिम साथियों को विदाई की भेंट के रूप में यह शील्ड वहाँ पर उपस्थित सबसे सीनियर मुस्लिम अफ़सर आगा रज़ा को दी। रज़ा ने उस पर से कपड़ा हटाकर ऊपर उठाया, ताकि सब लोग उसे देख सकें। पुरानी दिल्ली के एक सुनार की बनायी हुई इस शील्ड में दो सिपाही, एक हिंदू और दूसरा मुसलमान, साथ-साथ खड़े दिखाये गये थे; वे दोनों किसी समान दुश्मन पर अपनी राइफलों का निशाना साधे हुए थे।

जब रज़ा वहाँ पर उपस्थित सभी मुसलमानों की ओर से करियप्पा को उस उपहार के लिए धन्यवाद दे चुके, तो बैंड ने गाने की धुन छेड़ी।

अपने-आप सब अफ़सरों ने एक-दूसरे के हाथ पकड़ लिए। कुछ ही क्षणों में बाँहों में बाँहें डाले उन्होंने एक घेरा बना लिया, जिसमें हिंदू और मुसलमान घुल-मिल गये थे। वे झूम-झूमकर साथ-साथ नाच रहे थे और उनकी आवाजें दिल्ली की गर्म और भीगी रात में एक साथ गूँज रही थीं।

अंतिम गाना समाप्त हो जाने के बाद बड़ी देर तक शांति रही। इसके बाद भारतीय अफ़सर अपने-अपने गिलास हाथ में लिए हुए नृत्यशाला के दरवाजे के पास गये और उसकी सीढ़ियों पर दोनों तरफ बाहर लॉन तक कतारें बाँधकर खड़े हो गये। एक-एक करके उनके पाकिस्तानी साथी उनके बीच से होकर गुजरे और रात की गोद में विलीन हो गये। भारतीय अफ़सरों ने अपने गिलास उठाकर अपने विदा होते हुए साथियों को शांत-सी सलामी दी।

जैसा कि उन्होंने वायदा किया था, वे एक-दूसरे से फिर मिले जरूर, लेकिन इतनी दुखद परिस्थितियों में जिसकी उस रात किसी ने कल्पना भी नहीं की होगी। इस पुराने साथियों की अगली भेंट लाहौर के पोलो के मैदान में नहीं, बल्कि कश्मीर के लड़ाई के मैदान में हुई। वहाँ चाँदी की उस शील्ड, जिसे ब्रिगेडियर रज़ा अपने साथ ले गये थे, पर बनी हुई दोनों सिपाहियों की राइफलें किसी समान शत्रु को नहीं बल्कि एक-दूसरे को ही अपना निशाना बना रही थीं।

मध्यरात्रि स्वतंत्रता का सूर्योदय

पंजाब, 15 अगस्त, 1947

सदियों बाद जब बूढ़े भारत में का मध्यरात्रि में स्वतंत्रता का सूर्य उदय हुआ, तो इसे कुदरत का करिश्मा ही कहा जाएगा कि भारत एक किशोर राष्ट्र बन गया। अब भारत की नसों में वृद्धावस्था का थक्का जमा हुआ रक्त नहीं, बल्कि किशोरावस्था का खोलता हुआ रक्त संचारित हो रहा था और इस उबलते रक्त को अपना असर तो दिखाना ही था। इस कारण 15 अगस्त भारत के लिए भयानक अनुभवों का दिन साबित हुआ। देश के प्राचीन दृश्यों पर आज़ादी की जो पहली किरणें फूट रही थीं उनका रंग गुलाबी और सुनहरा न होकर खूनी लाल रंग था। अमृतसर में जिस समय शहर के नये अधिकारीगण अपने कर्तव्य का पालन करते हुए मुग़ल किले में आज़ादी का जश्न मनाने की रस्में पूरी कर रहे थे, उसी समय वहाँ से एक मील से भी कम की दूरी पर गुस्से से बिफरा हुआ सिखों का गिरोह एक मुस्लिम बस्ती को तहस-नहस कर रहा था। उन्होंने उस बस्ती के एक-एक मर्द को बड़ी बेरहमी से मार डाला। औरतों के साथ भी दुर्व्यवहार किया गया, फिर उन्हें इसी हालत में काँपते-थरथराते हुए स्वर्ण-मंदिर के उस शहर की सड़कों पर घुमाने के बाद कुछ लोगों के तो गले तक काट दिए गये।

पटियाला की सिख रियासत में सिखों के गिरोह भूखे भेड़ियों की तरह देहातों का चक्कर काट रहे थे और जो मुसलमान सरहद के पार भागकर पाकिस्तान जाने की कोशिश करता हुआ पकड़ा जाता, उस पर वे टूट पड़ते। महाराजा के भाई राजकुमार बलेंद्रसिंह की मुठभेड़ इसी तरह के कृपाणों से लैस एक गिरोह से हो गयी। उन्होंने उन लोगों से अपने गाँव लौट जाने की प्रार्थना करते हुए कहा, "फसल कटने के दिन हैं। घर जाकर अपनी फसल काटो।"

"हमें पहले एक दूसरी फसल काटनी है", गिरोह के नेता ने हवा में अपनी कृपाण घुमाते हुए कहा।

अमृतसर का लाल ईंटों का रेलवे स्टेशन अच्छा-खासा शरणार्थी कैंप बना हुआ था। पंजाब के पाकिस्तानी हिस्से से भागकर आये हुए हज़ारों हिंदुओं को यहाँ से दूसरे ठिकानों को भेजा जाता था। वे धर्मशालाओं में, टिकट की खिड़की के पास, प्लेटफार्मों पर भीड़ लगाये अपने खोये हुए मित्रों और सगे-संबंधियों को हर आने वाली गाड़ी में खोजते थे।

15 अगस्त 1947 को तीसरे पहर के बाद स्टेशन-मास्टर छेनीसिंह अपनी नीली टोपी और हाथ में सधी हुई लाल झंडी का सारा रोब दिखाते हुए पागलों की तरह रोती-बिलखती भीड़ को चीरकर आगे बढ़े। थोड़ी ही देर में नं. 10 डाउन एक्सप्रेस के पहुँचने पर जो दृश्य सामने आने वाला था, उसके लिए वह पूरी तरह तैयार थे—मर्द और औरतें तीसरी श्रेणी के धूल से अटे हुए पीले रंग के डिब्बों की ओर झपट पड़ेंगे और बौखलाए हुए उस भीड़ में किसी ऐसे बच्चे को खोजेगें, जिसे वे भागने की जल्दी में पीछे छोड़ आये थे, चिल्ला-चिल्लाकर लोगों के नाम पुकारेंगे और व्यथा और उन्माद से विह्वल होकर भीड़ में एक-दूसरे को ढकेलकर, रौंदकर आगे बढ़ जाने का प्रयास करेंगे। आँखों में आँसू भरे हुए एक डिब्बे से दूसरे डिब्बे तक भाग-भागकर अपने किसी खोये हुए रिश्तेदार का नाम पुकारेंगे, अपने गाँव के किसी आदमी को खोजेंगे कि शायद कोई समाचार लाया हो। आवश्यक सामग्री के ढेर पर बैठा माँ-बाप से बिछुड़ा हुआ कोई बच्चा रो रहा होगा; इस

भगदड़ के दौरान पैदा होने वाले किसी बच्चे को उसकी माँ इस भीड़-भाड़ के बीच अपना दूध पिलाने की कोशिश कर रही होगी।

स्टेशन-मास्टर छेनीसिंह ने प्लेटफार्म के एक सिरे पर खड़े होकर लाल झंडी दिखायी और ट्रेन रुकवा दी। जैसे ही वह फौलादी दैत्याकार गाड़ी रुकी, छेनीसिह ने एक विचित्र दृश्य देखा। चार हथियारबंद सिपाही उतरे हुए चेहरे वाले इंजन-ड्राइवर के पास अपनी बंदूकें संभाले खड़े थे। जब भाप की सीटी और ब्रेकों के रगड़ने की कर्कश आवाज बँद हो गयी, तो स्टेशन-मास्टर को अचानक ऐसे लगा कि कोई बहुत बड़ी गड़बड़ी है।

प्लेटफार्म पर खचाखच भरी हुई भीड़ को मानो साँप सूँघ गया हो। उनकी आँखों के सामने जो दृश्य था, उसे देखकर वह सन्नाटे में आ गये थे। स्टेशन-मास्टर छेनीसिंह आठ डिब्बों की उस गाड़ी को आँखें फाड़े घूर रहे थे। हर डिब्बे की सारी खिड़कियाँ खुली हुई थीं, लेकिन उनमें से किसी के भी पास कोई चेहरा झाँकता हुआ दिखायी नहीं दे रहा था। एक भी दरवाजा नहीं खुला। एक भी आदमी ट्रेन से नीचे नहीं उतरा। उस गाड़ी में इंसान नहीं भूत आये थे।

स्टेशन-मास्टर के आगे बढ़कर एक झटके के साथ पहले डिब्बे का द्वार खोला और अंदर गये। एक क्षण में उनकी समझ में आ गया कि उस रात 10 डाउन एक्सप्रेस से अमृतसर में एक भी शरणार्थी क्यों नहीं उतरा था। वह भूतों की नहीं, बल्कि लाशों की गाड़ी थी। उनके सामने डिब्बे के फर्श पर इंसानी जिस्मों का ढेर लगा हुआ था, किसी का गला कटा हुआ था, किसी की खोपड़ी चकनाचूर थी, किसी की आँतें बाहर निकल आयी थीं। डिब्बों में आने-जाने के रास्ते में कटे हुए हाथ, टाँगें और धड़ इधर-उधर बिखरे पड़े थे। इंसानों के उस भयानक ढेर के बीच से छेनीसिंह को अचानक किसी की घुटी-घुटी आवाज सुनायी दी। यह सोचकर कि उनमें से शायद कोई जिंदा बच गया हो उन्होंने जोर से आवाज लगायी—"अमृतसर आ गया है। यहाँ सब हिंदू और सिख हैं। पुलिस उपस्थित है। डरो नहीं।"

उनके ये शब्द सुनकर कुछ मुर्दे हिलने-डुलने लगे। इसके बाद स्टेशन मास्टर छेनीसिंह ने जो भयानक दृश्य देखा वह उनके दिमाग पर एक भयानक स्वप्न की तरह हमेशा के लिए अंकित हो गया। एक स्त्री ने अपने पास पड़ा हुआ अपने पति का कटा हुआ सिर उठाया और उसे अपने सीने से दबोचकर चीखें मार-मारकर रोने लगी। उन्होंने बच्चों को अपनी मरी हुई माँओं के सीने से चिपटकर रोते-बिलखते देखा। कोई मर्द लाशों के ढेर में से किसी बच्चे की लाश निकालकर उसे फटी-फटी आँखों से देख रहा था। जब प्लेटफार्म पर जमा उस भीड़ को आभास हुआ कि क्या हुआ है, तो उन्माद की एक लहर दौड़ गयी!

स्टेशन-मास्टर का सारा शरीर सुन्न पड़ गया था। वह लाशों की कतारों के बीच से गुजर रहा था। हर डिब्बे में उसने यही दृश्य देखा। अंतिम डिब्बे तक पहुँचते-पहुँचते उसे मतली होने लगी। छेनीसिंह जब प्लेटफार्म पर उतरे तो उनका सिर चकरा रहा था, उनकी नाक में मौत की बदबू बसी हुई थी और वह सोच रहे थे—"रब ने यह सबकुछ होने कैसे दिया!" मुस्लिम कौम इतनी निर्दयी हो सकती है, कोई सोच भी नहीं सकता था।

उन्होंने पीछे मुड़कर एक बार फिर ट्रेन पर दृष्टि डाली। हत्यारों ने अपना परिचय देने के लिए अंतिम डिब्बे पर मोटे-मोटे सफेद अक्षरों में लिखा था—"यह पटेल और नेहरू को हमारी ओर से स्वतंत्रता का उपहार है।"

उस अदभुत वृद्ध आदमी की प्रार्थनाओं और चर्खे का जादू कलकत्ता की उन गंदी बस्तियों में अपना असर दिखा रहा था, जिसके बारे में समझा जाता था कि वहाँ जो विस्फोट होगा, उसके सामने पंजाब की दर्दनाक घटनाएँ भी फीकी पड़ जाएँगी। पिछली शाम जो जुलूस हैदरी हाउस तक गया था उसमें निहित आश्वासन पूरा हो गया था। कलकत्ता की उन्हीं सड़कों और गलियों में जो एक ही साल पहले 'सीधी कार्रवाई के दिन' लाशों से पट गयी थीं, आज हिंदू और मुसलमान मिलकर उत्सव मनाने के

लिए जुलूस निकाल रहे थे। गाँधी जी के सचिव प्यारेलाल नैयर ने लिखा है, "ऐसा लगता था कि एक साल के पागलपन की काली घटाओं के बाद अचानक समझदारी और सद्भावना की धूप निकल आयी है।"

कलकत्ता के पूरे वातावरण में आये असंभव लगने वाले परिवर्तन का प्रमाण उस जुलूस में मिलता था, जो बहुत सबेरे ही हैदरी हाउस पहुँच गया था। यह हिंदू और मुसलमान लड़कियों का जुलूस आधी रात में पैदल चलता हुआ गाँधी जी के दर्शन के लिए आया था। दिन-भर हैदरी हाउस की तीर्थ यात्रा करने के लिए लोगों का जो ताँता बँधा रहा उसकी यह पहली कड़ी थी।

हर आधे घंटे बाद गाँधी जी को अपनी प्रार्थना रोक कर या चर्खा चलाना बंद करके भीड़ को दर्शन देने के लिए छज्जे पर आना पड़ता था। चूँकि वह इसे शोक का दिन मानते हैं, इसलिए उस जनता के लिए, जिसका नेतृत्व करके उन्होंने उसे स्वतंत्रता के लक्ष्य तक पहुँचाया था, उन्होंने बधायी का कोई औपचारिक संदेश तैयार नहीं किया था। यह संदेश अपने-आप ही उनकी जबान पर आ गया और वह भारत की जनता के नाम नहीं बल्कि उसके नये नेताओं के नाम था।

उनका आशीर्वाद लेने के लिए आये हुए राजनीतिज्ञों के एक दल को उन्होंने चेतावनी दी, "सत्ता से बचो। सत्ता भ्रष्टाचार फैलाती है। उसकी तड़क-भड़क के भ्रम में मत आओ। स्मरण रखो कि यह पद तुम्हें भारत के गाँवों के गरीबों की सेवा करने के लिए मिला है।"

उस दिन तीसरे पहर 30,000 आदमी शंख बजाते हुए बेलिया घाट रोड पर गाँधी जी की प्रार्थना-सभा में शामिल हुए, पिछले दिन जितने जमा हुए थे उससे तीन गुना अधिक। घर के बाहर की खुली जगह में जल्दबाजी में बिछायी गयी एक लकड़ी की चौकी पर खड़े होकर गाँधी जी ने उनके सामने भाषण दिया। कलकत्ता में उन लोगों ने जो कुछ कर दिखाया था, उसके लिए उन्होंने उन्हें बधाई दी, "शांति रखने के लिए आप सब धन्यवाद के पात्र हैं।" गाँधी जी ने आशा व्यक्त की, "आप लोगों की इस शानदार मिसाल से शायद पंजाब में लोगों को कुछ प्रेरणा मिले।"

"और पाकिस्तानियों को...।" किसी ने कहा था।

"उन्हें भी खुदा सद्‌बुद्धि प्रदान करे।"

गाँधी जी के बाद सुहरावर्दी ने भाषण दिया। चौबीस घंटे के उपवास के बाद उनका चेहरा उतर गया था। जो आदमी कलकत्ता के मुसलमानों का माना हुआ नेता था, उसने इस मिली-जुली भीड़ से कहा, "अब हमारा देश भारत है। आप लोग 'जयहिंद' का नारा लगाने में मेरा साथ देकर इस मेल-जोल को हमेशा के लिए अमर कर दें।"

उसने नारा लगाया तो मानसून के बादलों में बिजली कड़कने की तेज आवाज की तरह 30,000 कंठों से एक साथ वही शब्द गूँज उठे।

बैठक के बाद गाँधी जी की पुरानी शेवरलेट मोटर पर बैठकर दो आदमी शहर का चक्कर लगाने के लिए निकले। इस बार भीड़ ने महात्मा गाँधी जी का स्वागत पत्थरों और गालियों से नहीं किया। हर नुक्कड़ पर उन पर फूलों और गुलाब जल की वर्षा की गयी और लोगों ने बड़ी कृतज्ञता के साथ नारे लगाये–'गाँधी जी–आपने मुसलमानों को बचा लिया।"

पूना, 15 अगस्त, 1947

बंबई से 119 मील दक्षिण-पूरब की ओर पश्चिमी घाट की गोद में बसे हुए पूना शहर में एक खुले मैदान में जो उत्सव मनाया जा रहा था वह पूरे भारत में मनाये जाने वाले हज़ारों उत्सवों जैसा ही था। झंडा अभिवादन का समारोह था। लेकिन 500 आदमियों की उस भीड़ के बीच जो झंडा बाँस के ऊपर धीरे-धीरे चढ़ रहा था, वह स्वतंत्र भारत का नहीं, केसरिया रंग का तिकोना झंडा था, जिस पर वही स्वास्तिक का चिह्न बना हुआ था, जो थोड़े-से बदले हुए रूप में दस साल तक पूरे यूरोप को आतंकित किए रहा था।

पूना में फहराये गये केसरिया झंडों पर भी वह चिह्न उसी वजह से बनाया गया था, जिस वजह से उसे हिटलर ने अपनाया था। वह आर्यों (हिन्दुओं) का प्रतीक-चिह्न था और अतीत में खोये हुए किसी युग में जब आर्य विजेताओं के पहले दल विरान पड़े इस उप-महाद्वीप को आबाद करने

आये, तभी वह प्रतीक-चिह्न भी भारत में आया। हालाँकि कुछ लोगों का कहना है कि आर्य भारत के ही मूल निवासी थे।

पूना में उस झंडे के चारों ओर जो लोग जमा थे, वे सभी राष्ट्रीय स्वयं-सेवक संघ के सदस्य थे। इन्हीं में से कुछ लोगों को 48 घंटे पहले कराची में जिन्ना और माउंटबेटन की हत्या कर देने की जिम्मेदारी सौंपी गयी थी। ये कट्टर हिंदू अपने को प्राचीन आर्यों का उत्तराधिकारी मानते थे। इनके मन में भी वही भावना थी, जो भारत के दूसरे छोर पर अहिंसा और शांति का संदेश देने वाले महात्मा के मन में थी। इन्हें भी भारत के विभाजन से बेहद पीड़ा हुई थी। लेकिन महात्मा गाँधी और उनके आदर्शों के साथ इन लोगों की समानता बस यहीं तक सीमित थी।

इन लोगों का जिस दल से संबंध था, उसके मन में एक बहुत पुराना सपना पल रहा था—सिंधु नदी की पवित्र धारा से लेकर पूरब में बर्मा तक, उत्तर में तिब्बत से लेकर दक्षिण में कन्याकुमारी तक फिर से एक विशाल हिंदू साम्राज्य की स्थापना करने का स्वप्न। उन्हें गाँधी जी से और उनके हर काम से घृणा थी। वे भारत के राष्ट्रपिता को हिंदू धर्म का सबसे बड़ा दुश्मन समझते थे। अहिंसा के जिस सिद्धांत के आधार पर उन्होंने भारत को स्वतंत्रता दिलायी थी, वह इन लोगों की दृष्टि में कायरों का दर्शन था, जिसने हिंदुओं की शक्ति और उनके चरित्र को दूषित कर दिया था। उनके मन में जो सपना पल रहा था, उसमें भारत के अल्पसंख्यक मुसलमानों के प्रति भाई-चारे और सहिष्णुता की उस भावना के लिए कोई जगह नहीं थी, जिसका प्रचार गाँधी जी करते थे। हिंदू होने के नाते अपने-आपको भारत के आर्य-विजेताओं का एकमात्र उतराधिकारी और इसलिए उस उप-महाद्वीप का वास्तविक स्वामी समझते थे। उनका कहना था कि मुसलमान मुगलों की संतान हैं, जिन्होंने जबर्दस्ती यहाँ अपना कब्जा जमा लिया। वे लुटेरों के रूप में यहाँ आये, अतिथि बनकर नहीं।

भारत के बुजुर्ग नेता का एक अपराध वे कभी क्षमा नहीं कर सकते थे। गाँधी जी वह एकमात्र भारतीय राजनीतिज्ञ थे, जो अंतिम घड़ी तक

भारत के विभाजन का विरोध करते रहे और उनको ही ये लोग विभाजन के लिए जिम्मेदार समझते थे। गाँधी जी पर विभाजन का आरोप लगाना निश्चय ही उस संत के प्रति सबसे अधिक निर्दयता थी।

अगस्त की उस शाम को पूना में इस भीड़ में सबसे आगे जो आदमी खड़ा था, वह एक पत्रकार था। उस समय नाथूराम गोडसे 37 वर्ष का हो चुका था, पर उसके भरे-भरे गालों पर बच्चों जैसा भोलापन था, जिसके कारण वह अपनी उम्र से छोटा लगता था। उसके तिरछे नैन नक्श हर किसी को प्रभावित करने का आकर्षण रखते थे। पर जब वह शांत बैठा होता तो भी उसे चेहरे पर अरुचि का एक भाव होता, वह अपना मुँह और नथुने कुछ इस तरह सिकोड़े रहते थे, मानो उसके पास बैठे हुए किसी आदमी के शरीर से बदबू आ रही हो और वह शिष्टाचार वश अपनी अरुचि को व्यक्त न कर पा रहा हो। लेकिन इस समय वह शांत मुद्रा में नहीं था। नाथूराम गोडसे 'हिंदू राष्ट्र' नामक जिस दैनिक समाचार-पत्र का संपादन करता था, उसके पहले पन्ने पर वह भारत के स्वतंत्रता-दिवस के बारे में अपनी भावनाएँ स्पष्ट कर चुका था। उसके समाचार पत्र में जिस जगह आमतौर पर संपादकीय छापा जाता था, वह खाली छोड़ दी गयी थी और उसके चारों ओर शोक-सूचक मोटी काली लकीर खींच दी गयी थी।

उसने अपने अनुयायियों को बताया, "सारे भारत में स्वतंत्रता का पर्व मनाने के लिए जो उत्सव मनाये जा रहे हैं, वे जान-बूझकर जनता से इस बात को छिपाने की कोशिश में हैं कि सैकड़ों हिंदुओं का कत्लेआम हो रहा है और सैकड़ों हिंदू औरतों का अपहरण करके उनके साथ बलात्कार किया जा रहा है।"

उसने चिल्लाकर कहा, "भारत का बँटवारा एक इतनी बड़ी विपदा है जिसने लाखों भारतवासियों को भयानक मुसीबतों का शिकार बना दिया है। यह सब कांग्रेस पार्टी और सबसे बढ़कर इसके नेता गाँधी जी का काम है।"

अपनी बात पूरी कर चुकने के बाद नाथूराम गोडसे की अगुवाई में उसके 500 साथियों ने अपने झंडे को सलामी दी। हथेली नीचे की ओर

किए हुए अपने अँगूठे दिल के पास रखकर उन्होंने शपथ ली, "जिस मातृभूमि ने मुझे जन्म दिया है और जिसने मुझे पाल-पोसकर बड़ा किया है, उसकी शपथ खाकर कहता हूँ कि मैं उसके लिए अपने प्राणों की बलि देने को तैयार हूँ।"

इस बार भी हमेशा की तरह इन शब्दों को दोहराते हुए गोडसे के शरीर में गर्व की लहर दौड़ गयी। नाथूराम गोडसे को कहीं भी सफलता नहीं मिली थी—न स्कूल की परीक्षाओं में, न उन आधे दर्जन व्यापारों में जो उसने हाथ में लिए। उसके बाद उसने राष्ट्रीय स्वयंसेवक संघ के विचारों को अपना लिया था। उसकी परंपराओं और साहित्य को अच्छी तरह आत्मसात करके, लिखना और भाषण देना सीखकर वह इस आंदोलन का सबसे प्रमुख प्रचारक बन गया था। अब उसे अपने लिए एक नयी भूमिका दिखायी दी। अब वह प्रतिशोध लेगा, भारत को हिंदू-पुनरुत्थान के शत्रुओं से मुक्त कर देगा। नाथूराम गोडसे के जीवन की यह पहली भूमिका थी, जिसमें उसे असफलता का मुँह नहीं देखना पड़ा।

नयी दिल्ली, 15 अगस्त, 1947

15 अगस्त, 1947 को स्वतंत्रता-समारोह के सर्वप्रमुख कार्यक्रम में भाग लेने के लिए जो विशाल जन-समूह उमड़ रहा था, उसकी याद सालों तक बनी रही। लगता था कि एक विशाल जन-सागर स्वतंत्र तरूण भारत के अभिवादन के लिए हिलौरें ले रहा है। पहले महायुद्ध में ब्रिटिश साम्राज्य की रक्षा के लिए अपने प्राणों की आहुति देने वाले 90,000 भारतीय सैनिकों की याद में बनाये गये नयी दिल्ली के इंडिया गेट के पास खुले मैदान में सायं पाँच बजे तिरंगा ध्वज फहराया जाने वाला था।

माउंटबेटन और उनके सलाहकारों ने, ब्रिटिश राज के बड़ी धूमधाम से बनाये जाने वाले सारे समारोहों के आयोजन के लिए बनाये गये सारे नियमों और सारी हिदायतों के आधार पर यह अनुमान लगाया था कि 30,000 लोग वहाँ आएँगे। उनके इस अनुमान में कई हज़ार की नहीं बल्कि पाँच लाख से ज्यादा की ग़लती थी। इससे पहले कभी किसी ने भारत की राजधानी में इस तरह की कोई भीड़ नहीं देखी थी।

चारों ओर फैले हुए इस अपार जन-समूह की लहरों ने झंडे के पास बनाये गये छोटे-से मंच को अपनी लपेट में ले लिया था। एक दर्शक को तो वह मंच ऐसा लगा जैसे 'कोई छोटी-सी नाव तूफानी समुद्र में हिचकोले खा रही हो।' भीड़ को रोकने के लिए लगायी गयी बल्लियाँ, बैंड वालों के लिए बनाया गया मंच, बड़ी मेहनत से बनायी गयी विशिष्ट अतिथियों की दर्शक-दीर्घा और रास्तों के दोनों ओर बाँधी गयी रस्सियाँ—हर चीज़ लोगों की इस प्रबल धारा में बह गयी। पुलिस लाचार खड़ी हुई देखती रही और लोग सारी बाधाओं को रौंदते हुए, कुर्सियों को सूखी टहनियों की तरह तोड़ते हुए आगे बढ़ते रहे। छतरपुर का किसान रंजीतलाल, जो मुँह-अँधेरे ही अपने गाँव से चल पड़ा था, इस भीड़ में आकर खो गया था। वह समझता था कि भारत में इतनी भीड़ सिर्फ गंगा-स्नान के मेले के लिए होती है। भीड़ में चारों ओर स वह इतनी बुरी तरह पिसा जा रहा था कि वह गाँव से साथ लायी रोटियाँ भी नहीं खा पाया। वह अपना हाथ उठाकर मुँह तक नहीं ले जा सकता था।

लेडी माउंटबेटन की दो सचिव एलिजाबेथ कालिंग्स और म्यूरिएल वाटसन पाँच बजे के कुछ ही देर बाद वहाँ पहुँचीं। वे ताजे धुले हुए सफेद दस्ताने, दावतों और पार्टियों में जाने की अपनी बेहतरीन पोशाकें पहनकर और अपने हैट में चिड़ियों के रंग-बिरंगे पर लगातार पूरी तरह सज-धजकर आयी थीं। अचानक उन्होंने अपने-आपको उल्लासमय, पसीने में नहाए हुए अधनंगे लोगों की उस भीड़ में फँसा हुआ पाया। उनके लिए पाँव जमाकर खड़े रहना मुश्किल हो रहा था और भीड़ जिन्हें जिधर ढकेल देती उधर ही वे चली जातीं। सहारे के लिए उन्होंने एक-दूसरे का हाथ पकड़ रखा था, सिर पर उनकी टोपियाँ तिरछी हो गयी थीं, उनके कपड़े अस्त-व्यस्त हो गये थे और वे जान लड़ाकर सीधे खड़े रहने की कोशिश कर रही थी। एलिजाबेथ लड़ायी के दिनों में लेडी माउंटबेटन की हर यात्रा के दौरान उनके साथ रह चुकी थी, लेकिन आज अपने जीवन में पहली बार उसे डर लग रहा था। म्यूरिएल की बाँह मजबूती से पकड़कर उसने हाँफते हुए कहा, "ये लोग हमें रौंदकर मार डालेंगे।"

म्यूरिएल ने चारों ओर फैली हुई भीड़ पर एक दृष्टि डाली और संतोष की साँस लेकर धीरे से कहा, "शुक्र है कि इन लोगों ने जूते नहीं पहन रखे हैं।"

गवर्नर-जनरल की 17 वर्षीया बेटी पामेला माउंटबेटन अपने पिता के कर्मचारी मंडल के दो सदस्यों के साथ आयी। बड़ी मुश्किल से वे भीड़ को चीरकर लकड़ी के मंच की ओर बढ़ रहे थे। वहाँ पहुँचने से सौ गज पहले जमीन पर बैठे हुए लोगों की एक ठोस दीवार ने उनका रास्ता अवरुद्ध दिया। वे लोग एक-दूसरे से इतने सटकर बैठे हुए थे कि उनके बीच से हवा का गुजरना भी मुश्किल था।

मंच पर से नेहरू ने उन लोगों को भीड़ में देख लिया और पुकारकर पामेला से कहा, "लोगों के ऊपर से फाँदती हुई मंच पर आ जाओ।"

"कैसे आऊँ?" उसने चिल्लाकर जवाब दिया, "मैंने ऊँची एड़ी के सैंडल पहन रखे हैं।"

"सैंडल उतार लो", नेहरू ने जवाब दिया।

पामेला ऐसे ऐतिहासिक अवसर पर इतनी अभद्रता की हरकत करने की कल्पना स्वप्न में भी नहीं सोच सकती थी। "नहीं", उसने हाँफते हुए कहा, "मैं ऐसा नहीं कर सकती।"

"तो फिर पहने रहो", नेहरू ने कहा, "लोगों के ऊपर पाँव रखकर चली आओ। कोई कुछ नहीं कहेगा।"

"नहीं", पामेला ने फिर कहा, "एड़ी उन्हें चुभेगी।"

"नादान बच्चों जैसी बातें मत करो", नेहरू ने अधीर होकर कहा, "सैंडल उतारकर चली आओ।"

भारत के अंतिम वायसराय की बेटी ने एक ठंडी साँस लेकर अपने सैंडल उतारकर हाथ में ले लिये और मंच तक बिछे हुए मानव-शरीरों के कालीन को रौंदती हुई आगे बढ़ी। वह जिन लोगों के ऊपर पाँव रखती हुई आगे बढ़ रही थी, वे खुश होकर हँसते रहे और उसे आगे बढ़ने में मदद देते

रहे; जब उसके पाँव लड़खड़ाने लगते, तो वे उसे संभाल लेते, कुहनी का सहारा देकर उसे आगे बढ़ा देते और उसके चमकदार ऊँची एड़ी के जूतों की ओर इशारा करके उसकी लाचारी का आनंद उठाते।

जैसे ही माउंटबेटन दंपती की सवारी के साथ चलने वाले अंगरक्षकों की चमकदार रंगीन पगड़ियाँ दूर क्षितिज पर दिखायी दीं, भीड़ लहर की तरह आगे की ओर उमड़ पड़ी। अपने माता-पिता को धीरे-धीरे मंच की ओर बढ़ते हुए देखते समय पामेला की आँखों के सामने एक अनोखा दृश्य आया। मंच के चारों ओर उमड़ते हुए इंसानों के उस समुद्र में हज़ारों ऐसी औरतें भी थीं, जो अपने दूध-पीते बच्चों को सीने से लगाये हुए थीं। इस डर से कि कहीं उनके बच्चे लहर की तरह बढ़ती हुई भीड़ में पिस न जाएँ, जान पर खेलकर वे उन्हें रबर की गेंदों की तरह हवा में उछला देतीं और जब वे नीचे आ गिरते तो फिर उन्हें उछाल देतीं। एक क्षण में हवा में इस तरह सैकड़ों बच्चे उछाल दिए गये। उस नौजवान लड़की की आँखें आश्चर्य से फटी रह गयीं और वह सोचने लगी, "हे भगवान, बच्चों की बरसात हो रही है।"

गाड़ी पर बैठे-बैठे ही माउंटबेटन ने समझ लिया कि झंडा फहराने के अलावा और रस्में जिनका कार्यक्रम उन्होंने बनाया था, अदा नहीं की जा सकती। वह स्वयं गाड़ी से उतर ही नहीं पा रहे थे।

"बस, ध्वज फहरा दिया जाए", उन्होंने चिल्लाकर नेहरू से कहा, "बैंड वाले भीड़ के बीच में खो गये हैं, वे अपने बाजे नहीं बजा सकेंगे। सलामी देने वाले सिपाही अपनी जगह से हिल नहीं सकेंगे।"

प्रसन्नता से चिल्लाती हुई भीड़ के ऊपर से होकर आती हुई उनकी आवाज मंच पर बैठे हुए लोगों ने सुनी। स्वतंत्र भारत का केसरिया, सफेद और हरे रंग का ध्वज ऊपर चढ़ने लगा। महारानी विक्टोरिया के पड़नाती ने अपनी बग्घी पर सीधे तनकर खड़े-खड़े प्यारे तिरंगे को सलामी दी।

जब झंडा लहराता हुआ भीड़ के सिरों के ऊपर दिखायी दिया तो लाखों कंठों से विपुल उल्लास के स्वर गूँज उठे। उस मधुर क्षण के उल्लास

में भारत प्लासी की लड़ायी को, 1857 के अत्याचारों को और जलियाँवाला बाग की खूनी दास्तान को भी भूल गया। एक क्षण के लिए मार्शल लॉ के अपमानों को, लाठियाँ बरसाने वाली पुलिस को और स्वतंत्रता के शहीदों को फाँसी पर चढ़ा दिए जाने की घटनाओं को भी लोगों ने भुला दिया। तीन कष्टमय शताब्दियों का सारा इतिहास हटाकर एक ओर रख दिया, ताकि भारत बिना किसी रोक-टोक के उस क्षण का आनंद उठा सके।

ऐसा लगता था कि प्रकृति ने भी इस क्षण की ऐतिहासिक छाप को और भी रंगीन बना देने की ठान ली थी। जैसे ही स्वतंत्र भारत का ध्वज ऊपर शिखर के निकट पहुँचा, वैसे ही आकाश पर अचानक इंद्रधनुष निकल आया। अंधविश्वासों में डूबी हुई भारतीय जनता के लिए, जो यह मानती थी कि मनुष्य के भाग्य का फैसला ग्रहों और नक्षत्रों की स्थिति से होता है, इस समय इंद्रधनुष का निकलना दैवी संकेत था। सबसे अद्‌भुत बात तो यह थी कि इंद्रधनुष के हरे, पीले और नीले रंग भी उस कमान के बीचोंबीच लहराते हुए झंडे के तीनों रंगों जैसे ही लग रहे थे। आकाश पर इंद्रधनुष को चमकता देखकर मंच के चारों ओर बैठे हुए आकृतिहीन जन-समुदाय में से किसी गुमनाम आवाज ने जोर से चिल्लाकर कहा, "जब ईश्वर स्वयं ही हमें बधाई दे रहे हैं, तो फिर हमारे सामने कौन टिक सकता है?"

लुई और एडविना माउंटबेटन को अपने जीवन का सबसे असाधारण अनुभव होना अभी शेष था—लुटियंस के बनाये हुए महल तक अपनी वापसी का अनुभव। उनकी सुनहरी घोड़ागाड़ी उस अपार जन-समूह के बीच लहरों पर हिचकोले खाती हुई लकड़ी के तख्ते जैसी लग रही थी जिसे पकड़कर डूबने वाला अपनी जान बचाने की कोशिश करता है। हर्ष के उन्माद में डूबी हुई ऐसी उल्लसित भीड़ उन दोनों में से किसी ने भी अपने जीवन में कभी नहीं देखी थी।

नेहरू जी को उनके देशवासियों ने जबर्दस्ती उठाकर उसी गाड़ी में उनके साथ चलने के लिए बिठा दिया था। माउंटबेटन सोच रहे थे, "यह

सबकुछ ऐसा लग रहा है जैसे लाखों लोग एक साथ पिकनिक से निकले हों, और उनमें से हर एक को इतना आनंद आ रहा हो जितना जीवन में पहले कभी नहीं आया था।"

तुरंत उनकी समझ में आ गया, "हर्ष और उल्लास की जो यह धारा अपने-आप ही इतने वेग से फूट पड़ी है, इसे रोक सकना असंभव है।"

"आप क्या सोच रहे हैं?" नेहरू जी ने पूछा।

"यही कि यह उल्लास इस दिन के वास्तविक महत्त्व को पहले से बनाये गये कार्यक्रम की धूमधाम की अपेक्षा ज्यादा अच्छी तरह प्रतिबिंबित कर रहा है।"

ऊपर की ओर उठे हुए हाथों के उस जंगल के बीच जो उनकी ओर बढ़ने के लिए बेचैन हो रहे थे, खड़े होकर माउंटबेटन ने भीड़ पर एक दृष्टि डाली और यह पता लगाने की कोशिश की कि इंसानों के सिरों का यह अंतर विस्तार कहाँ तक चला गया है? जहाँ तक उनकी दृष्टि पहुँचती थी, उन्हें भीड़-ही-भीड़ दिखायी देती थी।

तीन बार माउंटबेटन और उसकी पत्नी ने गाड़ी से बाहर झुककर तीन औरतों को, जो थककर निढाल हो चुकी थीं, गाड़ी के पहिये के नीचे आने से बचाने के लिए ऊपर गाड़ी पर चढ़ा लिया। तीनों काले चमड़े से मढ़ी हुई सीट पर बैठ गयीं जिसकी गद्दियाँ इंग्लैंड के राजा और रानी के बैठने के लिए बनायी गयी थीं। वे वहाँ बैठी हुई विस्मय से फटी हुई अपनी काली आँखों से चारों ओर देख रही थीं और घूँघट के अंदर खिलखिलाकर हँस रही थीं। घोड़ा-गाड़ी धीरे-धीरे लचकती हुई आगे बढ़ रही थी। तीनों औरतें प्रसन्नता से फूली नहीं समा रही थीं। भारत के अंतिम वायसराय और उनकी पत्नी भी उनकी बगल में बैठे हुए बहुत प्रसन्न होकर हँस रहे थे।

सबसे बढ़कर, लुई और एडविना के दिमाग में इस गौरवशाली दिन की अमिट छाप के साथ जो एक चीज़ हमेशा जुड़ी रही, वह थी बार-बार दोहराए जा रहे एक नारे की गूँज। भारत के पूरे इतिहास में किसी दूसरे अंग्रेज़ को यह सौभाग्य प्राप्त नहीं हुआ था कि वह लोगों को इतनी हार्दिक

भावना के साथ यह नारा लगाते हुए सुने। नयी दिल्ली की उस शाम को यह नारा बार-बार भीड़ के बीच से बादलों की गरज की तरह गूँज उठता था। यह माउंटबेटन की सफलता को जनता का समर्थन था। अपनी डगमगाती हुई गाड़ी में खड़े होकर उन्हें वह चीज़ मिली जो न उनकी पड़नानी को नसीब हुई थी, न उनकी किसी संतान को—यानी, भारत की जनता की प्रशंसा, सच्ची प्रशंसा। भीड़ बार-बार नारा लगा रही थी—"माउंटबेटन की जय!", "माउंटबेटन की जय!"

उल्लासमय नयी दिल्ली की इस अपार भीड़ से छः हज़ार मील दूर स्काटलैंड की पहाड़ियों के बीच बने हुए बालमोरल के किले के आंगन में एक सरकारी मोटर आकर रुकी। मोटर में जो अकेला आदमी बैठा हुआ था, उसे तुरंत अध्ययन-कक्ष में पहुँचा दिया गया, जहाँ जार्ज षष्ठम बैठे प्रतीक्षा कर रहे थे। पूरे शिष्टाचार के साथ झुककर भारत के अंतिम सेक्रेटरी ऑफ स्टेट लॉर्ड लिस्टोवेल ने बड़े गंभीर भाव से सम्राट को सूचना दी, "भारतवासियों के हाथों में सत्ता का हस्तांतरण का काम सुचारु रूप से संपन्न हो गया है।"

"और इसके साथ ही ब्रिटिश सम्राट की शासन-सत्ता का स्वरूप ही हमेशा के लिए बदल गया है।" फिर कुछ सहज होकर कहा, "और कुछ कहना है?"

लॉर्ड लिस्टोवेल ने कहा, "मैं वे प्राचीन मुहरें वापस करने आया हूँ जो सेक्रेटरी ऑफ स्टेट के पद की निशानी हैं, भारतीय साम्राज्य को ब्रिटिश ताज के साथ जोड़ने वाले बंधनों का प्रतीक हैं।"

उन्होंने अपनी बात जारी रखते हुए कहा, "दुर्भाग्यवश वे मुहरें अब हैं ही नहीं। कई साल पहले किसी ने उन्हें कहीं ऐसी जगह रख दिया कि वे मिल नहीं रही थीं।"

"तो फिर?"

"भारत के इस अंतिम सेक्रेटरी ऑफ स्टेट के पास इस समय अपने बादशाह को देने के लिए केवल यही बचा है कि मैं सिर झुकाकर अपना अभिवादन करूँ।" और इतना कहकर उन्होंने अपना खाली हाथ सम्राट की ओर बढ़ा दिया।

दिल्ली पर शाम का धुँधलका छाने लगा था। लाखों कदमों की चाप से उड़ने वाली धूल भी बैठने लगी थी। हज़ारों लोग अभी तक सड़कों पर जमा होकर गा रहे थे, नारे लगा रहे थे और एक-दूसरे से गले मिल रहे थे। पुरानी दिल्ली में लाल किले की दीवारों के पास हज़ारों लोग खुशियाँ मनाते हुए घूम रहे थे। वहाँ अच्छा-खासा मेला लगा हुआ था। सपेरे, जादूगर, हाथ देखने वाले ज्योतिषी, भालू का नाच दिखाने वाले, दंगल के पहलवान, पेट में तलवार उतार लेने वाले बाजीगर, गालों को चाँदी की नुकली सलाई से बींधे हुए फकीर, बाँसुरी बजाने वाले—सभी अपने-अपने करतब दिखा रहे थे। हज़ारों और लोग शहर के बाहर उन मैदानों की ओर वापस जा रहे थे, जहाँ से वे आये थे, उन्हीं में छतरपुर का ब्राह्मण किसान रंजीतलाल भी था। वह इस बात पर बहुत दुखी था कि जो ताँगे वाला उसे चार आने में दिल्ली ले आया था, वही अब घर वापस ले जाने के दो रुपये माँग रहा था। मन-ही-मन उसे कोसते हुए कहा, "यह आज़ादी तो बहुत महँगी पड़ी," वह और उसका परिवार बीस मील दूर अपने गाँव की ओर पैदल ही चल पड़ा, "चलो चलते हैं, और आज़ादी का आनंद अब पैदल चलकर ही उठाते हैं।"

अंततः अपने महल के निजी कमरे में पहुँचकर लुई और एडविना माउंटबेटन ने एक-दूसरे को अपनी बाँहों में समेट लिया। उनकी आँखों में खुशी के आँसू बह रहे थे। उनका जीवन-चक्र पूरा घूमकर फिर उसी स्थान पर आ गया था। जिस शहर में आज से पच्चीस साल पहले उन्हें एक-दूसरे से प्रेम हुआ था, उसी की सड़कों पर आज उन्होंने साथ-साथ ऐसी विजय का उल्लास अनुभव किया था, जो बिरलों को ही नसीब होती है। नौ-सेना के एडमिरल की हैसियत से उन्हें साढ़े-सात लाख जापानी सैनिकों का

आत्म-समर्पण स्वीकार करने का भी गौरव प्राप्त हो चुका था, लेकिन जैसा अनुभव उन्हें आज हुआ था, वैसा पूरे जीवन में कभी नहीं होने वाला था। लुई माउंटबेटन सोच रहे थे, "ऐसी खुशी तो कोई बड़ी लड़ायी खत्म होने पर ही मनायी जाती है—अंतर बस इतना है कि 'यह ऐसी लड़ायी थी जिसमें दोनों पक्षों की जीत हुई है, ऐसी लड़ायी जिसमें कोई पराजित नहीं हुआ है।"

अगले दिन प्रातःकाल नयी दिल्ली से आये हुए किसी आदमी ने नं. 10, डाउनिंग स्ट्रीट के दरवाजे की घंटी बजायी। यह ब्रिटेन के प्रधानमंत्री क्लीमेंट एटली का घर था। अगर वह भरपूर संतोष अनुभव कर रहे थे तो यह सर्वथा उचित ही था। स्वतंत्रता प्राप्त करने के साथ भारत ने ब्रिटेन के प्रति ऐसी सद्भावना और मैत्री का प्रदर्शन किया था, जिसकी छः महीने पहले कोई आशा भी नहीं कर सकता था। इंडोनेशिया में हालैंड के और इंडो-चायना में फ्राँस के आचरण के साथ ब्रिटेन के आचरण की तुलना करते हुए एक बहुत प्रतिष्ठित भारतीय ने कहा था, "हम अंग्रेज़ों के साहस और उनकी राजनीतिक योग्यता की प्रशंसा किए बिना नहीं रह सकते।"

फिर भी, माउंटबेटन ने अपने भूतपूर्व-सेक्रेटरी जार्ज एबेल को एटली को यह समझाने के लिए भेजा था कि वह इस तरह के बयानों पर बहुत अधिक खुशी जाहिर न करें। एबेल ने एटली को उनके घर के बाग में बताया, "जिस तरह स्वतंत्रता मिली है, वह आपकी सरकार की भी बहुत बड़ी विजय है और उस आदमी की भी जिसे आपने अंतिम वायसराय बनाने के लिए चुना था। परंतु..."

"परंतु क्या?"

उन्होंने चेतावनी देते हुए कहा, "इस विजय पर बहुत शीघ्र और बहुत सरेआम खुशी न मनाएँ, क्योंकि अनिवार्य रूप से विभाजन के फलस्वरूप 'भयानक रक्तपात होने वाला है और बेहद गड़बड़ी मचने वाली है।"

एटली ने अपने पाइप का कश लेते हुए बहुत उदास होकर अपना सिर हिलाया। फिर उन्होंने कुछ सोचकर कहा, "आप ठीक कहते हैं, इस सफलता की डींग मारने के लिए न कोई ढोल बजवाये जाएँगे और न ही मेरी ओर से आत्म-संतोष व्यक्त करने वाला कोई बयान दिया जाएगा। मुझे किसी प्रकार का भ्रम नहीं है। जो सफलता मैंने प्राप्त की है, वह महत्त्वपूर्ण है, लेकिन मैं यह बात भी अच्छी तरह जानता हूँ कि अब इसकी कीमत चुकानी होगी और कीमत होगी यह कि जिस भारत को हम छोड़कर आये हैं, वहाँ रक्त की नदियाँ बहेंगी।"

पगला गये हैं हमारे लोग

पंजाब, अगस्त-सितंबर, 1947

पहले ऐसा कभी नहीं हुआ था। इस तरह का विनाश पहले कभी देखने को नहीं मिला था। इतने बड़े पैमाने पर विनाश की तो कल्पना भी नहीं की जा सकती थी। इस विनाशलीला के पीछे कोई नियम या विधि नहीं छिपी हुई थी। ऐसी बर्बरता के पीछे कोई तर्क भी नहीं था। छः सप्ताह तक पुराने युग की ताऊन की तबाही की तरह पूरे उत्तरी भारत में हत्या का उन्माद छाया रहा। उसके अभिशाप से कहीं बचाव नहीं था, कोई कोना ऐसा नहीं था, जहाँ इसका विष न फैल गया हो। दूसरे विश्वयुद्ध के चार साल में कुल जितने अमेरिकी मारे गये थे, उसके आधे हिंदुस्तानी कुछ ही दिन के इस कत्लेआम में मारे गये।

भारत के हर हिस्से में यही हुआ, जो संख्या में अधिक और शक्तिशाली थे उन्होंने संख्याबल में कम और कमजोर लोगों पर धावा बोला। नयी दिल्ली की औरंगजेब रोड के ठाठदार बँगलों में, पुरानी दिल्ली के चाँदनी चौक की सुनारों की पेढ़ियों में, अमृतसर के मुहल्लों में, लाहौर के उपनगर की शानदार कोठियों में, रावलपिंडी के बाजार में, दीवार से घिरे हुए पेशावर

शहर में; छोटी-बड़ी दुकानों, कच्ची झोपड़ियों, गाँव की गलियों में, ईंटों के भट्टों, कारखानों और खेतों में; रेलवे स्टेशनों और चायखानों में जो लोग अलग-अलग बिरादरियों के होते हुए भी पीढ़ियों से साथ-साथ रहते आये थे, वे घृणा से पागल होकर एक-दूसरे पर टूट पड़े। यह युद्ध नहीं था, गृहयुद्ध नहीं था, छापेमार लड़ायी भी नहीं थी। यह एक तरह का उबाल था, अचानक एक समाज टूटकर तहस-नहस हो रहा था। एक हरकत से दूसरी के लिए उकसावा मिलता, एक भयानक कांड से दूसरे की शुरूआत होती, हर कत्ल के बाद एक और कत्ल होता, हर अफवाह के उत्तर में दूसरी अफवाह फैलायी जाती, हर अत्याचार का उत्तर दूसरे अत्याचार से दिया जाता। किसी विस्फोट के बाद ढहती हुई इमारत की धीमी गति से दिखायी जाने वाली फिल्म की तसवीरों की तरह पंजाब के समाज की दीवारें ढहकर गिरती दृष्टिपात होने लगी।

हिंदू, सिख और मुसलमान पागल होकर इस तरह एक-दूसरे के खून के प्यासे हो उठे कि विश्वास नहीं होता। भारत में हमेशा से हर चीज़ बड़े पैमाने पर होती आयी थी, तो फिर हिंसा बड़े पैमाने पर क्यों न होती? पजाब में जितने बड़े पैमाने पर लोग मारे गये और उससे लोगों को जितना कष्ट हुआ और जितने कष्टों का सामना करना पड़ा, उसमें भी इस परंपरा का पूरी तरह पालन किया गया। यूरोप में तो लोगों ने एक-दूसरे को बमों और तोप के गोलों से मारा था या बाकायदा गैस की कोठरियों में बंद करके उनका दम घोंट दिया था; लेकिन पंजाब के लोग बाँस, लाठियाँ, हाकी-स्टीकें, चाकू, छुरे, डंडे, तलवारें, हथौड़े और ईंट-पत्थर लेकर या अपने हाथ के नाखूनों से ही जान लेने को उतारू हो गये थे। उनका यह कत्लेआम अचानक अपने-आप ही बिना किसी वजह के शुरू हो गया था। उनके नेताओं ने अनजाने ही जिन भावनाओं को भड़का दिया था, उनका यह रूप देखकर वे आतंकित हो उठे थे और उन्हें फिर समझदारी का रास्ता अपनाने का उपदेश दे रहे थे। लेकिन अब कोई उनकी सलाह मानने को तैयार नहीं था, क्रूरता के उस छोटे-से दौर में जब भारत की अधिकांश आबादी पागल हो उठी थी, तब किसी बात के पीछे कोई तर्क-वितर्क नहीं था।

दूसरी गोरखा रेजिमेंट के कैप्टन आर. ई. एटकिंस ने अपने पाँवों के पास एक ऐसा दृश्य देखा कि दहशत के मारे उसकी चीख़ निकल गयी। उसने लोगों को मुहावरे में यह बात कहते तो सुना था, पर उसने कभी उस पर विश्वास नहीं किया था। लेकिन आज वह बात हकीकत बनकर उसकी आँखों के सामने थी। लाहौर की नालियाँ बहते हुए खून से लाल हो गयी थीं। यह सुंदर और ऐतिहासिक शहर जिसे पूरब का पेरिस कहा जाता था, अब सुनसान सा और विनाश-लीला की जीती-जागती तसवीर बना हुआ था। पूरी-की-पूरी सड़कों के किनारे के हिंदू-घर धूँ-धूँ करके जल रहे थे और मुसलमान पुलिस वाले और फौजी खड़े देख रहे थे। रात के समय उन घरों को तहस-नहस करते हुए लुटेरों की आवाजें एटकिंस को ऐसी लगतीं जैसे दीमक लकड़ी के कुंदों को खा रही हो। ब्रागांजा होटल में जहाँ एटकिंस का हेडक्वार्टर था, दयनीय और पागलों की तरह चीखते हुए कुछ हिंदू व्यापारियों ने उन्हें घेर रखा था और वे उन्हें लाहौर के नरक से अपनी जीप पर बाहर निकाल ले जाने के लिए कुछ भी देने को तैयार थे—पच्चीस-तीस-पैंतीस हज़ार रुपया, अपनी बेटियाँ व अपनी बीवियों के जेवर, कुछ भी।

पास ही अमृतसर में शहर के अधिकतर मुस्लिम हिस्सों में ईंट और मलबे के ढेर के अलावा और कुछ नहीं रह गया था, जिनसे काला धुआँ बल खाता हुआ ऊपर आसमान की ओर उठ रहा था। गिद्ध उनकी टूटी-फूटी दीवारों पर बैठे उनकी निगरानी कर रहे थे और वे खंडहरों में हर तरफ से सड़ती हुई लाशों की बू से घिरे हुए थे। हर जगह पंजाब का चेहरा इसी तरह के दृश्यों से बदसूरत हो गया था। लायलपुर में एक कपड़े की मिल के मुसलमान मजदूर अपनी ही तरह मिल में काम करने के सारे कष्ट झेलने वाले सिख मजदूरों पर टूट पड़े और उनमें से एक-एक की हत्या कर दी गयी। जिस दृश्य को देखकर एटकिंस का दिल दहल गया था, वह यहाँ उससे भी कई गुने भयानक रूप में दिखायी पड़ा—यहाँ पर सैकड़ों हिंदुओं और सिखों के खून से एक पूरी नहर लाल हो गयी थी।

शिमला में सेसिल होटल के बरामदे से, जहाँ गर्मियों के दिनों में आये हुए ब्रिटिश राज के शासक बैठकर चाय की चुस्कियाँ लिया करते थे, लॉर्ड माउंटबेटन के प्रेस-अटाशे की पत्नी फे कैम्पबेल-जॉन्सन ने अपनी आँखों के सामने जो कुछ देखा उससे उसका हृदय चीत्कार कर उठा। साइकिलों पर कुछ सिख अपनी नंगी कृपाणें चमकाते हुए माल रोड पर मुसलमानों का पीछा इस तरह कर रहे थे, जैसे शिकारी लोमड़ी का पीछा करते हैं। वह अपने हाँफते हुए शिकार के पास पीछे से आते और अपनी कृपाणों के एक ही वार से उसका सिर धड़ से अलग कर देते। एक दूसरी अंग्रेज़ औरत ने इसी तरह मौत का शिकार होने वाले एक और आदमी का कटा हुआ सिर सड़क पर लुढ़कते देखा, जिस पर तुर्की टोपी अभी तक पहले की तरह ही मौजूद थी और उसका सिख हत्यारा अपनी खून में सनी तलवार चमकाता हुआ दूसरे शिकार की खोज में तेजी से आगे निकल गया था। वह बार-बार चिल्लाता जा रहा था—"अभी और मारूँगा! अभी और मारूँगा!"

किसी का हत्यारा उसका मित्र भी हो सकता था और अजनबी भी। मोंटगोमरी बाज़ार में निरंजनसिंह नाम का एक चाय वाला था। वह पंद्रह साल से चमड़े का काम करने वाले एक मुसलमान को आसाम की गरमा-गरम चाय बनाकर पिलाता आया था। अगस्त में एक दिन सुबह वही मुसलमान उसकी दूकान में आया। अचानक चाय बनाते-बनाते उसने ग्राहक की ओर देखा। उसका चेहरा घृणा के मारे ऐंठ गया था और वह निरंजनसिंह की तरफ उँगली उठा-उठाकर कह रहा था—"मार डालो, इसे मार डालो!"

दर्जन-भर मुसलमान गुंडे भागते हुए गली में से निकले। एक ने तलवार से निरंजनसिंह की टाँग घुटने के पास से काट दी। दूसरे ही क्षण उन लोगों ने उसके 90 साल के बूढ़े बाप और इकलौते पुत्र को मार डाला था। बेहोश होने से पहले उसने जो अंतिम दृश्य देखा वह यह था कि वही आदमी जिसे वह पंद्रह साल से चाय पिलाता आया था, उसकी 18 साल की बेटी को कंधे पर लादकर लिए जा रहा था और वह डरकर चीख़ रही थी।

जिले-के-जिले ऐसे थे, जिसमें एक भी गाँव ऐसा नहीं बचा था, जिसका

एक भी बाजार सही-सलामत बचा हो। हर जगह अल्पसंख्यकों में डर और भय व्याप्त हो गया था। लाहौर-कराची रेलवे-लाइन पर एक शहर था डकार्ना, जहाँ बहुत-सी मिलें थीं और वहाँ की ज्यादातर आबादी मुसलमानों की थी। वहीं भारतीय नौ-सेना से निकला हुआ एक 20 वर्षीय हट्टा-कट्टा जवान मदनलाल पहावा अपनी चाची के घर में दुबका पड़ा था। खिड़की से उसे दिखायी दे रहा था कि शहर के मुसलमान प्रसन्नता से नाच रहे हैं, गा रहे हैं, झंडे फहरा रहे हैं और अपना नया नारा लगा रहे हैं-"हँसकर के लिया है पाकिस्तान, लड़ कर लेंगे हिंदुस्तान।" मदनलाल को मुसलमानों से घृणा थी। राष्ट्रीय स्वयंसेवक संघ की अपनी काली पट्टी वाली खाकी वर्दी पहनकर उसने मुसलमानों में भय फैलाने में बहुत मदद की थी। अब दहशत का शिकार होने की उसकी बारी थी। उसने सोचा, "हम सब लोग डरे हुए हैं। हम उन भेड़ों की तरह हैं, जो बूचड़खाने में काटे जाने की राह देख रही हों।"

जहाँ सिखों का जोर था, वहाँ वे सबसे अधिक संगठित थे और वे कुशलता से अपनी रक्षा कर रहे थे। अहमद जफरुल्ला फिरोजपुर के पास एक गाँव में मुस्लिम कट्टरपंथी था। एक रात सिख जत्थे ने उस गाँव पर धावा बोल दिया। बाद में उसने उन दिनों की चर्चा करते हुए कहा, "हम जानते थे कि हम चूहों की तरह मार डाले जाएँगे। हम लोग अपनी चारपाइयों के पीछे, उपलों के ढेर के पीछे जहाँ जगह मिली छिप गये। सिखों ने कुल्हाड़ियों से दरवजा तोड़ दिया। मेरी बाँयीं बाँह में गोली लगी। मैं उठने की कोशिश कर ही रहा था कि इतने में देखा कि मेरी पत्नी को चार गोलियाँ लगीं। उसकी जाँध और पीठ से खून बह रहा था। मेरे तीन साल के बेटे के पेट में गोली लगी। वह रो भी नहीं पाया। बस गिरकर परलोक सिधार गया।"

"मैंने अपनी बेगम और दूसरे बेटे को साथ लिया, मरे हुए पुत्र को वहीं छोड़ दिया और किसी तरह रेंगकर बाहर सड़क पर आया। मैंने देखा कि दूसरी झोपड़ियों से बाहर निकलने वाले मुसलमानों को सिख अपनी गोलियों

का निशाना बना रहे थे। कुछ सिख लड़कियों को अपने कंधों पर लादकर ले जा रहे थे। हर तरफ रोना-पीटना, चीख-पुकार और शोर-गुल मचा हुआ था। कुछ सिख मेरे ऊपर झपटे और उन्होंने मेरी मरी हुई पत्नी को हाथों में ही घसीट लिया और दूसरे लड़के को भी गोली मारकर मुझे वहीं धूल में मरने के लिए छोड़ गये। मेरे पास न रोने की शक्ति थी और न बहाने के लिए आँसू। मेरी आँखें उसी तरह सूख गयी थीं जैसे मानसून से पहले सिंध की नदियाँ। मैं अचेत होकर गिर पड़ा।"

लाहौर के उत्तर में शेखूपुरा की व्यापारी बस्ती में तमाम हिंदुओं और सिखों को एक बड़े-से गोदाम में भेड़-बकरियों की तरह भर दिया गया, जिसमें वहाँ का बैंक कर्ज के बदले अनाज के बोरे गिरवीं रखता था। गोदाम के अंदर उन बेबस और लाचार हिंदुओं को पुलिस और फौज से भागे हुए मुसलमानों ने मशीनगन से भून दिया। एक भी आदमी जिंदा नहीं बच सका।

जो अंग्रेज़ अधिकारी भारत या पाकिस्तान की सेनाओं में काम करने के लिए रुक गये थे, उनके मुँह से हमेशा एक ही बात सुनने को मिलती थी—"ऐसी बुरी हालत तो हमने कभी दूसरे विश्वयुद्ध के दिनों में भी नहीं देखी थी।"

'न्यूयार्क टाइम्स' के अनुभवी संवाददाता रॉबर्ट ट्रमबुल ने लिखा, "मेरा हृदय कभी किसी भी चीज़ को देखकर इतना नहीं दहला, तरावा के समुद्री तट पर लाशों का अंबार देखकर भी नहीं। आज हिंदुस्तान में जितनी बार पानी बरसता है, उससे अधिक बार रक्त बहता है। मैंने सैकड़ों लोगों की लाशें देखी हैं और सबसे निर्मम दृश्य मैंने उन हज़ारों हिंदुस्तानियों का देखा जिनकी आँखें निकाल ली गयी थीं या हाथ-पाँव काट दिये गये थे। गोली मारकर किसी की हत्या कर देना तो बहुत रहम की बात समझी जाती थी और यह बहुत कम होता था। आमतौर पर मर्दों, औरतों और बच्चों को डंडों और पत्थरों से बुरी तरह घायल करके मरने के लिए छोड़ दिया जाता था। गरमी और मक्खियों के कारण उनकी मृत्यु की पीड़ा और बढ़ जाती थी।"

ऐसा लगता था, दोनों ओर से होड़ लगी हुई थी कि कौन अधिक बर्बरता दिखा सकता है। पंजाब सीमा सेना-दल के एक अधिकारी ने देखा कि 'एक ऐसे गाँव में जिस पर सिखों ने हमला किया था, चार मुसलमान बच्चों को लोहे की सलाई से बींधकर छोटे-छोटे सुअरों की तरह भूना गया।' एक दूसरे अफ़सर ने देखा कि कुछ सिरफिरे मुसलमानों ने हिंदू औरतों की एक टोली को कत्ल करने के लिए ले जाने से पहले उनके स्तनों को बुरी तरह क्षत-विक्षत कर दिया था।

मुस्लिम क्षेत्रों में कभी-कभी हिंदुओं से कहा जाता था कि वे दो में से एक रास्ता चुन लें—इस्लाम कबूल कर लें या पाकिस्तान छोड़कर चले जाएँ। लायलपुर के पश्चिम में एक छोटे-से गाँव में तालाब के पास बनायी गयी मस्जिद में गाँव के सभी हिंदुओं को ले जाया गया। वहाँ मौलवी साहब ने उनके सामने कुरान की कुछ आयतें पढ़ीं और उनसे कहा, "अब तुम लोगों के सामने दो ही रास्ते हैं या तो ईमान लाकर मुसलमान हो जाओ और हँसी-खुशी रहो, या अपने प्राणों से हाथ धो डालो।"

बागदास ने स्वीकार किया, "हमने पहला रास्ता चुन लिया।" धर्म बदलने के बाद उनमें से हर एक का एक नया मुस्लिम नाम रख दिया गया और उनसे कुरान की कुछ आयतें पढ़वायी गयीं। फिर उन्हें मस्जिद के सहन में भेड़-बकरियों की तरह हाँक दिया गया, जहाँ गाय का गोश्त भूना जा रहा था। एक-एक करके हर हिंदू को उस माँस की एक-एक बोटी खिलायी गयी। बागदास ने उस समय तक अपने जीवन में कभी गोश्त नहीं खाया था। उसे उल्टी होने लगी, लेकिन उसने किसी तरह उसे रोका, क्योंकि उसने सोचा, "अगर मैंने उनका आदेश न माना तो मैं मार डाला जाऊँगा।"

बागदास का ब्राह्मण पड़ोसी भी इन्हीं लोगों के साथ था। उसने इस बात की अनुमति माँगी कि इस अवसर के महत्त्व को देखते हुए वह अपनी पत्नी और तीनों बच्चों को अपने साथ घर ले जाकर अपने विवाह के बर्तन ले आये और उनमें खाये। जिन मुसलमानों ने उसे पकड़ा था, वे इस बात से बहुत प्रसन्न हुए। बागदास ने बाद में इस घटना को बयान करते हुए

बताया, "उस ब्राह्मण ने अपने घर में एक छुरा छिपा रखा था। घर पहुँचकर उसने छुरा निकाला और पहले अपनी पत्नी का गला काटा, फिर अपने तीनों बच्चों का और अंत में स्वयं अपने सीने में छुरा भोंक लिया।" उनमें से कोई भी गौमाँस खाने वापस नहीं गया।

स्यालकोट के पास के एक गाँव में सरदार प्रेमसिंह नामक एक सिख वह कारोबार करता था, जिससे मुसलमानों को सबसे ज्यादा घृणा होनी चाहिए। वह सूदखोर महाजन था। प्रेमसिंह बताता है, "मैं बहुत धनी परिवार में पैदा हुआ था। हमारा बहुत बड़ा दुमंजिला घर था, जिसके सामने लोहे का फाटक लगा था। गाँव का हर आदमी जानता था कि मुझसे ज्यादा धनी कोई नहीं है। कितने ही मुसलमान आकर मेरे पास अपने जेवर गिरवीं रख जाते थे। मैं इन जेवरों को लोहे की एक बड़ी तिजोरी में रख देता था। गाँव के हर मुसलमान ने अपनी जिंदगी में कभी-न-कभी मेरे पास अपने यहाँ के जेवर जरूर गिरवीं रखे थे।"

स्वतंत्रता के तुरंत बाद एक दिन सुबह प्रेमसिंह ने देखा कि मुसलमानों की बहुत बड़ी भीड़ लाठियाँ, सब्बल और छुरे लिए हुए उसके घर की ओर चली आ रही है। वह उस भीड़ में लगभग हर मर्द को पहचानता था। उनमें से हर एक कभी-न-कभी उसका कर्जदार रह चुका था। वे चिल्ला रहे थे, "तिजोरी, तिजोरी!"

प्रेमसिंह जानता था, "ये लोग लंबा हाथ मारना चाहते हैं।" लेकिन उसकी तिजोरी में मुसलमानों के जेवरों के अलावा और भी कुछ था। उसके अंदर एक दुनाली बंदूक और पच्चीस कारतूस भी थे। प्रेमसिंह ने तिजोरी खोलकर बंदूक निकाल ली और भागकर घर की दूसरी मंजिल पर चढ़ गया। एक घंटे तक एक खिड़की से दूसरी खिड़की पर जाकर फाटक तोड़ने की कोशिश करती हुई भीड़ से अपने घर की रक्षा करता रहा। जिस समय वह इस काम में व्यस्त था, उसी समय नीचे की मंजिल पर कुछ और ही हो रहा था। प्रेमसिंह की पत्नी को जब यह विश्वास हो गया कि अब कुछ ही देर में भीड़ फाटक तोड़कर घर में घुस आएगी तो उसने अपनी तीन बेटियों को

प्रेमसिंह के कार्यालय में बुलाया। उसने मिट्टी के तेल का बड़ा-सा पीपा लेकर अपने ऊपर उलट लिया और गुरु नानक की दुहायी देकर और अपनी बेटियों से भी ऐसा करने को कहकर उसने अपने शरीर में आग लगा ली।

उसका पति अभी तक अपनी जान की बाजी लगाकर लड़ रहा था। सीढ़ियों से एक अजीब-सी बदबू ऊपर आते देखकर उसकी समझ में न आया कि यह क्या हो रहा है? अंत में जब उसके पास सिर्फ पाँच कारतूस बच गये, तो भीड़ के पाँव उखड़ गये। थका-हारा प्रेमसिंह लड़खड़ाता हुआ सीढ़ियों से नीचे उतरा। वहाँ पहुँचकर महाजन को मालूम हुआ कि वह बदबू कहाँ से आ रही थी। वहाँ तिजारी के सामने उसकी धर्मपत्नी और उन तीन बेटियों की जली हुई लाशें पड़ी थीं, जिन्होंने मुसलमानों के हाथों बलात्कार का शिकार होने के बजाय जौहर की पवित्र अग्नि में मरना ही बेहतर समझा था।

जो सिख और हिंदू अपने घरों से उजाड़े गये थे, उनमें से सभी धनवान नहीं थे। कुलदीप सिंह 14 साल का लड़का था। लाहौर से उत्तर की ओर छः सौ मुसलमानों का एक गाँव था, जिसमें पचास हिंदू और सिख भी रहते थे, कुलदीपसिंह का बाप भी उन्हीं में से एक था। वह बटायी पर खेती करता था। कुलदीप दो कोठरियों वाली झोंपड़ी में अपने माँ-बाप, दो भैंसों, एक गाय और जिंदगी की सारे दुःखों के साथ रहता था। एक दिन उनके मुसलमान पड़ोसियों ने उनका घर घेर लिया और चिल्लाने लगे, "पाकिस्तान छोड़कर चले जाओ, नहीं तो हम तुम्हें मार डालेंगे।"

"भागकर हम लोगों ने गाँव के सबसे असरदार सिख के घर में जाकर शरण ली। मुसलमान वहाँ भी तलवारें, छुरे, लोहे की बड़ी-बड़ी सलाखें लेकर पहुँच गये, जिनके सिरे पर मिट्टी के तेल में भीगा हुआ कपड़ा बँधा था। वे हमें जलाकर मार डालने आये थे। हमने उनके ऊपर ईंट और पत्थर फेंकें उन लोगों ने एक सिख को पकड़ कर उसकी दाढ़ी में आग लगा दी। दाढ़ी में आग लगे-लगे ही उसने एक मुसलमान के सिर पर बड़ा-सा पत्थर मारकर उसकी जान ले ली। इसके बाद वह गुरु का नाम लेता हुआ वहीं गिरकर मर गया।

"वे लोगों को घसीट कर बाहर सड़क पर ले जाते थे और वहाँ उन्हें मार डालते थे। मैं भागकर ऊपर चढ़ गया। वहाँ सारी स्त्रियाँ जमा थीं और नीचे जो कुछ हो रहा था, देख रही थीं। वे जानती थीं कि उन्हें पकड़ कर उनके साथ बलात्कार किया जाएगा। उनमें से कुछ की गोद में बच्चे भी थे। उन्होंने छत पर जौहर की बड़ी-सी चिता जलायी। उन्होंने अपने बच्चों को पहले अपना दूध पिलाया और उन्हें चिता में फेंक देने के बाद खुद भी उसमें कूद पड़ीं।

वह सिख लड़का कुलदीप बाद में बताता था, "मुझसे अब सब देखा न गया। मैं छत से कूद पड़ा और इस गड़बड़ी और बढ़ते हुए अंधेरे में भागकर एक पेड़ पर चढ़ गया, जिस पर मैं छः घंटे तक छिपा रहा।"

उसे अब तक याद था कि "उस घर से जलती हुई लाशों की बदबू आ रही थी। मेरे माँ-बाप बाहर नहीं आए। मैं जानता था कि उन्हें या तो मार डाला गया होगा या वे भी उस आग में कूद पड़े होंगे। मैंने देखा कि वे लोग दो लड़कियों को उठाये ले जा रहे थे। वे रो नहीं रही थीं। वे बेहोश थीं।"

"जब रात का सन्नाटा छा गया तो मैं पेड़ पर से उतरा। मैं उस घर में गया। सब लोग मर चुके थे। मुझे और उन दो लड़कियों को छोड़कर उस गाँव का एक-एक आदमी मार डाला गया।"

14 साल के उस सिख लड़के ने रात भूसे की कोठरी में बितायी, वह इतना सहम गया था कि रो भी नहीं पा रहा था। सुबह होने पर उसने उन दोस्तों और पड़ोसियों की जली लाशों में, जिन्हें वह बचपन से जानता था, अपने माँ-बाप की लाशें पहचानने का प्रयत्न किया। लेकिन वह पहचान नहीं पाया। उसे भूमि पर रक्त से सना हुआ एक छुरा पड़ा दिखायी दिया। उससे उसने अपने केश काट डाले, ताकि वह देखने में मुसलमान लग सके और फिर वह वहाँ से भाग गया।

इस दहशत का न कोई मजहब था, न कोई जात। अगस्त के उन दर्दनाक दिनों में आँख के बदले आँख, हत्या के बदले हत्या, बलात्कार के बदले बलात्कार, अँधी बेरहमी के बदले अँधी बेरहमी ही देखने को मिलती थी। कुलदीपसिंह और मुहम्मद याकूब के बीच सिर्फ धर्म का अंतर था।

याकूब भी 14 साल का लड़का था। वह अमृतसर के पास हिंदुस्तान में रहता था। जिस समय सिखों ने हमला किया, उस समय वह उस झोपड़ी के सामने जिसमें वह अपने माँ-बाप और छः भाई-बहनों के साथ रहता था, कँचे खेल रहा था। वह गाँव के छोर पर गन्ने के खेत में जाकर छिप गया।

याकूब को अब तक याद था, "दंगाइयों ने कुछ औरतों के स्तन काट दिए, बाकी औरतें डर के मारे इधर-उधर भाग रही थीं। हमारे गाँव के कुछ लोगों ने अपने हाथों से अपनी पत्नियों और बेटियों को मार डाला कि वे दंगाइयों के कब्जे में न आ सकें। दंगाइयों ने मेरे दो छोटे भाइयों को उनके सीने में भाले भोंककर मार डाला। मेरे बाप से यह न देखा गया। उसके सिर को खून चढ़ गया। वह तलवार चमकाता हुआ पागलों की तरह इधर-उधर भागा फिर रहा था। खुले खेतों में गुंडे उसे पकड़ नहीं पाये। उन्होंने उसके पीछे गाँव के कुत्ते छोड़ दिये। कुत्ते उसकी टाँग पर काटने लगे जिसकी वजह से मेरे बाप के लिए तेज भागना असंभव हो गया। अंततः दंगाइयों ने उसे पकड़ ही लिया। कुछ लोगों ने उसे कस कर पकड़ लिया और जमीन पर गिराकर तलवार से उसकी बोटी-बोटी काट डाली। उसका सिर, हाथ और टाँगें धड़ से अलग कर दी गयी थीं। इसके बाद उन्होंने उसकी लाश कुत्तों के खाने के लिए वहीं छोड़ दी।"

याकूब के गाँव के पाँच सौ मुसलमानों में से पचास, पंजाबी सीमा सेना-दल की एक टुकड़ी के हस्तक्षेप की वजह से कत्ल होने से बच गये। अपने परिवार में अकेला याकूब ही जिंदा बचा। उसे 'गोरखा फौजियों की एक ट्रक पर बिठाकर एक ऐसे अनजबी देश में पहुँचा दिया गया, जिसके बारे में नेताओं का कहना था कि वह मुसलमानों का देश है।'

उस भयानक मार-काट से लाखों लोगों के मन और मस्तिष्क को ऐसा आघात लगा कि उस घाव के निशान फिर कभी नहीं मिटे। शायद ही कोई पंजाबी परिवार ऐसा रहा होगा, जिसका कोई-न-कोई सदस्य इस बेरहम पागलपन के कत्लेआम में मारा न गया हो। बरसों तक पंजाब में इन्हीं यादों

की चर्चा होती रही और हर घटना का वर्णन दूसरी से ज्यादा दर्दनाक होता था। हर दास्तान किसी ऐसे आदमी की दास्तान होती थी, जिसे अपनी उस भूमि से उखाड़कर जिसके साथ उसका बरसों से संबंध रहा था, अपनी जान बचाकर भाग निकलने पर विवश कर दिया गया था। संतासिंह नामक एक सिख को उस धरती से बेहद गहरा लगाव था, जहाँ से उसे मार भगाया गया था। सच पूछा जाए तो इस धरती की कीमत उसने अपने खून से चुकायी थी, वह रक्त जो उसने प्रथम विश्वयुद्ध के दौरान गैलीपोली के मैदान में अंग्रेज़ों के लिए बहाया था। हज़ारों दूसरे सिख फौजियों की तरह उसे भी जो भूमि पुरस्कार में दी गयी थी उसे साफ करके उस पर फसल उगाने में उसे सोलह साल लग गये थे। यह भूमि लाहौर के दक्षिण-पश्चिम में रावी और सतलज नदियों के बीच अंग्रेज़ों की एक नहर-योजना के सिलसिले में विकसित किए गये क्षेत्र में थी। वह अपनी पत्नी को ब्याह कर वहीं एक तंबू में लाया था और वहीं उसके साथ दस साल से अधिक समय तक रहा था। उसी भूमि पर उसके बच्चे पैदा हुए थे, वहीं उसने पाँच कोठरियों का ईंट और गारे का मकान बनाया था, जिस पर उसे गर्व भी था और जो उसकी सफलता का जीता-जागता प्रमाण था। स्वतंत्रता के दो दिन पहले संतासिंह के खेतों में काम करने वाले एक मुसलमान मजदूर ने उसे एक पर्चा लाकर दिया जो चोरी-छुपे मुसलमानों में वितरित किया जा रहा था।

उस पर्चे में लिखा था, "सिखों और हिंदुओं का अब इस देश से कोई नाता नहीं है। उन्हें यहाँ से निकाल दिया जाना चाहिए।" इसके तीन दिन बाद हमला हुआ। संतासिंह और उसके गाँव के 200 सिखों ने जान बचाकर वहाँ से भाग निकलने का निर्णय किया। उसे और पाँच दूसरे आदमियों को फौज के एक 80 बरस के बूढ़े सेवानिवृत्त सार्जेंट के साथ एक ट्रक पर गाँव की स्त्रियों की रखवाली के लिए बिठा दिया गया। चलने से पहले वह गुरुद्वारे गया, जिसे बनवाने में उसका भी हाथ था। उसने गुरु नानक से प्रार्थना करते हुए कहा—"मैं यहाँ खाली हाथ आया था और यहाँ से खाली हाथ ही जा रहा हूँ। मैं और कुछ नहीं चाहता, बस मेरी सुरक्षा करना।"

बीरवाला गाँव से बाहर निकलते ही गुरु का संरक्षण समाप्त हो गया। संतासिंह की ट्रक का पैट्रोल खत्म हो गया। उसे अब तक याद था—"अंधेरा छा चुका था। इस डर से कि कहीं मुसलमान हमें देख न लें हम सड़क की बजाय रेल की पटरी के किनारे-किनारे चल रहे थे। हम लोगों को बताया गया कि उन लोगों ने बीरवाला में सड़क की नाकेबंदी कर रखी है और जो भी सिख या हिंदू मिल जाता है, उसे मार दिया जाता है। अंधेरे में हमें उन लोगों के चीखने-चिल्लाने की आवाज सुनायी दे रही थी, क्योंकि वह बस्ती वहाँ से कुछ सौ गज की ही दूरी पर थी।"

"एक बूढ़े मुसलमान ने हमें देख लिया और अंधेरे में उधर ही भागा। हम जानते थे कि वह उन्हें समाचार देने गया है। फिर हमने कुछ आवाजों को अपनी तरफ बढ़ते सुना। हमारे नेता ने निर्णय लिया कि सारी स्त्रियों को गोली मार दी जाए, ताकि उनके साथ दुष्कर्म करके उन्हें अपवित्र न किया जा सके, हमने उन्हें तीन कतारों में जमीन पर पास-पास बिठा दिया और उनकी आँखों पर पट्टी बाँध दी। दो महीने का एक बच्चा अपनी माँ की छाती से लगा दूध पी रहा था। हमने उनसे बार-बार सिखों की प्रार्थना 'सतगुरु नाम' का जाप करते रहने को कहा।

"मेरी स्त्री बीच में बैठी थी। उन्हीं के बीच मेरी दो बेटियाँ, मेरी बहू और मेरी दो पोतियाँ थीं। मैंने उधर से आँखें फेर लेने की कोशिश की। मेरे पास दुनाली बंदूक थी। दूसरों के पास 303 की राइफलें, दो रिवाल्वर और एक स्टेनगन थी। मैंने उन्हें गुरु ग्रंथ साहब के पाँचवें अध्याय का वह हिस्सा पढ़कर सुनाया, जिसमें कहा गया है, "सब कुछ रब की इच्छा से होता है और अगर तुम्हारा समय आ गया है तो कोई उसे टाल नहीं सकता।" मैंने एक सफेद रूमाल निकालकर अपने साथियों से कहा कि मैं तीन तक गिनती गिनकर उसे तीन बार हिलाऊँगा। उसके बाद हम गोली चलाएँगे।

"मैंने पहली बार रूमाल हिलाकर कहा "एक!" फिर मैंने उसे दुबारा हिलाया और कहा, "दो!" सारे समय मैं ईश्वर से प्रार्थना कर रहा था,

"भगवान, मुझे छोड़ न देना, सहारा दिए रहना।" मैंने तीसरी बार रूमाल उठाया था कि इतने में थोड़ी दूर मोटर की तेज रोशनियाँ चमक उठीं। मैंने सोचा कि शायद मेरी प्रार्थना सुन ली गयी। मैंने अपने साथियों के सामने उन लोगों से मदद माँगने का सुझाव रखा।

"और अगर वे लोग मुसलमान निकले तो?" बूढ़े सार्जेंट ने पूछा।

"बहरहाल, पूछ देखने में क्या हर्ज है", मैंने कहा।

"वह फौज की ट्रक थी। उसमें मुसलमान सिपाही बैठे थे, लेकिन उनका अफसर—मेजर—अच्छा आदमी था। उसने हमें विश्वास दिलाया कि वह हमें बचा लेगा। हमने उसके पैर चूमे और फिर आगे बढ़ चले।"

कलकत्ता, 17 अगस्त, 1947

उनकी संख्या एक लाख के करीब रही होगी। वे पाँच बजे से राह तक रहे थे। नरकलडंगा के चौक में कहीं तिल रखने को जगह नहीं थी; उसके चारों ओर के घरों की छतों पर लोग खड़े थे, खिड़कियों में से झाँक रहे थे या छज्जों पर जमा थे। आस-पास जो थोड़े-से पेड़ थे, उन पर भी पके फलों की तरह लोगों के सिर दिखायी दे रहे थे, मानो वे पेड़ का ही हिस्सा हों। पंजाब के मैदान से अठारह सौ मील दूर, जहाँ हिंदू और मुसलमान बड़ी दरिंदगी से एक-दूसरे को मार रहे थे, उस मैदान में जमा हिंदुओं और मुस्लिमों की मिली-जुली भीड़ उस कृशकाय छोटे-से आदमी के आने की बाट जोह रही थी, जिसने एशिया के सबसे अधिक हिंसात्मक शहर में रक्तपात नहीं होने दिया।

अंततः जब प्रार्थना-मंच के चारों ओर जमा भीड़ के उस पार गाँधी जी की क्षीण आकृति दिखायी दी, तो पूरी भीड़ में से एक रहस्यमयी लहर-सी दौड़ गयी। उत्साह और उल्लास से भरपूर उस विशाल जनसमूह पर दृष्टि डालते समय एक शंका गाँधी जी के मन को सालने लगी। यह सबकुछ इतना अच्छा था कि आसानी से विश्वास नहीं होता था।

उन्होंने कहा, "कलकत्ता में आप लोग जो चमत्कार देख रहे हैं उसके लिए सब लोग मुझ पर बधाइयों की बौछार कर रहे हैं। हम सबको ईश्वर

का आभार मानना चाहिए, उसने हम पर इतनी अपार कृपा की। लेकिन हमें यह नहीं भूलना चाहिए कि कलकत्ता में अब भी इक्का-दुक्का स्थल ऐसे हैं जहाँ हालात ठीक नहीं हैं।''

उन्होंने आगे कहा, ''आप हिंदू हों या मुसलमान सब मेरे साथ मिलकर प्रार्थना करें कि 'कलकत्ता का यह चमत्कार एक क्षणिक उबाल' ही सिद्ध न हो।''

~~~

विश्व के सबसे निकृष्ट शहर में एक निहत्थे आदमी ने अहिंसा के बल पर जो कर दिखाया था, वह काम पंजाब में 55,000 हथियारबंद पेशेवर सिपाही नहीं कर सके, जिस पंजाब सीमा सेना-दल को वायसराय और भारतीय सेना के कमाँडर-इन-चीफ ने इतने परिश्रम से ठोक-बजाकर संगठित किया था, वह उसी प्राँत की घटनाओं के प्रबल प्रवाह में जिसकी रक्षा करने की जिम्मेदारी उसे सौंपी गयी थी, डूब गया। यह बात समझ में आती थी कि वह क्यों डूब गया। पंजाब के बारह जिलों में आग लगी हुई थी। उनमें से कुछ जिले तो फिलस्तीन से भी बड़े थे, जहाँ एक लाख अंग्रेज़ सिपाही भी शांति बनाये रखने में सफल नहीं हुए थे। पंजाब की कच्ची सड़कें ट्रकों और टैंकों के चलने लायक नहीं थीं। वहाँ तो घुड़सवार सैनिक ही काम आ सकते थे, लेकिन अब उस सेना में, जिसे किसी जमाने में अपने घोड़ों पर गर्व था, घुड़सवार रिसाले रहे ही कहाँ थे।

प्राँत में प्रशासन का पूरा ढाँचा ढह जाने के कारण सेना-दल का काम बेहद पेचीदा हो गया था। तार, डाक, टेलीफ़ोन—सभी अचानक ठप हो गये थे। कोई और बेहतर जगह न मिलने के कारण हिंदुस्तानियों को पंजाब के अपने वाले हिस्से का शासन एक ऐसे घर में बैठकर चलाने पर विवश होना पड़ा, जहाँ सिर्फ एक टेलीफ़ोन था और शौचालय में एक रेडियो लगा था।

पाकिस्तान में स्थिति इससे भी बुरी थी। वह नया राष्ट्र अराजकता के कगार पर खड़ा था। जिन्ना साहब का खोया हुआ बिलियर्ड खेलने का सामान तो मिल गया था, लेकिन इसके अलावा लगभग और कुछ भी बरामद नहीं हुआ था। रेल के सैकड़ों डिब्बे, जिनमें नये राज्य के लिए भेजा
~~~

गया सामान भरा था, रास्ते में ही गायब हो गये, चुरा लिए गये; या अपने ठिकाने के बजाय कहीं और पहुँच गये। कराची में अभी तक मेज-कुर्सियाँ नहीं पहुँची थीं। सरकारी कर्मचारियों को अपने कार्यालयों के सामने फुटपाथ पर बैठकर दुनिया के सबसे बड़े मुस्लिम राष्ट्र के पहले सरकारी दस्तावेज टाइप करने पड़े थे। अंदर उनके अधिकारी लकड़ी के खाली बक्सों पर बैठकर नये राष्ट्र का शासन चलाते थे।

संपूर्ण अर्थतंत्र अस्त-व्यस्त था। पाकिस्तान के गोदामों में चमड़े, जूट और कपास के भंडार भरे हुए थे, लेकिन उन्हें इस्तेमाल करने के लिए वहाँ फैक्टरियाँ या मिलें नहीं थीं। इस उप-महाद्वीप में कुल जितनी तंबाकू पैदा होती थी उसका चौथाई हिस्सा पाकिस्तान में पैदा होता था, लेकिन वहाँ अपने सिगरेट पीने वालों की सिगरेटें जलाने के लिए माचिसें बनाने की कोई भी फैक्टरी नहीं थी। बैंकों का सारा कारोबार ठप पड़ा था, क्योंकि उनके हिंदू मैनेजर और क्लर्क पलायन कर हिंदुस्तान चले गये थे।

लेकिन पुरानी भारतीय सेना के सामान में से पाकिस्तान को उसका भाग देने के मामले में हिंदुस्तान ने इस तरह की वायदा-खिलाफी की, जिससे लगता था कि वह जान-बूझकर उसके जिंदा रहने में बाधा डाल रहा है। विभाजन के समझौते के अनुसार पाकिस्तान के हिस्से में जो 1,70,000 टन फौजी सामान आया था, उसमें से उसे सिर्फ 6,000 टन ही मिल सका। उसके हिस्से के हथियार और गोला-बारूद ले जाने के लिए तीन सौ स्पेशल ट्रेनों की मंजूरी दी गयी थी, लेकिन पहुँची सिर्फ तीन। जब पाकिस्तानी अफ़सरों ने उन्हें खोला तो उनमें 5,000 जोड़ी जूते, 5,000 बेकार राइफलें, नर्सों की कुछ पोशाकें और कुछ लकड़ी के डिब्बे निकले, जिनमें ईंटें और बीमारियों की रोकथाम की दवाएँ भरी हुई थीं।

इस चालबाजी से पाकिस्तान में बहुत कटुता पैदा हो गयी और बहुत-से लोगों को यह विश्वास हो गया कि उनके हिंदुस्तानी पड़ोसी पालने में नवजात पाकिस्तान का गला घोंट देने की कोशिश कर रहे हैं। इस बात का यकीन सिर्फ उन्हीं को हो, ऐसी बात नहीं थी। फील्ड-मार्शल सर क्लाड

आकिनलेक ने, जिन्हें फौजी सामान के बँटवारे की निगरानी करने के लिए कुछ दिन के लिए रोक लिया गया था, ब्रिटिश सरकार को सूचना दी, "मुझे यह बात कहने में थोड़ा भी संकोच नहीं है कि वर्तमान भारतीय मंत्रिमंडल पाकिस्तान की स्थापना को रोकने के लिए कुछ भी कर गुजरने पर तुला हुआ है।"

पर यह एक कटु सत्य है कि पाकिस्तान को वास्तविक खतरा हिंदुस्तान की तिकड़मों से नहीं था। अपने भारतीय पड़ोसी की तरह वह नया राष्ट्र भी मानव-इतिहास में आबादी की सबसे बड़ी अदला-बदली की चपेट में आने वाला था। पंजाब में हो रहे खून-खराबे का अनिवार्य परिणाम था आबादी की अदला-बदली, और दोनों ओर के खून के प्यासे सिर-फिरे लोग भी यही चाहते थे। पंजाब के एक सिरे से दूसरे सिरे तक डर के मारे लोग जो साथ ले जा सके लेकर मोटरों पर, साइकिलों पर, रेलगाड़ियों से, ख़च्चरों पर, बैलगाड़ियों में या पैदल ही अपने घरों को छोड़कर किसी भी ऐसी जगह की ओर भागे जा रहे थे, जहाँ वे अपनी जान बचा सकें। उनकी इस भगदड़ से आबादी की इतने बड़े पैमाने पर और इतनी तेजी से अदला-बदली हुई, जिसकी इतिहास में और कोई मिसाल नहीं। सितंबर 1947 के अंत तक यह रेल-पेल इंसानों की ऐसी तूफानी बाढ़ बन गयी कि पचास लाख नर-नारी पंजाब की सड़कों पर और उसके खेतों में बिखर गये। अगर वे एक-दूसरे का हाथ पकड़कर सीधी लाइन में खड़े हो जाते, तो उनकी कतार कलकत्ता से न्यूयार्क तक पहुँच जाती। मध्य-पूर्व में इस्राइल का नया देश बनने के समय जितने लोग शरणार्थी बने थे, उनसे इन उजड़े हुए लोगों की संख्या दस गुनी अधिक थी। विश्वयुद्ध के बाद जो लोग पूर्वी यूरोप से भागे थे, उनकी संख्या यहाँ के शरणार्थियों की तुलना में एक तिहाई-चौथाई भी नहीं थी। जो अभागे लोग इन उजड़े हुए काफिलों में शामिल थे, उनके लिए इस यात्रा की शुरुआत लाखों तरीकों से हुई थी और उन्होंने लाखों तरीकों से अपने बाप-दादा की जन्मभूमि से विदा ली थी।

हिंदुस्तान में दिल्ली से उत्तर की ओर करनाल शहर के मुसलमानों को उनकी बस्तियों में डुग्गी पिटवाकर सूचना दी गयी, "मुस्लिम आबादी के बचाव के लिए रेलगाड़ियाँ आ गयी हैं, जो उन्हें पाकिस्तान पहुँचा देंगी।" एक घंटे के अंदर बीस हज़ार लोग अपने घर-बार छोड़कर रेलवे-स्टेशन पर पहुँच गये। इसी तरह हिंदुस्तान के ही एक और शहर कसौली में 2,000 मुसलमानों को डुग्गी पिटवाकर चेतावनी दी गयी कि उनके पास शहर छोड़ देने के लिए सिर्फ चौबीस घंटे का समय है। अगले दिन सुबह वे परेड के मैदान में जमा हुए और एक-एक कंबल और पहने हुए कपड़े छोड़कर उनके पास जो कुछ था, उनसे रखा लिया गया। इसके बाद दयनीय लोगों का लुटा हुआ काफिला अपने सपनों के स्वर्ग की ओर चल पड़ा।

मदनलाल पाहवा, जो अपनी चाची के घर में पड़ा-पड़ा यह सोचता रहता था कि 'हम सब उन भेड़ों की तरह हैं, जो बूचड़खाने में काटे जाने का इंतजार कर रही हों', अपने चचेरे भाई की बस पर बैठकर चल पड़ा। वह परिवार अपने साथ जो भी सामान ले सकता था, उस बस पर लाद दिया गया—फर्नीचर, कपड़े, पैसा, सोना, शिवाजी की तसवीरें—सभी कुछ। उस बस में अगर कोई नहीं था, तो परिवार का सबसे महत्त्वपूर्ण आदमी—मदनलाल के पिताश्री। उन्होंने जाने से मना कर दिया, क्योंकि उनके ज्योतिषी ने उनसे कह दिया था कि 20 अगस्त, 1947 का दिन यात्रा शुरू करने के लिए शुभ दिन नहीं है। इसके बावजूद कि उनके एक मुसलमान दोस्त ने उन्हें चेतावनी दे दी थी कि उसी दिन हिंदुओं पर हमला होने वाला है, हत्या और आगजनी की जो वारदातें हो चुकी थीं उनके बावजूद, जब तक उनके ज्योतिषी ने उन्हें बता नहीं दिया कि 23 अगस्त को सुबह साढ़े नौ बजे का समय वहाँ से चलने के लिए शुभ है, तब तक वह वहाँ से टस-से-मस नहीं हुए।

कोई भी इस विपदा से बचा नहीं। कसौली में लेडी लिनलिथगो टी.बी. सैनेटोरियम के मुसलमान मरीजों को वहाँ के हिंदू डॉक्टरों ने अस्पताल छोड़

देने का आदेश दे दिया। उनमें से कुछ के एक ही फेफड़ा था; कुछ मरीज ऐसे थे, जिनका ऑपरेशन हुआ था, लेकिन घाव अभी तक भरा नहीं था। उन्हें भी सैनेटोरियम के फाटक पर ले जाकर छोड़ दिया गया और कह दिया गया कि वे पैदल पाकिस्तान चले जाएँ। पाकिस्तान में बाबालाल आश्रम के पच्चीस साधुओं को, जिन्होंने अपना सारा जीवन वहीं पूजा-पाठ, ज्ञान-ध्यान और योगाभ्यास में बिताया था, उनकी इमारत से खदेड़ दिया गया। वे अपने जोगिया रंग के वस्त्र पहने मंत्र पढ़ते हुए चल पड़े; उनके आगे-आगे आश्रम के सफेद घोड़े पर उनके संत स्वामी सुंदर थे। उनके वहाँ से जाते ही एक भीड़ ने उनके आश्रम को आग के हवाले कर दिया।

ज्यादातर शरणार्थियों को चलते समय सबसे बड़ी चिंता यह थी कि अपना जितना भी सामान बचाकर साथ ले जा सकें ले चलें। मोंटगोमरी के एक धनी हिंदू व्यापारी बी. आर. अदालखा ने 'रास्ते में मुसलमानों को रिश्वत देने के लिए कि वे उन्हें जान से मारें नहीं', चालीस हजार रुपये अपनी कमर से बाँध लिए। बहुत-से लोगों के पास, खासतौर पर धनी हिंदुओं के पास, उनकी जिंदगी-भर की सारी बचत हीरे-जवाहरात और सोने की चूड़ियों की शक्ल में थी। लाहौर से थोड़ी दूर पर एक हिंदू किसान ने अपनी स्त्री का सारा सोना और गहने छोटी-छोटी पोटलियों में बाँधकर अपने कुएँ में फेंक दिए। रावलपिंडी के हिंदू आढ़ती मतिदास ने अपनी जिंदगी-भर की सारी कमायी, तीस हजार रुपये और चालीस तोले सोना, एक बक्स में भर ली। यह सोचकर कि कहीं वह बक्स खो न जाए उसने उसे अपनी कलाई के साथ बाँध लिया, लेकिन यह युक्ति किसी काम नहीं आयी। कुछ ही दिन बाद एक मुसलमान लुटेरे को उसका बक्स चुराने के लिए मतिदास की बाँह काटनी पड़ी।

मन में भय और कटुता, घृणा और द्वेष लिए हुए वे अपने-अपने सफर पर चल पड़े; पहले हज़ारों की संख्या में, फिर लाखों की संख्या में ये अभागे लोग पंजाब की सड़कों और रेलवे-लाइनों पर बाढ़ के पानी की तरह फैल गये। इनकी वजह से दोनों नये राष्ट्रों के सामने, जो अपने अस्तित्व को

बनाये रखने के लिए संघर्ष कर रहे थे, बहुत भयानक समस्याएँ आ खड़ी होने वाली थीं—बीमारियों की, अकाल की, इतने बड़े पैमाने पर लोगों को फिर से बसाने की समस्याएँ—जिन्हें सोचकर ही दिमाग चकरा जाता था। सारे पंजाब में उन्माद की लहर फैली हुई थी। वही उन्माद ये लोग अपने साथ दूसरी जगहों में भी ले जाते; भयानक अत्याचारों के किस्से सुना-सुनाकर ये लोग उसी उन्माद का विष और जगहों में भी फैलाते, जिसकी वजह से हिंसा के नये विस्फोट होते और बहुत-से दूसरे लोग भी लाचार होकर दर-दर की ठोकरें खाने निकल पड़ते। इस भयानक भगदड़ से सारी पृथ्वी के सबसे उपजाऊ खेतों वाली धरती का चेहरा ही बदल गया। जिन जगहों में मुगलों ने फलती-फूलती इस्लामी संस्कृति के कुछ बेहतरीन नमूने बनाये थे, वहाँ इने-गिने मुसलमान ही शेष रह गये। लाहौर के 6 लाख सिखों और हिंदुओं में से मुश्किल से एक हजार ही वहाँ बचे रहे। अगस्त के अंत में जब हिंसा की लहर अपने चरम बिंदु पर पहुँची, तो किसी के अज्ञात हाथों ने वहाँ से भागने से पहले एक ऐसी हरकत की जो लाहौर के चकनाचूर स्वप्न का अंतिम मातम थी, इस बात पर एक मूक और कटुता-भरी टिप्पणी थी कि स्वतंत्रता के तुरंत बाद के कुछ घंटों का पंजाबियों के लिए क्या अर्थ था? किसी ने शहर में महारानी विक्टोरिया की प्रसिद्ध मूर्ति के चरणों में एक काला गुलदस्ता रख दिया था।

कलकत्ता, अगस्त 1947

अब की बार पाँच लाख लोग उनकी राह तक रहे थे। 'कलकत्ता का चमत्कार' अभी तक कायम था। कलकत्ता के हरे-भरे विस्तृत मैदान में, जहाँ किसी युग में पोलो के घोड़े और सफेद पतलून और कमीज पहने हुए क्रिकेट के खिलाड़ी ही दिखायी पड़ते थे, आज पाँच लाख काले चेहरे जमा थे, भाई-चारे के बंधनों में जकड़े हुए पाँच लाख हिंदू और मुसलमान। गाँधी जी अपनी दृष्टि की सारी उदारता के बावजूद ऐसे दृश्य की कल्पना भी नहीं कर सकते थे। उस दिन मुसलमानों का सबसे बड़ा त्योहार ईद-उल-फित्र था। उस दिन इतने लोग उनकी प्रार्थना-सभा में आये थे, जितने इससे पहले कभी नहीं आये।

सुबह से ही हज़ारों हिंदू और मुसलमान उस खंडहर जैसे मकान की खिड़कियों के नीचे से, जिसमें गाँधी जी ठहरे हुए थे, ताँता बाँधकर गुजर रहे थे। वे उनका आशीर्वाद लेने आये थे, उन्हें फूल और मिठाई भेंट करने आये थे। चूँकि वह सोमवार का दिन था, जिस दिन वह मौन रहते थे, इसलिए गाँधी जी ने अपना अधिकतर दिन मिलने आने वाले लोगों के लिए कृतज्ञता और शुभ-कामनाओं की छोटी-छोटी पर्चियाँ लिखने में बिताया। जिस समय वह अपनी इस चर्या में व्यस्त थे, हिंदू और मुसलमान कलकत्ता की सड़कों पर रैलियाँ निकाल रहे थे। वे एकता और मित्रता के नारे लगा रहे थे, एक-दूसरे को सिगरेटें पिला रहे थे, एक-दूसरे पर गंगा और गुलाब जल छिड़क रहे थे, आपस में मिठाइयाँ बाँट-बाँटकर खा रहे थे।

जब गाँधी जी मैदान के बीच में प्रार्थना के लिए बनाये गये मंच पर पहुँचे, तो भीड़ में उत्साह की लहर दौड़ गयी। प्यार और भाई-चारे की ज्योति फैलता हुआ इतना शानदार दृश्य अपने सामने देखकर गाँधी भावातिरेक से भर उठे। ठीक सात बजे वह उठे और उन्होंने हाथ जोड़कर जन-समूह का अभिवादन किया। इसके बाद वयोवृद्ध हिंदू नेता ने अपना मौन-व्रत भंग किया और कहा, "ईद मुबारक"।

जिस भयंकर तांडव ने पंजाब की नींव तक हिलाकर रख दी थी, उसकी चपेट में आने के बाद लाखों पंजाबियों के मन में सबसे पहले ईंट और खपरैल के उस छोटे-से भवन की ओर भागने का सहज भाव उत्पन्न होता था, जो हर बड़े शहर में संगठन और सुव्यवस्था का एकमात्र सांत्वना देने वाला प्रतीत होता था—रेलवे-स्टेशन। उनके पक्के सीमेंट के प्लेटफार्मों के पास से होकर जो ट्रेनें कई पीढ़ियों से दिन-रात धड़धड़ाती हुई गुजरती रहती थीं, उनकी चर्चा भारत के घर-घर में होने लगी थी, और इसके साथ ही वे इस उप-महाद्वीप में अंग्रेज़ों की एक सबसे ठोस सफलता भी थीं। यूरोप और अमेरिका की लंबी-लंबी रेलवे-लाइनों पर चलने वाली ओरिएंट

एक्सप्रेस, ट्राँस-साइबेरियन और यूनियन पैसिफिक जैसी ट्रेनों की तरह यहाँ की फ्रंटियर मेल, हावड़ा-पेशावर एक्सप्रेस, बंबई-मद्रास मेल आदि ट्रेनों ने एक पूरे उप-महाद्वीप को एकताबद्ध कर दिया था और उनकी पटरियों के किनारे विज्ञान तथा प्रगति के सारे वरदानों के बीज वपन कर दिये थे।

अब 1947 की गर्मियों के उन दिनों में यही ट्रेनें लाखों हिंदुस्तानियों के लिए उनके चारों ओर की भयानक नर-तांडव से दूर भाग जाने की सबसे बड़ी आशा बन गयी थीं। हज़ारों दूसरे लोगों के लिए वे चलती-फिरती कब्रें बन गयी थीं। विनाशकाल के उन दिनों में पंजाब के बीसियों स्टेशनों पर रेल का इंजन दिखायी देते ही उन्माद के दृश्य दिखायी देते थे। जिस तरह समुद्र की लहरों को काटता हुआ जहाज आगे बढ़ता है, यह इंजन भी प्लेटफार्मों पर ठसाठस भरे हुए यात्रियों के बीच से अपना रास्ता बनाता हुआ आगे बढ़ता था और जो अभागे उसके सामने आ जाते थे, वे पलक झपकते उसके पहियों के नीचे पिसकर हड्डी, माँस के लोथड़ों और खून का ढेर बन जाते थे। कई यात्री तो ऐसे होते थे, जो बिना कुछ खाए-पिए वहाँ चिलचिलाती धूप में पड़े रहते थे, जिसकी तेजी को कम करने के लिए बरसात का छींटा भी नहीं पड़ता था। रोती-चीखती भीड़ हर डिब्बे की खिड़कियों और दरवाजों पर टूट पड़ती। वे अपने शरीर और थोड़े-बहुत सामान को किसी तरह डिब्बे में ठूँस देते और ऐसा लगता कि इंसानी शरीरों के दबाव में डिब्बा कुछ फैलता जा रहा है। दर्जनों लोग दरवाजे का हैंडिल पकड़कर, फुटबोर्ड पर, दो डिब्बों को जोड़ने वाली कपलिंग पर अपने पाँव टिकाने का प्रयास करते। मिठाई के थाल पर चिपके हुए मक्खियों के झुंड की तरह एक भीड़-की-भीड़ हर डिब्बे से चिपक जाती। जब पकड़ने के लिए डंडा नहीं रह जाता, तो सैकड़ों लोग इन डिब्बों की गोलाईदार छतों पर चढ़ जाते और उनकी तपती हुई लोहे की चादरों से चिपके रहते, यहाँ तक कि हर छत पर शरणार्थियों की एक चौड़ी-सी दीवार बन जाती।

विपदा के इस बोझ से ट्रेन की भी कमर झुकने लगती। उसके धुएँ की बदबू इंसानी पसीने की दुर्गंध में दब जाती; उसकी सीटी की आवाज उसके

डिब्बों में बैठे हुए मुसीबत के मारे लोगों की चीख-पुकार में डूब जाती। अपने बोझ को मौत के सुहाने स्वप्नों की मंजिल तक पहुँचा देने के लिए ट्रेन आगे बढ़ जाती।

एक हिंदू स्कूल-मास्टर निहाल भ्रन्नबी और उनकी पत्नी तथा छः बच्चों के लिए सुरक्षा की खोज को यह यात्रा कभी शुरू ही नहीं होने पायी। उस छोटी-सी पाकिस्तानी बस्ती के स्टेशन से, जहाँ वह बीस बरस से बच्चों को पढ़ा रहे थे, ट्रेन के चलने का छः घंटे तक इंतजार करने के बाद, निहाल और उनके परिवार को अंततः इंजन की सीटी की तेज आवाज सुनायी दी, लेकिन ट्रेन तो चली नहीं, सिर्फ इंजन आगे निकल गया। मुसलमानों का एक गिरोह दहाड़ता हुआ, लाठियाँ, भाले और गड़ाँसे लिए स्टेशन पर टूट पड़ा और 'अल्लाहो-अकबर' का नारा लगाते हुए ट्रेन पर पिल पड़ा और जो भी हिंदू नजर आया, उसे मौत के घाट उतार दिया गया। कुछ लाचार मुसाफिरों को डिब्बे की खिड़कियों के बाहर फेंक दिया गया, ताकि प्लेटफार्म पर खड़े हुए मुसलमान भी अपनी खून की प्यास बुझा सकें। कुछ हिंदुओं ने भाग जाने का प्रयास किया, लेकिन हरी वर्दी वाले मुसलमानों ने पीछा करके उन्हें मार डाला और उनकी लाशों को और अधमरे लोगों को भी, स्टेशन के सामने वाले कुएँ में फेंक दिया। मास्टर जी, उनकी पत्नी और छः बच्चे दहशत के मारे एक-दूसरे से चिपके अपने डिब्बे में बैठे रहे; मुसलमान दरवाजा तोड़कर डिब्बे में घुस आये और गोलियाँ चलाने लगे।

निहाल की पत्नी वह घटना कभी नहीं भूल पायी, "मेरे पति और बेटे को गोलियाँ लगीं। मेरा बेटा 'पानी, पानी!' चिल्ला रहा था। मेरे पास उसे देने के लिए पानी था ही नहीं। मैं सहायता के लिए चिल्लायी। कोई पास नहीं फटका। धीरे-धीरे मेरे बच्चे ने रोना भी बंद कर दिया और उसकी आँखें मुंद गयीं। मेरे पति के मुँह से भी कोई आवाज नहीं निकल रही थी। उसके सिर से रक्त रिस-रिसकर बह रहा था। अचानक वह तड़पकर पैर पटकने लगे और फिर शांत हो गये। मैंने उन दोनों को झँझोड़कर जगाने की कोशिश की, लेकिन कोई उत्तर नहीं मिला।

"मेरी बेटियाँ मुझसे चिपकी हुई थीं, मेरी साड़ी कसकर पकड़े हुए थीं। मुसलमानों ने हम लोगों को डिब्बे के बाहर फेंक दिया। मेरी तीन बड़ी बेटियों को वे उठा ले गये। उन लोगों ने सबसे बड़ी बेटी के सिर पर वार किया। वह मेरी ओर अपनी बाँहें फैलाकर चिल्लायी–"माँ, माँ!" मैं हिल भी न पायी।

"कुछ देर बाद मुसलमानों ने मेरे पति और बेटे को डिब्बे में से निकाल कर कुएँ में फेंक दिया। उसके बाद उन्हें फिर किसी ने नहीं देखा। मैं पागल सी हो गयी, दीवानों की तरह चिल्लाने लगी। मेरी सारी भावनाएँ मर चुकी थीं, उन दो बच्चों के लिए भी कोई भावना शेष नहीं रह गयी थी, जो जीवित बच गये थे। मुझे ऐसा लगता था कि मैं भी मर चुकी हूँ।"

मास्टर जी की पत्नी की तरह उस ट्रेन के दो हज़ार मुसाफिरों में से सिर्फ सौ पंजाब के दूसरे सिरे तक का अपनी भयानक यात्रा पूरी करने के लिए जिंदा बच गये।

कश्मीरीलाल एक कट्टर हिंदू था। उसे यात्रा आरंभ करने के लिए जो शुभ घड़ी बतायी गयी थी, उस घड़ी तक उसने इंतजार किया, लेकिन जब एक बदनसीब ट्रेन पर बैठकर उसने अपनी यात्रा शुरू की, तो उसे ज्ञात हुआ कि ज्योतिष भी अधूरी विद्या है, उसका कहा हमेशा सच नहीं होता। भारतीय सीमा की सुरक्षा तक पहुँचने से चौदह मील पहले ही मुसलमानों का एक गिरोह धीमी चाल से चलती हुई उनकी ट्रेन पर चढ़ गया। ये लोग पास वाले डिब्बे में स्त्रियों पर झपट पड़े और उनके शरीर के सारे गहने उतारने लगे। पाँच-छः आदमियों ने युवा स्त्रियों को खिड़की से बाहर फेंक दिया और फिर स्वयं भी ट्रेन से कूद पड़े।

अन्य लोग कश्मीरीलाल के डिब्बे की तरफ झपटे। एक आदमी ने उसके सामने बैठी हुई औरत का सिर तलवार से एक ही वार में धड़ से अलग कर दिया। एक बीभत्स क्षण तक केवल कुछ नसों और माँस के कुछ रेशों से धड़ के साथ जुड़ा हुआ उसका सिर टूटी हुई गुड़िया के सिर की तरह

उसके कँधों पर झूलता रहा। उसकी गोद में लेटा हुआ बच्चा, जिसे वह दूध पिला रही थी, उसे देख-देखकर मुसकराता रहा। दो खंजर कश्मीरीलाल के शरीर में भी घुस गये। वह डिब्बे के फर्श पर ढेर हो गया और तुरंत ही उसके साथ के कुछ मुसाफिरों के निढाल शरीर भी उसके ऊपर आ गिरे। बेहोशी आने से कुछ ही पहले उसे बहुत अजीब-सा आभास हुआ कि जैसे कोई उसके पाँवों से जूते उतार रहा हो।

वहाँ से कुछ ही डिब्बों की दूरी पर धनीराम पंसारी ने जैसे ही गोलियाँ चलने की आवाज सुनी, उसने अपनी पत्नी और चार बच्चों को डिब्बे के फर्श पर ढकेल दिया। बहुत-से और लोग घायल होकर उनके ऊपर ढेर हो गये। जब उनका रक्त बह-बहकर उसके शरीर पर आने लगा तो धनीराम को एक युक्ति सूझी, जिसकी वजह से ही शायद उसके बच्चों की जान बच गयी। उसने अपने हाथ अपने मरते हुए पड़ोसियों के खून में डुबोकर उसे अपने और बच्चों के मुँह पर मल लिया, ताकि हमला करने वाले उन्हें मरा समझकर छोड़ दें।

जैसे-जैसे दोनों दिशाओं में भागने वालों की गति बढ़ती गयी, वैसे-वैसे सीमा के दोनों ओर इन अभागे शरणार्थियों से भरी हुई ट्रेनें हमले का मुख्य निशाना बनती गयीं। जब भी ये ट्रेनें स्टेशनों पर या किसी खुली जगह में आकर रुकतीं उन्हें तुरंत घेर लिया जाता। पटरियाँ उखाड़कर उन्हें घात में बैठे हुए हत्यारों के गिरोहों के सामने रोक दिया जाता। इन्हीं हत्यारों के गुर्गे पहले से डिब्बों में घुस जाते और पहले से तय की हुई किसी जगह पर जंजीर खींचकर गाड़ी रोक देते। ड्राइवरों को रिश्वत देकर या डरा-धमकाकर उनसे मनचाही जगहों पर गाड़ी रुकवा ली जाती। सीमा के दोनों ओर हर आदमी का लिंग सही अर्थों में उसके जीवन का सहारा बन गया था।

भारत में हिंदू और सिख रास्ते में रोक ली गयी ट्रेनों के डिब्बों में चोरों की तरह घुस आते और जिस किसी को भी वे पाते कि उसका खतना हुआ है, उसे फौरन कत्ल कर देते और पाकिस्तान में जिसका खतना न हुआ हो

उसे मुसलमान मार डालते।

लगातार चार-पाँच दिन तक एक भी ट्रेन लाहौर या अमृतसर ऐसी नहीं पहुँची, जिसमें कुछ लाशें और कुछ घायल परदेशी न हों। यू. सी. दुबे हिंदुस्तानी फौज के मेजर थे। स्वतंत्रता-दिवस को जब उन्होंने अपने फौजी मेस की छत पर, जहाँ उन्होंने अंग्रेज़ अफ़सरों के बहुत अपमान सहे थे, अपने देश का ध्वज फहराते देखा तो वह खुशी से फूले नहीं समाये थे। लेकिन लाहौर में, जहाँ वह भारतीय संपर्क अधिकारी थे, उन्होंने इस सच्चाई को नग्न रूप में देखा कि स्वतंत्रता के लिए क्या कीमत अदा करनी पड़ी थी। लाशों और घायलों से लदी हुई एक ट्रेन स्टेशन पर आकर लगी। उसके रुकते ही उसके हर खामोश डिब्बे के दरवाजों के नीचे से खून बहकर पटरियों पर इस तरह गिरने लगा जैसे 'बहुत गरमी पड़ने पर रेफ्रीजरेटर के दरवाजे के नीचे से पानी रिसता है।'

अपने हमलों में संगठन और बदले की भावना का विचित्र परिचय देकर सिख जत्थों ने सबको मात कर दिया और अपनी क्रूरता से एक महान जाति के संस्कारों को भी दरकिनार करके धर्मांधता का परिचय दिया। एक बार अमृतसर के पास एक ट्रेन को रोककर उन्होंने राहत कर्मचारियों के वेष में कुछ लोगों को उस ट्रेन में भेजा और जो लोग पिछले हमले में बच गये थे उन्हें भी ठिकाने लगा दिया। लाइफ पत्रिका की प्रसिद्ध फ़ोटोग्राफ़र मार्गरेट बुर्क-व्हाइट को अमृतसर स्टेशन पर सिखों का वह गिरोह अब तक स्मरण है, "जिनकी लंबी-लंबी दाढ़ियों को देखकर मन में सहज ही श्रद्धा उत्पन्न होती थी। वे अकालियों की गहरे नीले रंग की पगड़ियाँ बाँधे, प्लेटफार्म पर पालथी मारे बैठे थे। उनमें से हर एक के पास एक लंबी-सी कृपाण थी और वे चुपचाप अगली ट्रेन के आने की राह देख रहे थे।"

प्रत्येक ट्रेन के साथ फौजी संतरी भी चलते थे, लेकिन अक्सर होता यही था कि अगर हमला करने वाले उनकी जाति के होते थे, तो वे उन पर गोली नहीं चलाते थे। उनमें कुछ सच्चे वीर भी थे। पाकिस्तान की सरहद

से साठ मील पहले ही अपनी ट्रेन की गति धीमी होते देखकर अहमद जहूर नामक रेलवे-कर्मचारी को दाल में कुछ काला लगा। वह चुपचाप इंजन पर चढ़ गया। वहाँ पहुँचकर देखता क्या है कि दो-तीन सिख ट्रेन के हिंदू ड्राइवर को अमृतसर स्टेशन पर गाड़ी रोक देने के लिए रिश्वत में नोटों की गड्डी दे रहे हैं। डर से काँपता हुआ जहूर अपने अंग्रेज़ लेफ्टिनेंट को सचेत करने के लिए चुपके से वहाँ से खिसक आया और जो कुछ उसने देखा था, सब उसे बता दिया। अमेरिकी फिल्मों के ट्रेन लूटने वाले डाकुओं की तरह वह नौजवान अफ़सर गाड़ी की छत पर चढ़ गया और एक के बाद दूसरा डिब्बा फाँदता हुआ इंजन तक जा पहुँचा। हाथ में रिवॉल्वर लेकर उस अंग्रेज़ अफ़सर ने ड्राइवर से ट्रेन की गति तेज करने को कहा। इसके उत्तर में उसने ब्रेक और जोर से दबा दिया। अंग्रेज़ ने पिस्तौल की मूठ से उसके सिर पर वार करके उसे वहीं गिरा दिया। उमके दोनों आदमियों ने ड्राइवर को रस्सियों में बाँध दिया और उसने खुद इंजन चलाने की जिम्मेदारी संभाल ली। कुछ ही मिनट बाद जहूर और उसके साथ के 3,000 मुसलमान यात्रियों ने एक अनोखा दृश्य देखा। पूरे जोर से सीटी बजाती हुई उनकी ट्रेन साठ मील प्रति घंटा की गति से दनदनाती हुई अमृतसर स्टेशन के पार निकल गयी। वह नौजवान अंग्रेज़ इंजन के दरवाजे के पास खड़ा था और प्लेटफार्म पर सिखों की फौज हाथ में नंगी चमकती हुई तलवारें लिए हैरत से देख रही थी कि कब ट्रेन रुके और वे कत्लेआम शुरू करें। जब सब लोग सही सलामत पाकिस्तान पहुँच गये, तो उस ट्रेन के मुसलमान प्रवासियों ने आभार प्रकट करने के लिए उस अंग्रेज़ को हार पहनाये, लेकिन ये हार गेंदे के फूलों के नहीं बल्कि नोटों के थे।

कलकत्ता, अगस्त 1947

इस बार उनकी राह लगभग दस लाख लोग देख रहे थे। इस रक्तरंजित सप्ताह के दौरान जब पंजाब के सिर पर खून सवार था, शाम को गाँधी जी की प्रार्थना-सभा में आने वाले लोगों की संख्या दिन-ब-दिन बढ़ती ही जा

रही थी। इस आश्चर्यजनक ढंग से लगातार बढ़ती हुई उनकी इस संख्या ने इस निर्मोही महानगरी को अशांति और द्वेष के मरुस्थल के बीच शांति और भाई-चारे का एक सुखद हरा-भरा स्थल बना दिया था। संसार के सबसे अभागे शहर में रहने वाले लोगों ने प्रेम के उस दूत का संदेश सुना था और हिंसा तथा घृणा की अपनी सहज आकांक्षा पर काबू पा लिया था। कलकत्ता का चमत्कार अभी तक विराजमान था। जैसा कि न्यूयार्क टाइम्स ने लिखा, "यह शहर भारत में एक अनोखा है।"

गाँधी जी ने अपनी सहज विनम्रता का परिचय देते हुए इसका श्रेय लेने से मना कर दिया। उन्होंने अपने समाचार पत्र हरिजन में लिखा, "हम ईश्वर के हाथों के खिलौने हैं, वही हमें अपने इशारों पर नचाता है।" लेकिन नयी दिल्ली से एक पत्र आया, जिसमें उन्हें भरपूर सम्मान दिया गया था। माउंटबेटन ने अपनी 'उदास गौरैया' को लिखा था—"पंजाब में हमारे पास 55,000 सिपाही हैं, फिर भी वहाँ बड़े पैमाने पर दंगे हो रहे हैं। बंगाल में हमारे सेना-दल में मात्र एक सिपाही है और वहाँ कोई दंगा नहीं हुआ।" एक सेना-नायक और भारत के अंतिम वायसराय की हैसियत से उन्होंने बड़े विनीत भाव से 'अपने एक सिपाही वाले सीमा सेना-दल के प्रति श्रद्धांजलि अर्पित करने' की अनुमति माँगी।

पंजाब, अगस्त 1947

एक खुली कार में एक-दूसरे की बगल में बैठे हुए जवाहरलाल नेहरू और लियाकत अली खां जा रहे थे। उन्होंने तीस वर्ष अंग्रेज़ी शासन के विरुद्ध संघर्ष करके भारत को स्वतंत्र कराया था, परंतु देश के दो टुकड़ों में बँटने का दुःख भी सभी भारतीयों नेताओं के दिल पर भारी था। इन दोनों नेताओं का विजेताओं जैसा स्वागत करने के लिए खुशियाँ मनाती हुई भीड़ इकट्ठी होनी चाहिए थी, लेकिन इसके बदले दोनों ही मौन व उदास बैठे हुए आतंक और व्यथा के दृश्यों के बीच से गुजर रहे थे। उनके देशवासियों के चेहरों पर स्वतंत्रता के वरदानों के लिए कृतज्ञता के अलावा हर भाव था। दोनों दूसरी बार पंजाब का दौरा कर रहे थे और इस अराजकता के

वातावरण में फिर से शांति और व्यवस्था लाने का कोई उपाय खोजने का प्रयास कर रहे थे।

हर चीज़ उनके लिए बेकाबू चुकी थी। उनकी पुलिस निकम्मी सिद्ध हुई थी। फौज वफ़ादार जरूर रही—लेकिन बस वफ़ादार ही रही। जो कुछ हो रहा था, उसके प्रति उदासीनता और कभी-कभी उसमें सक्रिय सहयोग के कारण प्रशासन-तंत्र बिलकुल ठप हो गया था। उनकी मोटर एक के बाद एक ऐसे गाँवों के बीच से होकर गुजर रही थी, जिन्हें नष्ट कर दिया गया था, उन खेतों के बीच से जिनमें फसल तैयार खड़ी थी, पर काटी नहीं गयी थी। वे मुसीबत के मारे शरणार्थियों की उन लंबी, कभी न खत्म होने वाली कतारों के बीच से गुजर रहे थे, जिनमें हिंदू और सिख चुपचाप पूरब की ओर जा रहे थे और मुसलमान चुपचाप पश्चिम की ओर। उनके साथ यात्रा करने वाले एक कर्मचारी का कहना है कि दोनों नेता मोटर की पिछली सीट पर इस तरह सिकुड़े हुए बैठे थे, मानो अपनी व्यथा के बोझ से दबे जा रहे हों।

अंत में नेहरू ने दम घोंट देने वाली इस चुप्पी को तोड़ा। उन्होंने बहुत ही धीमे स्वर में लियाकत अली खां से कहा, "इस विभाजन ने हमें कैसे नरक में पहुँचा दिया! जब हम इसके लिए सहमत हुए थे, तब कभी सोचा भी नहीं था कि यह सबकुछ हो सकता है। हम भाइयों की तरह रहते थे। यह सबकुछ हुआ कैसे ?"

"हमारे लोग पगला गये हैं", लियाकत अली ने कहा, "पर इसके लिए कुछ हद तक हम लोग ही जिम्मेदार हैं।"

अचानक शरणार्थियों की कतार में से एक आदमी निकलकर उनकी मोटर की ओर लपका। वह युवा पुरुष हिंदू था, उसका चेहरा व्यथा से विकृत हो चुका था और जब वह सिसकियाँ लेता था, तो उसका सारा शरीर काँप उठता था। उसने नेहरू को पहचान लिया था। नेहरू बड़े आदमी थे, दिल्ली से आये हुए बड़े साहब, सरकार के आदमी थे, वह उसके लिए कुछ

कर सकते थे। उस आदमी ने नेहरू से मदद की भीख माँगी। उसके आँसू उसके चेहरे पर से बहते हुए उसकी बहती हुई नाक में मिल रहे थे, उसकी परिश्रम करने वाली मजबूत खुरदरी उँगलियाँ हवा में इस तरह चल रही थीं, मानो वह किसी नृत्य-नाटिका में गिड़गिड़ाकर भीख माँगने का अभिनय कर रहा हो। उसी सड़क पर तीन मील पहले मुसलमानों के एक गिरोह ने गन्ने के खेत में से निकलकर शरणार्थियों के इस समूह पर अचानक हमला किया था और उसकी इकलौती दस बरस की बच्ची को उससे छीन ले गये। उसने रो-रोकर नेहरू से कहा, "मैं अपनी बच्ची को प्यार करता था, उसे बहुत प्रेम करता था। उसे मुझे वापस दिला दीजिए। दया करके मुझे मेरी बेटी वापस दिला दीजिए।"

नेहरू ने बाद में अपने साथ काम करने वाले एक कर्मचारी को बताया कि उस दयनीय व्यक्ति की स्थिति में अपने इतने सारे देशवासियों पर टूट पड़ी विपदा के पहाड़ का नग्न रूप अपने सामने खड़ा देखकर उनका निढाल मन जैसे रोगी हो गया और वह मोटर में एक ओर को लुढ़क गये थे। वह तीस करोड़ जनता के प्रधानमंत्री थे, लेकिन वह इस एक रोते-बिलखते आदमी की कोई सहायता नहीं कर सकते थे, जो उनसे बस इतनी-सी भिक्षा माँग रहा था कि वह कोई चमत्कार करके उसकी बेटी उसे वापस दिला दें। व्यथा से पीड़ित होकर नेहरू ने आगे झुककर दोनों हाथों में अपना सिर थाम लिया और उनके साथ चलने वाले अंगरक्षक ने उस व्यथा से पीड़ित पिता को उनकी मोटर के पाँवदान पर से उतार लिया।

नेहरू को इस अनुभव से इतना गहरा आघात पहुँचा था कि उस रात उन्हें नींद नहीं आयी। वह लाहौर के उस घर के बरामदे में, जहाँ वह ठहरे हुए थे, चिंता में डूबे हुए और कुछ सोचते हुए घंटों टहलते रहे। नेहरू को इससे बहुत धक्का लगा था कि लोग सांप्रदायिकता के पागलपन में इतने बेरहम भी हो सकते हैं। पटेल जो उनके मित्रभावी शत्रु थे, कंधे बिचकाकर और यह कहकर कि 'यह तो होना ही था', इस सारी घटना को टाल जाते।

नेहरू ऐसा नहीं कर सकते थे। पंजाब में चल रही घृणा और विनाश की लीला से उनका रोम-रोम विचलित हो गया था। अपने हिंदू देशवासियों का समर्थन खो देने का खतरा उठाकर भी इस पागलपन का विरोध करने से वह भयभीत नहीं थे।

समस्या यह थी कि उनकी समझ में नहीं आ रहा था कि विरोध किस तरह करें। जिस विनाशलीला ने पंजाब की नींवें हिलाकर रख दी थीं, उसने उनके कंधों पर एक ऐसी जिम्मेदारी थोप दी थी, जिसका सामना करने के लिए जिंदगी ने उन्हें तैयार ही नहीं किया था। जब कोई ठोस घटना उनके सामने आती, तो वह गुस्से से भड़क उठते। उस दिन तीसरे पहर अमृतसर में जब उन्हें बताया गया कि किसी गाँव के सिख अपने मुसलमान पड़ोसियों को कत्ल करने की तैयारियाँ कर रहे हैं, तो उन्होंने आदेश दिया कि सिख नेताओं को उनके सामने लाकर बड़े-से बरगद के पेड़ के नीचे पेश किया जाए।

उन्होंने उनसे कहा, "मैंने सुना है कि आज रात आप लोग अपने मुस्लिम पड़ोसियों का कत्लेआम करने के मंसूबे बना रहे हैं। अगर उनका बाल भी बाँका हुआ तो कल सुबह मैं आप लोगों को यहाँ जमा करवाकर खुद अपने बॉडीगार्डों को हुक्म दूँगा कि सबको गोली मार दें।"

नेहरू की दुविधा यह थी कि इस तरह की कार्रवाई एक जगह तो कारगर हो गयी, लेकिन इसे इतने बड़े देश में जो दुनिया में दूसरा सबसे बड़ा देश है, हर जगह कैसे काम में लाएँ, जबकि इस देश के सामने ऐसी समस्याएँ थीं, जिनका सामना विश्व के किसी और देश ने कभी नहीं किया था। वह चिंताग्रस्त थे और थकान से चूर। उन्होंने रात को ढाई बजे अपने ए.डी.सी. को जगाया और कहा कि वायरलेस पर दिल्ली से पता करे कि वहाँ की नयी खबरें क्या हैं? बुरे समाचारों के उस अंबार में एक समाचार ऐसा भी था, जिससे उन्हें कुछ तसल्ली हो सकती थी। अपने जिस वृद्ध नेता का साथ उन्होंने विभाजन के प्रश्न पर छोड़ दिया था, वह अब भी अपना चमत्कार दिखा रहा था—कलकत्ता में शांति थी।

इशारा हुआ, जोर से सीटी बजायी गयी। उसके बजते ही छः हिंदू गली में से निकलकर सड़क के बीच में शांतिपूर्वक चलते हुए दो अधेड़ उम्र के आदमियों के पीछे हो लिए। वे दोनों भागे, लेकिन बचकर जाते भी कहाँ? 'मुसलमान, मुसलमान' चिल्लाते हुए हिंदू लड़कों ने उन्हें पीट-पीटकर जमीन पर लुढ़का दिया। उन दोनों आदमियों ने डर के मारे काँपते हुए कसमें खा-खाकर कहा कि वे हिंदू हैं, अपने हिंदू नाम बताए, हिंदू बस्तियों में अपने पते बताये, लेकिन उन पर हमला करने वालों के 17 वर्षीय नेता सुनील राय को, जो अभी विद्यार्थी ही था, इससे पक्का प्रमाण चाहिए था। उसने अपनी धोतियाँ खोल दीं। दोनों पर मुहम्मद साहब के धर्म की मुहर लगी थी अर्थात दोनों का खतना हुआ था।

उन्हें पकड़ने वाले एक लड़के ने उनके सिरों पर तौलिए डाल दिए; दूसरे ने रस्सियों से उनकी बाँहें कस दीं। उनके पीछे भीड़ बढ़ती जा रही थी; लाठियाँ, छुरे और लोहे की छड़ें लिए हुए लोग भीड़ में शामिल हो गये थे। उन दोनों आदमियों को सड़क पर ठेल-ठेलकर आगे ले जाया जा रहा था और वे लड़के जिनकी उम्र के उन दोनों के बेटे रहे होंगे, उनके रक्तपिपाशु होकर चिल्ला रहे थे। कोई 200 गज चलने के बाद वह नदी के एक मोड़ के पास आ निकले।

उन लड़कों के 17 वर्षीय नेता ने बाद में बताया, "यदि कोई और समय होता तो हम अपनी पवित्र नदी के पानी को मुसलमानों के रक्त से गंदा न करते। नदी के किनारे बहुत-से धर्म-परायण हिंदू पूजा कर रहे थे। कुछ औरतें नहा रही थीं।"

उन्होंने अपने दोनों क़ैदियों को कमर-कमर तक पानी में नदी में ढकेल दिया। लोहे की एक छड़ हवा में घूमी और धड़ से पहले मुसलमान के सिर पर आकर गिरी। उसकी खोपड़ी फट गयी, वह बेचारा लड़खड़ाकर नदी में गिर पड़ा। जिस जगह उसका सिर पानी के नीचे गया था, वहीं पानी के धरातल पर लाल रंग का एक घेरा बन गया।

दूसरा व्यक्ति अपनी जान बचाने के लिए लड़ता रहा। हत्यारों के इस दल के सरदार ने बाद में बताया, "उस लड़के ने उसके सिर पर भी वार किया। बच्चों ने उसके मुँह पर पत्थर फेंकें एक और लड़के ने उसकी गर्दन में छुरा भोंक दिया, ताकि उसके मरने में कोई शक न रह जाए।"

उसी जगह के आस-पास चारों ओर धर्मात्मा हिंदू पूजा-पाठ में व्यस्त रहे। कुछ ही गज की दूरी पर हो रही हत्याओं से उनकी पूजा-पाठ में कोई विघ्न नहीं पड़ा। सुनील राय ने ठोकरों से दोनों लाशों को बीच धारा की ओर ढकेल दिया, ताकि नदी का पानी उन्हें अपने साथ बहा ले जाए। जब दोनों लाशें ओझल हो गयीं और उसके खून की लाली हुगली नदी के मैले पानी में घुल-मिल गयी, तो हत्यारों ने तीन बार नारा लगाया—'काली माता की जय!'

प्रभात की बेला थी। 31 अगस्त, 1947 का दिन था। सोलह दिन के चमत्कार के बाद वह विष अंततः भयानक रातों वाले उस शहर में भी फैलने लगा था। कलकत्ता की शांति भंग हो गयी थी। दूसरी जगहों की तरह यहाँ भी यह जहर ट्रेनों में भर-भरकर आने वाले उन शरणार्थियों ने फैलाया था, जो अपने साथ पंजाब से भयानक अत्याचारों के किस्से लाए थे। बारूद में आग लगाने का काम इस अफवाह ने किया, जिससे कभी पुष्टि नहीं हो सकी थी, कि मुस्लिम गुंडों ने ट्राम में एक हिंदू लड़के को पीट-पीटकर मार डाला था।

उसी रात दस बजे सिरफिरे दंगाई नौजवानों का एक जुलूस हैदरी हाउस के अहाते में घुस आया और गाँधी जी से मिलने की माँग करने लगा। गाँधी जी अपनी चटाई पर लेटे हुए गहरी नींद सो रहे थे। एक ओर उनकी चहेती मनु सो रही थी और दूसरी तरह उनकी दूसरी पोती आभा। भीड़ ने एक नौजवान को अपने सामने कर रखा था, जिसके शरीर पर पट्टियाँ बँधी हुई थीं और जो भौंचक्का होकर चारों ओर देख रहा था। उन लोगों का कहना था कि मुसलमानों ने उसे पीटा था। मनु और आभा जाग पड़ीं और भागकर बरामदे में आयीं और भीड़ को शांत करने का प्रयत्न करने लगीं,

लेकिन कोई लाभ नहीं हुआ। गाँधी जी के समर्थकों को अलग ढकेल कर भीड़ घर के अंदर घुस आयी। इस शोर-गुल से गाँधी जी की आँख खुल गयी और वह उन लोगों का सामना करने के लिए उठ खड़े हुए। "यह कैसा पागलपन है?" उन्होंने पूछा, "हमला करना है, तो मुझ पर हमला करो।"

इस बार उनके शब्द भीड़ के शोर में खो गये। भीड़ के बीच से दो मुसलमान निकलकर, जिनमें से एक को बुरी तरह पीटकर लहूलुहान कर दिया था, गाँधी जी के पीछे जाकर दुबक गये। भीड़ में से किसी ने कोई भारी-सी चीज़ गाँधी जी की तरफ फेंक कर मारी। वह बाल-बाल बच गये। वह भारी चीज़ पीछे दीवार में जाकर लगी।

गाँधी जी के किसी शिष्य ने परेशान होकर पुलिस को सूचना दे दी थी, जो उसी क्षण वहाँ पहुँच गयी। गाँधी जी बहुत परेशान थे। वह चटाई पर लेट तो गये, लेकिन उन्हें नीद नहीं आयी। उन्होंने कहा, "कलकत्ता का चमत्कार भी चार दिन की चाँदनी और फिर अंधेरी रात जैसा ही सिद्ध हुआ।"

कलकत्ता की शांति के बारे में गाँधी जी के रहे-सहे भ्रम भी अगले दिन नष्ट हो गये। दोपहर के थोड़ी ही देर बाद उन निर्धन मुसलमानों की बस्तियों पर लगातार हमले किए गये जो गाँधी जी के चमत्कार से हौंसला पाकर अपने घरों को लौट आये थे। उनमें से ज्यादातर हमले कुछ सिरफिरे नौजवानों ने किए थे। जहाँ गाँधी जी ठहरे हुए थे, वहाँ से कुछ ही दूर बेलियाघाटा रोड पर उस ट्रक पर दो बस्ती बम फेंके गये, जिस पर सहमे हुए मुसलमानों को उनकी बस्ती से निकालकर ले जाया जा रहा था।

गाँधी जी तुरंत वहाँ पहुँच गये। वहाँ का दृश्य देखकर उन्हें मतली-सी होने लगी। जो दो आदमी मारे गये थे, वे चीथड़े पहने हुए बेचारे गरीब मजदूर थे। उनकी पथरायी हुई आँखें खुली थीं और वे खून में लथपथ सड़क पर पड़े थे; उनके खुले हुए घावों पर मक्खियाँ भिनभिना रही थीं। उनमें से एक के चीथड़ों में से पच्चीस पैसे का सिक्का लुढ़ककर सड़क पर आ गिरा था और उसकी लाश के पास ही पड़ा चमक रहा था। गाँधी जी स्तंभित खड़े

इस कसाइयों जैसी बेरहमी को देखते रहे। इस दृश्य को देखकर इतनी अरुचि हो रही थी कि उन्होंने रात को भोजन भी नहीं किया। वह सोच में डूबकर चुप हो गये। उन्होंने कहा, "मैं प्रकाश के लिए प्रार्थना कर रहा हूँ। मैं अपने अंतरतम की गहराइयों में खोज रहा हूँ। ऐसे में शांत रहने से बड़ी मदद मिलती है।"

उसी शाम को वह थोड़ी देर टहलने के बाद आकर अपनी चटाई पर बैठ गये और एक सार्वजनिक घोषणा की सामग्री तैयार करने लगे। वह जो उत्तर खोज रहे थे, उन्हें मिल गया था। कलकत्ता में फिर समझदारी का वातावरण पैदा करने के लिए गाँधी जी अपने 78 साल के वृद्ध शरीर पर आमरण अनशन की पीड़ा झेलने वाले थे।

कलकत्ता में फिर से समझदारी का वातावरण उत्पन्न करने के लिए गाँधी जी को अस्त्र प्रयोग करने जा रहे थे, वह एक ऐसे देश के लिए बहुत ही बेतुका प्रतीत होता था, जहाँ भूख से मरना शताब्दियों से एक निरंतर अभिशाप रहा था। फिर भी वह हथियार उतना ही प्राचीन था, जितना भारत। भारत के ऋषियों की प्राचीन वंदनाओं का यह कथन कि 'अगर तुम ऐसा करोगे, तो मैं ही मरूँगा' हमेशा इस देश के लोगों को, जिनके पास दूसरे पर दबाव डालने का कोई और साधन नहीं था, प्रेरणा देता रहा था। 1947 के भारत में, किसान अब भी महाजन की चौखट पर भूख-हड़ताल करके बैठ जाते थे और अपनी भूख की यातना का दबाव डालकर उससे याचना करते थे कि वह ऋण की वसूली कुछ समय के लिए टाल दे। ऋण देने वाले भी भूख-हड़ताल करके ऋणदाता पर दबाव डाल सकते थे कि वह अपना दायित्व पूरा करे। गाँधी जी की अनन्य प्रतिभा इसी बात में थी कि जो चीज़ अभी तक एक वैयक्तिक उपाय तक सीमित थी, उसे उन्होंने राष्ट्रव्यापी स्वरूप प्रदान कर दिया था।

उस छोटे-से चालाक व्यक्ति के हाथों में अनशन का अस्त्र किसी भी निहत्थे और अल्प-विकसित देश की जनता द्वारा प्रयोग किया गया सबसे

सशक्त हथियार बन गया था। चूँकि अनशन से प्रतिद्वंद्वी के मन में तात्कालिकता का आभास उत्पन्न होता था, जो उसे समस्या का सामना करने पर विवश कर देता था, इसलिए जब भी गाँधी जी के सामने कोई ऐसी बाधा आ जाती जिसे दूर करना मुश्किल होता, तो वह हमेशा इसी का सहारा लेते थे।

उन्होंने अपने जीवन में कई बार आमरण अनशनों से बहुत शानदार सफलताएँ अर्जित की थीं। किसी मामूली या बहुत बड़े कारण के आधार पर वह आहार लेने से सार्वजनिक रूप से मना कर चुके थे। दो बार वह इक्कीस-इक्कीस दिन का आमरण अनशन करके मृत्यु के द्वार तक पहुँच चुके थे। गाँधी जी के अनशन चाहे दक्षिण अफ्रीका में काले लोगों के साथ न्याय के लिए रहे हों, या भारत में हिंदू-मुस्लिम एकता के लिए, छूआछूत की लानत दूर करने के लिए या अंग्रेज़ों को जल्दी-से-जल्दी निकालने के लिए, संपूर्ण विश्व के करोड़ों लोगों पर उनका प्रभाव पड़ा था। एक ऐसा देश, जिसके 83 प्रतिशत निवासी न पढ़े-लिखे थे और न ही उनके पास रेडियो थे, गाँधी जी के इन अनशनों की पूरी जानकारी रखता था और जब कभी उनके मरने का खतरा पैदा हो जाता था, तो सारा देश सिहर उठता था। इस मामले में उसमें एक अद्‌भुत और सहज एकता दिखायी पड़ती थी।

गाँधी जी के लिए आमरण अनशन सबसे बढ़कर एक प्रार्थना थी, देह पर आत्मा का प्रभुत्व स्थापित करने का सबसे अच्छा तरीका। वह जोर देकर कहते थे, "मेरा विश्वास है कि शरीर पर आत्मा के बढ़ते हुए प्रभुत्व के माध्यम से ही आत्मा की शक्ति को बढ़ाया जा सकता है। हम बड़ी आसानी से यह भूल जंाते हैं कि भोजन जिह्वा के रसास्वादन के लिए नहीं बल्कि देह को हृष्ट-पुष्ट बनाये रखने के लिए बनाया गया था, ताकि वह दासों की तरह हमारा कार्य करे।" निजी रूप से अनशन उनके लिए प्रायश्चित की अपनी निरंतर आवश्यकता को पूरा करने का सबसे उपयुक्त साधन था।

गाँधी जी का कहना था कि सार्वजनिक रूप से अपनी इच्छा से अपने ऊपर थोपा गया आमरण अनशन का कष्ट उसे अहिंसा के अस्त्रागार का

सबसे प्रभावशाली हथियार बना देता है, और वह संपूर्ण विश्व में इस अस्त्र के प्रयोग के सबसे बड़े सिद्धान्तवेत्ता बन गये। गाँधी जी का विश्वास था कि अनशन कुछ विशेष परिस्थितियों में ही किया जा सकता है। किसी ऐसे शत्रु के विरूद्ध, जिसके प्यार या स्नेह पर अनशन करने वाले का कोई अधिकार न हो, भूख हड़ताल करना बेकार है।

भूख हड़ताल से किसी भी समस्या में समय का महत्त्वपूर्ण आयाम जुड़ जाता था। उसके नाटकीय ढंग के खतरे से लोग उन बँधे हुए हुए ढर्रों से हटकर, जिनके वे आदी हो चुके थे, सोचने पर मजबूर होते थे और उन्हें नये विचारों का सामना करना पड़ता था। प्रभावशाली होने के लिए राजनीतिक अनशन के साथ प्रचार बहुत आवश्यक था। इस अस्त्र को कभी-कभी ही और बहुत सोच-विचार कर प्रयोग करना अनिवार्य था। बार-बार प्रयोग करने से यह हास्यास्पद बन सकता था।

गाँधी जी के शिष्य यह जानते थे कि इस उम्र में भूख हड़ताल करना कितने बड़े जोखिम का कार्य हो सकता है, इसलिए उन्होंने संपूर्ण शक्ति लगाकर गाँधी जी से यह विचार त्याग देने को कहा।

कांग्रेस में उनके पुराने साथी सी. राजगोपालाचारी ने, जो अब बंगाल के पहले भारतीय गवर्नर बना दिये गये थे, उनसे पूछा, ‘‘बापू, गुंडों के खिलाफ कोई कैसे अनशन कर सकता है?’’

‘‘मैं उन लोगों के हृदय को छूना चाहता हूँ, जो गुंडों को सहारा दे रहे हैं, जो उनके पीछे हैं।’’

‘‘लेकिन अगर आप मर गये’’, उनके पुराने शिष्य ने नया तर्क दिया, ‘‘तो जिस अग्नि को आप बुझाने का प्रयास कर रहे हैं और जोर से भड़क उठेगी।’’

‘‘कम-से-कम मैं अपने जीते जी तो यह नहीं देखूँगा।’’ गाँधी जी का उत्तर था।

उन्हें कोई भी चीज़ डिगा नहीं सकती थी। पहली सितंबर की रात को गाँधी जी ने मनु और आभा को जगाकर उन्हें बताया कि हैदरी हाउस के सामने दंगे का शिकार होने वालों को देखने के बाद वह रात का जो भोजन नहीं खा पाये थे उसी से उनका आमरण अनशन शुरू हो गया है। उन्होंने कहा कि या तो वह सफल होंगे या फिर मर जाएँगे—'या कलकत्ते में शांति होगी, या मैं मर जाऊँगा।'

गाँधी जी के शरीर की शक्ति इस बार बड़ी तेजी से जवाब देने लगी। नये साल के दिन से उन पर जो भावात्मक दबाव पड़ रहा था, वह अपना असर छोड़ गया था।

उनके डॉक्टर ने अगले दिन देखा कि उनके हृदय की हर चार धड़कनों में से एक धड़कन गायब है। दोपहर की मालिश कराने और गरम पानी का एनीमा लेने के बाद उन्होंने खाने का सोडा मिलाकर एक लिटर पानी पिया। इसके कुछ ही देर बाद उनकी आवाज इतनी धीमी पड़ गयी कि वह सुनायी भी मुश्किल से पड़ती थी।

गाँधी जी ने जो चुनौती दी थी, उसका समाचार कुछ ही घंटों में सारे कलकत्ता में आग की तरह फैल गया। लेकिन हिंसा की जो महामारी शुरू हो गयी थी, उसे एक दिन में तो रोका नहीं जा सकता था। सारे शहर में आग धधकती रही, लूटमार होती रही, लोग कत्ल किए जाते रहे। अपनी चटाई पर लेटे-लेटे गाँधी जी को स्वयं एक खतरनाक आवाज सुनायी देती थी—कहीं दूर से आती हुई गोलियाँ चलने की आवाज, जिसका अर्थ था कि कुछ और लोग भगवान के प्यारे हो गये।

वह जिस समय असह्य पीड़ा से त्रस्त वहाँ लेटे थे, उनके शिष्यों ने शहर के हिंदू चरमपंथियों के नेताओं को तलाश डाला। उन लोगों ने उन्हें बताया कि नोआखाली में उनके हज़ारों हिंदुओं की जान केवल उस वादे के कारण से बच सकी, जो गाँधी जी ने वहाँ के मुस्लिम नेताओं से लिया था। उन्होंने चेतावनी दी कि अगर कलकत्ता में मुसलमानों का रक्त बहता रहा और गाँधी जी मर गये तो नोआखाली में हज़ारों हिंदू मार डाले जाएँगे।

अनशन की दूसरी सुबह तंक गोलियाँ चलने की आवाज के साथ ही एक नयी आवाज भी आने लगी थी—शांति के उन नारों की आवाज जो हैदरी हाउस की ओर बढ़ती हुई संख्या में आने वाले विभिन्न प्रतिनिधि-मंडलों की ओर से लगाये जा रहे थे। कलकत्ता के दंगाइयों ने कुछ देर के लिए अपने हाथ रोककर गाँधी जी के स्वास्थ्य के बारे में डॉक्टरों की रिपोर्ट के बारे में सोचा। राजगोपालाचारी ने वहाँ आकर घोषणा की कि यूनिवर्सिटी के छात्र शहर में शांति स्थापित करने के लिए एक आंदोलन छेड़ने जा रहे हैं। गाँधी जी का स्वास्थ्य तेजी से गिरता जा रहा था। हिंदू और मुस्लिम नेता भागे-भागे उनके पास अनशन तोड़ देने का अनुरोध करने आये। एक मुसलमान गाँधी जी के कदमों पर गिर पड़ा और रो-रोकर कहने लगा—“यदि आपको कुछ हो गया तो हम मुसलमान मिट जाएँगे।” लेकिन गाँधी जी के थके हुए शरीर के अंदर जिस दृढ़ संकल्प की ज्वाला धधक रही थी, वह इन मिन्नतों से बुझने वाली नहीं थी। उन्होंने बहुत ही धीमे स्वर में कहा, “जब तक यहाँ पिछले पंद्रह दिनों जैसी शानदार शांति फिर से स्थापित नहीं हो जाएगी, तब तक मैं अपना अनशन नहीं तोड़ूँगा।”

तीसरे दिन प्रभात बेला में गाँधी जी की आवाज डूबने लगी। उनकी नब्ज इतनी तेजी से गिरती जा रही थी कि उनके मरने का भय पैदा हो गया। जैसे ही यह समाचार चारों ओर फैला कि गाँधी जी मरने वाले हैं, कलकत्ता में क्षोभ और ग्लानि की लहर दौड़ गयी। शहर से बाहर पूरे राष्ट्र का ध्यान हैदरी हाउस की उस चटाई पर केंद्रित हो गया, जिस पर भारत का महात्मा दम तोड़ रहा था।

जैसे-जैसे गाँधी जी की जीर्ण-शीर्ण काया से जीवन-शक्ति का ह्रास होता गया, वैसे-वैसे उस शहर में, जो अपने त्राता को बचाने पर तुला हुआ था, भाई-चारे और प्रेम की लहर दौड़ गयी। उन गरीब बस्तियों में जहाँ सबसे अधिक दंगे हुए थे, फिर से शांति और व्यवस्था स्थापित करने के लिए हिंदुओं और मुसलमानों के मिले-जुले जुलूसों ने उन पर धावा बोल दिया। इस बात का कि कलकत्ता में सचमुच हृदय-परिवर्तन हो गया था,

सबसे प्रभावशाली प्रमाण उस समय मिला जब सत्ताइस गुंडों का एक गिरोह हैदरी हाउस में आया। सिर झुकाए हुए, पश्चाताप से भर्रायी हुई आवाजों में उन्होंने अपने अपराधों को स्वीकार किया और गाँधी जी से क्षमा माँगकर उनसे अपना अनशन समाप्त कर देने की भिक्षा माँगी।

उसी शाम को वे उपद्रवी भी आये, जिन्होंने वेलियाघाटा रोड पर हत्याएँ की थीं, जिन्हें देखकर गाँधी जी इतने विचलित हो उठे थे। अपना अपराध स्वीकार करने के बाद पश्चाताप करते हुए गाँधी जी से कहा—"मैं और मेरे साथी कोई भी सजा जो आप हमें देना चाहें, भुगतने को तैयार हैं, बस आप अपना अनशन तोड़ दीजिए।" यह कहकर उन्होंने अपनी धोतियों की झोलियाँ खोल दीं। बहुत-से चाकू, छुरे, पिस्तौल और बघनख झनझनाकर फर्श पर बिखर गये, जिनमें से कुछ पर अब भी खून के कत्थई धब्बे जमे हुए थे। गाँधी जी और उनके शिष्य यह सबकुछ आश्चर्य से देखते रहे। जब वे गाँधी जी की चटाई के पास आकर बैठे तो गाँधी जी ने उनसे बहुत धीमी आवाज में कहा—"मैं तुम्हें यह सजा देना चाहता हूँ कि जिन लोगों को तुमने सताया है, उनकी बस्तियों में जाओ और उनकी रक्षा के लिए अपने-आपको समर्पित कर दो।"

उस दिन शाम को राजगोपालाचारी के हाथ के लिखे हुए एक संदेश में यह घोषणा की गयी कि शहर में एक बार फिर पूर्ण शांति स्थापित हो गयी है। गुंडों के गिरोहों ने अपनी ईच्छा से जो दस्ती बम, बंदूक, पिस्तौल और छुरे वापस कर दिए थे, वे एक ट्रक पर लादकर हैदरी हाउस के फाटक पर लाये गये। कलकत्ता के हिंदू, सिख और मुसलमान नेताओं ने एक संयुक्त बयान में गाँधी जी को वचन दिया—"हम शहर में फिर कभी सांप्रदायिक झगड़े नहीं होने देंगे और जीवन-भर उन्हें रोकने का प्रयास करते रहेंगे।"

अंततः 4 सितंबर की रात को सवा नौ बजे, गाँधी जी ने तिहत्तर घंटे बाद थोड़ा-सा संतरे का रस पीकर अपना आमरण अनशन तोड़ दिया। यह यह निर्णय लेने से पहले उन्होंने अपनी चटाई के चारों ओर खड़े हुए हिंदू, सिख और मुसलमान नेताओं को एक चेतावनी भी दी।

उन्होंने कहा, "आज पूरे भारत की शांति की चाबी कलकत्ता के हाथ में है। यहाँ अगर कोई छोटी-सी भी वारदात हो गयी, तो उसका हर जगह इतना असर पड़ेगा कि अंदाजा नहीं लगाया जा सकता। अगर सारे देहात में भी आग भड़क उठे तो भी आपकी जिम्मेदारी होगी कि कलकत्ता उस अग्नि की लपटों से बचा रहे।"

उन लोगों ने इस जिम्मेदारी को निभाया। इस बार कलकत्ता का चमत्कार खरा और वह टिकाऊ था। पंजाब के विपदाग्रस्त मैदानों में, सीमा प्रांत में, कराची में, लाहौर और दिल्ली में भी तो अभी हालत और बदतर होने वाली थी, लेकिन भयानक रातों के शहर कलकत्ता ने बूढ़े गाँधी जी को दिया गया अपना वचन निभाया। इसके बाद गाँधी जी जब तक जिंदा रहे कलकत्ता की सड़कों पर सांप्रदायिक दंगों में रक्त की एक बूंद भी नहीं गिरी। उनके पुराने मित्र राजगोपालाचारी ने कहा, "गाँधी जी ने बहुत बड़े-बड़े कारनामे किए हैं, लेकिन कलकत्ता में उन्होंने बुराई और दुराचार पर जो विजय प्राप्त की है, उतना शानदार कारनामा कोई दूसरा नहीं है, स्वतंत्रता भी नहीं।"

गाँधी जी पर इन प्रशंसाओं का कोई प्रभाव नहीं हुआ। उन्होंने घोषणा कि, "मैं सोच रहा हूँ कि कल पंजाब के लिए प्रस्थान करूँ।"

नयी दिल्ली, सितंबर 1947

गाँधी जी संपूर्ण पंजाब की यात्रा कभी पूरी नहीं कर पाये। हिंसा के एक नये विस्फोट ने उन्हें बीच ही में रोक दिया। इस बार यह उन्माद उस सबसे बुनियादी केंद्र में फूट पड़ा, जहाँ से पूरे भारत पर शासन किया जाता था। विलुप्त ब्रिटिशराज की गौरवशाली और बनावटी राजधानी नयी दिल्ली में आग भभक उठी। जिस शहर ने इतनी शान-शौकत और इतनी धूमधाम देखी थी, जहाँ दुनिया की सबसे बड़ी नौकरशाही का ठिकाना था, वह भी उस विष से नहीं बच सका, जो कलकत्ता की गरीब बस्तियों और लाहौर में फैला हुआ था।

पंजाब की सीमा पर बसा हुआ दिल्ली शहर, जो किसी युग में मुगलों का गढ़ था, कई अर्थों में अब भी एक मुस्लिम शहर था। यहाँ के ज्यादातर खानसामा, तांगे वाले, फल और सब्जी वाले और दस्तकार सभी मुसलमान ही तो थे। दंगों के कारण से आस-पास के देहात से हज़ारों मुसलमान शरण और सुरक्षा की खोज में यहाँ की सड़कों पर आ गये थे। शहर में बहुत बड़ी संख्या में लगातार आ रहे हिंदू और सिख शरणार्थियों से सुनी अत्याचारों की भयानक कहानियों से उत्तेजित होकर और अपने नये राष्ट्र की राजधानी में इतने बहुत-से मुसलमानों की उपस्थिति पर गुस्से में आकर कुछ सिरफिरे लोगों ने 3 सितंबर को सुबह, जिस दिन गाँधी जी ने कलकत्ता में अपना आमरण अनशन तोड़ा था, दिल्ली में आतंक का दौर चला दिया।

रेलवे-स्टेशन पर दर्जन-भर मुसलमान कुलियों के कत्ल से इसकी शुरुआत हुई। इसके कुछ ही मिनट बाद एक फ्राँसीसी पत्रकार मैक्स ओलिवियरलाकांग नयी दिल्ली के सबसे बड़े व्यापारिक केंद्र कनाट प्लेस में आया और वहाँ उसने हिंदुओं की एक भीड़ को मुसलमानों की दूकानें लूटते और उनके स्वामियों का कत्ल करते देखा। इन सबके सिरों के ऊपर उसे सफेद गाँधी-टोपी लगाए हुए एक जानी-पहचानी सूरत दिखायी दी। वह आदमी लाठी घुमाकर दंगा करने वालों को मार रहा था, उन्हें डाँट-फटकार रहा था और अपने इस आचरण से पीछे खड़े तमाशा देखते हुए दजर्न-भर पुलिस वालों का उत्साह जगाने का प्रयास कर रहा था। यह व्यक्ति भारत का प्रधानमत्री जवाहरलाल नेहरू था।

ये हमले नीली पगड़ी बाँधने वाले अकालियों और कुछ सांप्रदायिक संगठन वालों के लिए इस बात का संकेत थे कि वे सारे शहर में उसी तरह से हमले शुरू कर दें। पुरानी दिल्ली की सब्जी मंडी में, जहाँ हज़ारों मुस्लिम फल वालों और सब्जी वालों की दूकानें थीं, आग लगा दी गयी। नयी दिल्ली में हुमायूँ और खानखाना के मकबरों के पास लोदी कॉलोनी में सिखों के गिरोह मुसलमान सरकारी अफ़सरों के बँगलों में घुस गये और घर में जो भी मिला, उसे उन्होंने तलवार से मौत की नींद सुला दिया।

दोपहर तक उनके हमलों का शिकार होने वालों की लाशें उन भवनों के चारों ओर फैले हुए हरे-भरे घास के खुले मैदानों में पड़ी हुई थीं, जिनमें बैठकर इंग्लैंड ने भारत पर अपना शासन चलाया था। उसी रात पुरानी दिल्ली से नयी दिल्ली किसी भोज में जाते समय बेल्जियम के वाणिज्य-दूत ने रास्ते में पड़ी हुई सत्रह लाशें गिनीं। कुछ दंगाई पुराने शहर की अंधेरी गलियों में 'अल्लाहो-अकबर' के नारे लगाते हुए घूमते रहते और जो भोले-भाले मुसलमान उनके इस चकमे में आकर उधर आ निकलते उनका सिर धड़ से अलग कर देते।

भारत के प्रधानमंत्री ने यहाँ के मुसलमानों की रक्षा करने के जो प्रयास किये थे, उसके विरुद्ध अपना विरोध प्रकट करने के लिए एक कट्टर संगठन के गिरोह ने एक बुर्कापोश मुसलमान औरत को पकड़ा और यार्क रोड पर नेहरू की कोठी के सामने उस पर तेल छिड़क कर आग लगा दी। बाद में, गोरखे सिपाहियों के एक दस्ते की सुरक्षा में लगभग बीस औरतों ने नेहरू के बगीचे में आकर पनाह ली।

सिखों की इस चेतावनी से डरकर कि जिस घर में किसी मुसलमान को पनाह दी जाएगी, वह घर फूँक दिया जाएगा सैकड़ों हिंदू, सिख, पारसी और ईसाई परिवारों ने अपने वफ़ादार नौकरों को निकालकर सड़क पर खड़ा कर दिया, जहाँ वे या तो सिखों की तलवारों का शिकार हो गये, या जल्दी से किसी शरणार्थी-कैंप में चले गये।

दिल्ली में दंगों की जो लहर आयी, उससे सिर्फ एक शहर के लिए खतरा उत्पन्न नहीं हुआ। इससे भारत के लिए खतरा पैदा हो गया। दिल्ली में शांति और व्यवस्था छिन्न-भिन्न हो जाने से पूरे उप-महाद्वीप के लिए खतरा पैदा हो सकता था। शहर के आधे से अधिक पुलिस वाले जो मुसलमान थे, भाग खड़े हुए थे। फौज के कुल 900 सिपाही यहाँ थे। प्रशासन तंत्र, जो पंजाब की घटनाओं के कारण से यों ही लड़खड़ा रहा था, अब ठप हो चला था। हालत इतनी दयनीय हो गयी थी कि नेहरू के निजी

सचिव एच.वी.आर. आयंगर को प्रधानमंत्री की डाक अपनी मोटर पर स्वयं ले जाकर देनी पड़ती थी।

4 सितंबर की शाम तक 1,000 से अधिक लोग अपनी जान से हाथ धो चुके थे। उस समय वी. पी. मेनन ने, जिन्होंने माउंटबेटन की विभाजन की योजना का अंतिम मसविदा तैयार किया था, बुनियादी पदों पर बैठे हुए कुछ बड़े-बड़े अधिकारियों की बैठक आयोजित की।

वे सभी लोग एकमत होकर इसी निष्कर्ष पर पहुँचे कि दिल्ली में प्रशासन कारगर नहीं रह गया है। राजधानी और सारा देश विनाश की ओर बढ़ रहे थे। इसके कुछ घंटों बाद उपद्रव-ग्रस्त सीमांत प्रदेश में कई साल तक लड़ायी का अनुभव रखने वाले कर्नल एम.सी. चोपड़ा भी इसी निष्कर्ष पर पहुँचे। एक मित्र के बंगले की छत पर खड़े होकर उन्हें चारों ओर रात के अंधेरे में मशीनगनें और बंदूकें चलाने की आवाजें सुनायी दे रही थीं।

कर्नल चोपड़ा ने सोचा, "दिल्ली में फ्रंटियर आ गया है।"

शिमला, 4 सितंबर 1947

मार्च में पालम हवाई अड्डे पर जब उनका हवाई जहाज उतरा था, तब से प्रथम बार माउंटबेटन को साँस लेने के लिए राहत मिली थी। भारत की स्वतंत्रता से उनके कंधों पर से एक बहुत बड़ा भारत उतर गया था और आधी रात का घंटा बजते ही वह दुनिया के एक सबसे शक्ति-संपन्न पद से हटाकर एक ऐसे पद पर रख दिए गये थे, जिसका महत्त्व केवल एक प्रतीक के रूप में था। पंजाब में फैली हिंसा से वह चिंतित थे। पर गवर्नर-जनरल की हैसियत से अब उनके पास कोई अधिकार नहीं था कि वह उसे रोकने के लिए कुछ कर सकते। अब तो कुछ भी करने की भारी जिम्मेदारी हिंदुस्तानियों के हाथों में थी। वह नहीं चाहते थे कि कोई यह समझे कि स्वतंत्रता मिले देर नहीं हुई और वह हिंदुस्तानियों के काम में बाधा पैदा करने लगे। इसलिए वह शांति के साथ दिल्ली से खिसककर शिमला चले आये थे।

भूतपूर्व-वायसराय ब्रिटिश राज के बीते हुए वैभव की सुखद स्मृतियों में खोये हुए थे कि इतने में शिमला के पुराने वायसराय-निवास के पुस्तकालय में टेलीफ़ोन की घंटी बज उठी। गुरुवार 4 सितंबर की रात के दस बजे थे। टेलीफ़ोन वी.पी. मेनन ने किया था। भारत में माउंटबेटन किसी दूसरे व्यक्ति के विचार-विमर्श का इतना सम्मान नहीं करते थे।

"योर एक्सीलेंसी", मेनन ने कहा, "आप तुरंत दिल्ली लौट आइए।"

"लेकिन वी.पी.", माउंटबेटन ने विरोध करते हुए कहा, "अभी तो मैं आया हूँ। यदि मंत्रिमंडल किसी चीज़ पर मुझसे हस्ताक्षर कराना चाहता है, तो यहाँ भिजवा दो, मैं हस्ताक्षर कर दूँगा।"

"ऐसी कोई बात नहीं थी। आपके यहाँ से जाने के बाद से हालात बहुत बिगड़ गये हैं। यहाँ दिल्ली में गड़बड़ी फैल गयी है मालूम नहीं, यह आग कहाँ तक फैले! प्रधानमंत्री और उप-प्रधानमंत्री दोनों बहुत चिंतित हैं। वे लोग समझते हैं कि आपका लौट आना बहुत आवश्यक है।"

"किसलिए?" माउंटबेटन ने पूछा।

"इस समय उन्हें आपकी सिर्फ सलाह की नहीं है, बल्कि आपकी सहायता की भी आवश्यकता है।"

"वी.पी.", माउंटबेटन ने कहा, "मैं नहीं समझता कि उन्हें मेरी सहायता की कोई आवश्यकता है। वह नहीं चाहेंगे कि राज्यसत्ता के सवैधानिक प्रधान की हैसियत से मैं आकर उनका बोझ ढोऊँ। मैं नहीं आता, उनसे कह दो।"

"अच्छी बात है", मेनन ने कहा, "मैं कह तो दूँगा, लेकिन सोच लीजिए कहीं बाद में आपको अपना विचार बदलना न पड़े। योर एक्सीलेंसी, अगर आप चौबीस घंटे में यहाँ वापस नहीं आ जाते तो फिर कभी आने का कष्ट न कीजिएगा, क्योंकि फिर समय बीत चुका होगा। हिंदुस्तान हमारे हाथ से निकल चुका होगा।"

बड़ी देर तक टेलीफ़ोन के दूसरे छोर पर एक स्तब्ध शांति छायी रही। इसके बाद माउंटबेटन ने बड़े शांत भाव से कहा—"अच्छी बात है, वी.पी., तुम बहुत सुअर हो। तुम विजयी मैं पराजित। मैं आता हूँ।"

नयी दिल्ली, 6 सितंबर, 1947

शनिवार, 6 सितंबर, 1947 को माउंटबेटन के अध्ययन-कक्ष में हुई बैठक अगले पच्चीस वर्षों तक भारत के अंतिम वायसराय के जीवन का सबसे गुप्त भेद बनी रही। इस बैठक में लिए गये निर्णय यदि किसी को ज्ञात हो जाते तो भारत के उस करिश्माई नेता की सारी साख मिट्टी में मिल जाती, जो आगे चलकर विश्व की एक प्रमुख विभूति बना।

इस बैठक में तीन आदमी उपस्थित थे—माउंटबेटन, नेहरू और पटेल। दोनों भारतीय नेताओं की मुद्राएँ गंभीर थीं; वे देखने से ही बहुत निराश मालूम हो रहे थे। वे वायसराय को इस तरह देख रहे थे 'मानो दो स्कूली लड़के अभी-अभी मार खाकर आये हों।' पंजाब की हालत काबू से बाहर हो चुकी थी। सीमा के पार लोग इतनी बड़ी संख्या में एक ओर से दूसरी ओर आ-जा रहे थे कि किसी ने कभी सोचा भी नहीं था। अब हिंसा के कारण से स्वयं राजधानी के लिए विनाश का खतरा पैदा हो गया था।

"हमारी समझ में नहीं आता कि इसे रोका कैसे जाए?" नेहरू ने स्वीकारा।

"स्थिति को शिकंजे में जकड़ना होगा", माउंटबेटन ने उनसे कहा।

"कैसे जकड़ें शिकंजे में?" नेहरू ने जवाब दिया, "हमें कोई अनुभव नहीं है। हमने अपनी जिंदगी का बेहतरीन हिस्सा तो आप अंग्रेज़ों की जेलों में बिताया है। हमें आंदोलन चलाने का अनुभव तो है, प्रशासन चलाने का नहीं। अगर हालात ठीक होते तब तो हम सुसंगठित सरकार चला लेते, लेकिन कानून और व्यवस्था का ढाँचा तो चरमरा गया है। इसे कैसे संभालें, यह तो हमें आता ही नहीं।"

इसके बाद नेहरू ने एक प्रार्थना की, जो अविश्वसनीय लगती थी। वह बहुत दिन से माउंटबेटन की संगठन करने व शीघ्रता से निर्णय करने की क्षमता के कायल थे। उनको लगा कि उस समय भारत को माउंटबेटन के कौशल की आवश्यकता थी। यह कहना नेहरू जैसे स्वाभिमानी हिंदुस्तानी के लिए जिसने अपना सारा जीवन स्वतंत्रता के संघर्ष के लिए अर्पित कर

दिया हो, उनकी महानता का तो प्रमाण था ही, साथ में इसका भी प्रमाण था कि स्थिति कितनी गंभीर है। नेहरू इतने महान थे कि माउंटबेटन के कौशल को प्राप्त करने के मार्ग में उन्होंने अपने स्वाभिमान को बाधा नहीं बनने दिया।

उन्होंने कहा, "जिस समय आप लड़ाई में सबसे बड़े मोर्चे के सेनापति थे, उस समय हम अंग्रेज़ों की जेल में थे। आप उच्चकोटि के पेशेवर प्रशासक हैं। आप लाखों की फौज के सेनापति रह चुके हैं। आपके पास वह अनुभव और जानकारी है, जो दूसरों के शासन में रहने के कारण से हमें नहीं मिल सकी। आप लोग जिंदगी-भर यहाँ रहने के बाद इस तरह यह राष्ट्र हमें सौंपकर जा नहीं सकते। हमारे ऊपर बहुत बड़ी विपदा आ पड़ी है और हमें सहयोग की आवश्यकता है।"

"जी हाँ", नेहरू की बगल में बैठे हुए पटेल ने, जिन्हें बहुत कठोर यथार्थवादी समझा जाता था, उनकी बात का समर्थन करते हुए कहा, "यह ठीक कहते हैं। आपको बागडोर अपने हाथों में लेनी ही होगी।"

माउंटबेटन हक्का-बक्का रह गये। "हे भगवान", उन्होंने कहा, "मैंने अभी तो आपको आपका देश वापस करने का कार्य पूरा किया है और आप दोनों मुझसे कह रहे हैं कि मैं उसे वापस ले लूँ!"

"आप समझने की कोशिश तो कीजिए", नेहरू ने कहा, "आपको यह काम संभालना ही पड़ेगा। हम आपको वचन देते हैं कि आप जो भी कहेंगे हम वही करेंगे।"

"लेकिन यह तो बहुत भयानक बात है", माउंटबेटन ने कहा, "यदि कभी किसी को ज्ञात हो गया कि आप लोगों ने इस देश को मेरे हाथों में वापस सौंप दिया था, तो आपका राजनीतिक जीवन समाप्त हो जाएगा। हिंदुस्तानी पहले तो अंग्रेज़ वायसराय को गवर्नर-जनरल बनाकर रखें और फिर सारी जिम्मेदारी उसके हाथों में सौंप दें—यह तो हो ही नहीं सकता।"

"अच्छा", नेहरू ने कहा, "तो हमें काम किसी आड़ में करना होगा, लेकिन अगर आपने साथ न दिया तो हमारे बस की बात नहीं है।"

माउंटबेटन एक क्षण तक सोचते रहे। उन्हें चुनौतियों का सामना करने में बहुत आनंद आता था और यह बहुत बड़ी चुनौती थी। उसके मन में नेहरू की इतनी कद्र थी, उन्हें भारत से इतना-स्नेह था, उन्हें अपनी जिम्मेदारी का इतना एहसास था कि बच निकलने का कोई मार्ग ही नहीं था।

"अच्छी बात है", उन्होंने इस भाव से कहा मानो एक बार फिर उन्होंने किसी जहाज की जिम्मेदारी संभाल ली हो, "मैं करूँगा, और मैं इस गड़बड़ी को ठीक भी कर दूँगा, क्योंकि मैं जानता हूँ कि यह काम कैसे किया जाए, लेकिन हमें यह तय करना होगा कि किसी को पता न चलने पाए, किसी को ज्ञात न हो कि आप लोगों ने मुझसे यह प्रार्थना की थी। आप दोनों मुझसे अनुरोध करें कि मैं मंत्रिमंडल की एक आपातकालीन समिति बना दूँ और मैं उस सुझाव को स्वीकार कर लूँगा। क्या आप यह करने को तैयार हैं?"

"जी हाँ", नेहरू और पटेल ने एक साथ उत्तर दिया।

"अच्छी बात है" माउंटबेटन ने कहा, "समझ लीजिए आपने मुझसे यह बात कह दी है। तब आप मुझसे इस समिति की अध्यक्षता करने को कहें।"

"हाँ", दोनों नेताओं ने उत्तर दिया। माउंटबेटन जिस तेजी से आगे बढ़ रहे थे, उस पर दोनों नेता दंग रह गये। दोनों नेताओं ने तुरंत कहा, "हम आपको अध्यक्षता करने का निमंत्रण देते हैं।"

माउंटबेटन ने अपनी बात जारी रखते हुए कहा, "आपातकालीन समिति में वही लोग होंगे, जिन्हें मैं उसमें रखूँगा।"

नेहरू ने विरोध करते हुए कहा, "पूरे मंत्रिमंडल को रख लीजिए।"

"बेकार की बात करते हैं आप", माउंटबेटन ने कहा, "सारा काम ही चौपट हो जाएगा। मुझे काम के आदमी चाहिए, ऐसे लोग जो सचमुच काम करते हैं—विमान-सेवा के डायरेक्टर, रेलवे का डायरेक्टर, चिकित्सा-सेवा के प्रधान। मेरी पत्नी स्वयंसेवकों के संगठन का और रेड-क्रास का काम संभाल लेंगी। कमेटी के सेक्रेटरी होंगे मेरे कांफ्रेंस-सेक्रेटरी जनरल अर्स्कीन-क्रम।

बैठक की कार्रवाई अंग्रेज़ टाइपिस्ट बारी-बारी से टाइप करते जाएँगे, ताकि बैठक समाप्त होते ही पूरी कार्रवाई का ब्योरा टाइप होकर तैयार रहे। आप मुझसे यह सबकुछ करने के लिए कहने को तैयार हैं?"

"हाँ", नेहरू और पटेल ने उत्तर दिया, "हम तैयार हैं।"

"इन बैठकों में", माउंटबेटन ने अपनी बात जारी रखते हुए कहा, "प्रधानमंत्री मेरे दाहिनी ओर बैठेंगे और उप-प्रधानमंत्री मेरे बायीं ओर। मैं हमेशा जताऊँगा यही कि मैं आप लोगों से सलाह लेकर काम कर रहा हूँ, लेकिन मैं जो कुछ भी कहूँ उसमें मुझसे बहस न कीजिएगा। उसके लिए हमारे पास समय नहीं है। मैं कहूँगा, 'मुझे विश्वास है कि आप मुझसे चाहेंगे कि मैं ऐसा करूँ', आप लोग कहेंगे, 'जी हाँ, जरूर कीजिए।' मैं बस इतना ही चाहता हूँ। मैं नहीं चाहता कि आप लोग और कुछ कहें।"

"लेकिन, क्या हम...?" पटेल इसके विरोध में कुछ कहना चाहते थे।

"अगर उससे काम में देर होने का खतरा हो तो नहीं", माउंटबेटन ने उनकी बात काटकर कहा, "आप यह चाहते हैं या नहीं कि इस देश की बागडोर मैं अपने हाथों में संभाल लूँ?"

"अच्छी बात है, ठीक है", वृद्ध भारतीय नेता ने गुर्राकर कहा, "आप ही संभालिए।"

अगले पंद्रह मिनट में तीनों ने मिलकर आपातकालीन समिति के सदस्यों के नाम तय कर लिए।

"सज्जनों", माउंटबेटन ने बड़े औपचारिक ढंग से कहा, "हमारी समिति की पहली बैठक आज शाम को पाँच बजे होगी।"

तीस साल के संघर्ष के बाद, सालों तक हड़तालें करने और जन-आंदोलन चलाने के बाद, विलायती कपड़ों की इतनी होलियाँ जलाने के बाद और स्वतंत्रता के मुश्किल से तीन ही सप्ताह पश्चात, भारत का शासन एक बार फिर, अंतिम बार और बहुत थोड़े समय के लिए ही सही, एक अंग्रेज़ चला रहा था।

तेरह

सत्ता के साथ आबादी की भी अदला-बदली

नयी दिल्ली, सितंबर 1947

जब से सृष्टि बनी, तब से विश्व के हर देश में न जाने कितनी बार सत्ता बदली होगी, लेकिन 1947 में दुनिया के इतिहास में यह पहला अवसर था, जब भारत में सत्ता बदलने के साथ-साथ इसकी आबादी की भी अदला-बदली की गयी। और इस जनता की अदला-बदली ने भारत के नये प्रशासकों के सामने एक नयी समस्या खड़ी कर दी थी। परंतु उन्हें इस समस्या के समाधान के लिए माउंटबेटन का भरपूर सहयोग मिल रहा था। पर जीवन-चक्र के इस असाधारण मोड़ ने माउंटबेटन को उनके किसी पिछले जन्म में पहुँचा दिया था। वह एक बार फिर सुप्रीम कमाँडर बन गये थे और पूरी मुस्तैदी के साथ उस भूमिका को निभा रहे थे, जिसे वह भली-भाँति जानते थे। आपातकालीन समिति की अध्यक्षता का भार संभालने का निमंत्रण पाने के कुछ ही घंटों के अंदर उन्होंने लुटियंस के बनाये हुए उस महल को जो एक साम्राज्य के धूमधाम से मनाये जाने वाले समारोहों और उत्सवों के पृष्ठ-पट के रूप में बनाया गया था, ऐसा रूप दे दिया जैसे वह किसी फौजी कमान का प्रमुख कार्यालय हो।

उनके साथ कार्य करने वाले एक कर्मचारी ने बताया कि नेहरू और पटेल उनके अध्ययन-कक्ष में अभी गये ही थे कि 'वहाँ मानो एक तूफान आ गया।' माउंटबेटन ने वायसराय की कार्यकारी समिति के हॉल में समिति की बैठकों के लिए नये सिरे से व्यवस्थित करने का आदेश दे दिया। उन्होंने आज्ञा दी कि उससे मिला हुआ जो जनरल इस्मे का कमरा है, उसमें सारे मानचित्र और संपूर्ण जानकारी का सामान रखने का प्रबंध किया जाए। उन्होंने सेना के हेडक्वार्टर से तुरंत किसी को भेजकर पंजाब के सबसे अच्छे मानचित्र मँगवा लिए। उन्होंने वायु-सेना को आदेश दे दिया कि वह जानकारी हासिल करने के लिए सूरज निकलने से सूरज डूबने तक उस प्रांत के भीतर वाले हिस्से पर उड़ान करते रहें। इन विमानों के पायलटों को आदेश था कि वे रेडियो पर हर घंटे शरणार्थियों के हर जत्थे की पूरी रिपोर्ट दें—जत्था कितना बड़ा है, उसकी लंबाई कितनी है, वह कहाँ तक पहुँच चुका है, वह किधर की ओर बढ़ रहा है?

रेलवे-लाइनों पर भी हवाई निगरानी का प्रबंध कर दिया गया। माउंटबेटन को हमेशा संचार के साधनों की धुन सवार रहती थी, इसलिए उन्होंने गवर्नमेंट-हाउस से पंजाब के मुख्य-मुख्य केंद्रों को रोडियो-संचार व्यवस्था से जोड़ देने का एक बाकायदा मानचित्र तैयार किया और उसे व्यावहारिक रूप दिया। उन्होंने मेजर-जनरल पेते रीस को, जिनके पंजाब सीमा सेना-दल को पाकिस्तानी और हिंदुस्तानी दो टुकड़ों में बाँट दिया गया था, जानकारी जमा करने का कार्य सौंप दिया। उन्होंने अपने मन में ठान लिया था कि इस संकट का हल करने में हर व्यक्ति कुछ योगदान करे, इसलिए उन्होंने अपनी बेटी पामेला को रीस की सेक्रेटरी की हैसियत से काम करने के लिए लगा लिया।

माउंटबेटन ने आपातकालीन समिति की पहली बैठक की शुरुआत करते हुए दीवारों पर चारों ओर लगे हुए मानचित्रों में अंकित भयानक वास्तविकता से भारतीय नेताओं को परिचित कराया। उनमें से कुछ लोग

प्रथम बार अपने सामने की समस्या का आकार इतने सजीव रूप से देख रहे थे। माउंटबेटन के पैनी दृष्टि वाले प्रेस-अटाशे एलन कैम्पवेल-जॉन्सन ने उन लोगों की प्रतिक्रिया के बारे में कहा कि यह देखकर वे ऐसे हक्का-बक्का रह गये मानो वे अज्ञात स्थिति में निरुद्देश्य भटक रहे थे। नेहरू 'बेहद उदास और लाचार' लग रहे थे; पटेल 'स्पष्टतः बहुत परेशान थ', उनके मन में 'क्रोध और गहरी निराशा' उबल रही थी।

माउंटबेटन तीव्र गति से आगे बढ़ते जा रहे थे। आने वाले कुछ सप्ताहों में उस मेज़ के चारों ओर बैठने वाले लोगों ने उस सुसंस्कृत और शिष्ट आदमी का, जो भारत का अंतिम वायसराय रह चुका था, एक नया ही रूप देखा। अब उसका सबसे प्रमुख गुण था सख्ती और काम पूरा करने का बेरहमी की सीमा तक दृढ़ संकल्प। जब समिति की पहली बैठक समाप्त हुई, उस समय तक उसके संपूर्ण निर्णय की रिपोर्ट की कापियाँ गवर्नमेंट-हाउस के उनके टाइपिस्टों ने तैयार कर दी थीं; बाकी मोटर साइकिल पर घंटे-भर में पहुँचा दी जाने वाली थीं। माउंटबेटन ने कहा कि अगली बैठक का सबसे पहला काम इस बात का पक्का प्रबंध करना होगा कि जो आदेश दिए गये थे उनको पूर्ण किया जाए।

आने वाले दिनों में उस कक्ष में उपस्थित कई प्रतिष्ठित लोगों को माउंटबेटन के क्रोध की पैनी धार झेलनी पड़ी, क्योंकि वे उनके जैसी तेज गति से काम नहीं कर पाते थे। नेहरू के प्रमुख निजी सचिव एच.वी. आर. आयंगर ने बाद में बताया कि एक दिन वायु-सेवा के निदेशक वह हवाई जहाज समय पर पंजाब नहीं भेज पाए, जिसे दवा आदि लेकर तुरंत वहाँ पहुँचना था।

"निदेशक साहब", माउंटबेटन ने कहा, "आप इस कमरे से चले जाइए और यहाँ से सीधे एयरपोर्ट जाइए। जब तक आप स्वयं अपने सामने उस हवाई जहाज को भिजवा न दें और वापस आकर मुझे इनकी सूचना न दे दें, तब तक आप न कहीं जाएँगे, न खाएँगे और न सोएँगे।" उन्हें बुरा

तो बहुत लगा, अपमान भी महसूस किया, लेकिन वह लड़खड़ाते हुए कक्ष से बाहर चले गये और हवाई जहाज भी चला गया।

पहली ही बैठक में समिति के सदस्य यह देखकर स्तब्ध रह गये कि माउंटबेटन कितनी सख्ती बरत सकते हैं। अगर ट्रेनों की रक्षा के लिए तैनात किए गये संतरी हमला करने वालों पर गोली न चलाएँ तो इसके लिए उन्होंने एक हल सुझाया। माउंटबेटन ने कहा, "जब भी किसी ट्रेन पर सफलता से हमला हो तो उसकी रक्षा करने वाले संतरियों को गिरफ्तार कर लिया जाए। उनमें जो घायल हुए हों उन्हें तो अलग कर दिया जाए। बाकी का कोर्ट-मार्शल करके उन्हें गोली मार दी जाए।"

उन्होंने बताया कि इसका संतरियों के अनुशासन पर बहुत अच्छा असर पड़ेगा।

लेकिन माउंटबेटन को सबसे अधिक चिंता दिल्ली में जो कुछ हो रहा था, उसकी थी। उन्होंने कहा, "यदि दिल्ली में हमारी नैया डूब गयी तो हमारे साथ सारा देश डूब जाएगा।" उपलब्ध साधनों पर पहला हक राजधानी का था। उन्होंने सेना को आज्ञा दी कि अड़तालीस घंटे के अंदर राजधानी में और सिपाही पहुँचा दिए जाएँ; उन्होंने स्वयं अपने बॉडीगार्डों को सुरक्षा के कामों पर लगा दिया; लोगों की निजी मोटरें इस काम के लिए ले लीं और सड़क पर पड़ी हुई लाशों को जमा करके जलवाने का प्रबंध किया। त्यौहारों की और रविवार की सारी छुट्टियाँ रद्द कर दी गयीं; सरकारी कर्मचारियों को उनके कार्यालयों में वापस लाने और टेलीफ़ोन व्यवस्था के फिर से काम करने का प्रबंध किया गया। सबसे बढ़कर उन्होंने एक कार्यक्रम यह शुरू किया कि सिख और हिंदू शरणार्थियों को राजधानी से बाहर निकाल दिया जाए और नये शरणार्थियों को शहर में न आने दिया जाए।

पूरे उत्तर भारत में जो तबाही छायी हुई थी, उस पर समिति के प्रयासों का प्रभाव कई सप्ताह बाद दिखायी दिया। लेकिन, इस समिति के एक भारतीय सदस्य के अनुसार, केंद्र में तो देखते-देखते हर काम 'बैलगाड़ी की गति से होने के बजाय जेट हवाई जहाज की गति से होने लगा था।'

सारे पंजाब में मानव-व्यथा का जो भूचाल आया हुआ था, उसे अगले दो महीनों तक गवर्नमेंट-हाउस के मानचित्रों पर छोटी-मोटी लाल घुंडियों वाली पिनों से रेंगती हुई चीटियों की कतारों की तरह अंकित किया जाता रहा। इनमें से एक समूह में तो आठ लाख आदमी थे, इतने लंबे समूह की कल्पना से ही बुद्धि चकरा जाती थी। मानव-जाति के पूरे इतिहास में शरणार्थियों का इतना बड़ा समूह कभी एक जगह से दूसरी जगह नहीं गया था।

शुरू में जिन्ना, नेहरू और लियाकत अली खां ने इतने बड़े पैमाने पर लोगों की अदला-बदली का विरोध किया था, क्योंकि यह स्वयं उनके आदर्शों के विपरीत था और इसीलिए उन्होंने अपनी-अपनी भयभीत आबादियों से अनुरोध किया था कि वे अपने ठिकानों पर ही रहें। लेकिन जब समस्या ने इतना भयंकर रूप धारण कर लिया, तो वे भी उसके प्रवाह में बह गये और अपनी स्वतंत्रता की कीमत अदा करने के लिए इतने बड़े पैमाने पर आबादी की अदला-बदली पर सहमत हो गये। पंजाब में दोनों ओर सरकारी अधिकारी अब इस अदला-बदली को जल्दी-से-जल्दी पूरा कर देने की कोशिश कर रहे थे, ताकि आ रही इंसानों की इस बाढ़ के लिए जगह बनायी जा सके और यह काम सर्दियाँ शुरू होने से पहले पूरा कर दिया जाए, वरना एक और संकट आ जाता।

गवर्नमेंट-हाउस के मानचित्र वाले कमरे में लाल पिनों को खिसका कर प्रतिदिन जत्थों की प्रगति को दिखाया जाता रहा। और प्रतिदिन सुबह जब ये जनसमूह रात के अंधेरे की चादर उतारकर सुरक्षा की ओर कुछ और मील आगे बढ़ने लगते तो उसी समय उनकी खोज-खबर रखने वाले विमान वहीं उड़ते। सितंबर की उन सुबहों में उन विमानों के नीचे दूर तक फैला दृश्य किसी इंसान की आँखों ने कभी नहीं देखा था। एक पाइलट फ्लाइट-लेफ्टिनेंट पतवंतसिंह यह दृश्य कभी भूल नहीं सका कि इंसान के चीटियों जैसे झुंड-के-झुंड खुले मैदानों में इस तरह चारों ओर बिखरे हुए चल रहे थे, जैसे

अमेरिकी फिल्मों में मवेशियों के गल्ले चलते थे और इसी तरह वे चारों ओर चलते हुए गाँवों के पास से होकर गुजरते रहे।

दिन में हज़ारों भैंसों और बैलों के खुरों से उड़ने वाली धूल के पीले बादल हर जन-समूह के ऊपर छाए रहते और क्षितिज पर हिलते-डुलते काले-काले धब्बे इन शरणार्थियों की प्रगति का पता देते रहते। रात होती तो ये शरणार्थी निढाल होकर सड़क के किनारे बैठ जाते और कुछ रूखा-सूखा पकाकर खा लेने के लिए हज़ारों चूल्हे सुलगने लगते। दूर से देखने पर उनके चूल्हों की रोशनी इन जन-समूहों पर धीरे-धीरे बैठती हुई पीली धूल के साथ मिलकर एक गुलाबी आभा का रूप धारण कर लेती।

जो कुछ हो रहा था वह कितना भयानक था, इसका आकलन विमान पर बैठकर नहीं बल्कि भूमि पर कष्टों से निढाल इन भाग्यहीन लोगों को देखकर ही लगाया जा सकता था—धूल की वजह से आँखें लाल और गले दुखते हुए, पत्थरों पर या तपती हुई तारकोल की सड़कों पर चलते-चलते पाँव घायल, भूख और प्यास से तड़पते हुए, शौच-मूत्र और पसीने की बदबू में बसे हुए ये शरणार्थी मुँह लटकाए चुपचाप आगे बढ़ते जाते। मैली-कुचैली धोतियाँ और साड़ियाँ, ढीले-ढाले पायजामे और फटी-पुरानी चप्पलें पहने—कभी एक ही पाँव में जूता और कभी वह भी नहीं—बूढ़ी, औरतें अपने बेटों के कँधों का व गर्भवती औरतें अपने पतियों का सहारा लिए हुए। मर्द अपनी बीमार पत्नियों और माँओं को अपने कंधों पर उठाए हुए औरतें अपने दूध-पीते बच्चों को गोद में उठाए हुए। उन्हें अपना-अपना यह बोझ एक-दो मील तक नहीं, बल्कि सैकड़ों मील तक ढोना था—कई-कई दिन तक निराहार, बस कभी-कभार एकाध चपाती खाकर, दो घूँट पानी पीकर।

कभी-कभी विकलांग, बीमार और मरते हुए लोगों को एक बाँस के बीच में बड़े-से झोले में लटका दिया जाता था और उसके दोनों सिरे किसी पुत्र या मित्र के कंधे पर टिका दिए जाते थे। लोग अपने शरीर से भी भारी बोझ पीठ पर लादकर चलते, तो उनकी कमर टूटने लगती। स्त्रियाँ अपने सिरों पर बड़े-बड़े गट्ठर लादकर चलतीं, जिनमें इन लुटे हुए लोगों का

गृहस्थी का बचा-खुचा सामान होता—कुछ बर्तन-भाँडे, शिवाजी या गुरुनानक की एक तसवीर, या एक कुरान। कुछ लोग अपने कंधों पर बेंहगियाँ लेकर चलते, जिनके दोनों पलड़ों में उनका संपूर्ण धन-संपत्ति होती—एक ओर शायद टाट के झोले में दूध-पीता बच्चा और दूसरी ओर नयी जिंदगी शुरू करने का सारा सामान—एक फावड़ा, एक लकड़ी का पटैला, फसल बोने के लिए बीज।

ये लाचार और बेबस हिंदुस्तानी और पाकिस्तानी किसी अगले पाँव तक छोटी-सी यात्रा नहीं कर रहे थे। यह उजड़े हुए लोगों की ऐसी यात्रा थी, जिसमें सैकड़ों मील तक पीछे लौटने का कोई प्रश्न नहीं था, हर मील पर थकान, भुखमरी, हैजे और उन हमलों का भय था, जिनसे बचाव का अक्सर कोई रास्ता नहीं होता था। ये शरणार्थी हिंदू भी थे, मुसलमान भी थे और सिख भी; वे भोले-भाले और निहत्थे, अनपढ़ किसान थे, जिनके खेत ही उनकी सारी जिंदगी थे, जिनमें से अधिकतर को यह भी नहीं ज्ञात था कि वायसराय क्या होता है; जिन्हें न कांग्रेस से कुछ लेना था, न मुस्लिम लीग को कुछ देना; जिन्होंने बँटवारे या सरहद जैसी समस्याओं के बारे में कभी चिंता ही नहीं की थी, उस आबादी के बारे में भी नहीं जिसके लिए आज वे निराशा के इन अथाह समुद्र में डूब गये थे।

और क्षितिज के एक छोर से दूसरे छोर तक सूर्य सदा उनका पीछा करता था, तपता हुआ बेरहम सूर्य उनकी विपदा को और बढ़ाकर उन्हें गगन की ओर अपने झुलसे और मुरझाये हुए चेहरे उठाकर अल्लाह या शिवाजी या गुरु नानक से वर्षा के एक छींटे की भिक्षा माँगने पर मजबूर कर देता था, जो आने का नाम ही नहीं लेती थी।

इस भयानक अनुभव का एक चित्र लेफ्टिनेंट रामसर धीलाल के मस्तिष्क पर सदा के लिए अंकित हो गया था। वह मुसलमान शरणार्थियों के एक जन-समूह की रखवाली करते हुए उसे पाकिस्तान ले जा रहे थे। वह बताते हैं—"सिख गिद्धों की तरह इन जन-समूहों के आस-पास मंडलाते रहते थे और इन दुःखों के मारे शरणार्थियों से उनके थोड़े-बहुत बचे-खुचे

सामान का सौदा करते रहते थे और उस समय तक उनके धीरज की परीक्षा करते जब तक कि हर मील के साथ भाव गिरते-गिरते यहाँ तक नहीं पहुँच जाता था कि वे एक कटोरे पानी के लिए अपनी सारी जमा-पूँजी देने को तैयार हो जाते थे।"

सबसे बुरी हालत तो उनकी थी, जो अपनी यात्रा पूरी नहीं कर पाए, जो बहुत छोटे या बहुत वृद्ध थे, बीमारी, थकान या भूख से इतने रुग्ण हो गये थे कि आगे बढ़ने से मजबूर थे। कितना दर्दनाक दृश्य होता था, जब माँ-बाप में शक्ति नहीं रह जाती थी कि अपने बच्चों को लेकर चल सकें और वे उन्हें मरने के लिए जन-समूहों के पीछे छोड़ जाते थे। कुछ बूढ़े लोग, जिन्हें अब मौत का ही आसरा रह गया था, लड़खड़ाते कदमों से किसी घने पेड़ की छाया की तलाश में खेतों के पार निकल जाते, ताकि उसके नीचे बैठकर वे आराम से मर तो सकें। मार्गरेट वुर्क-व्हाइट के मस्तिष्क में उस बच्चे की तस्वीर हमेशा के लिए अंकित हो गयी थी, जिसे सड़क के किनारे छोड़ दिया गया था; वह बार-बारी अपनी मरी हुई माँ की बाँहों को खींच रहा था और उसकी समझ में यह बात किसी तरह नहीं आ रही थी कि वे बाँहें अब उसे कभी अपनी गोद में क्यों नहीं समेट सकतीं!

नेहरू के प्रमुख-सचिव एच.वी.आर. आयंगर को एक बार एक लाख शरणार्थियों के जन-समूह के पीछे चलती हुई एक स्टेशन-वैगन पर भारतीय सेना के दो लेफ्टिनेंट मिल गये। उन लोगों ने बताया कि उनका काम नवजात बच्चों की देखभाल करना और मुर्दों का इंतजाम करना था। जब किसी स्त्री को प्रसव-वेदना होती थी, तो वे अपनी वैगन के पिछले हिस्से में एक दायी के साथ भेज देते थे। वे बस इतनी ही देर के लिए रूकते थे और वह स्त्री बच्चा जन चुके इसके बाद जब कोई दूसरी स्त्री इसी काम के लिए आती तो माँ को, बच्चा होने के केवल कुछ ही घंटों बाद बच्चे को लेकर वैगन से उतारकर फिर भारत की ओर अपनी यात्रा शुरू कर देनी पड़ती।

लेफ्टिनेंट जी. डी. लाल जिस जन-समूह की रखवाली के लिए तैनात किए थे, उसके एक वृद्ध मुसलमान को वह कभी नहीं भूल सकते। वह

अपने घर की वह अकेली चीज़ जिसे वह बचा पाया था, अपने साथ लेकर पाकिस्तान की ओर जा रहा था। अपने नये राष्ट्र की सीमा से कोई दस-बारह मील पहले वृद्ध की बकरी अचानक गन्ने के एक खेत की ओर भागी। वृद्ध जान छोड़कर उसके पीछे भागा। अचानक उस खेत में से एक सिख भूत की तरह उठा, उसने वृद्ध की हत्या कर दी और उसकी बकरी लेकर भाग गया।

अक्सर सेना के कुछ थोड़े-बहुत सिख अफ़सर ऐसे भी होते थे, जो लाचार मुसलमानों को बचाकर स्वयं अपने लोगों की भावनाओं से टक्कर लेते थे। फिरोजपुर के बहार लेफ्टिनेंट-कर्नल गुरुबख्श सिंह ने जैसा भयानक दृश्य देखा, वैसा उन्होंने अपनी जिंदगी में कभी नहीं देखा था। मुसलमानों के एक जन-समूह पर सिखों के छापे के बाद वहाँ पड़ी हुई लाशों को गिद्ध खा रहे थे। वह अपनी दो सिख पलटनों को लेकर वहाँ गये और उन्हें उसी धूप और बदबू में अटेंशन खड़ा करके उनसे कहा, "जिन सिखों ने यह किया है उन्होंने अपनी जाति के लोगों के नाम पर धब्बा लगाया है, जिन लोगों की सुरक्षा करने की जिम्मेदारी तुम्हें सौंपी गयी है उनके साथ यदि तुमने ऐसा होने दिया, तो यह हमारे लिए इससे भी अधिक लज्जास्पद बात होगी।"

नौजवान पुलिस अफ़सर अश्विनी कुमार अमृतसर और जालंधर के बीच ग्रांड ट्रंक रोड पर गुजरते हुए शरणार्थियों के दो जन-समूहों का दृश्य कभी नहीं भूल पाया। उसी जगह जहाँ से किसी युग में सिकंदर की और उसके बाद मुग़लों की फौजें गुजरी थीं, मुसलमानों का एक जत्था पाकिस्तान की ओर और हिंदुओं का एक समूह भारत की ओर जा रहा था। वे एक अजीब खामोशी के साथ एक-दूसरे के पास से गुजर गये। उन्होंने एक-दूसरे की ओर देखा भी नहीं। उन्होंने एक-दूसरे के प्रति घृणा जताने वाली कोई चेष्टा नहीं की, एक-दूसरे को धमकाने के ढंग से भी नहीं देखा। कभी-कभी कोई गाय रंभाती हुई एक जत्थे से दूसरे जत्थे की ओर भाग जाती थी। वरना बैलगाड़ियों के पहियों की चूँ-चूँ और हजारों थके हुए पाँवों के घिसटने

के अलावा और कोई आवाज इन दोनों जन-समूहों से सुनायी नहीं देती थी। ऐसा लगता था कि अपनी व्यथा की गहरायी में दोनों जन-समूहों के शरणार्थियों ने दूसरी दिशा में जाने वालों की व्यथा को अपने-आप ही समझ लिया था।

सितंबर के महीने में एक दिन तीसरे पहर सुलेमान के पुल के करीब सतलज नदी को पार करते हुए अनेक जत्थों के गुमनाम चेहरों में खोया हुआ एक गठे हुए शरीर वाला 20 साल का नवयुवक भी था। उसकी आँखें काली और बड़ी-बड़ी थीं, उसके मोटे-मोटे होंठों पर छिदरी-छिदरी मूँछें थीं और सिर पर घने काले बाल। वह नवयुवक मदनलाल पाहवा था।

पुल के पश्चिमी सिरे पर पाकिस्तानी सिपाहियों ने उसकी बस, बस पर लदे सामान और फर्नीचर, कपड़े, सोना, नोट, शिवाजी की तसवीर—सबकुछ छीन लिया था। लाखों दूसरे लोगों की तरह मदलाल पाहवा ने भी जब अपने नये देश में कदम रखा, तो उसकी जेब में एक धेला तक नहीं था, उसने अपने शरीर पर जो कपड़े पहन रखे थे, वही उसका सब कुछ सामान था। पुल पर से भारत भूमि पर पग रखते समय मदनलाल को ऐसा लगा कि 'वह नंगा है, मानो उसे लूटकर सड़क पर फेंक दिया हो।' उसमें इतनी कटुता भर गयी थी कि उसने प्रतिज्ञा की कि भारत के मुसलमानों को भी इसी तरह भगाना पड़ेगा जैसे वह भागा था; उनके पास सहारे के लिए कोई सामान या कोई धन नहीं होगा।

उसका गुस्सैल चेहरा उन विपदाओं के मारे चेहरों के आकृतिहीन प्रवाह में एक चेहरा था; एक जैसी विपदाएँ झेलते-झेलते ये सब चेहरे एक जैसे हो गये थे। फिर भी उस समय पुल पार करती हुई बहुत-सी गुमनाम शक्लों में से मदनलाल को उन नक्षत्रों ने, जिन्हें भारत पूजता था, अन्य लोगों से अलग छाँट लिया था। उसके जन्म लेने के कुछ ही दिन बाद ज्योतिषियों ने भविष्यवाणी की थी कि उसका 'नाम संपूर्ण विश्व में फैलेगा।' उसके पिता ने उन दिनों की स्मरण करते हुए बताया—

"दिसंबर 1928 के उस दिन मेरे पास डाकिया खड़ा था। मैंने उसकी ओर ध्यान ही नहीं दिया। उसने मुझे झंझोड़कर मेरे हाथ में एक तार थमाया। मेरे पिताजी का तार था। पिछली रात मेरे यहाँ पुत्ररत्न की प्राप्ति हुई थी। मैं 19 साल की उम्र में पिता बन गया था। मैंने डाकिए को यह शुभ समाचार लाने के लिए बख्शीश दी और कार्यालय में अपने साथियों के लिए कुछ लड्डू खरीदे। तत्पश्चात मैं अपने घर चला गया।

"घर पहुँचकर मैंने पिताश्री के पाँव छुए। उन्होंने मेरे मुँह में चीनी डाली, क्योंकि हम इस शुभ अवसर पर मिले थे। मैंने बच्चे को गोद में उठा लिया। मैंने सोचा—मैं उसे खूब पढ़ा-लिखाकर इंजीनियर या डॉक्टर बनाऊँगा, ताकि वह बड़ा होकर परिवार व देश का नाम ऊँचा करे।

"मैंने इसके नामकरण के लिए बड़े-बड़े पंडितों को बुलाया। उन्होंने बताया कि नाम 'म' से शुरू होना चाहिए। मैंने उसका नाम 'मदनलाल' रख दिया। ज्योतिषियों ने अपना पोथी-पत्रा देखकर बताया कि मदनलाल खूब फले-फूलेगा। उन्होंने भविष्यवाणी की कि एक दिन मेरे पुत्र का नाम सारे भारत में प्रसिद्ध होगा।

"लेकिन मुझे किसी की नज़र लग गयी। मदनलाल के पैदा होने के चालीस दिन बाद मेरी पत्नी सर्दी लगकर मर गयी। स्कूल में मेरा पुत्र पढ़ने में बहुत तेज और नटखट था, लेकिन धीरे-धीरे बह बेकाबू होता गया और उसमें विद्रोही प्रवृत्तियाँ उत्पन्न होने लगीं। 1947 में वह घर से भाग गया। मैंने पूरे पंजाब में अपने सभी सगे-संबंधियों के यहाँ पूछा, लेकिन उसका कहीं पता नहीं चला। कुछ महीने बाद मुझे एक पत्र मिला। वह भागकर बंबई चला गया था और वहाँ नौ-सेना में भरती हो गया था। घर लौटने पर उसने राष्ट्रीय स्वयंसेवक संघ की राजनीतिक सरगर्मियों में हिस्सा लेना शुरू किया और मुसलमानों पर हमले करने लगा। इसलिए जुलाई 1947 में दिल्ली जाकर मैं अपने मित्र सरदार तरलोकसिंह से मिला, जो पंडित नेहरू के एक सचिव थे। मैंने उनसे सहायता माँगी कि किसी तरह मेरे लाड़ले को

इस बुरे असर से बाहर निकालें। वह तैयार हो गये। उन्होंने विश्वास दिलाया कि वह उसे पुलिस के नायब-दरोगा की नौकरी दिलाने के लिए सिफारिश का पत्र भेज देंगे।"

भारत भूमि पर पैर रखने के कुछ ही दिन बाद मदनलाल को अपने संबंधियों से पता चला कि जिस ट्रेन में उसके पिता थे, उसे घेरकर उस पर हमला किया गया था, जिसमें वह बुरी तरह घायल हो गये थे। पता लगाने पर ज्ञात हुआ कि वह फिरोजपुर के फौजी अस्पताल में हैं। खून और फिनाइल की बदबू से बसे हुए अस्पताल के उस बड़े-से वार्ड में भारत की सारी पीड़ा मदनलाल के लिए साकार हो उठी, उस पीड़ा का अलग एक चेहरा दिखायी देने लगा, जो उसके पिता कश्मीरीलाल का चेहरा था, 'जिसका रंग पीला पड़ गया था, शरीर काँप रहा था और सारे जिस्म पर पट्टियाँ बँधी हुई थीं।'

न जाने किस चमत्कार से पंजाब में फैली हुई इस संपूर्ण अराजकता और गड़बड़ी के बावजूद कश्मीरीलाल ने जो पत्र दिल्ली से मँगवाया था, वह उनके पास पहुँच गया। उन्होंने यह पत्र अपने पुत्र को देते हुए बहुत गिड़गिड़ाकर कहा—"बेटा, दिल्ली चले जाओ। वहाँ नये सिरे से जीवन शुरू करो और कोई अच्छी-सी सरकारी नौकरी कर लो।"

मदनलाल ने पत्र तो ले लिया, लेकिन उसका अच्छी-सी सरकारी नौकरी करने का कोई इरादा नहीं था। ज्योतिषियों ने ठीक ही कहा था। वह देहात के किसी छोटे-से थाने में पुलिस वाले का जीवन बिताने के लिए नहीं उत्पन्न हुआ था। एक दिन उसका नाम सारे देश में प्रसिद्ध होने वाला था।

जब वह अस्पताल से बाहर निकला तो उसकी आँखों के सामने उसके पिता की सूरत नाच रही थी। मदनलाल के मन में एक भावना छायी हुई थी, एक ऐसी भावना जो उन दिनों भारत में हज़ारों लोगों के मन में थी। मदनलाल ने प्रतिज्ञा की—'मैं बदला लूँगा।'

नयी दिल्ली, 9 सितंबर, 1947

अपने अनशन के कारण से गाँधी जी बहुत दुर्बल हो गये थे। इसी हालत में वह 9 सितंबर, 1947 को कलकत्ता से दिल्ली पहुँचे। इस बार गाँधी जी के अछूतों की भंगी कॉलोनी में ठहरने का कोई प्रश्न ही नहीं था। उस पूरे क्षेत्र पर पंजाब से आये हुए मुसीबत के मारे, कटुता से भरे शरणार्थियों ने कब्जा कर रखा था। वल्लभभाई पटेल बहुत चिंतित थे। उन्होंने आग्रह किया कि वह गाँधी जी को स्टेशन से सीधे नं. 5 अल्बुकर्क रोड पर एक बंगले में ले जाएँगे। यह नयी दिल्ली के सबसे अच्छे रिहायशी क्षेत्रों में था।

चारों ओर सुरक्षावादी, गुलाब की क्यारियाँ और सुंदर हरा-भरा लॉन, संगमरमर के फर्श और शीशम के दरवाजे, इधर-उधर दौड़ते हुए नौकर-चाकरों की पूरी सेना—यह था बिड़ला हाउस। भंगियों की वह टूटी-फूटी गंदी बस्ती, जहाँ गाँधी जी हमेशा ठहरा करते थे, अगर भारतीय समाज का एक छोर थी, तो बिड़ला हाउस दूसरा छोर। फिर भी, यह गाँधी जी के रहस्यमय जीवन की एक और अनबूझ पहेली थी कि जिस आदमी ने हमेशा तीसरे दर्जे के डिब्बे में यात्रा की थी और जो विश्व के मायाजाल से मुक्त हो गया था, वह नेहरू और पटेल के दबाव के कारण एक करोड़पति की हवेली में रहने पर सहमत हो गया।

उस हवेली के स्वामी सेठ घनश्यामदास बिड़ला भारत में उद्योगपतियों के दो सबसे बड़े परिवारों में से एक के प्रधान थे। वह धन-कुबेर थे, उनके व्यापार के साम्राज्य में कपड़े की मिलें, बीमा कंपनियाँ, बैंक, रबड़, जूट और बहुत-सी दूसरी चीज़ों के कारखाने शामिल थे। इस बात के बावजूद कि गाँधी जी ने सबसे पहले उन्हीं की एक मिल में मजदूरों की हड़ताल करायी थी, वह गाँधी जी से सबसे शुरू के शिष्यों में थे। कांग्रेस को रुपये-पैसे का सबसे बड़ा सहारा उन्हीं से था। उन्होंने अपनी उस हवेली के दो भागों में से एक भाग में चार कमरे गाँधी जी को दे दिए। विलायत से भारत लौटने के बाद गाँधी जी इतने भव्य भवन में कभी नहीं रहे थे और न इसके बाद उन्हें रहने का अवसर मिला।

गाँधी जी के इस नये निवासस्थान से परे देश की राजधानी में अब भी हिंसा का बोलबाला था। शहर की सड़कों पर अब भी इतनी लाशें बिखरी पड़ी थीं कि एक पुलिसवाले ने तो यहाँ तक कहा कि अब तो मरे हुए आदमी, घोड़े और भैंस में अंतर करना भी मुश्किल हो गया है। मुरदाघर में लाशों की जाँच करने वाला कोरोनर इस बात पर चिल्लाता रहता था कि पुलिस वाले वह जिद क्यों करते हैं कि मुरदाघर में आने वाली हर लाश के बारे में सारी खानापूरी अवश्य की जाए। वह चिढ़कर कहता था कि 'पुलिस वाले मुझे हर लाश की जांच करके हर एक की 'मौत का कारण' बताने को क्यों कहते हैं? कोई अँधा भी बता सकता है कि इन्हें हुआ क्या है।'

इन सारी समस्याओं के बावजूद माउंटबेटन, नेहरू और पटेल की बनायी हुई आपातकालीन समिति की कोशिशों का असर दिखायी पड़ने लगा। शहर में फौज के और दस्ते आ जाने के बाद 24 घंटे का घर बंदी का आदेश जारी कर दिया गया और जगह-जगह हथियार बरामद करने के लिए तलाशियाँ ली गयीं। धीरे-धीरे हिंसा की अग्नि मंद पड़ने लगी।

उन दिनों की समस्याओं ने माउंटबेटन और नेहरू को एक-दूसरे के और भी निकट ला दिया। नेहरू भूतपूर्व-वायसराय से दिन में दो-दो, तीन-तीन बार मिलते थे। कभी-कभी नेहरू उनके नाम अपना पत्र इस तरह शुरू करते—"मालूम नहीं मैं आपको यह पत्र क्यों लिख रहा हूँ; बस इतना जानता हूँ कि मैं महसूस करता हूँ कि किसी को पत्र लिखकर अपने हृदय का बोझ उतार दूँ।"

उन दिनों भारत के इस नेता ने बड़ी व्यस्तता के साथ अपने को कार्य में जुटाए रखा। उनकी एक महिला प्रशंसक ने कहा कि कुछ ही महीनों में 'वह 33 साल के सुंदर फिल्मी हीरो टाइरोन पॉवर के बजाय ऐसे लगने लगे थे, मानो हिटलर के नजरबंदी कैंप में तीन वर्ष तक यातनाएँ भुगतकर आये हों।' एक बार उनके सेक्रेटरी एच.वी.आर. आयंगर ने उन्हें सीने पर सिर झुकाए पाँच मिनट के लिए झपकी लेते देखा।

"मैं थककर चूर हो गया हूँ", नेहरू ने कहा, "मैं रात्रि को बस पाँच घंटे सो पाता हूँ। काश, मैं छः घंटे सो सकता! तुम कितने घंटे सोते हो?"

"सात-आठ घंटे", उनके सचिव का उत्तर था।

नेहरू ने मुँह बनाकर उनकी ओर देखा और बोले, "ऐसे समय में छः घंटे सोना तो आवश्यक है। सात घंटे सोना ऐश है। आठ धंटे सोना तो सरासर बुरी आदत है।"

दिल्ली में इतने बड़े पैमाने पर हो रही हिंसक घटनाओं से गाँधी जी को आश्चर्य भी हुआ और आघात भी पहुँचा। जिस आदमी ने अंतिम दम तक पाकिस्तान का विरोध किया था, वही अब जिन्ना की जगह उन मुसलमानों के लिए, जो यहाँ रह गये थे, देवदूत बन गया था। गाँधी जी के दिल्ली पहुँचते ही बिड़ला हाउस में ताँता बाँधकर मुसलमानों की टोलियाँ आने लगीं। उनके नेताओं ने गाँधी जी को अपना सारा दुखड़ा सुनाया कि हिंदुओं और सिखों ने उनके साथ क्या-क्या अत्याचार किए हैं, उनसे प्रार्थना की कि आप राजधानी में ही रहें। उन्हें न जाने क्यों यह विश्वास था कि गाँधी जी के यहाँ रहने से वे लोग बचे रहेंगे। गाँधी जी यह सब सुनकर स्तब्ध रह गये और सहमत हो गये कि 'जब तक दिल्ली में फिर पहले जैसी शांति नहीं स्थापित हो जाती तब तक वह पंजाब जाने का नाम नही लेंगे।'

गाँधी जी अपने जीवन के आदर्शों के प्रति कभी इतने दृढ़ नहीं रहे थे, कभी उन्होंने उस संदेश का, जिसका वह प्रचार करते आये थे, इतनी दृढ़ता के साथ पालन नहीं किया था, जितना कि अपने जीवन के उन अंतिम उदास दिनों में किया। जिस सर्वनाश की उन्होंने भविष्यवाणी की थी, उसे साक्षात देखकर वह अपने उन सिद्धांतों से और मजबूती के साथ चिपट गये, जो उन्हें दक्षिण अफ्रीका के दिनों से उन्हें शक्ति देते आये थे—प्रेम अहिसा सत्य और समस्त मानवता के भगवान में विश्वास। गाँधी जी के लिए इन सिद्धांतों की सार्थकता में कोई परिवर्तन नहीं आया था, उनके प्रति उनकी आस्था अटल रही। जो चीज़ बदल गयी थी, वह था हिंदुस्तान।

हिंदुस्तान के लोगों को उसके अंग्रेज़ शासकों का विरोध करने के एक साधन के रूप में प्रेम और अहिंसा का उपदेश देना एक बात थी और जिन लोगों ने अपनी आँखों से अपने बच्चों की हत्या होते, अपनी पत्नियों के

साथ बलात्कार होते देखा था, जिन औरतों ने अपने सगे-संबंधियों के गले अपनी आँखों सामने कटते देखे थे, जो लोग अपना सबकुछ खोकर निराश हो चुके थे, उन्हें प्रेम और क्षमा की सीख देना ही दूसरी बात थी। गाँधी जी को इस अँधे चक्कर से निकलने के एकमात्र उपाय के रूप में अपने संदेश की सार्थकता का पूरा-पूरा विश्वास था, लेकिन वह संदेश संत-स्वभाव के लोगों के लिए था और उन दिनों भारत के शरणार्थी कैंपों में शायद ही कोई ऐसा संत-स्वभाव का व्यक्ति रहा हो।

डांवाडोल स्वास्थ्य होने के बावजूद गाँधी जी प्रतिदिन इन कैंपों में जाकर उनमें रहने वाले लोगों के हृदय तक पहुँचने की कोशिश करते, जो बदला लेने के लिए बेचैन हो रहे थे। एक कैंप के शरणार्थियों ने उनसे चिल्लाकर पूछा, "अहिंसा के देवता, हमें यह तो बताओ कि हम जिंदा कैसे रहें? तुम हमसे कहते हो कि हम अपने हथियार छोड़ दें, लेकिन पंजाब में तो मुसलमान हिंदुओं को देखते ही जान से मार डालते हैं। क्या तुम्हारी इच्छा है कि हम भेड़-बकरियों की तरह बलि चढ़ते रहें?"

"यदि एक-एक पंजाबी किसी की जान लिए बिना मार डाला जाए", गाँधी जी ने उत्तर दिया, "तो पंजाब अमर हो जाएगा।" यहूदियों, चेकोस्लोवाकिया वालों और अंग्रेज़ों की तरह उन्होंने क्रोध से पागल अपने हिंदू देशवासियों को भी सलाह दी–"अहिंसा का रास्ता अपनाकर प्रसन्नता के साथ अपना बलिदान दो।"

उनकी इस बात के उत्तर में लोगों ने बड़े व्यंग्य से, मज़ाक़ उड़ाते हुए उनसे कहा, "पंजाब जाकर देखिए तब मालूम पड़ेगा।" मुस्लिम कैंपों में भी उनका स्वागत कुछ इससे बेहतर नहीं होता था। एक कैंप में किसी ने दो महीने का यतीम बच्चा उनके सामने कर दिया। गाँधी जी आँखों में आँसू भरकर मुसलमानों को बस यह कहकर तसल्ली देने का प्रयास करते रहे कि 'आवश्यक हो तो अपने होंठों पर अल्लाह का नाम लिए हुए अपनी जान दे दो, लेकिन हिम्मत न हारो।' यह सुनकर मुसलमानों ने भी हैरत में आकर उनका परिहास किया।

जब वह किसी को साथ लिए बिना ही पुराने किले के कैंप में गये तो मुसलमान शरणार्थियों की एक भीड़ ने उनकी मोटर को घेर लिया और उन पर गालियों की बौछार कर दी। किसी ने झटका देकर मोटर का द्वार खोल दिया। जरा विचलित हुए बिना वह मोटर से उतरकर उनके बीच आकर खड़े हो गये। अनशन के बाद उनकी आवाज इतनी कमजोर हो गयी थी कि उस उत्तेजित भीड़ के सामने वह जो कुछ कह रहे थे, उसे किसी दूसरे व्यक्ति को दोहराना पड़ता था।

उन्होंने कहा, "मेरे लिए हिंदू, मुसलमान, ईसाई और सिख में कोई अंतर नहीं है। मेरे लिए सब बराबर हैं।"

भाईचारे के इस संदेश का पुरस्कार उन्हें यह मिला कि चारों ओर से घेरे हुए मुसलमान बहुत जोर से उनके विरुद्ध आवाज उठाने लगे।

अनेक हिंदुओं को इस पर जितना गुस्सा आता था, उतना किसी और पर नहीं कि गाँधी जी को हिंदुओं की हिंसा का शिकार होने वाले मुसलमानों की चिंता रहती है और वह बार-बार कहते हैं कि दुःख और पीड़ा धर्म का भेद-भाव नहीं जानती, मुसलमान के घाव में भी उतना ही कष्ट होता है, जितना हिंदू के घाव में। कलकत्ता के चमत्कार की वजह से हिंदुस्तान के बहुत-से मुसलमान उनका एहसान मानते थे, लेकिन उसके कारण से बहुत-से हिंदुओं का हृदय उनसे खट्टा हो गया था।

गाँधी जी उन लोगों में से नहीं थे, जो दूसरों के मन में उत्पन्न होने वाली भावनाओं के कारण अपनी आस्थाओं के साथ समझौता कर लें। वह अपनी प्रार्थना-सभाओं में हमेशा ईसाईयों और हिंदुओं की स्तुतियों का गान कराते थे, कुरान की आयतें पढ़वाते थे, गीता के श्लोकों के साथ बाइबिल का पाठ भी कराते थे। तनाव के बावजूद वह दिल्ली में अपनी बैठकों में कुरान की आयतों का पाठ कराते रहे।

अचानक एक शाम को उनकी प्रार्थना-सभा में किसी ने गुस्से से भरी हुई आवाज में जोर से कहा–"यही आयतें पढ़-पढ़कर हमारी माँओं और बहनों की इज्ज़त लूटी गयी।" एक और आवाज ने चिल्लाकर नारा

लगाया—"गाँधी मुर्दाबाद!" बाकी भीड़ भी इस शोर में शामिल हो गयी। चारों ओर गड़बड़ी मच गयी। गाँधी जी अवाक् रह गये और आगे बोल न सके। लोगों ने शोर मचाकर उन्हें शांत कर दिया। जो काम अंग्रेज़ और दक्षिण अफ्रीका के गोरे लोग कभी नहीं कर पाये थे, वह काम गाँधी जी के अपने देशवासियों ने कर दिखाया। गाँधी जी के जीवन में पहली बार ऐसा हुआ था कि उन्हें अपनी प्रार्थना-सभा का कार्यक्रम बीच में ही छोड़ देना पड़ा।

मदनलाल पाहवा के लिए, उस नवयुवक के लिए जिसका नाम एक दिन सारे देश में प्रसिद्ध होने वाला था, प्रतिशोध का रास्ता एक डॉक्टर के चिकित्सालय से शुरू हुआ। यह चिकित्सालय दिल्ली से 194 मील दक्षिण-पूर्व की ओर ग्वालियर शहर में था, उस रियासत की राजधानी में जिसके महाराजा को बिजली की रेलगाड़ियों से बेहद लगाव था। उस चिकित्सालय में होम्योपैथी के जो डॉक्टर बैठते थे, उनकी शक्ल गाँधी जी से बहुत मिलती थी—वही गुम्बद की तरह ऊपर उठा हुआ गंजा सिर, और वही पोपले मुँह की मुसकराहट। डॉ. दत्तात्रेय परचुरे पूरे ग्वालियर में अपनी दवा 'सीताफलादि' के लिए प्रसिद्ध थे। प्राकृतिक चिकित्सा की यह औषधि दालचीनी, प्याज, बाँस के अँकुरों, शकर और शहद से बनायी जाती थी और पुरानी खाँसी और निमोनिया के लिए रामबाण समझी जाती थी। वह इसके अलावा और भी एक चीज़ के लिए प्रसिद्ध थे। मदनलाल उनके चिकित्सालय में खाँसी का उपचार कराने नहीं आया था। परचुरे को असली लगाव राजनीति में था। वह गवालियर में राष्ट्रीय स्वयंसेवक संघ का नेता था।

परचुरे मुसलमानों का कट्टर शत्रु था और उसने अपने 1,000 शिष्यों की निजी सेना बना रखी थी। बाद में वह बहुत डींग मारकर कहा करता था कि इसी सेना की मदद से उसने 60,000 मुसलमानों को हिंदुस्तान से मार भगाया। अपने रोगियों से वह शुल्क के जो छः आने लेता था और राजनीतिक चँदा जमा करता था वह सारी-की-सारी पूँजी उसकी उस

छोटी-सी सेना के लिए लाठियाँ, छुरे, बघनख खरीदने में खर्च होती थी। वह हमेशा अपनी इस सेना में भरती करने के लिए नये लोगों की घात में रहता था, उसकी सेना के लिए गठे हुए शरीर वाले इस शरणार्थी से अच्छा और कौन आदमी हो सकता था, जिसे मुसलमानों से घृणा भी थी और राष्ट्रीय स्वयंसेवक संघ का पहले से कुछ अनुभव भी था। परचुरे ने मदनलाल से वायदा कर लिया कि वह जो बदला लेना चाहता है, उसका पूरा अवसर उसे दिया जाएगा। उसकी वफादारी के बदले में होम्योपैथी के डॉक्टर ने मदनलाल के रहने और खाने का जिम्मा ले लिया और उसे छूट दे दी कि वह जितने भी मुसलमानों की हत्या कर सके, कर दे।

मदनलाल भी सहमत हो गया। अगले महीने भर वह परचुरे की एक 'छापेमार टुकड़ी' के साथ काम करता रहा और भोपाल से भागकर दिल्ली जाते हुए विवश और लाचार मुसलमानों को कत्ल करता रहा, ठीक उसी तरह जैसे मुसलमानों ने पाकिस्तान में उसके पिता को जान से मार देने की कोशिश की थी। मदनलाल बाद में बताया करता था, "हम लोग स्टेशन पर घात लगाए बैठे रहते थे। गाड़ी आते ही उसे रोक लेते थे, उस पर चढ़ जाते थे और उन्हें मौत की नींद सुला देते थे।"

ये हरकतें इस तरह सरेआम होने लगी थीं कि दिल्ली तक में उस पर गुस्से की लहर दौड़ गयी। गाँधी जी ने स्वयं एक प्रार्थना-सभा में इसकी निंदा की। ग्वालियर के हिंदू महाराजा ने अंततः परचुरे को सलाह दी कि वह अपने लोगों को रोक ले।

निराश होकर मदनलाल बंबई चला गया। उसे पेशेवर शरणार्थी की जिंदगी में आनंद आने लगा था। लेकिन इस बार उसने निर्णय किया कि अब नेता की भूमिका वही निभाएगा। उसने एक शरणार्थी कैंप में अपना नाम लिखा दिया और पचास नवयुवकों का एक गिरोह संगठित करके वह मैदान में कूद पड़ा।

उसने बताया, "हम लोग प्रतिदिन बंबई की मुस्लिम बस्ती में जाते थे। वहाँ के अच्छे-से-अच्छे होटल में घुसकर बहुत-सा खाना मँगाते थे, ऐसी चीज़ें

जो मैंने पहले भी नहीं खायी थीं। बाद में जब पैसा माँगा जाता था, तो हम कह देते थे कि हम तो शरणार्थी हैं, हमारे पास पैसा कहाँ! अगर वे लोग कुछ अधिक बातचीत करते तो हम उन्हें मार-पीटकर ठीक कर देते और उनकी सारी चीज़ें तोड़-फोड़ डालते।"

"कभी हम मुसलमानों को सड़क पर भी मारते-पीटते और उनका पैसा छीन लेते। या फिर हम मुसलमानों के खोमचे उठा ले जाते और उनका माल स्वयं बेचकर पैसा हड़प जाते। प्रतिदिन रात को कैंप में मेरे शिष्य मुझे अपने कारनामों का हाल सुनाते और जो कुछ उनके हाथ लगता वह मुझे दे देते। मैं उसे बाँट देता। बहुत शानदार जिंदगी थी। धीरे-धीरे मैं धनवान होता जा रहा था।"

शीघ्र ही मदनलाल विवश हो गया कि इन छोटी-मोटी चोरियों से कोई ज्यादा ठोस काम दिखाकर यह सिद्ध कर दे कि उसे नेता बनने का अधिकार है। मुसलमानों के किसी त्योहार के दिन वह अपने दो चेलों के साथ तीन दस्ती बम लेकर वहाँ से 132 मील दूर अहमदनगर के लिए चल पड़ा। वहाँ उन्होंने मुसलमानों के एक जुलूस पर ये बम फेंकें बम फटते ही मदनलाल कुछ घंटों तक छिपे रहने के लिए शहर की अनजान गलियों की ओर भागा। अचानक उसे एक फटीचर-से होटल, दक्कन गेस्ट हाउस के छज्जे पर जाना-पहचाना झंडा फहराता हुआ दिखायी दिया—राष्ट्रीय स्वयंसेवक संघ का भगवा झंडा, जिस पर स्वास्तिक का निशान बना हुआ था। वह भागकर अंदर पहुँच गया।

होटल के स्वामी के कार्यालय में घुसते हुए उसने कहा, "मुझे कहीं छिपा लीजिए। मैंने अभी मुसलमानों के जुलूस पर बम फेंका है।"

कार्यालय में मेज के सामने दक्कन गेस्ट-हाउस का भरे-भरे बदन और नाटे कद का 37 वर्षीय स्वामी विष्णु करकरे बैठा था, जो वहाँ राष्ट्रीय स्वयंसेवक संघ का नेता था। करकरे उछलकर खड़ा हो गया और उपकार मानने की मुद्रा में अपने दोनों हाथ उसने ऊपर उठा दिए। इसके बाद उसने अपनी बाँहें फैलाकर बम फेंकने वाले उस नौजवान को हृदय से लगा लिया। अब प्रतिशोध के पथ पर मदनलाल अकेला नहीं था।

पंजाब, सितंबर-अक्तूबर 1947

भारत के विभाजन के फलस्वरूप होने वाली दुखद घटनाओं का वृतात कभी पूरा न होता, अगर उनके साथ वासना की तृप्ति के लिए पाशविकता का भरपूर परिचय न दिया गया होता, जैसा कि इतिहास के आरंभ से हर संघर्ष में होता आया था। इस अभागे प्रांत पर निर्दयता की जितनी घटनाओं का अभिशाप था, उन सबको बड़े पैमाने पर बलात्कार की घटनाओं ने और भी घिनौना बना दिया था। शरणार्थियों के समूहों से, ठसाठस भरी हुई ट्रेनों से, सुनसान गाँवों से हज़ारों लड़कियाँ और औरतें उड़ा ली गयीं। आधुनिक युग में इससे बड़े पैमाने पर औरतों का अपहरण और कहीं नहीं हुआ था। अगर औरत हिंदू या सिख होती थी, तो उसे उड़ा लाने के बाद एक धार्मिक समारोह में जबर्दस्ती धर्म बदलकर इस लायक बना दिया जाता था कि वह, जिस मुसलमान ने उसे उठाया था उसके घर या हरम में रह सके।

संतोष नंदलाल पाकिस्तान के मियाँवाली शहर के एक हिंदू वकील की 16 साल की बेटी थी। उसका अपहरण करके उसे गाँव के मुखिया के घर ले जाया गया। उसने बाद मं बताया, "पहले तो मुझे कई थप्पड़ मारे गये, फिर किसी व्यक्ति ने अचानक गो-माँस का एक टुकड़ा लाकर जबर्दस्ती मुझे खिलाया। बहुत ही बुरा स्वाद था उसका। मैंने अपने जीवन में कभी गोश्त नहीं खाया था। सब लोग हँसने लगे। मैं रो पड़ी। इतने में एक मुल्ला ने आकर कुरान की कुछ आयतें पढ़ीं और मुझे उनको दोहराने पर विवश किया।"

इसके बाद उसका एक नया नाम रख दिया गया। संतोष अल्लाह-रखी बन गयी। जिस लड़की की 'अल्लाह ने रक्षा की थी' उसे गाँव के मर्दों के बीच नीलामी पर चढ़ा दिया गया। नीलामी एक लकड़हारे के नाम छूटी। इस कष्टप्रद अनुभव के पच्चीस साल बाद वह बड़ी कृतज्ञता से स्मरण करती थी कि 'वह बुरा आदमी नहीं था, उसने मुझे फिर कभी गोश्त खाने पर विवश नहीं किया।'

सिख-गुरुओं ने अपने शिष्यों को विशेषतौर पर मना किया था कि वे मुसलमान स्त्रियों के साथ संभोग न करें, शायद इसीलिए कि पंजाब में जो कुछ हुआ, वह न हो। इसका परिणाम यह हुआ कि सिखों में आम चर्चा हो गयी कि मुसलमान औरतों के साथ संभोग करने में विशेष आनंद आता होगा। पंजाब की घटनाओं से प्रभावित होकर सिख लोग अपने गुरु की सीख तो भूल गये और उनकी कल्पना बे-रोक-टोक उड़ान भरने लगी। वे पागलों की तरह हर जगह मुसलमानों पर टूट पड़े और पंजाब के उनके हिस्से में उड़ाकर लायी गयी मुसलमान औरतों का व्यापार बड़ी तेजी से फलने-फूलने लगा।

बूटासिंह 55 साल का एक वृद्ध सिख था। वह बर्मा में माउंटबेटन की फौज में लड़ चुका था। सितंबर के महीने में एक दिन तीसरे पहर वह अपने खेत में कार्य कर रहा था कि अचानक उसे पीछे से एक सहमी स्त्री के चीखने की आवाज सुनायी दी। उसने मुड़कर देखा कि उसी जैसा एक सिख नौजवान लड़की का पीछा कर रहा है। वह लड़की आकर बूटासिंह के ऊपर गिर पड़ी और गिड़-गिड़ाकर कहने लगी, "मुझे बचा लो, मुझे बचा लो!"

बूटासिंह उस लड़की और उसका पीछा करने वाले सिख के बीच में आ गया। पलक झपकते वह समझ गया कि मामला क्या है? लड़की मुसलमान थी और उस सिख ने उसे शरणार्थियों के एक गुजरते हुए जत्थे से उड़ाया था। सारे सूबे में फैली हुई मुसीबत के इस तरह अचानक उसके खेत में आ जाने के कारण से बूटासिंह को अपने अकेलेपन की समस्या को हल करने का मुँहमाँगा अवसर मिल गया। वह बहुत शर्मीला आदमी था और उसने कभी शादी नहीं की थी, अव्वल तो इसलिए कि उसके घरवालों के पास बहू लाने के लिए पैसे ही नहीं थे और दूसरे वह स्वयं भी बहुत दब्बू स्वभाव का था।

"कितना?" उसने लड़की का पीछा करने वाले सिख से पूछा।

"पंद्रह सौ रुपये", उसका उत्तर था।

बूटासिंह ने मोल-तोल भी नहीं किया। अपनी झोंपड़ी में जाकर वह चुपचाप मैले-कुचैले नोटों की गड्डी ले आया। उन नोटों से उसने जो लड़की

खरीदी वह 17 साल की थी, उम्र में उससे अड़तीस साल छोटी। उसका नाम था जैनब। वह राजस्थान के एक मामूली काश्तकार की बेटी थी। अकेले जीवन बसर करने वाले उस वृद्ध सिख को तो जैसे एक खिलौना मिल गया, जिसे कभी वह अपने बेटी की तरह प्यार करता, कभी अपनी प्रेमिका की तरह। उसके आने के बाद वह उसमें ऐसा खो गया था कि उसकी जिंदगी का सारा ढर्रा ही तितर-बितर हो गया। वह प्यार जो अब तक वह किसी पर नहीं लुटा पाया था, अचानक जैनब के लिए एक धारा बनकर फूट पड़ा। हर दूसरे-तीसरे दिन बूटासिंह पास के बाज़ार में जाता और उसके लिए कोई-न-कोई चीज ले आता—कभी साड़ी, कीमती साबुन की बट्टी, कभी जरी-कारचोब के काम की स्लीपरें।

भागने से पहले जैनब को बुरी तरह मारा-पीटा गया था, उसके साथ बलात्कार किया गया था, इसलिए अकेले जिंदगी बिताने वाले उस वृद्ध सिख ने जब उस पर इतना स्नेह और इतना प्यार लुटाना शुरू किया तो पहले तो उसे विश्वास नहीं हुआ, लेकिन बाद में वह पूरी तरह उसके प्रेम में डूब गयी। महत्वपूर्ण बात थी कि इसके बदले में उसने भी उसका उपकार मानते हुए उसके प्रति स्नेह दिखाया और शीघ्र ही बूटासिंह की सारी जिंदगी उसी के चारों ओर घूमने लगी। दिन में वह उसके साथ खेत पर जाती, सुबह सूरज उगने से पहले और शाम को सूर्य डूबे वह उसकी भैंसों को दुहती और रात को उसके साथ सोती। उनकी झोंपड़ी से सोलह मील दूर ग्रांड ट्रंक रोड पर शरणार्थियों के लुटे हुए जत्थे अब भी आते-जाते रहते थे। बूटासिंह की बारह एकड़ भूमि ऐसी लगी ती जैसे घृणा से भरे हुए बर्फ के एक पहाड़ में से एक छोटा-सा टुकड़ा टूटकर अलग हो गया हो।

शरद ऋतु में एक दिन मुँह-अँधेरे सिखों की परंपरा के अनुसार शहनाइयों की विचित्र आवाज बूटासिंह की झोंपड़ी की ओर बढ़ती हुई सुनायी दी। बूटासिंह सजी-धजी शादी की घोड़ी पर बैठा हुआ, गाने वालों और जलती-बुझती मशालें लिए हुए पड़ोसियों के बीच घिरा हुआ उस मुस्लिम लड़की को अपनी दुल्हन बनाकर लाने जा रहा था, जिसे उसने मैले-कुचैले नोटों की गड्डी देकर खरीदा था।

कुछ सप्ताह बाद जिस युग में उसके जैसे दूसरे पंजाबियों को इतने भयानक कष्टों का सामना करना पड़ रहा था, उन्हीं दिनों बूटासिंह को ईश्वर ने एक अंतिम पुरस्कार दिया। उसकी पत्नी ने बताया कि उसके बच्चा होने वाला है। जिस औलाद की बूटासिंह को सदा से लालसा थी वह अब उसे मिलने वाली थी। ऐसा लग रहा था कि ईश्वर उस वृद्ध सिख और उस मुसलमान लड़की पर अपने सारे वरदानों की बौछार करने पर तुला हुआ था लेकिन ऐसा हुआ नहीं। इस विचित्र जोड़े के लिए बेरहम दुःखों का एक लंबा दौर शुरू होने वाला था, जो आगे चलकर लाखों लोगों के लिए विभाजन की लानतों का प्रतीक बन गया।

गवर्नमेंट-हाउस के मानचित्रों पर लाल पिनों की टेढ़ी-मेढ़ी बलखाती हुई लकीरें धीरे-धीरे अपनी मंजिल की ओर बढ़ती जा रही थी। सीमा के पार दोनों ओर मारे-मारे फिरते हुए लाखों बे-घर लोगों की इस बाढ़ से हिंदुस्तान और पाकिस्तान दोनों ही की सरकारों के लिए जन समस्याएँ उठ खड़ी हुई थीं, जिनका सामना शायद ही किसी दूसरे देश को करना पड़ा हो। दुःखों के मारे से लाखों लोग किसी चमत्कार की आस लगाये बैठे थे। उन्हें स्वतंत्रता की रामबाण औषधि मिल गयी थी और उन्हें पूरा विश्वास था कि इससे उनके नेताओं को उनके सारे संकटों को दूर कर देने की शक्ति मिल जाएगी।

धनवान भी कष्ट झेल रहे थे और निर्धन भी। अमृतसर में एक सिख अफ़सर ने अपने मोटरखाने में एक निजी शरणार्थी-कैंप खोल लिया था। उसमें उनके आधे दर्जन मित्र रहते थे। दो महीने पहले वे लाहौर में लखपति थे। अब वे कंगाल हो गये थे। एक-दूसरे अफ़सर ने बताया कि दिल्ली जाने वाली जिस ट्रेन में रखवाली के लिए उन्हें तैनात किया गया था उस पर एक शरणार्थी बिलख-बिलखकर रो रहा था। वह आदमी बहुत अच्छे कपड़े पहने थे। उसने उस अफ़सर को बताया कि वह लुट गया है, बरबाद हो गया है।

"आपके पास सचमुच कुछ नहीं बचा है?" अफ़सर ने पूछा।

"सिर्फ पाँच लाख रुपये बचे हैं", उस आदमी का उत्तर था।

"लेकिन", अफ़सर ने उनकी बात काटते हुए कहा, "तब तो आप अब भी काफी अमीर हैं।"

"नहीं", उसने उत्तर दिया, "मैं तो इसमें से पाई-पाई नेहरू और गाँधी जी को जान से मरवाने के लिए दे दूँगा।"

शरणार्थियों की इस बाढ़ को संभालना इतना बड़ा काम था कि सोचो तो विश्वास नहीं होता था। लाखों लोगों के लिए कंबल, तम्बू और टीका लगाने की दवाएँ जुटाने और बँटवाने का प्रबंध करना था। उन्हें जिंदा रखने के लिए खाने की व्यवस्था करना भी इतना बड़ा काम था कि उनके बारे में सोचकर दिमाग चकरा जाता था। जब कैंपों में तिल धरने को जगह नहीं रह गयी तो हालत बर्दाश्त के बाहर हो गयी। हर कैंप में मौत, सड़न और बीमारी की बदबू उसी तरह उठती थी, जैसे सुबह के समय झील की सतह पर से कुहरे के बादल उठते हैं।

एक सिख अफ़सर ने अपनी मोटर पर अमृतसर में ऐसे ही एक कैंप में घुसते हुए बड़ी कटुता के साथ शिकायत के लहजे में कहा था—"स्वतंत्रता की बदबू।" एक और कैंप में एक भारतीय पत्रकार ने देखा कि एक नौजवान आदमी अपनी दम तोड़ती हुई माँ के पास बैठा हुआ था—उसके जीवन के अंतिम क्षणों में उसे तसल्ली देने के लिए नहीं, बल्कि इस बात की निगरानी रखने के लिए कि जब बुढ़िया मरे तो उसका कंबल उसके बजाय कोई दूसरा आदमी न झपट ले जाए।

गाँधी जी को छोड़कर दिल्ली का कोई भी राजनीतिक नेता इन कैंपों में रहने वाले लोगों से उतनी अच्छी तरह परिचित नहीं था, जितना कि सेंट जॉन ऐंबुलेंस की बढ़िया इस्तरी की हुई पोशाक पहने, भूरे बालों वाली एक अंग्रेज़ औरत। जिस तरह से बँटवारे से पहले के कुछ सप्ताह में हर चीज़ के कर्ता-धर्ता उनके पति थे, उसी तरह भारत की इस संकट के क्षणों में एडविना माउंटबेटन का बोलबाला था। शरद ऋतु के उन महीनों में उन्होंने पागलों की तरह जुटकर काम किया; उनके आत्म-अनुशासन का मुकाबला उनके पति भी नहीं कर सकते थे। ऐसा लगता था कि इन कैंपों की गंदगी

में बीमारों और मरते हुए लोगों को दिलासा देकर वह जवानी के दिनों की फिजूलखर्ची और ऐश-आराम की जिंदगी का प्रायश्चित कर रही थीं। सहानुभूति के साथ ही उनको अपनी सत्ता का भी आभास था; अपार लगन के साथ ही उनको हर बात की जानकारी थी और उनमें संगठन करने की क्षमता भी थी। इन सब गुणों के कारण एडविना माउंटबेटन हज़ारों भारतवासियों के मन पर अपनी अमिट छाप छोड़ गयीं।

वह रात को पाँच घंटे सोकर प्रतिदिन सुबह छः बजे अपनी मेज़ पर आकर बैठ जातीं। दिन-भर वह एक कैंप से दूसरे कैंप, एक अस्पताल से दूसरे अस्पताल का चक्कर लगाती रहतीं, हर बात की छानबीन करतीं, हर बात को जानने का प्रयास करतीं, जो खराबी होती उसकी आलोचना करती और उसे ठीक करने की कोशिश करती। कोई काम वह सरकारी तौर पर नहीं करती थी। वह जानती थी कि हर कैंप में हज़ार आदमियों के पीछे पानी के कितने नल होने चाहिए, इस बात का पक्का प्रबंध कैसे किया जाए कि कोई टीका लगने से रह न जाए, सफायी और स्वास्थ्य-रक्षा का काम कैसे संगठित किया जाए।

नेहरू जी के प्रमुख सेक्रेटरी एच.वी.आर. आयंगर को स्मरण है कि एक दिन तपती हुई धूप में बारह घंटे तक कैंपों में घूमने के बाद शाम को छः बजे वह आपातकालीन समिति की बैठक में आयी। उनके ए.डी.सी. आते ही समिति के पास वाले छोटे कमरे में सो गये, लेकिन एडविना ने 'बहुत शांत भाव से नपे-तुले शब्दों में बड़े व्यावहारिक ढंग से बहुत-सी समस्याओं के बारे में बताया कि उन्होंने क्या-क्या देखा और उनकी राय में क्या-क्या किया जाना चाहिए।'

उन्हें हवाई जहाज से यात्रा करने से घृणा थी और जब भी वह हवाई जहाज से कहीं जाती थी, तो उनका जी बहुत बुरा हो जाता था। फिर भी समय बचाने के लिए वह हवाई जहाज से यात्रा करती और नीचे उतरने से पहले मतली के धब्बों को ढकने के लिए अपने होंठों पर लिपस्टिक की एक नयी तह लगा लेती। अगर कोई बहुत आवश्यक काम निबटाना होता, तो उन्हें लड़ायी के दिनों के अनुभवी वायु-सेना के पायलटों को सुरक्षा के

कायदे-कानून तोड़कर भी घुप अंधेरे में हवाई जहाज उड़ाने का आदेश देने में कोई संकोच नहीं होता था।

उनके लिए कोई भी दृश्य इतना भयानक नहीं था, कोई भी झोंपड़ी इतनी गंदी नहीं थी, कोई काम इतना तुच्छ नहीं था, कोई हिंदुस्तानी इतना बीमार नहीं था कि वह उसकी ओर ध्यान न दे सकें। लोगों को सदा स्मरण रहेगा कि वह टखनों-टखनों तक कीचड़ में हैजे से मरते हुए रोगियों के पास बैठी रहती थी और उनके जीवन के अंतिम क्षणों में उनके तपते हुए माथे पर हाथ फेरकर उन्हें तसल्ली देती रहती थी।

भारत और पाकिस्तान में भयानक विपदा और भयानक घटनाओं के इन महीनों में कुछ लोगों ने साहस का भी परिचय दिया, लेकिन इनमें से अधिकतर का न तो कोई नाम हुआ और न किसी ने उनका आभार माना। उनके कारनामे भुला दिए गये। उनकी भावनाओं को अमृतसर के हिंदू पुलिस-अफ़सर अश्विनी कुमार ने बहुत थोड़े शब्दों में बहुत अच्छे ढंग से बयान किया।

उन्होंने कहा, "उस नरक में किसी तरह अपना मानसिक संतुलन बनाये रखने की एक ही विधि थी कि प्रतिदिन एक आदमी की जिंदगी बचा लेने की कोशिश करे।"

इस नौजवान पुलिस-अफ़सर ने यह काम बड़ी लगन और सफलता के साथ पूरा किया। ऐसे भी सिख थे, जिन्होंने मुसलमानों को अपने यहाँ महीनों छिपाए रखकर उनकी जान–खून की प्यासी भीड़ों से बचायी। ऐसे हिंदू भी थे, जैसे वह घूमने-फिरने वाला सेल्समैन जिसने यह कहकर कि 'यह तो ईसाई हैं!' 22 साल के एक मुसलमान रेलवे-क्लर्क अहमद अनवर की जान बचायी थी, जिसे एक भीड़ मार डालने पर तुली हुई थी; फ्रंटियर फोर्स राइफल्स के उस कप्तान जैसे मुसलमान भी थे, जिसने अपने देशवासियों से सिखों के एक समूह की रक्षा करते हुए अपनी जान दे दी।

धीरे-धीरे इस अराजकता में कुछ-कुछ व्यवस्था पैदा होने लगी। दोनों सेनाओं के अनुशासन में सुधार हुआ। ट्रेनों और शरणार्थियों के जत्थों की

रक्षा करने के कारगर उपाय किए गये। आपातकालीन समिति ने, जिसके बारे में नेहरू ने कहा था कि 'किसी भी नयी सरकार को इससे पहले प्रशासन की इतनी अच्छी शिक्षा नहीं मिली थी', धीरे-धीरे पंजाब की स्थिति पर काबू पाना शुरू कर दिया। लाखों शरणार्थी लड़खड़ाते हुए आगे बढ़ते रहे। जिस हिंसा ने उन्हें भागने पर मजबूर किया था, वह धीरे-धीरे कम होती गयी। इसके घटने का पहला संकेत आपातकालीन समिति की भेजी गयी गुप्त रिपोर्ट के एक छोटे-से वाक्य में मिला।

उसमें कहा गया था, "हिंदुओं को ट्रेन की खिड़कियों के बाहर फेंक देने की घटनाएँ अब कम होती जा रही हैं।"

इन भाग्यहीन जन-समूहों को अभी एक अंतिम कष्ट झेलना शेष था। अचानक मानसून आ गया। अगस्त और सितंबर की झुलसा देने वाली गर्मी से राहत पाने के लिए पंजाब के लाखों विपदाग्रस्त लोग आकाश की ओर आस लगाये ताक रहे थे और अंत में आकाश ने वह सारा पानी जो उसने जमा कर रखा था, अचानक इतनी मूसलाधार बारिश के रूप में उंडेल दिया कि पिछले पचास साल में भारत में ऐसी बारिश नहीं देखी गयी थी। ऐसा लगता था कि इंद्र देवता पंजाब से रुष्ट होकर उन पर इस अंतिम अभिशाप का प्रहार कर रहे थे। पंजाब की पाँचों नदियाँ, जिसकी वजह से इस प्राँत का नाम पंजाब पड़ा था और जो उस धरती की संतानों का पेट भरती थीं, उनको पोषण प्रदान करती थीं, प्रलयंकारी धाराओं का रूप धारण करके उनकी विनाश का अंतिम साधन बन गयी थीं।

पहले से खतरे की किसी सूचना के बिना 24 सितंबर की शाम को पानी की जबर्दस्त धारा पंजाब में आये और नदी के किनारे सोये हुए हज़ारों निढाल शरणार्थी उसमें डूब गये।

अपने गाँव के सैकड़ों लोगों की तरह अब्दुल रहमान अली नामक एक मामूली मुस्लिम काश्तकार ने भी व्यास नदी के किनारे, जिसमें उस समय लगभग पानी नहीं था, रात-भर के लिए पड़ाव डाला था। उनके पड़ाव में

प्रसन्नता और संतोष का वातावरण छाया हुआ था। पाकिस्तान की सीमा, जो उनके लिए सुरक्षा का द्वार थी, अब मात्र पचास मील दूर रह गयी थी, लेकिन उनमें से अधिकतर लोगों के लिए यह सीमा एक सुखद स्वप्न ही रह गयी। रात को जब व्यास नदी में अचानक बाढ़ आयी, तो उनमें से मुश्किल से बीस-पच्चीस आदमी जीवित बचे।

रहमान अली ने पड़ाव के बाहर एक ऊँचे टीले पर अपनी बैलगाड़ी खड़ी की थी; तेजी से बढ़ते हुए पानी का शोर और लोगों की चीख-पुकार सुनकर उसकी आँख खुल गयी। वह अपने परिवार के साथ बैलगाड़ी की ओर भागा। पानी बढ़ते-बढ़ते पहियों की धुरी तक आया, फिर बैलगाड़ी के तख्ते तक पहुँचा, उनके घुटनों तक और उनके सीनों तक आ गया। लेकिन उसके बाद पानी घटने लगा। दो दिन तक बिना कुछ खाये-पिये, सर्दी में ठिठुरता हुआ अली का परिवार बैलगाड़ी से चिपका रहा और लाचारी से देखता रहा कि टूटी हुई बैलगाड़ियाँ, जानवरों और उनके मित्रों और सगे-संबंधी की फूली हुई लाशें उस निर्मम जल-धारा में बहती जा रही थीं।

बीसियों साल से जिन पुलों में दरार तक नहीं आयी थी, वे पानी के प्रबल वेग में या तो डूब गये या बह गये। प्रसिद्ध अमेरिकी पत्रिका लाइफ की छायाकार मार्गरिट बुर्क-व्हाइट को रावी के किनारे के कमर-कमर तक पानी में होकर भागना पड़ा; एक हिंदुस्तानी अफ़सर ने उन्हें चेतावनी देकर उनकी जान बचायी थी। बाढ़ का पानी उतर जाने के बाद वह फिर वहाँ गयीं। रेलवे-लाइन के पुश्ते और नदी के बीच एक चरागाह में 4,000 मुसलमान शरणार्थी रात-भर के लिए ठहरे थे। उनमें से एक हज़ार से भी कम जिंदा बचे। वह चारागाह 'लड़ायी का मैदान मालूम होता था—बैलगाड़ियाँ उलट पड़ी थीं, घर-गृहस्थी का सामान और खेती-बाड़ी के औजार फूट-फूटकर कीचड़ में सने हुए इधर-उधर बिखरे पड़े थे।'

गुरचरनसिंह नामक सिख पुलिस-अफ़सर के मस्तिष्क पर इस अंतिम व्यवस्था के प्रतीक के रूप में एक दृश्य हमेशा के लिए अंकित हो गया था। जिस दिन बाढ़ का पानी उतरने लगा, उसी दिन बहुत सवेरे की हलके-हलके

प्रकाश में उसने यह दृश्य देखा था—नीचे शरणार्थियों की लाशें बिखरी पड़ी थीं और ऊपर पीपल के पड़ की डालों में उस गोरखा सिपाही की लाश उलझी हुई थी, जो उन शरणार्थियों की रक्षा के लिए तैनात किया गया था और गिद्ध उसे नोच-नोचकर खा रहे थे।

यह कभी ज्ञात नहीं हो सकेगा कि कुछ सप्ताहों की इस भयानक संकट के दौरान कितनी जानें गयीं। चारों ओर ऐसी गड़बड़ी मची हुई थी, प्रांत का प्रशासन कुछ समय के लिए इतनी बुरी तरह ठप हो चुका था कि इस विभीषिका की सही तसवीर खींच सकना असंभव था। कोई हिसाब ही नहीं लग सकता था कि कितने लोग सड़क के किनारे मरने के लिए छोड़ दिये गये थे, कुओं में फेंक दिये गये थे या अपने घरों या गाँवों की आग में जल मरे थे। जस्टिस जी. डी. खोसला ने, जो इस विभीषिका का अध्ययन करने वाले सबसे प्रमुख हिंदुस्तानी हैं, अनुमान लगाया है कि पाँच लाख जानें गयी होंगी। उस समय के दो प्रमुख अंग्रेज़ इतिहासकारों ने—पेंडेरेल मून, जो पाकिस्तान में नियुक्त थे और एच.वी. हडसन ने—दो लाख और ढाई लाख लोगों के मारे जाने का अनुमान लगाया है। सर संदूलाल त्रिवेदी, जो पंजाब के पहले भारतीय गवर्नर और उस प्रांत की घटनाओं से सबसे गहरा संबंध रखने वाले अधिकारी थे, ने 2,25,000 लोगों के जान से मारे जाने का अनुमान लगाया था।

विभाजन के परिणामों से पीड़ित लाखों लोगों के लिए फिर से बसने और अपने नये देश के जीवन में घुल-मिल जाने के लंबे और कष्टमय दिन अभी आनेवाले थे। उन्होंने स्वतंत्रता का बहुत भारी मूल्य चुकाया था और आने वाले कई वर्षों तक इस मूल्य की छाप उनके मस्तिष्क पर बनी रही।

कश्मीर का राग

कश्मीर, 22-24 अक्तूबर, 1947

कश्मीर के महाराजा हरिसिंह के श्रीनगर स्थित महल के जगमगाते हुए दरबार हॉल का यह समारोह हिंदू पंचाग के एक सबसे प्राचीन पर्व का चरमोत्कर्ष था। हर वर्ष आश्विन मास के पहले नवारात्र से हिंदू, महिषासुर से दुर्गा के पौराणिक संघर्ष को नौ दिन के इस त्यौहार के रूप में मनाते आये थे। जैसा कि उनके पूर्वज कई शताब्दियों से परंपरा का पालन करते थे, कश्मीर के महाराजा हरीसिंह ने भी 1947 के इस समारोह के अंत में उस अवसर पर एकत्रित अपनी रियासत के सभी प्रतिष्ठित लोगों से राजभक्ति का वचन लिया। एक-एक करके उन्होंने उनके सिंहासन के पास आकर रेशमी रूमाल में लिपटी हुई एक स्वर्ण मुद्रा का नज़राना राजसी हाथों में रखकर अपनी राजभक्ति का प्रमाण दिया।

चिड़चिड़े स्वभाव के महाराजा बड़े भाग्यशाली व्यक्ति थे। वह रजवाड़ों की फिज़ूलखर्च बिरादरी के बचे हुए उन तीन राजाओं में से थे जो अभी तक अपनी गद्दी पर बैठे हुए थे। शेष दो में से एक तो थे नवाब जूनागढ़, जिनकी रियासत में इंसान बनकर पैदा होने से कहीं अच्छा कुत्ते की योनि में पैदा होना था; और दूसरे थे निज़ाम हैदराबाद। भूगोल और तर्क की हर

दलील के विरूद्ध नवाब जूनागढ़ ने चारों ओर से भारतीय क्षेत्र से घिरी हुई अपनी छोटी-सी रियासत को पाकिस्तान में ले जाने का प्रयास किया। उनके दिन लद चुके थे। मुश्किल से पंद्रह ही दिन बाद भारतीय सेना उनकी रियासत में घुस आयी और नवाब साहब को मात्र इतना अवसर दिया कि वह हवाई जहाज में अपनी बेगमों और अपने सबसे चहेते पालतू कुत्तों को भरकर पाकिस्तान भाग जाएँ। निज़ाम भी अब कुछ ही दिन के अतिथि थे। वह बहुत अरसे तक एड़ी-चोटी का जोर लगाकर ब्रिटेन और भारत से अपनी स्वतंत्रता को स्वीकार करा लेने की कोशिश करते रहे; लेकिन भारत के अंतिम वायसराय के विदा होने के कुछ ही समय बाद उनकी रियासत भी स्वतंत्र भारत का हिस्सा हो गयी।

माउंटबेटन चाहते थे कि कश्मीर के महाराजा हरीसिंह 15 अगस्त से पहले भारत या पाकिस्तान में शामिल होने का निर्णय कर लें। महाराजा ने राजनीतिक बहाना किया कि पेट में दर्द है और उस समय निर्णय करने से बच गये, लेकिन अब वह दर्द दूर हो चुका था। कमल के फूल की आकृति के सुनहरे छत्र के नीचे सिर पर हीरों से जड़ी हुई पगड़ी पहने और गले में मोतियों की दर्जन-भर लड़ियाँ डाले, जिनके बीच एक पन्ना सबसे अलग चमक रहा था, जो उनके राजवंश का सबसे अनमोल रत्न था। महाराजा हरीसिंह अभी तक वही स्वप्न देख रहे थे, जो उन्होंने एक दिन त्रिका नदी के किनारे अपने पुराने मित्र को बताया था। वह उस सिंहासन पर बैठे रहना चाहते थे और कश्मीर की जादू-भरी घाटी के लिए स्वतंत्रता प्राप्त करना चाहते थे, जिसे ईस्ट इंडिया कंपनी ने एक शताब्दी पहले उनके पर्वूजों के हाथ साठ लाख रुपये और हर साल पशमीने की छः शालों के नजराने के बदले में बेच दिया था। सपना तो अंततः स्वप्न ही होता है। अड़तालीस घंटे बाद बड़े क्रूर ढंग से उनका यह सपना टूटकर चकनाचूर होने वाला था।

जिस समय कश्मीर के बड़े-बड़े जागीरदार और अमीर-उमरा अपने राजा को राजभक्ति का नजराना पेश कर रहे थे, उसी समय कुछ और लोग श्रीनगर से पचास मील पूरब की ओर झेलम नदी के तट पर एक कमरे में प्रवेश कर रहे थे, जिसमें तरह-तरह की मशीनें लगी हुई थीं। उनमें से एक

व्यक्ति ने डाइनेमाइट की कुछ छड़ें उस तख्ते पर बाँध दीं जिस पर बहुत-सी घड़ियाँ और बिजली के खटके लगे हुए थे। जोर से चिल्लाकर उसने चेतावनी दी और पीलते में माचिस दिखाकर वह वहाँ से बाहर भाग गया। दस सेकेंड बाद कान के परदे फाड़ देने वाला शोर हुआ और महूरा का बिजली-घर काँप उठा। इस शोर के साथ ही पाकिस्तान की सरहद से लेकर लद्दाख और चीन को भारत से अलग करने वाले पहाड़ों तक बिजली की सारी बत्तियाँ गुल हो गयी।

एक भयानक झटके के साथ हरीसिंह के बिल्लूरी फानूसों में जगमगाती हुई सैकड़ों बत्तियाँ भी गुल हो गयीं और उनके सारे महल में अंधेरा छा गया, उनकी सुंदर राजधानी भी अंधेरे में डूब गयी। डल झील के झिलमिलाते पानी पर तैरते हुए पुष्पों से सज्जित कमरों के आकार की बड़ी नावों पर बैठे हुए बीसियों अंग्रेज़ स्त्री-पुरुष इस रहस्यमय अंधेरे का अर्थ समझने का प्रयास कर रहे थे। ये पेंशन-याफ्ता फौजी कर्नल और सरकारी अफ़सर अभी तक समझ नहीं पाये थे, लेकिन ये बुझती हुई रोशनियाँ एक बहुत बड़े अपशकुन की सूचना दे रही थीं कि जाड़ों की सुहानी धूप और फूलों से भरे हुए इस स्वर्ग में, जहाँ वे महीनों में तीस पौंड खर्च करके बादशाह जहाँगीर के स्वप्न को साकार कर सकते थे, अब उनके चैन की बँसी बजाने के दिन समाप्त होने वाले थे।

महाराजा के ज्येष्ठ पुत्र और गद्दी के उत्तराधिकारी कर्णसिंह टाँग का ऑपरेशन होने के बाद महल में अपने बेड-रूम में लेटे-लेटे कश्मीर की घाटी में हिमालय की ओर से आने वाली बर्फानी हवाओं की कराह सुन रहे थे। इसके बाद अपने पिता, उनके अतिथियों और हज़ारों दूसरे कश्मीरियों की तरह नवयुवक कर्णसिंह ने तीर की तरह लगने वाली हवा की लहरों पर तैरकर आती हुई एक और आवाज सुनी। अँधेरे में लेटे-लेटे यह आवाज सुनकर उनका कलेजा काँप उठा। यह शहर पर आक्रमण करने वाले गीदड़ों की दूर से सुनायी पड़ रही आवाज थी।

24 अक्तूबर, 1947 की उस रात को श्रीनगर और कश्मीर की घाटी की ओर दूसरी ही तरह के गीदड़ों का झुंड शीघ्रता से बढ़ रहा था। पिछले अड़तालीस घंटों से सैकड़ों पाकिस्तानी कबायली महाराजा हरीसिंह के स्वतंत्रता के सपने को चकनाचूर कर देने के लिए उनकी रियासत में दनदनाते हुए घुसते आ रहे थे। अपनी जिस फौज से वह अपनी रक्षा की आस लगाये थे, उसके अधिकतर सिपाही या तो भागकर हमला करने वालों में जा मिले थे या पहाड़ियों में छिप गये थे।

अचानक इतनी बेरहमी से किए गये इस आक्रमण की वास्तविक जड़ जिन्ना की वह मामूली-सी प्रार्थना थी, जो उन्होंने दो महीने पहले 24 अगस्त को शुक्रवार के दिन अपने अंग्रेज़ मिलिट्री-सेक्रेटरी से की थी।

जिन्ना सप्ताह-भर तक माउंटबेटन से बहस और सौदेबाजी करके बेहद थक गये थे; फेफड़ों में घातक रोग के कारण से उनका शरीर यों ही कमजोर था। इसलिए जिन्ना ने कुछ दिन छुट्टी मनाने का निर्णय लिया था। उन्होंने अपने सेक्रेटरी कर्नल विलियम बिर्नी से कहा था कि वह कश्मीर जाकर सितंबर के मध्य में दो सप्ताह तक उनके वहाँ ठहरने और आराम करने का प्रबंध करा दें।

छुट्टी मनाने के लिए कश्मीर को चुनना उनके लिए स्वाभाविक ही था। अपने अधिकतर देशवासियों की तरह ही जिन्ना भी इस बात की कल्पना तक नहीं कर सकते थे कि कश्मीर, जिसकी तीन-चौथाई से अधिक आबादी मुसलमान थी, पाकिस्तान का हिस्सा बनने के अलावा और भी कुछ बन सकता है।

लेकिन वह अंग्रेज़ अफ़सर पाँच दिन बाद जो उत्तर लेकर लौटा उसे सुनकर जिन्ना दंग रह गये। महाराजा हरीसिंह नहीं चाहते थे कि जिन्ना छुट्टी बिताने के लिए भी उनके क्षेत्र में कदम रखें। उनके उत्तर से पाकिस्तान के शासक को पहली बार यह संकेत मिला कि कश्मीर का घटनाक्रम उस तरह नहीं चल रहा है, जैसा वह अपने मन में सोच बैठे थे। अड़तालीस घंटे बाद जिन्ना की सरकार ने चोरी से एक गुप्तचर को कश्मीर

की हालत का अनुमान लगाने और महाराजा के सही इरादे का पता लगाने के लिए वहाँ भेजा।

गुप्तचर जो समाचार लेकर वापस आया उससे इन लोगों को बहुत धक्का पहुँचा। हरीसिंह का कोई इरादा अपनी रियासत को पाकिस्तान में शामिल करने का नहीं था। पाकिस्तान की नींव रखने वाले लोग यह बर्दाश्त नहीं कर सकते थे। सितंबर के बीच में लियाकत अली खां ने लाहौर के कुछ चुने हुए सहयोगियों की एक गुप्त बैठक यह तय करने के लिए बुलायी कि महाराजा को कैसे मजबूर किया जाए?

साजिश करने वालों ने सीधा हमला करने के सुझाव को तो तुरंत ही रद्द कर दिया। पाकिस्तानी सेना कोई ऐसा जोखिम मोल लेने को तैयार नहीं थी, जिसके कारण से हिंदुस्तान के साथ उसकी जंग छिड़ जाए। लेकिन दो रास्ते और थे जिन पर विचार किया जा सकता था। एक रास्ता कर्नल अकबर खां ने सुझाया जो सैंडहर्स्ट से फौजी शिक्षा प्राप्त करके आये थे और जिन्हें साजिश से बहुत लगाव था। उन्होंने सुझाव रखा कि पाकिस्तान कश्मीर की असंतुष्ट मुस्लिम आबादी में विद्रोह भड़काने के लिए हथियार और पैसा दे। इस काम को पूरा करने में कई महीने तो अवश्य लगेंगे लेकिन अंततः कर्नल अकबर खां ने विश्वास दिलाया, "चालीस-पचास हज़ार कश्मीरी श्रीनगर पर टूट पड़ेंगे और महाराजा को पाकिस्तान में शामिल होने पर विवश कर देंगे।"

दूसरी युक्ति इससे भी टेढ़ी खीर थी। यह रास्ता सरहदी सूबे के मुख्य मंत्री ने सुझाया था, और उसमें सारा काम इस उप-महाद्वीप के उन लोगों से लिया जाना था, जो सबसे अधिक लड़ाकू थे और जिनसे लोग सबसे अधिक डरते थे—सरहदी सूबे के पठान कबायलियों से। उपदवी कबायली क्षेत्रों में शांति बनाये रखने की समस्या पाकिस्तान को अंग्रेज़ों से उत्तराधिकार में मिली थी और इस बात का कोई दृढ़ विश्वास नहीं था कि ये कबीले कराची की अपने मुसलमान भाइयों की सरकार के वफादार रहेंगे ही। सरहदी सूबे के अंतिम अंग्रेज़ गवर्नर सर ओलफै कैरो ने पहले ही यह चेतावनी दी थी कि अफगानिस्तान के बादशाह के खुफिया गुर्गे इन कबीलों को भड़का रहे

हैं कि वे पेशावर और सिंधु नदी के किनारे तक अपना राज्य फैलाने के अफगानों के मंसूबों को पूरा करने में उनकी सहायता करें। इन खतरनाक गिरोहों को श्रीनगर भेजने की युक्ति लोगों को बहुत पसंद आ रही थी। इस युक्ति से महाराजा का तख्ता बहुत जल्दी उलट जाएगा और उनकी रियासत पाकिस्तान में शामिल हो जाएगी और कबीले वालों को जब कश्मीर के बाजार लूटने का अवसर मिल जाएगा तो वे पेशावर के बाज़ारों पर अपनी ललचायी हुई दृष्टि नहीं डालेंगे।

यह बैठक प्रधानमंत्री की एक कड़ी चेतावनी के साथ समाप्त हुई। इस कार्रवाई को गुप्त रखना अत्यंत अनिवार्य था।

"मगर इसके लिए खर्चा कौन उठाएगा?"

इस प्रश्न का समाधान करते हुए उन्होंने कहा, "इसके लिए सारा पैसा मेरे कार्यालय के गुप्तकोश से दिया जाएगा, मगर पाकिस्तान की सारी सेना, उसके सरकारी अफ़सरों और अंग्रेज़ अफ़सरों व अन्य सरकारी कर्मचारियों को इसकी कानों-कान खबर न होने पाए।"

तीन दिन बाद पेशावर की चहारदीवारी के अंदर एक पुजारी खंडहर जैसे भवन के तहखाने में कुछ कबायली सरदार मेजर खुर्शीद अनवर से मिले जिन्हें उन लोगों को श्रीनगर पर चढ़ायी करने के लिए भड़काने के लिए चुना गया था। अनवर बहुत क्रोधी स्वभाव वाला व्यक्ति था और उसे तरह-तरह के भेष बदलते रहने का बेहद शौक था, इसलिए वह इस काम के लिए बहुत मुनासिब आदमी नहीं समझा जा सकता था। उसकी बाकायदा फौजी जिंदगी तो उस समय समाप्त हो चुकी थी, जब उसे मेस का पैसा गबन करने के आरोप में फौज से निकाल दिया गया था। ढीले-ढाले लिबास में उसके चारों ओर बैठे कबायली सरदार, जिनकी लंबी-लंबी दाढ़ियों को कभी कतरकर सँवारा नहीं गया था, बाबा आदम के युग के सिपाही ज्ञात हो रहे थे। सुगंधित चाय पीते हुए और हुक्के में कश लेते हुए वे अनवर से कश्मीर की हालत का बयान सुन रहे थे, "वहाँ का काफिर राजा अपनी रियासत को हिंदुस्तान में शामिल करने जा रहा है," अनवर ने चतावनी दी, "अगर तुरंत कुछ न किया गया तो जल्दी ही हिंदुस्तान कश्मीर पर कब्जा कर लेगा और

उनके लाखों मुसलमान भाई हिंदुओं की हुकूमत में आ जाएँगे। तुम्हारा फर्ज है कि अपने कबीलों से हर तरह की मदद जुटाकर वे कश्मीरी भाइयों के लिए जिहाद की तैयारी शुरू कर दें।"

"पर हमें इससे क्या मिलेगा?"

"बेशुमार धन और जन्नत की हूरें।" जिहाद की दावत में लूटमार के लिए निमंत्रण भी निहित था, जो पुराने दिनों से पठानों को भड़काने के लिए मजहबी नारों से ज्यादा कारगर साबित होता आ रहा था।

कुछ ही घंटों के अंदर कच्ची दीवारों से घिरे हुए उनके गाँवों में, उनकी बस्तियों में, लंडीकोतल में, खैबर-दर्रे के आस-पास, उन छिपी हुई गुफाओं में जहाँ वे बीसियों बरस से अपनी राइफलें बनाते आये थे, चोरी से बाहर का माल लाने वाले तस्करों के गुप्त अड्डों में—हर जगह पठानों ने जिहाद की चर्चा छेड़ दी। बाजारों में घूम-घूमकर उनके खुफिया दूत बहुत बार पानी या चाय के साथ एक-दो मुट्ठी खाकर पठान कई दिन तक लड़ सकता था। धीरे-धीरे लोग, हथियार और दूसरा जरूरी सामान उन गुप्त अड्डों में पहुँचने लगा, जहाँ से वे अपने कश्मीरी भाइयों को बचाने के लिए और लूटमार की अपनी पुश्तैनी तमन्ना पूरी करने के लिए जिहाद छेड़ने वाले थे।

पाक-कश्मीर सरहद, 22-24 अक्तूबर, 1947

बत्तियाँ बुझी हुई थीं। इंजन बंद था। लड़ायी से पहले के दिनों की पुरानी फोर्ड स्टेशन-वैगन बरफानी रात में धीरे-धीरे रेंगती हुई पुल से कोई सौ गज पहले आकर रुक गयी थी। उसके पीछे काली परछाइयों का एक लंबा सिलसिला था, जो ट्रकों की एक लंबी कतार थी। हर ट्रक में कुछ लोग चुपचाप बैठे हुए थे। उनके नीचे चट्टानों पर से होकर बहती हुई झेलम नदी का शोर चारों तरफ गूँज रहा था। स्टेशन-वैगन में मुस्लिम लीग के हरी कुर्ती वालों का 23 वर्षीय नेता सैराब हयात खां बड़ी बेचैनी से अपनी मूँछों के सिरे ऐंठ रहा था। सामने का पुल पार करते ही कश्मीर की रियासत की सीमा शुरू होती थी।

वह पुल पर नजरें जमाये आग की उस चिंगारी की प्रतीक्षा कर रहा था, जिससे उसे यह पता चलता कि उस ओर महाराजा हरीसिंह की फौज के मुसलमान सिपाहियों ने बगावत कर दी है, अपने हिंदू अफ़सरों को मार डाला है, श्रीनगर की टेलीफ़ोन की लाइन काट दी है और पुल के अपनी ओर वाले सिरे पर तैनात संतरी को पकड़ लिया है। अचानक उसे रात के अँधेरे में आसमान पर आग की लपट से प्रकाश की एक कमान बनाती हुई दिखायी दी। सैराब खां ने तेजी से अपनी स्टेशन-वैगन का इंजन स्टार्ट किया और शीघ्रता से झपटता हुआ पुल पार कर गया। कश्मीर की लड़ायी शुरू हो गयी थी।

कुछ ही मिनट बाद उसका जत्था किसी रुकावट का सामना किए बिना मुजफ्फराबाद के छोटे से शहर में कस्टम वालों की शेड में पहुँच चुका था। कस्टम के दो ऊँघते हुए कर्मचारियों ने हाथ हिलाकर उन्हें जाँच-पड़ताल के लिए रोका। जिहाद के नारे लगाते हुए पठान उन पर टूट पड़े। उनमें से एक को तो उन्होंने पीछा करके उसके शेड में वापस खदेड़ दिया, जहाँ वह पूरा जोर लगाकर मुर्दा टेलीफ़ोन में जान फूँकने की कोशिश करने लगा। गुस्से से भरे हुए पठानों ने उसे वहीं उसी बेकार टेलीफ़ोन की डोरी से बाँधकर डाल दिया।

इस हमले के हिरावल दस्ते का नौजवान नेता प्रसन्नता से फूला न समा रहा था। इससे अधिक सफलता की तो उम्मीद भी नहीं की जा सकती थी। श्रीनगर का रास्ता पठानों के सामने खुला हुआ था, 135 मील लंबी पक्की सड़क जिस पर पहरे और निगरानी का भी कोई प्रबंध नहीं था। इतनी यात्रा तो वह सूरज निकलने से पहले तक पूरा कर सकते थे। उसकी योजना स्पष्ट थी, "सुबह की पहली किरण फूटते ही असंख्य कबायली महाराजा हरीसिंह की सोती हुई राजधानी पर टूट पड़ेंगे। सैराब हयात खां और उसका हिरावल दस्ता उनके महल पर कब्जा कर लेगा।" वह सोच रहा था, "प्रभातबेला में महाराजा के पास एक ट्रे में उनकी चाय लेकर जाएगा और साथ ही उन्हें वह समाचार भी सुनाएगा, जिसकी 22 अक्तूबर, 1947 को सारी दुनिया में चर्चा होगी।"

लेकिन नौजवान का स्वप्न जल्द ही चकनाचूर हो गया। सारे फौजी दाँव-पेंच जानने वाले जिन लोगों ने इस हमले की योजना बनायी थी वे हिसाब लगाने में एक बहुत बड़ी ग़लती कर बैठे। जब सैराब हयात खां ने अपनी फौज के साथ श्रीनगर की ओर कूच करने का निश्चय किया तो उसे पता चला कि उसकी फौज तो गायब हो चुकी है। ट्रकों के आस-पास एक भी पठान नहीं था। वे रात में न जाने कहाँ खो गये थे। अपने कश्मीरी भाइयों को स्वतंत्रता दिलाने का उनका जिहाद शुरू हुआ मुजफ्फराबाद के हिंदू बाजार पर रात के समय छापा मार कर।

वहाँ की दूकानों में इन लोगों ने जो लूटमार की थी, उसी की वजह से मुहम्मद अली जिन्ना को फिर कभी कश्मीर जाना नसीब नहीं हुआ। सैराब खां बाद में बयान करता था, "हर आदमी अपनी मर्जी का मालिक था। कबायली पठान ताले और दरवाजे जो कुछ भी हाथ लगा, उठा ले गये।"

सैराब खाँ और उसके अफ़सरों ने बौखलाकर उन्हें रोकने की कोशिश की, उनके कपड़े पकड़-पकड़कर उन्हें खींचा कि लूटमार न करें। वह उनसे याचना करता रहा, "यह तुम लोग क्या कर रहे हो? हमें तो श्रीनगर जाना है।"

लेकिन वहाँ कौन किसकी सुनता था? लूटमार तो उसके खून में बसी हुई थी, उन्हें भला कौन रोक सकता था? आगे बढ़ते हुए बीच-बीच में लूटमार करते जाना उनके लिए आवश्यक था। इसीलिए उस बिजली-घर तक, जिसके उड़ा दिये जाने की वजह से महाराजा हरीसिंह के महल में अंधेरा छा गया था, 75 मील की यात्रा तय करने में उन्हें 48 घंटे लग गये।

नयी दिल्ली, 24 अक्तूबर, 1947

झेलम के उस पुल पर सैराब हयात खां के हिरावल दस्ते का अधिकार हो जाने के 48 घंटे बाद दिल्ली में कश्मीर पर हमला किए जाने का समाचार पहुँचा और समाचार बेबस महाराजा की ओर से नहीं, बल्कि विचित्र ढंग से पहुँचा था। पंजाब की उस सड़क के किनारे जिस पर आठ सप्ताह तक लाखों भाग्यहीन लोगों का ताँता बँधा रहा था, कुछ खंभे लगे हुए थे जिन

पर पेट-भरे गिद्ध अब भी बैठे रहते थे। इन्हीं खंभों पर हिंदुस्तान और पाकिस्तान को जोड़ने वाले टेलीफ़ोन के तार लगे हुए थे। तारों की इसी लाइन की बदौलत अब भी रावलपिंडी के 1704 नं. से दूसरी दुनिया में नयी दिल्ली के 3017 नं. को टेलीफ़ोन कर सकना संभव था। ये पाकिस्तानी और भारतीय सेनाओं के कमांडर-इन-चीफ़ों के प्राइवेट नंबर थे। दोनों ही अंग्रेज़ थे। दोनों घनिष्ठ मित्र थे। वे पुरानी भारतीय सेना में एक-दूसरे के साथी रह चुके थे।

शुक्रवार के दिन 24 अक्तूबर को शाम को पाँच बजे से थोड़ा पूर्व पाकिस्तान के मेजर-जनरल डगलस ग्रेसी को गुप्तचर विभाग की एक रिपोर्ट से पता चला कि कश्मीर में क्या हो रहा था। इससे पहले उन्हें कुछ भी ज्ञात नहीं था। रिपोर्ट में हमलावरों की संख्या, उनके हथियारों, उनके ठिकानों का पूरा ब्यौरा था। बिना किसी झिझक के उन्होंने निजी टेलीफ़ोन उठाया और तुरंत भारतीय सेना के कमांडर-इन-चीफ का नंबर मिलाया। जिन्ना यह नहीं चाहते थे कि भारतीय कमांडर-इन-चीफ को कश्मीर पर हमले का समाचार मिले, क्योंकि वही रियासत को उनके पास आने से बचा सकते थे।

भारत के लेफ्टिनेंट-जनरल सर राब लाकहार्ट स्काटलैंड के रहने वाले थे और सैंडहर्स्ट में ग्रेसी के साथ फौजी शिक्षा पा चुके थे। वह अपने पुराने मित्र से यह समाचार पाकर हक्का-बक्का रह गये। उन्होंने यह समाचार दो और आदमियों तक पहुँचाया, जो दोनों ही अंग्रेज़ थे– गवर्नर-जनरल लॉर्ड माउंटबेटन और फील्ड-मार्शल आकिनलेक।

ग्रेसी का टेलीफ़ोन आने से उस शाम आपसी बातचीत का जो सिलसिला शुरू हुआ उसका असाधारण महत्त्व था। दोनों ओर के अंग्रेज़ अफ़सरों के लिए एक बहुत बड़ी नैतिक जिम्मेदारी उठ रही थी। इंसान होने के नाते उन्हें यह चिंता थी कि झगड़ा फैलने न पाए। वे उन हिंदुस्तानियों और पाकिस्तानियों को, जो उनके कंधे-से-कंधा मिलाकर फौज में लड़ चुके थे, एक-दूसरे का रक्त बहाने से रोकना चाहते थे। लेकिन फौजी अफ़सरों की हैसियत से उन्हें जो आदेश मिलने वाले थे, वे अक्सर उनकी इन इच्छाओं के उल्टे होते।

ग्रेसी और लाकहार्ट के बीच बातचीत का यह सिलसिला उस समय भी जारी रहा जब उनकी सेनाएँ कश्मीर के बर्फीले मैदानों में एक-दूसरे के आमने-सामने डटी हुई थीं। उनके इस आचरण के कारण से दोनों सरकारें, जिनकी ये दुखी अंग्रेज़ सेवा कर रहे थे, उनसे बड़ी नाराज हो गयीं। इसका परिणाम यह हुआ कि उन्हें बहुत जल्दी ही इस उप-महाद्वीप से विदा कर दिया गया। यदि उस साल शरत ऋतु में भारत और पाकिस्तान के बीच भरपूर लड़ायी नहीं छिड़ी, तो इसमें बहुत बड़ा हाथ टेलीफ़ोन पर इन दोनों की उस गुप्त बातचीत का भी था, जो रावलपिंडी के टेलीफ़ोन नंबर 1704 और नयी दिल्ली के टेलीफ़ोन नंबर 3017 के मध्य होती थी।

माउंटबेटन को यह समाचार उस समय मिला, जब वह थाईलैंड के विदेश मंत्री के सम्मान में दी दिए गये भोज के लिए कपड़े बदल रहे थे। भोज के बाद जब सब अतिथि चले गये तो उन्होंने नेहरू से कुछ देर के लिए रूक जाने को कहा। प्रधानमंत्री यह समाचार सुनकर स्तब्ध रह गये। शायद कोई दूसरा समाचार होता तो वह इतना परेशान न होते। वह अपनी जन्मभूमि कश्मीर को किसी भी दूसरी जगह से अधिक प्रेम करते थे, उस तरह जैसे कोई 'किसी हूर की परी से प्यार करता है जिसकी सुंदरता निजी लगाव से परे होती है, कामनाओं की परिधि से बाहर होती है।' उन्हें उसकी 'नदियों, घाटियों, झीलों और सुडौल पेड़ों वाले नारी-सुलभ सौंदर्य' से प्यार था। स्वतंत्रता की जंग के दिनों में वह कितनी ही बार 'उसके कठोर पर्वतों और चट्टानी कगारों, बर्फ से ढकी हुई पहाड़ी चोटियों और हिमानी धाराओं और नीचे घाटी की ओर तूफानी वेग से बहने वाली नदियों' का प्राकृतिक सौंदर्य निहारने अपनी इस जन्मभूमि में आये थे।

कश्मीर के प्रश्न पर गवर्नर-जनरल को एक-दूसरे ही नेहरू से परिचित होने का अवसर मिला। माउंटबेटन उनके जिस शांत और निर्लिप्त विवेक के इतने प्रशंसक थे, उसकी जगह उन्होंने उनमें एक सहज ही उत्पन्न हो जाने वाली भावात्मक प्रतिक्रिया पायी, जिसकी ज्वाला उन आवेगों के कारण और भड़क उठी थी, जिन पर यह समझदार कश्मीरी ब्राह्मण भी नियंत्रण नहीं पा सकता था।

माउंटबेटन के लिए अभी एक और जोरदार वार्ता करना शेष थी, फील्ड-मार्शल आकिनलेक के साथ। सुप्रीम कमांडर ने गवर्नर-जनरल से कहा, "मैं तुरंत हवाई जहाज से अंग्रेज़ सिपाहियों की एक ब्रिगेड वहाँ रहने वाले सैकड़ों पेंशनयाफ्ता अंग्रेज़ों की जान बचाने के लिए श्रीनगर भेजना चाहता हूँ।"

"क्या?"

"कश्मीर के हालात बिगड़ गये हैं, अगर इन लोगों को वहाँ से न निकाला गया तो वे भयानक कत्लेआम और बलात्कार का शिकार हो जाएँगे।"

"'क्षमा कीजिए," माउंटबेटन ने कहा, "मैं इसके लिए तैयार नहीं हूँ।" नतीजा कितना ही भयानक क्यों न हो, पर वह इस बात की स्वीकृति देने को तैयार नहीं थे कि एक ऐसे उप महाद्वीप की भूमि पर जो स्वतंत्र हो चुका है, अंग्रेज़ सिपाहियों का उपयोग किया जाए। उन्होंने स्पष्ट कहा, "अगर कश्मीर में फौजी हस्तक्षेप होना ही है, तो उनकी हद तक यह हिंदुस्तानी सिपाहियों की मदद से किया जाएगा, अंग्रेज़ सिपाहियों की सहायता से नहीं।"

"वहाँ जो लोग फँसे हुए हैं, वे कत्ल कर दिए जाएँगे और उनके रक्त की जिम्मेदारी आप पर होगी", आकिनलेक ने गुस्से से बिफरकर कहा।

"अच्छी बात है", माउंटबेटन ने बहुत दुखी होकर उत्तर दिया, "मैं वह जिम्मेदारी लेने को तैयार हूँ। वह इस पद को संभालने का दंड होगा। लेकिन अंग्रेज़ फौजों के उपयोग किए जाने से जो होगा उसका स्पष्टीकरण देने को मैं तैयार नहीं हूँ।"

अगले दिन शाम श्रीनगर के सुनसान हवाई अड्डे पर भारतीय वायु-सेना का एक डी.सी.-3 विमान उतरा। उसमें तीन आदमी थे पुराने सरकारी अफ़सर वी.पी. मेनन, जिन्होंने कितनी ही देसी रियासतों को भारत में शामिल करवाया था, भारतीय सेना के कर्नल सैम मानेक शा और वायु सेना का एक अधिकारी।

इन तीनों आदमियों को कश्मीर भेजने का निर्णय उसी दिन सुबह-सवेरे मंत्रिमंडल की रक्षा-समिति की एक आपातकालीन बैठक बुलाकर किया गया था। इस समिति के सामने चारों ओर से घिरे हुए महाराजा की सहायता की याचना उपस्थित की गयी। माउंटबेटन आकिनलेक के साथ अपनी बातचीत की वजह से बहुत चिंतित हो उठे थे; वह यह भी जानते थे कि इस मामले में नेहरू की भावनाएँ कितनी गहरी हैं—इसलिए वह समझ गये थे कि फौजी हस्तक्षेप होने वाला है। उन्होंने यह तय कर लिया था कि अगर ऐसा होना ही है, तो उसके लिए कोई कानूनी आधार बना लेना जरूरी है। उन्होंने अपनी सरकार को यह बात समझा दी थी कि जब तक महाराजा विधिवत विलय के काग़ज़ात पर हस्ताक्षर न कर दें और इस तरह अपनी रियासत को कानूनी तौर पर भारत का हिस्सा न बना दें, तब तक भारत कश्मीर में अपनी फौजें न भेजे।

उन्होंने इतना ही नहीं किया। भारत की सेवा करते हुए भी वह कुछ लोकतांत्रिक सिद्धांतों के उतने ही पाबंद थे, जितना कि सम्राट् जार्ज षष्ठम की सेवा करते समय। जिस तरह उनका हमेशा से यह विश्वास रहा था कि ब्रिटेन के लिए भारत की इच्छा के विरूद्ध भारत में रहना असंभव है, उसी तरह उनका यह भी विश्वास था कि कश्मीर की समस्या का कोई ऐसा हल कभी सफल नहीं हो सकता, जो वहाँ के मुस्लिम बहुमत की भावनाओं के प्रतिकूल हो। उन्हें इसके बारे में भी कोई संदेह नहीं था कि ये भावनाएँ क्या थीं। उन्होंने 7 नवंबर को ब्रिटिश सम्राट को भेजी गयी अपनी एक रिपोर्ट में लिखा था, "मुझे पूरा विश्वास है कि जिस आबादी में इतने अधिक मुसलमान हों, वह निश्चित रूप से पाकिस्तान में शामिल होने के पक्ष में वोट देगी।"

नेहरू के संकोच के बावजूद उन्होंने अपने प्रधानमंत्री और उनके मंत्रिमंडल को इस बात के लिए सहमत कर लिया कि कश्मीर के विलय के समझौते में एक बुनियादी शर्त यह शामिल कर दी जाए कि भारत में महाराजा की रियासत के विलय को अस्थायी समझा जाएगा। उसे स्थायी रूप तभी दिया

जाएगा, जब वहाँ शांति और सुव्यवस्था की स्थापना हो जाने पर जनमत-गणना के जरिए यह पता लगा लिया जाए कि कश्मीर की जनता भी यही चाहती है।

वी. पी. मेनन को आदेश दिया गया कि वह श्रीनगर जाकर महाराजा के सामने मंत्रिमंडल की ये शर्तें रखें। उनके साथ जो अधिकारी भेजे गये थे उन्हें सैनिक स्थिति का पता लगाना था। इन लोगों के रवाना हो जाने के बाद दक्षिण-पूर्व एशिया में मित्र-राष्ट्रों की फौजों के भूतपूर्व सुप्रीम कमांडर ने हवाई जहाज से कश्मीर में फौजें पहुँचाने की ऐतिहासिक मुहिम की तैयारियाँ शुरू कर दीं। उन्होंने भारतीय वायु-परिवहन सेवा के सभी विमानों को आदेश दे दिया कि वे जहाँ भी हों, वहीं अपने सभी यात्रियों को छोड़कर सीधे दिल्ली वापस आ जाएँ।

शनिवार, 26 अक्तूबर को आधी रात से कुछ ही देर पूर्व इतिहास की सबसे बड़ी भगदड़ में एक और शरणार्थी शामिल हो गया। उन एक करोड़ से अधिक हिंदुओं, सिखों और मुसलमानों में, जो अपना घर-बार, सबकुछ छोड़कर भाग आये थे, यह एक और आदमी कोई साधारण व्यक्ति नहीं था, बल्कि यह था—कश्मीर का महाराजा हरीसिंह। बैलगाड़ी की बजाय वह एक आरामदेह स्टेशन-वैगन पर जा रहा था; उसके पीछे ट्रकों और मोटरों का एक पूरा जत्था था, जिन पर उसका सबसे बहुमूल्य सामान लदा हुआ था। रास्ते में लुटेरों के किसी गिरोह के हाथों लूटे जाने का कोई खतरा नहीं था। इस यात्रा में उनकी रक्षा करने के लिए उनके अंगरक्षक उनके साथ थे। और इस यात्रा के बाद महाराजा को किसी ऐसे शरणार्थी-कैंप में भी जाकर नहीं ठहरना था, जहाँ हैजा फैला हो। बल्कि वह अपने निर्वासन के दिन एक दूसरे महल में सुख-चैन से बिताने वाले थे—जम्मू में अपने सर्दियों वाले महल में, जहाँ किसी युग में ब्रिटिश सिंहासन के उत्तराधिकारी प्रिंस ऑफ वेल्स और उनके ए.डी.सी. लॉर्ड लुई माउंटबेटन उनके विशिष्ट अतिथि रह चुके थे। वहाँ पर, जहाँ उनकी अधिकतर प्रजा हिंदू थी, वह बिना किसी खतरे के रह सकते थे। प्रबल धारा के तूफानी वेग से आगे बढ़ते हुए घटनाक्रम ने

स्वतत्रता की उनकी कोरी आशाओं पर पानी फेर दिया था। अपनी संपूर्ण जोड़-तोड़ के बावजूद महाराजा हरीसिंह मुश्किल से तीन महीने तक माउंटबेटन की सेबों की टोकरी के बाहर रह पाये थे! वी.पी. मेनन की सलाह मानकर वह खतरे में घिरी हुई अपनी राजधानी छोड़कर चले जाने पर तैयार हो रहे थे और मेनन अपने साथियों को यह सूचना देने के लिए दिल्ली लौट गये थे कि सहायता पाने के लिए महाराजा उनकी ओर से रखी गयी कोई भी शर्त मानने को तैयार थे।

उस रात महाराजा जिस महल को छोड़कर भाग रहे थे, उसमें उन्हें फिर कभी कदम रखने का सौभाग्य नहीं मिला। कुछ ही बरसों बाद उस महल में, जहाँ वह अपनी फौज के बे-वफा अफ़सरों के साथ रंगरेलियाँ मनाया करते थे, एक आलीशान होटल खुल गया और वहाँ सैर-सपाटे के लिए आने वाले धनी अमेरिकियों का स्वागत किया जाने लगा। वहाँ से चलते समय उनके नौकर-चाकर तिजोरियों में से हीरे-मोती निकाल-निकालकर बक्सों में भर रहे थे और महाराजा हरीसिंह उन दो चीज़ों को संभालकर रखने के फेर में थे, जिनसे उन्हें सबसे अधिक लगाव था—उनकी छर्रेवाली दो बंदूकें जिनसे वह बत्तखों के शिकार में सारी दुनिया का रेकार्ड तोड़ चुके थे। बहुत उदास होकर उन्होंने बंदूकों की तेल से चमकती हुई मूठों को प्यार से सहलाया। फिर बड़ी सावधानी से उन्हें चमड़े के बैग में रखकर वह अपने साथ मोटर तक ले गये।

सत्रह घंटे की कठिन यात्रा के बाद महाराजा का बेड़ा जम्मू पहुँचा। महाराजा इस लंबी यात्रा के बाद थककर निढाल हो चुके थे, इसलिए वह तुरंत सोने के लिए अपने कमरे में चले गये। सोने से पहले उन्होंने अपने ए.डी.सी. को बुलाकर महाराजा की हैसियत से उसे अंतिम आदेश दिया। उन्होंने कहा, "वी.पी. मेनन दिल्ली से लौट कर आएँ तभी मुझे जगाया जाए। उनके लौटने का अर्थ होगा कि भारत ने हमारी सहायता करने का निर्णय ले लिया है।"

"यदि वह वापस न आये तो...।"

"यदि वह सुबह होने से पहले वापस न आएँ, तो मुझे मेरे पिस्तौल से सोते में गोली मार दी जाए। अगर वह नहीं आए तो इसका अर्थ होगा कि सारा खेल समाप्त हो गया है।"

दिल्ली वापस पहुँचते ही वी.पी. मेनन और वे दोनों अधिकारी जो उनके साथ श्रीनगर गये थे, मंत्रिमंडल की रक्षा समिति की एक और बैठक में अपनी रिपोर्ट पेश करने पहुँचे। उनकी बातें सुनकर एक आतंक-सा छा गया। अंततः महाराजा तो कश्मीर को भारत में विलय कर देने पर सहमत हो गये थे, लेकिन हमला करने वाले पठान श्रीनगर से सिर्फ 35 मील दूर रह गये थे और वे किसी भी समय कश्मीर के उस अकेले हवाई अड्डे पर अधिकार कर सकते थे, जहाँ भारत अपनी फौजें उतार सकता था। भारत की सेना और वायु सेना दोनों ही के अंग्रेज़ सेनापतियों ने सैनिक हस्तक्षेप पर आपत्ति की। उनका कहना था कि बहुत दूर एक ऐसी आबादी के बीच फौजी कार्रवाई की जोखिम उठानी पड़ेगी, जिनके बारे में अत्याधिक खतरा था कि वह हमारा विरोध करे। इस प्रश्न पर भारतीय भावनाओं की उग्रता भाँपकर माउंटबेटन ने उनकी इस आपत्ति की ओर कोई ध्यान नहीं दिया। उन्होंने चेतावनी दी कि वे जो कार्रवाई शुरू करने जा रहे हैं, बहुत दिन तक चल सकती है, उसके लिए अनुमान से अधिक लोगों और साधनों की आवश्यकता पड़ सकती है। लेकिन चूँकि उनका मंत्रिमंडल कोई निर्णायक कदम उठाने पर तुला हुआ था, इसलिए माउंटबेटन ने उसे स्वयं अपने सैनिक अनुभव का भी पूरा सहारा दिया।

उन्होंने आदेश दे दिया, "दूसरे दिन सुबह से ही हवाई जहाज से श्रीनगर में फौजें उतारी जाएँ।"

इसके लिए देश में परिवहन के फौजी और गैर-फौजी जितने भी साधन मिल सकते थे काम में लाए गये। सड़क के रास्ते और अधिक सिपाही और हथियार पहुँचने तक श्रीनगर के हवाई अड्डे को अपने कब्जे में रखना था।

हिंदुस्तान को कश्मीर से जोड़ने वाली एक ही सड़क थी, जिसके रास्ते तुरंत कुमक भेजने का आदेश दे दिया गया।

इस सारी तैयारी की दौड़-धूप अभी जारी ही थी कि माउंटबेटन ने वी. पी. मेनन को हवाई जहाज से जम्मू भेज दिया। महाराजा हरीसिंह को जम्मू में उनके प्रवास की पहली ही रात को गोली मारने की नौबत नहीं आयी। उन्होंने अपने ए.डी.सी. को जितनी अवधि दी थी, वह पूरी होने से पहले ही वी.पी. मेनन उनके पलंग के पास पहुँच गये। उनके पास विलय के समझौते का वह संलेख तैयार था, जिस पर महाराजा हरीसिंह को हस्ताक्षर करने थे और जो हिंदुस्तान की ओर से किसी भी कार्रवाई के लिए कानूनी आधार प्रदान करता।

वी.पी. मेनन उसी 26 अक्तूबर की रात को दिल्ली वापस आ गये। उनके वापस आने के कुछ ही मिनट बाद ब्रिटेन के डिप्टी हाई-कमिश्नर अलेग्जेंडर साइमोन उनके साथ शराब पीने के लिए आ आ पहुँचे। मेनन अति प्रसन्न थे। उन्होंने अपने दोनों के लिए एक-एक बड़ा गिलास बनाया। जब वे आराम से बैठे तो मेनन की बाँछें खिली जा रही थीं। उन्होंने साइमोन की तरफ अपना गिलास उठाकर शराब पीने का सिलसिला शुरू किया। कुछ देर बाद उन्होंने अपनी जेब से एक काग़ज़ निकालकर बहुत प्रसन्न होकर उस अंग्रेज़ को दिखाया और बोले, "यह रहा। अब कश्मीर हमारा है। महाराजा हरिसिंह ने विलय के समझौते पर हस्ताक्षर कर दिए और अब एक बार हमारे हाथ में आ जाने के बाद हम उसे कभी हाथ से जाने नहीं देंगे।"

भारत ने वी.पी. मेनन के इस वचन को अच्छी तरह निभाया। सोमवार 27 अक्तूबर को प्रभात की बेला में श्रीनगर के हवाई अड्डे पर, जिसका इस तरह सुनसान पड़ा रहना एक चमत्कार लगता था, नौ डी.सी.-3 विमानों से पहली सिख-रेजीमेंट के 329 सिपाही और आठ टन फौजी सामान उतारा गया। भारत कश्मीर में जो सिपाही और सामान झोंकता आ रहा है उसकी यह पहली किस्त थी। अंत में कश्मीर की बर्फ से ढकी हुई पहाड़ी जमीन पर एक लाख भारतीय सिपाही लड़ रहे थे, उसी कश्मीर में जिसे किसी युग में

ट्राउट मछली और पहाड़ी बकरों का शिकार खेलने वालों का स्वर्ग समझा जाता था।

कश्मीर में भारत को शुरू-शुरू में जो सफलता मिली, उसका श्रेय उसकी नैतिक प्रतिभा और उसके सिपाहियों की मुस्तैदी और बहादुरी को उतना नहीं था जितना फ्राँस, स्काटलैंड, स्पेन, इटली और पुर्तगाल की चौदह ईसाई ननों को था, जो फ्रांसिस्कन मिशन ऑफ मेरी में काम करती थीं। पठान मुजाहिद श्रीनगर से सिर्फ 30 मील दूर बारामूला के छोटे-से शहर में उनके गिरजाघर को लूटने के लिए रुक गये थे, जबकि उन्हें कश्मीर की राजधानी और उसके हवाई अड्डे की ओर बढ़ते रहना चाहिए था और उनकी इस चूक की वजह से जहाँगीर की इस सुंदर घाटी को अपने राज्य में मिला लेने का जिन्ना का सपना कभी पूरा न हो सका। सोमवार 27 अक्तूबर को जिस समय पहली सिख-रेजिमेंट के सिपाही कश्मीर के एक मात्र हवाई अड्डे पर अपने पाँव मजबूती से जमाने की कोशिश कर रहे थे, उस समय बारामूला में पठान लोग बलात्कार और लूटमार की अपनी पुरानी भूख मिटा रहे थे। उन्होंने उन ईसाई ननों के साथ दुष्कर्म किया, उनके छोटे-से अस्पताल में जितने रोगी थे उन्हें कत्ल कर दिया और गिरजाघर को इतनी बुरी तरह लूटा कि दरवाजों के पीतल के हैंडिल तक नहीं छोड़े। उसी शाम हाथ में अपनी सलीब मजबूती से पकड़े हुए, और 'कश्मीर के हृदय-परिवर्तन' की दुआ माँगते हुए कनवेंट की बेल्जियम-वासी मदर-सुपीरियर सिस्टर मेरी एडेलट्रूड ने दम तोड़ दिया। उनकी, उनके साथ की दूसरी ननों की और अस्पताल के रोगियों के इस बलिदान से हिमालय की गोद में बसे हुए कश्मीर में इस्लाम की बुनियादें भले ही न हिली हों, लेकिन उस बलिदान से जवाहरलाल नेहरू के सिपाहियों को कुछ समय अवश्य मिल गया, जिसकी कि उन्हें कश्मीर की घाटी में अपने पैर जमाने के लिए अति आवश्यकता थी।

इसके बाद वे वहाँ से कभी नहीं हटे। जब पठानों ने अपना हमला फिर शुरू किया, उस समय तक बहुत देर हो चुकी थी। हिंदुस्तानी सिपाहियों ने उन्हें आगे बढ़ने से रोक दिया और जब उनकी बख्तरबंद गाड़ियाँ आ गयीं

तब तो उन्होंने श्रीनगर से बाहर पठानों से जमकर टक्कर ली और उनवे पाँव उखाड़ दिए। धीरे-धीरे उन्होंने पठान लुटेरों को उसी रास्ते से पीछे धकेलना शुरू कर दिया, जिससे होकर वे श्रीनगर तक पहुँचे थे। अंततः वे उन्हें खदेड़ते हुए उन पुलों की ओर ले गये, जिन पर उन्होंने अक्तूबर की उस ठिठुरती हुई रात को बड़ी आसानी से कब्जा कर लिया था और यह समझा था कि सारा कश्मीर इसी तरह एक भी गोली चलाए बिना उनके अधिकार में आ जाएगा।

जिन्ना गुस्से से खौल रहे थे। उन्होंने अंग्रेज़ सेनापतियों की सलाह की परवाह न करके पाकिस्तानी फौज के सिपाहियों को कबायली पठानों के कपड़े पहनाकर कश्मीर भेजने का आदेश दे दिया और पठान मुजाहिद भरती किए गये और कड़ाके की सर्दी में कई महीने तक लड़ायी चलती रही।

अंत में यह लड़ायी संयुक्त राष्ट्रसंघ तक पहुँची। यह सुंदर घाटी, जिसका नाम एक मुगल सम्राट के होंठों पर मरते दम तक रहा, बर्लिन, फिलिस्तान और कोरिया की तरह विश्व की उन समस्याओं की सूची में शामिल कर दी गयी जिसका अब तक समाधान न निकल सका।

जिस जनमत-गणना के लिए माउंटबेटन ने इतनी मुश्किल से नेहरू को मनाया था, वह भूले-बिसरे नेक इरादों की मोटी फाइल में डाल दी गयी। रियासत दो हिस्सों में विभाजित हो गयी। 1948 में जहाँ तक जिसका कब्जा था, उसी को उसकी सीमा समझ लिया गया है। कश्मीर की घाटी हिंदुस्तान के हिस्से में आयी और गिलगिट के आस-पास का उत्तरी इलाका पाकिस्तान को मिला। आधी शताब्दी के बाद भी कश्मीर भारत और पाकिस्तान के बीच झगड़े की जड़ और दोनों देशों बीच शांति स्थापित होने के पथ में सबसे बड़ा रोड़ा बना हुआ है।

पूना के दो पंडित

पूना, 1 नवंबर, 1947

वह लड़ाकू हिंदू युवक जिसके नेतृत्व में 15 अगस्त को उसके शिष्यों ने राष्ट्रीय स्वयंसेवक संघ के स्वास्तिक के चिह्न वाले केसरिया ध्वज को सलामी दी थी, आश्चर्य-भरी निगाहों से उस सफेद पुते हुए भवन को देख रहा था, जहाँ उसके समाचार पत्र 'हिंदू राष्ट्र' का नया कार्यालय खुलने वाला था। इस समय नाथूराम गोडसे के चेहरे पर जैसा उल्लास था, वैसा ब्रिटेन के बड़े-से-बड़े समाचार पत्र के स्वामी ने अपनी फौलाद और काँच के कई-कई मंजिल भवनों को देखकर भी कदाचित अनुभव न किया होगा। हर दिन की तरह वह आज भी बहुत मामूली पोशाक पहने हुए था—ढीली-ढाली कमीज़, मोटे सूती कपड़े की वास्केट और धोती। उसके चेहरे पर जो आमतौर पर गंभीर रहता था, इस समय कुछ-कुछ तनाव भरी मुसकराहट भी थी। वह एक-एक करके सभी अतिथियों से मिलकर उन्हें विश्वास दिला रहा था कि वह अपने समाचार पत्र को एक बार फिर हिंदुओं के ध्येय के लिए समर्पित करने का संकल्प कर चुका है।

वह जिस समय कॉफी के प्याले अतिथियों तक पहुँचा रहा था, उसी दौरान एक और आदमी चुपके से अतिथियों के बीच आकर उनकी बधाइयाँ स्वीकार करने लगा। नारायण आप्टे के लिबास में कोई सादगी नहीं थी। आज उसने सबसे बढ़िया ट्वीड का कोट और स्लेटी रंग की फ्लैनेल की पतलून पहन रखी थी। उसकी खुले गले की कमीज़ का कॉलर कोट के कॉलर के ऊपर मुड़ा हुआ था। गोडसे भीड़ के बीच से बड़ी चुस्ती से एक झटके के साथ निकल जाता था, लेकिन आप्टे एक अतिथि से दूसरे अतिथि के पास इस तरह धीरे से जाता मानो हवा की लहरों पर तैर रहा हो; उसकी चाल में कुछ-कुछ चोरों जैसा अंदाज था, जैसे वह दबे पाँव कुछ छिपाकर ले जा रहा हो।

आप्टे की आयु कोई 35 वर्ष की होगी और अपने साझेदार से आयु में तीन साल छोटा था। गोडसे को दुनिया के माया-मोह से जितनी विरक्ति थी उतना ही आप्टे उसमें डूबा हुआ था। उसे स्वयं काम करना भी आता था और दूसरों से काम लेना भी। वह संगठन बनाना भी जानता था और योजनाएँ बनाना भी। जब सब अतिथिगण खा-पी चुके तो उसने बीच में आकर लोगों का ध्यान आकर्षित करने के लिए अपने हाथों से ताली बजायी।

तत्पश्चात् संचालन-मंडल के अध्यक्ष की हैसियत से वह कुछ देर तक शेयर-धारकों के सामने वार्षिक रिपोर्ट देते हुए 'हिंदू राष्ट्र' का इतिहास सुनाता रहा। इसके बाद उसने उस शाम का पहला आकर्षक कार्यक्रम प्रस्तुत किया—अपने भागीदार का भाषण। गोडसे भीड़ के बीच में आकर लोगों को शांत होने की राह देखता रहा। उसके चेहरे पर ऐसा तनाव था जैसे कोई गायक तानपूरे के सुर मिलने की प्रतीक्षा कर रहा हो।

गोडसे अपने भाषण में उग्रता एवं आवेश के सुरों को लय में बाँधते हुए उन विषयों पर प्रकाश डालता रहा, जिनमें वह माउंटबेटन की विभाजन की योजना के प्रकाशित होने के बाद से डूबा रहा था—गाँधी, कांग्रेस और भारत का बँटवारा। उसने धीमे स्वर में कहना शुरू किया, "गाँधी जी ने

कहा था कि भारत का विभाजन उनकी लाश पर होगा। भारत का विभाजन हो गया, लेकिन गाँधी जी अभी तक जिंदा हैं। गाँधी जी की अहिंसा ने दुश्मनों का सामना होने पर हिंदुओं के पास बचाव का कोई रास्ता नहीं छोड़ा है। अब जबकि हिंदू शरणार्थी भूखे मर रहे हैं, गाँधी जी हिंदुओं के साथ अत्याचार करने वाले मुसलमानों की हिमायत कर रहे हैं। हिंदू औरतें बलात्कार से बचने के लिए कुँओं में कूदकर अपनी जान दे रही हैं और गाँधी जी उनसे कहते हैं, 'जीत उसी की होती है, जो अन्याय की पीड़ा झेलता है।' अत्याचार की पीड़ा झेलने वालों में से कोई मेरी माँ भी हो सकती थी।

"भारत माता के दो टुकड़े कर दिए गये हैं", उसने गरजकर कहा, "गिद्ध मातृभूमि की बोटियाँ नोच रहे हैं, खुली सड़कों पर हिंदू औरतों की लाज लूटी जा रही है और कांग्रेसी हिजड़ों की सेना चुपचाप खड़े यह बलात्कार देख रही है। कितनी देर, आख़िर कितनी देर कोई यह सबकुछ सहन कर सकता है?"

पूना के कुछ कट्टर हिंदुओं का अब एक नया नेता था, वह आदमी जिसे वह शिवाजी, पेशवाओं और तिलक की परंपराओं को आगे बढ़ाने वाले मानकर पूजते थे। वह हिंदू राष्ट्र की नयी इमारत के बाहर वाले मैदान में सशरीर स्वयं तो उपस्थित नहीं था, लेकिन जैसे ही 16 मिलीमीटर वाले प्रोजेक्टर के सामने वाली सीमेंट की दीवार पर उसका हिलता हुआ चित्र दिखायी दिया, भीड़ पर उत्सुकता भरा सन्नाटा छा गया। हालाँकि कैमरे की घरघराहट और प्रोजेक्टर की किसी खराबी के कारण से आवाज कुछ फटी-फटी सुनायी दे रही थी, फिर भी विनायक दामोदर वीर सावरकर की वाणी में कुछ ऐसा गुण था, जो सुनने वाले को सहज ही मंत्रमुग्ध कर लेता था।

सबसे बड़ी विशेषता यह थी कि वह इतना जोशीला और प्रवाहमय भाषण देते थे कि लोग उन्हें 'महाराष्ट्र का चर्चिल' कह कर पुकारते थे। पूना

और बंबई के जिन इलाकों में उनके गढ़ थे, वहाँ वह नेहरू से अधिक बड़ी भीड़ जुटा सकते थे। नेहरू, जिन्ना और गाँधी जी की तरह ही सावरकर ने भी विलायत में बैरिस्टरी की शिक्षा पायी थी, लेकिन कानून के उस विद्यापीठ में अपने प्रवास के दौरान सावरकर ने जो कुछ सीखा, वह उन लोगों ने नहीं सीखा था।

वीर सावरकर को कांग्रेस से इसलिए घृणा थी कि वह हिंदू-मुस्लिम एकता की बातें करती थी और गाँधी जी की अहिंसा का समर्थन करती थी, जबकि सावरकर हिंदुत्व के आदर्श को स्वीकार करते थे, हिंदू जाति की सर्वोपरि श्रेष्ठता को मानते थे और सिंधु नदी के उद्गम से ब्रह्मपुत्र के उद्गम तक और कन्याकुमारी से हिमालय तक एक विशाल हिंदू साम्राज्य की स्थापना करने के सपने देखते थे। उन्हें मुसलमानों से घृणा थी। उनकी कल्पना के हिंदू समाज में मुस्लिमों के लिए कोई स्थान नहीं था।

सावरकर का चलचित्र समाप्त होने पर श्रद्धापूर्ण स्तब्धता छायी रही। इस छोटी-सी फ़िल्म में थोड़ी देर के लिए हिंदुओं के भाग्य-विधाता के दर्शन करके वहाँ उपस्थित लोग अपने-आपको धन्य समझ रहे थे। आप्टे और गोडसे बाँहों में बाँहें डाले अपने प्रेस की ओर चल दिए। सावरकर ने उन्हें समाचार पत्र शुरू करने के लिए पंद्रह हजार रुपये दिये थे और इसके बारे में किसी को तनिक भी संदेह नहीं था कि हिंदुत्व के उस गढ़ में उनका समाचार पत्र जिसकी प्रतिज्ञा करता था उसी के गुण गाता था। इसके बाद दोनों नौजवानों ने फोटो उतरवायी और अतिथियों ने तालियाँ बजायीं। फिर प्रसन्नता के साथ नारा लगाकर उन्होंने लाल बटन दबाया और उनकी छपायी की मशीन का लोकार्पण हो गया।

जब धड़धड़ाती हुई मशीन गाँधी जी और उनकी कांग्रेस के कुकर्मों पर हिंदू राष्ट्र के निरंतर प्रहार के सिलसिले में नवीनतम घटनाओं का विवरण प्रकाशित करने लगी, तो वहाँ पर एकत्रित लोग भी धीरे-धीरे छँटने लगे। खिड़की के पास खड़ा हुआ, जो पुलिस वाला यह सारी कार्रवाई देख रहा था, वह अपनी डायरी बंद करने ही जा रहा था कि अचानक कुछ देखकर वह

चौंक पड़ा। मैदान के एक कोने में आड़ में छिपा हुआ आप्टे किसी से बहुत दत्तचित्त होकर बातें कर रहा था। वह जिस आदमी से बातें कर रहा था, उसे भी पुलिस जानती थी। पुलिस के पास उसका जो ब्योरा था उसमें उसके बारे में भी वही बात अंकित थी, जो आप्टे के बारे में लिखी थी "खतरनाक साबित हो सकता है।" पुलिसकर्मी ने शीघ्रता से अपनी डायरी में कुछ लिखा। पूना की पुलिस की फाइलों में इसके बाद से आप्टे का नाम उस आदमी के नाम के साथ जुड़ गया, जो साठ मील की यात्रा करके प्रेस के उद्घाटन समारोह में भाग लेने आया था। वह आदमी अहमदनगर के दक्कन गेस्ट हाउस का स्वामी विष्णु करकरे था। मुसलमानों के जुलूस पर बम फेंकने के बाद मदनलाल पाहवा ने, जिसका नाम सारे देश में प्रसिद्ध होने वाला था, होटल के इसी स्वामी के यहाँ शरण ली थी।

एक साथ बिजली का बटन दबाकर हिंदू राष्ट्र के प्रेस का उद्घाटन करने वाले इन दोनों नौजवानों में दो ही बातें एक जैसी थीं एक तो उनकी दृढ़ राजनीतिक आस्थाएँ और दूसरी यह कि दोनों का जन्म ऐसे परिवारों में हुआ था, जिसके कारण वे भारतीय समाज के श्रेष्ठतम वर्ग के सदस्य माने जाते थे, अर्थात दोनों ब्राह्मण थे।

वास्तव में देखा जाए तो नाथूराम गोडसे का जीवन उस समय आरंभ हुआ था, जब उसके पिता और मंत्रोच्चारण करते हुए कुछ पंडितों ने उसे यज्ञोपवीत पहनाया था, जिसके कारण वह उस श्रेणी में पहुँच गया था जिसमें प्रवेश करने का सौभाग्य भारत की विशाल जनसंख्या में से केवल 2 प्रतिशत लोगों को प्राप्त होता है। उन लागों ने गोडसे को भारतीय समाज के शिखर पर पहुँचा दिया था और उसे बहुत-से विशेषाधिकार देने के साथ ही जीवन-भर के लिए बहुत-से प्रतिबंधों में भी जकड़ दिया था।

ब्राह्मण होने के नाते जो विशेषाधिकार मिल जाते थे, वे आवश्यक रूप से आर्थिक नहीं होते थे। गोडसे के पिता पँद्रह रुपये महीने पर डाकिए के

पद पर नौकरी करते थे। लेकिन इस मामूली-से सरकारी कर्मचारी ने अपने सभी बेटों का पालन-पोषण कठोरतम हिंदू संस्कारों का पालन करते हुए किया था। जनेऊ के बाद उसे रोज ऋग्वेद और गीता के श्लोकों का पाठ करना पड़ता था। लेकिन उसे असली धुन राजनीति की थी। वह गाँधी जी का पक्का शिष्य बन गया और नाथूराम गोडसे गाँधी जी के सत्याग्रह आंदोलन के सिलसिले में ही पहली बार जेल गया था, परंतु 1937 में गोडसे गाँधी जी के आंदोलन से अलग हो गया था और उसने एक दूसरे आदमी को अपना राजनीतिक गुरु बना लिया था, जो उसी की तरह चितपावन ब्राह्मण थे—और वे थे वीर सावरकर।

किसी नेता को उससे अधिक श्रद्धालु शिष्य आज तक नहीं मिला। गोडसे संपूर्ण भारत में वीर सावरकर के साथ घूमा। वह बड़ी श्रद्धा के साथ परछाईं की तरह उनके साथ लगा रहता था और अपने स्वामी के छोटे-से-छोटे काम करते कभी नहीं थकता था। अपने गुरु की छत्रछाया में रहकर गोडसे लगातार उन्नति करता गया। वह लगातार पढ़ता-लिखता रहता था और जो कुछ वह आत्मसात करता उसका संबंध वह सावरकर के हिंदुत्व के आदर्श के साथ जोड़ने की कोशिश करता। वह उच्चकोटि का लेखक और संपादक बन गया। हालाँकि वह सावरकर और उनके आदर्शों के प्रति अपनी अंध-भक्ति की सीमाओं में जकड़ा हुआ था, फिर भी वह बहुत चतुर राजनीतिक विचारक बन गया। 1942 तक यह हालत हो गयी कि सबसे कट्टर धर्मपरायण परिवार में पले हुए इस नौजवान के देवता ब्रह्मा, विष्णु और महेश नहीं रह गये, बल्कि वह उन सैनिक नेताओं का उपासक बन गया, जिन्होंने मुगलों और अंग्रेज़ों के विरूद्ध हिंदू विद्रोहों का नेतृत्व लिया था। उसने अपने बचपन के मंदिरों को त्यागकर एक नये मंदिर को अपना लिया—राष्ट्रीय स्वयंसेवक संघ के प्रधान कार्यालय को।

ऐसे ही एक पावन मंदिर में गोडसे पहली बार नारायण आप्टे की भेंट हुई थी। सावरकर के कहने पर जनवरी 1947 में शुरू किया गया उनका

समाचार पत्र 'अग्रणी' पूना का सबसे कर्कश समाचार पत्र था। इस कारण वह प्रसार संख्या में भी अग्रणी हो गया था। परंतु जब सावरकर और उनकी हिंदू महासभा ने बँटवारे का विरोध करने के लिए 3 जुलाई 1947 को शोक-दिवस मनाने का नारा दिया, तो उसका जोरदार समर्थन करने के अपराध में बंबई सरकार ने 'अग्रणी' के प्रकाशन पर प्रतिबंध लगा दिया। दस ही दिन बाद गोडसे और आप्टे ने, जाहिर है किसी प्रतिष्ठित व्यक्ति की सहायता से, 'हिंदू राष्ट्र' के नये नाम से समाचार पत्र को फिर निकाल लिया। इस समाचार पत्र के सिलसिले में उनकी भूमिकाएँ भी उनके आपसी संबंधों के अनुरूप थी—आप्टे शीघ्रता से सौदे पटाने वाला व्यापारी था, गोडसे जले-भुने लेख लिखने वाला संपादक; आप्टे सभा के अध्यक्ष की हैसियत से उसका सुचारू रूप से संचालन करता था और गोडसे जोशीले भाषण देता था; आप्टे उनकी राजनीतिक योजनाएँ बनाता था और गोडसे उनका प्रचार करता था।

गोडसे को नैतिकता के मामले में कोई उसके आदर्शों से टस-से-मस नहीं कर सकता था; जबकि इस मामले में आप्टे अपने आदर्शों को बड़ी आसानी से किसी भी साँचे में ढाल सकता था। आप्टे की निगाहें हमेशा किसी सुनहरे अवसर की खोज में रहती थीं। वह हमेशा कोई भी सौदा करने को, हाथ-पाँव बचाकर कुछ पैसे कमा लेने को, जोड़-तोड़ और समझौता करने को तैयार रहता था। गोडसे त्याग के मामले में तो संन्यासी था। उसे सिर्फ कॉफी पीने की लत थी, खाने की उसे कोई चिंता नहीं रहती थी। वह अपनी दर्जी की दूकान के सामने एक बहुत मामूली-सी कोठरी में रहता था। उसमें एक चारपाई के अलावा और कोई सामान नहीं था। वह प्रतिदिन सुबह ठीक साढ़े पाँच बजे उठता था, जिसके लिए उसने अपनी एक विशेष घड़ी आविष्कृत की थी; वह रात को पानी का नल खुला छोड़ देता था, ताकि सुबह जब उसमें पानी आये तो वह नींद से जाग उठे।

आप्टे की कुछ विशेष लालसाएँ थी। जब भी उसके पास कुछ पैसा जमा हो जाता, वह सीधा अपने दर्जी के पास बंबई पहुँच जाता। उसे अच्छा

खाना खाने का, शराब पीने का और जिंदगी में जितनी ऐश-ऐय्याशी की बातें हो सकती हैं, उनमें से ज्यादातर की लालसा थी। सावरकर के प्रभाव में आने के बाद गोडसे को हिंदू-धर्म की धार्मिकता में कोई दिलचस्पी नहीं रह गयी थी, लेकिन आप्टे दुनियादार आदमी था; वह हमेशा किसी-न-किसी मंदिर में जाकर घंटा बजा आता और देवता के चरणों में कुछ पुष्प अर्पित करके आता था। उसकी ज्योतिष में भी बहुत गहरी आस्था थी।

हिंदुओं में जागृति पैदा करने के लिए हिंसा का प्रसार करने के बावजूद गोडसे रक्त बहता नहीं देख सकता था। एक दिन जब वह आप्टे की ए-माडल फोर्ड मोटर चला रहा था, तो रास्ते में एक भीड़ ने एक बुरी तरह घायल लड़के को अस्पताल ले जाने के लिए उसे रोका। गोडसे ने बेहद घबरायी हुई आवाज में कहा, "पीछे की सीट पर लिटा दो, जहाँ वह मुझे दिखायी न दे। रक्त की बूँदे देखकर मैं बेहोश हो जाऊँगा।"

फिर भी गोडसे को पेरी मेसन की जासूसी कथाएँ पढ़ने और मारपीट एवं बहादुरी के कारनामों की फिल्म देखने का बेहद शौक़ था। पूना के कैपिटल सिनेमा में वह अक्सर अकेला ही दो रुपये का टिकट लेकर अंग्रेज़ी की मारपीट से भरपूर या जासूसी फिल्में देखकर मनोरंजन करता था।

आप्टे मिलनसार आदमी था, उसे लोगों से मिलने-जुलने का बहुत शौक़ था। जब भी कोई बैठक या जमावड़ा होता वह जरूर पहुँच जाता, लेकिन गोडसे लोगों से मिलने-जुलने से घबराता था और जहाँ तक हो सकता था, वह भीड़ से तो कतराता ही था। उसके इने-गिने कुछ ही मित्र थे। वह कहा करता था, "मैं समाज में लोगों से इसलिए मिलना-जुलना नहीं चाहता कि सबसे अलग रहकर अपना काम करना चाहता हूँ।"

लेकिन उन दोनों में सबसे बुनियादी अंतर परायी स्त्री के प्रति आकर्षण था। कितना ही जरूरी काम क्यों न हो, आप्टे किसी औरत को आकर्षित करने का अवसर कभी हाथ से नहीं जाने देता था। उसका विवाह हो चुका था, लेकिन उसका पहला बच्चा जन्म से ही विकृत था, जिसकी वजह से उसे विश्वास हो गया था कि उसकी पत्नी को किसी की नजर लग गयी है। उसे

अपनी पत्नी से घृणा-सी हो गयी थी, इसी कारण परस्त्रीगामी का रोग उसके पीछे लग गया था। बरसों तक वह अहमदनगर में अमेरिकी पादरियों के एक हाईस्कूल में गणित पढ़ा चुका था, लेकिन वहाँ उसे बीजगणित के सिद्धांत समझाने से अधिक रुचि वहाँ की लड़कियों को कामसूत्र का संदेश देने में रहती थी। उसकी बोलती हुई काली आँखों का लड़कियों पर भी उतना ही गहरा असर होता था, जितना कि उसके राजनीतिक साथियों पर।

गोडसे ने 28 वर्ष की उम्र में ही ब्रह्मचर्य का व्रत ले लिया था और उसने इस व्रत को शेष जीवन में निभाया।

दिल्ली से पचपन मील उत्तर की ओर छोटा-सा शहर पानीपत अपने घटनामय इतिहास में तीन युद्धों देख चुका था, जिनके कारण मुगल फौजों के लिए भारत की राजधानी तक पहुँचने का रास्ता सुरक्षित हो गया था। अब माउंटबेटन की आपातकालीन समिति के आदेश से ट्रेनों में भर-भरकर पाकिस्तान से भारत आने वाले शरणार्थी वहीं रोक दिए जाते थे; यह भी अपने आपमें एक नया हमला था, पर इसमें हमला करने वालों का स्वागत किया जाता था।

शहर से गुजरते हुए शरणार्थी-कैंपों तक जाने के दौरान कितनी ही बार बहुत कठिन परिस्थितियाँ उत्पन्न हो चुकी थीं, लेकिन उन सबमें शायद सबसे गंभीर वह परिस्थिति थी, जिसका सामना नवंबर के अंत में एक दिन तीसरे पहर पानीपत के भयभीत हिंदू स्टेशन-मास्टर देवीदत्त को करना पड़ा था। पाकिस्तान में मुसलमानों का बर्बरतापूर्ण हमला झेलकर बहुत-से सिख शरणार्थी एक ट्रेन से उस दिन उनके स्टेशन पर उतरे थे और वे बदला लेने के नारे लगाते हुए प्लेटफार्म पर उधम मचा रहे थे। उनके रास्ते में जो प्रथम मुस्लिम आया, वह देवीदत्त का सहायक था।

पाकिस्तान से पीड़ित होकर आये बीस-पच्चीस सिखों ने अपनी कृपाणें चमकाते हुए उस बेचारे को धर दबोचा। हिंदू स्टेशन-मास्टर ने डर के मारे बौखलाकर जो बात उसके दिमाग में सबसे पहली आयी, वह बड़ी ऊँची

आवाज में कही, जिससे यह भी पता चलता था कि जिंदगी-भर सरकारी नौकरी करते-करते उसका दिमाग किस तरह काम करने लगा था। उसने चिल्लाकर बस इतना कहा, "देखिए, देखिए, यहाँ स्टेशन के प्लेटफार्म पर कोई रक्तपात न कीजिए!"

सिखों ने उसकी बात मानते हुए उन्होंने उसके साथी को स्टेशन के पिछवाड़े ले जाकर उसका सिर धड़ से अलग कर दिया। उसके बाद दंगाई पानीपत की मुस्लिम बस्तियों की ओर चल पड़े।

डेढ़ घंटे पश्चात् एक स्टेशन-वैगन तेजी से आकर स्टेशन के फाटक पर थमी। उसमें वह एकमात्र शक्ति विराजमान थी, जो उस दिन पानीपत के मुसलमानों की सहायता को आयी थी मोटर से उतरे महात्मा गाँधी जी। एक जमाने में जमुना नदी के किनारे बहुत महत्त्वपूर्ण जगह पर बसे होने के कारण पानीपत को दिल्ली में घुसने की कुंजी समझा जाता था। तभी से वहाँ मुसलमानों की काफी बड़ी जनसंख्या थी। कलकत्ता को विनाश से बचाने वाले इस मसीहा के लिए इस मुस्लिम जनसंख्या का विशेष महत्त्व था।

वह अपनी रक्षा के लिए किसी को साथ लिए बिना ही प्लेटफार्म पर मंडलाती हुई शरणार्थियों की उस भीड़ में चले गये और उन लोगों से बोले, "इस शहर के मुसलमानों को जाकर गले लगाइए और उनसे कहिए कि वे यहीं रहें। उन्हें पाकिस्तान जाने से रोकिए।"

उनकी यह बात सुनकर लोग हक्का-बक्का रह गये और उन्होंने गरजकर उनका उत्तर दिया–"बलात्कार क्या आपकी पत्नी के साथ हुआ? "क्या आपके बच्चे को उन लोगों ने बोटी-बोटी करके फेंक दिया?"

"हाँ", गाँधी जी ने उत्तर दिया, "बलात्कार मेरी पत्नी के साथ हुआ है, उन लोगों ने मेरे बेटे को मारा है, क्योंकि आपकी औरतें मेरे घर की लाज हैं, आपके बेटे मेरे पुत्र हैं।" जिस समय वह ये शब्द कह रहे थे उसी समय उनके चारों ओर धूप में तलवारों, कृपाणों, छुरों और भालों का एक घेरा चमक रहा था।

"हिंसा के इन हथियारों से, घृणा के इन शस्त्रों से कोई समस्या हल नहीं होगी" गाँधी ने आह भरकर कहा।

गाँधी जी के वहाँ आने का समाचार जंगल की आग की तरह सारे पानीपत में फैल गया। स्टेशन के सामने वाले मैदान में पानीपत की नगर निगम वालों ने जल्दी-जल्दी उनकी प्रार्थना-सभा के लिए माइक्रोफोन लगवा दिया था। मुसलमान अपनी घिरी हुई बस्तियों से निकल-निकलकर वहाँ आने लगे। उनके बाद हिंदू और सिख भी आये, यहाँ तक कि ढाई महीने पहले ईद के दिन कलकत्ता के मैदान की तरह पानीपत स्टेशन के सामने वाला मैदान भी लोगों से खचाखच भर गया। वे उस वृद्ध की बातें सुनने आये थे जिससे उन्हें किसी नये चमत्कार की आशा थी। बार-बार अपना गला साफ करते हुए, मानो उनके मन के अंदर मची हुई उथल-पुथल उनकी आवाज को खुलकर बाहर न निकलने दे रही हो, गाँधी जी ने उस भीड़ पर अपना एकमात्र अस्त्र चलाया अपने शब्दों का अस्त्र। एक बार फिर उन्होंने अपने राजनीतिक आदर्शों का निचोड़ उनके सामने रखा। 'वह आदर्श जो हम सब हिंदुओं, सिखों, मुसलमानों और ईसाइयों का समान रूप से भारत माता की संतान बना देता है।' उन्होंने अपनी अंतरात्मा की गहरायी से उन विपदा के मारे हुए शरणार्थियों के प्रति सहानुभूति व्यक्त की, जो अपने घरों से उजाड़कर पानीपत के स्टेशन पर ला पटके गये थे, लेकिन साथ ही उन्होंने उनसे यह भी प्रार्थना की, "क्रूरता और बदले की भावना के कारण आप लोग अपने दिलों से मानवता को न समाप्त होने दें," उन्होंने उनसे अनुरोध किया, "आप अपनी इन विपदाओं में और भी शानदार जीत के अंकुर खोजने का प्रयास करें।"

भीड़ में एक हलकी-सी लहर दौड़ने लगी। यहीं किसी हथियारबंद सिख ने किसी मुसलमान की ओर हाथ बढ़ाया। कहीं किसी मुसलमान ने अपना कोट या अपनी वास्केट उतारकर सर्दी से ठिठुरते हुए किसी सिख शरणार्थी को दे दी। दूसरे मुसलमान इन शरणार्थियों के लिए अपने घरों से खाने-पीने का सामान लाने लगे।

जब यह वृद्ध आदमी यहाँ आया था, तब उसका स्वागत गालियों से किया गया था। अब दो घंटे बाद जब वह जा रहा था, तो लोग उसकी जय-जयकार कर रहे थे और एक पराजित विजेता की तरह, उसे उसकी मोटर तक पहुँचाने जा रहे थे। लेकिन गाँधी जी को इसका बेहद खेद था कि उनकी यह विजय क्षणभंगुर सिद्ध हुई। उन दिन तीसरे पहर उन्होंने जो कुछ किया था, उससे कितने ही लोगों की जानें तो जरूर बच गयीं, लेकिन पानीपत के मुसलमानों के दिल में समाया डर दूर नहीं हुआ। गाँधी जी को वहाँ गये अभी महीना-भर भी नहीं हुआ था कि हिंदुस्तान की एक सबसे पुरानी मुस्लिम बिरादरी के 20,000 उत्तराधिकारियों ने अपना देश छोड़कर पाकिस्तान जाने का निर्णय कर लिया। ये लोग जिस दिन यहाँ से रवाना हुए उस दिन गाँधी जी ने बहुत उदास होकर कहा, "इस्लाम पानीपत की चौथी जंग हार गया।"

गाँधी जी भी यह युद्ध हार गये थे।

पूना, नवंबर 1947

केसरिया रंग की मैली धोती पहने, उलझी हुई काली दाढ़ी वाला वह साधु, जिसे नारायण आप्टे उसी गहरी दिलचस्पी की दृष्टि से देखता था जिससे वह आमतौर पर केवल अपनी छात्राओं को देखा करता था, वास्तव साधु था ही नहीं। बंबई में दिगंबर बडगे अपने साधु स्वभाव के लिए नहीं बल्कि पुलिस के रजिस्टरों में दर्ज अपनी हरकतों के लिए प्रसिद्ध था। इन केसरिया वस्त्रों और साधुओं जैसी वेशभूषा की आड़ में वह वास्तव में गैर-कानूनी हथियारों का छोटा-मोटा व्यापार करता था।

सत्रह साल में बडगे बैंक डकैती से लेकर हत्या, मारपीट और हथियारों से संबंधित कानूनों का कितनी ही बार उल्लंघन करने तक के अपराधों में कुल मिलाकर 37 बार गिरफ़्तार किया गया था। इन सभी आरोपों में से पुलिस केवल एक बार उसका यह अपराध सिद्ध कर पायी थी कि 1930 में गाँधी के सत्याग्रह आंदोलन के दौरान वह सरकारी जंगल में गैर-कानूनी ढंग से पेड़ काट रहा था। बडगे को इस अपराध में एक महीने की सजा हुई थी।

पूना में पुस्तकों की दूकान की आड़ में वह हथियारों की दूकान चलाता था। उसकी दूकान के पीछे वाली कोठरी में देसी बमों, बंदूक और पिस्तौल की गोलियों, छुरों, कुल्हाड़ियों, बघनखों, बिछुओं, चाकुओं और तरह-तरह के दूसरे हथियारों का बहुत बड़ा भंडार था, जिनकी पंजाब में मारकाट के लिए बहुत माँग रहती थी। ग्राहकों को निबटाने के बीच में जो समय मिलता उसमें बडगे और उसका वृद्ध पिता मिलकर लोहे की जंजीरों के ऐसे कवच बनाते रहते थे, जिन पर गोली भी असर नहीं करती थी।

बडगे के सबसे अच्छे ग्राहकों में से आप्टे भी एक था। जून से अब तक हिंदू राष्ट्र का यह प्रबंधक उससे तीन हज़ार रुपये के हथियार खरीद चुका था। जहाँ तक बडगे को ज्ञात था, आप्टे हमेशा कोई-न-कोई षड्यंत्र रचता रहता था। एक बार उसने दिल्ली में मुस्लिम लीग की बैठकों में हथगोले फेंकने की योजना बनायी थी और यह सोचा था कि शायद उसी बैठक में जिन्ना भी विस्फोट का शिकार हो जाएँ। बाद में आप्टे ने हथियारों से लैस एक टोली लेकर स्विट्‌जरलैंड जाने की योजना बनायी थी कि जब जिन्ना जेनेवा जाएँ तो वहाँ उनकी हत्या कर दी जाए, लेकिन जब आप्टे को ज्ञात हुआ कि जिन्ना बीमार पड़े हैं और वह पाकिस्तान से रवाना ही नहीं हुए तो उसे बहुत निराशा हुई। अपनी इस योजना के विफल होने पर उसने हैदराबाद में छापेमार लड़ायी शुरू करने की योजना बनायी और निज़ाम की हत्या करने पर विचार-विमर्श कर रहा था।

इस बार उसने चुपके से बडगे के कान में फुसफुसाकर कहा, "मैं कुछ करने वाला हूँ। कोई बहुत बड़ा काम। उसके लिए मुझे हथगोलों की, बारूद की और कुछ पिस्तौलों की आवश्यकता होगी।"

बडगे ने एक क्षण के लिए कुछ सोचा। इस समय तो इनमें से कोई भी चीज़ उसकी दूकान में नहीं थी और पिस्तौलें मिलना बहुत कठिन था, लेकिन बडगे उन लोगों में से नहीं था कि इतनी आसानी से सौदा हाथ से निकल जाने दे। उसे बहुत निकट से जानने वाले किसी व्यक्ति ने उसके बारे

में बताया, "वह स्वभाव से इतना नीच है कि जहाँ से भी संभव होगा वह एक-एक कौड़ी नोचने को तैयार रहता है।"

उसने आप्टे को धीरज रखने की सलाह दी और कहा, "दिसंबर के अंत तक सारा सामान आपको मिल जाएगा।"

आप्टे एक क्षण तक तो संकोच में पड़ा रहा। फिर उसने सिर हिलाकर उसकी बात मान ली, "ठीक है, मेरा 'बहुत बड़ा काम' कुछ दिन और टल सकता है।"

गाँधी जी के कई साल तक सचिव की हैसियत से काम करने वाले प्यारेलाल नैयर का कहना है,"दिसंबर 1947 के शुरू में गाँधी जी से अधिक दुखी आदमी कोई और नहीं रहा होगा।"

अब चूँकि उनके वे साथी जिनका उन्होंने स्वतंत्रता-संघर्ष के दिनों में नेतृत्व किया था, सत्ता के उन पदों पर पहुँच गये थे, जिनकी वे बहुत दिनों से आस लगाये बैठे थे, इसलिए गाँधी जी को अपने और उनके बीच एक लक्ष्मण रेखा-सी उठती हुई महसूस होने लगी थी। गाँधी जी के मन में विचार उठता था, "कहीं ऐसा तो नहीं है कि जिस देश की स्वतंत्रता पाने के लिए मैंने इतना कुछ किया, उसी देश में समय मुझे पीछे छोड़कर बहुत आगे बढ़ गया हो और मेरे कारण मेरे साथी उलझन महसूस करने लगे हों।"

उन्होंने लिखा, "अगर भारत को अब अहिंसा की कोई आवश्यकता नहीं रही तो उसे मेरी भी अब क्या आवश्यकता रह गयी होगी?"

उन्हें कोई आश्चर्य न होता अगर भारत के नेता किसी दिन उनसे कह देते, "हम तो इस बूढ़े से परेशान हो उठे हैं। अब यह हमें हमारे हाल पर क्यों नहीं छोड़ देता?"

लेकिन जब तक वह दिन आये वह इन लोगों को चैन से नहीं बैठने देने वाले थे। उन्होंने नेहरू और पटेल के सामने भारत में भ्रष्टाचार बढ़ने की ढेरों मिसालें पेश की; एक तरफ तो शरणार्थी दाने-दाने को तरस रहे थे और दूसरी ओर उनके मंत्री शाही भोज दे रहे थे। उन्होंने आरोप लगाया, "आप

लोग पश्चिमी देशों में विज्ञान की प्रगति और अर्थतंत्र की तेजी से बढ़ती हुई तड़क-भड़क के जादू से चौंधिया गये हैं।"

"पर राज्य तो कल्याणकारी है।" नेहरू जी ने कहा था।

"आपके कल्याणकारी राज्य में सारी सत्ता एक जगह केंद्रित हो गयी है। इसका परिणाम यह हुआ है कि लोग भेड़ों के उस गल्ले की तरह हो गये हैं, जो हमेशा आस लगाए बैठे थे कि गड़रिया उन्हें हाँककर हरे-भरे चरागाहें की ओर ले जाए। गड़रिए की लाठी कुछ ही दिन में लोहे की हो गयी और गड़रिए भेड़िये बन गये हैं।"

"आप भी बापू।"

"भारत में शहरों के पले हुए बुद्धिजीवी रईसों का एक नया वर्ग बनते जा रहे हैं," गाँधी जी ने चेताया, "जो मेरे प्रिय गाँव वालों के हितों की कोई चिंता किए बिना राष्ट्र के उद्योगीकरण की अपनी योजनाएँ बनाते रहते हैं।"

"पर हम क्या करें?"

"शहरों के पले हुए इन रईसजादों को गाँवों में जाकर रहने को कहा जाए," माओ-त्से-तुंग से मिलते-जुलते ढंग का उन्होंने यह सुझाव रखते हुए कहा, "वहाँ जाकर वे उन तालाबों का पानी पिएँ जिनमें गाँव वाले नहाते हैं, जिनमें उनके मवेशी धोए जाते हैं या जिनमें उनकी भैंसें घंटों पड़ी रहती हैं; वहाँ भी वे तपती धूप में उनकी तरह कमरतोड़ मेहनत करके देखें। तब शायद वे गाँव वालों के हितों को समझने लगेंगे।"

पर सच्चाई यह है कि यदि भारत के नेता गाँधी जी की उपेक्षा कर रहे थे, तो वह भी उनकी उपेक्षा कर रहे थे। एक दिन दिसंबर में उन्होंने बंबई में कपास की दलाली करने वाले उस सेठ को बिड़ला हाउस बुलवाया, जिसके समुद्र के किनारे बने हुए बंगले में वह 1944 में जेल से छूटने के बाद स्वास्थ्य-लाभ के लिए ठहरे थे। उसे उन्होंने अपनी एक गुप्त योजना बतायी और उसे चेताया कि वह उस योजना के बारे में भारत में किसी को न बताए, नेहरू और पटेल को भी नहीं। गाँधी जी कई सप्ताह से जो एक

सपना देखते आए थे, उसे अब वह साकार करना चाहते थे। गाँधी जी ने कहा, "कराची जाकर मेरे पाकिस्तान जाने का बंदोबस्त कर दें।"

वह दलाल अवाक् रह गया। उसने गाँधी जी से कहा, "यह तो सरासर पागलपन का विचार है। अगर इस योजना पर अमल किया तो निश्चय ही कोई आपकी हत्या कर देगा।"

"कोई मेरी जिंदगी एक मिनट भी कम नहीं कर सकता", गाँधी जी ने उत्तर दिया, "मेरा जीवन ईश्वर के हाथों में है।"

लेकिन पाकिस्तान जाने की तैयारी करने से पहले गाँधी जी ने महसूस किया, "मैं भारत में अपने घर की हालत ठीक करने की एक और कोशिश करूँगा।" उन्होंने पूछा, "अगर यहाँ आग इसी तरह सुलगती रही तो मैं पाकिस्तानियों के पास क्या मुँह लेकर जाऊँगा?"

उन्हें किसी और जगह के उपद्रवों की इतनी चिंता नहीं थी कि जितनी दिल्ली के मुस्लिमों की। नेता बराबर यही आग्रह कर रहे थे कि उनकी सुरक्षा का एकमात्र आश्वासन यह है कि गाँधी जी राजधानी में रहें। पंजाब से आये हुए हिंदू और सिख शरणार्थियों के वहाँ जमा हो जाने की वजह से पुलिस बेहद मुस्लिम-विरोधी हो गयी थी। हिंदू और सिख शरणार्थी अपने निजी उपयोग के लिए मस्जिदों और मुसलमानों के घरों पर कब्जा करते जा रहे थे, जिनमें से कुछ को तो लोग छोड़कर चले गये थे और कुछ ऐसे थे जिनमें लोग अब भी रहते थे।

लेकिन गाँधी जी को सबसे बड़ा दुख यह था कि वहाँ आग नहीं भड़क उठी थी, तो इसलिए कि इतनी बड़ी संख्या में फौज के सिपाही तैनात थे। इसका अर्थ यह था कि स्वतंत्र भारत की राजधानी में शांति का सारा दारोमदार हथियारों की शक्ति पर था, न कि 'आत्मा की शक्ति' पर जिससे उन्हें इतना गहरा लगाव था। अगर वह भारत की राजधानी में अपने नैतिक बल का सिक्का नहीं जमा पाये थे, तो वह पाकिस्तान में क्या कर सकते थे? वह अब दिन-ब-दिन अधिक शांत रहने लगे थे, जैसा कि उस समय होता

था, जब वह कोई बहुत बड़ा निर्णय करने वाले होते थे। जैसे-जैसे वर्ष का अंत निकट आता गया, उनकी यह उदासी भी बढ़ती गयी।

एक रात उन्होंने कुछ अंग्रेज़ों से, जो उनसे मिलने गये थे, कहा, "पैगंबरों को पत्थरों से मारना और फिर बाद में उनकी स्मृति में गिरजाघर बनवाना पुराने युग से दुनिया का दस्तूर रहा है। आज हम ईसा मसीह की पूजा करते हैं, लेकिन जब वह जीते-जागते हमारे बीच उपस्थित थे तब हमने उन्हें सलीब पर चढ़ा दिया।"

"आप अपना संबंध किससे जोड़ना चाहते हैं?" किसी ने पूछा था।

उन्होंने बताया, "जहाँ तक मेरा संबंध है, मैं कनफ्यूशियस की इस पुरानी सीख पर ही चलने का इरादा रखता हूँ कि यह जानते हुए भी कि क्या सही है, उसे न करना उत्साहीनता है।"

मदनलाल पाहवा का अहमदनगर में प्रवास सुखद रहा। पेशेवर शरणार्थी का जीवन उसे जितना रास आ रहा था, उतना पुलिस वाले का जीवन कभी भी नहीं आ सकता था। अपने नये गुरु, दक्कन गेस्ट हाउस के मालिक विष्णु करकरे के वरद हस्त के नीचे मदनलाल पाहवा ने शहर से पाँच मील दूर एक कैंप के 10,000 शरणार्थियों को संगठित कर लिया था। करकरे के साथ मिलकर मदनलाल ले निर्णय लिया, "शरणार्थियों के लिए पैसा जुटाने के लिए सभी व्यापारियों से, खासतौर पर मुस्लिम व्यापारियों से टैक्स वसूल किया जाना चाहिए।"

उन्होंने टैक्स वसूल करने के लिए बहुत आजमायी हुई और सीधी-सादी युक्ति अपनायी थी। मदनलाल ने बाद में बताया, "जो टैक्स नहीं देते थे, उनकी दूकानें हम जला देते थे।"

उन लोगों का जुटाया पैसा सारे-का-सारा शरणार्थियों को राहत पहुँचाने के लिए नहीं खर्च किया जाता था। उसमें से कुछ अपनी जिंदगी को सँवारने के लिए और राष्ट्रीय स्वयंसेवक संघ के उत्साही कार्यकर्ता विष्णु करकरे के एक स्वप्न को पूरा करने पर भी खर्च किया जाता था। गेस्ट हाउस की

सबसे ऊपर वाली मंजिल की छोटी-छोटी कोठरियों में बिक्री बढ़ाने के लिए बाहर से आने वाले सेल्समैन नहीं ठहरते थे, बल्कि हथियार भरे रहते थे। पूना में अपने मित्र, हिंदू राष्ट्र के प्रबंधक नारायण आप्टे की तरह विष्णु करकरे भी हैदराबाद के निज़ाम के खिलाफ छापेमार लड़ायी छेड़ने के सपने देखा करता था।

लेकिन शिवाजी के कारनामों की नक़ल करने की करकरे की सारी आकांक्षाओं पर 1948 के नये वर्ष वाले दिन पानी फिर गया, जब हत्या के किसी मामले के सिलसिले में करकरे के होटल-मैनेजर के कमरे की तलाशी लेते समय हथियारों का एक ढेर पुलिस के हाथ लग गया। प्रबंधक ने डर के मारे तुरंत स्वीकार कर लिया, "ये सारे हथियार करकरे के हैं।"

इसके चार दिन बाद करकरे और मदनलाल ने कुछ गुंडों को साथ लेकर भारतीय सोशलिस्ट पार्टी की एक बैठक में हुल्लड़ मचाकर उसे तोड़ दिया, क्योंकि वहाँ भारत के मुसलमानों के साथ सहिष्णुता का बर्ताव करने की बात कही जा रही थी। पुलिस ने उन्हें पकड़ा जरूर, लेकिन डाँट-फटकारकर छोड़ दिया।

दूसरे दिन प्रातकाल अपने हथियारों का भंडार वहीं छोड़कर करकरे और मदनलाल अहमदनगर से भाग गये। वह वहाँ से 60 मील दूर पूना जा रहे थे। करकरे ने मदनलाल को विश्वास दिलाया, "वहाँ तुम्हें शरण भी मिल जाएगी और आपके जैसे विचारों वाले नये मित्र भी।"

गाँधी जी को मरने दो

अंतिम अनशन, नयी दिल्ली, 13-18 जनवरी, 1948

गाँधी जी के जीवन का अंतिम आमरण अनशन 13 जनवरी, 1948 को मंगलवार की सुबह 11:55 बजे पर आरंभ हुआ। कड़ाके की सर्दी पड़ रही थी, पर अन्य दिनों की तरह यह दिन भी प्रभात बेला से पहले की प्रार्थना से ही आरंभ हुआ।

"या घर है प्रेम का, खाला का घर नांहि,

सीस उतारै भुईं धरै, सो पैठै घर माँहि।।" गाँधी जी अपने ठंडे कमरे के अंधेरे में यही राग अलाप रहे थे।

साढ़े दस बजे उन्होंने अपने जीवन का अंतिम भोजन किया- दो चपातियाँ, एक सेब, आधा सेर बकरी का दूध और चकोतरे की तीन फाँकें। जब वह खाना खा चुके, तो औपचारिक रूप से अनशन आरंभ करने के लिए बिड़ला हाउस के बगीचे में एक छोटा-सा धार्मिक समारोह हुआ। उसमें केवल कुछ निकट के मित्र और उनके अपने लोग उपस्थित थे- मनु, आभा, उनके सचिव प्यारेलाल नैयर और प्यारेलाल की बहन सुशीला, जो डॉक्टर की हैसियत से अनशन के दौरान गाँधी जी की देखभाल करने वाली थी और

गाँधी जी के सिद्धांतों तथा आदर्शों के उत्तराधिकारी जवाहरलाल नेहरू भी वहाँ उपस्थित थे।

यह कार्यक्रम समाप्त हो जाने के बाद गाँधी जी थोड़ी देर ऊंघ लेने के लिए धूप में अपनी खाट पर लेट गये। पिछले कुछ दिनों से उनके मुरझाए हुए चेहरे पर अपार व्यथा छायी रहती थी, लेकिन अब अचानक उस पर आत्म-संतोष का एक विचित्र भाव झलक रहा था। उनके सचिव का कहना था, "सितंबर में दिल्ली वापस आने के बाद से बापू कभी इतने 'प्रसन्नचित्त और निश्चिंत' नहीं दिखायी दिये थे, जितना अनशन शुरू हो जाने के बाद लग रहे थे।"

दिल्ली में भारतीय और विदेशी समाचार पत्रों के संवाददाताओं की इतनी बड़ी संख्या उपस्थित थी कि गाँधी जी के इस अनशन में एक नया आयाम जुड़ गया, जो उनके कलकत्ता वाले अनशन में नहीं था। लेकिन कुछ लोग बड़ी उलझन में भी पड़ गये, क्योंकि गाँधी जी के अचानक अनशन शुरू कर देने के निर्णय से पहले हिंसा का कोई विस्फोट नहीं हुआ था। दिल्ली में तनाव जरूर था, लेकिन शहर में सांप्रदायिक हिंसा की अग्नि भड़कनी बंद हो गयी थी। फिर भी गाँधी जी अपनी जनता की नस-नस को इतनी इच्छी तरह पहचानते थे कि संभवतः उन्हें यह आभास हो गया था, भारत में हिंसा के बहुत बड़े विस्फोट का खतरा बहुत निकट आ चुका है, ऐसा विस्फोट जो आज से पहले नहीं हुआ।

उनके अनशन के बारे में और उसे तोड़ने की शर्तों के बारे में भारतीय जनता की प्रतिक्रियाएँ मिली-जुली थीं; कुछ लोगों की समझ में ठीक से नहीं आ रहा था, कुछ लोग चिंतित थे और कुछ लोग उन्हें खुलकर बुरा-भला कह रहे थे। दिल्ली में सफलता के लिए अनुकूल परिस्थितियाँ कलकत्ता की अपेक्षा बहुत ही कम थीं। राजधानी में शरणार्थियों की भरमार थी, जिनके रोम-रोम में मुसलमानों के प्रति घृणा बसी हुई थी। शरणार्थी-कैंपों की सर्दी और कष्टों से बचने के लिए उन्होंने सारे शहर में मस्जिदों और मुसलमानों के घरों पर अधिकार जमाना शुरू कर दिया था।

"पर गाँधी जी क्या चाहते हैं?"

"अब गाँधी जी चाहते हैं कि वे शरणार्थी जिन्होंने मुस्लिम घरों पर कब्जा कर लिया है, उन्हें खाली करके उनके मुसलमान मालिकों को लौटा दें और फिर शरणार्थी-कैंपों में वापस चले जाएँ।"

"चलो यह यह बात मान भी ली जाए तो क्या बापू अनशन समाप्त कर देंगे।"

"नहीं।"

"क्यों?"

"जब तक पाकिस्तान को उसके 55 करोड़ रुपयों का भुगतान नहीं कर दिया जाएगा, तब तक बापू अनशन भंग नहीं करेंगे।"

इस तरह की चर्चा जब चली तो बहुत-से लोग बेहद नाराज हो गये और भारत सरकार में भी मतभेद पैदा हो गये।

लेकिन अब ये सब बिड़ला हाउस के बाहर धूप में सोये हुए अस्सी साल के उस दुबले-पतले बूढ़े के लिए बीती हुई बातें थीं। हो सकता है कि कई सप्ताह से बल्कि कई महीनों से कुछ लोग यह महसूस करते रहे हों कि गाँधी जी को हिंदुस्तान ने भुला दिया है, जो संदेश वह लोगों को देते आये थे, उसे बहुत आसानी से ठुकरा दिया गया है। अब ऐसी बात नहीं थी। ऋषियों के उस प्राचीन हथियार को, जिसे उन्होंने इतने प्रभावशाली ढंग से अंग्रेज़ों के विरूद्ध प्रयोग किया था, स्वयं अपने देशवासियों के विरूद्ध प्रयोग करके गाँधी जी ने भारत को अचानक स्मरण करा दिया, "मैं कौन हूँ और मेरे आदर्श क्या हैं?" अपने जीवन में अंतिम बार वह अपने देशवासियों को यह सोचने पर विवश कर रहे थे कि उनके जीवन का और जो संदेश उन्होंने उन लोगों तक पहुँचाने की कोशिश की थी, उसका अर्थ क्या है?

पूना, 13 जनवरी, 1948

भारत की राजधानी से सात सौ मील दूर उस सफेद पुते हुए भवन में, जिसमें अभी मुश्किल से दस सप्ताह पहले 'हिंदू राष्ट्र' नामक नये समाचार

पत्र का उद्‌घाटन हुआ था, दो आदमी टेलीप्रिंटर के सामने दृष्टि जमाए हुए उसकी काँच की खिड़की में से तेजी से छपते हुए अक्षरों को देख रहे थे। टेलीप्रिंटर पर जो आवश्यक बुलेटिन खटाखट टाइप होते जा रहे थे, उन्होंने नाथूराम गोडसे और नारायण आप्टे की जीवन-धारा को एक नयी दिशा में मोड़ दिया। इन बुलेटिनों में गाँधी जी का अनशन शुरू होने और उसे तोड़ने की शर्तों के समाचार थे। इनमें से एक समाचार ने इन दो जोशीले युवकों की उग्र भावनाओं में हलचल पैदा कर दी और उन्हें एक ऐसे अपराध की ओर अग्रसर किया, जिससे सारी दुनिया सहम उठी।

वह खबर थी—गाँधी जी की पाकिस्तान को 55 करोड़ रुपये दे देने की माँग।

नाथूराम गोडसे का रंग पीला पड़ गया। यह खुली राजनीतिक धौंस थी। वह आदमी जिसके कहने पर वह कभी जेल गया था और जिससे उसे अब गहरी घृणा थी, अब भारत सरकार पर दबाव डालकर उसे विवश करने का प्रयास कर रहा था कि वह बलात्कार और हत्याएँ करने वाले मुसलमानों के आगे हथियार डाल दे। आप्टे और पूना के सभी कट्टर हिंदुओं की तरह गोडसे भी अक्सर कहता था, "अगर गाँधी जी को जबर्दस्ती भारत के राजनीतिक मंच से हटा दिया जाए, तो यह देश का बहुत उपकार होगा।" दूसरे लोगों की तरह उसके इन शब्दों को एक सिरफिरे राजनीतिक आदमी की बकवास से अधिक और कुछ नहीं समझा गया था।

गोडसे ने मुड़कर आप्टे की ओर देखा। उसने कहा, "हैदराबाद में छापेमार लड़ायी शुरू करने व जिन्ना की हत्या करने के सारे लंबे-चौड़े मंसूबे तो 'छोटे-मोटे तमाशे' थे। अब हमें केवल एक ही काम की ओर ध्यान देना चाहिए। सारी शक्ति, सारे साधन एक ही उद्‌देश्य को पूरा करने के लिए लगा देने चाहिए।"

"कौन-सा काम?"

"हमें गाँधी की हत्या करनी होगी", गोडसे ने घोषणा की।

दिल्ली के जाड़े की धूप की अंतिम किरणें गाँधी जी के दुबले-पतले शरीर में हलकी-हलकी सेंक पहुँचा रही थीं। बिड़ला हाउस के साफ-सुथरे लॉन को पार करके वह उस सुंदर बाग के एक कोने की ओर जा रहे थे, जो उन्होंने अपने देशवासियों से मिलने के लिए, अपनी प्रार्थना-सभा के लिए चुना था।

थोड़ी ऊँचाई पर बने हुए उस लॉन पर एक ओर कोने में गाँधी जी के शिष्यों ने छः इंच ऊँची एक चौकी बिछा दी थी। उस पर एक चटाई बिछी थी और सामने माइक्रोफोन था। उस दिन के असाधारण महत्त्व के कारण वहाँ 600 से अधिक लोग पहले से ही आकर बैठ गये थे। गाँधी जी ने अपनी प्रार्थना-सभा आरंभ करते हुए लोगों से कहा, "आप लोग मेरे साथ मिलकर टैगोर का वह गीत गाएँ, जो वह साल-भर पहले नोआखाली में अपनी प्रायश्चित-यात्रा के दौरान रोज गाया करते थे

'यदि तोर डाक सुने केऊ ना आशे,
तबे एकला चालो रे, एकला चालो,
एकला चालो, एकला चालो।"

गाँधी जी की आवाज सुनते ही भीड़ बिलकुल शांत हो गयी।

उन्होंने कहा, "अनशन, भगवान से इस बात की प्रार्थना है कि वह सभी की आत्माओं को शुद्ध कर दे और सबको एक समान कर दे। हिंदू, सिख और मुसलमान सब मिलकर यह ठान लें कि वे यहीं भाई-भाई की तरह मिल-जुलकर रहेंगे।"

उन्होंने चेतावनी दी, "इस समय दिल्ली की परीक्षा हो रही है। मेरी माँग बस इतनी है कि हिंदुस्तान या पाकिस्तान में कितनी ही मार-काट क्यों न हो, पर दिल्ली के लोग अपने कर्तव्य के पथ से विचलित न हों।' अगर पाकिस्तान में सारे हिंदू और सिख भी मार डाले जाएँ तो भी 'इस देश में नन्हें-से-नन्हें मुस्लिम बच्चे की जान की रक्षा की जाए।' सभी संप्रदाय, सभी हिंदुस्तानी एक बार फिर 'अपने दिलों से दरिंदगी निकाल कर उसकी जगह

मानवता पैदा करके सच्चे हिंदुस्तानी बन जाएँ। यदि वे ऐसा नहीं कर सकते तो मेरा जीना व्यर्थ है।"

उपस्थित जनसमूह में चिंता-भरी स्तब्धता छा गयी। मनु गाँधी जी का सामान समेटने लगी और भीड़ चुपचाप गाँधी जी को निकल जाने का रास्ता देने के लिए दो हिस्सों में बँट गयी। प्रसिद्ध छायाकार मार्गरेट बुर्क-व्हाइट उनका चित्र लेते समय बहुत-से दूसरे लोगों की तरह सोच रही थी, "क्या हम गाँधी जी को फिर कभी देख सकेंगे?"

उस दिन हिंदू राष्ट्र के कार्यालय में उन चार नौजवानों की भेंट पर दृष्टि रखने के लिए कोई भी तैनात नहीं था। यह बड़े दुर्भाग्य की बात थी, क्योंकि उस रात नाथूराम गोडसे ने जो बातें कही, वे किसी भी पुलिस वाले के लिए उसके जीवन की सबसे महत्त्वपूर्ण बातें हो सकती थीं। गोडसे की बगल में उसका साझेदार आप्टे अपने स्वभाव के विरुद्ध शांत बैठा था। उनके सामने विष्णु करकरे और मदनलाल पाहवा बैठे थे।

गोडसे उनके सामने भारतीय राजनीतिक घटनाक्रम का सिंहावलोकन कर रहा था। कुछ देर बाद उसने प्रतिज्ञा लेकर कहा, "हमें ही कुछ करना होगा।"

"हमें गाँधी जी को रोकना होगा", उसने घोषणा की।

मदनलाल ने तुरंत उसके इन शब्दों का समर्थन किया, "हाँ, आप ठीक कहते हैं, अब बदला लेने का वह अवसर आ गया है, जिसकी तलाश में मैं उस समय से हूँ, जब छः महीने पहले फिरोजपुर के अस्पताल में अपने पिता को घायल पड़ा हुआ छोड़कर आया था।"

करकरे भी सहमत था, "ठीक कहते हो भाई।"

हिंदू राष्ट्र के कार्यालय से उठकर वे चारों हथियार बेचने वाले उस व्यक्ति के यहाँ गये जो बंबई में साधु का भेष बनाकर घूमता था। जैसे कोई स्वर्णकार काले मखमल के टुकड़े पर जड़ाऊ हार और कुंडल वगैरह ग्राहकों के सामने फैलाता है, उसी तरह दिगंबर बडगे ने फर्श पर बिछे हुए कंबल पर

अपने अस्त्रागार के सबसे चुने हुए हथियार निकालकर फैला दिए। उसके पास सबकुछ था, इसके अलावा जिसकी उन्हें सबसे अधिक आवश्यकता थी अर्थात् उन्हें आसानी से छुपाये जा सकने वाले ऑटोमेटिक पिस्तौल के, जिसकी सबसे अधिक आवश्यकता थी। उन्होंने कुछ हथगोले, कुछ फलीते और थोड़ा-सा बारूद खरीद लिया। आप्टे ने उन सब लोगों से 14 जनवरी को बुधवार के दिन अंधेरा हो जाने के बाद बंबई में हिंदू महासभा के दादरवाले कार्यालय में मिलने को कहा। इसके बाद वे चुपके-चुपके रात के अंधेरे में इधर-उधर चले गये।

गाँधी जी के शरीर में जब तक शक्ति रही, वह अपनी अनशन की दिनचर्या का पालन करने का आग्रह करते रहे। इसलिए बुधवार को भी वह सुबह होने से पहले गीता-पाठ के लिए उठ बैठे। कुछ देर बाद जब वह अपने पोपले मुँह के बचे-खुचे दाँतों में दातून कर रहे थे, तो मनु ने उन्हें कहते सुना–"आज तो मेरा मन अनशन करने को ही नहीं करता।"

यह शब्द सुनकर मनु ने, जो रात को दो बार यह देखने के लिए उठी थी कि गाँधी जी सर्दी से बचाव के लिए अच्छी तरह ओढ़कर लेटे हैं या नहीं, उन्हे गुनगुने पानी में थोड़ा-सा सोडा दिया। गाँधी ने मुँह बनाकर गिलास को देखा और एक साँस में उसे खाली कर दिया।

यह काम पूरा करके उनका ध्यान उस काम की ओर गया, जो परसों से टल रहा था। उनके सबसे छोटे बेटे देवदास ने उनसे अनशन तोड़ देने की बड़ी मर्मस्पर्शी अपील की थी और उन्हें उसका उत्तर देना था। उनके बेटे ने लिखा था–"आप जीवित रहकर जो कुछ कर सकते हैं, वह मरकर नहीं कर सकते।"

मनु को अपने पास बुलाकर उन्होंने पत्र का उत्तर लिखाना शुरू किया–

"मुझे ईश्वर ने यह अनशन करने का आदेश दिया है और वही इसे तुड़वा सकता है। तुम्हें और शेष सब लोगों को यह बात ध्यान में रखनी

चाहिए कि इसका भी उतना ही महत्त्व है कि ईश्वर मेरे जीवन को समाप्त कर देता है या मुझे जिंदा रहने देता है। मेरी एक ही प्रार्थना है–हे भगवान्, इस अनशन के दौरान मेरा दृढ़ संकल्प बनाये रखना कि कहीं जिंदा रहने के लोभ में मैं उसे शीघ्र न तोड़ दूँ।"

उनकी जीवित रहने की संभावना के बारे में उस नवयुवती को, जो उनकी डॉक्टर थी, अभी से चिंता होने लगी थी। दिल्ली वापस आने के बाद से उनके शरीर की शक्ति बहुत कम हो गयी थी। कलकत्ता में अनशन के समय उनके गुर्दों पर जो जोर पड़ा था, उसका असर अभी तक समाप्त नहीं हुआ था। पंजाब की घटनाओं से उन्हें जो पीड़ा पहुँची थी, उससे उनकी भूख गायब हो गयी थी और उनका रक्तचाप बढ़ने लगा था, जिसके अचानक बहुत अधिक बढ़ जाने से उनकी शिराएँ फट भी सकती थीं। डॉ. सुशीला नैयर उनको एक ही दवा दे सकती थीं जो सर्पगंधा की छाल से बनती थी। लेकिन इस बार उन्होंने अपने अनशन के लिए जो कठोर नियम बना दिये थे उनके अनुसार उन्हें यह भी नहीं दी जा सकती थी। बहरहाल उनकी 78 साल की उम्र को तो कोई भी दवा कम नहीं कर सकती थी। डॉ. सुशीला नैयर प्रतिदिन उनका वजन लेती थीं। उस दिन जब उन्होंने उनका वजन लिया तो उन्हें स्वयं आश्चर्य हुआ कि अब तक उन्हें यह नहीं मालूम हो सका था कि इस आदमी का शरीर कितना कुछ सहन कर सकता है।

दोपहर से कुछ ही देर पहले मंत्रिमंडल के सदस्य उस आदमी के चारों ओर जमा हुए जो एक बार फिर भारत की अंतरात्मा बनता जा रहा था। भव्य भवनों में अपने ठाठदार कार्यालय छोड़कर वे उस आदमी की चारपाई के चारों ओर मंत्रिमंडल की बैठक करने आये थे, जिसने उन लोगों के लिए उन भव्य भवनों के द्वार खोल दिए थे। जो प्रश्न उन लोगों को गाँधी जी के पास लेकर आया था, वह था–"पाकिस्तान को 55 करोड़ रुपये अदा कर देने की माँग।"

उस माँग से अधिकांश मंत्रियों को, विशेष रूप से सरदार पटेल को बहुत आघात पहुँचा और उन्हें बहुत गुस्सा आया। पहले नेहरू ने और उनके

बाद पटेल ने रुपया रोक लेने के फैसले को उचित सिद्ध करने की कोशिश की। गाँधी जी बहुत कमजोर हो गये थे और उन्हें चक्कर आ रहे थे: वह चुपचाप अपनी चटाई पर लेटे हुए छत पर नजरें गड़ाए हुये थे और ये लोग अपनी दलीलें देते जा रहे थे। उन्होंने कुछ भी नहीं कहा। पटेल अपनी बात पर जोर देते रहे। धीरे-धीरे, बहुत दुखी होकर और आँखों में आँसू भरकर गाँधी जी कुहनियों के बल थोड़ा-सा ऊपर उठे और उस आदमी को गौर से देखने लगे, जिसने कितने ही भीषण संघर्षों में उनका साथ दिया था।

उन्होंने भर्राये हुए क्षीण स्वर में कहा, "तुम वह सरदार नहीं हो जिसे मैं किसी युग में जानता था।"

और इतना कहकर वह पुनः चटाई पर लुढ़क गये।

दिनभर मुसलमान, हिंदू और सिख नेता गाँधी जी की चारपाई के पास आ-आकर उनसे अनशन तोड़ने का अनुरोध करते रहे। उनकी चिंता का कारण यह था कि उन्हें एक ऐसी बात का पता था, जो गाँधी जी के साथ बिड़ला हाउस की चारदीवारी के अंदर रहने वाले लोग नहीं जानते थे। पहली बार ऐसा हुआ था कि उनके अनशन से उनके बहुत-से देशवासियों के मन में सक्रिय रूप से गुस्सा पैदा हो रहा था। नयी दिल्ली के कनाट सर्कस में, पुरानी दिल्ली के चाँदनी चौक में–हर जगह इसी अनशन की चर्चा हो रही थी। लेकिन कांग्रेस के पदाधिकारी गंगानारायण सिंह को यह देखकर बहुत आघात पहुँचा कि उन लोगों में गाँधी जी की जान बचाने की कोई उत्कट इच्छा नहीं थी। उनमें से बहुत-से लोग तो यह भी समझते थे कि उनका आमरण अनशन मुसलमानों की सहायता करने की एक चाल है। दिल्ली के बाजारों में जो प्रश्न सबसे ज्यादा पूछा जा रहा था वह यह नहीं था कि 'गाँधी की जान कैसे बचायी जाए?' बल्कि यह था कि 'इस बुड्ढ़े से हमारा पिंड कब छुटेगा?' शहर के बीचोंबीच शरणार्थियों की एक क्रुद्ध भीड़ ने गाँधी जी की जान बचाने के लिए सांप्रदायिक शांति के नारे लगाते हुए जुलूस से टक्कर लेकर उसे तितर-बितर कर दिया था।

शाम को जानी-पहचानी हलकी-सी आवाज बिड़ला हाउस की ओर आ रही थी। बड़ी आशा और उत्सुकता से लोग उस आवाज को सुनने की कोशिश करने लगे। इन लोगों ने यही आवाज कलकत्ता में भी सुनी थी। व्यथित जनता अपने महात्मा से अनशन तोड़ने की माँग कर रही थी। गाँधी जी के एक सचिव भागकर फाटक पर पहुँच गये। सड़क की बत्तियों की धुँधुली रोशनी में उन्होंने देखा कि जुलूस अल्बुकर्क रोड पर होता हुआ उनकी ओर आ रहा है। बहुत-से झंडे लहरा रहे थे और लोगों की धुँधली-धुँधली आकृतियाँ दिखायी दे रही थीं।

अंदर उस अँधेरे कमरे में भी, जहाँ गाँधी जी लेटे हुए थे, आवाज धीरे-धीरे निकट आती हुई सुनायी दी। कमजोरी और चक्कर आने की वजह से गाँधी जी चारपाई पर लेटे हुए ऊँघ रहे थे। अंततः जब जुलूस फाटक पर पहुँचा तो उनके नारों की गूँज कमरे के अंदर भी सुनायी देने लगी। गाँधी ने अपने सचिव प्यारेलाल को संकेत से अपने पास बुलाया।

"क्या हो रहा है?" उन्होंने पूछा।

"शरणार्थियों का जुलूस है", प्यारेलाल ने बताया था।

"बहुत लोग हैं क्या?"

"नहीं, अधिक नहीं हैं।"

"क्या कर रहे हैं?"

"नारेबाजी।"

एक क्षण तक गाँधी सुनते रहे और उनके गूँजते हुए नारों को समझने का प्रयास करते रहे।

"क्या कह रहे हैं ये लोग?" उन्होंने पूछा।

प्यारेलाल ने जवाब देने से पहले कुछ सोचा और फिर सकुचाते हुए कहा, "वे लोग कह रहे हैं—'गाँधी जी को मर जाने दो'!"

बंबई, 14 जनवरी, 1948

भले ही दुनिया चाहती हो, पर तीन आदमी नहीं चाहते थे कि गाँधी जी मर जाएँ, एक मटमैले रंग के दुमंजिले भवन के लोहे के फाटक के सामने

खड़े थे। मुंबई के उत्तरी उपनगर में बने हुए एक भवन में अगर कहीं सुरुचि का कोई आभास मिलता तो वह था एक दीवार में जड़ा हुआ संगमरमर का टुकड़ा, जिस पर मराठी में लिखा था—'सावरकर सदन।'

भारत में कम ही ऐसे लोग होंगे जिन्हें बिड़ला हाउस में इस समय एक चारपाई पर दम तोड़ते हुए उस आदमी से इतनी गहरी घृणा हो जितनी कि हिंदुत्व के कट्टर समर्थक वीर सावरकर की नस-नस में समायी हुई थी, जो उस घर में रहते थे। उन्हें गाँधी जी के हर आदर्श से, उनके हर सिद्धांत से कटु घृणा थी। इसलिए उन लोगों के लिए जो गाँधी जी की हत्या करना चाहते थे, इससे अधिक स्वाभाविक और क्या बात हो सकती थी कि बंबई पहुँचते ही पहला काम यह करते कि सीधे उनके द्वार पर जाते।

उन तीन में से एक अपनी बगल में एक तबला दबाये था। आज रात बडगे ने साधु का भेस बनाने के बजाय गवैए का भेस बनाने का निर्णय लिया था; यह भेस उसके लिए स्वाभाविक भी था, क्योंकि उसका जन्म जिस परिवार में हुआ था, उसके पूर्वज किसी युग में घूम-घूमकर नाचने-गाने का कार्य करते थे। उसकी बगल में जो तबला था, उसमें वे हथियार छिपे हुए थे, जो षड्यंत्र रचने वालों ने पूना में उसकी दूकान पर पसंद किए थे।

चौकीदार ने उन तीनों को सावरकर की बैठक में ले जाकर बिठा दिया। इने-गिने लोगों को ही इस बात का अधिकार था कि वे उस कमरे के ठीक बाहर बनी हुई सीढ़ियों पर होकर चले जाएँ, जहाँ हिंदू राष्ट्र-दल के मार्गदर्शक का व्यक्तिगत कक्ष था। नाथूराम गोडसे और नारायण आप्टे को यह अधिकार था। दिगंबर बडगे को यह अधिकार नहीं था, इसलिए वे दोनों बडगे का तबला लेकर ऊपर चले गये।

उस दिन वीर सावरकर के यहाँ उनके छोटे-से गिरोह में से सबसे पहले गोडसे, आप्टे और बडगे ही आये हों, ऐसा नहीं था। करकरे ने उस नौजवान पंजाबी का परिचय 'बहुत साहसी कार्यकर्ता' के रूप में कराया। सावरकर मदनलाल को देखकर मुसकरा दिए थे और उसकी बाँह पर हाथ फेरकर जैसे बिल्ली को सहला रहे हों, उन्होंने कहा, "ठीक इसी तरह काम करते रहो।"

सावरकर से भेंट हो जाने के बाद वे तीनों रात-भर के लिए एक-दूसरे से अलग हो गये। बडगे हिंदू महासभा के कार्यालय में सोने चला गया। आप्टे और गोडसे जाकर सी ग्रीन होटल में ठहर गये।

होटल में पहुँचते ही आप्टे ने किसी को टेलीफ़ोन किया। जो नंबर उसने मिलाया था, उसके बारे में कभी यह सोचा भी नहीं जा सकता था कि जो आदमी इस शताब्दी में भारत का सबसे बड़ा अपराध करने का बीड़ा उठा चुका है, वह इस नंबर पर टेलीफ़ोन करेगा। यह बंबई पुलिस का टेलीफ़ोन था। जब उधर से किसी ने उत्तर दिया, तो आप्टे ने 305 नंबर का एक्सटेंशन माँगा। उधर से किसी लड़की की आवाज आयी, जो उस रात आप्टे के साथ हम बिस्तर होने वाली थी। वह बंबई पुलिस के वरिष्ठ डॉक्टर की बेटी थी।

गाँधी जी ने जब से अनशन शुरू किया था, तभी से उनके डॉक्टर को खतरे के जिस क्षण की आशंका थी, वह इतनी तेजी से और अचानक आ गया कि उसने सोचा भी न होगा। गुरुवार के दिन 15 जनवरी को सुशीला नैयर ने जब गाँधी जी के मूत्र की जाँच की तो उसमें एसीटोन और एसेटिक अम्ल के अंश पाए। घातक प्रक्रिया शुरू हो गयी थी। गाँधी जी के शरीर में कार्बोहाइड्रेट का संचित भंडार समाप्त होता जा रहा था। उनका शरीर अंदर-ही-अंदर घुलने लगा था और जीवनदायी प्रोटीनों को खाने लगा था। अनशन शुरू करने के मुश्किल से अड़तालीस घंटे बाद वह खतरे की सीमा के अंदर पहुँच चुके थे।

डॉक्टर को चिंता में डाल देने वाली केवल यही एक बात नहीं थी। उनके मूत्र की अच्छी तरह जाँच करने पर एक और बात का पता चला था। पिछले चौबीस घंटों में उन्होंने अड़सठ औंस गुनगुना पानी सोडा मिलाकर पिया था। सुशीला नैयर के हिसाब के अनुसार इसमें से उन्होंने सिर्फ अट्ठाइस औंस पानी मूत्र के रास्ते बाहर निकाला था। गाँधी जी के गुर्दे, जो कलकत्ता के अनशन में ही खराब हो चुके थे, ठीक से काम नहीं कर रहे थे।

बहुत चिंतित होकर सुशीला ने गाँधी जी को समझाने की कोशिश की, "बापू आपकी हालत बेहद गंभीर है और इतनी कि शायद इस बार आपका स्वास्थ्य इतना बिगड़ जाए कि आप फिर कभी ठीक न हो पाएँ,"

"..." वह भला कब सुनने वाले थे! फिर उन्होंने अस्फुट स्वर में कहा, "अगर मेरे मूत्र में एसीटोन है तो इसका अर्थ है कि राम में मेरी आस्था में कुछ कमी है।"

सुशीला ने तर्क दिया, "राम से इसका कोई मतलब नहीं है।" बड़े धीरज के साथ उसने उन्हें वैज्ञानिक ढंग से उस प्रक्रिया के बारे में बताया जिसकी वजह से उनके मूत्र में ये तत्त्व पैदा हो गये थे। गाँधी जी चुपचाप सुनते रहे। जब वह अपनी बात पूरी कर चुकी तो उन्होंने उसके चेहरे को बड़े ध्यान से देखा।

उन्होंने पूछा, "क्या तुम्हारा विज्ञान सबकुछ जानता है? क्या तुम गीता में भगवान कृष्ण के वह शब्द भूल गयीं कि 'मेरे अस्तित्व के बहुत ही सूक्ष्म अंश में यह सारी सृष्टि समायी हुई है'।"

अगले दिन सुबह 7 बजकर 20 मिनट पर, जिस समय गाँधी जी अपनी डॉक्टर को उसके विज्ञान की कमियों के बारे में प्रवचन सुना रहे थे, नारायण आप्टे बंबई में एयर-इंडिया के कार्यालय में पहुँचा। उसने शनिवार, 17 जनवरी के लिए बंबई से दिल्ली जाने वाले विमान पर श्री डी.एन. कर्मारकर और श्री एस. मराठे के नाम से दो टिकट बनवाये। जिस समय वह 308 रुपये के हिसाब से टिकट के पैसे गिन रहा था, टिकट बनाने वाले क्लर्क ने उससे बड़ी विनम्रता से पूछा, "क्या वापसी का टिकट भी चाहिए?"

नारायण आप्टे उसकी ओर देखकर मुसकरा दिया। उसने मना करते हुए कहा, "मेरा और मेरे साथी का अभी वापस आने का कुछ दृढ निश्चय नहीं है। इसलिए हमें एक ही ओर का टिकट चाहिए।"

गाँधी जी के आमरण अनशन का दिल्ली पर कुछ-कुछ असर दिखायी देने लगा था। दस हज़ार लोग लालकिले पर नेहरू का भाषण सुनने आये, जिसमें उन्होंने कहा, "अगर गाँधी जी के प्राण चले गये तो भारत की आत्मा मिट जाएगी।"

उस दिन बहुत महत्त्वपूर्ण बैठक थी, लेकिन इसी जगह पिछले साल 15 अगस्त को पाँच लाख लोग उनका भाषण सुनने के लिए जमा हुए थे। गवर्नमेंट-हाउस में माउंटबेटन ने सारे स्वागत-समारोह और भोज बंद करवा देने का आदेश दे दिया था। सांप्रदायिक शांति के नारे लगाते हुए कुछ छोटे-छोटे जुलूस भी दिल्ली की सड़कों पर दिखायी देने लगे थे। लेकिन कलकत्ता वाली वह बात नहीं थी, जहाँ अनशन के बारे में उदासीनता देखकर मनु को डर लगने लगा, "कहीं राजधानी सचमुच ही गाँधी जी को मर न जाने दे।"

इस अनशन से ऐसा लगता था कि लोगों के मन में सबसे प्रबल भावनाएँ पाकिस्तान में जागृत हुई थीं। लाहौर से गाँधी जी के नाम पर एक तार आया था, जिसमें कहा गया था–"यहाँ हर व्यक्ति एक ही प्रश्न पूछता है–हम गाँधी की जान बचाने में क्या सहायता कर सकते हैं?"

उस नये राष्ट्र के एक सिरे से दूसरे सिरे तक मुस्लिम लीग के नेता अपने अचानक सबसे पुराने शत्रु को 'भाई-चारे का फरिश्ता' कहकर उसकी प्रशंसा करने लगे। सारे देश की मस्जिदों में उनकी जान बचाने की दुआएं माँगी जाने लगीं।

लेकिन दिल्ली से आने वाले किसी दूसरे समाचार से पाकिस्तान में उतनी सनसनी नहीं फैली थी, जितनी कि उस समाचार से जो गुरुवार को तीसरे पहर टेलीप्रिंटर पर आया था। गाँधी जी की पहली जीत हुई थी। वह अपने शरीर पर भूख और पीड़ा की जो यातना झेल रहे थे उसने जिन्ना के राज्य को दिवालियेपन से बचा लिया था। उस उप-महाद्वीप में फिर से शांति की स्थापना के लिए और सबसे बढ़कर, 'राष्ट्र की आत्मा की शारीरिक

यातना का अंत करने के लिए' भारत-सरकार ने पाकिस्तान को तुरंत उसके 55 करोड़ रुपयों के भुगतान की घोषणा कर दी थी। जिन लोगों ने इन्हीं रुपयों की वजह से गाँधी जी की हत्या करने का निर्णय किया था, वे उस मंदिर में जहाँ पिछली रात को बडगे ने हथियारों से भरा हुआ अपना तबला छिपा दिया था, घेरा बनाकर धरातल पर बैठे हुए थे। उस बहुरूपिये साधु ने तबला खोलकर उसका सारा सामान उनके सामने फैला दिया। बड़े धैर्य के साथ वह उन्हें बता रहा था कि बारूद के डलों में फलीता कैसे लगाया जाता है और हथगोले कैसे चलाए जाते हैं। बडगे बातें किए जा रहा था और आप्टे उस हथियार को बड़े ध्यान से देख रहा था, जो उसने तबले में से सबसे बाद में निकाला था। उस हथियार की उन्हें सबसे अधिक आवश्यकता थी। इस देसी पिस्तौल से आप्टे पूरी तरह संतुष्ट नहीं था। उसे डर था कि गाँधी जी की हत्या करने से पहले ही कहीं जेब में ही न छुट जाए। पैसा मिलना आसान था, लेकिन पिस्तौल मिलना नहीं।

आप्टे ने अचानक अनुभव किया कि हथियारों के बारे में बडगे की जानकारी दिल्ली में बहुत काम आएगी। बडगे इस साजिश में शामिल नहीं था। आप्टे और गोडसे दोनों ही को उस पर पूरा भरोसा नहीं था। लेकिन इस समय उसकी सहायता इतनी अवश्य थी कि आप्टे उसे बाहर आँगन में ले गया और उसके कंधे पर हाथ रखकर बोला, "हमारे साथ दिल्ली चलो।"

उसने कहा, "वीर सावरकर ने गाँधी, नेहरू और सुहरावर्दी को 'खत्म कर देने' का आदेश दिया है और यह काम मुझे और गोडसे को सौंपा गया है।"

"पर खर्चे का क्या होगा?"

"सारा खर्चा हम देंगे।" बडगे की लालची आत्मा ने तुरंत दिल्ली चलने पर सहमति जता दी।

हथियारों के विशेषज्ञ का सहयोग मिल जाने से साजिश करने वालों की टोली पूरी हो गयी। अब आधे उप-महाद्वीप को पार करके भारत की राजधानी तक पहुँचने और वहाँ भारत की स्वतंत्रता के सृष्टा से साक्षात

करने की यात्रा शुरू करने का समय आ गया था। बडगे ने जो हथियार दिए थे, उन्हें बड़ी सावधानी से मदनलाल के बिस्तरबंद में छिपा दिया गया। तय यह हुआ कि मदनलाल और करकरे उसी रात फ्रंटियर मेल से दिल्ली के लिए रवाना होंगे। बडगे और नाथूराम गोडसे का छोटा भाई गोपाल गोडसे 48 घंटे बाद अलग-अलग गाड़ियों से रवाना होने थे। आप्टे और गोडसे का कार्यक्रम हवाई जहाज से जाने का पूर्व निर्धारित था ही, इसके लिए आप्टे ने टिकट सुबह खरीद ही लिए थे। वे सब वहाँ हिंदू महासभा-भवन में मिलने का निर्णय कर चुके थे। यह भवन बिड़ला मंदिर से मिला हुआ था।

गुरुवार की शाम अस्ताचल होते सूर्य के समय बिड़ला हाउस के पीछे वाले लॉन पर सैकड़ों आदमी यह आस लगाकर जमा हुए थे कि शायद किसी चमत्कार से उस दिन गाँधी जी की प्रार्थना-सभा हो जाए, लेकिन उनकी यह आशा निराधार थी। अब गाँधी जी का चलना तो दूर रहा, सहारा दिए बिना उठकर बैठ भी नहीं सकते थे। उन्होंने अपने श्रोताओं के लिए चारपाई के पास लगा दिए गये माइक्रोफोन पर कुछ शब्द कहे।

गाँधी जी ने उनसे कहा, "मेरी चिंता मत करो। जो इस दुनिया में पैदा हुआ है, उसे किसी-न-किसी दिन तो मरना ही है। मृत्यु हम सबकी मित्र है। हमें उसका उपकार मानना चाहिए कि वह हम सबको हर तरह के कष्टों से सदा के लिए मुक्ति दिला देती है। तुम मेरी चिंता मत करो। तुम अपने देश की और उसमें भाई-चारा पैदा करने की चिंता करो।"

प्रार्थना समाप्त हो जाने के बाद लोग उनके दर्शन के लिए आग्रह करने लगे। सबको एक लंबी लाइन में खड़ा कर दिया गया—पहले महिलाएँ फिर पुरुष। सब लोग एक-एक करके हाथ जोड़े हुए उस बरामदे से गुजरे जहाँ गाँधी जी वे थोड़े-से शब्द कहने के बाद निढाल लेटे हुए थे। वह भी हाथ जोड़े हुए उनके अभिवादन का उत्तर दे रहे थे।

मनु को अपनी आँखों पर विश्वास नहीं हो रहा था। वह वृद्ध आदमी जिसके शरीर में कल शाम तक इतनी भी शक्ति नहीं थी कि वह चारपाई

पर उठकर बैठ सके, वही इस समय खड़ा हुआ था। पाँव घसीट-घसीटकर चलते हुए गाँधी जी ने कमरा पार किया और जाकर सुबह की पूजा के लिए पालथी मार ली। पूजा करने के बाद गाँधी जी ने बंगाली पढ़ने का अपना दैनिक कार्यक्रम शुरू किया। जिस आदमी के पेट में चार दिन से अन्न का दाना तक नहीं गया था और जिसके सिर पर मौत मंडरा रही थी, उसके लिए ऐसा करना किसी चमत्कार से कम न था। इसके बाद उन्होंने बहुत दृढ़ स्वर में, जिसे सुनकर आश्चर्य होता था, शाम की प्रार्थना-सभा में पढ़े जाने के लिए अपना संदेश बोलकर लिखाना शुरू किया।

लेकिन उनके शरीर में फिर से उतनी शक्ति आ जाना केवल एक ऐसा भ्रम था, जैसे बुझने से पहले दीपक की लौ भड़क उठती है। कुछ ही मिनट बाद जब उन्होंने अपने बल पर शौच जाने की कोशिश की तो उसका सिर चकराने लगा और वह अचेत होकर वहीं गिर पड़े।

सुशीला नैयर दौड़कर उनके पास पहुँचीं और सहारा देकर उन्हें चारपाई पर लिटा दिया। वह जानती थीं कि उन्हें क्या हुआ है? गाँधी जी के क्षीण शरीर में पानी जमा होने लगा था, क्योंकि गुर्दे ठीक से काम न करने की वजह से पानी मूत्र के रास्ते बाहर नहीं निकल पा रहा था। उनके हृदय पर भी असर पड़ने लगा था। कुछ देर पहले गाँधी जी का वजन लेते समय सुशीला को इस बात की आशंका हुई थी। वजन 107 पौंड था; 48 घंटे पहले भी इतना ही वजन था। ब्लड-प्रेशर और नब्ज देखने के बाद जब हृदय की बीमारियों के डॉक्टर के यहाँ से उनका कार्डियोग्राम बिड़ला हाउस पहुँचा, तो यह साबित हो गया कि हृदय पर बड़ी तेजी से असर हो रहा है।

सुशीला ने बड़े दुखी मन से काग़ज़-पेंसिल लेकर गाँधी जी के स्वास्थ्य के बारे में उस दिन का पहला बुलेटिन लिखा। यह व्यथा में डूबी हुई एक पुकार थी। उन्होंने लिखा, "यदि बापू की इस यातना को शीघ्र ही समाप्त न किया गया, तो उनका शरीर जीवन-भर के लिए अपंग हो जाएगा।"

एक बार फिर बिड़ला हाउस से वही चमत्कारी लहर बह चली, जो भारत की करोड़ों जनता को उसके महात्मा से जोड़ने वाली कड़ी थी।

सुशीला नैयर का बुलेटिन पढ़े बिना ही शुक्रवार की सुबह भारतीयों ने यह समझ लिया था कि गाँधी जी के प्राण खतरे में हैं।

आल-इंडिया रेडियो ने अल्बुकर्क रोड से ही हर घंटे गाँधी जी के स्वास्थ्य के बारे में बुलेटिन प्रसारित करना शुरू कर दिया। दर्जनों भारतीय और विदेशी पत्रकार बिड़ला हाउस के फाटक पर जमा हो गये। देश के हर शहर और कस्बे के सैकड़ों मैदानों में लोग झंडे लेकर जमा होने लगे और नारे लगाने लगे—"हिंदू-मुस्लिम भाई-भाई!", "हिंदू-मुस्लिम एक हों!", "गाँधी जी की जान बचाओ!"

सारे भारत में गाँधी जी का जीवन बचाने के लिए समितियाँ बनायी गयी, जिनमें सभी धर्मों और चुन-चुनकर सभी राजनीतिक विचारों के लोग रखे गये। सारे भारत में एक भी मस्जिद ऐसी नहीं थी जिसमें उस दिन शुक्रवार की नमाज में गाँधी जी के लिए दुआएँ न माँगी गयी हों। बंबई के अछूतों ने गाँधी जी को एक बहुत ही मर्मस्पर्शी तार भेजा—"आपके प्राण हमारे हैं।"

गाँधी जी ने हवा बोयी थी, इसलिए तूफान तो पैदा होना ही था। इस कारण आश्चर्यजनक परिवर्तन दिल्ली में आना ही था। उसी दिल्ली में जो अभी तक उनके अनशन के प्रति उदासीन थी। हर बस्ती, हर बाजार, हर गली से लोग नारे लगाते हुए एक तूफानी धारा की तरह चले आ रहे थे। गाँधी जी के प्रति संवेदना प्रकट करने के लिए सारी दूकानें बंद हो गयी थीं। स्कूल-कॉलेज बंद हो गये थे। पंजाब की मार-काट में विधवा और अनाथ हो जाने वाली 200 शरणार्थी औरतों और बच्चों ने उस दिन का अपना राशन लेने से स्पष्ट मना कर दिया और गाँधी जी के प्रति संवेदना प्रकट करने के लिए उपवास रखा।

भावनाओं का दैवीय आवेग था, लेकिन गाँधी जी पर इसका कोई असर नहीं हुआ। उन्होंने प्रार्थना-सभा में चिंतित श्रोताओं से कहा, "मुझे कोई शीघ्रता नहीं है। मैं कोई काम अधूरा नहीं छोड़ना चाहता।"

उनकी आवाज इतनी कमजोर हो गयी थी कि लाउड-स्पीकर पर भी ऐसी सुनायी देती थी जैसे किसी के कान में बात कह रहे हों। अपने प्रत्येक

शब्द पर उन्होंने हाँफते हुए कहा, "यदि हमारे चारों ओर सारे भारत में, पूरे पाकिस्तान में शांति स्थापित न हुई तो मुझे जिंदा रहने में कोई दिलचस्पी नहीं रह जाएगी। इस बलिदान का यही अर्थ है।"

नेहरू नेताओं का एक प्रतिनिधि-मंडल लेकर उन्हें यह आश्वासन दिलाने के लिए उनके पास आये कि दिल्ली के वातावरण में बुनियादी परिवर्तन आ गया है। गाँधी जी ने उनसे बड़ी प्रसन्न मुद्रा में कहा, "चिंता मत करो। मैं इस तरह अचानक नहीं चल बसूँगा। तुम जो भी काम करो उसमें सच्चाई की झलक होनी चाहिए। मुझे ठोस काम चाहिए।"

वे बातें कर ही रहे थे कि कराची से एक तार आया। उसमें पूछा गया था, "जिन मुसलमानों को दिल्ली में उनके घरों से भगा दिया गया था, क्या वे फिर आकर वहाँ बस सकते हैं?"

जैसे ही तार पढ़कर गाँधी जी को सुनाया गया, उन्होंने बुदबुदाकर कहा, "यही वास्तविक कसौटी है।"

वह तार लेकर गाँधी जी के वफादार सचिव प्यारेलाल नैयर ने शहर के शरणार्थी-कैंपों का चक्कर लगाया और उनमें रहने वाले कटुता से भरे हुए हिंदुओं और सिखों को समझाया कि गाँधी जी के प्राण अब उनके हाथों में हैं, उसी दिन रात को एक हज़ार से ज्यादा शरणार्थियों ने इस घोषणा पर हस्ताक्षर किए कि अगर उनके परिवारों को सर्दी में ठिठुरते हुए तंबू में या सड़कों पर भी रहना पड़े तो भी वे मुसलमानों के वापस आने पर उनका स्वागत करने का वचन देते हैं। उनके नेताओं का एक दल गाँधी जी को यह विश्वास दिलाने के लिए बिड़ला हाउस आया कि सचमुच परिवर्तन हो गया है।

उन्होंने चारपाई पर लेटे हुए गाँधी जी से कहा, "आपके अनशन से सारे विश्व के लोगों के मन में एक हलचल पैदा हो गयी है। हम लोग प्रयत्न करेंगे कि भारत में मुसलमान भी वैसे ही रहें जैसे हिंदू और सिख रहते हैं। हमारी प्रार्थना है कि आप भारत को दुःखों से बचाने के लिए अपना अनशन तोड़ दीजिए।"

पूना, 17 जनवरी, 1948

वाष्प के बादल उड़ाती हुई बंबई एक्सप्रेस जब पूना स्टेशन पर रूकी तो नाटे कद और भरे हुए बदन की उस स्त्री के शरीर में घबराहट और उत्सुकता की लहर दौड़ गयी। अपने पति के पास से होकर तीसरी श्रेणी के डिब्बों की ओर लपकती हुई भीड़ के हर चेहरे को ध्यान से देखकर वह सोच रही थी, "मेरे अलावा कोई भी नहीं जानता कि मेरा पति दिल्ली क्यों जा रहा है?"

गोपाल गोडसे महात्मा गाँधी की हत्या करने उस दिन दिल्ली जा रहा था। वह अपने भाई नाथूराम को दिए गये वचन पर अटल था। उसके बिस्तरबंद में 200 रुपये में पूना के फौजी डिपो से अपने एक साथी से क्रय किया हुआ पिस्तौल बंधा हुआ था। उसने अपने घर के पास के जंगलों में उसे चलाकर आजमा भी लिया था। उसके इस अटल निश्चय में उसकी पत्नी पूरी तरह उसके साथ थी, इसलिए उसने केवल उसी को बताया था, "यह पिस्तौल गाँधी जी हत्या के लिए खरीदी गयी है।"

"निस्संदेह आपने एक महान कर्तव्य करने की सोची है। यदि शरीर के किसी अंग में लाइलाज घाव पैदा हो जाए तो उस अंग को काट देना ही बेहतर है।" उसने पति की काली करतूत करने के इरादे की मुक्त कंठ से प्रशंसा की थी।

फिर अपनी चार महीने की बच्ची आशा लता को अंतिम बार प्यार करने के लिए अपने पति की ओर बढ़ा दिया, "कन्या का आशीर्वाद तो ले लो, कारज सिद्ध हो जाएगा।"

स्टेशन की भीड़ और चहल-पहल के बीच इस विदाई को 25 वर्ष बाद याद करते हुए उसने बताया, "हमारी भरपूर जवानी के दिन थे। हम प्यार और क्रांति के सपने देखा करते थे।"

जब गोपाल अपने डिब्बे के दरवाजे के पास पहुँचा, तो पत्नी ने उसे अपनी ओर खींचकर उसके कान में कहा, "चाहे जो भी हो तुम चिंता न करना। मैं अपनी और अपनी बच्ची की देखभाल किसी-न-किसी तरह कर

लूँगी।" इतना कहकर उसने अपने पति के हाथों में चपातियों की पोटली थमा दी, जो उसने रास्ते में खाने के लिए बनायी थीं। इसके बाद वह पीछे हट आयी और उसे सीट पर बैठे देखती रही। शोर-गुल के बीच गाड़ी धीरे-धीरे आगे छुक-छुक करती हुई आगे बढ़ने लगी। बच्ची के गोल-मटोल हाथ को हिलाकर अपने पति को विदा करती हुई वह वहीं प्लेटफार्म पर प्रतिमा-सी बनी खड़ी रही।

उस दिन शनिवार को नाजुक हालत होने के बावजूद भी गाँधी जी के मस्तिष्क में किसी तरह की कमजोरी नहीं थी। जोड़ों में लगातार दर्द रहने के अलावा उन्हें किसी तरह की कोई समस्या नहीं थी। इधर सुशीला और उसके तीन साथी इस बात पर सोच-विचार कर रहे थे कि बापू अभी कितने घंटे और जीवित रहेंगे और उधर गाँधी जी अपने पुराने लिफ़ाफ़ों के पीछे बंगाली में कुछ लिख रहे थे।

काम पूर्ण करके उन्होंने अपने सचिव प्यारेलाल नैयर को संकेत से अपने पास बुलाया। उन्हें अभी तक इसका बहुत सही अंदाजा था कि किस काम को करने का सबसे उचित समय कौन-सा है। अगर उनके अनशन को वह सफलता मिलने वाली थी, जिसका कि उनके शिष्य उन्हें विश्वास दिला रहे थे, तो समय आ गया था कि इसका पक्का प्रबंध कर लिया जाए कि सफलता स्थायी हो, सिर्फ उन पर इसलिए तरस खाकर न हो कि उनकी जान बचानी थी। उन्होंने प्यारेलाल को सात शर्तें लिखायीं जिनके पूरा होने पर ही वह अपना अनशन तोड़ने को तैयार थे। जब दिल्ली के सभी राजनीतिक संगठनों के, जिसमें उनकी कट्टर दुश्मन हिंदू महासभा भी शामिल थी, के नेता उन शर्तों पर हस्ताक्षर कर देंगे, तभी वह मानेंगे कि उनकी बात पूरी हुई। उन शर्तों पर सिद्धांत की दृष्टि से तो किसी को ोइ आपत्ति नहीं हो सकती थी, फिर भी शहर के जीवन का हर पहलू उनकी परिधि में आ गया था। उन शर्तों में मुसलमानों को वे 117 मस्जिदें वापस कर देने से लेकर, जिन पर कब्जा करके या तो शरणार्थी उनमें रहने लगे थे

या उनमें श्रद्धास्थल बना लिए गये थे, पुरानी दिल्ली के मुसलमान दुकानदारों का बायकाट खत्म करने और मुस्लिम यात्रियों की सुरक्षा तक—सभी बातें शामिल थीं।

प्यारेलाल ये शर्तें लेकर भागे-भागे गाँधी जी की जान बचाने के लिए बनायी गयी शांति-समिति के पास गये। दिल्ली में ऐसा तनाव और ऐसा जोश छाया हुआ था, जैसा स्वतंत्रता-दिवस के बाद से नहीं देखा गया था। कनॉट प्लेस से लेकर शहर के दूर-से-दूर कोने तक हर गली-कूचे में जनता के बीच एक नये उत्साह की लहर दौड़ गयी। हर जगह लोग नारे लगाते हुए जुलूसों में चल रहे थे। दिल्ली का हर कारोबार बंद हो गया था। कार्यालय, दूकानें, कारखाने, बाजार, होटल—सब बंद थे। जामा मस्जिद के सामने हर धर्म और हर जाति के लगभग एक लाख लोगों की बहुत बड़ी बैठक हुई जिसमें नेताओं से माँग की गयी कि वे गाँधी जी की शर्तों को मान लें। सब्जी मंडी के हिंदू व्यापारियों ने बिड़ला हाउस जाकर गाँधी जी को बताया, "बापू! हमने अपने मुसलमान भाइयों का बायकाट समाप्त कर दिया है।"

अंदर गाँधी जी आधी चेतना और आधी मूर्च्छा की हालत में लेटे थे। उनके सबसे प्रिय शिष्य जवाहरलाल नेहरू अपने प्रधानमंत्री के कार्यालय का सारा काम-काज छोड़कर उनकी चटाई के पास बैठे थे। गाँधी जी की हालत पल-पल गिरते उनसे नहीं देखी गयी। वह एक कोने में मुँह फेरकर रोते रहे।

कुछ देर बाद माउंटबेटन अपनी पत्नी के साथ आये। भूतपूर्व वायसराय को यह देखकर बहुत आश्चर्य हुआ कि इतनी यातनाएँ सहने के बाद भी गाँधी जी के चेहरे पर 'शरारत की चमक' थी। वह उस समय भी हास्य-विनोद कर लेते थे।

उनका स्वागत करते हुए गाँधी जी ने कहा, "अच्छा, तो मुझे अनशन करना पड़ता है, तब पहाड़ मुहम्मद के पास आता है।"

एडविना माउंटबेटन बहुत उदास थीं। कमरे से बाहर निकलते ही वह फूट-फूटकर रोने लगीं। उनके पति ने, जिन्हें यह दृश्य देखकर बड़ी प्रेरणा

मिली थी, उन्हें तसल्ली देते हुए कहा, "इसमें मन छोटा करने की क्या बात है! वह वही कर रहे हैं, जो करना चाहते हैं। यह छोटा-सा आदमी वास्तव कितना साहसी है!"

शनिवार 17 जनवरी की शाम गाँधी जी की प्रार्थना-सभा के लिए बिड़ला हाउस के लॉन पर इकट्ठे हुए लोगों के कानों तक जो आवाज पहुँची वह हाँफने की हलकी-सी आवाज से ऊँची नहीं थी। गाँधी जी के शरीर में बस इतनी शक्ति रह गयी थी कि वह मुश्किल से तीन मिनट ही बोल पाये और बीच-बीच में बोलने की शक्ति बटोरने के लिए कई बार रुकें, उन्होंने कहा, "मेरी जान बचान। या मेरे जीवन का अंत करना किसी के बस की बात नहीं है। वह तो बस ईश्वर के हाथ में है।"

उन्होंने उदासभाव से कहा, "अभी मैं इसकी 'कोई वजह नहीं' पाता कि अनशन तोड़ दूँ।"

भीड़ के मुँह से एक चिंता-भरी आह निकली। प्रार्थना समाप्त होते ही सब लोग दर्शन के लिए लाइन लगाकर खड़े हो गये। वहाँ पर एकत्रित सभी लोगों के मन में अथाह व्यथा थी। इस समाचार से कि गाँधी जी मौत के कितना निकट पहुँच चुके हैं, सभी चिंतित थे।

काम तमाम करने के लिए सारी तैयारियाँ पूर्ण हो चुकी थीं। मदनलाल और करकरे अपने हथगोले, टाइम-बम और वह देसी पिस्तौल लेकर, जो बडगे ने उन्हें लाकर दिया था, दिल्ली पहुँच चुके थे। गोपाल गोडसे दूसरा पिस्तौल लेकर आ रहा था। बडगे उसी शाम को चलने वाला था और मुश्किल से एक घंटे बाद आप्टे और नाथूराम गोडसे भी बंबई में एयर-इंडिया का हवाई जहाज पकड़ने वाले थे।

उन दोनों को सावरकर-सदन में वही सम्मान मिला, जो बुधवार की रात को उन्हें दिया गया था। इस बारे में वहाँ बहुत थोड़ी देर रूकें हिंदू क्रांति के स्वप्नद्रष्टा वीर सावरकर सीढ़ियाँ उतरकर उन्हें अपने घर के फाटक तक

छोड़ने आये। उन्होंने आप्टे और गोडसे के कंधों पर हाथ रखकर धीमे स्वर में कहा—"कार्य पूर्ण करके आना।"

नयी दिल्ली में गाँधी जी से उनका आमरण अनशन तोड़ने की प्रार्थना करने वालों का ताँता बँधा हुआ था। लाखों लोगों का तीन मील लंबा जुलूस अल्बुकर्क रोड से होता हुआ बाढ़ के पानी की तरह बिड़ला हाउस की ओर चला आ रहा था। जुलूस के साथ अनगिनत रंग-बिरंगे झंडे थे। लोग नारे लगा रहे थे "गाँधी जी अमर रहें!" उनके नारों की गूँज "गाँधी को मर जाने दो!" के उस नारे से दस हज़ार गुनी अधिक थी, जो पाँच दिन पहले उसी सड़क पर लगाया जा रहा था।

इन लोगों की भावनाओं को समझकर और यह महसूस करके कि गाँधी जी की कोशिशें शायद अब कामयाब होने लगी हैं, नेहरू जी स्वयं उस माइक्रोफोन पर आ गये, जिस पर गाँधी जी प्रार्थना-सभा के समय भारतीयों के सामने बोलते थे।

नेहरू जी ने भाव-विह्वल होकर कहा, "हमारे देश की इस भूमि में कोई ऐसा महान गुण और शक्ति है कि उससे गाँधी जी जैसा व्यक्ति पैदा हुआ। बापू की जान बचाने के लिए जो भी बलिदान दिया जाए वह कम है, क्योंकि वही हमें हमारी उम्मीदों की झूठी सुबह के बजाय हमें अपने सही लक्ष्य तक पहुँचा सकते हैं।"

उनके ये शब्द सुनकर अचानक बिड़ला हाउस के सामने की उस अपार भीड़ के बीच से किसी शरणार्थी का विरोध का तीव्र स्वर सुनायी दिया, "गाँधी हमें सही लक्ष्य तक नहीं पहुँचा सकते, उन्हें मरने दो।" यह मदनलाल पाहवा की आवाज थी।

करकरे और मदनलाल अपनी उत्सुकता मिटाने के लिए ही उस भीड़ के साथ बिड़ला हाउस तक चले आये थे। नेहरू के शब्द सुनकर मदनलाल का युवा रक्त जोश से उबल पड़ा था और वह चीखकर अपना विरोध प्रकट करने की भयंकर भूल कर बैठा था।

मदनलाल को पुलिस वालों ने हिरासत में ले लिया।

करकरे बड़ी निराशा से देखता रहा कि दो पुलिस वाले मदनलाल को पकड़कर लिए जा रहे थे। करकरे डर रहा था कि अगर अनशन के बाद किसी तरह गाँधी जी की जान बच भी गयी, तो मदनलाल की मूर्खता के कारण अब उन्हें कभी उनकी हत्या करने का अवसर नहीं मिलेगा।

लेकिन करकरे की यह आशंका निराधार थी। कुछ ही मिनट बाद जब भीड़ तितर-बितर होने लगी, तो मदनलाल को छोड़ दिया गया। दिल्ली में इस तरह के सिरफिरे शरणार्थियों की कोई कमी नहीं थी। पुलिस ने उससे पूछताछ करने या उसका नाम तक भी जानने की कोशिश नहीं की।

रात होते-होते प्यारेलाल भागे हुए बिड़ला हाउस में आया। उनके हाथों में दह संदेश था, जो गाँधी जी की जान बचा सकता था। उस रात गाँधी जी के प्राण एक कच्चे धागे के सहारे टिके हुए थे। उनकी उखड़ी-उखड़ी नब्ज डूब रही थी। सारी शाम वह मूर्च्छा में न जाने क्या बोलते रहे थे। बहुत देर तक मूत्र न होने से यही पता चलता था कि उनके शरीर ने अंदर से काम करना लगभग बंद कर दिया है।

जब प्यारेलाल कमरे में आये उस समय गाँधी जी सो रहे थे। प्यारेलाल ने उनके कान में कुछ कहा, लेकिन वह हिले भी नहीं। अंततः उन्होंने उनके कंधे पकड़कर झंझोड़ा। गाँधी जी थोड़ा-सा हिले और उन्होंने अपनी आँखें खोल दीं। प्यारेलाल ने अपनी जेब से एक तह किया हुआ काग़ज़ निकालकर खोला और गाँधी जी की आँखों के सामने कर दिया और बताया कि यह शांति-समिति का बयान है, जिस पर उनके सदस्यों ने अपने हस्ताक्षर करके सभी संप्रदायों के लोगों के बीच 'शांति, सद्भावना और भाईचारा' स्थापित करने का वचन दिया था।

गाँधी जी ने संतोष की साँस ली और फिर पूछा, "क्या शहर के सारे नेताओं ने उस पर हस्ताक्षर कर दिए हैं?"

प्यारेलाल संकोच में पड़ गये। उन्होंने स्वीकार किया, "इस पर अभी दो हस्ताक्षर होना शेष हैं।"

"कौन!"

"हिंदू महासभा और राष्ट्रीय स्वयंसेवक संघ के नेताओं के हस्ताक्षर होने शेष हैं।"

"कब करेंगे?"

"वे भी कल हस्ताक्षर कर देंगे। दूसरे लोगों ने पक्का विश्वास दिलाया है कि वे उनसे हस्ताक्षर करा लेंगे और उनसे सारी शर्तें मनवा लेंगे।" फिर प्यारेलाल ने गाँधी जी से अनुरोध किया, "बापू! आप अपना अनशन तोड़कर कुछ खा-पी लें, जिससे रात काटने के लिए आपके शरीर में कुछ शक्ति आ जाए।"

गाँधी जी ने बहुत अधीर होकर अपना सिर हिलाया और बड़ी कठिनाई से अपने सचिव की ओर मुड़कर बहुत ही धीमे स्वर में बोले, "नहीं, हमें शीघ्रता में कुछ नहीं करना चाहिए। मैं अपना अनशन तब तक नहीं तोड़ूँगा जब तक पत्थर-से-पत्थर हृदय भी नहीं पिघल जाता।"

कांग्रेस के अध्यक्ष डॉ. राजेंद्र प्रसाद के कार्यालय में बैठक चल रही थी। इतने में बिड़ला हाउस से टेलीफ़ोन आया। गाँधी जी की हालत अचानक बहुत बिगड़ गयी थी। अगर उनकी सातों शर्तों को स्वीकार करते हुए उन सभी नेताओं के हस्ताक्षर के साथ जिनके नाम उन्होंने बताये थे, एक प्रस्ताव तुरंत उनके पास न भेज दिया गया, तो शायद फिर उसकी आवश्यकता ही न रह जाए। 18 जनवरी, रविवार का दिन था। दिन के 11 बजे थे। लगभग एक घंटे से गाँधी जी की हालत ऐसी थी कि किसी भी समय वह बेहोश हो सकते थे।

राजेंद्र बाबू के चेहरे पर हवाइयाँ उड़ रही थीं। उन्होंने यह समाचार उन लोगों को सुनाया, जो उनके कार्यालय में जमा थे। ये लोग उस बुनियादी महत्त्व के दस्तावेज पर अंतिम हस्ताक्षर करने वहाँ आये थे, उसी काग़ज़ पर जो प्यारेलाल ने पिछली रात गाँधी जी को ले जाकर दिखाया था। कुछ प्रमुख नेताओं को अपने साथ लेकर और बाकी से शीघ्र ही बिड़ला हाउस पहुँच जाने को कहकर राजेंद्र बाबू सीधे बिड़ला हाउस की ओर चल पड़े। गाँधी जी अपने बिछौने पर बेहोश पड़े थे। प्यारेलाल ने उन्हें आवाज दी, "बापू!"

फिर बड़ी नरमी से उनके माथे पर हाथ फेरकर उन्हें जगाने का प्रयत्न किया। गाँधी जी ने कोई उत्तर नहीं दिया। इतने में लाल सिंह ने कपड़ा भिगोकर उनके माथे पर रखा। शरीर में ठंडक पहुँचने पर गाँधी जी थोड़ा-सा हिले और उन्होंने आँखें खोल दीं। अपने चारों ओर खड़े हुए लोगों को देखकर उनके चेहरे पर मुसकराहट खिल उठी। उन्होंने ऐसा चमत्कार कर दिखाया था, जिसे सिर्फ वही कर सकते थे।

राजेंद्र बाबू गाँधी जी की चारपाई के पास घुटनों के बल बैठे हुए थे। उन्होंने गाँधी जी को बताया, "बापू! आपकी सातों शर्तों पर अब उन सभी नेताओं ने हस्ताक्षर कर दिए हैं जिनके नाम आपने बताये थे। वे सभी हृदय से चाहते हैं कि वह अब अनशन तोड़ दें।"

एक-एक करके गाँधी जी की चारपाई के चारों ओर खड़े हुए लोगों ने राजेंद्र बाबू की बात की पुष्टि की, "हाँ बापू, बाबू जी ठीक कह रहे हैं।"

उनकी बातें सुनकर गाँधी के चेहरे पर शांति की लहर दौड़ गयी। उन्होंने संकेत से बताया कि वह कुछ कहना चाहते हैं।

मनु अपना कान उनके मुँह के पास ले गयी। वह जो कुछ बोलते गये उसे वह एक नोटबुक में लिखती गयी और फिर पढ़कर सबको सुना देने के लिए प्यारेलाल को दे दिया।

उन्होंने जो कुछ माँगा था, उन्हें वह सब मिल गया था, पर वे उस बात को खुलकर कहने को अभी तैयार नहीं थे।

संकेत रूप में गाँधी जी ने चेतावनी दी, "इन लोगों ने दिल्ली में जो कार्य किया है, वही अब उन्हें सारे देश में पूरा करने की कोशिश करनी चाहिए। अगर वे दिल्ली में तो शांति बनाये रखने का वचन देते हैं, लेकिन दूसरी जगहों में होने वाली हिंसा की ओर कोई ध्यान नहीं दिया जाता तो उनका यह वायदा व्यर्थ होगा और ऐसी हालत में मेरे लिए अनशन तोड़ना ग़लत होगा।"

उन्होंने बात जारी रखी, "यह सोचने से ज्यादा मूखर्तापूर्ण और कुछ नहीं हो सकता कि हिंदुस्तान केवल हिंदुओं के लिए रहे और पाकिस्तान सिर्फ मुसलमानों के लिए है। सारे हिंदुस्तान और पाकिस्तान को सुधारना

कठिनाई भरा काम है, लेकिन हम यदि कोई बात अपने मन में ठान लें, तो उसे पूरी होने से भला कौन रोक सकता है।

"मेरी हार्दिक इच्छा सुनने के बाद भी यदि आप चाहें तो मैं अपना अनशन तोड़ दूँगा। लेकिन यदि देश की हालत नहीं सुधरी तो इसका अर्थ यही होगा कि आप लोगों ने जो कुछ कहा है वह मात्र दिखावा है उसके बाद मेरे पास मर जाने के अलावा और कोई चारा नहीं रह जाएगा।"

चारों ओर संतोष की लहर दौड़ गयी। जो लोग वहाँ उपस्थित थे, उन्होंने बारी-बारी से गाँधी जी की चारपाई के पास आकर उनको विश्वास दिलाया, "हमने जो वादा उन लोगों से किया है, उसका अर्थ हम पूरी तरह समझ गये हैं।"

राष्ट्रीय स्वयंसेवक संघ के वरिष्ठ नेता ने भी वचन दिया, "हम वचन देते हैं कि हम आपके आदेशों का पूरी तरह पालन करेंगे।" हालाँकि कुछ लोग इसी संगठन से संबंधित गाँधी जी की हत्या करने भी आये हुए थे।

जब सब लोग वचन दे चुके तो गाँधी जी ने मनु को अपने पास बुलाया और उससे कुछ कहा। मनु को उसने लिखवाया–"मैं अपना अनशन तोड़ूँगा। भगवान की जैसी इच्छा।"

जब उसने ये शब्द पढ़कर सुनाये गये तो मारे खुशी के उसके मुँह से चीख निकल गयी।

भावावेग से काँपते हुए मौलाना आज़ाद और जवाहरलाल नेहरू ने संतरे के रस का गिलास अपने हाथों में लेकर गाँधी जी के होठों से लगा दिया। गाँधी जी के पहला घूँट लेते ही कमरे में कई कैमरों के बल्ब एक साथ जलने से चकाचौंध कर देने वाली रोशनी हो गयी। दोपहर को बारह बजकर पैंतालीस मिनट पर गाँधी जी ने 121 घंटे 30 मिनट तक सिर्फ गुनगुने पानी में सोडा मिलाकर पीने के बाद पहली बार आहार लिया।

ग्लूकोज से उनके शरीर में नयी शक्ति आ गयी थी और अपनी सफलता से भी उनकी अंतरात्मा में भी फिर से जान पड़ गयी थी। उस शाम को जब गाँधी जी अपने लोगों के सामने बोले, तो उनकी आवाज भी जो

पिछले 36 घंटे से बिलकुल ही क्षीण हो गयी थी, फिर वही पुरानी दृढ़ता आ गयी थी।

उन्होंने कहा, "आप सब लोगों ने मेरे ऊपर जो उपकार किया है, उसे मैं जीवन-भर नहीं भूल सकूँगा।"

उन्होंने उन लोगों से अनुरोध किया, "दिल्ली और दूसरी जगहों में कोई भेद न कीजिए। संपूर्ण हिंदुस्तान और पाकिस्तान में फिर शांति लौट आए, इसका प्रयत्न कीजिए। 'अगर हम यह स्मरण रखें कि जीवन एक है, तो फिर कोई कारण नहीं है कि हम एक-दूसरे को अपना शत्रु समझें। हर हिंदू कुरान पढ़े और हर मुसलमान वेद और गीता और सिखों के ग्रंथ साहब का मतलब समझने की कोशिश करे। जिस तरह हम अपने धर्म का सम्मान करते हैं, उसी तरह हमें दूसरों के धर्म का भी सम्मान करना चाहिए। जो सत्य और न्याय-संगत है, वह सत्य और न्याय-संगत रहेगा चाहे वह संस्कृत में लिखा हो, या उर्दू में या फारसी में, या किसी और भाषा में।"

गाँधी जी ने अपना भाषण समाप्त करते हुए कहा, "ईश्वर हमें और सारी दुनिया को सद्बुद्धि दे। वह हमें और अधिक समझदार बनाये और अपना अभयदान दे, ताकि भारत और सारा विश्व सुखी रह सकें।"

तीन घंटे बाद, जब सारी दिल्ली गाँधी जी का आमरण अनशन टूटने पर उत्सव मना रही थी, गाँधी जी ने पहली बार भोजन किया—पाव-भर बकरी का दूध और चार संतरे। भोजन कर लेने के बाद उन्होंने अपना चर्खा मँगाया, जो जनता के नाम उनके संदेश का प्रतीक था। डॉक्टर और अपने शिष्यों के लाख मना करने पर भी वह नहीं माने। उन्होंने काँपती हुई उँगलियों से चर्खा चलाकर सूत कातना शुरू किया।

धीमे-धीमे स्वर में उन्होंने कहा, "परिश्रम किए बिना जो रोटी मिले वह चोरी की है। अब मैंने भोजन करना शुरू कर दिया है, इसलिए मुझे भी परिश्रम करना चाहिए।"

मदनलाल पाहवा का प्रतिशोध

नयी दिल्ली, 19-20 जनवरी, 1948

प्यारेलाल नैयर का विचार था कि उन्होंने कई वर्षों से गाँधी जी को इतना प्रसन्न, ऐसी उमंग और जोश से भरा हुआ नहीं देखा था, जैसा वह इस अनशन के बाद थे। प्यारेलाल ने बताया, "अनशन सफलतापूर्वक समाप्त हो जाने से बापू के सामने 'बहुत बड़े-बड़े स्वप्नों और लक्ष्यों को प्राप्त करने की उम्मीदों' के द्वार खुल गये थे। 1929 के नमक सत्याग्रह के बाद से उनके किसी भी काम ने विश्व को इतना नहीं हिलाया था, जितना इस अनशन ने।"

महात्मा गाँधी जी अभी बहुत दुर्बल थे और उन्हें फलों का रस, जौ का सत्तू और ग्लूकोज ही दिया जाता था, फिर भी बिड़ला हाउस में, जहाँ वे रहते थे, चारों ओर नये उत्साह के वातावरण से उनका स्वास्थ्य भी प्रभावित लगता था। अनशन के दिनों में प्रतिदिन सुबह जब उनका वजन लिया जाता था, तो उनके शिष्यों में गहरी चिंता उत्पन्न होती थी, लेकिन अब वही अवसर उनके लिए सबसे अधिक आश्वासन का क्षण होता था। उस दिन प्रातःकाल वजन लेने पर ज्ञात हुआ कि वह एक पौंड घटकर 106 पौंड रह

गया है। बिड़ला हाउस के रहने वालों के लिए इससे बड़ी शुभ सूचना और क्या हो सकती थी! गाँधी जी के वे गुर्दे, जिनमें पानी उतर आया था, अब फिर काम करने लगे थे। एक बार फिर भारत की अदम्य महान आत्मा संशय के अंधकार से निकलकर सुखद आशाओं से स्वयं प्रकाशित हो गयी थी।

जिस समय जब गाँधी जी का वजन लिया जा रहा था, उसी समय छः आदमी बिड़ला मंदिर के पीछे दूर तक फैली हुई घनी झाड़ियों के बीच एक छोटी-सी खुली जगह पर जा पहुँचे। वहाँ आकर, जहाँ उन्हें कोई देख न सके या उनकी आवाज सुन न सके, वे रूक गये। यह निर्णय लेने से पहले कि गाँधी जी को गोली का निशाना कब और कैसे बनाया जाए, नाथूराम गोडसे और नारायण आप्टे उन हथियारों की परीक्षा कर लेना चाहते थे, जिनसे यह हत्या की जाने वाली थी।

गोपाल गोडसे ने अपनी जेब से वह पिस्तौल निकाली, जो उसने 200 रुपये में खरीदी थी, उसमें गोलियाँ भरीं, निशाने के लिए एक पेड़ चुना और पच्चीस फीट पीछे हटकर पिस्तौल का घोड़ा दबा दिया। कुछ भी नहीं हुआ। उसने पिस्तौल को झटका देकर फिर घोड़ा दबाया। इस बार भी कुछ नहीं हुआ।

आप्टे ने बडगे को अपना पिस्तौल निकालने का संकेत किया। बडगे ने उसी पेड़ पर निशाना साधा जिस पर गोपाल गोडसे निशाना लगा रहा था। उसके बाकी साथी बड़ी उत्सुकता से देख रहे थे। बडगे ने पिस्तौल चलाया। इस बार जोर की आवाज हुई। सब लोग गोल का निशान देखने के लिए पेड़ की ओर लपकें कोई निशान था ही नहीं। गोली पेड़ तक पहुँचने से पहले बीच में ही कहीं रह गयी थी। बडगे ने फिर पिस्तौल चलाया। इस बार गोली पेड़ के दाहिनी ओर निशाने से काफी हटकर निकल गयी। उसने चार बार और गोली दागी। पर उनमें से एक भी गोली निशाने पर नहीं लगी। 'यह तो होना ही था' आप्टे को बंबई से ऐसा ही डर था, उसके पिस्तौल से गाँधी जी की हत्या के बजाय उनकी ही जान जाने का भय था।

गाँधी जी की हत्या की साजिश करने वाले अपने कांड को अंजाम देने से पहले ही निराश हो चले। नाथूराम गोडसे अपने भाई के अनाड़ी हाथों को अपनी पिस्तौल ठीक करने की कोशिश करते देखकर अंदर-ही-अंदर खौल रहा था। उसने सोचा, "अब तक हर काम बहुत बेहतर विधि से हुआ था, बस इस एक बुनियादी काम को छोड़कर कि जिस हथियार से 25 फीट की दूरी से हत्या की जा सके, वह ठीक से काम नहीं कर रहा है।"

उन लोगों का सामान सही-सलामत दिल्ली पहुँच चुका था। वे सब काम पूरा करने के लिए वचनबद्ध थे, लेकिन अब कठिनाई आड़े आयी देख नाथूराम सोचने लगा, "यदि मेरे भाई की पिस्तौल ठीक न हुई को गाँधी जी की हत्या उस पिस्तौल से करनी पड़ेगी, जो काम ही नहीं करती, या उस दूसरी पिस्तौल से जिसका निशाना ही ठीक लक्ष्य पर नहीं लगता।"

उस दिन बिड़ला हाउस आने वाले लोगों में सबसे महत्त्वपूर्ण जो व्यक्ति था, वह बंबई में कपास की दलाली करने वाला था। उसे गाँधी जी ने अपने पाकिस्तान जाने का प्रबंध कराने के लिए कराची भेजा था। जिस समय गाँधी जी अनशन की पीड़ा झेल रहे थे, जहाँगीर पटेल जिन्ना से गाँधी जी की इस यात्रा के बारे में, जिसकी संभावना दिन-ब-दिन कम होती जा रही थी, गुप्त वार्ता कर रहे थे। जिन्ना ने शुरू में तो मना कर दिया। जिस व्यक्ति की हरकतों के कारण बरसों पहले उन्हें कांग्रेस छोड़ देनी पड़ी थी, उसके लिए उनके हृदय में जो गहरा अविश्वास था वह अभी तक कम नहीं हुआ था। उसके अलावा उन्हें भारत के इरादों के बारे में शक था कि वह पाकिस्तान को मिटा देना चाहता है। उसने मन-ही-मन सोचा, "जिस व्यक्ति को कभी मैंने 'चतुर हिंदू सियार' कहा था, उसके सुझाव के पीछे अवश्य कोई चाल होगी।"

लेकिन चूँकि भारत पाकिस्तान को वह धन देने पर सहमत हो गया था, जिसकी उसे तत्काल आवश्यकता थी और चूँकि पाकिस्तानियों के हृदय में यह भावना बढ़ती जा रही थी कि गाँधी जी भारत में मुसलमान भाइयों

के लिए ही तो इतनी मुसीबत झेल रहे हैं, इसलिए जिन्ना के रवैए में कुछ नरमी आ गयी। गाँधी जी के अनशन से उनके लिए जिन्ना के हृदय के द्वार भले ही न खुले हों, लेकिन कम-से-कम उस नये राष्ट्र के द्वार तो खुल गये थे। जिस दिन गाँधी जी ने अनशन तोड़ा, उस दिन जिन्ना पाकिस्तान की भूमि पर अपने पुराने शत्रु का स्वागत करने के लिए तैयार हो गये।

इस निर्णय से गाँधी जी को जैसे अपने जीवन में एक बड़ा नया उद्‌देश्य मिल गया और उनमें एक नयी चेतना शक्ति आ गयी। उनके जीवन में एक बहुत बड़ा मोड़ आ गया था। अंततः अब वह अपना अहिंसा का सिद्धांत भारत के बाहर ले जा सकते थे। अब तक वह ऐसा करने से हमेशा इसलिए मना करते रहे थे कि भारत को स्वतंत्र कराना उनका पहला उद्‌देश्य था। अब भारत को स्वतंत्रता मिल चुकी थी और उनके अनशन के परिणामस्वरूप ही भारतीय उनके बताये हुए रास्ते पर चलने को फिर तैयार हो गये थे। अपना नया अभियान शुरू करने के लिए उन्हें पाकिस्तान से अच्छी और कौन-सी जगह मिल सकती थी? भारतीय उपमहाद्वीप का शरीर दो टुकड़ों में भले ही बँट गया हो, पर वह कम-से-कम उसकी आत्मा की एकता स्थापित करने का तो प्रयास कर सकते थे।

वह न केवल पाकिस्तान जाने की तैयारी कर रहे थे बल्कि उनके सामने इस बात का भी बहुत स्पष्ट चित्र था कि वह कैसे जाएँगे। यह सपना कई सप्ताह से उनके मन में पल रहा था। जिन्ना चाहते थे कि वह पानी के जहाज पर बंबई से कराची आएँ, लेकिन गाँधी जी ने फैसला कर लिया था कि जिस तरह उन्होंने दक्षिण अफ्रीका में ट्राँसवाल की सीमा पार की थी, जिस तरह वह समुद्र से मुट्‌ठी-भर नमक उठाने गये थे, जिस तरह वह भाईचारे, अहिंसा और गाँवों में सफाई का प्रचार करने हज़ारों गाँवों में गये थे, उसी तरह वह पाकिस्तान भी जाएँगे—पैदल। वह जिन्ना के नये राष्ट्र में घायल और खून से लथपथ पंजाब को पार करके उन्हीं सड़कों पर से होते हुए जाना चाहते थे, जिन पर उनके कितने ही लोगों ने कष्ट झेले थे और अपने प्राण गँवाएँ थे। अभी एक ही वर्ष पहले वह नोआखाली की दलदलों में पैदल चल रहे थे और उस प्रायश्चित-यात्रा के हर कदम पर

अपना वह संदेश सुना रहे थे, जो घाव पर मरहम का काम करता था। अब वह एक नयी यात्रा शुरू करने वाले थे—अपने राष्ट्र के घावों पर पट्टी बाँधने के लिए और बँटवारे ने जिन बाहरी बंधनों को तोड़कर फेंक दिया था, उनकी जगह आत्मा से संबंध रखने वाले भाईचारे और न्याय के नये बंधन कायम करने के लिए नयी आशाओं की यात्रा।

हालाँकि इस समय गाँधी जी के पाँवों में इतनी शक्ति नहीं थी, कि वह पैदल चलकर पाकिस्तान की भूमि पर कदम रख सकें। सच तो यह है कि उनमें इतनी भी शक्ति नहीं थी कि वह बिड़ला हाउस का लॉन भी पार कर सकें। लेकिन इस बाधा के कारण से वह शाम को प्रार्थना-सभा में अपने देशवासियों से मिलने का दैनिक कार्यक्रम छोड़ने को तैयार नहीं थे। अपने साथियों के लाख समझाने-बुझाने पर भी कि अभी वह बहुत क्षीण हैं, गाँधी जी अपनी इस हठ पर अड़े रहे कि उन्हें कुर्सी पर उठाकर प्रार्थना-सभा में ले जाया जाए। लाचार होकर उनके दो शिष्य अपने कँधों पर उनकी कुर्सी उठाकर उन्हें प्रार्थना-सभा में ले गये। गाँधी जी ने हाथ जोड़कर उन बीसियों लोगों को, जो नये भारत के भाग्य-विधाता का दर्शन करने की प्रतीक्षा कर रहे थे, सिर झुकाकर श्रद्धापूर्वक प्रणाम किया।

अगले दिन सुबह नौ बजे के कुछ ही देर बाद बिड़ला हाउस के पिछली ओर एक टैक्सी उस फाटक के सामने आकर रुकी जो नौकरों-चाकरों के आने-जाने के लिए था। बिना किसी रोक-टोक के उस टैक्सी से आने वाले दोनों आदमी फाटक पार करके एक छोटे-से आँगन में आ गये, जिसके एक ओर नौकरों के रहने के लिए कई कोठरियाँ बनी थीं। इन कोठरियों के ठीक पीछे पत्थर की वह बुर्जी थी, जिसके सामने बैठकर गाँधी जी अपनी प्रार्थना-सभा करते थे।

वे दोनों आदमी बाग में टहलते रहे। सुबह की धूप चारों ओर फैली हुई थी; चारों ओर शांति थी और कहीं कोई दिखायी नहीं पड़ता था। लॉन की हरी-हरी घास पर और लॉन की चहारदीवारी के किनारे-किनारे गुलाब की

क्यारियों पर हलकी-हलकी ओस की बूँदें अभी भी मोती सी चमक रही थीं। नारायण आप्टे और साधुवेशधारी बडगे यह देखकर आश्वस्त हो गये कि बिना किसी कठिनाई के उस जगह का अच्छी तरह निरीक्षण करके यह निर्णय कर सकते हैं कि उस शाम को उस बाग में जो अपराध किया जाने वाला है, वह कैसे किया जाएगा। पत्थर की उस बुर्जी को ध्यान से देखते समय, जिसके सामने गाँधी जी प्रार्थना-सभा के समय बैठते थे, आप्टे अचानक वहीं खड़ा रह गया। दीवार में कई झरोखे बने हुए थे जो बुर्जी के पीछे बनी हुई नौकरों की कोठरियों की ओर खुलते थे। इनमें से एक झरोखा ठीक इस माइक्रोफोन के पीछे पड़ता था, जिस पर गाँधी जी अपने श्रोताओं को संबोधित करते थे।

आप्टे आगे बढ़कर झरोखे तक गया और उसने शीघ्रता से कुछ आकलन किया। गाँधी जी जब वहाँ प्रार्थना-सभा में बोलने के लिए बैठते थे, उस समय उनकी गुद्‌दी और उस झरोखे के बीच मुश्किल से दस फीट की दूरी रहती थी। यह निशाना इतना आसान था कि बडगे के पिस्तौल से भी चूक नहीं सकता था।

यही भेद की बात जानने के लिए वह बिड़ला हाउस आया था। उसे बस करना यह था कि बडगे को उस झरोखे के ठीक पीछे वाली कोठरी में पहुँचा दे और अगर कोई कसर रह जाने का भय हो, तो उसे पूरा करने के लिए वह गोपाल गोडसे को भी उसके साथ उसी कोठरी में पहुँचा देगा। जैसे ही बडगे पिस्तौल चलाएगा, वैसे ही गोपाल खिड़की के लोहे से जंगले में से हथगोला लुढ़का देगा। आप्टे ने एक डोरी से झरोखे को नापकर देखा कि उसमें कितनी गुंजाइश है। उसके खाने पाँच इंच लंबे और इतने ही चौड़े थे। इतनी जगह गाँधी जी और उनके शिष्यों के बीच हथगोला लुढ़का देने के लिए उचित थी।

अब बस एक बात का निर्णय लेना शेष था, और वह निर्णय था वापसी का, अर्थात आप्टे ने जिस रास्ते आया था, उसी रास्ते वापस जाते हुए बचकर निकलने की युक्ति के विषय में भी सोचा।

सेवकों की वह कोठरी जो माइक्रोफोन के ठीक पीछे पड़ती थी बायीं तरफ वाले सिरे से तीसरी थी। संतुष्ट होकर वे दोनों टैक्सी के पास आ गये। आप्टे ने बडगे को विश्वास दिलाया, "मुश्किल से आठ घंटे बाद गाँधी जी की क्षत-विक्षत लाश इसी झरोखे के नीचे उनकी प्रार्थना की चौकी पर पड़ी हुई दिखायी देगी।"

दस आँखें बेहद उत्सुकता से बडगे की चुस्त उँगलियों की हर हरकत को देख रही थीं। मरीना होटल के 40 नंबर कमरे के बाथरूम के फर्श पर बैठकर वह बड़ी सावधानी से उन हथगोलों में, जिन्हें वे शाम को प्रयोग करने वाले थे, स्प्रिंगदार खटके फिट कर रहा था।

दरवाजे पर खड़ा नाथूराम उसे देख रहा था। उसके चेहरे का रंग उड़ा हुआ था और वह कुछ अस्थिर था। उसने भर्रायी हुई आवाज में बहुत धीमे-से कहा, "बडगे, हमारे लिए यह अंतिम अवसर है। देखना, कोई गड़बड़ी न होने पाये।"

जब बडगे अपना काम पूरा कर चुका, तो उसने चाकू से फलीते का एक टुकड़ा काटा और आप्टे से घड़ी लेकर समय देखते रहने को कहा। उन्हें यह हिसाब लगाना था कि फलीता किस गति जलता है। बडगे ने फलीते में आग लगायी। उसमें से एक लपट उठी और सारा बाथरूम धुएँ के बादलों से भर गया। षड्यंत्रकारियों का खाँसते-खाँसते बुरा हाल हो गया और उनका मन घुटा जा रहा था। जब धुआँ बाथरूम से निकलकर कमरे में आने लगा तो उन सबने भकाभक सिगरेट फूँकना शुरू किया, ताकि धुआँ देखकर किसी को शक न हो!

जब चारों ओर शांति छा गयी तो आप्टे ने सबको कमरे में जमा किया और समझाने लगा कि किसको क्या करना है? गाँधी जी की हत्या करने का जिस आदमी का दृढ़ निश्चय उन सब लोगों को दिल्ली लाया था, वह इस बहस में कोई भाग नहीं ले रहा था। नाथूराम गोडसे आधे सिर में भयानक पीड़ा के मारे पलंग पर लेटा कराह रहा था। आप्टे समझा रहा था, "जहाँ प्रार्थना-सभा होती है, मदनलाल उसके पास बिड़ला हाउस के पीछे वाली

दीवार के बाहरी सिरे से टिकाकर टाइम-बम छिपाकर रख देगा। उसके फटते ही उनकी कार्रवाई शुरू हो जाएगी। लोगों में भगदड़ मच जाएगी, जिससे हमें हत्या करने में सुविधा होगी।

“इसी बीच बडगे और गोपाल नौकरों की उस कोठरी में पहुँच चुके होंगे, जिसका मुआयना मैं और बडगे सुबह कर आये हैं। अगर किसी ने रोका तो कह देंगे कि प्रार्थना-सभा में बोलते समय पीछे से गाँधी जी की फोटो खींचना चाहते हैं। जैसे ही मदनलाल का बम फटेगा, बडगे नजदीक से गाँधी जी पर गोली चलाएगा। उसके पास ही खड़ा हुआ गोपाल चुपके-से झरोखे में से हथगोला सरका देगा।

“इस बात का पक्का प्रबंध करने के लिए कि हमारा शिकार जीवित बचकर न जाने पाए करकरे हथगोला लिए गाँधी जी के सामने भीड़ के बीच में खड़ा रहेगा। मदनलाल का बम फटते ही वह भी गाँधी जी पर हथगोला फेंकेगा। नाथूराम और मैं इस पूरी कार्रवाई पर नियंत्रण रखेंगे और उसका संचालन करेंगे। जब करकरे गाँधी जी के सामने ठीक जगह पर पहुँच जाएगा, उस समय मैं नाथूराम को संकेत करूँगा और मैं ही मदन लाल को बम चलाने का संकेत करूँगा।”

आप्टे ने स्वीकार किया, “गाँधी जी का सफाया करने के सिलसिले में कुछ बेकसूर लोग भी मारे जाएँगे, लेकिन इससे बचने का कोई उपाय नहीं है। जो आदमी पंजाब में लाखों हिंदुओं की जान जाने के लिए जिम्मेदार है, उसकी मौत के लिए भारत को कुछ बेकसूर लोगों की जान गँवाने की कीमत तो चुकानी ही पड़ेगी।”

कमरे में बहुत ही कष्टप्रद तनाव छाया हुआ था। नाथूराम गोडसे सिरदर्द की भयानक पीड़ा से पलंग पर लेटा धीरे-धीरे कराह रहा था। बाहर से देखने में उनके बीच आपस में कोई संबंध न दिखायी दे, इसलिए उन्होंने बिलकुल अलग-अलग तरह के कपड़े पहने। हमेशा ट्वीड के बढ़िया सूट पहनने वाले आप्टे ने अपने जीवन का सबसे बड़ा कमाल यह किया कि उस दिन उसने धोती पहनी। करकरे ने अपनी भौंहों को काला करके माथे पर लाल तिलक लगा लिया। मदनलाल ने नीले रंग का वह नया सूट पहन

लिया, जो बंबई में खरीदा था। पंजाब का यह शरणार्थी अपनी नियति से मिलने साधारण व्यक्ति के लिबास में जाना चाहता था। मदनलाल ने अपने जीवन में पहली बार कोट पहना और टाई लगायी।

समय जैसे-जैसे बीतता गया, 40 नंबर के कमरे में वैसे-वैसे ही तनाव असह्य होता गया। षड्यंत्रकारी एक-दूसरे की ओर देखे बिना फर्श पर चुपचाप बैठे समय काट रहे थे। नाथूराम गोडसे ने सुझाव रखा, "जाने से पहले हम सब एक-साथ मिलकर एक रस्म और पूरी कर लें।"

उसने वेटर से सबके लिए कॉफी लाने को कहा।

जब तक उन्होंने कॉफी खत्म की, तब तक चलने का समय हो गया। सबसे पहले मदनलाल, करकरे और नाथूराम गोडसे निकले। वे पाँच-पाँच मिनट के अंतर से अलग-अलग ताँगों पर बिड़ला हाउस के लिए रवाना हुए। दस मिनट बाद आप्टे और बाकी लोग टैक्सी पर वहाँ जाने के लिए निकले। पहली टैक्सी ले चलने के बजाय आप्टे ने बिड़ला हाउस तक जाने और वापस आने के भाड़े का सौदा तय करने का निर्णय लिया। पंद्रह मिनट तक वह कनाट प्लेस में घूम-घूमकर एक-एक टैक्सी वाले से मोल-तोल करता रहा। अंत में उसे रीगल सिनेमा के सामने हरे रंग की एक शेवरलेट टैक्सी मिली—नंबर था पी.बी.एफ. 671। सवा चार बज चुके थे। इतना मोल-भाव करने के बाद वह सोलह के बजाय बारह रुपये में सौदा करने में सफल हो गया था।

गाँधी जी को अभी तक इतनी कमजोरी थी कि वह अपने आप चलकर प्रार्थना सभा तक नहीं जा सकते थे। उन्हें कुर्सी पर बिठाकर लॉन के पार उनकी प्रार्थना की चौकी तक पहुँचाया गया। भीड़ हाथ जोड़े खड़ी थी और गाँधी जी जिसके सामने से गुजरते थे, वह श्रद्धा से सिर झुका देता था। इसी भीड़ के बीच में मदनलाल भी था। उसने भी हाथ जोड़कर उस आदमी के सामने, जिसकी वह हत्या करने जा रहा था, बड़ी श्रद्धा से सिर झुकाया। उसने अपने पीछे दीवार के सहारे घास और पत्तियों में छिपाकर टाइम-बम ठीक जगह पर रख दिया था। जब गाँधी जी उसके सामने से गुजरे तो उसने दृष्टि उठाकर उनकी ओर देखा। गाँधी जी को पहली बार

इतने पास से देखकर उसके शरीर में घृणा की लहर दौड़ गयी। उसने सोचा, "यही है मेरा शत्रु।" प्रार्थना-मंच की ओर जाते हुए गाँधी जी की शक्ल में उसे उनका नहीं बल्कि फिरोजपुर के अस्पताल में पड़े हुए अपने पिता की मौत के जिम्मेदार व्यक्ति का चेहरा दिखायी दे रहा था।

बिड़ला हाउस के पीछे सेवकों के आने-जाने के फाटक के सामने आप्टे की हरी शेवरलेट टैक्सी आकर रुकी। चार रुपये बचाने के फेर में आप्टे अपने जीवन के सबसे महत्त्वपूर्ण अवसर पर पंद्रह मिनट देर से पहुँचा था। करकरे ने उसे बताया, "मदनलाल ने बम फलीता लगाकर ठीक जगह पर रख दिया गया है।"

सेवकों की उस कोठरी में जाने में कोई कठिनाई नहीं थी, जिसकी खिड़की ठीक गाँधी जी के पीछे खुलती थी। जो आदमी उसमें रहता था उसे करकरे ने कोठरी में कुछ देर ठहरने के बहाने दस रुपये दे दिए थे। उस आदमी को उसने संकेत से पहचनवा दिया। इसके बाद दक्कन गेस्ट हाउस का स्वामी करकरे गाँधी जी के सामने भीड़ में अपनी जगह पर चला गया।

आप्टे ने संकेत से बडगे को बुलाया और उस आदमी को पहचनवा दिया, जिसे करकरे ने पैसे दिए थे और उससे कोठरी में जाने को कहा। बडगे कोठरी के दरवाजे की ओर पाँच-छः कदम ही बढ़ा होगा कि अचानक ठिठककर खड़ा हो गया। दिगंबर बडगे किसी भी कीमत पर उस कोठरी में जाने को तैयार नहीं था। उस कोठरी का मालिक, जो बाहर बैठा जाड़े की धूप का आनंद ले रहा था, काना था! इससे बड़ा अपशकुन और क्या हो सकता था? बडगे काँपता हुआ आप्टे के पास वापस लौट आया और चुपके-से उसके कान में कहा, "वह काना है, मैं उसकी कोठरी में नहीं जाता।"

आप्टे संकोच में पड़ गया। प्रार्थना-सभा में वंदना-गीत समाप्त हो गये थे और गाँधी जी बोल रहे थे। उनकी आवाज इतनी कमजोर थी कि वह जो कुछ बोलते थे सुशीला नैयर को फिर से दोहराकर सबको सुनाना पड़ता था। यह निश्चित था कि थकान और कमजोरी की हालत में गाँधी जी अधिक देर तक नहीं बोल सकते थे।

"गोपाल तुम कोठरी में जाकर योजना के अनुसार मदनलाल के बम का धमाका सुनते ही खिड़की में से हथगोला फेंक दो।" आप्टे ने फिर बडगे को एक नया काम सौंपते हुए कहा, "तुम भीड़ में मिलकर गाँधी जी के सामने जाकर खड़े हो जाओ। जितना पास हो सके जाकर खड़े हो जाओ और समय आने पर उनके सिर का निशाना लेकर गोली चला देना।"

गोपाल गोडसे ने बाहर बैठे हुए काने की ओर देखकर सिर हिलाया और कोठरी में जाकर अंदर से दरवाजा बंद कर लिया। अंधेरे में वह खिड़की में से आती हुई रोशनी की तरफ बढ़ा, जहाँ से उसे गाँधी जी की पीठ की तरफ हथगोला फेंकना था।

प्रार्थना-सभा में गाँधी जी बोल रहे थे। वह कह रहे थे, "जो मुसलमानों का शत्रु है वह भारत का भी शत्रु है।"

अंधेरे में रास्ता टटोलकर खिड़की की ओर बढ़ते समय गोपाल गोडसे को सुशीला नैयर की आवाज में उनके ये शब्द सुनायी दे रहे थे। खिड़की के पास पहुँचकर उसे आप्टे की योजना में पहली गंभीर ग़लती दिखायी दी और उसके हाथ-पाँव फूल गये। सुबह जब वह मुआयना करने आया था, तब उसने कोठरी को अंदर से नहीं देखा था। जिस जंगले में से गोपाल को हथगोला फेंकना था, वह जमीन से आठ फीट ऊपर था। अपना हिसाब लगाते समय यह बात आप्टे की समझ में नहीं आयी थी कि जिस लॉन पर प्रार्थना-सभा होती थी, वह उस आंगन के मुकाबले में जहाँ सेवकों की कोठरियाँ बनी हुई थीं, अधिक ऊँचाई पर था, हाथ पूरी तरह ऊपर उठाने पर भी गोपाल की उँगलियों के सिरे मुश्किल से जंगले के नीचे तक पहुँचते थे। बौखलाकर वह अंधेरे में उस काने की चारपाई तलाशने लगा। अंततः जब चारपाई मिली तो उसने पूरा जोर लगाकर खिड़की की ओर खींचना शुरू किया, ताकि उस पर चढ़कर वह अपने काम को अंजाम तक पहुँचा सके।

बाहर योजना को अमलीजामा पहनाया जा चुका था। गोडसे ने देखा कि करकरे अपनी जगह पर पहुँच गया है और गाँधी जी पर हथगोला फेंकने को तैयार है, जो उस समय अमेरिका में हब्शियों के साथ होने वाले 'क्रूर

व्यवहार' की चर्चा कर रहे थे। समय आ गया था। नाथूराम ने अपनी ठोड़ी खुजायी। आप्टे ने उसे देखा। फिर आप्टे ने हाथ उठाकर मदनलाल को संकेत किया। वह तैयार खड़ा था। अगस्त में उस दिन तीसरे पहर सुलेमान का पुल पार करने के समय में वह जिस घड़ी की राह देख रहा था, वह आ पहुँची थी। "मैं अपना बदला चुका लूँगा। मैं यह अवसर हाथ से नहीं जाने दूँगा।" विचारते हुए बड़े शांत भाव से उसने सिगरेट का एक लंबा-सा कश लिया और फिर झुककर उसका जलता हुआ सिरा अपने पाँव के पास रखे हुए बम के फलीते पर रख दिया।

सुशीला नैयर कह रही थीं, "जो बहुत ही अच्छे निर्णय हमने किए हैं उन पर यदि हम ईश्वर को साक्षी जानकर दृढ़ रहें, तो हम बहुत ऊँचे नैतिक स्तर तक पहुँच सकते हैं...।"

ठीक उसी क्षण मदनलाल के बम का धमाका प्रार्थना-सभा में गूँज उठा। जहाँ बम रखा था, वहाँ से धुएँ का बादल ऊपर उठ रहा था। "उयी माँ!" सुशीला के मुँह से चीख निकल पड़ी।

गाँधी जी ने उन्हें झिड़कते हुए पूछा, "इससे अच्छी मौत और क्या हो सकती है कि प्रार्थना करते-करते मर जाओ?"

उनके ठीक पीछे वाली कोठरी में गोपाल गोडसे जंगले तक पहुँचने के लिए चारपाई पर चढ़ रहा था, लेकिन वह खड़े होने के लिए जिस चारपाई का सहारा लेना चाहता था, वह इतनी ढीली थी कि पाँव रखते ही कच्चे फर्श से जा लगी। सारी कोशिश करने के बावजूद वह तीन इंच से अधिक ऊँचा नहीं उठ पाया। चारपाई की पट्‌टी पर खड़े होकर गोपाल गोडसे ने अधिक-से-अधिक ऊँचाई तक पहुँचने का प्रयत्न किया। फिर भी उसकी आँखें खिड़की के निचले सिरे तक नहीं पहुँच पायीं। अब वह बस इतना कर सकता था कि आँख मूँदकर जंगले में से हथगोला फेंक दे और जो भी वहाँ बैठा हो उस पर गिरने दे। उसने हथगोला निकाला, लेकिन न गोली चलने की कोई आवाज आयी, न करकरे का हथगोला फटने का ही शोर सुनायी दिया। उसे बस यह सुनायी दे रहा था कि गाँधी जी लोगों से शांत रहने को कह रहे हैं।

अपने क्षीण शरीर की सारी शक्ति बटोरकर गाँधी जी वहाँ पर एकत्रित जन-समूह से कह रहे थे, "चुप रहिए! शांत हो जाइए! कोई बात नहीं है। फौज वाले अभ्यास कर रहे हैं। शांत होकर अपनी-अपनी जगह बैठ जाइए। प्रार्थना जारी रहेगी।"

मदनलाल का बम फटते ही चारों ओर खलबली मच गयी थी। उस विस्फोट से कोई घायल नहीं हुआ था, लेकिन जैसा कि षड्यंत्रकारी चाहते थे, भगदड़ तो मच ही गयी थी, जिसकी आड़ में वे आसानी से हत्या कर सकते थे। इस अवसर का लाभ उठाकर करकरे आगे बढ़कर गाँधी जी से पंद्रह फीट की दूरी पर आ गया।

वह कमजोर वृद्ध आदमी उसके सामने लाचार निशाने की तरह बैठा था, उसे कोई बचाने वाला भी नहीं था।

करकरे अपने हथगोले निकालने लगा। उसी समय उसकी दृष्टि गाँधी जी के पीछे वाली खिड़की पर पड़ी, लेकिन वहाँ न पिस्तौल की चमक दिखायी दी और न ही कोई हथगोला दिखायी दिया। करकरे को जैसे साँप सूँघ गया।

गोपाल गोडसे चारपाई पर से नीचे कूद आया। उसने निर्णय ले लिया कि वह हथगोला नहीं फेंकेगा। उसने सोचा, "दूसरे लोग तो अपना काम करेंगे ही। मैं यह जाने बिना कि किसे निशाना बना रहा हूँ, हथगोला फेंक ही कैसे दूँ।"

वह अंधेरे में जल्दी से द्वार की ओर गया और उसकी कुंडी तलाशने लगा, लेकिन कुंडी मिल नहीं रही थी। अंत में जब उसकी काँपती हुई उँगलियाँ कुंडी तक पहुँचीं तो वह उसे खोल नहीं पाया। वह बौखला उठा। उसे डर लगने लगा, "मैं कहीं यहीं काने की कोठरी में फँसा न रह जाऊँ।"

बाहर बाग में करकरे हथगोला मजबूती से अपनी उँगलियों में दबोचे हुए टकटकी बाँधे उस जंगले की ओर देखता रहा कि शायद पिस्तौल की चमक दिखायी पड़ जाए। जैसे-जैसे क्षण बीतते जा रहे थे, वैसे-वैसे उसका हौसला टूटता जा रहा था। अचानक उसे भीड़ में कोई 30 फीट की दूरी पर बडगे दिखायी दिया।

"वह यहाँ क्या कर रहा है?" करकरे ने सोचा, "वह कुछ करता क्यों नहीं?"

बडगे का अब वहाँ से भाग जाने के अलावा कुछ भी करने का निश्चय नहीं था। वह 37 बार पकड़ा जा चुका था, अब एक बार और पकड़े जाने के लिए तैयार नहीं था। वह न आदर्शवादी था, न उसके ऊपर राजनीति का भूत सवार था; वह तो सीधा-सादा व्यापारी था। उसने मन ही मन में कहा, "मेरा काम हथियार बेचना है, उन्हें उपयोग करना नहीं।" करकरे की दृष्टि बचाकर वह भीड़ में खो गया।

बिड़ला हाउस के पीछे चहारदीवारी के पास एक तीन साल का बच्चा खेल रहा था। उसकी माँ ने मदनलाल को बम के फलीते में आग लगाकर वहाँ से खिसक जाते देखा था। वह वायु-सेना के एक अफ़सर को रोककर मदनलाल की ओर संकेत करते हुए जोर से चिल्लायी, "यही है! यही है!"

गोपाल आख़िरकार कुंडी खोलकर कोठरी से बाहर निकला। बाहर के तेज प्रकाश से उसकी आँखें चौंधियायी जा रही थीं। उसने उस औरत को चिल्लाते सुना और फिर देखा कि दो आदमी, जिनमें से एक नीली वर्दी पहने था, मदनलाल को भूमि पर घसीटते हुए ले जा रहे हैं। उसने भीड़ में आप्टे और अपने भाई को खोज निकाला। वे दोनों बौखलाये हुए थे, अभी तक उनकी समझ में नहीं आया था कि उनकी योजना कितनी बुरी तरह विफल रही है। गोपाल भी उनके पास जाकर खड़ा हो गया। तीनों चितपावन ब्राह्मण एक क्षण तक संकोच में पड़े रहे, फिर यह महसूस करके कि उनकी कोशिश बेकार गयी है, वे आप्टे की प्रतीक्षा करती हुई हरी टैक्सी की ओर चल दिए। अपने दूसरे साथियों की चिंता किए बिना उन्होंने ड्राइवर से जितनी शीघ्र हो सके, उन्हें वहाँ से बाहर ले चलने को कहा।

थोड़ी देर बाद करकरे ने देखा कि पुलिस वाले मदनलाल को पकड़कर उस तंबू की ओर ले जा रहे हैं, जो उन्होंने बिड़ला हाउस के सामने लगा रखा था। उसका रहा-सहा साहस साथ छोड़ गया। उसने हथगोले पर अपनी पकड़ ढीली कर दी। अब उसके मस्तिष्क में एक ही विचार था; वहाँ से भागा कैसे जाए?

गाँधी जी ने सबको शांत कर दिया था। सारी भीड़ में यह बात फैल गयी कि किसी 'सिरफिरे पंजाबी शरणार्थी' ने गाँधी जी के विरुद्ध प्रदर्शन किया था, लेकिन गाँधी जी ने बड़े शांत भाव से घोषणा की—"अब मैं अपनी पाकिस्तान की यात्रा शुरू कर सकता हूँ। अगर सरकार और अपने डॉक्टरों की ओर से मुझे अनुमति मिल जाए तो तुरंत रवाना हो सकता हूँ।"

गाँधी जी बहुत प्रसन्नता के साथ मुसकराए। उन्हें यह आभास ही नहीं था कि अभी उनकी जान किस तरह बाल-बाल बच गयी थी!

आप्टे और गोडसे-बंधुओं पर टैक्सी में जाते हुए अपनी विफलता की कुंठा छायी हुई थी। नाथूराम गोडसे ने अपना सिर दोनों हाथों में पकड़ रखा था; उसके सिर में असह्य पीड़ा हो रही थी। उन लोगों की समझ में कुछ नहीं आ रहा था कि उनको अगला पग कैसे धरना चाहिए? उन्हें आप्टे की योजना पर इतना विश्वास था कि उसे विफल होने की संभावना के बारे में किसी ने सोचा तक न था। अब वे बहुत संकट में फँस गये थे। मदनलाल उनके नाम नहीं जानता था, लेकिन उसे यह ज्ञात था कि वे पूना से आये थे और वह उनके समाचार पत्र का नाम भी जानता था। इतनी जानकारी के सहारे पुलिस को उन्हें पकड़ने में बहुत देर नहीं लगनी चाहिए।

विफलता के कड़वे घूँट में अपमान की पीड़ा भी जुड़ गयी थी। उन्होंने बंबई के उन लोगों के साथ विश्वासघात किया था, जिन्होंने इस 'महत्त्वपूर्ण काम' के लिए उनको पैसा दिया था। सबसे बढ़कर सावरकर सदन के उस मठाधीश के साथ विश्वासघात किया था, जिनको उन्होंने अपनी पूरी स्वामीभक्ति का वचन दिया था।

नाथूराम गोडसे ने अचानक चौंककर मराठी में अपने भाई से कहा, "आप वापस पूना चले जाओ और वहाँ से इतने दिन अदृश्य रहने का कोई बहाना खोज लो। आपके ऊपर परिवार की भी जिम्मेदारी है। आगे क्या करना है, इसका जिम्मेदारी मैं और आप्टे लेते हैं।"

"गाड़ी रोको।" आप्टे ने ड्राइवर से टैक्सी रोकने को कहा।

गोपाल वहीं उतर गया। टैक्सी आप्टे और नाथूराम गोडसे को लेकर गाड़ियों की भीड़भाड़ में खो गयी।

बिड़ला हाउस का वातावरण वैसा ही था, जैसा कि उस समय था, जब गाँधी जी ने अपना अनशन तोड़ा था। महात्मा गाँधी के पास बधाई के तारों का ताँता बँध गया। टेलीफ़ोन की घंटी लगातार बजती रहती थी। नेहरू और पटेल भागे-भागे उन्हें गले लगाने आये। बीसियों मिलने वाले बिड़ला हाउस में तुरंत पहुँच गये। सबसे पहले आने वाले लोगों में एडविना माउंटबेटन भी थीं।

"मैंने तो कोई बहादुरी नहीं दिखायी है", गाँधी जी ने हँसते हुए लेडी माउंटबेटन से कहा।

गाँधी जी ने मदनलाल का बम फटने के समय वास्तव में यही सोचा था कि कोई फौजी टुकड़ी अभ्यास कर रही है।

"काश", उन्होंने आह भरकर कहा, "कोई यदि ठीक मेरे सामने आकर गोली चला देता और मैं मुसकराते हुए और राम-नाम लेते हुए गोली खा लेता, तो सचमुच मैं बधाई का सुपात्र होता!"

पुलिस से बचकर गाँधी जी की हत्या करने का प्रण

नयी दिल्ली और बंबई, 21-29 जनवरी, 1948

दिल्ली से भाग निकल आने के बाद से नाथूराम गोडसे और नारायण आप्टे को लगातार गिरफ्तारी का भय सताता रहता था, उन्हें पूरा विश्वास था कि पुलिस जितनी तीव्रता से उनकी खोज कर रही होगी वैसा शायद ही पहले कभी हुआ होगा। उन्होंने गोपाल गोडसे और होटल के स्वामी करकरे को अपने गुप्त अड्डे पर बुलाया, जहाँ नाथूराम गोडसे ने उन्हें भर्रायी हुई आवाज में अपना निर्णय सुनाते हुए कहा, "दिल्ली में हमारे सफल न होने का कारण यह था कि हमने बहुत-से लोगों को इस काम में शामिल कर लिया था। गाँधी जी को मारने का एक ही तरीक़ा है। खतरा चाहे जितना हो, यह काम एक ही व्यक्ति को करना होगा।"

गोपाल ने अपने भ्राता की ओर ध्यान से देखा, जो अपने जीवन में कोई काम सफलता के साथ पूरा नहीं कर पाया था, जो कभी कोई नौकरी भी टिककर नहीं कर करता था। उसका यह झक्की भाई, जो कॉफी पीने का

दीवाना और जिसे औरतों से घृणा थी, अचानक ही बदल गया था। दिल्ली में नाथूराम का चेहरा पीला पड़ गया था, वह भय के कारण काँप रहा था और सिर-दर्द के कारण चल-फिर भी नहीं सकता था। अब उसके चेहरे पर ऐसी शांति थी, जैसी गोपाल ने पहले कभी नहीं देखी थी। ऐसा लगता था कि उत्साह से फूला न समाने वाले आप्टे पर भी जो हर चीज़ का प्रबंध अपने हाथ में रखता था, उसका प्रभाव हावी हो गया था।

नाथूराम का स्वर एकदम शांत और संतुलित था। ऐसा लगता था कि अपने जीवन का वास्तविक लक्ष्य उसने निर्धारित कर लिया था। नाथूराम गोडसे वह भूमिका पूरी करने जा रहा था, जिसे निभाने के लिए उसका अर्धचेतन मन उसे आमंत्रित कर रहा था। विभाजन के उपद्रवग्रस्त दिन से बराबर ही उसकी अर्धचेतन भावना उसके भाषणों में व्यक्त हो रही थी और उसे अपनी भूमिका के लिए तैयार कर रही थी।

"यह काम मैं करूँगा", उसने घोषणा की। यह कार्य उसके ऊपर किसी ने जबर्दस्ती थोपा नहीं था। "अपने प्राणों की आहुति देने का फैसला किसी पर जबर्दस्ती थोपा नहीं जाता।"

वह जल्द-से-जल्द गाँधी जी को मौत की नींद सुला देना चाहता था। इस कार्य के लिए उसे दो आदमियों की सहायता की आवश्यकता थी। आप्टे तो उसके साथ होगा ही। उसने करकरे को भी साथ आने का निमंत्रण दिया, "करकरे, आप्टे और मैं, हम तीनों मिलकर एक नयी त्रिमूर्ति बनाएँगे—ब्रह्मा, विष्णु और महेश की तरह—प्रतिशोध के लिए।"

करकरे सहमत हो गया।

गोडसे ने उससे कहा, "आप जल्दी-से-जल्दी दिल्ली पहुँच जाए। आपको 27 जनवरी की दोपहर को पुरानी दिल्ली के रेलवे स्टेशन के बाहर वाले नल के पास खड़ा रहना होगा। राजधानी पहुँचने पर तीसरे पहर हम उसी नल के पास मिलेंगे।"

उससे आगे योजना का खुलासा किया, "इस बीच मैं और आप्टे एक भरोसेमंद पिस्तौल प्राप्त करने का प्रयास करेंगे, जिसे आसानी से छिपाया जा सके और जो मौका-ए-वारदात पर धोखा भी न दे।"

नाथूराम गोडसे ने भर्रायी हुई आवाज में फिर उसके कान के पास जाकर धीरे से कहा, "सबसे महत्त्वपूर्ण बात यह है कि काम तेजी से होना चाहिए। इसी पर सफलता निर्भर करेगी। मदनलाल पुलिस के हाथ लग गया है, इसलिए वे देर-सबरे हमें भी पकड़ ही लेंगे।"

"पुलिस के हाथ लगने से पहले", उसने कहा, "हमें गाँधी जी को परलोक पहुँचाना होगा।'

महात्मा गाँधी और भारतीयों के जीवन में 26 जनवरी, 1948 के दिन का विशेष महत्व था। उस दिन से ठीक अठारह साल पहले 26 जनवरी 1930 को भारत के हर शहर और कस्बे में ही नहीं बल्कि लाखों गाँवों में, लगभग हर उस जगह जहाँ कांग्रेस का कोई संगठन उपस्थित था, लाखों पुरुषों और स्त्रियों ने पहली बार देश की स्वतंत्रता प्राप्त करने की शपथ ली थी। उस दिन उन्होंने जो प्रतिज्ञा की थी, उसके शब्द गाँधी ने स्वयं लिखे थे। उस दिन से भारत के देशभक्त 26 जनवरी को स्वतंत्रता-दिवस कहने लगे थे। अब करोड़ों भारतवासियों की तरह गाँधी जी भी उस प्रतिज्ञा लिए जाने की वर्षगांठ ऐसे देश में मना रहे थे, जिसमें उसके शब्द एक पवित्र मंत्र बन गये थे।

उचित जानकर गाँधी जी ने सर्दी का यह दिन बिड़ला हाउस में नेहरू के अनुरोध पर कांग्रेस का नया संविधान तैयार करने में बिताया। उस दिन संविधान लेखन की सामग्री में यह व्याख्या की गयी थी कि स्वतंत्र भारत में उन्नति के लिए लक्ष्य तय किया है, उसको पूरा करने के लिए कांग्रेस की भूमिका और उसका उद्देश्य क्या हो।

गाँधी जी की क्षीण काया के अंदर जो सशक्त आत्मा छिपी हुई थी वह एक बार फिर प्रकट होने लगी। उसी सुबह से गाँधी जी ने, जिनके बारे में

अभी मुश्किल से एक सप्ताह पहले ही डॉक्टरों ने कह दिया था कि वह 24 घंटे से ज्यादा जीवित नहीं रहेंगे, ठोस आहार लेना शुरू किया था और टहलना शुरू कर दिया था। बिड़ला हाउस के लॉन के पार तेजी से बढ़ते हुए उनके लंबे-लंबे डग एक तरह से उनके मानवता के लक्ष्य की ओर पहले पग थे, जिसके बारे में वह हरदम सोचते रहते थे और जिसकी कल्पना से ही उन्हें रोमांच हो उठता था—रक्तरंजित और लुटे हुए पंजाब के पार पाकिस्तान तक पैदल जाने का उनका लक्ष्य।

एक दिन पहले ही पाकिस्तान से एक मुसलमान उनसे मिलने आया था, जिसने उनके सामने एक चित्र खींचा था, जो गाँधी जी के जीवन का अंतिम उज्ज्वल लक्ष्य बन गया था।

उस मुस्लिम ने कहा था, "मैं उस दिन की राह देख रहा हूँ, जब मैं हिंदुओं और मुसलमानों के 50 मील लंबे जुलूस को पाकिस्तान लौटता हुआ देखूँगा और उसके आगे-आगे बापू आप होंगे।"

कैसा विचित्र लक्ष्य था यह! और कौन जाने यदि इसमें उन्हें सफलता मिल गयी, तो उन्हें इसी तरह का जुलूस वापस इधर लाने से कौन रोक सकेगा, जिसमें अपने घर-बार से उजड़े हुए मुसलमान होंगे? यह अहिंसा की कितनी बड़ी विजय होगी, प्यार और भाईचारे के सिद्धांतों की कितनी बड़ी विजय होगी! यह उनके जीवन की सबसे बड़ी सफलता होगी; उनके जीवन का सबसे बड़ा चमत्कार!

सुबह टहलकर लौटने के बाद गाँधी जी ने अपनी डॉक्टर सुशीला नैयर को बुलाया, डॉक्टर की हैसियत से उनकी सलाह लेने के लिए नहीं।

"पाकिस्तान की अपनी यात्रा की तैयारी के सिलसिले में मैं तुम्हें किसी विशेष काम में वहाँ भेजना चाहता हूँ।"

"..." वह शांत रही।

"आपको यह काम तीन दिन में पूरा कर देना होगा।"

गाँधी जी जब प्रार्थना-सभा के लिए जाते थे, तो सुशीला नैयर हमेशा उनके आगे-आगे चलती थीं।

उन्होंने मन-ही-मन सोचा, "यदि ईश्वर ने चाहा तो यह अपना काम पूरा करके शुक्रवार 30 जनवरी की शाम की प्रार्थना-सभा के समय तक दिल्ली वापस आ जाएँगी।"

दस दिन के अंतराल पर दूसरी बार नाथूराम गोडसे और नारायण आप्टे गाँधी जी को परलोक पहुँचाने के लिए हवाई जहाज से दिल्ली जा रहे थे। वाइकिंग विमान की पिछली सीटों पर एक-दूसरे के बगल में बैठे हुए वे दोनों अपने-अपने स्वभाव के अनुसार ही अलग-अलग कामों में व्यस्त थे। गोडसे की आँखें वीर सावरकर की पुस्तक 'हिंदुत्व' में गड़ी हुई थीं, जिससे उसने अपने जीवन की प्रेरणा पायी थी। यात्रियों के लिए नाश्ते की ट्रे लेकर इधर-से-उधर आती-जाती हुई एयर-होस्टेस का सुंदर चेहरा देखकर आप्टे अपनी आँखें सेंक रहा था।

बंबई में इन दोनों नौजवान का अंतिम दिन उनके लिए सबसे दुर्भाग्यशाली दिन था। हत्या की पहली कोशिश से पहले जो चीज़ हासिल करने के लिए उन्हें इतनी मुसीबत उठानी पड़ी थी, उसके मिलने में अब भी भीख माँगते हुए कितने ही सिरफिरे दोस्तों के दरवाजे खटखटाये थे। दिन-भर के परिश्रम के बाद जो उनके हाथ लगा था, वह आप्टे ने अपनी जेब के हवाले कर लिया था। इस समय उसकी जेब में 10,000 रुपये थे। पिस्तौल मिलनी तो दूर की कौड़ी थी, किसी ने इसके लिए वादा भी नहीं किया था। ऊपर से उन्हें प्रति क्षण यह भय सता रहा था कि पुलिस का घेरा उनके चारों ओर कसता जा रहा है। जो कुछ भी करना है, वह बहुत शीघ्रता से करना होगा। इसलिए उन्होंने पिस्तौल के बिना ही बंबई से चल पड़ने का निर्णय लिया था। सोचा था कि पिस्तौल दिल्ली के किसी शरणार्थी कैंप से प्राप्त करने का प्रयत्न किया जाएगा।

लेकिन इस समय तो आप्टे का ध्यान कहीं और ही था। जब वह सुंदर एयर-होस्टेस नाश्ते के खाली बर्तन समेट चुकी, तो आप्टे ने उसे अपने पास

बुलाकर कहा, "मैं हाथ देखना जानता हूँ। आपका चेहरा बहुत आकर्षक है, जिसका अर्थ यह होता है कि आपका हाथ भी बहुत आकर्षक होगा।"

लड़की प्रसन्न होकर उसकी कुर्सी के हत्थे पर बैठ गयी। आप्टे की ओर हाथ बढ़ाते ही उसने देखा कि उसके पास वाली सीट पर बैठा हुआ जो आदमी पुस्तक पढ़ने में व्यस्त था, वह यकायक खिसककर दूर हट गया और हवाई जाहज की खिड़की से लगभग चिपककर बड़ी अरुचि से उनकी इस कुचेष्ट को देखने लगा।

अपने जीवन की अंतिम लड़की फाँसने की आप्टे की यह कोशिश शुरू से ही बहुत सफल रही। हवाई जहाज दिल्ली पहुँचने तक उस लड़की के भविष्य के बारे में उसने जो कुछ बताया था, उसकी वजह से आप्टे का अपना तात्कालिक भविष्य बहुत उज्ज्वल हो गया था। लड़की ने उसी रात आठ बजे इम्पीरियल होटल में उससे मिलने पर सहमति जतायी थी।

आमरण अनशन के दौरान गाँधी जी ने जो पीड़ा झेली थी, उनकी सार्थकता का सबसे बेहतर प्रमाण वह दृश्य था, जो दिल्ली से सात मील दूर महरौली की कुव्वतुल-इस्लाम मस्जिद के चारों ओर 27 जनवरी की सुबह वह देखने वाले थे। सत्ताइस हिंदू और जैन मंदिरों के खंडहरों पर बनायी गयी यह मस्जिद हिंदुस्तान में सबसे पुरानी थी। साल में एक बार उसके निर्माता, हिंदुस्तान के पहले सुलतान कुतुबुद्दीन की बरसी पर हज़ारों लोग उस हरे-भरे रमणीक स्थान में बहुत बड़ा मजहबी पर्व मनाने के लिए इकट्ठा होते थे।

आमरण अनशन तोड़ने के लिए गाँधी जी ने जो सात शर्तें रखी थीं उनमें से एक शर्त यह भी थी कि इस त्यौहार के अवसर पर कोई गड़बड़ी न हो और जो मुसलमान उसमें हिस्सा लेने के लिए आएँ 'उनकी जान की पूरी सुरक्षा की जाए।'

स्वयं गाँधी जी ने कभी यह सोचा भी न होगा कि उनके आमरण अनशन को इतनी सफलता मिलेगी। अभी पंद्रह दिन पहले तक जो हिंदू

और सिख कृपाण और छुरे लेकर मुसलमानों की आँते चीरने को तत्पर रहते थे, वे आज मस्जिद के दरवाजे पर खड़े मुसलमानों का स्वागत कर रहे थे उन्हें गुलाब और गेंदे के हार पहना रहे थे। मस्जिद के अंदर सिखों ने चाय की छोटी-छोटी दूकानें लगा रखी थीं, जहाँ पर्व मनाने के लिए आने वालों को निःशुल्क चाय पिलायी जा रही थी। मुसलमानों, सिखों और हिंदुओं की उस अपार भीड़ के बीच भाई-चारे के वातावरण में पहुँचकर गाँधी जी की आँखों में प्रसन्नता के आँसू छलक आये।

मस्जिद के मौलवियों ने आभार प्रकट करने के लिए गाँधी जी से कहा, "आप मिंबर पर खड़े होकर इन लोगों से कुछ शब्द कहें।"

उन्होंने मनु और आभा को भी वहीं बुला लिया, यद्यपि इस्लाम में स्त्रियों का मस्जिद में आना वर्जित है। उन्होंने कहा, "हम गाँधी जी की बेटियाँ हैं, इसलिए मस्जिद में औरतों के प्रवेश वर्जित का नियम हम पर लागू नहीं होता।"

गाँधी जी ने भाव-विभोर होकर हिंदुओं, सिखों और मुसलमानों सभी से अनुरोध किया, "आप उस पवित्र स्थान में कसम खाएँ कि मिल-जुलकर दोस्तों और भाइयों की तरह रहेंगे।"

उन्होंने कहा, "हम अलग-अलग भले ही रहते हों, लेकिन हम सब हैं तो एक ही पेड़ की पत्तियाँ।"

वह थकान और भावावेग से निढाल बिड़ला हाउस लौटे। मिट्टी का लेप करके आराम करते समय वह किसी विचित्र चिंता में डूब गये। पिछले कुछ दिनों से जब भी वह मदनलाल के बम-विस्फोट के बाद अपनी जान बच जाने के बारे में सोचते थे, तो उनकी मनोदशा कुछ ऐसी ही हो जाती थी।

वह कहने लगे थे, "यदि मेरी जान बच गयी तो यह ईश्वर की दया है।" लेकिन इसके साथ ही वह यह भी कहते थे, "मुझे जब भी ईश्वर का कोई आदेश मिलेगा, मैं उसका पालन करने के लिए तैयार हूँ। मैं 2 फरवरी

को यहाँ से जाने की बात करता हूँ, लेकिन मुझे स्वयं नहीं लगता कि मैं यहाँ से जा पाऊँगा। कौन जानता ही कि कल क्या हो जाए?"

नाथूराम गोडसे के आदेशानुसार करकरे 27 जनवरी को तीसरे पहर पुरानी दिल्ली के रेलवे-स्टेशन के सामने वाले गोल पार्क में लगे पानी के नल के ईर्द-गिर्द घूमता रहा। अचानक ही उसने चारों ओर बिखरे हुए असंख्य शरणार्थियों की भीड़ के बीच से दोनों साथियों को धीरे-धीरे अपनी ओर आते देखा।

दोनों बहुत निराश दिखायी दे रहे थे। घंटों दिल्ली के शरणार्थी कैंपों की धूल फाँकने के बाद भी उनके हाथ कुछ नहीं लगा था।

"अब एक ही जगह रह गयी है, जहाँ हमें पिस्तौल मिल सकती है। वह जगह है ग्वालियर, दिल्ली से 194 मील दूर। अगर वहाँ भी हमें कुछ न मिला तो हमें अपना निश्चय त्याग देना होगा और कलंक का टीका लगाकर वीर सावरकर के सामने और बंबई में अपने समर्थकों के सामने विफलता के अपमान के घूँट पीने होंगे।"

उन लोगों ने करकरे से 24 घंटे के बाद फिर उसी स्थान पर मिलने को कहा। फिर मुँह लटकाए हुए वे ग्वालियर की अंतिम ट्रेन पकड़ने के लिए स्टेशन की ओर चल दिये। उस रात आठ बजे इम्पीरियल होटल में उस एयर-होस्टेस से मिलने का अपना वादा निभाने का अवसर नारायण आप्टे को न मिल सका। गाँधी जी की हत्या करने के लिए पिस्तौल की खोज में ग्वालियर जाने के लिए उसने अपनी अपने जीवन में आने वाली अंतिम लड़की को फाँसने का अवसर हाथ से जाने दिया था!

27 जनवरी को आधी रात से कुछ ही पहले का समय। अचानक ही दरवाजे की घंटी बजने की आवाज सुनकर ग्वालियर के होम्योपैथिक डॉक्टर दत्तात्रेय परचुरे की नींद आँखों से कोसों दूर हो गयी। वह आँख मलते हुए

अपने चिकित्सालय के दरवाजे तक यह सोचकर आया कि विपदा की मारी कोई माँ निमोनिया से मरते हुए अपने बच्चे को गोद में लिए वहाँ खड़ी होगी। इसके बजाय वहाँ उन्होंने अपने दो पुराने सिरफिरे दोस्तों को खड़ा पाया। जिस डॉक्टर ने साढ़े चार महीने पहले मदनलाल को ऐसे रास्ते पर लगाया था, आज वह दिल्ली की जेल में पहुँच गया था, उसी डॉक्टर से पिस्तौल पाने की अंतिम उम्मीद बाँधकर नाथूराम गोडसे आज वहाँ आया था।

अगले दिन गोडसे और आप्टे ने सारा समय चिकित्सालय की लकड़ी की बेंच पर डॉक्टर परचुरे के गुरु की तसवीर के नीचे बैठे रहकर काट दिया। इन दोनों निराश और हतोत्साहित नवयुवकों को भी डॉक्टर की सहायता की उतनी ही आवश्यकता थी, जितनी कि वहाँ चारों ओर बैठे हुए रोग़ियों को।

अंततः 28 जनवरी को रात 10 बजे के बाद वे दोनों ग्वालियर से रवाना हुए। उनकी खोज का लंबा और पेचीदा मसला समाप्त हो चला था। इस खोज के दौरान शरणार्थी-कैंपों, मंदिरों, बंबई की गंदी बस्तियों, छापेखानों और सावरकर-सदन के कितने ही चक्कर काटने के बाद अंततः वे ग्वालियर में उस होम्योपैथिक डॉक्टर के चिकित्सालय में जड़ी-बूटियों की सुगंध के बीच पहुँचे थे। और अब गोडसे की अपनी बगल में काग़ज़ का एक लिफ़ाफ़ा था, जिसमें चीथड़े में लिपटा हुआ काले रंग का एक बेरेटा पिस्तौल और बीस कारतूस थे। पिस्तौल का नंबर 606824-पी था। पर अब भी एक प्रश्न शेष था और वह था कि नाथूराम गोडसे दृढ़ निश्चय के साथ उसे चलाने में कौशल प्राप्त करे, पर इस सबके लिए समय ही कहाँ था।

"मिल ही गयी! अन्ना करकरे, इस बार हम लोगों ने बाजी मार ही ली!" नाथूराम गोडसे प्रसन्नता से उछलते हुए दक्कन गेस्ट हाउस के स्वामी को पुरानी दिल्ली के रेलवे-स्टेशन के सामने वाले पानी के नल के चारों ओर जमा भीड़ के बाहर निकाला और जिस तरह कोई तस्कर ग्राहकों को अपना

गैर-कानूनी सामान दिखाता है, उसने अपने ढीले-ढाले ओवरकोट का बटन खोलकर उसे वैसे ही दिखाया। उसकी कमर में काला चमकदार पिस्तौल पेटी से लटक रहा था, जिसे पाने की वे लोग तो उम्मीद ही खो बैठे थे।

गाँधी जी को परलोक पहुँचाने के लिए पिस्तौल मिल जाने के बाद तो इन तीनों को उनकी नियति की ओर ले जाने वाली घटनाएँ अत्यंत तेजी से घटती चली गयीं।

इन तीनों में से अब केवल एक ही आदमी जीवित बचा है। इन घटनाओं को बाद में बयान करते हुए उसने (करकरे ने) बताया–"हम लोग पानी के नल के पास खड़े थे। आप्टे हमें बता रहा था, "इस बार हम कोई ग़लती नहीं करना चाहते। हम इस बात का पूरा विश्वास कर लेना चाहते हैं कि पिस्तौल ठीक काम करती है और उसका निशाना चूकता नहीं। देखो, हमारे पास गोलियाँ भी दर्जन से अधिक हैं!"

उसने बताया, "हम तीनों किसी ऐसी जगह की खोज में चल पड़े जहाँ हम पिस्तौल चलाकर देख सकें। लेकिन जहाँ भी हम जाते वहाँ लोगों की भीड़ पाते। सारी दिल्ली में शरणार्थी फैले हुए थे।

"आख़िरकार हमने फिर उसी जगह जाने का निर्णय लिया, बिड़ला मंदिर के पीछे जहाँ पिछली बार हमने पिस्तौल का परीक्षण किया था। वहाँ पहुँचकर हमने यह कल्पना करने की कोशिश की कि जब गोली चलाने का समय आएगा तब गाँधी जी बैठे होंगे या खड़े होंगे। दोनों ही बातें हो सकती थीं, इसलिए हमने दोनों तरह से आजमाकर देख लेना अच्छा समझा। आप्टे ने कीकर का एक पेड़ चुना, जिसके आस-पास अन्य कोई पेड़ नहीं था। यह जानने के लिए कि यदि गाँधी जी बैठे हुए हों, तो उनका सिर कितनी ऊँचाई पर होगा, उसने पेड़ के पास बैठकर अंदाजा लगाया। जहाँ पर उनका सिर था, वहाँ उसने चाकू से पेड़ पर निशान लगा दिया। फिर उसने नाथूराम से कहा, "अच्छा, समझ लो यहाँ पर गाँधी जी का सिर है और यह उनका धड़ है। अब निशाना लगाओ।"

नाथूराम ने लगभग 20-25 फीट दूर जाकर निशाना साधा और लगातार चार बार फायर किया। आप्टे ने पेड़ के पास जाकर देखा। चारों गोलियाँ जाकर वहीं लगी थीं, जहाँ उसने चाकू से निशान बनाया था।

"नाथूराम" उसने कहा, "एकदम सही है।"

अब दिल्ली में गाँधी जी के लिए कार्य ही क्या शेष धरा था। चार महीने पहले जब वह यहाँ आये थे, तो यह मुर्दों का शहर था, छायादार पेड़ों के बीच से गुजरने वाली उसकी शानदार सड़कों के किनारे लाशें पड़ी रहती थी, हर बस्ती में भय और आतंक छाया हुआ था, यहाँ तक कि सरकार भी भयभीत और बौखलायी हुई थी। अब राजधानी में शांति थी। फिर से व्यवस्था स्थापित हो गयी थी। आमरण अनशन से लोगों ने नैतिकता का नया पाठ पढ़ लिया था। इसलिए अब यहाँ से उनके चल देने का समय आ गया था।

जिस समय एक व्यक्ति पास ही झाड़ियों और पेड़ों के झुरमुट की आड़ में एक पेड़ को निशाना बनाकर उनके सिर पर गोली चलाने का अभ्यास कर रहा था, उसी समय गाँधी जी ने दिल्ली से अपने चलने की तिथि निर्धारित की थी। उन्होंने 3 फरवरी का दिन चुना था। उन्होंने तय किया था कि वह पहले वर्धा में अपने आश्रम जाएँगे और दस दिन वहाँ रहकर वह अपने थके हुए बूढ़े पाँवों से उन्हीं रास्तों से होकर अपनी यात्रा की शुरूआत करेंगे, असंख्य लोगों की हत्या के रक्त से जिसका रंग लाल हो गया था। उन्हें विश्वास था कि वह अपने प्यार के बल पर हिंदू-मुसलमानों की अदला-बदली की धारा को उलटी दिशा में मोड़ देंगे और पाकिस्तान की इस यात्रा के दौरान अपने जीवन का वह अंतिम चमत्कार दिखा देंगे, जो घृणा के तपते हुए रेगिस्तान में मृगतृष्णा की तरह अपनी ओर बुला रहा था।

गाँधी जी ने हमेशा की तरह आज भी अपने दिन-भर के एक-एक क्षण के सदुपयोग की योजना पहले से पूरा हिसाब लगाकर बना ली थी। उन्होंने

चर्खा काता। मिट्टी का लेप किया, एनीमा लिया। बंगाली पढ़ी। लगभग दर्जन-भर पत्र लिखे। बहुत-से लोगों से मिले। इंदिरा गाँधी और उनकी बुआ की बेटी तारा पंडित से कुछ हास्य-विनोद किया। मागरिट बुर्क-व्हाइट की खींची हुई एक तसवीर पर अपना ऑटोग्राफ दिया।

जिस तरह मानसून का बादल टूटकर बरस पड़े, ठीक उसी तरह अचानक हास्य-विनोद करते हुए उस दिन का उनका सुचारु क्रम भंग हो गया। सीमा प्रांत के सिखों और हिंदुओं की एक टोली उनसे मिलने आयी थी। जिस दिन गाँधी जी ने अपना अनशन शुरू किया था, उसी दिन वे भयानक मार-काट का शिकार हुए थे। इससे पहले कि गाँधी जी उनसे सहानुभूति के दो शब्द कहते, उनमें से एक आदमी ने, जो जला-भुना बैठा था, उनसे बिगड़कर कहा, "आप हमें बहुत हानि पहुँचा चुके, आपने हमारा सर्वनाश कर दिया। अब हमें हमारे हाल पर छोड़ दीजिए और संन्यास लेकर हिमालय पहाड़ पर चले जाइए।"

उसके ये शब्द सुनकर गाँधी जी अवाक् रह गये, मानो उसके सिर पर अचानक कोई पहाड़ आ गिरा हो। प्रार्थना-सभा में जाते समय उनके कदम रुक-रुककर उठ रहे थे। वह मनु और आभा के कंधों को और मजबूती से पकड़कर सहारा लिए हुए था।

आज उनकी आवाज बहुत धीमी और कमजोर थी। उनका एक-एक शब्द उदासी में डूबा हुआ था। महात्मा जी ने अपने लोगों के सामने अपने जीवन में अंतिम बार बोलना शुरू किया। जाड़े के दिनों की गोधूलि बेला की परछाइयाँ लॉन पर पड़ने लगी थीं।

उन्होंने उस बिफरे हुए शरणार्थी की उस बात की चर्चा की, "मैं किसकी बात सुनूँ?" परेशान होकर उन्होंने अपने सामने चुपचाप बैठे हुए श्रोताओं से पूछा, "कुछ लोग मुझसे कहते हैं कि मैं यहीं रहूँ और कुछ लोग कहते हैं कि मैं यहाँ से चला जाऊँ। कुछ लोग मुझे कोसते हैं, गालियाँ देते हैं, दूसरे लोग मेरी बेहद प्रशंसा करते हैं। फिर मैं क्या करूँ?"

उन्होंने बहुत धीमे और व्यथित स्वर में पूछा, "मैं तो वही करता हूँ जो भगवान मुझसे करने को कहता है। मैं तो इस सारी गड़बड़ी के बीच बस शांति चाहता हूँ।"

कुछ देर तक शांत विचारों में डूबे रहने के बाद गाँधी जी ने अपनी बात पूरी की। लोगों के हृदय में पुनः जगह बनाने के लिए उन्होंने कहा, "मेरा हिमालय तो यहीं है।"

पुरानी दिल्ली रेलवे स्टेशन के छः नंबर के अतिथि कक्ष में खड़े वे तीनों आदमी नीचे सड़क पर आती-जाती गाड़ियों, ताँगों, शरणार्थियों के सिरों के रेल-पेल देख रहे थे। पुलिस को क्या पता था कि गाँधी जी के प्राणों की रक्षा के लिए उनके पास अब कुछ ही घंटों का समय है।

गोडसे, आप्टे और करकरे ने स्टेशन के उस अंधियारे कमरे की नियति से अपने मिलन का निर्णय कर लिया था। उन्होंने गाँधी जी की हत्या करने का समय भी निश्चित कर लिया था। उन्होंने फैसला किया, "हम कल ही (शुक्रवार 30 जनवरी को) पाँच बजे बिड़ला हाउस के उसी बागीचे में उनकी हत्या करेंगे, जहाँ हमारी पहली कोशिश नाकाम हुई थी।"

करकरे ने बाद में बताया—"नाथूराम बहुत अच्छे मूड में था। वह बहुत प्रसन्न था। एकदम शांत था। रात को लगभग साढ़े आठ बजे उसने कहा, 'आओ, आज हम सब लोग साथ खाना खाएँगे। बहुत अच्छा खाना, राजसी भोज वाला खाना। शायद फिर कभी इसका अवसर न मिले।' हम लोग स्टेशन पर इधर-उधर घूमते-घूमते ब्रैडेन के होटल में पहुँचे, जिनका सभी स्टेशनों पर इस तरह के होटल चलाने का ठेका था। आप्टे बोला, 'यहाँ हम नहीं जा सकते। करकरे शाकाहारी है।' नाथूराम ने मेरे गले में बाँह डालकर कहा, 'तुम ठीक कहते हो। आज हम सबको साथ रहना चाहिए।' इसलिए हम लोग किसी दूसरी जगह की खोज में निकल गये।"

करकरे ने स्पष्ट बताया, "हमने भरपूर भोजन मँगाया—चावल, कई तरह की सब्जियाँ, दाल, चपाती। वेटर ने कहा कि होटल में छाछ नहीं है।

नाथूराम ने बड़े वेटर को बुलाकर उसे पाँच रुपये दिये और कहा, 'यह हम लोगों की दावत है। हमें दही चाहिए। चाहे जहाँ से मिले, चाहे जितने पैसे लगें, हमें दही लाकर दो।' जी भरकर खा चुकने के बाद हम लोग अतिथि कक्ष में लौट आये। हम लोग वहाँ बैठकर बातें करने को तैयार थे, लेकिन नाथूराम ने कहा, 'नहीं, अब मुझे आराम करने दो। मैं एकांत चाहता हूँ!'"

जब आप्टे और करकरे कमरे से जाने लगे तो करकरे ने मुड़कर गोडसे पर दृष्टिपात किया। जो व्यक्ति गाँधी जी की हत्या करने जा रहा था, वह बिस्तर पर लेटा, अपने साथ लायी दो पुस्तकों में से एक पढ़ रहा था। नाथूराम अर्ल स्टैनली झ्रईनर का पेरी मेसन वाला कोई जासूसी उपन्यास था।

गाँधी जी ने अपने जीवन की अंतिम रात कांग्रेस के नये संविधान का मसौदा तैयार करने में बितायी। यह मसौदा भारतीय राष्ट्र के नाम उनकी वसीयत और उनका अंतिम संदेश बन गया। उसे पूरा करके वह सवा नौ बजे उठे।

गहरी साँस लेकर वह बोले, "मेरा सिर चकरा रहा है।"

इतना कह वह मनु की गोद में सिर रखकर चटाई पर लेट गये। मनु धीरे-धीरे उनके सिर में तेल मलने लगी। आज की रात उनके चेहरे पर उल्लास का कोई चिह्न नहीं था। उन्हें रह-रहकर उस शरणार्थी का घृणा से विकृत चेहरा दिखायी दे रहा था, जो उन्हें कोस गया था। वह दो-तीन मिनट तक शांत लेटे मालिश कराते रहे। उसके बाद वह एक ऐसे विषय पर बातें करने लगे, जो संविधान का मसौदा तैयार करते समय उनके दिमाग में आया था—उन लोगों के बीच बढ़ता हुआ भ्रष्टाचार, जो किसी युग में माने हुए नेता थे।

उन्होंने पूछा, "अगर यही होता रहा तो हम संसार को क्या मुँह दिखाएँगे? पूरे राष्ट्र की मान-मर्यादा उन लोगों के हाथों में है, जिन्होंने

स्वतंत्रता की जंग में भाग लिया है। यदि वे भी सत्ता का दुरुपयोग करने लगे तो हमारी आधारशिला ही कमजोर हो जाएगी।"

वह एक बार फिर उदास होकर चुप हो गये। और फिर बहुत खोयी-खोयी-सी डूबती हुई आवाज में उन्होंने एक शेर पढ़ा—

फूल तो दो दिन बहारे-जांफिजा दिखला गये।
हसरत उन गुंचों पे है जो बिन खिले मुरझा गये॥

गोडसे को छोड़ आने के बाद आप्टे और करकरे बहुत घबरा गये थे। उन्होंने जाकर सिनेमा देखने का निर्णय लिया।

करकरे ने बताया—"जो पहला सिनेमाघर सामने पड़ा उसी में हम चले गये। फिल्म टैगोर की किसी कहानी पर बनायी गयी थी। इंटरवल में हम लोग हॉल के बाहर खड़े बातें कर रहे थे। मुझे बहुत चिंता हो रही थी, क्योंकि अंतिम बार साथ खाना खाते हुए नाथूराम ने कहा था, "कल-परसों तक सब काम तमाम हो जाएगा।"

"तुम्हें नाथूराम की बात स्मरण है?" मैंने आप्टे से पूछा।

"हाँ", उसने कहा।

"भला उसने यह बात क्यों कही?" मैंने फिर पूछा, "क्या वह सचमुच यह काम कर पाएगा, क्योंकि काम जोखिम भरा है?"

आप्टे ने मेरे पास आकर कहा, "सुनो करकरे, मैं नाथूराम को तुमसे अधिक अच्छी तरह जानता हूँ। मैं तुम्हें बताता हूँ कि हुआ क्या था, निष्कर्ष तुम अपने आप निकाल लो। जब हम लोग 20 जनवरी को दिल्ली से चले तो हम फर्स्ट क्लास में कानपुर तक गये। हम लोग बड़ी देर तक बातें करते रहे; हमें ठीक से नींद नहीं आ रही थी। सुबह करीब छः बजे जब हम कानुपर पहुँचने वाले थे, नाथूराम अचानक ऊपर वाली बर्थ से नीचे कूदा और मुझे झंझोड़कर जगाने के बाद बोला, 'आप्टे, जाग रहे हो? सुनो, यह काम मैं करूँगा, कोई और नहीं। यह एक आदमी का काम है और उसे

अपनी जान देने को तैयार होना होगा। वह आदमी मैं हूँ। मैं यह काम अकेले करूँगा।'"

आप्टे ने मेरी ओर देखा। बड़ी उग्रता के साथ लेकिन इतनी धीमी आवाज में कि कोई सुन न ले, उसने मुझसे कहा, "सुनो करकरे, जब मैंने नाथूराम को ये शब्द कहते सुना तो मुझे रेल के डिब्बे के फर्श पर गाँधी जी की लाश पड़ी होने का भ्रम हुआ था। इतना भरोसा है, मुझे नाथूराम पर।"

बिड़ला हाउस में चटाई पर लेटे हुए गाँधी जी को बुरी तरह खाँसी का दौरा पड़ गया था। पिछले एक साल के दौरान मनु कष्ट और पीड़ा की न जाने कितनी घड़ियाँ गाँधी के साथ बिता चुकी थी। गाँधी जी के शरीर को काँपता हुआ देखकर उसकी आँखों में आँसू छलक आये।

मनु जानती थी कि ऐसे ही अवसर पर प्रयोग करने के लिए सुशीला नैयर पेन्सिलीन की खाँसी की गोलियों का एक पैकेट छोड़ गयी थीं। लेकिन मनु उनसे गोली खाने के लिए कहते डर रही थी, क्योंकि वह जानती थी कि वह रूष्ट हो जाएँगे। अंततः जब उससे बापू की व्यथा नहीं देखी गयी तो उसने एक गोली लाकर खिला देने की बात कही।

गाँधी जी ने वही उत्तर दिया जिसका मनु को डर था। उन्होंने उसे झिड़क दिया, "तुम्हें राम पर भरोसा नहीं रह गया है।"

खाँसने के बीच-बीच में वह कहते रहे, "यदि मैं किसी बीमारी से या किसी मामूली-सी फुंसी से मर जाऊँ, तो तुम्हारा यही कर्तव्य होगा कि तुम चिल्ला-चिल्लाकर सारी दुनिया से कहो कि मैं ढोंगी महात्मा था। तब मेरी आत्मा को, वह जहाँ कहीं भी हो, शांति मिलेगी।"

उनकी उदास आँखें उस लड़की के चेहरे पर जम गयीं। "लेकिन", उन्होंने कहा, "अगर गत सप्ताह की तरह कोई बम फटे, या कोई मुझे गोली मार दे और मैं सीने पर गोली खाने के बाद आह किए बिना, होंठों पर बस राम का नाम लिए हुए विष्णु धाम चला जाऊँ, तब तुम कहना कि मैं सच्चा महात्मा था। इससे भारतीय जनता का बहुत हित होगा।"

छः नंबर के अतिथि कक्ष का द्वार खोलकर करकरे और आप्टे ने धीरे से अंदर झाँका। नाथूराम गोडसे कमरे के सिरे पर अपने पलंग पर पाँव पसारे गहरी नींद सो रहा था। करकरे को ऐसा लगा जैसे 'उसे किसी बात की चिंता ही नहीं है। पास ही फर्श पर वह जासूसी उपन्यास पड़ा था, जिसे उसने रातभर में पढ़कर समाप्त कर डाला था।'

दूसरी सलीब

नयी दिल्ली, 30 जनवरी, 1948

दक्षिण अफ्रीका से वापस आने के बाद से जिस तरह गाँधी जी के सभी दिनों का शुभारंभ होता आया था, मोहनदास करमचंद के जीवन का अंतिम दिन भी ठीक उसी प्रकार शुरू हुआ। आज भी गाँधी जी ने भोर होने से पहले अंधेरे में प्रार्थना की। वह चटाई पर पालथी मारकर पत्थर की ठंडी दीवार से पीठ टिकाये बैठे थे। उन्होंने अपने शिष्यों की मंडली के साथ मिलकर अंतिम बार भगवद्गीता के श्लोक पढ़े। आज पढ़े जाने वाले श्लोकों में गीता के पहले और दूसरे अध्यायों का पाठ किया गया। गाँधी जी की ऊँची नर्म आवाज में अपनी आवाज मिलाकर उनके शिष्य गा रहे थे—

जातस्यहि ध्रुवो मृत्युर्ध्रुवं जन्म मृतस्य च
तस्मादपरिहार्येऽर्थे न त्वं शोचितुमर्हसि।।

प्रार्थना पूरी हो जाने के बाद गाँधी जी को मनु उस कमरे में ले गयी जहाँ बैठकर वह काम करते थे। वह पैदल चलकर पाकिस्तान जाने की बात सोच रहे थे, लेकिन अभी तक उनके शरीर में इतनी शक्ति नहीं आयी थी कि सहारा लिए बिना एक कमरे से दूसरे में भी जा सकें। वह उस चौकी के

सामने बैठ गये, जिस पर वह लिखते थे और मनु से एक प्रार्थना गीत की दो पंक्तियाँ गाकर सुनाते रहने को कहा, जो इस प्रकार थी—

''न थको न हारो, आगे बढ़ना स्वीकारो।
रुकने का नहीं काम, बढ़ते जाओ प्यारो।।

बीती रात तय की गयी योजना के अनुसार, आप्टे और करकरे सुबह सात बजे के थोड़ी ही देर बाद पुरानी दिल्ली रेलवे स्टेशन के छः नंबर के अतिथि कक्ष में पहुँचे। गोडसे जाग चुका था।

करकरे ने बताया—''दो घंटे तक हम लोग वहाँ बैठे बातें करते रहे और चाय-कॉफी पीते रहे। हम लोग बातचीत के साथ बीच-बीच में हास्य-विनोद भी कर रहे थे और थोड़ी-बहुत बहस भी। फिर हम कुछ गंभीर हो गये। गंभीरता का कारण यह था कि उसी शाम को नाथूराम ने गाँधी जी की हत्या कर देने का मन बना लिया था, लेकिन हम लोगों को कुछ भी नहीं ज्ञात था कि वह क्या करेगा।

''हमें इसके लिए कुछ योजना बनानी थी। हम लोगों ने सोचा कि 20 जनवरी को बम फटने के बाद अब बिड़ला हाउस पर कड़ा पहरा होगा इसलिए वहाँ घुसना संभव नहीं। प्रार्थना-सभा में जाने वाले लोगों की तलाशी ली जाती होगी कि उनके पास कोई हथियार तो नहीं है। इसलिए हमें हथियार अंदर ले जाने और अपना काम पूरा करने की कोई ऐसी युक्ति निकालनी थी, जिसमें कोई खतरा भी न हो और बात भी बन जाए।

''कुछ बहस के बाद नाथूराम ने एक तरीक़ा खोज निकाला, 'हम लोग बाहर जाकर किसी फ़ोटोग्राफ़र से पुराने ढंग का बड़े-से बक्से जैसा कैमरा खरीद लाएँगे, जिसे तीन टांगों वाले स्टैंड पर रखा जाता है और फ़ोटो खींचने वाला सिर पर काला कपड़ा डालकर अपना काम करता है। मैं (नाथूराम) कैमरा ठीक उस माइक्रोफोन के सामने लगा दूँगा, जिस पर गाँधी जी बोलते हैं। मैं अपने सिर पर काला कपड़ा डालकर अपनी पिस्तौल निकाल लूँगा और जिस समय गाँधी बोल रहे होंगे उस कपड़े के अंदर सिर छिपाए हुए उन्हें गोली मार दूँगा।'

"हम लोग कैमरा खरीदने के लिए किसी फ़ोटोग्राफ़र की खोज में निकल पड़े। स्टेशन के पास ही कैमरा तो मिल गया, लेकिन थोड़ी देर तक उसे ध्यान से देखने के बाद आप्टे ने कहा, 'यह युक्ति ठीक नहीं है। अब आजकल कोई इस तरह के कैमरे प्रयोग नहीं करता; जो आदमी गाँधी जी की प्रार्थना-सभा में जाएगा, वह छोटा-सा जर्मन या अमेरिकी कैमरा इस्तेमाल करेगा।'

"हम कोई दूसरी युक्ति सोचने अतिथि कक्ष में वापस चले गये। किसी ने सुझाव दिया, 'एक बुर्का खरीदा जाए।' उन दिनों गाँधी जी की प्रार्थना-सभा में बहुत-सी मुसलमान औरतें आती थीं और फिर औरतें आमतौर पर गाँधी जी के सबसे पास बैठती थीं, इसलिए नाथूराम बहुत पास से गोली चला सकता था। इस युक्ति पर हम उछल पड़े। बाजार से एक बड़ा-सा बुर्का खरीद लाए।

जब नाथूराम ने उसे पहनकर देखा, तो वह तुरंत समझ गया कि यह युक्ति काम नहीं करेगी। उसके हाथ ढीले-ढाले बुर्के की तहों में फँस जाते थे। वह बोला, 'यह पहनकर तो मैं पिस्तौल ही नहीं निकाल पाऊँगा और औरतों के लिबास में पकड़ा जाऊँगा तो उम्र-भर बदनामी फोकट में होगी।'

"इसलिए कोई और युक्ति सोचना जरूरी थी। प्रातःकाल का सारा समय ऊटपटांग युक्तियाँ सोचने में निकल गया। मुश्किल से छः घंटे रह गये थे और अभी तक हमारी योजना भी तैयार नहीं थी। अंततः आप्टे बोला—'देखो नाथूराम, कभी-कभी सबसे सीधा-सादा तरीक़ा ही सबसे अच्छा होता है।' उसने तरकीब बतायी कि नाथूराम को फौजी ढंग का स्लेटी सूट पहना दिया जाए, जिसका उन दिनों बहुत चलन था। उसकी ढीली-ढाली कमीज़ पतलून के बाहर रहती थी, जिसमें कमर से बँधी हुई पिस्तौल आसानी से छिप सकती थी। कुछ और न सूझने पर हमने सोचा कि यही सबसे अच्छी युक्ति है। हम लोग फिर बाजार गये और नाथूराम के लिए ये कपड़े खरीद लाये।

"उसके बाद हम उसी फ़ोटोग्राफ़र के पास गये जिसका कैमरा हम लोग सुबह खरीदने गये थे। वहाँ हम लोगों ने सबसे बड़ी अनाड़ियों जैसी मूर्खता यह की कि भावनाओं के प्रवाह में बहकर हमने फोटो खिंचवायी।

"इसके बाद हम लोग थोड़ी देर आराम करने और ठोस योजना बना लेने के लिए कमरे में वापस आ गये। तय यह हुआ कि पहले नाथूराम बिड़ला हाउस जाएगा और हम लोग उसके पीछे-पीछे आएँगे। जब गोली चलाने का समय आएगा, तो हम लोग उसके दोनों ओर खड़े हो जाएँ। इस तरह यदि किसी ने गोली चलाने में बाधा डालने की कोशिश की तो हम उसे रोक सकेंगे और नाथूराम को निशाना साधने का पूरा अवसर मिल जाएगा। तब तक रिटायरिंग रूम छोड़ने का भी समय हो गया था। नाथूराम ने पिस्तौल निकाली और बड़ी सावधानी से उसमें सात गोलियाँ भरीं। फिर उसने पिस्तौल अपनी कमर से बाँध ली और हम लोग वहाँ से चले आए।

"समय काटने के लिए हम लोग प्रतीक्षा कक्ष में चले गये। थोड़ी देर बाद नाथूराम ने कहा, "मेरा जी मूँगफली खाने को चाह रहा है।"

"बहुत मामूली-सी फरमाइश थी और चूँकि वह अपने प्राणों का बलिदान करने जा रहा था, इसलिए हमारा हृदय उसके लिए मोम की तरह हो गया। हम चाहते थे कि कोई बात ऐसी न हो जिससे उसका ध्यान बँटे या उसके दिमाग पर कोई बोझ रहे। वह जो भी चाहता, हम उसके लिए करने को तैयार थे।

"आप्टे मूँगफली खरीदने चला गया। कुछ देर बाद वह वापस आकर बोला,'मूँगफली तो दिल्ली में कहीं मिल नहीं रही है, काजू या बादाम से काम चल जाएगा?'

नाथूराम बोला, "मुझे केवल मूँगफली चाहिए।"

वह इतना बड़ा काम करने जा रहा था कि हम लोग यह नहीं चाहते थे कि वह किसी चिंता में उलझा रहे। इसलिए आप्टे एक बार फिर मूँगफली की खोज में चला गया। थोड़ी देर बाद वह एक बड़े से थैले में मूँगफली लेकर आ गया। नाथूराम बड़े चाव से जल्दी-जल्दी मूँगफली खाने लगा।

इतने में चलने का समय हो गया। हमने निर्णय लिया कि पहले हम बिड़ला मंदिर जाएँगे। मैं और आप्टे विशेषतौर पर वहाँ भगवान के दर्शन और प्रार्थना करना चाहते हैं। नाथूराम को इस तरह की बातों में कोई दिलचस्पी नहीं थी। वह मंदिर के पीछे वाले बाग में जाकर हम लोगों की राह देखने लगा, उसी जंगल के पास जहाँ हमने गोली चलाने का अभ्यास किया था।

"हम जूते उतारकर नंगे पाँव अंदर गये और दरवाजे पर लगा हुआ पीतल का घंटा बजाया, ताकि देवी-देवताओं को ज्ञात हो जाए कि हम आ गये हैं। सबसे पहले हम लक्ष्मी-नारायण की मूर्ति के सामने गये। इसके बाद हमने काली माता के दर्शन किए और हाथ जोड़कर शीश नवाया, देवी के चरणों में कुछ पैसे चढ़ाए, कुछ पैसे पुजारी को दिए। पुजारी ने हमें कुछ फूल और कुछ चरणामृत दिया। फूल तो हमने देवी की मूर्ति पर चढ़ाकर अपनी सफलता के लिए प्रार्थना की और चरणामृत आँखों से लगाकर पी गये।

नाथूराम हमें बाहर बाग में मिला। वह छत्रपति शिवाजी की मूर्ति के पास खड़ा था। उसने हमसे पूछा, "दर्शन कर आये?"

हमने कहा, "हाँ!" इस पर नाथूराम बोला, "मैंने भी दर्शन कर लिए।"

वे तीनों बाग में कुछ देर टहलते रहे। अंततः आप्टे ने अपनी घड़ी देखी। साढ़े चार बजे थे।

"नाथूराम", वह बोला, "समय हो गया है।"

नाथूराम ने आप्टे की घड़ी की ओर देखा और फिर अपने दोनों साथियों की ओर। उसने सीने पर दोनों हाथ रखकर सिर झुकाया और बोला, "नमस्ते, अब मालूम नहीं, फिर कभी मिलना हो या न हो।"

करकरे की निगाहें उसे मंदिर की सीढ़ियाँ उतरते हुए देखती रहीं। भीड़ को पार कर उसने एक ताँगा किया और 'पीछे मुड़कर देखे बिना बिड़ला हाउस की ओर चल दिया, जहाँ गाँधी जी की प्रार्थना-सभा हो रही थी।'

शुक्रवार 30 जनवरी का वह दिन गाँधी जी ने उसी प्रार्थना-गीत के आदेश के अनुसार बिताया था, जो उन्होंने सुबह मनु से गाने के लिए कहा था–'न थको न हारो, आगे बढ़ना स्वीकारो।

रुकने का नहीं काम, बढ़ते जाओ प्यारो॥

उनके शिष्यों को यह देखकर बड़ी प्रसन्नता हुई कि अनशन के बाद से पहली बार बापू किसी का सहारा लिए बिना चल रहे थे। उनका वजन आधा पौंड बढ़ गया था। यह इस बात का प्रमाण था कि उनके क्षीण शरीर में फिर से शक्ति आ रही है और गाँधी जी के लिए यह इसका भी प्रमाण था कि ईश्वर अभी उनसे और भी कार्य की अपेक्षा रखता है।

दोपहर में थोड़ी देर आराम करने के बाद गाँधी जी एक दर्जन लोगों से मिले। सबसे जटिल भेंट अंतिम आदमी से थी। वल्लभ भाई पटेल, जो उनके सबसे पुराने और सबसे वफादार शिष्यों में से थे, उनसे बातें कर रहे थे। पक्के इरादे वाले, यथार्थवादी पटेल और समाजवादी-आदर्शवादी नेहरू का झगड़ा आख़िरकर ज्वालामुखी की तरह फूट पड़ा था। गाँधी जी की चौकी पर पटेल के उस पत्र की एक नक़ल रखी थी, जिसमें उन्होंने नेहरू की सरकार से त्याग पत्र देने की बात कही थी। अपने अनशन से पहले गाँधी जी ने माउंटबेटन से बातचीत के दौरान इस झगड़े पर चर्चा की थी। गवर्नर जनरल ने गाँधी जी से अनुरोध किया था कि वह पटेल को त्याग पत्र देने की अनुमति न दें।

"आप उन्हें जाने नहीं दे सकते", माउंटबेटन ने चेताया था, "नेहरू को भी नहीं जाने दे सकते। देश को दोनों की आवश्यकता है और दोनों को मिलकर काम करना सीखना होगा।"

यह बात गाँधी जी ने मान ली। उन्होंने पटेल को समझा-बुझाकर मना लिया कि वह त्याग पत्र न दें। उन्होंने कहा, "तुम तीनों–गाँधी, पटेल और नेहरू–एक बार फिर उसी तरह साथ बैठकर, जैसे स्वतंत्रता की लड़ायी के दिनों में कठिनाई आने पर बैठा करते थे, इस मामले को निबटा लेंगे।"

वे अभी बातें कर ही रहे थे कि आभा उनका शाम का भोजन ले आयी—बकरी का दूध, सब्जी का रस और संतरे। खाना खाकर उन्होंने अपना चर्खा मँगवाया। वह पटेल से बातें भी करते रहे और सूत भी कातते रहे। सारे संसार के लाखों-करोड़ों लोगों के लिए यह चर्खा इसका प्रतीक था कि वह अपने जीवन के अंतिम क्षण तक अपने इस सिद्धांत का पालन करते रहे कि 'बिना परिश्रम के मिली रोटी चोरी की होती है।'

जिस कक्ष में गाँधी जी बैठे चर्खा कात रहे थे, उसके बाहर स्थित बाग में हत्यारे टहल रहे थे। नाथूराम के जाने के पाँच मिनट बाद आप्टे और करकरे भी ताँगा करके बिड़ला हाउस पहुँच गये थे।

करकरे ने बाद में बताया—

"हमने तब राहतभरी संतोष की साँस ली, जब बिड़ला हाउस के फाटक पर हमें किसी भी समस्या का सामना नहीं करना पड़ा। वहाँ संतरी तो पहले से अधिक अवश्य तैनात थे, लेकिन कोई हथियारों के लिए अंदर जाने वालों की तलाशी नहीं ले रहा था। हम समझ गये थे कि नाथूराम भी सही-सलामत अंदर पहुँच गया होगा। हम टहलते हुए जब बाग में पहुँचे, तो देखा कि नाथूराम भीड़ में घुल-मिलकर खड़ा था। वह बहुत शांत और प्रसन्नचित्त दिखायी दे रहा था। जाहिर है कि हम एक-दूसरे से बोले नहीं। भीड़ लॉन पर इधर-उधर बिखरी हुई थी। जैसे-जैसे प्रार्थना शुरू होने का समय निकट आता गया, वैसे-वैसे लोग एक-दूसरे के पास आते गये। हम भी नाथूराम के दोनों ओर खड़े हो गये। हमने न उसकी ओर देखा, न उससे बात ही की कि कहीं हमारा भेद खुल न जाए। वह अपने-आप में खोया हुआ सा लगता था, जैसे हमें भूल ही गया है, यह भी भूल गया है कि हम लोग वहाँ हैं।

"हमारी योजना यह थी कि जब गाँधी जी प्रार्थना-सभा के लिए चौकी पर बैठ जाएँगे, तब उन पर गोली चलायी जाएगी। इसके लिए हम लोग भीड़ के बाहरी सिरे पर चौकी के दाहिनी ओर खड़े थे। इसका अर्थ यह था

कि लगभग पैंतीस फीट की दूरी से सही निशाना लगाना था। मैं चुपचाप सोच रहा था—'क्या नाथूराम यह काम कर पाएगा?' उसका निशाना बहुत अच्छा नहीं था और उसे अभ्यास भी नहीं था। कहीं वह घबरा तो नहीं जाएगा और उसका निशाना चूक तो नहीं जाएगा। मैंने कनखियों से नाथूराम की ओर देखा। वह सीधे अपने सामने देख रहा था—बिलकुल शांत, अपने-आप में खोया हुआ। मैंने अपनी घड़ी देखी। गाँधी जी को आज देर हो गयी थी। मैं सोचने लगा, 'इसका क्या कारण हो सकता है। मैं कुछ घबराने लगा।'

पाँच बजकर दस मिनट हो चुके थे, इसलिए मनु और आभा भी घबरा रही थीं। लेकिन वह पटेल के साथ इतनी गंभीरता से बातें कर रहे थे कि दोनों में से किसी में भी साहस नहीं था कि उन्हें समय स्मरण करा दे। अंत में मनु ने घड़ी दिखाकर संकेत किया।

गाँधी जी ने अपनी घड़ी देखी और अचानक चटाई पर से उछलकर खड़े हो गये और पटेल से बोले, "अब मुझे जाने दो। मेरा ईश्वर से मिलने का समय हो गया है।"

कमरे से निकलकर जब वह बाहर बाग में आये तो हमेशा की तरह आज भी उनके साथ अंतिम बार उनके शिष्यों का छोटा-सा जुलूस चला। लेकिन हर दिन साथ रहने वालों में आज एक आदमी और महिला उसके साथ नहीं थी। एक तो डॉक्टर सुशीला नैयर जो आमतौर पर गाँधी जी के आगे-आगे चलती थीं। वह अभी पाकिस्तान से वापस नहीं आयी थी और दूसरा वह पुलिस-अधिकारी भी आज नहीं आया था, जिसे गाँधी जी के साथ रहने के लिए तैनात किया गया था। अगले दिन दिल्ली में मजदूरों की आम हड़ताल होने वाली थी, उसी सिलसिले में उसे किसी बैठक के लिए बुला लिया गया था।

मनु ने प्रतिदिन की तरह आज भी गाँधी जी का थूकदान, उनका चश्मा और उनकी वह नोटबुक उठा ली, जिसमें उन्होंने अपना आज का भाषण

लिखवाया था। वह और आभा हमेशा की तरह उन्हें अपने कंधे का सहारा देने के लिए आगे बढ़ीं। बापू ने उन दोनों लड़कियों के कंधे पर अपने हाथ रख लिए और अपनी अंतिम यात्रा के लिए निकल पड़े।

देर हो जाने के कारण लॉन का चक्कर लगाने के बजाय वे लॉन पार करके आगे बढ़ने लगे, रास्ते-भर गाँधी जी उन दोनों लड़कियों को डाँटते रहे कि उनकी भूल के कारण इतनी देर हो गयी।

"तुम दोनों मेरी घड़ियाँ हों", उन्होंने कहा "मैं घड़ी क्यों देखूँ? मुझे इस तरह देर से आना कतई पंसद नहीं। मैं प्रार्थना-सभा में एक मिनट की देर भी बर्दाश्त नहीं कर सकता।"

बातें करते हुए वे उन चार सीढ़ियों तक पहुँच गये, जिन्हें चढ़कर उस लॉन तक पहुँचा जा सकता था, जहाँ प्रार्थना-सभा के लिए आयी हुई भीड़ जमा थी। डूबते सूर्य की किरणें गाँधी जी पर पड़ रही थीं। उन्होंने दोनों लड़कियों के कंधे का सहारा छोड़कर हाथ जोड़कर भीड़ को नमस्कार किया और फिर किसी का सहारा लिए बिना सीढ़ियाँ चढ़ गये। जब वह सबसे ऊपर वाली सीढ़ी पर पहुँचे, तो करकरे ने अपने पीछे भीड़ में लोगों को धीमे स्वर में कहते सुना–"बापू जी, बापू जी!"

करकरे ने बाद में बताया, "मैं थोड़ा-सा मुड़ा। नाथूराम भी अपनी दायीं ओर आधा घूमा। अचानक मैंने देखा कि भीड़ बीच से फट गयी थी और इस तरह जो रास्ता बन गया था उससे होकर गाँधी जी सीधे हमारी ओर आ रहे थे। नाथूराम के हाथ उसकी जेबों में थे। उसने एक हाथ बाहर निकाला उस हाथ में पिस्तौल नहीं था। पिस्तौल वाला हाथ वह जेब में ही डाले रहा। उसने पिस्तौल का खटका खोल लिया।

"पलक झपकते उसने हिसाब लगा लिया था–'यही इन्हें मारने का सबसे सुनहरा अवसर है।' वह जानता था कि दैवी संयोग से ही उसे ऐसा सुअवसर मिला था। गाँधी जी के प्रार्थना-मंच पर जाकर बैठ जाने के बाद उसके लिए इतना अच्छा अवसर न रहता। वह जानता था, 'मुझे बस दो

कदम हटकर इंसानों की दीवार के बीच बने हुए उस रास्ते के किनारे आ जाना है। दो कदम। तीन सेकेंड। फिर तो हत्या करना बाएँ हाथ का खेल हो जाएगा।' कठिन काम तो बस यह था कि वह यह काम शुरू करने का दृढ़ संकल्प अपने अंदर पैदा करे, वह एक कदम उठाने का संकल्प, जिसके बाद उसके लिए हत्या करना अनिवार्य हो जाए।

मनु ने 'खाकी लिबास पहने हुए उस हट्टे-कट्टे आदमी' को बापू की ओर ही कदम बढ़ाते देखा। वह उस रास्ते के एकदम किनारे पर आ गया था, जिससे होकर गाँधी जी और उनके साथी जा रहे थे।

करकरे की दृष्टि नाथूराम पर जमी हुई थीं। उसने पिस्तौल जेब से निकालकर अपनी दोनों हथेलियों के बीच रख लिया था। उसने फैसला किया था कि गाँधी जी ने देश की जो भी सेवा की है, उसके लिए वह हाथ जोड़कर उनके प्रति श्रद्धा प्रकट करेगा। जब गाँधी जी उनसे सिर्फ तीन कदम की दूरी पर थे, नाथूराम आगे बढ़कर उस रास्ते में आ गया। पिस्तौल उसकी दोनों हथेलियों के बीच छिपा हुआ था। उसने हाथ जोड़े-जोड़े कमर से झुककर उनसे कहा—"नमस्ते, गाँधी जी।"

मनु ने सोचा वह गाँधी जी के चरण छूना चाहता है। उसे दूर हटाने के लिए मनु ने धीरे-धीरे से अपना हाथ बढ़ाया। "भाई साहब", उसने धीमे स्वर में कहा, "बापू को पहले ही दस मिनट की देर हो चुकी है।"

उसी क्षण नाथूराम ने अपना बायाँ हाथ आगे बढ़ाकर मनु को एक ओर ढकेल दिया। उसके दाहिने हाथ में काला बेरेटा पिस्तौल चमक रहा था। नाथूराम ने तीन बार पिस्तौल का घोड़ा दबाया। तीन बार जोर की आवाज हुई और प्रार्थना-सभा की स्तब्धता भंग हो गयी। तीनों गोलियाँ आगे बढ़ते हुए उस दुबले-पतले शरीर के सीने को बींध गयीं।

नाथूराम के धक्के से जो थूकदान और नोटबुक जमीन पर गिर पड़े थे, उसे उठाने के लिए मनु झुकी ही थी कि इतने में उसे गोलियों की आवाज सुनायी दी। उसने सिर ऊपर उठाकर देखा। दोनों हाथ नमस्कार की मुद्रा में

जोड़े हुए, ऐसा लग रहा था कि, हम सबके प्यारे बापू अब भी आगे बढ़ रहे हैं, नंगे बदन प्रार्थना-मंच तक पहुँचने के लिए अंतिम कदम बढ़ाने का प्रयास कर रहे थे। दूध जैसी सफेद धोती पर उसने रक्त के लाल धब्बे फैले हुए देखे। गाँधी जी ने लंबी साँस लेकर "हे राम!" कहा और उनका निर्जीव शरीर मनु के पास गिर पड़ा। वह अब भी अपने हाथ जोड़े हुए थे, मानो अपनी आत्मा के आदेश से वह अपने हत्यारे को प्रणाम कर रहे हों। खून में भीगी हुई उनकी धोती की तहों में मनु को उनकी इंगरसोल घड़ी दिख पड़ी, दस महीने पहले जिसके खो जाने पर उन्हें बेहद दुख हुआ था। उस घड़ी में पाँच बजकर सत्रह मिनट हुए थे।

गाँधी जी को गोली लगने का समाचार माउंटबेटन को उस समय मिला जब वह घुड़सवारी करके गवर्नमेंट-हाउस लौट रहे थे। उन्होंने सबसे पहले वही प्रश्न पूछा, जो अगले कुछ घंटों में लाखों लोग पूछने वाले थे–"यह किसने किया?"

"मालूम नहीं, साहब", सूचना देने वाले ए.डी.सी. ने उत्तर दिया। माउंटबेटन कपड़े बदलने के लिए शीघ्रता से अंदर गये। कुछ ही मिनट बाद जब वह शीघ्रता में गवर्नमेंट-हाउस से बाहर निकल रहे थे उन्हें अपने प्रेस-अटाशे एलन कैम्पबेल-जॉन्सर दिखायी पड़े। माउंटबेटन ने उन्हें भी अपनी मोटर में बिठा लिया।

जब तक ये दोनों बिड़ला हाउस पहुँचे, वहाँ बहुत बड़ी भीड़ जमा हो चुकी थी। जब वे भीड़ को चीरते हुए गाँधी जी के कमरे की ओर बढ़ रहे थे। किसी आदमी ने, जिसका चेहरा घृणा और उन्माद से विकृत हो गया था, चीखकर कहा, "कोई मुसलमान था।"

भीड़ पर अचानक सन्नाटा छा गया। माउंटबेटन उस आदमी की ओर मुड़े और अपना पूरा जोर लगाकर चिल्लाए, "महामूर्ख कहीं का, जानता नहीं कि वह हिंदू था?"

कुछ ही क्षण बाद जब वे घर के अंदर पहुँचे, तो कैम्पबेल-जॉन्सन ने उनसे पूछा, "आपको कैसे ज्ञात कि वह हिंदू था?"

"मुझे ज्ञात नहीं है", माउंटबेटन ने कहा, "लेकिन अगर वह सचमुच कोई मुसलमान निकला, तो हिंदुस्तान में ऐसा भयानक कत्लेआम होगा जैसा इससे पहले विश्व में कभी नहीं हुआ।"

हज़ारों लोगों को वही चिंता सता रही थी, जो माउंटबेटन को थी। यह सोचकर कि अगर हत्यारा सचमुच कोई मुसलमान निकला, तो भारत में विनाशलीला शुरू हो जाएगी, आल-इंडिया रेडियो के निदेशक ने पूरी जिम्मेदारी का परिचय देते हुए एक असाधारण फैसला किया—शताब्दी का सबसे बड़ा समाचार सबसे पहले सुनाने के लिए पूरे देश में रेडियो के कार्यक्रमों को रोक देने के बजाय उन्होंने कार्यक्रमों को ज्यों-का-त्यों जारी रखने का आदेश दिया। इसी बीच पुलिस और फौज ने अपने टेलीफ़ोनों के जरिए देश के सभी प्रमुख फौजी और पुलिस कमानों को हरदम किसी भी आपात-स्थिति के लिए तैयार रहने का आदेश भेज दिया। बिड़ला हाउस से पुलिस ने रेडियो को सबसे महत्त्वपूर्ण समाचार भेजा—बापू का हत्यारा नाथूराम गोडसे हिंदू ब्राह्मण है। ठीक छः बजे रेडियो पर बहुत सोच-समझकर तैयार की गयी घोषणा सुनकर भारतीय जनता को पता चला कि जिस सीधे-सादे कोमल स्वभाव के व्यक्ति ने उन्हें स्वतंत्रता दिलायी थी, वह अब इस दुनिया को अलविदा कह गया।

रेडियो ने शोक समाचार की घोषणा की, "आज सायंकाल पाँच बजकर बीस मिनट पर नयी दिल्ली में महात्मा गाँधी की हत्या कर दी गयी। उनका हत्यारा हिंदू था।"

उपसंहार

गाँधी जी ने बलिदान देकर वह अमर लक्ष्य पा लिया था, जिसके लिए वह जीवन के अंतिम कुछ महीनों में निरंतर प्रयास करते रहे थे। उनके शहीद होने से देशभर के शहरों और गाँवों में पड़ोसी के हाथों पड़ोसी की निर्मम सांप्रदायिक हत्या का सिलसिला सदा के लिए बंद हो गया। इस उपमहाद्वीप में आपसी विरोध तो इसके बाद भी बने रहे, लेकिन वे राष्ट्रों के आपसी झगड़ों के परंपरागत स्वर पर आ गये, जिनका निबटारा लड़ायी के मैदान में बाकायदा फौजों के टकराव से किया जाने लगा। बिड़ला हाउस के बगीचे में उस दिन जो बलिदान हुआ, वह 1947-48 में भारतीय उप-महाद्वीप में व्याप्त विजय और विपदा का चरमोत्कर्ष था।

नाथूराम गोडसे, जिसके हाथों यह बलिदान हुआ था, पिस्तौल हाथ में लिए हुए उन्हें गिरफ्तार कर लिया गया। उसने गिरफ्तारी का विरोध करने का कोई प्रयास नहीं किया। इसके बाद इस साजिश में शामिल सभी लोग भी यथाशीघ्र पकड़ लिए गये। आप्टे और विष्णु करकरे, आप्टे की काम-लिप्सा के कारण पुलिस की गिरफ़्त में आ गये। आप्टे बंबई के जिस होटल में 48

घंटे से छिपा हुआ था, उसके दरवाजे पर 14 फरवरी को दस्तक हुई और आप्टे ने उठकर दरवाजा खोला। उसने सोचा कि दरवाजे पर उसकी भेंट अपनी प्रेमिका से होगी, परंतु उसके बजाय वहाँ तीन पुलिस वाले खड़े थे। पुलिस को उसके चीफ सर्जन की बेटी के साथ उसके संबंधों का पता चल गया था और वह टेलीफ़ोन पर उन दोनों की वह बातचीत सुन रही थी, जिसमें आप्टे ने अभी कुछ ही मिनट पहले उसे होटल के अपने कमरे में बुलाया था।

गाँधी जी की हत्या की साजिश के अभियोग में 27 मई, 1948 को आठ आदमियों पर मुकदमा दायर किया गया—आप्टे, नाथूराम और गोपाल गोडसे, मदनलाल, करकरे, सावरकर, परचुरे और दिगंबर बडगे का नौकर। शुरू से ही नाथूराम गोडसे ने सारी जिम्मेदारी अपने ऊपर ले ली कि यह हत्या उसने राजनीतिक उद्देश्य से की है और इस बात से स्पष्ट मना किया कि दूसरे लोगों ने उसके साथ मिलकर कोई साजिश की थी।

दिगंबर बडगे के इस रिकार्ड पर कि 37 बार गिरफ्तार होने के बावजूद उसे सजा केवल एक बार हुई थी, इस बार भी हत्या की साजिश में भाग लेने के कारण कोई आँच नहीं आने पायी। यह ढोंगी साधु सरकारी गवाह बन गया और उस पर इस हत्या के अपराध में मुकदमा नहीं चलाया गया। बहुत बड़ी हद तक उसी की गवाही के आधार पर आठ अभियुक्तों में से सात को सजा मिली। वीर सावरकर प्रमाणों के अभाव के कारण बरी कर दिए गये।

नाथूराम गोडसे और नारायण आप्टे को फाँसी की सजा मिली। 27 जनवरी, 1948 की शाम को नयी दिल्ली में एयर-इंडिया की एयर-होस्टेस से मिलने का अपना वादा पूरा न करने की कीमत आप्टे को फाँसी पर चढ़कर चुकानी पड़ी। उसे फाँसी की सजा इसलिए दी गयी थी कि ग्वालियर में उसकी उपस्थिति में ही वह हथियार क्रय किया गया था, जिससे हत्या की गयी थी। न्यायाधीश ने शेष पाँच लोगों को उमर-कैद की सजा दी, लेकिन परचुरे और बडगे का नौकर अपील के बाद छोड़ दिये गये।

नाथूराम गोडसे और नारायण आप्टे की अपीलें रद्द कर दी गयीं और उन्हें फाँसी देने की तिथि 15 नवंबर, 1949 निश्चित की गयी। अहिंसा के पुजारी के सबसे परम भक्त जवाहरलाल नेहरू के सामने दया की याचना करते हुए जो अर्जी दी गयी, उस पर गाँधी जी के दो बेटों, उनके बहुत-से मित्रों और कई पुराने साथियों के भी हस्ताक्षर थे, लेकिन यह अर्जी अस्वीकार कर दी गयी और नारायण आप्टे और नाथूराम गोडसे को 15 नवंबर, 1949 को अंबाला जेल में फाँसी दे दी गयी।

नाथूराम गोडसे ने अपनी वसीयत में लिखा है, "उसके पास अपने परिवार वालों को देने के लिए केवल एक चीज़ थी—उसकी राख।"

उसने हिंदू प्रथा का उल्लंघन करके लिखा, "मेरी राख समुद्र में मिलने वाली किसी नदी में बहा दिए जाने के बजाय पीढ़ी-दर-पीढ़ी उस समय तक रखी जाए, तब तक कि उसे हिंदू शासन के आधीन इस उप-महाद्वीप के फिर एक हो जाने पर सिंधु नदी में न विसर्जित किया जा सके।"

दत्तात्रेय परचुरे अपील में बरी हो जाने के बाद फिर ग्वालियर में अपने गुरु के चित्र के नीचे बैठकर अपना चिकित्सालय चलाने लगा।

मुकदमे के बाद दिगंबर बडगे ने पूना में अपनी जान के लिए खतरा महसूस किया और वह बंबई आकर उस घर में रहने लगा, जिसका प्रबंध पुलिस ने उसके लिए कर दिया था। बंबई में उसने लोहे की जंजीरों को जोड़ कर ऐसे कवच बनाने का अपना वही पुराना काम शुरू किया, जिन पर गोली भी असर नहीं करती।

करकरे, मदनलाल और गोपाल गोडसे सजा पूरी होने के बाद जेल से रिहा कर दिए गये। करकरे अहमदनगर वापस जाकर फिर अपना दक्कन गेस्ट हाउस चलाने लगा। अप्रैल 1974 में हृदयाघात होने से उसकी मौत हो गयी। मदनलाल बंबई में बस गया। वह अपने घर के पीछे एक छोटी-सी दुछत्ती में खिलौने बनाता है और समझता है कि वह जापान के बड़े-बड़े उद्योगपतियों को मात दे रहा है।

गोपाल गोडसे पूना में एक मामूली से मकान की तीसरी मंजिल पर रहता है। अपने घर की छत के ऊपर उसने लोहे की छड़ से पूरे भारतीय उप-महाद्वीप का एक बहुत बड़ा मानचित्र लटका रखा है। हर साल अपने भाई की बरसी पर 15 नवंबर के दिन नाथूराम की राख एक चाँदी के कलश में इस मानचित्र के सामने रखी जाती है। मानचित्र की पूरी रूप-रेखा पर बिजली के बल्बों का प्रकाश रहता है। बरसी के दिन गोपाल गोडसे वीर सावरकर के पुराने और उत्साही शिष्यों को उस मानचित्र के सामने इकट्ठा करता है।

जैसा कि वह पहले से ही कहते आये थे, लुई माउंटबेटन ने जून, 1948 में स्वतंत्र भारत के पहले गवर्नर-जनरल का पद छोड़ दिया। भारत में अपने प्रवास के अपने अंतिम कुछ सप्ताह उन्होंने निज़ाम हैदराबाद को यह समझाने के विफल प्रयासों में बिताये कि वह स्वतंत्रता का झूठा दावा छोड़कर शांतिपूर्वक भारत में मिल जाएँ।

बंबई के डॉक्टर ने मुहम्मद अली जिन्ना के फेफड़ों में जिस घातक रोग का पता लगाया था, उसने सितंबर 1948 में उनके प्राण ले लिए, अपने सबसे बड़े राजनीतिक शत्रु की हत्या के मात्र आठ माह के ही पश्चात्।

जब तक साधनों ने साथ दिया, तब तक जिन्ना अपने निजी प्रयासों से अपनी जन्मस्थली कराची में रहते हुए पाकिस्तान के भविष्य को सुरक्षित बनाने के लिए जी-जान से प्रयत्न करते रहे। जहाँ उनका जन्म हुआ था, वहीं 11 सितंबर, 1948 को उनका देहांत हो गया। मरते समय भी जिन्ना किसी से समझौता करने को तैयार नहीं थे।

उस रात को उनके डॉक्टर ने उनके कान के पास आकर धीमे से कहा, “मैंने आपको इंजेक्शन दे दिया है। इंशा अल्लाह, आप अभी बहुत दिन जीवित रहेंगे।”

जिन्ना दृष्टि टेके अपने डॉक्टर को घूरकर देखते रहे और दृढ़ता से बोले, "नहीं, मैं जीवित नहीं रहूँगा।"

इसके आधे ही घंटे बाद वह मर गये।

आज कराची में एक बहुत ऊँचे टीले पर पाकिस्तान के संस्थापक की कब्र पर एक बहुत शानदार मकबरा बना हुआ है, जो अपने कायदे आजम को वहाँ की जनता की बड़ी विचित्र और सही श्रद्धांजलि है।

गाँधी जी की भविष्यवाणी के अनुसार ही विभाजन के भयानक अभिशाप पूरे उप-महाद्वीप के लिए बरसों तक मुसीबत बने रहे। फिर से समृद्धि आ जाने के बाद भी आबादी की अदला-बदली की विभीषिका की कड़वी यादें मिट नहीं सकीं और सीमा के दोनों ओर एक-दूसरे के प्रति गहरी घृणा बनी रही।

एक अभागा सिख किसान, बूटासिंह लाखों पंजाबियों के लिए उनके झगड़े के भयानक दुष्परिणामों का और साथ ही इस उम्मीद का भी प्रतीक बन गया कि शायद अंत में मनुष्य की सुखी रहने की प्रवृत्ति उस घृणा पर छा जाये जिसने उन्हें एक-दूसरे से अलग कर रखा था।

विवाह के ग्यारह माह बाद बूटासिंह के यहाँ एक बेटी पैदा हुई। बूटासिंह ने उसका नाम रखा तनवीर। कुछ साल बाद बूटासिंह के कुछ भतीजों ने इस बात पर चिढ़कर कि अब बूटासिंह की जायदाद उन्हें नहीं मिलेगी, भगदड़ के दिनों मे उड़ाकर लायी गयी औरतों की खोज करने वाले अधिकारियों को जैनब के बारे में बता दिया। जैनब जबर्दस्ती बूटासिंह से छीन ली गयी और उसे एक कैंप में रख दिया गया; पाकिस्तान में उसके परिवार का पता लगाने का प्रयत्न किया जाने लगा।

बौखलाकर बूटासिंह नयी दिल्ली पहुँचा और वहाँ अपने केश कटवा दिये और धर्म परिवर्तन कर के मुसलमान बन गया। अब उसका नया नाम जमील अहमद रख दिया गया। इसके बाद बूटासिंह पाकिस्तान के हाई-कमिश्नर के पास फरियाद लेकर गया।

लेकिन उसकी कौन सुनता था! दोनों देशों ने उड़ाकर लायी गयी लड़कियों व औरतों की बदला-बदली के बारे में बेहद कड़े कानून बना दिए थे कि इस तरह की औरतों की चाहे शादी हो गयी हो या न हुई हो, उन्हें उनके परिवार वालों को वापस कर दिया जाएगा, जिनसे उन्हें जबर्दस्ती छीनकर लाया गया था।

छः महीने तक बूटासिंह प्रतिदिन अपनी पत्नी से मिलने कैंप में जाता रहा। वह उसके पास चुपचाप बैठा सुख से जीवन बिताने के अपने सपने टूट जाने पर घंटों रोता रहा। अंत में उसे ज्ञात हुआ कि जैनब के परिवार वालों का पता चल गया है। दोनों रो-रोकर एक-दूसरे से गले मिले और जैनब ने वादा किया, "मैं तुझे कभी नहीं भूलूँगी और जितना जल्दी हो सकेगा तुमसे और अपनी बेटी से मिलने वापस आ जाऊँगी।"

बूटासिंह ने मुसलमान होने के नाते पाकिस्तान जाकर बस जाने की अर्जी दी। अर्जी नामंजूर कर दी गयी। उसने वीजा के लिए अर्जी दी। वह भी नामंजूर हो गयी। अंत में, अपनी बेटी को साथ लेकर, जिसका नाम अब सुलताना रख दिया गया था, वह चोरी से सरहद-पार चला गया। बेटी को लाहौर में छोड़कर वह उस गाँव में पहुँचा, जहाँ जैनब का परिवार जाकर बस गया था। वहाँ पहुँचकर उसे बहुत बड़ा धक्का लगा। हिंदुस्तान से वापस आने के कुछ ही घंटे बाद उसकी शादी उसके रिश्ते के एक भाई के साथ कर दी गयी थी। बेचारा रो-रोकर यही कहता रहा, "मेरी पत्नी मुझे वापस दे दो।"

जैनब के भाइयों और रिश्तेदारों ने उसे बुरी तरह मार-पीटकर पुलिस के हवाले कर दिया कि वह चोरी से सरहद पार करके आया है।

बूटासिंह पर मुकदमा चला। उसने कहा कि वह मुसलामन है, इसलिए उसकी पत्नी उसे वापस कर दी जाए। उसने कहा कि यदि मुझे अपनी पत्नी से मिलकर यह पूछने का अवसर दे दिया जाए कि क्या वह मेरे और अपनी बेटी के साथ हिंदुस्तान वापस चलने को तैयार है, तो मुझे तसल्ली हो जाएगी।

जज को तरस आ गया। उसने बूटासिंह की बात स्वीकार कर ली। सप्ताह भर बाद जब दोनों का आमना-सामना हुआ उस समय न्यायालय का कक्ष खचाखच भरा हुआ था। समाचार पत्रों में यह किस्सा प्रकाशित हो जाने के कारण इस मामले का पता सबको चल गया था। गुस्से से बिफरे हुए रिश्तेदारों के घेरे में सहमी हुई जैनब न्यायालय में लायी गयी। जज ने बूटासिंह की ओर संकेत करके पूछा, "इस आदमी को जानती हो?"

"हाँ", औरत ने काँपते हुए उत्तर दिया, "यह बूटासिंह है, मेरा पहला पति।" इसके बाद जैनब ने उस बूढ़े सिख के पास खड़ी हुई अपनी बेटी को पहचाना।

"क्या तुम इनके साथ हिंदुस्तान वापस जाना चाहती हो?" जज ने पूछा। बूटासिंह ने फरियाद-भरी आँखों से उस नवयौवना की ओर देखा, जिसने उसकी जिंदगी को इतना सुखी बना दिया था। कुछ और आँखें भी जैनब को घूर रही थीं; उसकी बिरादरी के मर्द नजरों-ही-नजरों में उसे चेतावनी दे रहे थे कि अगर उसने अपने रक्त के संबंध को ठुकराया तो उसके लिए अच्छा न होगा। न्यायालय में बहुत पीड़ादायक शांति छायी हुई थी। बड़ी बेबसी और उम्मीद से बूटासिंह जैनब के होंठों को देख रहा था और उस उत्तर की प्रतीक्षा कर रहा था, जिसके बारे में उसे पूरा विश्वास था कि उसके हक में ही होगा। न्यायालय में एक क्षण तक सन्नाटा छाया रहा। ऐसा लगता था कि यह क्षण कभी समाप्त ही नहीं होगा।

जैनब ने सिर हिलाकर दबी जबान से कहा, "नहीं।"

बूटासिंह के मुँह से एक आह निकल गयी। वह लड़खड़ाकर अपने पीछे के कटहरे में जा टिका। जब वह संभला तो अपनी बेटी का हाथ पकड़कर कक्ष के पार जाने लगा।

"जैनब, मैं... मैं... तुमसे तुम्हारी बेटी छीनना नहीं चाहता", उसने कहा, "मैं उसे तुम्हारे पास ही छोड़े जाता हूँ।" उसने अपनी जेब से कुछ नोट निकाले और उन्हें अपनी पत्नी को देते हुए बस इतना कहा, "मेरे जीवन में अब रह ही क्या गया है?"

न्यायधीश ने जैनब से पूछा, “क्या तुम अपनी बेटी को अपने पास रखने को तैयार हो?”

न्यायालय में एक बार फिर दर्दनाक शांति छा गयी। अपनी-अपनी जगहों पर बैठे हुए जैनब के रिश्तेदार जोर-जोर से अपने सिर हिला रहे थे। वे नहीं चाहते थे कि सिखों का रक्त उनकी बिरादरी को नापाक करे।

जैनब ने बड़ी मायूस नजरों से अपनी बेटी को देखा। उसे अपने साथ रखने का अर्थ होगा कि उसे जहन्नुम में ढकेल देना। एक जोर की सिसकी से उसका सारा शरीर काँप उठा। उसने लंबी साँस लेकर कहा, “नहीं।”

बूटासिंह की आँखों में आँसू टपक रहे थे। वह बड़ी देर तक खड़ा अपनी रोती हुई पत्नी को देखता रहा। शायद वह उसके धुँधलाये हुए चेहरे को हमेशा के लिए अपनी स्मृति में बसा लेना चाहता था। फिर उसने बड़े प्यार से अपनी बेटी का हाथ पकड़ा और पीछे मुड़कर देखे बिना न्यायालय के कक्ष से चला गया।

बूटासिंह का हृदय टूट चुका था। वह रात-भर दाता गंगबख्श की मजार पर बैठा रोता रहा और दुआएँ माँगता रहा। उसकी बेटी पास ही एक खंभे से लगकर सोती रही। जब सुबह हुई तो वह अपनी बेटी को बाजार ले गया। वहाँ उसने उन्हीं रुपयों से, जो उसने अपनी पत्नी को देने की कोशिश की थी, अपनी बेटी के लिए एक नया जोड़ा और जरी की स्लीपरें खरीदीं। इसके बाद बूढ़ा अपनी बेटी का हाथ पकड़े पास ही शाहदरा स्टेशन गया। वह प्लेटफार्म पर खड़ा गाड़ी आने की प्रतीक्षा कर रहा था और रो-राकर अपनी बेटी को समझा रहा था कि अब वह अपनी माँ से फिर कभी नहीं मिल सकेगी।

दूर से इंजन की सीटी की चीखें सुनायी दी। बूटासिंह ने बड़े प्यार से अपनी बेटी का हाथ उठाकर चूमा और चलकर प्लेटफार्म की कगार पर आ गया। जब इंजन धड़धड़ाता हुआ स्टेशन में घुसा तो बच्ची ने महसूस किया कि उसके पिता की बाँहें उसके चारों ओर कसती जा रही है। फिर अचानक

उसे ऐसा लगा कि वह आगे छलाँग लगा रहा है। बूटासिंह तेजी से आते हुए इंजन के सामने कूद पड़ा। बच्ची को एक बार इंजन की सीटी की दहाड़ सुनायी दी, लेकिन इस बार उसके साथ स्वयं उसकी चीखें भी मिली हुई थीं। इसके बाद वह इंजन के नीचे अंधेरे में खो गयी।

बूटासिंह तो तुरंत ही मर गया, लेकिन उसकी बेटी बच गयी। उसे एक खरोंच तक नहीं आयी। बूढ़े सिख की चिथड़े-चिथड़े लाश के साथ पुलिस को खून में सना हुआ एक पत्र मिला, जो उसने अपनी बेवफा पत्नी से विदाई लेते हुए लिखा था।

उसमें उसने लिखा था—"मेरी प्यारी जैनब, तुमने भीड़ की आवाज सुनी, लेकिन वह आवाज कभी सच्ची नहीं होती। फिर भी मेरी अंतिम इच्छा यही है कि मैं तुम्हारे पास रहूँ। मेरी लाश अपने गाँव में दफन करवा देना और कभी-कभी मेरी कब्र पर आकर एक फूल चढ़ा जाया करना।"

बूटासिंह की आत्महत्या से पाकिस्तान में भावुकता की एक लहर दौड़ गयी। उसका जनाजा कौमी अहमियत का एक वाकया बन गया। अपनी मौत में भी वह वृद्ध सिख उस भयानक दिनों में शांति का प्रेरणा पुंज बन गया, जब सारे पंजाब में आग लगी हुई थी। जैनब के रिश्तेदारों और उनके गाँव वालों ने बूटासिंह की लाश को गाँव के कब्रिस्तान में दफन करने की अनुमति नहीं दी। 22 फरवरी, 1957 को जैनब के दूसरे शौहर की अगुवाई में गाँव के मर्दों ने बूटासिंह का जनाजा गाँव में घुसने नहीं दिया।

जनाजा लेकर उसके साथ आये हुए हज़ारों पाकिस्तानी, जिनके दिल पर बूटासिंह की कुर्बानी का बेहद गहरा असर हुआ था, लाहौर लौट गये। वहाँ फूलों के एक ढेर के नीचे बूटासिंह को दफन कर दिया गया।

बूटासिंह को मरने के बाद इतनी इज़्ज़त मिलते देखकर जैनब के घरवालों का खून खौल उठा। उन्होंने कुछ बदमाशों को भेजकर लाहौर में उसकी कब्र खुदवा दी। इस दरिंदगी पर सारे शहर में गुस्से की लहर दौड़ गयी। बूटासिंह की लाश एक बार फिर फूलों के उससे भी बड़े ढेर के नीचे

दफन की गयी। इस बार सैकड़ों मुसलमान उसकी कब्र पर पहरा देने को तैयार थे, वह इस उम्मीद का प्रमाण था कि शायद आगे चलकर पंजाब से 1947 की घटनाओं वाली घृणा मिट जाए[1]।

महात्मा गाँधी को खो देने के बाद राजघाट पर उस जगह जहाँ 31 जनवरी, 1947 को उनकी चिता जलाई गयी थी, वहाँ काले पत्थर का एक चबूतरा बनवा दिया गया है। उसके पास ही लगे हुए एक पत्थर पर अंग्रेज़ी और देवनागरी के अक्षरों में गाँधी जी के सपनों के स्वतंत्र भारत का चित्र अंकित है–

"मैं भारत को स्वतंत्र और शक्तिशाली देखना चाहता हूँ, ताकि वह सारे संसार की भलाई के लिए शुद्ध मन से और अपनी इच्छा से त्याग कर सके जब व्यक्ति का मन शुद्ध होगा, तो वह परिवार के लिए त्याग करेगा, परिवार गाँव के लिए, गाँव जिले के लिए, जिला प्राँत के लिए, प्रांत राष्ट्र के लिए और राष्ट्र सबके लिए। मैं राम राज्य चाहता हूँ, इस धरती पर ईश्वर का राज।"

परंतु गाँधी जी का यह सपना आज तक तो साकार नहीं हुआ है। भारतीय भी दूसरे देशों के लोगों की तरह वैज्ञानिक और औद्योगिक प्रगति की चमक-दमक के मोह में फँस गये हैं। पाँच लाख गाँवों के हितों की ओर ध्यान नहीं दिया जा रहा है। गाँधी जी का कहना था कि इन्हीं गाँवों के उद्धार में भारत की मुक्ति निहित है। गाँधी जी को उम्मीद थी कि कांग्रेस जन-सेवा संघ बन जाएगी, लेकिन उसने भी वही सुख-सुविधा का रास्ता अपना लिया है। कांग्रेस भारत की प्रभुत्वशाली राजनीतिक शक्ति आज तक बनी हुई है और साथ ही भ्रष्टाचार के उस घातक रोग का शिकार भी होती गयी, जिसके चिह्न स्वतंत्रता के तुरंत बाद से ही दृष्टिपात होने लगे थे।

---

1. बूटासिंह की बेटी सुलताना को लाहौर में ही किसी ने गोद ले लिया और उसका पालन-पोषणा किया। आज वह तीन बच्चों की माँ है और लीबिया में अपने इंजीनियर पति के साथ रहती है।

सालों तक कष्ट झेलने और संघर्ष से जूझे रहने के बावजूद भारत आज भी वही है, जो वह 14 अगस्त, 1947 को रात के बारह बजे बना था— दुनिया में सबसे बड़ी जनसंख्या वाला लोकतंत्र।

●●●